**DAS LABYRINTH DER TRÄUMENDEN BÜCHER**
by Walter Moers

Copyright ⓒ 2011 by Albrecht Knaus Verlag,
a division of Verlagsgruppe Random House GmbH, Germany
Korean Translation Copyright ⓒ 2015 by Munhakdongne Publishing Corp.

All rights reserved.

The Korean language edition published by arrangement with
Verlagsgruppe Random House GmbH, Germany through MOMO Agency, Seoul.

이 책의 한국어판 저작권은 모모 에이전시를 통해
Verlagsgruppe Random House GmbH사와 독점 계약한 (주)문학동네에 있습니다.
저작권법에 의해 한국 내에서 보호를 받는 저작물이므로
무단 전재 및 무단 복제를 금합니다.

이 도서의 국립중앙도서관 출판예정도서목록(CIP)은
서지정보유통지원시스템 홈페이지(http://seoji.nl.go.kr)와
국가자료공동목록시스템(http://www.nl.go.kr/kolisnet)에서 이용하실 수 있습니다.
(CIP제어번호: CIP2015023632)

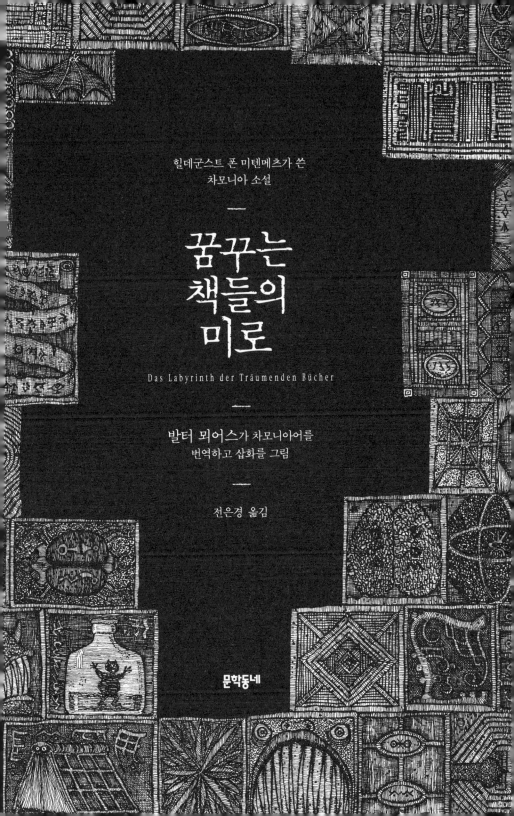

힐데군스트 폰 미텐메츠가 쓴
차모니아 소설

—

# 꿈꾸는
# 책들의
# 미로

Das Labyrinth der Träumenden Bücher

—

발터 뫼어스가 차모니아어를
번역하고 삽화를 그림

—

전은경 옮김

문학동네

**차 례**

일러두기

1. 이 책의 주석은 발터 뫼어스의 원주와 옮긴이주로 나뉜다. 원주는 *로, 옮긴이주는 †로 표시했다.
2. 원주에 참고도서로 밝힌 『꿈꾸는 책들의 도시』의 쪽수는 한국어판(들녘, 2006)을 기준으로 했다.
3. 고딕체는 원서에서 이탤릭체로 강조된 부분이다.

힐데군스트 폰 미텐메츠

# 옛날에

검은 남자가 와서
부흐하임에 불을 질렀네
활활 타올랐지
검은 남자도 타올랐네
시간이 흐르고
고통도 흘러갔다네
그래도 눈 깜짝할 사이
부흐하임은 다시 세워졌네
부흐하임 동요

# 의외의 사건

여기서부터 이야기는 계속
된다. 바로 어떻게 해서 내가 부흐하임으로 되돌아가 책들의 도시 지
하묘지로 다시 한번 내려갔는지에 대한 이야기다. 오랜 친구들과 새로
운 적, 새로운 아군과 오랜 적수에 대한 이야기이며, 황당무계하게 들
리겠지만 무엇보다 그림자 제왕에 관한 이야기다.

책도 다룬다. 그 종류도 아주 다양해서, 좋은 책과 나쁜 책, 살아 있
는 책과 죽은 책, 꿈꾸는 책과 깨어 있는 책, 하잘것없는 책과 가치 있
는 책, 무해한 책과 위험한 책이 있다. 그 안에 어떤 내용이 숨어 있는
지 예상할 수 없는 책에 대해서도 이야기한다. 그런 책을 읽다보면 늘
의외의 사건과 맞닥뜨린다. 전혀 예상하지 못할수록 특히 더.

그러니까 친애하는 독자들이여, 지금 여러분이 손에 들고 있는 이
책도 바로 그런 경우다. 유감스럽게도 이 책에 독이 묻어 있다는 사실
을 알려야겠다. 여러분이 책을 펼치는 순간, 손끝으로 독이 스며들기
시작했다. 여러분의 피부에 난 땀구멍이 헛간 문만큼이나 커 보일 정

11

도로 아주 적은 극소량이지만, 어쨌든 그 독은 방해받지 않고 혈액순환에 끼어들었다. 그리고 이제 이 죽음의 사자는 이미 여러분의 동맥을 통해 심장으로 곧장 달려가는 중이다.

몸속에 귀기울여보라! 빨라진 심장박동 소리가 들리는가?

손가락이 살살 간질거리는 느낌은? 서서히 팔로 올라오는 핏줄의 냉기는? 가슴이 답답한가? 호흡곤란은? 아니라고? 아직 아무 느낌이 없다고? 기다려라. 이제 곧 시작될 테니. 지금 바로.

독이 심장에 도달하면 어떻게 되느냐고? 솔직히 말하겠다. 여러분을 죽인다. 여러분의 삶은 끝난다, 여기서 당장. 무자비한 독소는 여러분의 심장판막을 마비시켜 혈액순환을 영원히 멈춰버린다. 의학 전문용어로는 경색이지만, 난 심장 어릿광대짓이 더 재미있는 말이라고 생각한다. 어쩌면 여러분은 쓰러지기 전 연극에서처럼 가슴을 움켜쥐고 당혹감에 외마디 비명을 내지를지 모른다. 그 이상은 허락되지 않는다. 감정적으로 받아들이진 말기를. 여러분은 신중하게 선택된 음모의 희생자가 아니다. 아니, 이 독살에는 어떤 목적도 없고 곧 닥칠 여러분의 죽음 역시 이유가 없다. 뿐만 아니라 동기도 없다. 여러분은 그저 잘못된 책을 집어들었을 뿐이다. 운명이나 우연이나 불운, 뭐든 마음대로 불러도 상관없지만 어쨌든 여러분은 이제 죽는다. 그게 전부다. 그러니 그 운명이나 우연이나 불운에 순응하라!

아니면……

그렇다, 아직 기회는 남아 있다! 주저 없이 내 지시에 따른다면. 그 독소는 아주 희한하게도 일정량 이상부터 치명적인 효력을 발휘한다. 오로지 책을 얼마나 오래 들고 있느냐에 달렸다. 모든 게 기가 막힐 만큼 정확히 계산되어 있어, 독은 다음 문단도 읽을 때만 여러분을 죽일 수 있다. 그러니 목숨을 부지하고 싶다면 책을 당장 내려놓아라! 한동안은 심장이 빨리 뛰고 이마에 식은땀도 솟겠지만, 이렇듯 살짝 무기력한 상태는 금방 지나갈 것이다. 그러면 여러분은 명이 다할 때까지 가련한 삶을 근근이 이어갈 수 있다. 다시는 우리가 만나는 일이 없기를!

자, 용감한 내 친구들이여, 이제 우리만 남았다! 드디어! 아직도 이 책을 들고 있는 독자의 핏줄에는 내 피가 흐른다. 나다, 여러분의 충실한 친구이자 길동무인 힐데군스트 폰 미텐메츠. 여러분을 환영한다!

그렇다, 그건 그냥 속임수였다. 이 책에는 당연히 독이 묻어 있지 않다. 독자를 죽이자고 들면 나는 '나티프토프 집' 소설 연작에서 그랬듯 이중장부에 대해 26000쪽이나 되는 끝없는 대화를 늘어놓아 지루해서 죽게 만든다. 그 방법이 더 섬세한 것 같다.

나는 일단 옥석을 가려야 했다. 지금부터 향하는 그곳에 짐을 지고 갈 수는 없으니까. 위험하다는 말만 나와도 벌벌 떨며 책을 내려놓는 소심한 겁쟁이는 필요 없다.

내 마음의 형제자매들이여, 두려움을 모르는 여러분은 이미 예감했으리라. 안 그런가? 그래, 맞다. 또다시 여행의 목적지는 부흐하임이다. 뭐? 꿈꾸는 책들의 도시는 불탔잖아. 여러분은 그렇게 이의를 제기하겠지. 하긴, 맞는 말이다. 오래전 무자비한 화염에 파괴되었다. 그 사건을 나만큼 뼈저리게 기억하는 자는 아무도 없다. 그 현장에 있었으니까. 내 눈으로 직접 목격했다. 그림자 제왕 호문콜로스가 제 몸에 스스로 붙인 불이 일찍이 부흐하임에서 일어난 적 없는 대화재로 번져가는 광경을. 살아 있는 횃불이 된 그림자 제왕이 지하묘지로 내려가 그곳을 불바다로 만드는 모습을. 불덩이는 지상의 집들뿐 아니라 도시 깊숙한 곳의 내장까지 집어삼켰다. 나는 날카롭게 울리는 화재 경종을 들었고, 꿈꾸는 책들이 불꽃으로 변해 별들과 함께 춤추는 모습을 보았다. 이백 년도 더 전의 일이다.

그사이 부흐하임은 재건되었다. 듣자 하니 보물 같은 고서들이 예전보다 더 풍성하다고, 아주 장관이라고 한다. 지하묘지에서 온 책들이 틀림없다. 화재가 나고서야 지하묘지로 통하는 길이 열린 것이다. 부흐하임은 이제 차모니아 도서계의 약동하는 중심지이자 문학과 출판과 인쇄 분야를 자석처럼 끌어당기는 순례지가 되었다. 그에 비하면 옛 부흐하임은 시립도서관 옆 모퉁이 고서점과도 같았다. 오늘날 그곳 주민들은 자부심을 가지고 전혀 다른 장소를 지칭하듯 그곳을 '대ㅊ 부흐하임'이라고 부른다. 꿈꾸는 책들의 도시가 잿더미에서 얼마나 대단하고 화려한 모습으로 부활했는지 자기 눈으로 직접 확인하고픈 유혹에 시달리지 않을 책 바보가 어디 있으랴?

그러나 내겐 그저 관광이나 책을 향한 호기심보다 훨씬 더 의미심장한 이유가 있었다. 지식에 목마른 용감한 친구들이여, 여러분은 지금 그 이유를 알고 싶을 것이다. 그렇지 않은가? 당연히, 지금부터 우리는 모든 것을 함께 나눌 것이다. 기쁨과 슬픔, 위험과 비밀, 모험과 음식. 또다시 비밀리에 뭉친 하나의 공동체로서. 여러분에게 그 이유를 밝히겠다. 그런데 내 인생에서 가장 큰 모험에 나서게 된 동기가 그다지 유별나지는 않다는 사실을 먼저 고백해야겠다. 비밀스러운 편지가 원인이었다. 그렇다, 내가 처음 부흐하임에 갔을 때처럼 이번에도 모든 일의 발단이 된 것은 어떤 원고였다.

# 린트부름 요새로 귀향하다

이 이야기가 시작될 때 나는 이미 차모니아에서 가장 위대한 시인이었다. 이렇게 주장하는 나를 과대망상증 환자라고 불러도 상관없다. 하지만 둥근 나무통에 담아 굴려서 서점으로 들여야 할 만큼 작품이 많은 작가를 달리 뭐라고 표현한단 말인가? 차모니아 예술가들 중 가장 어린 나이에 발트로젬 훈장을 받은 작가를, 그랄준트 대학교 차모니아 시문학부 앞에 도금된 주철 기념비가 세워진 작가를?

어느 정도 규모가 되는 차모니아 도시에는 어디나 내 이름을 딴 거리가 있었다. 내 작품과 내 작품에 대한 참고문헌만 취급하는 서점도 있었다. 내 팬들은 협회를 창설해 등록하고서 모두 내 작품에 나오는 등장인물의 이름으로 서로를 불렀다. 미텐메츠를 쓰러뜨리다는 예술 분야에서 출중한 업적을 남겼다는 대중적인 은유로 쓰였다. 내가 지나갈 때마다 붐비는 거리에서 소란이 일었고, 서점에 들어설 때마다 여자 직원들은 까무러쳤다. 내가 쓰는 책은 지체 없이 고전으로 인정받았다.

간단히 말해 나는 문학상과 독자들의 총애로 인해 몰락한 허깨비가 되었다. 자기비판 능력은 모두, 자연스러운 예술적 본능은 거의 모두 사라졌다. 내 작품만 재인용하고 내 작품만 베끼면서도 스스로는 깨닫지 못했다. 나도 모르는 사이 슬그머니 찾아드는 정신병처럼 성공은 나를 급습해 완전히 망가뜨렸다. 나는 명예라는 진창을 뒹구느라 바빠, 이미 오래전부터 오름이 찾아오지 않았다는 사실도 감지하지 못했다.

15

그때 뭔가 의미 있는 작품을 썼던가? 그럴 시간이나 있었는지 모르 겠다. 서점이나 극장, 문학 세미나에서 자기애에 빠져 노래를 부르듯 내 작품을 낭독하고, 이어지는 박수갈채에 취하고, 숭배자들을 내려다 보며 수다를 떨고, 몇 시간씩 사인을 하며 대부분의 시간을 헛되이 써 버렸다. 오, 나의 충실한 친구들이여, 그때 내가 내 이력의 정점이라고 생각한 것은 사실상 완벽한 최하점이었다. 익명으로 도시를 떠돌아다 니며 방해받지 않고 작품의 사전조사를 하는 일은 이미 오래전부터 불 가능했다. 어딜 가나 순식간에 숭배자들의 무리가 나를 에워싸고 사인 이나 예술적 조언을 해주기를, 또는 축복을 내려주기를 간청했던 것이 다. 광신적인 독자 순례단은 오름이 나를 덮치는 순간을 목격하려고 국도까지 따라다녔다. 오름의 급습을 받는 일은 점점 드물어지다가 나 중에는 완전히 사라졌지만 그 사실도 나는 깨닫지 못했다. 솔직히 말 해, 오름에 취한 상태와 와인의 취기도 구별하지 못하던 때였다.

오랜 세월에 걸친 불안한 방랑과 수많은 모험을 뒤로하고 이미 업적 을 세웠으니 게으름을 피울 요량으로 잠시 린트부름 요새로 돌아가 있 자고 결심한 이유는 이렇듯 기형적으로 커진 유명세와 기괴한 성공, 제정신이 아닌 숭배자들로부터 도망치기 위해서였다. 나는 단첼로트 폰 질벤드레히슬러 대부시인에게서 유산으로 물려받은 자그마한 집으 로 거처를 다시 옮겼다. 사랑하는 친구들이여, 상황을 직시하자. 그럼 으로써 나는 온 세상과 요새에 사는 동족을 속여 내가 뿌리로 돌아왔 다고 믿게 할 심산이기도 했다. 행방불명이었던 아들이 이력의 정점에 서 고향으로 돌아와, 누구보다도 사랑했던 대부시인이 남긴 작고 비좁 은 집에서 지극히 소박하게 살며 겸허한 마음으로 위대한 작품을 계속 쓰려 한다고.

이보다 더 새빨간 거짓말은 없다. 당시 차모니아를 통틀어 나만큼 현실과 동떨어져 사는 자는 아무도 없었다. 나만큼 문화에 대한 사명과 작가로서의 규율을 무시한 채 목표 없이 퇴폐적으로 그날그날 살아가는 자도 없었다. 린트부름 요새는 그저 유명세에서 나를 안전하게 지켜줄 유일한 장소였을 뿐이다. 여전히 이곳은 린트부름 족을 빼고는 출입이 허락되지 않았다. 나는 여기서만 진짜 예술가들 사이에서 예술가로 살 수 있었다. 각자의 개인적인 영역을 존중하는 완벽한 예의범절은 린트부름 요새 주민들 사이에서만 가능했다. 린트부름 요새에서 고독은 소중한 자산이었다. 여기서는 모두 자신의 문학 작업을 하기 바빠, 내가 얼마나 무책임하게 작업을 소홀히 하는지는 아무도 눈치채지 못했다.

습관적인 건강염려증 때문에 오락가락하는 기분을 빼면 유일한 골 칫거리는 체중이었다. 한가로운 생활방식과 만성적인 운동 부족, 영양가 있는 린트부름의 음식 때문에 얼마 안 가 엉덩이에 살이 꽤 많이 붙어서 이따금 우울했다. 하지만 잼 오믈렛이나 늪돼지 뒷다리 요리를 포기할 정도는 절대 아니었다. 어쩌면 나는 린트부름 요새에서 가장 뚱뚱하고 외로운 시인으로 인생을 마쳤을지도 모른다. 그때 비밀스러운 한 통의 편지를 읽고 이 무기력에서 억지로 빠져나오지 않았더라면.

내 인생이 무너진 그날은 평범한 어느 여름 아침이었다. 그날도 여느 때와 마찬가지로 상속받은 집의 작은 부엌에서 한 상 가득 차려놓고 느긋하게 아침을 먹으면서, 늘 그러듯 몇 시간씩 팬레터를 읽었다. 생크림을 얹은 달콤한 코코아를 몇 리터 마시고, 초콜릿을 입힌 모카 콩을 씹고, 살구로 속을 채워 갓 구운 페이스트리 크루아상 열두 개를 쩝쩝거리며 먹었다. 무뚝뚝한 집배원이 이삼일에 한 번씩 끌고 오는 우편낭에서 아무 편지나 하나 꺼내 뜯어서 내 허영심을 가장 만족시킬 만한 문장을 초조하게 찾았다. 편지 대부분은 조금 실망스러웠다. 좀더 찬미할 수 있을 텐데 왜 이것밖에 못 쓸까 싶었으니까. 그래서 읽는 동안 머릿속으로 '탁월한'을 '획기적인'으로, '대단한'을 '능가할 수 없는'으로 바꾸고는 편지를 가슴에 꼭 눌러댄 다음, 한숨을 쉬며 난롯불에 던져넣었다. 팬레터를 태울 때면 늘 마음이 무거웠지만, 이렇게 한 번씩 치우지 않았다간 엄청난 종이뭉치 때문에 내가 곧 집에서 밀려날 지경이었다. 그렇게 아침 내내 타버린 미텐메츠 찬가는 굴뚝을 빠져나가 린트부름 요새의 공기를 나의 성공이라는 향기로 가득 채웠다. 그리고 나서는 한 시간쯤 피아노르겐*을 치며 보낼 때가 많았다. 나의 새로운 취미였는데, 요즘 들어서는 에부베트 판 골트바인이나 멜로다누스 바트초감 백작, 오디온

라 비반티 또는 그 외 차모니아 음악계의 위대한 작곡가들이 만든 고전음악을 어설프게 뚱땅거리는 것이 좋아졌다. 서툰 솜씨일지라도 그것은 평범한 내 일상에서 최고의 예술활동이었다.

이따금 짧은 순간이 앞으로의 운명을 바꿔놓는다. 눈 깜짝할 사이일 때도 많다. 내 경우에는 열세 개의 글자로 이루어진 한 문장을 읽는 동안이었다. 불룩한 우편낭에서 손끝으로 아무 봉투나 하나 집어 꺼내면서, 다른 한 손으로는 생크림 코코아에 크루아상을 적셨다. 아, 귀여운 편지야! 너도 나를 놀라게 하지는 못할 거야. 네가 무슨 말을 할지 정확히 알거든! 내 서정시를 향한 정열적인 사랑 고백이거나 산문의 비범한 문체에 겸손하게 고개를 조아리는 거겠지. 안 그래? 내 극본 중 하나에 감동해서 극찬하거나 나의 모든 작품에 무릎을 꿇고 경배하는 거야. 그래, 그래…… 나는 끝없는 칭찬의 물결에 싫증도 났지만, 다른 한편으로는 칭찬에 중독되어 있었다. 어쩌면 오래전부터 찾아오지 않은 오름을 칭찬으로 대신하려 한 것인지도 모른다.

오른손 갈퀴로 크루아상을 코코아에 적시면서 왼손 갈퀴로 손쉽게 봉투를 뜯고 편지를 꺼내 펼쳤다. 자주 하는 동작이라 능숙했다. 권태로운 표정을 지으며 얼굴 앞으로 편지를 들어올리고 아래턱을 쩍 벌렸다. 그런 다음 팔꿈치를 식탁에서 떼지도 않은 채 크루아상을 목구멍에 던져넣었다. 아첨하는 팬레터의 첫 문장을 읽는 바로 그 순간 크루아상의 맛을 즐기기 위해서였다. 나는 그 정도로 타락한 상태였다!

"여기서부터." 크루아상이 목구멍으로 미끄러져들어갈 때 읽기 시작

---

＊ 피아노르겐, 여성형: 린트부름 요새 주민들만을 위해 제작되는 원시적인 건반악기. 건반은 스물네 개로, 갈퀴가 세 개인 린트부름의 손을 위해 특별히 넓고 튼튼하게 고안되었다. 사실상 섬세한 음악은 연주할 수 없다.

했다. "이야기는 시작된다."

　아마 크루아상이 넘어가는 중에 숨을 들이마셨던 모양이다. 확실한 건 충분히 부드러워지기 전이라 식도에 걸렸다는 것뿐이다. 경련을 일으킨 식도가 쪼그라들면서 빵덩어리에서 생크림 코코아를 짜내어 위로 밀어올렸다. 기도에 홍수가 났다. 나는 물속에서 목이 졸린 개구리

같은 소리를 냈다. 한 손 갈퀴로 편지를 들고 구기면서 다른 손으로는 정신없이 허공을 휘저었다.

꿀떡 삼킬 수도 숨을 쉴 수도 없었다. 자세를 똑바로 하면 모든 게 정상으로 돌아올 거라는 기대로 벌떡 일어났다. 하지만 아니었다. 그저 생크림만 뱉어냈을 뿐이었다.

"그르렁." 목구멍 안에서 소리가 났다.

피가 머리로 솟구치고 눈알이 튀어나올 지경이었다. 숨쉬기가 더 편할 거라는 생각에 열린 창가로 급히 달려갔지만 허사였다. 유리창 밖으로 몸을 숙였지만 그르렁대는 소리만 한번 더 났다. 거리를 산책하던 린트부름 둘이 지나가며 내 쪽을 보았다.

"하르륵!" 나는 정신없이 팔을 휘저으며 벌겋게 튀어나온 눈으로 그들을 노려보았다. 둘은 그게 익살맞은 아침 인사라고 생각했는지 그르렁대는 나를 흉내내며 인사했다.

"하르륵! 위대한 마이스터, 당신도 하르륵하시길 빕니다!"

그들은 눈을 크게 뜨고 팔을 휘저으며 즐겁게 소리치고는 웃음을 터뜨렸다.

내가 성공의 총아가 된 이래 우리 종족은 미래지향적인 트렌드를 절대 놓치지 않으려고 내 괴벽을 따라 했다. 방금 내가 또 그런 걸 만들어낸 모양이다. 둘은 나를 그냥 내버려둔 채 그르렁대고 웃으며 거리를 따라내려갔다. 분명 새로운 이 미텐메츠식 인사도 곧 유행하리라.

콧구멍에서 가느다란 생크림 줄기가 흘러나왔다. 비틀거리며 창가를 떠난 나는 식탁 의자에 기댔다가 바닥에 길게 뻗었다가 식탁 모서리를 잡고 그르렁거리며 일어섰다. 목에서는 관이나 트럼펫이 막혔을 때 나는 소리만 들렸다. 눈물로 흐려진 시선이 도움을 청하듯 단첼로트 대부시인의 고색창연한 유화 초상화로 향했다. 대부는 어리둥절한 표정으로 나를 내려다보고 있었다. 생전에 대부는 삶은 채소를 먹으라며 타일렀고 음식은 절대 급하게 삼키면 안 된다고 주의를 주었다. 이제 대부를 따라 저세상으로 갈 순간이 눈앞에 닥쳤다. 그 순간이 너무 일찍 왔다는 생각이 들었다. 눈알이 점점 더 튀어나오고, 억누를 수 없는 노곤함에 정신은 안개에 에워싸인 듯 흐려졌다. 공포와 완벽한 무심함이 뒤섞인 기이하고도 모순된 감정이 엄습했다. 나는 살고 싶었고 동시에 죽고 싶었다.

사랑하는 친구들이여, 맑은 정신으로 생각하는 게 더는 불가능한 바로 그 순간 나는 지극히 근본적인 인식에 도달했다. 내가 이룬 것, 단숨에 성공을 거둔 작가로서의 이력, 내 삶 전체와 그동안의 노력, 지금까지 출간한 작품들, 수상한 문학상과 인쇄 부수는 아침으로 먹는 크루아상보다 무의미했다. 싸구려 페이스트리 빵조각이 생사를 갈랐다. 내 생과 사를. 평범한 밀가루와 설탕과 이스트와 버터로 만든 반죽이.

그렇게 생각하니 극적인 상황에서도 웃음이 나왔다. 여러분도 쉽게 상상할 수 있을 테지만, 그건 즐겁거나 삶을 긍정하는 폭소가 아니라 짧고 씁쓸한 "하!"였다. 그러나 다행히 식도 안에서 벌어진 끔찍한 상황을 바꿔놓기에는 충분했다.

웃음 때문에 크루아상이 목구멍으로 다시 올라온 것이다. 그러고는 말하자면 위胃로 향하는 길을 새로 잡았는데, 이번에는 문제없이 미끄러져내려가 질서 있게 소화기관으로 사라졌다. 뒤이어 생크림이 흘러내려갔고, 기도는 다시 비워지다시피 했다. 나는 기침을 해 콧구멍으로 나머지를 뿜어냈다. 드디어 숨을 쉴 수 있었다.

"흐아아아!" 물에 빠졌다 수면으로 막 올라온 것처럼 고함을 질렀다. 산소! 인생에서 가장 중요한 건 공짜로 얻는다! 기진맥진했지만 한결 가벼운 마음으로 식탁 의자에 털썩 주저앉아 가슴을 움켜쥐었다. 심장이 화재 경종처럼 쿵쾅거렸다. 아이고, 세상에! 하마터면 우스꽝스럽기 짝이 없는 죽음을 맞을 뻔했다. 그 빌어먹을 크루아상이 내 전기를 얼마나 끔찍하게 망칠 뻔했는가.

"미텐메츠, 크루아상이 목에 걸려 질식하다!"

"차모니아에서 가장 유명한 시인이 페이스트리를 급히 먹다 사망하다!"

"뚱뚱한 발트로젬 수훈자, 생크림에 코를 박은 채 발견되다!"

"차모니아의 헤비급 시인, 깃털처럼 가벼운 빵에 당하다."

문학평론가 라프탄티델 라투다가 〈그랄준트 시립신문〉에 쓸 음흉한 추도사와 여러 신문 표제들이 눈앞에 곧장 떠올랐다. 내 묘비에는 보나마나 크루아상도 새겨질 터였다!

땀을 닦고 나서야 여전히 편지를 손에 들고 있다는 것을 깨달았다. 갈퀴가 종이에 푹 박혀 있었다. 빌어먹을 종이 같으니! 태워버려야지! 나는 편지를 난로에 던져넣으려고 자리에서 일어서다가 멈칫했다. 아니, 잠깐만. 도대체 어떤 문장 때문에 내가 그렇게 당황했던 거지? 너무 흥분해서 그 문장도 잊어버렸다. 나는 다시 한번 보았다.

여기서부터 이야기는 시작된다.

자리에 다시 주저앉아야 했다. 나는 이 문장을 알고 있었다. 충실한 친구이자 길동무인 여러분도 아는 문장이다! 여러분은 이 문장이 나와 내 삶과 지금까지의 작품에 어떤 의미가 있는지도 알 것이다. 도대체 누가 편지를 썼지? 아냐, 하마터면 나를 죽일 뻔한 편지이긴 해도 태워버리면 안 되겠다. 나는 계속 읽었다.

빽빽하게 채운 열 장짜리 편지를 처음부터 끝까지 한 글자 한 글자

꼼꼼히 읽었다. 나를 꼼짝 못하게 만든 서두를 빼고 무슨 내용이 들어 있나? 친구들이여, 단 두 마디면 대번에 표현할 수 있다. 거의 없다. 최소한 그 열 장 중에는 뭔가 의미가 있다거나 중요하다거나 심오한 내용이 거의 없었다.

다시 말하지만, 거의 없었다.

의미 있는 문장이 하나 더 있었기 때문이다. 장황한 수다 끝에 추신으로 붙은, 세 마디로 된 문장이었다. 하지만 그 문장은 내 인생을 완전히 뒤바꿔놓았다.

처음부터 차근차근 이야기해보자. 그 편지는 공백 공포증, 그러니까 빈 종이에 공포를 느끼는, 텅 빈 백지를 앞에 두고 두려움에 직면한 어느 작가에 대한 내용이었다. 글을 써야 한다는 공포로 몸이 굳은, 미지의 작가. 이 얼마나 진부한 이야기인가! 그동안 이런 모티프의 글을 얼마나 많이 읽어왔던가? 정말이지 너무 많이 읽었다. 그러나 이 편지만큼 진부한데다 독창성이라곤 없는 글은 처음이었다. 자기연민에 빠져 그저 징징거리고 우울해하고 절망하는 말뿐이었다. 물론 절망적인 글도 위대한 예술에 이를 수 있지만, 이 편지는 망상에 빠진 환자가 병원 대기실에서 우연히 옆에 앉은 이에게 실제로는 있지도 않은 자신의 통증에 대해 성가시게 늘어놓는 잡담에 불과했다. 편지를 쓴 작가의 관심은 오로지 자기 자신, 자신의 몸과 마음의 건강상태, 같잖은 고뇌와 하찮은 불안감뿐이었다. 그는 꺼끌꺼끌한 잇몸과 실수로 종이에 베인 상처, 딸꾹질과 굳은살, 포만감 등이 치명적인 불치병이라도 된다는 듯 불평했다. 자기 작품에 대한 비평이라면 설령 호의적인 것이라 해도 한탄했고, 날씨가 나빠도 머리가 아파도 한탄했다. 가치 있는 문장이라고는 단 하나도 없었다. 작가의 글에는 필요치 않은 순 평범해빠진 문장뿐이었다. 나는 편지를 읽는 내내 푹푹 찌는 한여름에 벽돌이 가득 든 배낭을 지고 가파른 산길을 올라가는 것처럼 끙끙거리며 한숨을 내쉬었다. 단어들에서 이렇게 부담을 느낀 적은 없었다. 그렇다, 괴로웠다. 이 작가를 다리에 매단 채 질질 끌고 불모의 죽은 돌사막을 걷는 느낌이었다. 말라비틀어진 선인장 같은 단어들, 바짝 마른 웅덩이 같은 문장들이었다. 이 작가에게는 글에 대한 두려움이라곤 없었다! 오히려 정반대로 할말이 전혀 없는데도 펜을 멈추지 못했다. 간단히 말해, 이 편지는 내가 읽어본 것 중 가장 형편없는 글이었다.

그러다가 뒷발질하는 말에게 걷어차인 것처럼 불현듯 깨달았다. 이 편지를 쓴 자는 나다! 나는 이마를 쳤다. 당연했다. 이건 내 문체고, 내가 자주 사용하는 단어고, 내가 촌충처럼 길게 늘이는 중첩 복합문이었다. 내가 성공의 절정에 오른 후로 나 말고 이렇게 쓰는 자는 없었다. 여기 이 문장에 쉼표 열일곱 개를 찍어놓은 방식은 내가 사용하는 구두법의 특징 아닌가! 여기, '완벽한 송아지 커틀릿'에 관한 기나긴 미텐메츠식 여담은 또 어떻고. 문학평론가, 특히 위대한 비평가 라프탄티델라투다를 향한 언어폭력으로 가득한 공격적인 이 문장은? 고귀한 내 펜이 만들어낸, 절대 다른 것과 혼동할 수 없는 문장이다. 바로 그 순간 깨달았다. 나는 이미 오래전부터 일단 글을 쓰고 나면 다시 읽지 않았다. 잉크가 마르기도 전에 인쇄소에 넘길 때가 많았고, 그 정도로 자기비판과는 거리가 멀었다. 또 이미 오래전부터 편집부에 어떤 것도 허락하지 않았다. 단, 멋진 문장에 밑줄을 긋고 그 옆에 "탁월합니다!"라거나 "모방 불가!"라고 쓰는 것만이 예외였다.

하지만 이건 내 필체가 아닌데! 게다가 이런 내용의 글을 쓴 적도 없다. 그건 확실했다. 나는 당황한 채 계속 읽어내려갔다. 나의 충실한 친구들이여, 이 편지는 내가 쓴 게 아니지만, 문체를 보면 내가 쓴 것일 수도 있었다. 내 단점이 여실히 드러나는 문체였다. 내 특징인 건강염려증이 비약적으로 두드러진 가운데 내가 상상한, 오로지 나만이 생각해낼 수 있는 각종 질병이 나열되어 있었다. 뇌 기침과 폐 편두통, 간 누공과 중이 경변 등. 오름에 맹세컨대, 매분 측정한 열과 맥박수에 이르기까지 정말로 내가 쓴 것 같았다! 누군가 내 문체를 패러디한 거라면, 속이 쓰리지만 성공했다고 인정할 수밖에 없었다. 상당한 압박감을 느끼며 겨우 끝까지 읽었다. 계속 이어지던 과대망상과 징징거림의 우스꽝스러운 혼합물은 발신인이 그야말로 의욕을 잃어버린 듯 돌연 끝났다. 사실 나도 이렇게 글을 마음대로 불쑥 끝내는 일이 최근 들어 점점 더 잦아졌다.

나는 신음하며 고개를 들었다. 독자로서는 사기를 당하고 삶의 소중한 부분을 도둑맞은 기분이었다. 패러디 대상으로서는 완벽하게 정체를 들켜 체면이 깎인 느낌이었다. 편지를 읽는 데는 십오 분 정도밖에 걸리지 않았지만 마치 일주일이 지난 것처럼 느껴졌다. 이렇게 혐오스럽고 오름이라고는 전혀 없는 쓰레기를 정말로 내가 썼단 말인가? 그러다 편지 끝에 적힌 서명에 눈길이 닿자, 몇 년에 걸친 수감생활을 끝낸 자가 처음으로 다시 거울을 보고는 세월에 일그러진 자기 얼굴과 마주한 기분이 들었다. 거기 쓰여 있기를.

### 힐데군스트 폰 미텐메츠

내 서명도 완벽하게 위조되었다. 세세한 부분까지 얼마나 정확하게 위조됐는지 확인하느라 몇 번이나 보았다. 맨 마지막 글자 획마저 똑같았다.

나는 경악했다. 아니면 설마 내가 쓴 것일까? 제정신이 아닐 때 필체는 다르게, 서명은 똑바로 해서 내게 보낸 것일까? 작가로서의 내가 내게서 떨어져나와 독자적으로 행동한 건가? 도에 넘치는 창조성 때문에 정신분열증, 정신병의 희생자가 된 걸까? 오름의 부작용에 대해서는 아직 밝혀지지 않았다. 오름의 급습을 누구보다 자주 당한 페를라 라 가데온은 정신착란으로 숨졌다. 될러리히 히른피들러도 광기로 사망했다. 술에 취해 흥얼거리던 그의 생은 상아탑에서 끝났다. 아이더리히 피시네르츠는 정신이 흐려져 세상을 하직하기 직전에 말과 대화를 나누었다는 소문이 돌았다.

이게 내가 명성을 얻은 대신 바쳐야 할 공물인가? 젊은 시절 이미 인격분열 증세를 겪지 않았던가? 그때 나는 나 자신에게 편지를 자주 썼다. 그러나 그 편지들을 실제로 부칠 만큼 정신이 이상하지는 않았다. 맙소사, 내 건강염려증적 상상력이 다시 온몸을 훑고 지나갔다! 어떻게든 진정해야 했다. 정신을 딴 데로 돌리려고 마지막으로 편지를 흘긋 보았다. 그제야 아래쪽 가장자리에 깨알같이 작은 글씨로 쓰인 추신이 눈에 들어왔다. 거기 쓰여 있기를.

추신: 그림자 제왕이 돌아왔다.

나는 지금 막 내 앞에 나타난 유령이라도 되는 양 그 문장을 노려보았다.

이마에 식은땀이 솟고, 편지를 쥔 손이 떨리기 시작했다. 종이에 적힌 세 마디, 열 글자는 그 정도로 나를 뒤흔들었다.

추신: 그림자 제왕이 돌아왔다.

비열한 농담인가? 어느 파렴치한 익살꾼이 이런 쓰레기를 보냈담?

날 시기하는 수많은 놈 가운데 하나인가? 실패한 동료? 아니면 비평가? 자기네 출판사에서 책을 내면 좋겠다고 수차례 제안했지만 내가 번번이 거절한 수많은 발행인 중 하나? 광팬? 나는 발신인이 누구인지 보려고 떨리는 갈퀴로 봉투를 집었다. 뜯어진 봉투를 들어올려 뒤집어서는, 초등학생처럼 한 글자 한 글자 읽었다.

힐데군스트 폰 미텐메츠
부흐하임, 차모니아
중간 지하묘지
가죽 동굴

나는 훌쩍훌쩍 울기 시작했다. 눈물이 흐르고서야 뒤죽박죽인 마음에 절실했던 안정감이 찾아들었다.

# 피비린내 나는 책

다음날 새벽 동틀 무렵 나는 도둑처럼 린트부름 요새를 빠져나왔다. 아무도 만나지 않고, 어떤 설명도 하지 않고, 떠들썩하게 작별인사를 나누지도 않았다. 이는 린트부름 족 사이에서 비겁한 행동이 아니라 정중한 규율이었다. 나는 문학작품에서는 감상적인 장면을 무조건 높이 평가하지만 현실에서는 단호히 거부하는데, 사실 우리 종족이라면 누구나 그렇다. 아마도 우리 린트부름들은 문학작품을 통해 감정을 최대한 발산하기 때문이리라. 사회적으로나 개인적으로나 평균 이상으로 감정을 잘 통제하는 우리는 냉담하고 정중하고 거의 형식적이기까지 하다. 작별인사, 그것도 오랫동안의 이별을 앞두고 하는 인사는 린트부름 족이 상상할 수 있는 가장 달갑지 않은 일이다. 그래서 나는 확신한다. 작별인사를 나누는 괴로움을 면하게 해준 내게 친구들과 친척들이 나중에라도 감사할 거라고.

나는 요새 꼭대기부터 주춧돌까지 나선형으로 휘어지는 텅 빈 대로를 아무 방해도 받지 않고 내려왔다. 이슬에 젖은 보도를 걸으며 덧문이 닫힌 창 앞을 지났다. 유리창 안쪽에서는 아무것도 모르는 린트부름들이 코를 골며 자고 있을 터였다. 지난밤 육각운으로 지은 짧막한 작별편지를 배수구에 던졌다. 그렇게 하면 도시 전체가 수신인이었다. 시적인 방식으로 작별하는 린트부름 요새의 오랜 관습에 따른 것이었다. 물론 이 관습에는 아직 아무도 읽지 않은 내 편지를 바람이 도시의

31

홍벽 위로 날려보내거나 빗물이 잉크를 지워버릴 위험 부담이 따랐다. 우리는 감정적으로 불구인 종족인지 모르지만 극적인 감각은 있었다.

해가 뜨지도 않았는데 벌써 환했다. 마지막으로 해돋이를 본 게 언제였던가? 모르겠다! 너무 오랫동안 진정한 삶을 놓치고 지냈다! 처음 부흐하임으로 떠나던 그때와 흡사한 느낌이었다. 너무 뚱뚱한데다 너무 피곤하고 너무 넌더리가 나서 정신적으로나 육체적으로 그때보다 좋지 않은 상태였지만, 눈앞에 기다리고 있는 일들과 모험에 대한 기대로 아이처럼 들떴다. 새로운 시작이란 이런 것이 아닐까?

린트부름 요새를 나와, 사방에서 요새를 에워싼 황량한 돌사막을 걸었다. 수평으로 짙게 깔린 잿빛 안개 속을 지났다. 안개는 하늘에서 떨어진 비구름처럼 보였다. 그사이 해가 떴지만 몸을 데워줄 정도는 아니었다. 이대로 발길을 돌려 안전한 고향 암벽으로 가고픈 비겁한 충동과 계속 싸워야 했다. 화산지대에 자리잡고 있어 겨울에도 포근한 온기를 내뿜고, 따뜻한 난로가 고양이를 끌어당기듯 린트부름들을 끌어당기는 힘이 있는 그곳으로.

빌어먹을, 도대체 부흐하임에 가서 뭘 하겠다는 거지? 그 도시는 이미 한 번 나를 죽일 뻔하지 않았던가. 요새에서는 아주 잘 지냈다. 과체중쯤이야 식이요법으로 잡을 수도 있었을 텐데. 이제 나는 온갖 실존적인 불안을 청소년기의 낙관주의로 이길 수 있는 일흔일곱 살의 젊은 린트부름이 아니었다. 이런 모험을 하기에는 지나치게 이성적이었다. 아니, 지나치게 늙었다고 해야 할까? 지난번 부흐하임을 여행한 뒤로 이백 년이 흘렀다. 이백 년! 그 생각을 하자 몸이 더 세차게 떨렸다.

긴 여행을 앞두고 아직은 그만둘 수도 있을 때 나타나는 이런 분열 상태를 표현하는 단어가 있을까? 그럴 때면 언제나 정신이 둘로 나뉘는 것 같다. 대담하고 젊은 뇌의 한쪽은 익숙한 환경을 떨치고 나와 용감하고 기대에 차서 모험을 즐기려 한다. 모험을 두려워하는 나태하고 나이든 다른 반쪽은 겁을 먹고 익숙한 환경에 머물고 싶어한다. 그러나 여행에 제동을 거는 이 상태를 내가 '비非진공'이라고 부르기로 결정한 뒤부터 이런 상태는 마치 가벼운 두통처럼, 상쾌한 공기 속에서 발걸음을 옮길수록 사라졌다. 드디어 린트부름 요새의 영향권을 벗어난 건가?

그건 그렇고, 꼭 필요한 귀마개는 챙겼나? 그게 없으면 한숨도 못 자는데. 들어보지 못한 소음으로 가득한 낯선 환경에서는 말할 것도 없지 않은가. 커피를 많이 마셨다 싶으면 금세 나타나는 위산과다 증상에 먹을 알약은? 돈은 충분한가? 수첩은? 지도와 체온계, 주소록, 후두 환약은? 독서용 외알 안경과 연필, 접이식 칼과 나침반, 차모니아 여권은? 숙박업소 목록, 콧수건과 칫솔, 안약과 장미 오일, 화상 연고와 치실, 구강 청결용 방향 석회 세척제는? 여행용 외투의 수많은 주머니와 보따리를 샅샅이 뒤지자 그밖에도 성냥과 양초 세 자루, 파이프와 담뱃잎 주머니, 두통에 먹는 가루약, 바늘과 실, 지방 크림 한 통, 중탄산 소다가루, 탄소 알약이 나왔다. 아, 귀마개가 여기 있군! 링두들러의 『고대 차모니아 문학 소사전』과 빨리 마르는 잉크, 발톱깎이, 봉랍과 지우개 두 개, 우표, 기침 물약, 알약 안정제와 티눈 반창고, 무명붕대와 핀셋도…… 아이고, 부흐하임으로 가는 데 핀셋이 왜 필요하담? 아 참, 그렇지. 최근에 손톱만한 가시나 벌침의 환영幻影에 시달린 터였다. 도보여행중 그런 일을 당했을 때 정교한 도구로 제거하지 않으면 패혈증에 걸려 죽지 않는가. 뒤적거리다보니 구겨진 종이뭉치가 손가락에 걸렸다. 다름아닌, 이 여행을 떠나게 만든 편지였다.

나는 그제야 멈춰 서서 마음을 가라앉히려
고 애썼다. 그랬다, 이 여행을 떠날 이유가 하
나 있었다. 바로 이 편지였다. 나는 편지를 판
판하게 폈다가 다시 반듯하게 접었다. 부흐
하임의 미로에서 온 편지일까? 정말로 부흐
링의 고향인 가죽 동굴에서 왔을까? 내가 정
말 그걸 알고 싶은 걸까? 말도 안 되는 소리!
이 세상 그 무엇도 나를 그 지하세계로 발을
들여놓게 할 수 없다. 권태와 지루함, 여행 욕
구, 고소광포증, 과체중 등 이 여행을 떠나야
할 이유는 열두어 가지나 되었다! 린트부름
요새로 돌아갈 이유는 안락함이 유일했다.
먼젓번처럼 경솔한 젊은이가 아무것도 모르
고 무작정 도망치는 게 아니었다. 오름에 맹
세컨대, 나는 그래도 힐데군스트 폰 미텐메
츠 아닌가! 경력이 탄탄하고 노련한 작가고,
게다가 여행의 목적지도 이미 한 번 철두철
미하게 경험했다. 그러니 무슨 일이 더 있겠
는가?! 그때는 훨씬 더 열악한 조건에서 훨씬
더 무리했다. 지금 이 여행은 산책 또는 내 전
기에 들어갈 주석 하나에 불과하다. 탐구 여
행, 사소한 조사, 기분전환, 재미. 또 이번에
는 경험과 성숙이 젊음의 만용을 대신할 것
이다. 그러니 이백 년 전의 애송이처럼 남들

이 쳐놓은 덫에 순진하게 걸리는 일은 절대 없다. 게다가 말이지, 도대체 어떤 덫에 걸릴 수 있겠는가? 내가 가는 걸 아무도 모르는데. 차모니아에서 가장 대중적인 시인조차 외투에 달린 두건을 쓰고 있는 한은, 꿈꾸는 책들의 도시에서 익명으로 마음껏 돌아다닐 수 있다.

　이런 생각을 하다보니 확실히 마음이 가라앉았다. 편지를 외투에 다시 쑤셔넣고 헤집어진 보따리를 정리하는데 예기치 않게 『피비린내 나는 책』이 손에 잡혔다. 그랬다, 불현듯 일어난 충동에 이끌려 그 책도 짐 보따리에 넣은 것이다. 도대체 왜? 흠, 일단은 원래 주인인 도시에 돌려주고 싶었다. 지긋지긋한 그 두꺼운 책은 이백 년 전부터 가지고 있었지만 정말 내 것이라고 느껴본 적은 한 번도 없었다. 당시 화염 속으로 완전히 사라져버릴 위기에서 내가 구해내긴 했다. 하지만 그렇다고 『피비린내 나는 책』이 내 것이 된 걸까? 대참사가 일어났을 때 남의 집을 약탈한 자가 주장하는 권리에 불과하다. 물론 그때 이후 읽은 적도 없다! 불가능한 일이었다. 과감히 책을 펼쳐도 읽을 수 있는 건 기껏해야 한 문장뿐이었다. 책을 펼친 건 총 세 번이었는데, 그때마다 까무러칠 듯 놀라서 다시 덮어버리고는 몇 년간 손도 대지 않았다.

　이 불쾌한 물건을 드디어 치워버리고 싶었다! 물론 아무데나 던져버릴 수는 없었다. 엄청나게 값나가는 책이었고 부흐하임의 귀중한 고서 순위인 황금 목록 위쪽에 이름이 올라가 있었다. 수많은 이가 탐내는 고서 가운데 한 권이었다. 그래서 어느 정도 책임감이 느껴졌다. 어쩌면 꿈꾸는 책들의 도시에서 구매자를 찾을 수 있을지 모른다. 못 찾으면 부흐하임 시립도서관에 기부해야지. 맞아, 그래야겠다. 여행의 이유에 선한 행동 하나가 더해졌다. 순식간에 마음이 가벼워졌다. 나는 끔찍한 책을 다시 집어넣었다.

정오의 햇살이 마지막 안개를 걷어내고 얼굴을 따뜻하게 어루만져 주었다. 나는 한결 낙관적인 마음으로 걸음을 내디뎠다. 여행도 글쓰기와 비슷하다. 일단 시작해야 한다. 첫번째 장애물만 극복하면 대부분은 저절로 굴러간다. 여행하기 싫은 자여, 그냥 집에 틀어박혀 있어라! 린트부름 요새가 시야에서 사라지고 얼마 안 가 단편소설과 시, 장편소설 한 권도 거뜬히 쓸 아이디어가 몰려들었다. 이런 상태는 하루종일 이어져, 정말 중요한 것들을 수첩에 적느라 몇 번이나 멈춰 섰다. 예술적인 착상들이 린트부름 요새와 부흐하임 사이의 길가에 숨어 있다가 완전히 탈진한 시인에게 달려들어 영감을 주는 것 같았다. 나는 즉흥적으로 떠오르는 시구를 목청껏 낭송했다. 그 소리를 들어야 했던 가련한 차모니아의 자연은 내가 정신병원에서 뛰쳐나온 줄 알았을 테지! 뭐, 그러거나 말거나. 내 결정은 옳았고, 이제 막 완전히 새로운 삶의 한 단계가 열렸다. 힐데군스트 폰 미텐메츠가 다시 태어났다!

몸에서 비늘도 떨어졌다! 도보여행과 더불어 주기적인 비늘 벗기 시기도 함께 시작되었다. 지금껏 입고 있던 초록색 비늘 옷이 작별을 고하고 붉은색에 자리를 넘긴 것이다. 유년기의 노란색 비늘, 청소년기와 성년 초기의 초록색 비늘에 이어 이제는 원숙함에 어울리는 위풍당당한 붉은색이었다. 새 비늘이 햇빛을 받아 우아하게 반짝였다. 비늘벗기가 끝나면 한동안은 지방 크림을 쓰지 않아도 된다. 새 비늘이 윤을 낸 갑옷처럼 빛날 테니까. 옷에서 헌 비늘이 솔솔 떨어졌다. 처음에는 하나씩 떨어지지만 곧 소나기처럼 쏟아져내릴 것이다. 경험상 그랬다. 비늘 벗기를 하는 린트부름의 모습은 미관상 그리 좋지 않지만 당사자에게는 상당히 쾌적한 경험이다. 약간 가렵긴 해도 기분좋은 가려움이다. 온몸에서 다 아문 상처의 딱지를 긁어 떼는 느낌이랄까. 비늘

벗기는 내 몸이 이번 여행에 동의하는 좋은 징조로 여겨졌다. 비늘을 벗
는 린트부름은 건강하다! 단첼로트 대부시인이 늘 하시던 말씀이다. 앞
으로 한동안 나는 바늘잎을 떨어뜨리는 소나무처럼 흔적을 남기며 돌
아다니게 될 것이다.[*]

작고 서늘한 자작나무 숲에서 밤을 보내려고 자리를 잡았다. 한참
끙끙대고서야 자그마한 모닥불을 지피는 데 성공했다. 예전에는 숙련
된 도보여행자로서 뚝딱 해내던 일이었다. 모닥불을 피운 것이 들짐승
을 쫓기 위해 내가 취한 유일한 대책이었다. 온갖 잡동사니를 챙기면
서도 방어도구는 미처 생각하지 못한 것이다. 내가 지닌 가장 위협적
인 무기는 작은 접이식 칼이었다. 지금 당장 어둠 속에서 괴물이 나타
나면 핀셋으로 겁을 주거나 기침 물약을 좀 권하는 게 고작일 것이다.

그런데 왜 불안하지 않을까? 아마 너무 피곤해서 두려움조차 못 느
끼는 것인지도. 하루 사이 이렇게 건강에 좋은 운동을 많이 한 게 얼마
만인지. 나는 여행 보따리를 베개 삼아 베고 누워 자작나무 사이에서
춤추는 그림자를 바라보았다. 안에 든 『피비린내 나는 책』 때문에 베개
가 좀 딱딱했지만 책을 꺼낼 엄두는 나지 않았다.

마녀는 언제나 자작나무들 사이에 있다.

불길한 책에 쓰여 있는 세 개의 수수께끼 같은 문장 가운데 하나가
아주 적절하지 않은 때 떠올랐다.

---

[*] 비늘을 벗는 린트부름: 힐데군스트 폰 미텐메츠가 속한 종족은 살면서 여러 번, 그러
니까 일곱 번까지 비늘을 벗는다. 새 비늘 옷은 매번 색깔이 다르다. 차모니아 문예학의
한 분파(린트부름 피부과학 어원)는 린트부름 요새 주민들의 문학작품을 비늘 색깔과 그
에 상응하는 시기로 나눈다. 이론이 분분한 이 분류에 따르면, 여기서 미텐메츠의 보랏빛
시기가 시작된다. 엑제기디오르 플람슈트루델의 『보랏빛 여행. 미텐메츠의 세번째 비늘
벗기가 그의 전기적 작품에 미친 영향』을 참조할 것.

네가 드리우는 그림자는 네 것이 아니다.

두번째 문장이었다. 세번째 문장은 이랬다.

네가 눈을 감으면 누군가 온다.

『피비린내 나는 책』을 펼친 건 겨우 세 번뿐인데 그때마다 그 문장들이 영원히 기억 속에 새겨졌다. 그런데 이상하게도 여기, 완전히 낯설고 방어벽도 없는데다 분명 위험하기 짝이 없는 이곳에서 세 문장은 어떤 두려움도 불러일으키지 않았다. 어쩔 수 없이 『피비린내 나는 책』과 함께 지내는 동안, 언제든지 나를 덮쳐 물어뜯을 수 있는 사악하고 위험한 동물과 늘 같이 사는 기분이었는데.

하지만 이제 그 책을 놓아주려고 황야로 가져왔다. 그래서 더는 불안하지 않았다. 보따리에서 통밀 비스킷을 꺼내 곰곰이 생각하며 먹어치웠다. 이제부터 영양에 주의해서 몸에 꼭 필요한 만큼만 먹을 작정이었다. 페이스트리 크루아상 사건이 뼈에 사무쳤다.

선선한 미풍이 자작나무 숲을 지나갔다. 낙엽들이 여러 목소리로 소곤거리고 모닥불이 다시 한번 환하게 타올랐다. 바람이 그림도 없는 두꺼운 책을 읽는 어린아이처럼 초조해하며 내 위쪽 우듬지에서 나뭇잎을 떨어뜨렸다. 그림자 제왕이 불타 죽으면서 내던 바스락거리는 웃음소리와 순진한 기쁨으로 빛나던 그의 눈이 떠올랐다. 그날 이후 최소한 하루에 한 번은 그를 생각했고, 글을 쓸 때면 그가 내 손을 조종하고 있다는 느낌에 자주 사로잡혔다.

추신: 그림자 제왕이 돌아왔다.

'말도 안 돼.' 나는 잠에 취한 채 생각했다. '한 번도 떠난 적이 없는 사람이 어떻게 돌아온단 거야?'

그러다가 잠이 들었다.

눈을 떠보니 한밤중이었다. 모닥불은 거의 꺼져가고, 남은 불씨가 내 머리 위에 작은 성당 지붕 모양의 흐릿한 불빛을 드리우고 있었다. 나는 귀를 쫑긋 세웠다. 뭐 때문에 깬 거지?

나뭇잎들이 다시 속삭이기 시작했다. 하지만 바람 한 점 없으니 기이한 일이었다. 불안한 마음에 일어나 앉았다. 아니, 이건 나뭇잎이 살랑거리는 소리가 아니라 목소리다! 한 생명체가 소곤대는 목소리. 순간 정신이 번쩍 들었다.

나는 어둠 속에서 눈을 깜박거리며 흐릿한 불빛에 뭐가 보이는지 알아내려 애썼다. 주변의 어둠이 눈에 익기까지 지독히도 오래 걸렸다. 날씬한 자작나무들, 그 사이에 있는 가느다란 나뭇가지, 나뭇잎 그늘— 그러다 온몸에 얼음처럼 싸늘한 전율을 일으키는 뭔가가 눈에 띄었다. 자작나무 두 그루 사이에 어떤 형체가 서 있었다.

마녀는 언제나 자작나무들 사이에 있다. 그 문장이 떠올랐다.

아니, 그건 나무가 아니었다! 살아 숨쉬는 존재였다. 몸을 세운 커다란 뱀처럼 길고 바짝 마른 형체가 거의 눈에 띄지 않게 살살 흔들리며 알아들을 수 없는 말을 나지막이 속삭였다.

내가 여기 있다는 걸 알려야 하나? 자신감 넘치는 큰 목소리로? 아니면 주의를 끌지 않게 꼼짝 말고 가만있어야 할까? 들짐승인가, 지적인 존재인가? 나 같은 나그네인가? 이파리늑대? 완전히 다른 존재? 공격적일까, 아니면 나보다 겁이 많을까? 의문들 중 한 가지를 곰곰이 생각해볼 새도 없이 불현듯 그 가느다란 목소리가 속삭이는 말이 모두 이해되었다.

"책 위에 책이 탑처럼 쌓여 있고

처량하고 고독하게

죽은 창문들에 에워싸여

오로지 유령들만 사는 곳."

내가 아는 구절이었다. 이 구절이 가리키는 장소가 어딘지도 알았
다. 그곳에 실제로 있었으니까. 눈물이 솟구쳤다. 벌떡 일어나 달아나
고 싶었지만 불가능했다. 공포가 온몸을 마비시켜 발끝 하나 까딱할
수 없었다. 늘어선 나무들 사이에서 나와 소리 없이 내 쪽으로 서서히
미끄러져오는 그 형체의 모습이 눈물로 흐릿해진 시야에 들어왔다. 움
직일 때 다리도 필요 없는 모양이었다.

"가죽과 종이로 된

짐승들의 공격을 받으며

광기와 소리가 사는 곳

일명…… 그림자 성."

속삭임은 이제 바로 귓가에서 들렸고, 소름끼치는 그림자가 내 시야
를 완전히 가리는 바람에 보이는 것은 암흑뿐이었다. 그 끔찍한 어둠
속에서, 오랫동안 잊고 지낸 익숙한 냄새가 풍겨왔다. 오래된 책 냄새가
불쑥 풍겼다…… 낡은 고서점 문을 벌컥 열었을 때, 책먼지가 폭풍처럼 일어
나고 썩어가는 커다란 2절판 책 수백만 권의 곰팡이가 얼굴로 밀려오는 것처
럼……

지금까지 살면서 딱 두 번 맡은 냄새였다. 의심의 여지 없이 꿈꾸는
책들의 도시의 향수, 부흐하임의 영원한 향기였다. 또한 공포를 불러일

으키는 그림자 제왕의 숨결이기도 했다.

추신: 그림자 제왕이 돌아왔다.

어쩌면 내가 소리를 지르지 않은 이유는, 그런다고 달라질 게 없었기 때문일 것이다. 축축하고 끈끈한 혀가 내 얼굴을 건드렸고 콧구멍과 입술을 더듬었다— 나는 잠에서 깼다.

이미 동이 터오고 있었고, 모닥불은 꺼진 채였다. 새하얀 노루가 가느다란 다리로 서서 몸을 숙이고 내 얼굴에 묻은 비스킷 부스러기를 핥아먹고 있었다. 몸을 일으키자 노루는 깜짝 놀라 뒤로 물러나더니, 원망이 가득 담긴 커다란 눈망울로 나를 바라보다 우아하게 지그재그로 껑충껑충 뛰어 자작나무들 사이로 사라졌다. 나는 신음을 뱉으며 자리에서 일어나 외투에서 이슬방울을 털어냈다. 오, 사랑하는 친구들이여, 『피비린내 나는 책』을 베고 잤으니 이런 꿈을 꾸는 것도 당연했다!

# 새로운 도시

　탁 트인 곳으로 나선 후에야 자작나무 숲이 비탈에 있고 그리 올라가면 평평한 풀밭이 나온다는 걸 깨달았다. 맑은 공기 덕분에 바람에 흔들리는 초록빛 풀의 바다와 그 뒤로 지평선까지 이어진 잿빛 황무지가 훤히 내다보였다. 아침 하늘과 땅을 가르는 지평선에는 벌써 부흐하임의 집들이 만들어내는 부자연스럽고 알록달록한 점들이 모습을 드러내고 있었다.

　그 도시의 냄새가 맡아졌다. 전날 밤 악몽을 꾸게 한 바로 그 냄새! 스텝 지역에 끊임없이 부는 바람이 평지인 풀의 바다를 지나 자작나무 숲까지 냄새를 실어나른 것이다. 당시 내가 혼동할 수 없는 그 독특한 냄새를 묘사했던 책의 문장들까지 꿈에서 보았다. 낡은 고서점 문을 벌컥 열었을 때, 책먼지가 폭풍처럼 일어나고 썩어가는 커다란 2절판 책 수백만 권의 곰팡이가 얼굴로 밀려오는 것처럼…… 이보다 더 유혹적인 게 세상에 또 있으랴?

　부흐하임은 냄새를 맡을 수 있을 뿐 아니라 손에 잡힐 듯 가까워 보였다. 그러나 나는 지난번 여행의 경험상 그곳까지 가려면 최소한 하루는 걸린다는 사실을 알고 있었다.

　병에 남아 있던 물을 단숨에 쭉 들이켰다. 어리석게 들릴지 모르겠지만, 나 자신에게 하루종일 쉬지 않고 걸을 동기를 부여하기 위해서였다. 목적지에 도착할 때까지 마실 물이 더는 없었으니까. 예전보다

45

는 나이가 좀 들었으니, 같은 거리를 같은 시간에 가려면 뭔가 자극이 필요했다.

사랑하는 친구들이여, 특별한 사건이 없었던 이 행군을 지루하게 묘사하는 일은 생략하자! 그날 일정이 끝났을 때 예전과 마찬가지로 지쳐 녹초가 되고, 발병이 나고, 배고프고 목마른 채로 부흐하임의 도시 경계에 도착했다는 말만 하련다. 그러나 그곳에 가면 목을 축일 수 있을 거라는 희망이 마지막 몇 시간 동안 발걸음을 재촉했고, 늦은 오후에는 목적지에 도착했다.

도시가 얼마나 성장했던지, 벌써 멀리서부터 감탄이 나왔다. 몇몇 곳은 (나처럼) 옆으로 퍼졌고 높이도 좀 올라갔다. 도시 경계에 이르기 몇 시간 전 평지에서부터 이미 거대한 벌집에서 나는 듯한 소음이 들렸는데, 걸음을 옮길수록 소리는 점점 더 다양해졌다. 이제는 목공장에서 들려오는 망치질과 톱질 소리, 종소리, 말이 힝힝거리는 소리, 쉴 새없이 돌아가는 인쇄기 소리가 구분되었다. 무엇보다 규모가 좀 있는 도시라면 어디서든 들리는 기본적인 소음이 진동했다. 길게 이어지는 청중의 소곤거림이나 느릿하게 흐르는 강물의 중얼거림처럼 서로 뒤섞여 종알거리는 수많은 목소리였다. 드디어 도착이었다.

건물 수가 최소한 두 배, 어쩌면 세 배까지 늘었다. 위로도 상당히 높이 올라갔다. 예전에는 일층, 이층보다 높은 집이 거의 없었는데, 지금은 삼층, 사층, 오층짜리 집들이 멀리서도 눈에 띄었다. 얇은 철판으로 만든 높고 날씬한 곡물저장탑, 키 큰 굴뚝, 돌탑. 예전 부흐하임에서는 허용되지 않았던 건축물이었다. 관광객이 너무 많긴 했지만 낭만적이었던 그 소도시가 아니었다. 내가 향수에 젖어 떠올리는 기억 속 고서점 도시가 아니라 주민과 방문객, 운명조차 다른 완전히 새로운 장소처럼 보였다. 나는 여러 갈래로 갈라지는 교차로에 이르렀다. 작은 길 여럿이 도시 안쪽으로 뻗은 그곳에서 수많은 이가 도시로 몰려들어 갔다. 마침내 분명히 깨달았다. 부흐하임에 실제로 발을 들여놓는다는 건, 감상에 젖어 과거로 여행을 떠나는 것이 아니라 예상할 수 없고 계획하지 않은 삶의 단계를 향해 걸음을 떼는 것임을. 나도 모르게 우뚝 멈춰 섰다.

또다시 비진공이 급습한 건가? 지금이라도 발길을 돌릴 수 있다고 나 자신을 설득하는 건 말도 안 되는 짓이었다. 절대 안 된다! 나는 배가 고프고 목이 마르고 기진맥진했다. 그러니 잠시 쉬면서 기운을 차리려면 최소한 한 번은 시내로 들어가야 했다. 하룻밤 숙박은 피할 수 없었다. 그런데 왜 망설이는 걸까? 지금 돌아서려고 이토록 먼 길을 온 건 아니지 않은가! 말도 안 된다! 무엇이 나를 망설이게 하는 걸까? 본능일까? 예전에 이 도시의 경계를 넘어선 후 겪은 모든 일에 대한 기억일까? 물론 그럴 테지. 하지만 무엇보다 그동안 시간이 영영 지나가버렸다는 사실을 확인하는 두려움이었다. 태어난 옛집, 다니던 학교나 그 비슷한 건물에 들어가본 사람은 이해할 것이다. 그것은 자기 무덤에 가까이 다가가는 것과 같은, 고통스럽고 우울한 경험이다. 그런 경우 건물들은 대부분 기억하는 것보다 작아 보인다. 안 그런가? 사랑하는 친구들이여, 그런데 부흐하임은 내 기억과 같은 정도가 아니라 훨씬 더 커진 상태였다.

"들어갈 거야, 나올 거야?" 가늘고 불쾌한 목소리가 들려왔다. 상념에 잠겨 있던 나는 깜짝 놀라 당황해서 뒤돌아보았다. 그제야 내가 시내로 들어가는 수많은 출입구 중 하나인 좁은 골목을 가로막고 있다는 걸 깨달았다. 많은 이가 내 옆을 스쳐지나 부지런히 시내로 들어가고 있었다. 뒤에서 들린 목소리의 주인은 뻔뻔하고 기분 나쁘게 생긴 난쟁이였다. 아주 작은 난쟁이 책이 한가득 담긴 판매상자를 앞쪽으로 메고 있었는데, 내가 방해되는 게 분명했다.

"어……!" 당황한 나는 꼼짝하지 않고 서서 웅얼거렸다.

"움직여, 이 뚱보야!" 버릇없는 난쟁이가 욕을 퍼부었다. "여긴 네 고향 촌구석이 아니라고. 부흐하임이란 말이야! 여기선 시간이 돈이고, 돈이 책의 세계를 지배해! 그러니 네 뚱뚱한……"

그가 말하는 동안, 일이 벌어졌다. 심사숙고를 거쳤다기보다는 반사적으로 나온 행동이었다. 나를 우악스레 밀치고 쏜살같이 지나간 난쟁이가 같잖은 판매상자로 곧장 장사를 시작하려고 시내로 막 들어서려는 참이었다. 내 뇌는 아주 짧은 순간 뚱보라는 단어를 접수하고 분석해 반응을 준비했고, 나는 나도 모르게 무례한 난쟁이에게 다리를 걸었다. 물론 그는 내게 그런 말을 하면 즉각적인 제재를 받는다는 걸 몰랐다. 이런 경우 나는 정말이지 가차없었다.

뚱뚱한이라고 말할 때 난쟁이는 이미 자유낙하중이었다. 그는 바닥에 길게—아니, '짧게'라고 하는 편이 더 낫겠다—뻗었고, 상자에 들어 있던 깜찍한 내용물, 그러니까 성냥갑만한 책들이 먼지 낀 길에 쏟

아졌다.

　나는 그를 내려다보며 말했다. "들어갈 거야, 나올 거야? 무슨 질문이 그래! 당연히 들어가지!" 그러고는 난쟁이를 밟고 내 체중을 고스란히 느끼는 굴욕을 안기고서 넘어갔다. 사랑하는 친구들이여, 그렇다, 나는 필요하다면 난쟁이도 밟는다! 나는 뒤도 돌아보지 않고 으스대며 골목으로 접어들었다. 부흐하임 도시 경계에 첫발을 디디면서 이미 냉혹한 첫번째 적을 만들었다는 생각은 전혀 하지 못한 채.

# 메모 없이 메모하기

부흐하임의 검은 남자가 일 같지도 않은 일을 완벽하게 해놓았구나. 이것이 내가 경계 골목이라 불리는 첫번째 길을 둘러보고 내린, 이 도시에 대한 조금은 모순적인 판단이었다. 주민 중 미신을 믿는 자들은 지금도 지난번 화재의 책임을 민요나 동화에 등장하는 전설 속 인물에게 뒤집어씌웠다. 불타오르는 짚과 역청으로 이루어진 거인이 구석구석 돌아다니며 지붕마다 불을 지르고 마지막에는 자신도 그 지옥에서 불타 죽었다는 것이다. 나라도 학교에 들어가기 전의 어린아이에게는 이 대참사를 그렇게 설명할 것이다. 진실은 잔인한 동화보다 훨씬 더 소름끼치니까.

전혀 못 알아볼 정도는 아니었다. 어쨌든 도시의 3분의 1은 화재 피해를 입지 않았고, 초가지붕인데다 골조가 겉으로 드러나 화재에 극도로 취약한 낡은 집들 중에서도 몇몇은 남아 있었다. 전설에 따르면 검은 남자는 인정사정없었고 그에 걸맞게 제멋대로 불을 질렀다. 절반이 불탄 거리가 있는가 하면 멀쩡한 구역도 있었다. 남쪽은 도시 경계까지 불길에 휩싸였지만 북쪽은 거의 온전했다. 거대한 시립도서관은 불탔지만 바로 그 옆 작은 모퉁이 고서점은 그대로였다. 검은 남자는 용암이 언덕을 폐허로 만들듯, 피부병이 이유 없이 번지듯 닥치는 대로, 맹목적으로 미쳐 날뛰며 불안과 공포를 퍼뜨렸다. 페를라 라 가데온은 이런 시를 읊었다. 지위나 가치, 아름다움이나 목적을 불문하고 앞을 가로

막는 것은 뭐든지 화염에 끌어들였다네.

이는 나처럼 옛 부흐하임을 아는 자만이 공감할 수 있다. 처음 온 방문객들에게는 그저 건축적인 모순으로 가득한 흥미진진한 도시, 오래된 건축양식과 새로운 건축양식이 뒤섞인 진기한 집합체에 불과했다. 차모니아 초기 거주지와 중세 암흑기와 현대의 온갖 양식에서 영향을 받은 건축물들이 이렇게 나란히 밀집해 있는 모습은 다른 어느 곳에서도 볼 수 없었다. 문학과 고서라는 매력을 제외하더라도 부흐하임은 도시에 대한 나의 개인적인 이상형에 그 어느 때보다 가까웠다. 바로크 양식의 다양성, 거의 광기의 경계까지 다가간 조형 의지, 정도를 벗어난 장식예술, 비스듬한 각도와 모서리, 어디서나 눈에 띄는 역사성— 이런 점들은 도시를 관광할 때 내 눈을 즐겁게 해주는 요소인데, 부흐하임에는 이 모든 것이 넘치도록 많았다. 차모니아의 역사와 현재가 이렇듯 좁은 공간에 공존하는 경우는 어디에도 없었다.

도시 전체를 에워싸고 있는 경계 골목에서부터 이미 광물과 철 등 아주 다양한 건축재가 눈에 띄었다. 빨간색 노란색 검은색 벽돌, 강변의 조약돌, 녹슨 쇠, 양철과 반짝이는 놋쇠, 사암과 활석, 현무암과 화강암과 화산암, 조개껍데기와 점판암 또는 석화된 버섯, 심지어 투명 유리와 호박석으로 만든 벽돌, 평범한 진흙과 층층이 쌓은 도자기 조각까지, 생각해낼 수 있는 모든 것이 건축재로 쓰이고 있었다. 그러나 목재는 눈에 띄게 줄었다. 옛날 건물에서는 여전히 건축재로 쓰인 목재를 볼 수 있었지만, 부흐하임의 현대건축에서는 추방된 것이나 마찬가지였다. 무서운 불지옥을 겪은 결과였다. 하지만 바로 그런 이유로 지금도 책으로 지은 집이 많다는 사실이 그만큼 더 놀라웠다. 수많은 책이 담 벽돌이나 지붕 기와, 지지기둥이나 계단이 되어 쌓여 있었고, 창

턱 또는 포석까지 책이었다. 책은 목재와 마찬가지로 불에 타기 쉬운데도 새로운 부흐하임 곳곳에서 건축재로 쓰이고 있었다. 두툼한 고서로 지은 집은 비가 오면 어떻게 되나? 종이가 부풀지 않을까? 두꺼운 표지도 언젠가는 망가지지 않을까? 혹시 이 책들은 방수일까? 특수한 방식으로 굳히고 방열과 방수 처리를 한 건가? 지금은 이런 점을 자세히 살펴볼 마음의 여유도 시간도 없었다. 곧 해가 떨어질 터였다. 수수께끼를 풀 기회는 다음으로 미루고 쉴새없이 앞으로 나아갔다.

나는 한꺼번에 모든 것을 보고 싶었다. 바로 다음 순간 또다시 이 도시가 화염과 연기에 휩싸이거나 땅속으로 꺼져버릴 수도 있으니까. 가노라, 서노라, 보노라! 내가 여행할 때면 언제나 지키는 이 좌우명은 여기 부흐하임에서 특히 잘 통했다. 어디로 가든, 어디서 멈춰 서든, 크고 작은 놀라운 볼거리가 있었다.

사랑하는 형제자매여, 여러분에게 비밀을 하나 털어놓으려 한다. 내가 메모 없이 메모하기라고 부르는 글쓰기 기술을 공개하겠다. 학계용어가 더 좋다면 미텐메츠식 심중心中 회화라고 불러도 된다. 이 방법은 다음과 같이 작동한다. 여행중 압도적인 사건이나 장면과 마주쳤을 때 평범한 작가라면 최대한 많이 적으려고 자동적으로 수첩을 꺼내들 테지만, 나는 일부러 메모나 스케치를 피한다. 그렇게 하면 기억력이 깜짝 놀랄 만한 힘을 발휘해, 뇌가 심중 회화를 차례로 그려나간다. 이미 오래전 『꿈꾸는 책들의 도시』를 쓰기 시작했을 때 발견한 능력이다. 당시 부흐하임과 지하묘지에서는 너무 급작스럽게 사건들이 벌어지는 바람에 스케치나 메모를 남길 여력이 없었다. 하지만 글을 쓰기 시작하자, 마치 그 모든 것을 다시 한번 경험하는 것처럼 생생하고 세부적인 그림과 장면이 마음의 눈앞에 나타났다.

재능 있는 화가가 극도로 정확하게 그린 유명 도시나 잘 알려진 풍경의 파노라마를 본 사람이라면 내가 무슨 말을 하는지 알 것이다. 내 뇌 속에는 미텐메츠식 심중 회화가 전시된, 아주 작은 미술관이라고 부를 만한 영역이 있다. 정확하고 사실적으로 묘사된 전원이나 도시 풍경은 플로린트 운하주의*의 명작들과 견주어도 뒤지지 않는다. 아니, 결정적인 지점에서는 오히려 이를 능가한다. 사물이 그림에서처럼 정지되어 있는 게 아니라, 그 장면이 내 망막에 각인된 순간과 똑같이 움직이는 것이다. 내 눈앞에서 행인이 산책을 하고, 물위에서 빛이 춤을 추고, 바람이 나뭇잎 사이를 지나가고, 연기가 허공으로 피어오르고, 깃발이 펄럭인다…… 이것이 어떻게 가능할까? 사랑하는 친구들이여, 나도 모른다. 오름의 부수적인 작용 중 하나라고 이해할 뿐이다. 이 능력은 이따금 나 자신조차 으스스하게 느껴진다. 어쨌든 마음의 눈으로 미텐메츠식 심중 회화를 보고 있으면 때때로 내 재능의 표면만 본다는 기분이 든다. 그 아래 훨씬 더 많은 것, 심지어 어두운 비밀도 숨어 있지 않을까. 마법의 거울이 내게 이 세계의 완벽한 복제품을 보여주고 있는 듯하다. 그 뒤에 독자적인 비밀의 세계가 숨어 있다는 사실을 감추려고.

사랑하는 친구들이여, 이제 이 가상의 미술관으로 안내하겠다. 부흐하임의 몇몇 심중 회화는 특별히 자세하게 소개할 생각이다. 첫 탐색 작업중 내 뇌에 각인된 그림들이다. 메모는 정말이지 불가능했으니까.

---

*플로린트 운하주의, 남성형 : 플로린트 시 화가들에 의해 전통적으로 유지되는 극사실주의 회화양식. 운하주의에서 자주 등장하는 소재는 플로린트 운하와 그 주변 풍경 및 건축물인데, 비평가들이 익살스럽게 지적했듯 "뱃사공 콧구멍의 코딱지"까지 보일 정도다.

## 십중 회화 1번:
## 경계 골목

새로운 부흐하임에서 처음으로 눈에 띈 기이한 점은 거대한 책들이었다. 고서를 모방해 만든 이 거대한 복제품은 이미 백 년 전에 도시로 들어오는 입구마다 세워졌다고 한다. 나중에 듣기로는, 부흐하임의 새로운 부(富) 덕분에 가능했던 사치스러운 조형 아이디어였다. 여러 예술가가 만들고 채색한 이 거대한 석제 또는 철제 책들은 집의 벽에 기대서 있거나 인도에 놓여 있었다. 방문객들이 도시에 들어서자마자 인쇄된 단어와 종이 묶음이 아주 중요한 역할을 하는 곳이라는 인상을 주기 위해서였다.

이런 아이디어는 우쭐거린다거나 건방져 보일 수도 있겠지만, 책들이 무척 아름답고 동화 같은 분위기를 풍겼으므로 어쨌든 나는 대번에 마음에 들었다. 박식한 거인이 가지고 있다 깜박하고 그냥 둔 것처럼 보이는 이 책들은 특히 아이들의 관심을 불러일으켰다. 책들 사이를 지나다보니, 여기와는 크기가 다를뿐더러 다른 자연법칙이 지배하고 그저 꿈만 꾸는 일들도 이루어지는 마법의 세계에 들어선 것 같았다. 책을 이렇듯 중요하게 생각하는 도시에서 잘못될 일이 뭐가 있으랴?

경계 골목은 도시의 첫번째 테두리였다. 가느다랗게 엮인 좁은 골목들이 구멍 뚫린 성벽처럼 부흐하임을 에워싸고 있었다. 건축물들이 다양하다는 것이 이곳의 첫인상이지만, 그 점을 빼면 중요한 것은 전혀 없었다. 이곳에는 대부분 사무원과 공무원이 살았고, 사무실과 관청이 있었기 때문이다. 식당이나 고서점은 없었다. 다들 이곳을 찾는 건 새로운 도장이나 술집 개업 허가나 공증인이 필요할 때뿐이었다.

# 심중 회화 2번:
## 외부 순환도로

부흐하임을 한 권의 책과 비교한다면 경계 골목은 책 겉장이고, 현대 부흐하임을 경계 골목 뒤쪽에서 또하나의 허리띠처럼 에워싸고 있는 외부 순환도로는 딱딱한 표지라고 말할 수 있을 것이다. 도시 전체를 간추려놓은 듯한 이곳에서는 이 도시에 뭐가 있는지 한눈에 알아볼 수 있기 때문이다. 하지만 오래된 진리는 여기서도 통한다. 표지로 책을 판단하지 말라!

외부 순환도로는 모든 것이 새로웠다. 나중에 들으니, 이곳도 화염이 거세게 날뛰었다고 한다. 하지만 도로 전체가 평탄하게 닦이고 모든 것이 새로 건설되었다. 건물과 상점과 호텔, 차모니아 문학 속 장면을 멋진 모자이크로 표현해놓은 반질반질한 포석과 비질이 잘된 인도는 어제 만들고 오늘 새로 칠한 것처럼 보였다. 깨끗하고 잘 정돈되어, 과거에 일어난 대참사의 흔적은 찾아볼 수 없었다. 이곳은 부흐하임의 겉모습만 대충 훑어보려는 바쁜 방문객을 위한 거리였다. 하룻밤만 묵으려는 사업가, 값싼 식당에서 요기를 하려는 여행객이 그들이었다.

서점들은 깔끔했지만 가벼운 읽을거리만을 취급했다. 고서점은 거의 없었고, 있다고 해도 옛날식을 흉내만 낸 곳이었다. 당일치기 여행객과 단체관광객, 급히 쇼핑을 마치려는 손님을 노리는 뜨내기 장사꾼으로 순환도로 전체가 살아 숨쉬고 있었고, 호텔과 식당 이름은 은빛 깃털로와 빈 잉크통, 6운각 방 또는 오래된 인쇄소 등이었다. 사이사이의 상점들은 예전 '책 연금술사'의 미니어처 집이 들어 있는 스노글로브나 현대식 고서점의 책 같은 싸구려 기념품을 팔았다. 어느 정도 규모가 있는 차모니아 도시라면 어디서나 살 수 있는 것들이었다. 이곳에서는 여행중에 쓸 따뜻한 담요나 안장을 사거나 카페나 약국을 찾기는 쉬웠지만 흥미로운 고서를 발견하기란 불가능했다.

순환도로는 아무 매력이 없었고 옛 부흐하임을 떠올리게 하는 것도 전혀 없었다. 그러나 내 기대가 정말로 무너졌다고 말하기는 어려웠다. 이곳은 실용적이었다. 하룻밤 묵을 소박한 호텔을 금방 발견한 나는 얼마 안 되는 짐을 부려놓은 다음 씻고 서둘러 나왔다. 더 나은 숙소는 다음날 구할 예정이었다. 하룻밤 지내기에는 이곳도 충분했다. 이름이 금박 펜션이었는데, 공짜 아침으로 손님을 끌었다. 어쨌든 짐을 내려놓고 기운을 좀 차리자마자 다시 붐비는 거리로 나섰다. 피로와 갈증은 선술집의 커피와 물로, 배고픔은 통밀 비스킷과 금욕으로 몰아냈다. 살을 빼고 싶었으니까.

## 심중 회화 3번:
### 고대 아케이드

곧이어 나는 순환도로를 벗어나, 이제 곧 원래 모습의 진짜 부흐하임을 만나길 기대하며 앞으로 나아갔다. 지도나 표지로 삼을 만한 것이 없어서 정처 없이 헤매다 좁은 골목 몇 개를 지나 우연히 널찍한 장소에 이르렀다. 도로표지판에 따르면 **고대 아케이드**였다. 나는 이곳이 외부 순환도로보다 한 단계 높은 곳임을 금방 알아챘다. 여기까지 온 방문객이라면 급하게 출장 온 이들보다는 옛 부흐하임(과 책들)에 더 관심이 있을 터였다. 상점들이 줄지어 늘어선 타원형 아케이드가 수많은 판매대와 매점이 있는 한가운데의 시장을 에워싸고 있었다. 도시의 자그마한 구역 하나와 맞먹는 규모인 **고대 아케이드**에는 장사를 하는 여러 종족이 득실거렸다. 주로 식료품과 바구니와 도자기 종류를 팔았지만, 고서와 오래된 양피지, 수제 필통, 조각 펜대, 장서표와 색깔 잉크가 진열된 판매대도 이따금 눈에 띄었다. 유명한 작가들의 얼굴을 본떠 조각한 인형과 꼭두각시인형을 파는 상인들도 있었는데, 천만다행히 내 인형은 없었다! 난쟁이들이 환장하는 부흐하임 귀뚜라미 같은 식용 곤충도 살 수 있었다. 시내 외곽 평지 풀밭에서 잡은 귀뚜라미를 식물 내피로 엮은 조롱에 넣어 산 채 파는 것인데, 직접 구워먹으라는 뜻이었다. 어딜 가나 들리는 조롱 안 귀뚜라미들의 필사적인 울음소리는 판매대 사이를 돌아다니며 요들을 불어대는 거리 악사들의 풀피리 소리와 마찬가지로 몹시 거슬렸다. 다양한 크기의 구운 책벌레도 종이봉지에 담아 팔았는데 카레나 파프리카 가루를 뿌려 바사삭거리며 먹을 수 있었다. 시詩가 인쇄된 다양한 맛의 먹는 종이와 감초를 엮어 만든 서표도 팔았다. 정말 꿈꾸는 책들의 도시에 도착했다는 실감이 서서히 들었다.

자극적인 음식 냄새에 떠밀리듯 시장을 벗어나 아케이드로 들어서니 상점들의 자그마한 진열창이 보였다. 중세식으로 벽을 쌓은 아치 복도의 천장 덕분에 비가 와도 발을 적시지 않고 여유롭게 걸을 수 있었고 초를 여러 개 꽂을 수 있는 촛대도 매달려 있었다. 그곳에는 구입할 만한 꽤 진지한 고서도 한두 권 있었다. 야후디르 오텐파터의『자연에서 홀로』오타 인쇄판, 파를리크 밀피프로츠가 쓴 불멸의 허구 전기『중탄산소다 거인』, 빌카 엘 바미가 직접 그린 삽화를 함께 수록한 환각 시집이 눈에 띄었다. 이미 오래전 절판된, 볼베르크 제어게레레트가 쓴 내용이 풍부한 세계사 책 바로 옆에는 아베게우스 루프트바르트의 자필 서명이 들어간 소설 전집이 있었다. 모두 희귀한 고서였고 상태도 흠잡을 데 없었다. 이곳에도 꼭두각시인형을 조각해 파는 상점들이 있었는데, 솜씨가 더 좋고 가격도 비쌌다. 돋보기안경과 확대경 등 인쇄업과 관련된 다양한 골동품도 보였다. 책에서 떨어져나와 테두리를 두른 동판화, 금박을 입히거나 상아로 만든 얇디얇은 서표, 고대 가죽 장정에 사용되는 값비싼 책 연금술 세제, 화려한 장식이 조각된 책지지대, 고물이 된 목제나 납 활자, 아주 오래된 활자상자(누르넨 나무로 만들었다고 한다), 심지어 주철과 놋쇠로 만들어진 완벽한 고대 인쇄기도 있었다. 이곳 상점에 발을 들여놓으려면 돈지갑이 두둑해야 했다. 하지만 솔직히 말해보자. 이런 매력적인 물품들은 사실 그랄준트나 플로린트 같은 중소도시의 골동품 상점에서도 구할 수 있으니 이런 걸 사겠다고 굳이 부흐하임까지 올 필요는 없었다. 나는 막연한 실망감이 들었다. 새롭게 대중성을 얻은 부흐하임이 치른 대가인가? 다른 도시와 똑같아진 것? 산책길이 다른 곳과 똑같아 보이는 것? 이백 년 동안 일어난 변화는 이게 전부인가? 더 높아진 요구를 충족시키기 위해 등장한, 지붕 달린 기념품 상점? 모험으로 가득한 고서점들이 있던 예전의 거친 부흐하임은 어디로 갔나? 이런 생각을 하며 걷다가 어느 상점 진열창 앞에 멈춰 섰는데, 그곳에 진열된 게 뭔지 처음에는 알아보지 못했다. 그러다 책이라는 걸 깨달았다.

첫눈에 책이라는 걸 못 알아보는 책이 과연 있을까? 이 상점에는 정말 있었다. 게다가 그런 책만 전문으로 취급하는 상점이었다. 오, 친구들이여, 그 물건들을 처음 봤을 때 피라미드와 소시지와 아코디언 등 온갖 것을 생각했지만 책은 떠오르지 않았다! 하지만 곧 깨달았다. 그 기이한 것들이 가죽과 종이로 만들어졌고 인쇄된 면이 있으며 제목과 서표가 있다는 사실을. 책이구나! 작은 유리병이나 성냥갑 안에 들어가는 초소형 책도 눈에 띄었다.

"특별한 걸 찾습니까?" 비쩍 마른 체형에 길게 수염을 기른, 아마포 사제복 차림의 드루이드가 상점 출입문에 서서 경멸하듯 나를 바라보며 물었다.

"이게 다 책인가요?" 나는 멍청하게 묻고 바로 후회했다.

"아니요!" 말라깽이가 거친 숨을 쉬며 대답했다. "평범한 책은 어디서든 구할 수 있지요. 이건 '책 아닌 책'입니다." 그는 위쪽의 상점 간판을 가리켰다.

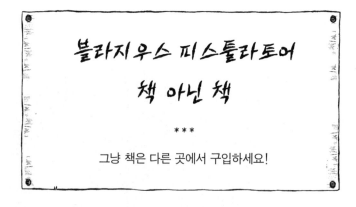

블라지우스 피스툴라토어
책 아닌 책

***

그냥 책은 다른 곳에서 구입하세요!

현명한 린트부름이라면 이쯤에서 대화를 끝냈을 테지만, 나는 주둥이를 못 다물고 질문을 또 했다. "소시지 형태의 책도 판다고요?"

"후첸 산맥의 요정 시詩 작업실에서 만든 조각도서입니다." 말라깽이가 거만한 표정으로 설교하듯 말했다. "아주 특별한 방식으로 채색된 책이지요. 묵언 수행 드루이드들이 오 년 동안 공기중에 말렸는데, 데오그라치아 도텐트로트의 문장들이 들어가 있어요. 한 조각씩 잘라서도 판매합니다."

"아니, 됐습니다!" 나는 얼른 대꾸하고 도망치려 했지만 때는 이미 늦었다. 드루이드는 내 옷자락을 움켜쥐고 붙잡았다. "들어오십시오! 후미디우스 폰 크바켄슈밤이 쓴 피라미드 소설을 보여드리지요. 모든 이야기가 삼각형 안에서 펼쳐지는 소설이랍니다." 그의 눈빛이 필사적 으로 번뜩였다.

불현듯 모든 게 이해되었다. 이 서적상은 자기 것인지 남의 것인지 모를 어리석은 사업 아이디어의 희생자였다. 그는 말도 안 되는, 팔 수 없는 책 아닌 책들로 꽉 찬 상점에 갇혀 거미줄을 친 굶주린 거미처럼 나 같은 손님이 지나가기만을 기다린 것이다.

"고전적인 형태의 책은 이제 곧 망합니다." 새된 소리를 내는 그의 이마에 땀방울이 송골송골 맺혔다. "우리는 새로운 형태의 책을 만들 어내는 개척자입니다. 부채꼴로 펼칠 수 있는 둥근 책을 만들지요! 저 희 서점은 리고레토 로욜라의 아코디언 책을 독점으로 유통합니다!"

딱하기 짝이 없는 인간이군. 사각형 바퀴, 홈이 없는 나사, 심지 없 는 양초를 팔겠다는 거나 마찬가지잖아. 완벽한 걸 왜 새로 만든다는 거지? 내가 책 시장에서 본 것 중 가장 우스꽝스러운 일이었다. 이 드 루이드는 팔리지 않는 상품들과 함께 **고대 아케이드** 안에서 곰팡이가 슬 테고, 그건 그 자신도 너무 잘 알고 있었다.

"우리 초소형 책들은 글씨가 깨알같이 인쇄되어 있어서 절대 못 읽 어요. 내가 보증합니다!" 뿌리치는 내 등뒤에 대고 그가 까마귀처럼 소 리쳤다. "판형도 아주 작아요!"

"아니, 필요 없습니다!" 그렇게 대꾸하고 나는 군중 사이에 섞여들 었다. 행인들의 물결에 휩쓸려가면서 살았다는 느낌이 들었다. 어리석 은 출판 아이디어 때문에 딱하게도 망해가는 그 상인에게서 도망쳤기 때문만은 아니었다. 문득 이제 정말로 부흐하임에 도착했다는 기분이

들었기 때문이다. 책 아닌 책을 취급하는 서점 아닌 서점이라니! 이런 상점은 부흐하임을 빼고는 세상 어디에도 없다. 확실하다! 이것이 바로 내가 알던 옛 부흐하임이다— 최소한 그 잔영은 된다. 계속 찾아나가기만 하면 곧 만나게 되리라. 결국 아직은 도시 외곽이니까. 다시금 멋진 희망이 생겼다.

행인들에게 부딪히고 떠밀리며 걸어갔다. **고대 아케이드**에는 단체 관광객과 수학여행 온 학생, 자녀를 데리고 온 부모 등 관광객들이 떼로 몰려다녔다. 이들은 고급 상점에 들어갈 엄두를 못 내고 대개 호기심에 가득차서 유리창에 코를 박고 있었다. 상점 안에는 주인 혼자 외롭게 쭈그리고 앉아, 수족관의 서글픈 물고기처럼 피곤한 표정으로 바깥을 뚫어져라 바라보았다. '부흐하임 초보자 코스군.' 나는 이렇게 생각하고 관광객들 틈에서 빠져나가려 했다. 그때 군중 속에서 내 쪽으로 오는 어떤 형체가 불현듯 관심을 잡아끌었다. 그것도 엄청나게! 그 형체는 뼈로 만든 갑옷을 입고 보석으로 장식한 해골 가면을 썼다. 커다란 금도끼를 허리띠에 차고 어깨에 석궁을 메고 있었다. 나는 그 자리에 얼어붙었지만 행인들은 그런 나를 그냥 스쳐지나갔다. 시간이 멈춘 것 같았다.

저건…… 책 사냥꾼이잖아! 정말이네! 아니지! 맞아! 아니, 그럴 리가! 무릎이 후들거렸다. 부흐하임에는 이제 책 사냥꾼이 없어! 모두 죽었다고! 책 사냥은 지난번 화재 이후 이 도시에서 법적으로 금지되었다. 하지만 저 전투복과 무기, 끔찍한 가면— 저런 차림으로 돌아다니는 인물은 책 사냥꾼뿐이었다. 그리고 제일 이상한 점은 나 말고는 아무도 놀라지 않는다는 것이었다. 최소한 경외심도 보이지 않았다. 다들 그를 피하기는커녕 돌아보며 미소짓거나 호의를 보이기까지 했다.

그랬다. 아이들조차 그를 좋아하는 것 같았다. 어린 소녀가 갑옷을 입은 그에게 다가가 뭐라고 물었다. 그러자 그는 멈춰 서서 아이의 머리를 부드럽게 쓰다듬었고 부모들은 유쾌하게 웃었다. 그리고 나서 그는 군중 속으로 사라졌다. 내가 지금 악몽을 꾸고 있나?

누군가 툭 치는 바람에 나는 다시 비틀거리며 걷기 시작했다. 그러다 문득 깨달았다. 배우였구나! 거리의 예술가였어! 책 사냥꾼으로 분장한 배우! 어쩌면 방문객들을 즐겁게 해주려고 시에서 고용했을지 몰라. 그래, 당연해! 그게 아니고서는 설명이 안 돼. 나는 안도의 한숨을 내쉬었다. 아이고, 세상에! 여전히 무릎이 덜덜 떨리고 양손이 잠자리 날개처럼 파닥거리고 심장이 목구멍까지 올라올 것 같았다. 나는 행인의 물결에서 떨어져나와 어느 진열창 앞에 서서 흥분을 가라앉혔다.

다른 생각을 하려고 진열품을 보다가, 막 달려들려는 거대하고 살찐 거미나 공격적인 전갈을 보기라도 한 것처럼 나도 모르게 뒤로 물러났다. 현실은 훨씬 더 소름끼쳤다. 진열창 한가운데 살아 있는 책이 앉아 있었다! 지하묘지에 사는 생물 아닌가! 그것도 가장 위험한 종 가운데 하나. 지금은 들쥐 한 마리를 잡아 머리를 맛있게 뜯어먹는 중이었다!

본능적으로 진열창에서 몇 걸음 물러나자 행인들 때문에 시야가 가렸다. 어떻게 이런 일이 가능하지? 내가 제대로 봤나? 결국 이 지경까지 이른 건가? 지하묘지에서 살아 있는 책을 생포해 지상으로 끌고 왔나? 애완동물로 파는 건가? 특이한 취향의 동물애호가들이 사육상자 안에 독사나 잘 무는 두꺼비를 키우듯이? 그게 아니라면 방금 본 것을 어떻게 설명하랴? 책 사냥꾼과 마주친 충격에서 벗어나지 못해 혹시 신경이 장난치는 건가? 나는 조심스레 진열창으로 다가가 다시 한번 들여다보았다.

의심의 여지가 없었다. 그건 살아 있는 책이었고, 이제 서표로 들쥐를 잡아 숨통을 죄고 삼키는 중이었다. 끔찍한 광경 아래로 피바다가 똑똑히 보였다.

들쥐는 머리를 물어뜯기고도 꼬리를 사방으로 내리치며 격렬하게 반응하고 있었다. 그제야 나는 깨달았다. 진열창 장식이 지하묘지의 특정 지역을 상당히 사실적으로 흉내냈다는 사실을. 이끼 긴 화강암 바닥에서 썩어가는 아주 오래된 고서들, 기어다니는 책벌레, 여기저기 흩어진 양피지. 다시 한번 자세히 살펴보았다. 살아 있는 책과 들쥐의 움직임이 왠지 부자연스럽잖아? 저것 봐, 들쥐 꼬리가 한 치의 오차 없이 방금 전과 똑같이 움직이네. 가느다란 다리로 흐느적거리는 책의

움직임도…… 매번 똑같은걸. 그러니까…… 그래, 태엽을 감은 장난
감처럼 보여. 그제야 나는 진열창 유리에 붙은 안내판을 보았다.

---

**부흐하임 지하묘지에서 온
살아 있는 위험한 책들**

전문가들이 정확하게 모방한 기계 모형

**실제와 똑같음! 손질하기 쉬움!
위험하지 않음!
어른과 아이를 위한 장난감!**

살아 있는 책을 여러분의 애완동물로!
한 달에 기름 몇 방울이면 충분!

**뭔가 다른
부흐하임 기념품**

믿을 만한 시계작업실에서 만든
정교한 태엽장치

**보증기간 십 년**

---

나는 상점 안을 좀더 깊숙이 들여다보았다. 한쪽 벽 선반에 작은 조
롱이 열 개쯤 놓여 있고, 조롱마다 살아 있는 책이 쭈그리고 앉아 있었
다. 책들은 미동도 없었다. 진열창의 책처럼 한동안 기계적으로 움직
일 수 있도록 누군가 태엽을 감아주길 기다리고 있었다. 이들은 장난
감이었다! 모형이었다! 부흐하임 관광객들이 집에 가져가 친구들을 놀
래주는 우스꽝스러운 소품에 불과했다.

나는 그 자리에 털썩 주저앉았다. 오름에 맹세컨대 창피해 죽겠다!
방금 전에는 가짜 책 사냥꾼에게 놀랐는데 이번에는 살아 있는 책이라

니! 관광객을 대상으로 한 장난에 두 번 연거푸 겁을 집어먹고 당황했다. 공동묘지 늪에 사는 동네 바보나 당할 일인데! 린트부름 요새에서의 생활은 생각보다 훨씬 더 심각하게 나를 허약한 바보로 만들었다.

나는 기둥에 몸을 기댔다. 흥분을 가라앉혀야 했다. 그러면 되었다. 돌아다니느라 기진맥진한데다 심각한 문화 충격을 받아 병적인 내 상상력이 평소처럼 또 한번 제대로 발동한 것이다. 무시무시한 공포를 인정해야 했다. 가벼운 산책으로 공포가 방귀처럼 공기중으로 날아가리라고 기대할 수는 없었다. 부흐하임으로의 귀환— 지난 세월 그 일이 내 꿈속을 얼마나 자주 찾아왔던가! 온갖 끔찍한 형상이 나오는 악몽의 무대에 지나지 않던 잠든 내 뇌는 무엇을 상상했던가? 역청과 유황이 불타는 도시, 수백의 피스토메펠 스마이크가 다시 나타나 골목 구석구석으로 나를 쫓는 도시. 햇살이 닿으면 불이 붙는, 내 시가 인쇄된 종이 집들. 떼 지어 거리를 기어다니는 지하세계의 곤충들. 지붕을 뜯어내고 집안의 주민들을 잡아먹는 검은 남자. 그림자 성의 복도처럼 벽이 움직이는, 그래서 빠져나올 수 없는 거리의 미로와 무자비하게 나를 쫓는 피에 굶주린 책 사냥꾼들. 한번은 살아 있는 생명체라곤 없이 끝이 보이지 않는 불탄 책들의 공동묘지가 되어버린 이 도시에서 길을 잃고 나 홀로 헤매는 꿈도 꾸었다. 곰팡이가 핀 운하임의 종이바다와 지하묘지의 하수구를 헤매던 그때처럼. 꿈에서 나는 바스러지는 고서들 속에 몇 번이고 빠졌다가 헤치고 나왔다. 거대한 책장들이 넘어져 그 아래 깔리는 바람에 산 채 책벌레에게 뜯어먹히기도 했다. 안절부절못하는 내 뇌는 매일 밤 새로운 고통과 죽음을 생각해냈다. 도대체 왜? 왜 우리는 자기 뇌의 주인이 되지 못할까? 왜 자면서도 평안을 누리지 못할까? 현실은 대체로 위험하지 않고 평화로운데 어째서 허무맹랑한 불안에 끊임없이 시달릴까? 현실이 우리 악몽과 같다고 한 번 상상해보자. 그러면 코에서 이가 쑥 자라고, 돌아가신 할머니를 만나고, 옛날 수학선생님의 목소리와 대화를 나눌 것이다. 일상다반사인 화산 폭발로 집은 물에 잠기고 그 물속에서는 벽돌 상어가 헤엄치겠지. 어쨌든 나는 이따금 그런 꿈을 꾼다. 하지만 현실은 (다행히!) 그렇게 위험하지 않다. 내 악몽에 비하면 무해하고 사건도 별로 일어나지 않는다. 우리 거실에는 상어가 없고, 부흐하임에는 피스토메펠 스마이크가 없다. 검은 남자도 없고! 현실의 부흐하임에서 지금까지 위협을 느꼈던 것은 진열창의 기계 장난감과 책 사냥꾼으로 분장한 배우, 기분 나쁜 난쟁이뿐이었다. 그러니 이제 긴장을 좀 풀어야 한다.

나는 **고대 아케이드**를 떠나 도시 안쪽으로 더 깊숙이 들어갔다. 떨어지는 해를 기준으로 방향을 잡고 북쪽으로 가기만 하면 되었다.

## 십중 회화 4번:
## 아쿠트 외 드라이머 주둥이

**고대 아케이드** 옆길에서 눈길을 끈 것은 꼭두각시인형과 목각인형을 파는 상점의 수뿐이었다. 모두 문학에 기원을 둔, 그러니까 작가나 소설 주인공을 본뜬 인형들이었다. 부흐하임에 새롭게 유행하는 사업인 모양이었다. 그러다가 드디어 널찍하고 활기찬 거리에 이르렀다. 지난번 방문했을 때와 비교해 거의 변하지 않은 모습이었다. 그때는 이곳에 책을 열두어 권씩 무게로 달아 저렴하게 파는 조금 큰 고서점들이 있었는데, 광고판을 보니 지금도 마찬가지였다. 책을 가득 실은 마차가 지나다니고 뜨내기 장사꾼과 즉흥시인도 넘쳐났다. 예전에는 거부감이 드는 곳이었지만 이제는 옛 부흐하임의 모습을 다시 발견할 수 있다는 희망으로 다가왔다. 적어도 화재로 타버리지는 않았으니까. 나는 교차로를 향해 북쪽으로 계속 걸었다. 인도가 널빤지 길로 이어졌다. 널빤지들이 발밑에서 삐걱거리며 날카로운 소리를 냈다. 새로운 부흐하임치고는 이상했다. 다른 곳에서는 목재처럼 불타기 쉬운 건축재를 많이 사용하지 않았다. 게다가 여기 인도에 사용한 목재는 어딘지 모르게 구식으로 보였다. 교차로에 이르고 보니 보행자들이 지나다닐 뿐 짐마차는 보이지 않았다. 교차로 한가운데 깊은 구덩이가 있고, 난간이 빙 둘러선 그곳으로 널빤지 길이 이어졌다. 친구들이여, 놀라운 광경이었다! 부흐하임 교차로 한가운데 거대한 구멍이라니? 나무난간으로 몰려들어 구멍을 들여다보는 구경꾼들 틈에 나도 끼었다. 그랬다, 지름이 최소한 20미터는 되는 나락이었다. 안쪽으로 빙 둘러 나무판자가 덧대어 있었고, 어찌나 깊은지 바닥도 보이지 않았다. 분화구 모양인 구멍 가장자리 안쪽에는 아래로 이어지는 계단이 있었다. 상당수는 나무로 만들었고, 철제도 있었다. 지극히 일상적인 일이라는 듯 사람들이 그 계단을 오르내리는 중이었다. 하지만 나는 악몽 중에서도 가장 허무맹랑한 광경과 맞닥뜨린 기분이었다.

"이게 뭐지?" 나도 모르게 말이 튀어나왔다.

"멍청한 놈, 아쿠트 외드라이머 주둥이잖아." 누군가 지나가면서 말했다. "위에 쓰여 있구먼."

위를 올려다보니 정말로 더없이 아름다운 달필로 쓰인 표시판이 있었다.


## 아쿠트 외드라이머 주둥이

친구들이여, 이건 무척이나 새로운 경험이었다! 나는 물론 아쿠트 외드라이머가 누군지 알고 있었다. 차모니아 문학계의 고전파 작가로, 꽤 괜찮은 시를 몇 편 썼다. 그런데 어째서 '주둥이'인가? 부흐하임에 '주둥이'가 있다는 말은 못 들었는데. 나 자신이 멍청한 촌놈이 된 것 같아 질문을 더 할 용기가 나지 않았다.

나는 다시 한번 아래를 내려다보았다. 나무판자를 덧댄 구멍이 땅속으로 이어진다고? 아니, 이게 도대체 뭐람? 어디로 이어지는 거지? 계단을 내려가는 행인들은 거의 모두가 등불이나 촛불, 횃불을 들고 있었다. 저 아래쪽에서 춤추듯 너울거리는 미세한 불빛이 보였다. 저들은 이 나락에서 뭘 하려는 거지? 저 아래 뭐 볼 게 있나? 나는 난간 너머로 깊숙이 몸을 숙였다. 돌연 심연 깊은 곳에서 바람이 불어왔다. 나는 따귀라도 맞은 듯 난간에서 몸을 뗐다. 비틀거리며 뒷걸음치다가 행인들에게 부딪히는 바람에 미안하다고 사과를 했다. 그 자리에서 비틀거리다 다시 정신을 차렸다. 강력하게 밀려온 것은 예상치 못한 지하묘지의 냄새였다! 아주 미세한 책먼지 냄새, 바닷말과 곰팡이가 말라가는 냄새, 소금기 있는 물과 곤충 배설물 냄새― 지하세계의 성장과 붕괴가 뒤섞인, 그 혼합물이 빚어내는 진한 냄새였다. 부흐하임 지하의 어둠에서 나던 냄새였다! 어지러웠다. 다행히 냄새가 사라지자 어지럼증은 금방 가셨다.

이런 나를 보고 지나가던 몇몇 사람이 웃으며 취객에게나 던질 법한 연민의 눈길을 보냈다. 이런, 내가 또 대도시에 처음 온 촌놈처럼 굴었구나! 이런 생각도 잠깐이었다. 내 안의 뭔가가 구덩이를 들여다보지 말라고 엄하게 말렸다. 얼른 여길 벗어나자! 다음 거리로 접어든 나는 걸음을 재촉해 널빤지 길을 지나 다시금 단단한 포장도로에 이르렀다.

사랑하는 친구들이여, 미텐메츠식 심중 회화 미술관 문은 여기서 닫힌다. 이제 다른 보고서, 아마도 더 객관적인 형태의 부흐하임 보고서를 시작할 차례다. 그래도 지금까지의 짧은 순회가 부흐하임의 새로운 분위기에 폭격을 맞다시피 해 심히 혼란스러운 내 마음을 이해하는 데 조금이나마 도움이 되었길 바란다. 어쨌든 하나는 확실했다. 이런 식으로 계속할 수는 없었다. 여기까지 오는 내내 정신없이 돌아다니지 않았던가. 지금 내게 간절히 필요한 것은 믿을 만한 정보였다. 설명이 잘되어 있는 여행안내서 종류가 좋을 것 같았다. 나는 제일 가까운 서점으로 얼른 다가가 안을 들여다보았다. 여행안내서를 팔까? 부흐하임 시내 지도나 주변 지도는? 어쨌든 며칠 묵을 숙소를 구해야 하니 호텔 목록도 괜찮을 텐데.

등뒤에서 옷자락 끌리는 요란한 소리가 나더니, 누군가 내 옷을 잡아당기며 가느다란 목소리로 물었다. "저기요, 저기이요오? 살아 있는 역사 신문 필요하지 않아요?"

# 모두 고전활자체

나는 몸을 돌렸다. 난쟁이 같은 생명체가 먼지 날리는 길에 서서 내 겉옷을 뻔뻔스레 잡아당기고 있었다. 인쇄된 종잇조각들로 온몸을 뒤덮은 모습이, 바퀴에 깔려 완전히 넝마가 된 신문이 걸어다니는 것처럼 보였다.

기이한 광경에 정신이 멍했지만 아주 잠깐이었다. 이른바 살아 있는 신문이라는 이것은 지난번 부흐하임에 머물 때 봤으므로 기억에 남아 있었다. 이들은 사업 수완이 좋고 날쌘 난쟁이였다. 말하자면 언론계의 사환 같은 존재로, 문화계의 풍문과 잡담을 전문으로 퍼뜨렸다. 나는 돈을 좀 내면 그의 몸에 붙은 종이 깃발을 뜯어내 읽을 수 있다는 사실을 기억해냈다. 깃발에는 이런 기사들이 쓰여 있었다.

**정자에서 벌어진 충격적인 사건! 미모래테 판 빔멜이 새로운 소설 『하품 나게 심심했던 한 해』를 집필한 뒤 탈진해서 졸도했다! 그녀가 다시 집필활동을 할 수 있을까?**

또는

**라디오라리우스 퉁크가 '황금 깃털'에서 바르토크 스메틸링과 주먹다짐을 하다! 라이벌인 두 작가는 서로를 표절 의혹과 알코올 남용**

으로 비난하다! 그러나 결국은 눈물로 화해!

또는

　정자 사건 안심! 미모레테 판 빔멜은 다시 집필할 수 있다! 졸도한 지 이틀 만에 기력을 회복하고 『물속의 양초』를 쓰기 시작했다!

그래서 나는 난쟁이에게 대꾸했다.

"고맙지만 됐어. 뜬소문에는 관심 없어."

그가 분노의 눈길로 나를 쏘아보았다.

"뜬소문 아님!" 그의 목소리가 떨렸다. "살아 있는 역사 신문임! 부흐하임 관광협회 승인 받았어! 모두 고전활자체로 쓰였다!"

모두 고전활자체로? 그제야 나는 거리의 수많은 관광객이 신문으로 몸을 휘감은 이런 꼬마를 데리고 다닌다는 걸 깨달았다. 난쟁이들은 그들의 꽁무니를 쫓아다니며 큰 소리로 종이 깃발을 읽어주고 있었다.

"역사 신문?" 나는 미심쩍은 표정으로 물었다. "그게 뭐야?"

"아아아!" 난쟁이는 눈을 반짝거렸다. 기분이 상한 듯한 좀 전의 볼멘소리는 쏙 들어갔다. "여기 처음? 좋아! 설명 필요?"

"그래, 해봐." 나는 고개를 끄덕였다. "설명 필요."

"역사 신문, 부흐하임의 새로운 서비스!" 난쟁이가 열심히 설명을 시작했다. "우리 같이 산책! 당신 묻고, 나 대답. 옛날 신문을 읽어줘. 거리 하나에 1피라. 여섯 거리는 5피라, 열두 거리는 9피라. 마음에 안 들면 돈 안 받아." 그는 시험 삼아 종이옷을 하나 떼어 내게 건넸다. 내일의 일기예보였다. 정말 다 고전활자체로 인쇄되어 있었다. 내일 비가 온다고 했다.

"우리 산책?" 난쟁이가 들떠서 종잇조각들을 바스락거리며 물었다. 나는 잠깐 생각에 잠겼다. 사실 나쁜 제안은 아니었다. 관광안내소의 약삭빠른 아이디어로군. 가격도 적당하고. 아니면 좀 창피한가? 꽥꽥거리는 난쟁이를 달고 골목골목 누벼야 하잖아. 시골에서 관광 온 촌놈이라고 내가 나서서 광고하는 꼴이 아닐까? 플로린트에서 결혼마차나 곤돌라를 타고 명소를 찾아다니는 관광객들처럼. 하지만 다른 한편으로 살아 있는 신문을 데리고 다니는 관광객은 부지기수로 눈에 띄었고, 그 모습을 보고 불쾌해하는 이도 없었다. 대안이라면 며칠 동안 골머리를 앓으며 돌아다니거나, 값비싼 여행책자를 사서 연구하거나, 이곳 토박이라도 마주치면 질문을 퍼붓는 수밖에 없었다.

"모두 고전활자체!" 난쟁이가 거의 애원하는 목소리로 다시 한번 말했다. 친구들이여, 내 말이 바보처럼 들리겠지만 이 모토가 왠지 모르게 내게 결정타를 안겼다! 고전활자체라는 딱딱한 서체는 이를테면 건축의 목골공법 같은 것이다. 둘 다 확실히 고풍이지만 견고한 수작업을 요하고 시대를 초월해 존속된다. 고전활자체는 믿음을 준다. 빌어먹을! 어쨌든 한 번쯤 시도해봐도 좋겠지.

"그래, 좋아." 나는 너그러이 말했다. "살아 있는 역사 신문 한 장 읽어봐. 선불이야, 후불이야?"

"후불도 괜찮아!" 난쟁이가 기쁨에 들떠 외쳤다. "강요는 아닌데 팁 줘도 된다. 마음에 들면!"

"그렇군. 나중에. 하지만 좀더 받고 싶다. 이거지, 응?" 흠, 꽤 믿을 만한 사업 원칙이군. 속일 의도가 있다면 선불을 요구할 테니까. 새 부흐하임이 멋있어졌는걸! 서투른 사기꾼도 점잖아졌다는 뜻이잖아. 아니면 최소한 더 세련되었거나.

**"살아 있는 역사 신문이
점점 더 사랑받는다!"**

난쟁이가 불쑥 고함을 질렀다. 그는 자기 몸에 달린 종잇조각을 놀라우리만큼 완벽한 문법과 표준어를 구사해 읽었다. **"부흐하임에 새로운 형태의 여행안내가 점점 더 확대되고 있다. 관광부 대변인 웅코 판 파펠의 말에 따르면, 관광객들은 지역 정보와 역사적 지식, 활기찬 대**

76

화라는 이 특이한 조합을 매우 좋아한다. 손님은 적은 비용으로 언론에서 성실히 조사한 역사적 사실을 알게 될 뿐 아니라 바가지 쓰는 일 없이 도시 구석구석을 안전하게 안내받을 수 있다. 살아 있는 역사 신문의 수는 일 년 만에 75퍼센트 증가했다."

뭐, 좋아. 일단 자기광고를 조금 하는 거야 나쁠 거 없지. 하지만 이제는 난쟁이 안내자를 시험해보고 싶었다. 이 지역의 인상적인 건축물을 찾던 내 눈길이 특이한 건물에 가서 멈췄다. 크기뿐만 아니라 건축학적인 특징을 봐도 주변 건물들에 비해 정말 독특했다. 건물 일부가 철제다리를 딛고 공중에 떠 있었던 것이다. 오늘만 해도 비슷한 구조의 건물을 벌써 여러 번 봤다.

"저게 뭐야? 설명해줄 수 있어?" 나는 그 특이한 건물을 가리키며 물었다.

난쟁이는 점잔을 빼며 종이 깃발을 뒤적였다. 그러다가 드디어 찾은 모양이었다.

**"최초의 공중 도서관**
**부흐하임에서 낙성식을 하다!"**

난쟁이는 표제를 크게 읽고 나서 목소리를 약간 낮추었다. "화재 대참사를 겪은 지 일 년도 되지 않아 오르페투 하른샤우어 길에 이른바 '공중 도서관'을 갖춘 최초의 건물이 낙성식을 했다."

오르페투 하른샤우어 길? 방금 도로표지판에서 본 이름이었다. 신문 기사에 등장하는 장소에 서 있자니 기분이 약간 묘했다.

난쟁이가 계속 읽어나갔다. "자랑스러운 건축가 트월리브라트 우후 박사는 낙성식에서 '공중 도서관'이라는 표현은 오해의 여지가 있습니다'라고 말했다. '화재 위험이 닥치면 이 건물에서 귀중한 도서관이 위치한 부분은 평형바퀴에 의해 위로 올라갑니다. 복잡한 도르래 기술이 적용되었지만 어린아이도 간단히 조작할 수 있지요. 소중한 책들은 아무리 끔찍한 불지옥이 닥쳐도 끄떡없을 만큼 높은 곳에 보관되는 겁니다. 받침다리는 방화 강철로 만들어졌습니다.'"

난쟁이는 다른 종이를 한 장 더 꺼냈다.

## "공중 도서관
## 부흐하임의 새로운 유행!"

그가 읽었다. "받침다리가 있는 건물은 우리 도시 건축의 새로운 유행이 되었다. 물론 돈이 있는 자들에 한정된 얘기다. 높이 올릴 수 있는 도서관을 지으려면 한 재산 톡톡히 털어야 한다! 따라서 이 건축의 전문가인 트쉴리브라트 우후 박사의 고객은 부유한 도서 수집가와 성공을 거둔 작가, 대형 출판사 발행인이다. 들리는 소문에는, 유명한 요리책 저자 뭉켈 폰 클로프슈타인(『미로 바닷말 요리를 좀더 멋지게. 어둠 속에서 빛나는 요리』)과 그의 에이전트이자 발행인인 글로키 펠트라노 백작이 우후 박사에게 공중 도서관 건축을 주문했다 한다. 화재에 안전한 이 건물로 인해 실제로 도시 외관이 더 아름다워지는가 하는 것은 또다른 문제다. 주민들은 공중 도서관 소유주들이 화재 위험이 없는데도 이웃에게 자랑할 요량으로 시도 때도 없이 이 부분을 높이 올리는 바람에 시야가 가로막힌다며 민원을 제기했다."

"고마워, 이제 됐어!" 나는 고함을 질렀다. "알아들었다고!"

우리가 슬슬 거리를 따라내려가는 동안 난쟁이는 기사를 도로 쑤셔넣었다. 살아 있는 신문은 꼭 내가 움직이는 방식을 흉내내는 것 같았다. 작은 그림자처럼, 축소된 내 캐리커처처럼 뒤를 따라왔다. 내가 천천히 움직이면 난쟁이도 걸음을 늦추었다. 내가 빨리 걸으면 그도 재

빨리 움직였다. 나는 그에게 물어볼 만한 명소가 또 없는지 주위를 열심히 두리번거렸다. 이 상황이 재미있어지기 시작했다. 하지만 공교롭게도 특이한 건물은 보이지 않아서 그동안 내내 궁금했던 다른 질문을 던졌다.

"왜 책을 건축재로 사용했지? 다섯 채 중 하나는 책으로 지은 것 같군. 어떻게 그럴 수 있어? 책은 얇은 종이와 두꺼운 판지에 불과한데. 기껏해야 가죽이 좀 들어 있고."

난쟁이는 걸음을 멈추고 한 팔을 들어올리더니, 무질서한 문서보관 꾸러미를 뒤져 낡은 종잇조각 하나를 끄집어냈다.

**"힐데군스트 폰 미텐메츠 주둥이에서**
**화석화된 책무더기**
**발견!"**

그가 소리를 질렀다.

나는 세 번이나 놀랐다. 첫째, 이 책들이 돌이라고 해서. 둘째, 부흐하임에 비밀스러운 '주둥이'가 또 있는 것 같아서. 세번째가 특히 놀라웠는데, 그게 내 이름을 딴 주둥이라서.

"뭐?" 내가 끼어들었다. "그러니까……"

난쟁이는 멈칫했다. "계속 읽어?" 그가 물었다. "아님 딴 질문 있어?"

"아니, 아니야." 내가 말했다. 난쟁이가 옳았다. 차례대로 해결해야지. "계속 읽어!"

그가 헛기침을 했다. **"어제 시 당국의 발표에 따르면, 힐데군스트 폰 미텐메츠 주둥이에서 미라가 된 책이 무더기로 발견됐다. 지금까지 알려지지 않았던 고대의 책들로, 연대가 아주 오래되어 보인다. 나무 또**

는 숲에서 목격되는 암석학적 과정이 책에서도 일어난 희귀한 경우인 듯하다.

부흐하임 대학교 지질학과 교수인 톨데우스 트라흐미르는 본지에 다음과 같이 설명했다. '홍수로 물러진 지하 진흙층에 책이 퇴적되면 산소가 빠져나가 자연적인 부패과정이 대단히 지연될 수 있습니다. 여기에 지하수를 통해 규산이 더해지면 책의 빈 공간에 석영이 쌓여요. 이것이 강한 압력을 받으면 석영 책으로 변하는데, 그 특성이나 모양이 대리석 또는 그와 유사한 광물질과 무척 비슷해지죠.'

앞으로 석영 책들로 무엇을 할지 시 당국은 아직 밝히지 않았다."

난쟁이는 종이를 한 장 더 꺼냈다.

**"석영 책**

**건축재로 방출되다!"**

그가 낭독했다. "시 당국은 힐데군스트 폰 미텐메츠 주둥이 옆쪽 굴에서 무더기로 발견된 석영 책(이미 보도한 바 있음)을 부흐하임 대학교 지질학과의 철저한 조사가 끝나면 무료 건축재로 방출하기로 결정하고, 시장이 직접 나서서 발표했다. '화재 대참사로 인한 건축재 부족에 더해 책들이 미라화 과정을 거치면서 정보원으로서의 특성과 귀중한 고서로서의 가치를 모두 상실했다는 과학적 판단 때문에 부득이하게 이런 결론에 이르렀습니다. 화석이 된 책들은 특히 벽돌이나 기와로 쓰기 적합합니다. 게다가 모양도 아름답고, 부흐하임의 건축 특성과도 아주 잘 어울립니다.'"

난쟁이는 종잇조각을 하나 더 내놓았다.

**"건축재가 된 석영 책이**

**도시 건축의 성장을 가져오다!"**

그가 새된 소리로 읽었다. "**무료 건축재로 석영 책이 공식 방출되자, 힐데군스트 폰 미텐메츠 주둥이 구역에는 기록적인 건축 붐이 일었다. 지역 미장공 협회에 따르면, 석영 책은 특별히 도서관 건물에 사용……**"

"이제 됐어!" 나는 말을 끊었다. "그러니까 그게 불에 견딘다는 거군. 방수도 되고. 알았어! 그 이상은 알고 싶지 않아."

내 말에 살아 있는 역사 신문은 고분고분 입을 다물고 종이 깃발을 다시 집어넣었다. 석영 책이라. 흠, 그렇다 이거지. 지하묘지는 예나 지금이나 아직 발견되지 않은 기적과 보물로 가득했다. 다른 도시라면 모두 이걸로 엄청난 이야깃거리를 만들어냈을 텐데, 여기서는 이런 자연의 기적을 건축재로 처리했다!

한동안 말없이 걷던 우리는 마침내 어느 골목으로 접어들었다. 그러다 자그마한 광장에 이르렀을 때 난쟁이가 우뚝 멈춰서더니 엄숙하게 소리쳤다. "이제 구시가지 도착! 혁명 광장이야. 여기서 나로비크 비고주 화형."

나는 주위를 둘러보았다. 작은 광장은 특이한 점이 없었다. 상점도 보이지 않았다. 빙 둘러선 집들은 부흐팅의 벽돌 고딕 양식이나 녹슨 아이젠슈타트의 중공업 양식 또는 경쾌한 플로린트 바로크 양식으로 번갈아 지어져 있었다. 다른 곳과 마찬가지로 석영 책 벽돌을 사용한 여러 건축 양식이 그림처럼 아름답게 뒤섞인 모습이었다. 그사이 나도 그 벽돌의 진가를 점점 더 실감하는 중이었다.

"나로비크 비고주?" 내가 안내자에게 물었다. "한 번도 못 들어봤어. 부흐하임에서 혁명이 일어났다고? 정말? 무슨 혁명?"

종잇조각들을 뒤지던 그는 그중 한 장을 꺼내 햇빛에 비춰보더니 낭

82

독했다.

"금지령에서 혁명으로—
부흐하임 불 혁명
이백주년 기념
역사적 개요.
**헴로 드루멜 씀.**"

난쟁이가 나를 삐딱하게 보았다. "계속할까?"

"당연하지!" 나는 대답했다. "흥미로울 것 같군!"

"불 금지는 부흐하임 근대사의 가장 어두운 장에 속한다. 실제로 부흐하임에서 불을 지피거나 사용하는 걸 금지하려는 시도가 있었다는 사실이 오늘날의 관점에서는 그다지 실감나지 않지만, 이는 실제로 이 도시 역사의 한 부분이다. 화재 대참사 직후의 일이었고 또 일을 벌인 자들이 인정욕구로 가득한 예전 책 연금술사들이었으므로 어느 정도 납득은 가지만 완전히 이해할 수는 없다. 이 시기에 부흐하임 주민들은 절망에 빠져 나아갈 방향을 잃었으며, 정치적으로는 무정부 상태였고, 시 행정부는 완전히 마비되었다. 앞을 내다볼 수 없는 상황이 계속되자 카리스마 넘치는 고서적상이자 점성술사인 동시에 연금술사인 사기꾼 나로비크 비고주(게다가 피스토메펠 스마이크의 추종자이자 전직 고문)의 주도하에 근본주의 책 연금술사들이 부흐하임에서 거의 일 년간 법적 토대가 전혀 없는 중세와 같은 공포정치를 하기에 이르렀다."

"그런 일이 정말 일어났다고?" 나도 모르게 질문이 튀어나왔다. "여기 부흐하임에서?"

난쟁이는 나를 잠깐 바라보더니 고개를 끄덕이고 계속 읽어나갔다.

"책 연금술사들의 짧은 독재 기간 동안 도시 내에서―거리에서든 집에서든―불을 피우는 행위는 엄격히 금지되었다(그밖에도 이와 비슷하게 기괴한 금지가 잇따랐다). 촛불을 포함해 어떤 형태의 불도 피울 수 없었다. 책 연금술사들은 이 자연 원소가 중독을 불러와 결국은 모든 걸 망가뜨리는 마약이라고 천명하며 지난번 화재 대참사가 이를 입증하는 근거라고 했다. 시민들은 여전히 그 사건의 트라우마에 시달리고 있었으므로, 새로운 불지옥에서 지켜주겠노라 약속하는 모든 제안을 그저 감사히 받아들였다. 그러니 불 자체를 금지하는 것보다 더 간단한 방법이 어디 있겠는가?

그해 봄 불 금지령이 내려지자, 부흐하임의 상황은 순식간에 야만적인 석기시대 수준으로 떨어졌다. 불이 없어서 밤에는 야생동물로부터 몸을 보호할 수 없었고, 물을 끓이거나 식재료를 가열해 박테리아를 죽이는 일도 당연히 불가능했다. 늑대와 박쥐가 어둠 속에서 도시를 습격했고, 들쥐와 해충이 지하묘지에서 기어나왔고, 온갖 유행성 질병이 창궐했다. 살균이 불가한 관계로 보건 상태는 대참사 수준이었다."

난쟁이는 종이를 뒤집어 뒷면의 기사를 마저 읽었다.

"그러나 전체주의 책 연금술사들은 어떤 고난도 겪지 않았다. 화재에서 살아남은 건물 가운데 가장 좋고 안전한 집을 차지했고, 이른바 연금술 주문을 연마해야 한다며 식재료를 통제했기 때문이다. 수많은 부흐하임 주민이 은밀히 이야기를 전했다. 책 연금술사들의 집 굴뚝에서는 연기가 피어오르고 창문으로는 촛불 불빛이 새어나오고 요리 기름 냄새가 흘러나온다고. 가장 어두운 겨울이 왔을 때 부흐하임 주민들은 역사상 가장 가혹한 시련에 맞닥뜨렸다. 그럼에도 몇 명이 얼어죽고 나서야 불이 없는 문명이란 생존에 적대적인 망상이므로 즉각 끝장내야 한다는 사실을 최후의 일인까지 깨닫게 되었다. 이렇게 해서 마침내 부흐하임 불 혁명이 일어났다. 오늘은 그 이백주년 기념일이다."

난쟁이는 다시 한번 숨을 깊이 들이쉬었다.

"한 명만 불을 지피면 그 장본인은 금방 잡혀 처벌받는다. 그러나 여러 명이 동시에 불을 붙이면 처벌이 불가능하다. 이는 모든 혁명에 적용되는 간단한 기본 정신이다. 억압당하는 자들은 혼자서가 아니라 다함께 저항해야 한다. 부흐하임 역사에서 각별히 중요한 그해 겨울밤도 그렇게 시작됐다. 불이 연달아 지펴지면서 온 도시가 흔들리는 불빛에 에워싸이자 으스스하게도 지난번 대참사가 연상됐다. 그러나 이번 불꽃은 도시의 파괴가 아니라 치유에 이용됐다. 마지막으로 주민들은 장작을 쌓고 아주 오랜만에 따뜻한 음식을 요리했다. 보도의 정확성을 위해 덧붙이자면, 이 장작더미와 함께 연료가 된 것은 도시의 임시 수장이었던 나로비크 비고주의 일부였다. 이제 그의 이름은 우리 연대기에서 완전히 지워버리자. 이로써 오랜 책 연금술은 부흐하임에서 종말을 맞았다. 남은 책 연금술사들이 어디로 사라졌는지는 알려지지 않았다. 이 점에 대해서는 주민들이 오늘날까지 완강하게 입을 다물고 있기 때문이다. 그러나 그날 밤 장작더미에서 따뜻한 음식을 요리할 때 신선한 고기가 무척 많았다고 전해진다. 식량이 턱없이 부족한 상황이었는데도……"

낭독을 마친 난쟁이는 기사를 접어 집어넣고는, 막대기를 새로 던져주길 바라는 강아지처럼 기대에 찬 표정으로 나를 바라보았다.

사랑하는 친구들이여, 나는 전부 처음 듣는 이야기였다! 하지만 정말이지 이 도시 관광부가 자기 주민들의 온정을 선전할 수 있는 종류의 이야기는 아니었다. 우리는 다시 걷기 시작했다. 살아 있는 역사 신문

85

은 입을 다문 채 바스락거리는 종이 소리를 내며 뒤따라왔고, 나는 방금 들은 이야기를 곱씹으며 침울한 상념에 잠겨 있었다. 지금껏 고집스레 귀를 닫는 바람에 부흐하임에서 일어난 사건을 얼마나 많이 놓친 걸까? 어쨌든 이 도시에 관한 책을 한 권 쓴 적이 있는 나로서는 이처럼 모르는 게 있다는 사실이 정말 창피했다!

별안간 발밑에서 바스락거리고 삐걱대는 소리가 나서 아래를 내려다보았다. 나는 널빤지를 밟고 있었다. 고개를 들어 지금 걷고 있는 거리를 보니, 비밀로 가득한 아쿠트 외드라이머 주둥이에서 이미 봤던 것과 비슷하게 널빤지 길로 보도가 이어져 있었다.

"이게 뭐지?" 나는 물었다.

"아!" 안내자가 대답했다. "이건 그냥 힐데군스트 폰 미텐메츠 주둥이. 교차로 뒤쪽에."

"아, 그래?" 나는 깜짝 놀랐지만 조심스럽게 반응했다. 익명을 들키지 않으려면 말실수를 해선 안 되었다. "그…… 음…… 미텐메츠 주둥이……?"

"힐데군스트 폰 미텐메츠 알아?" 난쟁이가 물었다.

"어…… 아니." 나는 거짓말을 했다.

"알 필요 없어!" 난쟁이가 손을 휘저었다. "이제 몰라도 돼! 멍청한 뚱보 됐대! 예전엔 훌륭했는데 지금은 아니라고! 이제 오름 없어! 미텐메츠 소설에 대한 혹평 하나 읽어줄까?" 그는 문서보관 꾸러미를 뒤졌다.

"아…… 아니, 됐어!"

"그래도 멋진 혹평인데! 라프탄티델 라투다가 쓴 거." 난쟁이는 실망하며 종잇조각을 다시 집어넣었다.

"그보다는 주둥이라는 게 뭔지 더 알고 싶군." 나는 화제를 돌렸다. 우리는 이제 교차로에 이른 참이었다. 여기도 아쿠트 외드라이머 주둥이처럼 덧댄 나무판자와 계단이 딸린 구멍이 땅바닥에 파여 있었지만 크기는 훨씬 작았다. 지름이 겨우 몇 미터에 불과했다. 하지만 여기도 구덩이 주위에 널빤지를 깐 통로와 난간이 있었고, 산책객도 많았다. 이곳에는 살아 있는 신문과 함께 다니는 관광객이 특히 더 많았다.

"주둥이?" 난쟁이가 물었다. "설명 필요?"

"그래." 나는 고개를 끄덕였다. "설명 필요."

"그럼." 난쟁이가 웅얼거렸다. "옛날 것부터……"

그는 문서보관 꾸러미 깊숙한 곳을 뒤졌다. "여기! 진짜 오래된 기사! 대참사 직후!"

**"비밀스러운 땅바닥 분화구가
수수께끼를 불러일으키다!"**

그가 과장되게 소리쳤다. "부흐하임의 끔찍한 화재 이후 여전히 정리작업이 진행중인데, 연기를 뿜는 폐허 아래서 불가사의한 것이 발견되어 주민들의 의견이 분분하다. 지면의 분화구라고 하는데, 어떤 것은 지름이 몇 미터밖에 되지 않지만 어떤 것은 건물 한 채만큼 둘레가 넓다. 목격자들의 증언에 따르면 이 분화구는 아마도 미로 깊숙한 곳까지 이어지는 듯한데, 그곳은 아직도 활활 타고 있거나 위험한 연기를 뿜고 있어서 조사가 불가능하다. 전문가들은 화재로 지하묘지의 일부가 허물어진 거라고 추정한다."

난쟁이는 종잇조각을 하나 더 꺼냈다.

**"첫번째 분화구 조사중
부흐하임 소방대장**

실종!

그사이 마지막 불씨 하나까지 꺼졌으므로 화재로 생긴 분화구(이미 보도한 바 있음)를 더 면밀히 조사할 수 있게 됐다. 첫번째 조사 결과, 분화구는 연쇄적인 물리적 현상으로 생성됐다고 짐작된다. 도시에서 불타는 건물이 무너졌을 때 잔해 일부가 지표면을 뚫고 들어가면서 미로와 연결되는 새로운 통로가 생겨났다. 이 통로에서 산소와 가스가 빠져나왔거나 공기가 불과 함께 스며들면서 파괴력이 엄청난 터널 화재가 발생해, 불로 만든 작살처럼 지구 내부로 뚫고 들어갔다. 탈 것이 많은 미로까지 밀고 들어간 불이 지하묘지의 깊숙한 곳 수 킬로미터까지 집어삼키며 연쇄적으로 화재가 이어졌다.

완전히 연소된 편집자 골목에 생긴 이와 같은 분화구를 처음 조사하던 중(이미 보도한 바 있음) 젊고 용감한 소방대장이 불과 몇 미터를 내려간 뒤 흔적도 없이 사라졌다. 노끈과 고리를 내려보내 지면으로 끌어올리려는 몇 번의 시도는 실패로 끝났다. 쉬지 않고 이름을 부르고 구멍을 두드려도 그의 응답은 없었다. 그사이 비극적인 죽음을 맞은 것으로 추정된다."

나는 난쟁이에게 잠깐 멈추라는 손짓을 했다. 일단 들은 것부터 소화해야 하는 법! 그러니까 부흐하임에는 이른바 '주둥이'라는 것이 많았다. 모두 몇 개나 될까? 또 내 주둥이는 왜 아쿠트 외드라이머 주둥이보다 작지?

"자, 계속 읽어!" 내가 말했다.

난쟁이는 다시 낭독을 시작했다.

**"주민들이 새로운 명소에
이름을 붙이다.**

부흐하임 주둥이들 탄생!

미로와 연결되는 새로운 통로인 불탄 분화구가 드디어 이름을 갖게 됐다. (그 형태 때문에) '부흐하임 주둥이'라는 용어가 주민들 사이에서 단기간에 자리잡은 후로, 이곳 대학교는 학문적이지는 않으나 대중적인 이 명칭을 지질학 사전에 올리고 널리 사용하기로 결정했다."

"아…… 주둥이 기사가 아주 많아서…… 너무 많아……" 난쟁이가 새로운 정보를 뒤지며 중얼거렸다. 그는 다시 종잇조각 하나를 꺼내들었다. "시간을 좀 건너뛰어야 해!"

**부흐하임 주둥이들이
안정되다!"**

그가 소리쳤다. "요즘 최대 화젯거리인 부흐하임 주둥이들은 최근 더 철저한 조사를 거치면서 안정되었다. 지지대를 설치하고 시멘트를 붓고 계단과 사다리를 만들고 입구 주변에 난간과 걸어다닐 수 있는 전망대를 설치해 안전을 꾀했다. 이제 실질적인 위험은 없지만 지금까지는 소수에게만 터널 출입이 허락되었다. 공식 목표는 장기적으로 누구나 부흐하임 주둥이를 출입할 수 있게 하는 것이다."

나는 손을 들었다. "이걸 메우려고 하지 않았어? 그게 아니라 곧장 크게 만들었다고? 누구나 들어갈 수 있게?" 기겁할 노릇이었다.

난쟁이는 나를 바라볼 뿐이었다. 낭독 중간에 끼어드는 질문은 그의 계획에 없는 모양이었다.

**부흐하임 주둥이마다
이름이 붙다!"**

그가 고집스레 읽어나갔다. "부흐하임 주둥이들은 공식적인 교통로가 됐으므로 행정상 거리에 속한다. 이름을 붙이는 것이 다시금 당국의 과제가 된 것이다. 부흐하임의 다른 거리들과 마찬가지로 여기도 유명한 작가의 이름을 붙이기로 했다. 그다지 독창적인 묘안이 아니라는 항의가 있을지 모른다. 그런데 어느 주둥이에 어느 작가의 이름을 붙일 것인가? 이것은 아직 정해지지 않아서 앞으로 얼마 동안 최대의 토론거리가 될 것이다. 그러니 어느 작가가 부흐하임 주둥이를 얻고 어느 작가가 얻지 못할지 흥미진진하게 기다려보자. 뜨거운 논쟁이 벌어질 것이다."

물론이지! 어째서 힐데군스트 폰 미텐메츠 주둥이가 외드라이머 주둥이보다 작은지, 암만 생각해도 나는 모르겠다. 외드라이머가 쓸 만한 시를 몇 편 짓기는 했지만, 산문은 전체적으로 케케묵은 훈계뿐이라서 잊혀 마땅하다. 하지만 이런 의문을 내색하지는 않았다. 난쟁이에게 혼란을 줘선 안 되니까. 그는 자신의 임무를 아주 잘해내고 있었다. 그러나 당시 이 구덩이들을 어떻게 처리했는지 생각하니 절로 고개가 갸웃거려졌다! 지금도 내 눈에는 이 구멍이 지옥의 문처럼 보였다. 계시록에 기록된 어둠의 무리가 언제든지 거기서 튀어나와 도시를 폐허로 만들 것만 같았다. 그러나 당시 부흐하임 주민들은 어느 주둥이에 폰테베크의 이름을 붙이고, 어느 주둥이에 아이더리히 피시네르츠의 이름을 붙일지 그 문제만 고민했던 모양이다. 걱정거리가 그렇게 없었다니.

### "오얀 골고 판 폰테베크 주둥이에서 장엄한 낙성식이 열리다!"

마치 내 생각을 읽기라도 한 듯 난쟁이가 낭독을 시작했다. "부흐하임의 첫번째 주둥이에 공식적인 이름이 붙었다! 고전 중의 고전, 차모니아 문학의 초석인 오얀 골고 판 폰테베크의 이름이 선택된 것은 사실 그다지 놀랍지 않다. 미로로 통하는 무척 큰 통로 가운데 하나에 그의 이름이 붙은 것도 마찬가지다."

예전에는 미로를 두려워해 그곳에 이르는 통로 대부분을 막아버리고 책 사냥꾼과 모험가, 살고 싶지 않은 자와 정신병자의 출입만 허용했는데, 이제는 일종의 국민 오락으로 누구나 걱정 없이 들어가는 모양이었다. 이곳에서도 횃불과 소풍 바구니를 들고 마치 와인 저장고에라도 가듯 기분좋게 미로로 향하는 계단을 내려가는 이들의 모습이 눈에 띄었다. 예전 같으면 가기 전에 유서부터 쓰고 사랑하는 이들을 얼싸안았으리라.

"그동안 이런…… 구덩이에서 아무 문제도 없었어?" 나는 미심쩍어서 난쟁이에게 물었다. "불쾌한 사건 없었느냐고?"

"아, 있었지!" 그가 말했다. "이따금! 주둥이는 신문 표제에 자주 등장했어! 여기……" 그러고 나서 종잇조각을 하나 꺼냈다.

**"라 가데온 주둥이에서 나온
바퀴벌레의 습격을 저지하다!**

지난 몇 달간 라 가데온 주둥이 주변의 서점들에서 빵덩어리만한 바퀴벌레들이 출몰해 손님들을 놀래고 서점 주인을 언짢게 하는 일이 잦았다. 전문가들은 이른바 돌아다니는 불, 다시 말해 지난번 화재 이후 지금까지 지하에서 연기를 내며 타고 있다 주기적으로 다시 화재를 일으키는 움직이는 지하세계의 불씨가 그 원인이라고 추정한다. '그 결과, 거대한 바퀴벌레들이 본래의 서식지를 벗어나 지표로 나오는 겁니다.' 부흐하임 대학교 교수이자 곤충학자인 고보리안 베른슈타이너의 말이다. '바퀴벌레는 본능적으로 지하 서식지와 비슷한 환경을 찾는데, 서점이 이 경우에 해당될 때가 많지요.'

91

그러나 서점에 바퀴벌레 덫이 설치되자 손님들은 되레 더 기절할 판이었다. 팔뚝만한 바퀴벌레가 덫에 걸려 날카로운 톱질 소리가 울려퍼지는 가운데 고통스럽게 죽어가는 모습을 목격한 적이 있다면 누구나 이를 증명할 수 있다. 뿐만 아니라 고양이나 강아지 같은 작은 애완동물이 이 야만적인 고문도구에 걸려드는 일도 있었다.

결국 해결책은 부흐하임 소방대에서 나왔다. 소방대는 경험 많은 해충 박멸가들과 함께 라 가데온 주둥이 바닥과 벽에 약효가 뛰어난 살충제를 뿌렸다. 그후 거대한 해충에 대한 민원은 더는 없었다. 최소한 독성 지대를 벗어난 곳에서는 없다고들 한다."

부흐하임 주둥이! 돌아다니는 불! 독성 지대! 그제야 나는 살아 있는 역사 신문의 약아빠진 사업 원칙을 깨달았다. 하나의 대답에는 언제나 다음 질문이 숨어 있었다. 기사 하나를 읽으면 다음 기사로 연결된다. 그러니 우리 둘은 언제까지나 이런 식으로 계속할 수 있을 것이다. 하지만 여독이 밀려들었다. 얼마나 오래 돌아다닌 걸까? 주위에 서서히 어둠이 내렸다. 집안에 불이 켜지고 진열창에 촛불이 세워졌다. 이제 부흐하임 역사 강연을 듣고 있기보다는 어디 들어가서 좀 쉬고 싶었다.

"독성 지대 관심 있어?" 그때 난쟁이가 물었다. "내 문서보관 꾸러미에는 별로 없고…… 아, 저기 앞에 동료 있어. 독성 지대 전문가! 권위자라고! 모두 고전활자체!"

내가 미처 뭐라고 하기도 전에 그는 손짓으로 동료를 불렀다. 동료와 함께 다른 살아 있는 신문들도 난데없이 몰려와 우리를 사방으로 에워쌌다. 나는 플로린트의 유명한 비둘기 광장에서 모이를 뿌렸다가 하마터면 비둘기들에게 잡아먹힐 뻔한 멍청이가 된 기분이었다.

"돌아다니는 불 어때?" 그들 중 하나가 종이옷을 바스락거리며 소리 쳤다. "돌아다니는 불에 대해서라면 뭐든지 알아! 정보 원해? 어느 시 대, 어느 주둥이?"

"독성 지대는?" 다른 신문이 소리쳤다. "설명 필요? 난 독성 지대 기 사 오백 개 있어! 연대순으로. 모두 고전활자체!"

다른 신문들도 저마다 지껄여댔다.

"부흐하임 인형중심주의는? 부흐하임 인형중심주의 관심 있어?"

"아이젠슈타트 중금속 건축이 부흐하임 도시 경관에 미친 영향은? 나 권위자! 기사 삼백 개! 모두 고전활자체!"

"도서항해사 기사는? 설명 필요? 나 도서항해사에 대해서 뭐든지 있어!"

"미텐메츠에 대한 혹평은? 나 미텐메츠 혹평 다 있어! 책 제목대로 정리했어!"

나는 지금껏 안내해준 난쟁이에게 약속한 금액에 팁까지 듬뿍 얹 어 급히 주고는 그와 헤어졌다. 다른 살아 있는 신문들도 따돌리려고 서둘러 걸음을 옮겼다. 결국 내게서 얻을 것이 없다는 걸 깨닫고 그 들 모두 멈춰 서긴 했지만, 내 등뒤에 대고 자신의 전문분야를 계속 외쳤다.

"마그모스 질문 있어? 설명 필요? 마그모스에 관한 모든 것!"

"피스토메펠 스마이크, 전설과 진실! 기사 다 있어! 스마이크에 관 한 모든 것!"

"부흐하임 슈렉스주의! 저주인가, 축복인가? 슈렉스에 관한 모든 것!"

나는 군중 속에 섞여들어 거기서 멀어졌다. 지금 이 순간은 어떤 "설 명 필요"도 느끼지 못했다. 고전활자체로 됐든 아니든. 오, 사랑하는 친구들이여, 남은 질문은 딱 하나였다. 살아 있는 역사 신문의 종이옷 안 쪽은 어떤 모습일까.

# 오비디오스

길모퉁이에 멈춰 선 나는 중요한 결정을 내리려고 골똘히 생각에 잠겼다. 내가 부흐하임에 온 이유는 삶을 변화시키기 위해서였다. 여행 중 떨쳐내고 싶은 여러 가지 나쁜 습관도 여기에 해당되었다. 예를 들어 운동 부족 같은 경우는 걷기 시작하면서 이미 벗어나는 중이었다. 건강하지 못한 식습관은 금욕과 통밀 비스킷으로 이겨냈다. 린트부름 요새에서의 사회적 고립 생활은 약동하는 도시에 체류하는 것과 맞바꾸었다. 사회적 접촉이 아직은 제한적이었지만, 어쨌든 이미 난쟁이를 밟고 서지 않았던가! 시작은 괜찮은 편이었다.

이제 또다른 못된 습관을 타파하고 싶었다. 몇 시간 전부터 담배 한 대를 제대로 피우고 싶다는 다급하고도 낯익은 욕구를 느끼던 참이었고, 마지막으로 딱 한 번만 여기에 굴복하고 싶었다. 그렇다, 사랑하는 친구들이여, 역사적인 순간이었다! 내 인생의 마지막 담배를 피우기로 결심한 것이다. 이 나쁜 습관은 건강염려증에 시달리는 내게는 늘 즐거움이기보다 걱정거리였다. 그동안 연초 양을 점점 줄여왔는데, 이제는 정말 끊고 싶었다. 다른 어느 곳보다 연기를 금기시하는 이곳 부흐하임보다 더 담배 끊기에 적당한 장소가 또 어디 있으랴?

그러나 바로 그게 문제였다. 도대체 어디서 편안하게 피울 수 있나? 어디나 금연 표지판이 있었다. 공공장소에서의 흡연은 엄격히 금지되어 있었다. 하지만 나는 자그마한 담뱃가게를 몇 군데 보았고, 길에서 담배를 피우는 자가 없는데도 이따금 여송연이나 담배 냄새를 분명히 맡았다. 도대체 방해받지 않고 중독에 굴복할 수 있는 장소가 어디일까? 그것이 불가사의였다. 그냥 물어보면 되나? 사모님, 어디서 편히 담배 한 대 피울 수 있나요? 이런 식으로? 불편하잖아. 불법 암거래 시장이 어딘지 물어보는 마약중독자 같군. 나는 그냥 담배를 끊으려는 것뿐인데!

한동안 정처 없이 헤매다보니 담배를 피우고 싶은 욕구가 걷잡을 수 없이 커졌다. 당장 하지 못하는 뭔가에 매달려 있으면 늘 그랬다. 담배 피우고 싶어! 지금! 여기서! 마지막으로 한 대만, 지금 당장! 마침내 조용한 구석자리를 찾아냈다. 어느 건물 안마당으로 살금살금 들어가 바람을 막을 수 있는 뒷문에 가서 섰다. 문 닫은 인쇄소 건물이었다. 주위를 둘러보았다. 아무도 없었다. 담뱃대와 연초를 찾아 주머니를 뒤졌다. 둘 다 있었다. 연초를 담뱃대에 채웠다. 다시 한번 주위를 둘러보았다. 나밖에 없었다. 좋아! 그럼 어디…… 성냥불을 막 켜려는데, 무겁고 억센 손이 어깨에 와 닿았다.

깜짝 놀라 뒤돌았다가, 덩치 큰 볼퍼팅어의 번쩍이는 이빨과 마주하게 되었다. 나는 한 걸음 물러나 그의 손아귀에서 빠져나왔다. 이놈이 대체 어디서 나타난 거지? 땅에서 솟았나? 물질로 갑자기 변한 건가? 미신을 믿는 자들이 볼퍼팅어에게 이런 능력이 있다고들 했다.

"이봐, 친구. 부흐하임 공공장소에서의 흡연은 금지되어 있어." 그가 나지막이 말했다. 깊고 차분한 목소리였다. 나보다 머리통 하나하고도 반쯤 더 컸고, 그 종족의 특성인 불도그 같은 모습이었다. 의상은 우악스럽게 생긴 두건을 포함해 모두 갈색 야생동물 가죽이었다. 살아오면서 경험한 바로는, 처음 보는 낯선 자가 친구라고 부르면 잠

96

재적인 위협을 의미했다. 내 뇌는 내가 할 대꾸에 대해 세 가지 방안을 내놓았다.

불손하고 공격적이고 위험하게

비굴하게 알랑거리는 겁쟁이처럼

또는

사교적이고 공손하고 신중하게

"그래, 나도 알아." 내가 대답했다. "솔직히 더는 참을 수가 없어서. 사방에서 연초 냄새가 나는데 담배를 피우는 사람은 전혀 안 보이다니. 나 여기 온 지 얼마 안 됐거든."

"흡연 자체는 허용되지." 볼퍼팅어는 느릿느릿 말하며 근육질 팔을 꼬아 팔짱을 꼈다. "지정된 곳에서만 말이야. 자네가 맡은 냄새는 자욱연기소에서 나온 거야."

"자욱……연기소?" 어딘지 모르게 악명 높은 곳이라는 느낌이 드는 단어였다. 하지만 나는 긴장이 약간 풀렸다. 볼퍼팅어의 목소리는 나를 두들겨패서 쓰레기통에 처넣을 일은 없을 거란 신호를 보내고 있었으니까. 당장은 내 이빨이 온전할 테고, 어쩌면 싹싹한 대화도 나누게 될지 몰랐다. 사교 만세!

"흡연자들을 위한 공식적인 공중화장실인 셈이지." 거인이 그렇게 설명하고 강한 인상을 주는 이빨을 드러냈다. "거의 모든 구역에 있어. 거기서는 마음껏, 그리고 뭐든지 피워도 돼. 부흐하임은 관대한 도시라고. 이봐, 친구. 이 도시가 다시 한번 화염에 휩싸이는 일이 생겨선 안돼. 자욱연기소에서는 성냥과 재떨이가 무료고 흡연의 위험에 관한 소책자도 읽을 수 있어. 차랑 와인도 있지. 하지만 그건 돈을 내야 해. 어딘지 알려줄까?"

우리는 뒷마당을 나와 인도에 섰다. 새로 생긴 내 친구가 길 끝에 있는 건물을 가리켰다. 창문 없이 거친 돌로 지어진 그 건물은 철저하게 장식이 없고 기이하리만치 큰 굴뚝 때문에 눈에 띄었다. 오래전에 아니면 요즘 붙인 듯한 온갖 종류의 포스터로 온 벽이 도배되었고, 입구 위에는 담뱃대가 그려진 나무판이 걸려 있었다.

"저기가 자욱연기소야." 볼퍼팅어가 말했
다. 그러고서 또다시 앞발을 내 어깨에 올렸
다. 이번에는 친밀하고 정다운 느낌까지 주
었다. "그런데 우리끼리 말이지만, 흡연은 진
짜 엄청 건강에 해로워! 게다가 화재 원인 가
운데 최소한 10퍼센트를 차지하지."

"알아." 나는 소심하게 대답했다. 그런데 왜
죄책감이 들지? 나는 담배를 끊으려는 건데!

"아름다운 우리 도시에서 편안한 시간 보내기를!" 볼퍼팅어가 기원해주었다. "인형 키르쿠스 막시무스를 추천할게. 한번 가볼 만해." 그는 내게 쪽지 하나를 건네고 다시 한번 손을 흔들더니 멀어져갔다.

혼잡한 군중 속에서 엄마를 잃어버린 어린아이처럼 나는 잠시 멍하니 서 있었다. 실은 볼퍼팅어와 좀더 이야기를 나누었으면 했다. 그는 친절했다. 내가 듣기로, 호전적인 이 종족은 부흐하임에서 경비원이나 문지기, 경호원 등 사설 법 집행관으로 고용되었다. 이들이 화재 예방도 담당한다는 사실은 처음 알았다. 그리고 거기…… 뭐라고 했지? 인형 키르쿠스 뭐랬나? 나는 쪽지를 흘낏 내려다보았다. 인형 키르쿠스 막시무스. 웃기는 이름이네. 인형극과 무슨 연관이 있는 모양이군. 관심 없어. 나는 쪽지를 던져버리고 자욱연기소를 향해 결연한 걸음을 내디뎠다. 마지막 담배 한 대를 피우고 싶었다. 그게 다였다.

건물의 무거운 나무문을 여느라 양팔을 다 써야 했다. 웅얼거리는 목소리들과 함께 자욱한 흰 담배 연기가 훅 끼쳤다. 십자회향풀, 미나리아재비 잎사귀, 참깨 담배, 계피참나물의 냄새도 풍겼다― 아이고, 세상에. 여기서는 정말 온갖 것을 피우는 모양이군. 그러거나 말거나, 이곳은 내가 마지막으로 니코틴을 흡입하게 될 역사적인 장소였다.

천장이 낮고 장식이 없는 널찍한 공간이었는데, 한복판에 설치된 거대한 연통이 올라오는 연기를 모아 밖으로 내보냈다. 거친 나무의자들이 놓인 길쭉한 탁자 여덟 개에 스물대여섯 명이 앉아서 연초를 담뱃대에 채우거나 담배를 뻐끔거리거나 담배를 마느라 분주했다. 양초 몇 개가 켜져 있을 뿐, 햇빛은 들지 않았다. 왼쪽 벽에 붙은 판매대에 물과 싸구려 와인과 차가운 차가 든 유리 주전자들이 놓여 있었는데 파는 사람은 보이지 않았다. 유리컵과 찻잔, 음료를 마시고 낸 동전 접시가 보였다. 안내판을 읽어보니 각자 계산해서 자발적으로 지불하면 되었다. 아주 매력적이군. 그러니까 여기가 자욱연기소라 이거지. 하여간 배움에는 끝이 없다니까.

나는 주전자에서 차가운 페퍼민트 차를 한 잔 따르고 접시에 동전 하나를 던져넣은 다음, 니코틴이 가득한 연기를 헤치고 몇 자리 차지 않은 뒤쪽으로 향했다. 손님들은 거의 그림자처럼 보였다. 탁자에 홀로 웅크리고 앉은 어느 당당한 형체가 단번에 내 시선을 사로잡았다. 나는 잠시 멈춰 서서 남몰래 다시 한번 그쪽을 바라보았다. 틀림없다! 린트부름이었다. 고향의 동족.

문득 뒤돌아 다른 데서 자리를 찾고 싶은 충동을 느꼈다. 린트부름들은 요새에서든 고향에서 멀리 떨어진 곳에서든 서로 아는 척하길 강요하지 않는다. 본능이자 사회적 통념이다. 우리는 그다지 사교적인 종족이 아니니까. 그래서 나는 가능한 한 그에게서 떨어져 앉고 싶었다. 그런데 그때 이런 생각이 머릿속을 스치고 지나갔다. '내가 아는 얼굴이잖아?!'

오, 친구들이여, 당연히 내가 아는 얼굴이었다! 알다마다. 사실 린트부름들은 거의 모두가 서로 아는 사이다. 그러니 얼굴을 기억하는 것쯤이야 재주도 아니었다. 린트부름은 별로 많지도 않으니까. 하지만 거기 앉은 남자는 아주 오랫동안 만나지 못한 터라 거의 잊고 있었다. 그는…… 그랬다, 오비디오스 폰 베르스슐라이퍼였다!

이럴 수가! 오비디오스는 이미 오래전, 내가 비늘이 노란색이던 소년일 때 요새를 떠난 동족이었다. 조금은 오만하게도 유명한 시인이 되겠다며 부흐하임으로 이민을 떠났는데, 그런 소망이 금방 이루어지지는 않았다. 그후 오랜 세월이 흘러 이 도시에서 재회했을 때 그는 작가로서의 이력 맨 밑바닥에 있었다. 잊힌 시인들의 공동묘지 구덩이에서 관광객들에게 즉흥시를 써주며 겨우겨우 연명해가고 있었던 것이다. 린트부름이 이보다 더 비참하게 추락할 수는 없었다. 그때 나는 그에게 말도 걸지 않았고, 도움을 주기는커녕 몰락한 작가의 모습을 목도하고 겁쟁이처럼 도망쳐버렸다. 그 생각을 하니 너무나 부끄러웠다. 살아생전 그를 다시 만나게 되리라고는 상상도 못했다.

어쨌든 지금 어스름한 시야에 들어오는 모습을 보니 오비디오스는 무척 잘 지내는 것 같았다. 당시 걸쳤던 누더기 대신 값비싼 천으로 만든 최신 유행의 옷을 입었고, 길쭉한 파충류의 목과 갈퀴에는 순도 높은 금과 진짜 다이아몬드인 듯한 목걸이와 반지 여러 개가 보였다. 성공한 린트부름은 이런 모습이었다. 그동안 무슨 일이 일어난 걸까?

그는 아직 나를 보지 못했다. 나는 기둥 뒤에 몸을 숨긴 채 망설였다. 말을 걸어야 하나? 왠지 죄책감이 들었다. 그때 잊힌 시인들의 공동묘지에서 그도 나를 봤다. 시선이 마주쳤으니 내가 비열한 목적으로 불행한 그를 그냥 내버려두었다는 걸 그도 분명 알았을 것이다. 하지만 내가 뭘 어떻게 할 수 있었으랴? 당시에는 나도 빈털터리나 다름없었다. 그가 수치스러운 상황에서 동족과 그다지 말을 섞고 싶어하지 않는다는 인상도 받았다. 그후로 오랜 세월이 흘렀다. 나는 그가 그동안 어떻게 지냈는지 몹시 궁금했다. 용기를 내서 오비디오스가 앉은 탁자로 다가갔다. 늦었지만 사과는 할 수 있을 테니까.

"여기 자리 비었나?" 이렇게 묻는 내 목소리가 떨리는 게 나 자신도 느껴졌다. "귀찮게 해서 미안하네만, 나도 린트부름 요새 출신이라네."

이웃한 탁자에는 난쟁이 둘이 마주앉아 담뱃대 하나로 번갈아가며 뻐끔거리고 있었다. 연초에서 야생약초 냄새가 진하게 배어나왔다. 둘은 내게 전혀 관심이 없었다.

오비디오스는 나를 한참 바라보았다. 그러더니 아주 천천히, 늘 괴롭힘을 당하는 자들 특유의 신중한 태도로 입을 열었다.

"그런 말이야 누구든 할 수 있지. 그 정도로 변장을 하고 돌아다니는 자라면."

"내가…… 음…… 익명으로 다니는 중이라서." 당황한 내가 대답하고는 그에게로 몸을 숙여 두건을 살짝 젖혔다. 그곳에서 그만이 내 얼굴을 볼 수 있도록.

"아…… 어…… 힐데군……" 화들짝 놀란 그는 말을 더듬다가, 내가 간청하듯 갈퀴를 올리자 얼른 입을 다물었다.

"앉아도 되나?" 내가 물었다.

"물론이지! 되고말고! 어서 앉게!" 오비디오스가 대답했다. 그러고는 몇 번이나 일어섰다 앉았다. "아이고, 이런…… 이게…… 웬일인가?" 그는 탁자에 떨어진 연초 부스러기를 초조하게 쓸어내렸다.

옆에 있던 난쟁이 둘이 바보처럼 킥킥댔지만, 우리와는 전혀 상관없는 웃음이었다. 둘은 틀림없이 자기네 이야기에 취해 그들 말고는 아무도 못 알아듣는 난쟁이 언어로 속닥속닥 대화를 나누는 중이었다.

"안타깝지만 이 거추장스러운 두건을 쓰고 있어야 한다네." 나는 오비디오스 맞은편에 앉으면서 사과의 말을 건넸다. "멍청한 묵언 수행 드루이드처럼 보일 테지만…… 안 그러면 이 도시에서 잠시도 조용하게 지낼 수 없어서 말이야."

"그럼, 물론이지! 여기서는 누구나 자네를 아니까! 자네 책마다 초상화가 실려 있지 않나. 수많은 고서점과 서점에 자네의 유화 초상화가 걸려 있고. 시내 공원에는 자네 입상도 있지. 그런데 그 입상은 초록빛 비늘인데, 자네 지금 비늘 벗는 중인가?"

이상하게도 린트부름은 비늘 벗기 이야기만 나오면 부끄러워한다. 말을 거는 상대 린트부름 역시 비늘을 벗는 중이라 해도 그렇다.

그런 이유로 나는 짤막하게만 대답했다. "그렇다네."

"아이고……" 오비디오스가 신음했다. "우리가 마지막으로 본 게 언제더라? 그게…… 그러니까……"

"잊힌 시인들의 공동묘지에서였지!" 나도 모르게 대답하고는 바로 후회했다.

그러나 그는 요란하게 웃음을 터뜨렸을 뿐이다. "하하하! 그랬지! 그 빌어먹을 공동묘지!" 오비디오스는 그 이야기를 하는 게 조금도 불쾌하지 않은 모양이었다. "자네, 책에도 쓰지 않았나……"

"읽었단 말인가?" 내가 물었다.

"물론! 부흐하임의 모두가 읽었지. 자네 지금 농담하나? 그런데 여긴 무슨 일로 또 온 건가? 최근에 듣기론, 린트부름 요새로 돌아갔다던데. 뿌리를 찾아서, 뭐 그런 거 말일세." 오비디오스가 나를 친한 옛친구처럼 대해주었으므로 긴장은 금세 풀렸다. 나는 잠시 고민했다. 편지를 보여줄까? 패를 바로 꺼내야 하나? 그는 린트부름이니 의리 하나는 의심하지 않아도 된다. 하지만 이번에는 좀더 신중해지자고 결심하지 않았던가? 처음 부흐하임을 찾았을 때는 나를 이곳으로 오게 만든 원고를 순순히 친구와 적의 코앞에 들이미는 바람에 어려움을 겪었다. 이번에는 서두르거나 순진하게 굴고 싶지 않았다.

"흐음, 린트부름 요새가 어떤지는……" 내가 말했다. "자네도 알지 않나. 정적과 평화, 기나긴 잠과 영양가 있는 요리가 필요할 때는 차모니아를 통틀어 가장 좋은 곳이지. 나는 소란한 곳을 벗어나 생활을 차분히 정돈하려 했네. 어쨌든 생각은 그랬지. 하지만 그 위쪽의 건강한 공기가 언젠가부터 쇄쇄 귀를 울리기 시작하더군. 게다가 하루에도 열두 번씩 골목에서 린트부름 한둘과 마주치다보니, 그 빌어먹을 투구를 쓴 머리를 후려쳐버렸으면 좋겠더라고. 무슨 말인지 이해하겠나? 밤이면 내 발톱이 자라는 소리도 들리더라고."

"상상이 가네." 오비디오스가 히죽거렸다. "린트부름 요새 특유의 광포증이지! 지금도 식당은 화석이 된 브라키오사우루스뿐인가?"

"물론이지! 매일 저녁 그 빌어먹을 진흙을 입힌 돌팔매가 주메뉴야. 에델바이스 소스 요리 말이야. 벌써 백만 년 전부터 그래. 나는 체중이 25킬로그램이나 늘었다네. 진화가 멈추었지, 영원히."

"그래, 오래전 내가 린트부름 요새를 떠난 이유도 비슷하네." 오비디오스가 말했다. "어느 날 문득 맑은 공기에 구역질이 나더군. 또 성가퀴 너머를 볼 때마다 고소공포증도 느꼈고."

나는 미소지었다. "이런 걸 묻는다고 화내지 말게. 형편이 몹시 나빴던 그때 말이야, 왜 요새로 돌아오지 않았나? 난 항상 그게 궁금했네. 최소한 잊힌 시인들의 공동묘지보다는 낫지 않았을까 했지."

"뭐 생각하기 나름이지!" 그가 한숨을 내쉬었다. "젊을 때는 고집스럽지 않나! 나는 자존심이 너무 셌어. 너무 어리석었지. 실패한 채옛 집으로 돌아갈 바에는 뒈지는 게 나을 것 같았어. 물론 지금은 생각이 좀 달라졌어. 하지만 그때는…… 그때 난 완전히 다른 린트부름이었네! 그리고 잊힌 시인들의 공동묘지로 추락하지 않았더라면 지금과는 180도 다른 삶을 살고 있겠지. 분명 훨씬 더 지루했을 거야. 그리고 무엇보다도 이렇게…… 즐겁지 않을 테고."

그는 잔을 들어 건배했다.

"자네가 잘 지낸다는 건 금방 알아보겠네." 내가 히죽거렸다. "무슨 일이 있었던 건가?"

오비디오스는 한동안 나를 응시했다.

"오름." 그가 진지하게 말했다. "오름을 만났지."

나는 휘파람 소리에 귀를 쫑긋 세우는 개처럼 나도 모르게 등을 곧추세우고 앉았다.

"오……름?" 내가 중얼거렸다.

"음…… 맞아. 그랬다네…… 우리가 만나고 시간이 좀 지난 뒤의 일이지. 솔직히, 그때의 짧은 만남이 내게 상당히 심각한 영향을 남겼다네."

"정말인가?"

"그렇다네. 그후로 우울증이 더 심해졌지." 오비디오스가 음울한 눈길로 나를 바라보았다.

나는 식은땀이 솟았다. "아……" 고작 그 소리가 전부였다. 대화가 불편한 방향으로 흘러가기 시작했다.

"힐데군스트. 그때 자네 눈빛을…… 나는 평생 못 잊을 걸세. 절대로! 적나라한 경악과 노골적인 두려움을 드러내는 눈빛이었지. 나는 자네 눈에 비친 소름끼치는 내 상황을 봤다네. 동족의 눈빛에서 말일세. 알아듣겠나? 그때보다 더 큰 굴욕을 느낀 적은 없네. 더 외로웠던 적도 없고!" 지금 오비디오스의 눈에 차오르는 건 슬픔의 눈물인가? 아니면 그냥 연기인가?

나는 의자에 더 깊숙이 몸을 묻었다. 아무리 멍청해도 이 자리에는 앉지 말았어야 했다! 나는 지금 예전에 지은 죄에 대한 벌을 받고 있다.

"정말 끔찍했지!" 오비디오스가 신음했다. "이미 묘지 바닥에 앉아 있는데, 얼마나 더 추락할 수 있겠나, 응? 나는 가장 기본적인 욕구 충족조차 포기했네. 씻지도 먹지도 않았지. 빗물만 마셨을 뿐이네. 빌어먹을 관광객들에게 시를 써주는 것도 그만두었고, 그들이 동정심에 구덩이로 던지는 푼돈도 줍지 않았네. 나는 죽고 싶었어."

나도! 의자에 앉은 채 이 기분 나쁜 자욱연기소 바닥으로 가라앉고 싶었다. 절대로 여기 발을 들이지 말았어야 했는데! 그 오지랖 넓은 멍청이 볼퍼팅어는 어째서 아무 해도 없는 마지막 담배를 그냥 피우게 나를 가만두지 않았나? 어째서 이렇게 삶이 꼬이게 만드나? 심근경색은 왜 꼭 필요할 때는 찾아오지 않는가?

하지만 야속하게도 오비디오스는 자신의 수치스러운 과거 이야기를 이어갔다. "나는 그냥 무덤에 웅크려 있었네. 며칠이 지나는지, 몇 주가 지나는지 몰랐네. 관심도 없었지. 살려는 의지가 꺾였어. 그냥 썩어 없어지고 싶었네. 진흙 속에서 분해……"

오비디오스는 마지막 말을 하다 말고 입을 다물었다. 지금껏 내가 살면서 겪은 가장 고통스러운 침묵의 시간이었다. 나는 낚싯바늘에 꿰인 지렁이처럼 움츠러들었다. 뒤쪽에서 누가 그르렁거리며 기침을 했다.

드디어 오비디오스가 다시 입을 열었다. "그러다 종소리를 들었네."

"죽음의…… 종소리?" 나는 어리석은 질문을 하고 말았다.

"아니, 화재 경종."

"화재?"

"아, 부흐하임 대화재 말일세! 그림자 제왕이 지른 불. 자네 책의 마지막 장이 내겐 새로운 인생의 첫 장이었다네."

"뭐?" 나는 다시 자세를 똑바로 하고 앉았다. 방금 그의 목소리가 좀 부드러워진 건가? 게다가 내 기분도 왠지 모르게 딴판으로 달라졌다.

기이하긴 해도 편안한 느낌이었다. 혹시 차의 효능일까?

"나는 구덩이에 누워 죽으려고 했네. 이해가 되나?" 오비디오스가 물었다. "대화재가 있기 전날 소나기가 퍼부었다네. 구덩이들 위쪽에 덮개를 걸쳐두긴 했지만 내 무덤은 무릎까지 물이 찼네. 그러니 누워 있었다기보다는 헤엄쳤다는 게 더 옳은 표현이겠지. 날카롭게 울리는 화재 경종, 공포에 질린 부흐하임 주민들의 비명, 불꽃이 타닥거리는 소리가 들려왔네. 그래도 나는 아랑곳하지 않았지. 이미 세상을 등졌으니까. 이제 곧 타죽을 텐데, 뭐 그러거나 말거나."

오비디오스는 성냥을 켜고 불꽃을 바라보았다.

"그러고서 마침내 열기가 다가왔네. 자네, 수백만 권의 책이 타면서 생긴 거대한 불덩어리에 깔려본 경험이 있나? 내 장담하건대, 그런 일이 닥치면 어떤 대비도 할 수 없네! 나는 누워 있던 흙탕물 속으로 더 깊이 가라앉았는데, 그때 이미 물은 끓어오르기 시작했네. 팽형을 당하는 사람이 어떤 기분인지 나도 이제 안다네."

나는 탁자 위로 몸을 기울였다. 그는 정말이지 이야기를 잘했다. "어떤 기분이 들던가?" 나는 속삭이듯 물었다.

"살고 싶어지지! 아, 빌어먹을!" 오비디오스가 고함을 질렀다. "전혀 예상치 못한 강렬한 삶의 의지가 폭발해! 온몸의 힘줄 하나하나가 전에 없이 살아 있는 것처럼 느껴진다고! 그러고는……" 그가 말을 멈추었다.

"그러고는?" 나는 한숨 돌릴 겨를도 없이 물었다.

"그러고는 죽네." 오비디오스는 훅 불어서 성냥불을 껐다.

나는 다시 의자에 등을 기댔다. 머리가 아주 가벼워졌다. 언제라도 몸과 분리되어 풍선처럼 둥둥 떠다닐 것만 같은 느낌이었다.

"하지만 주의하게!" 오비디오스가 말을 이었다. "나는 물이 끓어오르기 시작했다고 했지 끓었다고는 하지 않았네. 기껏해야 1도 차이였겠지. 나를 가장 잔혹한 죽음에서 구해준 것은 수은온도계에서 머리카락 한 올 정도 차이, 아마 눈금 딱 하나 차이였을 걸세! 이빨이 모두 녹는다고 생각될 만큼 뜨거웠네. 눈을 감아도 너무 환해서, 심장박동에 따라 눈꺼풀 속 핏줄이 뛰는 게 보이더군! 고막이 찢어질 듯한 비명이 물속에서도 들렸네! 자네는 책에서 부흐하임의 화재에 대해 정확하게 표현했지. 꿈꾸는 책들이 잠에서 깨어났다! 그래, 바로 그랬다네. 수천 마리의 짐승이 내 위에서 미친듯이 뛰어가는 것 같았지. 하지만 그건 산소를 집어삼키는 무자비한 불 괴물이었네!"

오비디오스가 수천 마리 짐승이 달리는 소리를 흉내내느라 양쪽 갈퀴로 탁자를 두드리자, 자욱연기소 안에 있던 몇몇이 우리 쪽으로 고개를 돌렸다. 옆 탁자의 난쟁이 둘은 유리알 같은 눈에 핏발을 세운 채 노골적으로 우리를 뚫어져라 보았다.

"그러다 돌연 모든 게 지나갔네!" 오비디오스가 나지막이 이야기를 이어갔다. "아주 순식간에 말이지. 일 초만 더 끌었더라면 내 폐 속의 산소가 완전히 사라졌을 걸세. 나는 끓는 물속에서 일어나, 불덩어리를 뒤따라온 서늘한 바람에 몸을 식혔네. 그러고는 구속복을 벗어던진 정신병자처럼 한숨을 내쉬고 고함을 지르며 양팔을 휘저어댔네. 아아아아아아아! 문명의 언어로는 뭐라고 표현할 수 없는 상태였지. 묵시록적 규모의 대화재를 견뎌냈으니까. 푹 삶아질 뻔했고. 거의 죽다 살아난 거라네— 여보게, 친구. 다른 때 같으면 별일 없는 오후였을 텐데, 그만하면 나쁘지 않은 결과 아닌가! 하지만 그건 아무것도 아니었네. 그날의 진정한 사건은 아직 일어나지도 않았으니까."

오비디오스는 의자에 등을 기대고 히죽 웃었다. 그의 눈이 반짝거리기 시작했다. 나는 힐끔 곁눈질을 하다가, 옆 탁자의 난쟁이들이 이야기를 계속 들으려고 잔뜩 긴장한 채 작고 기다란 귀를 쫑긋 세우고 있다는 걸 깨달았다.

"나는 진흙이 들어간 눈을 비비고서 위를 쳐다봤네. 구덩이의 기다란 직사각형 입구로 하늘이 보였지. 검은색이었네. 밤이 내린 건지, 연기 때문에 검은 줄도 모르겠더군. 그리고 거기서 반짝이는 게 타는 책들의 불씨인지 별인지도 모르겠고. 어쩌면 둘 다였는지 모르지. 어쨌든 그런 하늘은 한 번도 본 적이 없었네. 내가 본 것은 별들의 알파벳이었지. 읽을 수는 없지만 아름다운 빛의 글씨, 우주만큼 오래된 반짝이는 기호로 가득한 창공."

"자네도 그걸 봤다고?" 내가 물었다. "알파벳을?"

오비디오스는 한동안 나를 뚫어져라 바라보았다. 이야기의 맥락을 놓쳤나? 도대체 나를 보고 있기는 한 건가? 마침내 그가 말을 이었다.

"그러다 보이지 않는 번개가 나를 내리쳤네. 빛인지 물결인지, 타격인지 쇼크인지, 어쨌든 우주에서 곧장 날아온 것이었네. 하마터면 진흙에 다시 묻힐 뻔했지. 도끼가 통나무를 내리치듯 번개는 내 몸 한복판을 제대로 때렸네. 고통이나 경악, 두려움은 없었지. 하마터면 웃음이 터질 뻔했다네. 그때까지 전혀 몰랐던 에너지, 뇌가 터질 듯한 창조력으로 충만한 기분이었네. 내 콧구멍에서 화염이 나왔던가? 그건 모르겠네. 어쨌든 한 가지는 확실했지. 불현듯 구덩이에 두 종류의 내가 서 있었네. 다 해진 누더기를 걸친 예전의 오비디오스와 지금 자네 눈앞에 있는 새로운 오비디오스. 이제부터 내가 둘 중 어느 쪽이 되고 싶은지 결정만 하면 되는 거였네."

오비디오스는 히죽거리며 양팔을 벌렸다. 새 옷은 그에게 정말 잘 어울렸다. 그가 목소리를 낮추었다.

"나도 아네. 광기의 발병에 대해 써놓은 정신병자의 병원기록처럼 들린다는 거. 나도 이런 이야기를 누구에게나 하지는 않네. 하지만 자네에게는 당연히 해도 되지. 비슷한 경험을 했을 테니까. 바로 그 순간, 오름이 나를 덮쳤지."

오비디오스의 눈에 차오른 눈물이 흘러내렸다. 온 얼굴이 눈물범벅이 되었지만 그는 느끼지 못하는 모양이었다. 아니면 전혀 개의치 않거나. 그는 팔을 뻗어 내 머리 너머의 연기를 가리켰다.

"나는 미래를 볼 수 있었네! 이 순간을 움켜쥐고 이용하면 무슨 일이 일어날지 보였지. 완전히 새로 시작해 모든 걸 좋은 쪽으로 바꿀 수 있었네. 아직은 무질서한 기호에 불과해 해석이 어려웠지만, 반짝이는 별들의 알파벳이 내 머릿속에서 흐르고 있었으니까. 하지만 금방 분류되고 묶여서 벌써 선명한 의미를 드러내는 것도 여기저기 보였네. 유일한 뭔가, 불멸의 뭔가가 내 머릿속에서 형태를 잡아가고 있었지. 단어와 문장으로 이루어진 예술적인 형상, 외계 생물처럼 낯선 아름다움이 내 정신에 현현해선 나무랄 데 없는 운율로 내게 말을 걸었네! 그건 시였지. 나 자신의 사상과는 전혀 관계가 없었네. 우주에서 온 사상, 별들의 선물이었다네!"

불현듯 오비디오스의 시선이 매서워졌다. 그가 몸을 앞으로 숙여 내 팔을 잡았는데, 너무 꽉 쥐어서 아플 정도였다.

"믿어주게, 힐데군스트, 난 미치지 않았어. 생각하길 싫어하는 신비주의자도 아닐세. 설명할 수 없는 현상이나 커피 찌꺼기, 죽은 할머니의 목소리나 믿는 자들 말이야. 나는 철저히 과학적인 세계상을 기준

111

으로 삼는다네. 차모니아 자연계의 측량 가능한 질서를 크게 신뢰해. 종교적이지도 않아서, 맹목적인 신앙으로만 이해할 수 있는 것은 하나도 믿지 않네. 그런데 사람들이 오름이라고 부르는 그때 그 힘은 다른 무엇보다도 구체적이었다네! 눈에 보이지는 않았지만 말이야! 경험한 이가 얼마 안 된다 해도 그건 실제야!"

그는 내 팔을 놓고 다시 의자에 등을 기댔다. 옷매무새를 가다듬는 것이, 어느 정도 흥분을 가라앉힌 모습이었다.

"내가 누구한테 이런 이야기를 하고 있담!" 그가 웃음을 터뜨렸다. "자네만큼 오름을 자주 경험하는 작가도 없을 텐데 말일세!"

내 안의 무언가가 또다시 덜컥 무너졌다. 다행히 오비디오스는 곧장 이야기를 이어갔다.

"좋아." 그가 말했다. "그건 전주곡이었네. 서막이었지. 이제부터 진짜 이야기가 시작된다네. 드디어! 나는 서서히 이성을 되찾았네. 그리고 알게 됐지, 내 머릿속에 흐르는 이 기호들을 포착해 정리한다면 오름의 작품이 탄생하리라는 것을. 아주 간단하게 말일세. 어려울 게 없었어. 하지만 내가 여전히 흠뻑 젖은 채 진흙 구덩이 밑바닥에 있다는 게 문제였네. 밖에서는 불꽃이 날뛰었지. 밤이 됐네. 주민들이 비명을 지르고 흐느껴 울었지. 인상적인 문학작품을 종이에 옮기기에 이상적인 상황은 아니었다네. 안 그런가?"

옆 탁자의 난쟁이들은 이제 눈에 띄게 우리 쪽으로 몸을 기울이고 있었다. 금방이라도 의자에서 떨어질까봐 걱정될 정도였다. 오비디오스가 자기 수첩을 들고 내 코앞에서 휘휘 흔들었다.

"종이!" 그가 소리쳤다. "종이가 급히 필요했다고! 누더기 안에 연필은 있었지만, 주머니에 있던 종이는 너덜너덜 다 풀어져버렸더군.

그 빌어먹을 구덩이에서 나와야 했네! 하지만 전날 내린 비로 흙계단이 물러지는 바람에 발을 디디는 족족 무너져내리더군. 악몽 같았네! 머릿속에서 부흐하임 대화재에 관한 획기적인 담시가, 수천 년간 살아남을 시가 만들어지고 있는데 발밑에서는 계단이 무너지다니."

오비디오스는 수첩을 내던졌다. 바로 그 순간, 난쟁이 하나가 정말로 의자에서 굴러떨어졌다. 그는 곧장 몸을 벌떡 일으켰고, 다른 난쟁이는 인정머리 없이 웃음을 터뜨렸다.

"그때 누군가 구덩이로 밧줄을 획 던졌네." 오비디오스는 개의치 않고 이야기를 계속했다. "나는 얼른 양손 갈퀴로 밧줄을 움켜쥐고 위로 올라갔네. 내 친구들, 고통을 나누는 동료들이 거기 있었네! 잊힌 시인들의 공동묘지의 이웃들이었지. 그들도 나와 비슷한 방법으로 화재를 이겨냈네. 구덩이의 진흙 속으로 잠겨들어간 거지. 우리는 모두 얼싸안고 축하인사를 나누었네. 하지만 나는 다급했지. 종이를 찾아야 했으니까! 부흐하임 화재에 관한 영원불멸의 담시가 마음의 눈앞에 선명하게 쓰여 있었네. 오로지 오름이 홀로 창조한 완전무결한 24연의 시! 종이에 옮기기만 하면 됐다네. 종이, 종이! 나는 연기를 뿜는 폐허를 헤매고 다녔지. 사방에서 불씨가 날아다니고 화염이 날뛰고 연기가 피어올랐고, 바닥은 화덕처럼 뜨거웠네. 주머니 안의 종이는 너무 축축해서 시를 쓸 수 없었는데, 공동묘지 주변에서 발견한 종이들은 반쯤 탔거나 너무 바싹 말라서 손가락 사이에서 바스러졌네. 머릿속의 시구는 벌써 희미해지기 시작했지. 절망에 빠져 포기하고 쓰러지기 직전이었어. 머릿속에서 사라지게 그냥 내버려두려 했네. 나만 빼고 아무도 듣지 못한 그 시를. 하지만 그때 번쩍, 아이디어가 떠올랐다네. 자네, 합창 좋아하나?"

"뭐?" 나는 갑작스러운 질문에 당황해서 되물었다. "어…… 그래. 아니. 음…… 모르겠네. 흠…… 합창?"

"그래, 누구나 좋아하지는 않지. 나도 아네." 오비디오스가 말했다. "하지만 나는 좋아한다네. 그게 나를 곤경에서 구해줄 해결책이었네. 나는 합창단이 필요했어."

난쟁이 둘이 이해할 수 없다는 표정으로 오비디오스를 뚫어져라 보았다. 나도 어쩐지 그가 맥락을 놓쳤다는 인상을 받았다.

"난 구덩이로 돌아갔네." 오비디오스는 꿋꿋하게 이야기를 계속했다. "아니, 뛰어갔지. 거기서 고통을 나누는 동료들을 주위로 불러들였네. 잊힌 시인들의 공동묘지 주민 모두를 말일세. 그러고는 연설을 했지.

'내 말 잘 듣게!' 그렇게 소리쳤지. '방금 막 오름이 나를 관통했네!'

'어, 그렇겠지.' 누군가 그렇게 소리치더니 웃음을 터뜨렸네.

'나는 그런 일을 수도 없이 겪는걸!' 또다른 이웃이 고함을 질렀지.

모두가 껄껄 웃거나 킥킥댔어. 그러다가 다시 조용해졌지. 나는 팔을 들고 처음부터 다시 시작했네. '여보게들, 이상하게 들리리라는 거 나도 아네. 더구나 오늘 같은 상황에서는 말일세. 믿든 말든 자네들 자유지만 잠시만 들어주게. 내 마음의 눈앞에 획기적인 서정시가 있네. 지금 어떤 식으로든 잡아두지 못하면 영원히 사라질 걸세. 어디에도 종이는 없고 내 기억은 벌써 흐릿해지기 시작했으니까. 불덩어리가 우리 위를 지나갈 때 그 시가 내게 쏟아졌다네. 나는 이게 오름의 선물이라고 확신하네. 하지만 자네들 중 오름 자체를 믿지 않는 이도 많다는 거 아네. 하물며 이런 정신 나간 소리를 어떻게 믿겠나? 그러니 그저 친구로서 나를 좀 도와달라고 부탁하겠네. 제정신이 아닌 것 같더라도 내 부탁은 좀 들어주게! 어려운 일이 아니라네.'

'좋아.' 누군가 말했지. '우리가 뭘 해야 하나?'

'아주 간단해. 내가 지금 바로 그 시를 큰 소리로 낭송할 테니, 자네들이 한 연씩 맡아 외워주게. 내가 한 명 한 명 앞에 서서 한 연씩 크고 똑똑하게, 아주 천천히 낭송하겠네. 자네들이 그걸 적을 기회가 생길 때까지 잊지 말고 꼭 기억해주게. 그게 다일세.'"

그 일을 회상하던 오비디우스의 눈빛이 환해졌다. 그는 나를 보고 있는 게 아니었다.

"이렇게 해서 잊힌 시인들의 공동묘지 기적이 일어났다네. 나중에 부흐하임에서는 그 사건을 그렇게들 불렀지. 물론 기적이 아니라 합창 연습이었을 뿐이네. 하지만 당시 우리는 그 일이 나중에 기적으로 불릴 거라고는 상상도 못했고, 그 순간이 우리 모두의 삶을 좋은 방향으로 변화시키는 전환점이라는 것도 몰랐네. 그때 머리부터 발끝까지 흠뻑 젖은 진흙투성이의 우리 모습을 봤더라면 그 누구라도 몰랐을 걸세."

오, 사랑하는 친구들이여, 그제야 나는 긴장을 풀고 의자에 등을 기댔다! 오비디오스의 이야기는 즐거운 쪽으로 돌아선 것 같았고, 내 기분도 점점 나아지다가 거의 바보 같은 느낌에 휩싸였다. 딱히 그럴 이유가 없는데 웃음이 크게 터져나오려 해서 몇 번이나 꾹 참아야 했다. 난쟁이 둘은 다시 담뱃대에 불을 붙였다.

"웃음소리와 얼빠진 헛소리는 내가 첫째 연을 낭송하자 뚝 그쳤네." 오비디오스가 이야기를 계속했다. "다들 놀라 서로 눈길을 주고받더군. 비록 우리 모두 실패한 작가들이긴 해도, 탁월하게 좋은 문학을 만나면 금방 알아채기는 했지. 오름 자체를 믿지 않던 자들도 지금 자신이 아주 굉장한 일을 함께하고 있다는 사실을 깨달았네. 몇 연을 낭송하자 눈물을 흘리는 자들도 있었네. 자기가 맡은 연을 몇 번씩 반복해

외우는 그들에게서 나는 황홀경을, 노골적인 질투나 순수한 감동을 보았네. 그들의 눈에서 오름의 불이 반짝였네. 우리 사이에서 불꽃이 튀었어도 난 놀라지 않았을 걸세. 나는 한 명 한 명 모두에게 다가갔네. 드디어 낭송을 마쳤을 때 여기저기서 흐느낌이 들려왔고, 무릎이 후들거려 주저앉는 이들도 상당했네. 웃는 이도 있었지만 그것은 감동의 웃음이었네. 내 시는 우리가 불지옥에서 느낀 감정을 영원히 존속될 시구로 표현한 거야. 난 모두의 가슴에서 우러나온 시를 낭송한 걸세. 그 시는 삶에 대한 찬가이자 죽음에 대한 송가인 동시에 부활과도 같았다네. 감동받지 않은 이가 없었지. 기진맥진한 나는 바람 빠진 커다란 풍선처럼 바닥에 주저앉았네. 꼭 그런 느낌이었지. 내가 외운 한 연만 빼고는 시가 내 안에서 빠져나갔으니까. 그 시는 이제 우리 모두의 집단기억을 통해 살아남게 된 걸세."

오비디오스가 미소지었다. "부흐하임 주민들이 우리를 뭐라고 불렀는지 아나? 잊힌 시인들의 합창단이라고 했다네. 우리는 예전보다 더 굳센 공동체가 됐지. 하지만 이제는 죽으려는 의지로 뭉친 게 아니라 살려고 뭉친 공동체였어! 우리는 부흐하임 거리로 나서서 함께 멋지게 시를 낭송했네. 특별한 목적 없이 그저 우리가 연습한 바로 그 형태대로, 각자 한 연씩 말일세. 물론 그사이 글로 써두긴 했지. 하지만 우리는 무대에 선 배우처럼 시를 외워 청중 앞에서 낭송하며 아주 큰 충만감을 느꼈네. 그렇게 시장에도 가고 결혼식이나 상량식에도 다녔고, 청중은 점점 늘었다네. 합창단은 그 지역에서 유명해졌지. 내 담시는 모두가 겪은 일을 말함으로써 그들을 위로했네. 시는 그렇게 부흐하임 주민들이 삶의 의지를 되찾는 데 도움을 주었어. 비장하게 들릴지 모르지만 정말로 그랬다네! 그 시는 내가 쓴 작품 중 최고였지. 당시 나는 오름의 경험이 단 한 번으로 끝나리라는 걸 몰랐다네. 하지만 지금은 현실을 받아들였네."

오비디오스는 한숨을 내쉬었다.

"합창단은 부흐하임을 재건하는 데 의미 있는 역할을 했네. 과대평가하고 싶지는 않지만, 부정한다면 옳지 않은 겸손이지. 우리는 걸어다니는 상징이었네. 살아 있는 문화와 강한 공동체는 최악의 대참사와 위기를 견뎌낸다는 걸 보여주는 상징 말일세."

"하지만." 나는 용기를 내서 반박했다. "자네가 어떻게 부자가 됐는지는 설명이 안 되잖아." 나는 그가 걸친 장신구를 가리켰다.

"서두르지 말게! 아직 이야기가 끝난 게 아니라네. 이제 경제적인 부분을 말할 차례야." 오비디오스는 의기양양하게 웃었다. "음…… 시간이 흐르고 잊힌 시인들은 서로 다른 길을 가게 됐지. 몇몇은 결혼해서 그곳을 떠나고, 몇몇은 죽고…… 사는 게 다 그렇지 않은가. 우리 중 누군가가 맨 처음 부흐하임을 떠나겠다고 했을 때, 우리는 앞으로 청중 앞에 함께 나서서 시를 낭송하는 걸 그만두기로 결정했네. 그건 오래전 굳게 맺어진 공동체의 특권으로 남아야 했어. 그때까지 나는 부흐하임에서 책을 출간할 생각이 전혀 없었네. 정말일세! 그런데 잊힌 시인들이 다시는 공연하지 않는다는 소문이 돌자 어느 발행인이 나를 찾아와서는, 이 문학작품을 책의 형태로 후세에 남겨야 한다고 설득했네. 반드시 그래야 한다고! 글쎄, 반대할 이유가 없었지. 우리는 남은 합창단원 모두가 똑같은 수익을 얻는 조건으로 계약을 맺었다네. 어림잡아 몇백 권쯤 팔릴 거라고 계산했지. ―시 한 편이 내용의 전부인 얇은 책을 누가 사겠나? 나는 그걸로 됐다고, 우린 좋은 시간을 함께 보냈다고, 살아남았다고 생각했네. 뭘 더 바라겠나? 그런데 놀라운 일이 벌어졌네." 오비디오스는 히죽 웃었다.

"그 책이 베스트셀러가 된 거라네. 부흐하임이라는 좁은 지역 내에서이긴 했지만 어쨌든 엄청나게 팔렸지! 우선 화재에서 살아남은 주민들은 모두 한 권씩 샀네. 그다음에는 학교 수업의 필수과목이 됐지. 관광객들도 관심을 보이기 시작해 하나의 기념품이 됐네. 부흐하임에서 사가는 최고의 선물이 된 걸세. 이백 년이 흐른 지금은? 누군가 이 도시에서 책을 딱 한 권 사간다면 그건 바로 내 오름 시라네. 어느 서점, 어느 고서점에도 계산대 바로 옆에 놓여 있지. 책을 펼치면 그림이 튀어나오는 어린이책 판본도 있어. 불타는 집이며 종이 불꽃이며 온갖 그림이 나오지! 그동안의 인세가 얼마나 되는지 상상이 되나? 그 책은 우리 모두에게 돈 걱정 없는 생활을 보장해주었다네. 판매부수는 해마다 늘어나고 있네. 나는 노숙자를 위한 재단까지 설립했지." 오비디오스는 양팔을 활짝 벌렸다. 타향에서 성공한 린트부름의 만족스러운 모습이었다.

마음이 놓인 나는 털썩 몸을 기대며 이 자리에 앉은 나 자신에게 가만히 축하인사를 건넸다. 오랜 짐 하나를 던 기분이었다.

오비디오스는 외투에서 작은 책 한 권을 꺼내 내 쪽으로 밀었다.

"사인본이네." 그가 말했다. "마침 한 권 가지고 있었어." 그러고는 히죽 웃었다. "언제 시간 나거든 한번 들여다보게나."

나는 작고 얇은 책을 집어들었다.

"흐음." 이야기하는 재미에 푹 빠진 오비디오스가 헛기침을 하며 담뱃대에 연초를 다시 채웠다. "하지만 지금까지의 이야기는 나의 개인적이고 사소한 사연에 불과하네…… 불지옥을 겪은 이 도시가 어떻게 발전했는지 설명하는 주석 하나 정도야. 하지만 도시의 발전 이야기는 그 자체로 하나의 장章을 이루지. 한번 들어보겠나? 고급반을 위한 부흐하임 도시사일세."

"들어야지!" 그렇게 대답하는 내 목소리는 마치 저멀리서 들려오는 것 같았다. 하지만 그러거나 말거나 상관없었다. 나는 더 듣고 싶었다, 훨씬 더 많이! 그새 작은 머리를 탁자에 올리고 잠든 옆자리의 난쟁이 둘은 잠꼬대를 하는지 나지막이 웃고 있었다.

# 비블리오 어쩌고, 비블리오 저쩌고

그사이 자욱연기소는 손님들로 붐볐다. 탁자마다 빈틈없이 꽉꽉 찼고, 우리 자리에도 몇 명이 더 끼어 앉았다. 여기저기서 담뱃대뿐 아니라 와인 병도 돌아다녔다. 푸르스름한 연기 속에서 내가 발견한 건 손님 대부분이 부흐하임 주민이라는 사실이었다. 그들이 걸친 의상을 보면 알 수 있었는데 많은 이가 작업복 차림이었다. 서적상은 책 주머니가 잔뜩 달린 특유의 갈색 아마포 작업복(허리에는 책 판형을 재는 매듭 끈을 두르고 있었다)을 입었고, 손가락이 검게 물든 인쇄공은 세탁이 가능한 가죽 앞치마를 입었다. 편집자는 옷에 독서용 돋보기를 달았고, 나티프토프 출신의 거만한 공증인은 토시를 꼈고, 플로린트 출신 수프 요리사는 바보처럼 생긴 빵모자를 쓰고 있었다(도대체 요리할때 빵모자가 왜 필요하담?). 당연히 젊은 시인도 있었는데 대담한 모자와 잔뜩 멋부린 숄, 수첩과 자기 시집이 든 주머니 등 호전적인 개인주의 성향 때문에 두드러져 보였다. 빼놓고 다니는 법이 없는 시집은 실수로 그렇게 넣은 척, 주머니에서 삐죽 나와 있었다.

혼란스레 뒤엉킨 연기와 목소리가 점점 더 빽빽하게 들어차는 가운데 우리는 말린 생선처럼 훈제되었다. 하지만 나는 이곳이 점점 더 아늑하게 느껴졌다. 이유 없이 기분이 좋았다. 기도로 즐기는 말린 기호품의 종류가 이렇게 많다는 걸 예전에는 미처 몰랐다. 평범한 연초는 정말이지 아무것도 아니었다! 이곳 여행객들은 각종 허브와 충천연색 가루, 말린 과일과 말린 뿌리, 알록달록한 꽃잎이나 잘게 간 견과류도 담뱃대에 꾹꾹 다져넣거나 담배종이에 싸서 말았다. 비누 냄새 같은 라일락 향, 끈적끈적한 대마 냄새, 진한 육두구 향기가 사방에 진동했고, 그 사이로 코를 찌르는 산형꽃차례 담배 연기가 자욱하게 퍼졌다. 불을 붙이자마자 가느다란 불길이 높이 솟는 담뱃대도 많았다. 어느 개구리 족이 피우는 대통 세 개짜리 담뱃대에서는 대통마다 제각기 다른 색깔의 연기가 올라왔다. 폐가 주철로 만들어져서 담배 연기를 깊숙이 빨아들이는 독한 종족만이 이런 담뱃대를 오래 견뎌낼 수 있었다. 그제야 나는 담뱃대를 아직 꺼내지도 않았다는 걸 깨달았다. 그 정도로 오비디오스의 오름 이야기에 취해 있었던 것이다. 나는 주머니를 뒤졌다. 수다스러운 린트부름 오비디오스는 다시 담뱃대에 연초를 꾹꾹 눌러담고 불을 붙인 다음 이야기를 시작했다. 사실 여기선 담배를 피우고 싶으면 숨만 들이쉬었다 내쉬었다 하면 그만이었다.

"하루아침에 수많은 부흐하임 주민의 상황이 잊힌 시인들의 공동묘지 주민보다 나을 게 없어진 거라네." 오비디오스는 연기를 내뿜었다. "우리는 사실 행복한 축이었지. 가진 게 없으니 잃을 것도 없었어. 도시 주민의 절반은 노숙자가 됐다네. 보석반지를 끼고 금목걸이를 하고도 숯덩이가 된 폐허의 책상자 안에서 지내야 했지. 목숨만 부지해도 운이 좋은 거였네.

모든 것이 제로상태였네. 예전이라면 타인의 곤경을 보고도 그냥 지나쳤을 테지만 이제는 모두가 서로서로 도왔지. 이 시기에 통용된 화폐는 협력이었고, 거스름돈은 우정의 봉사였네. 집을 지을 때 한 명이 측량을 하고 다른 한 명이 기초를 놓으면 또 한 명은 시멘트를 섞고 예전에 이웃이었던 다섯 명이 함께 지붕을 얹었네. 부흐하임은 잿더미에서 일어섰네. 완전히 복구돼서 숨막히는 속도로 성장했지. 어제만 해도 그을린 폐허뿐인 거리였는데 오늘 지나가보면 집이 한 채 새로 들어선 셈이라네! 두 채도 좋고! 예전에는 길에서 마주쳐도 인사조차 하지 않던 주민들이 횃불을 켜고 밤새도록 함께 일한 걸세. 온 도시가 잠시도 쉬지 않고 일했네. 망치 소리와 덜컹이는 모루 소리, 톱질 소리, 서로 부르는 소리와 웃음소리, 고함과 욕설로 밤새 시끌벅적했지. 당시 제대로 자는 주민은 아무도 없었네. 유골단지에 들어가면 푹 쉴 수 있다. 너무 많이 자면 누르넨에게 잡아먹힌다! 이것이 인기 있는 표어였네. 그후로 부흐하임에는 법적인 폐점시간이 없다네. 지금도 수많은 서점이 24시간 문을 열지."

자욱연기소 어딘가에서 끊임없이 웃음소리가 들렸다. 수염이 배배 꼬인 거인 인쇄공의 진동하는 저음과 난쟁이의 새된 낄낄거림, 불길이 타오르듯 여러 명이 한꺼번에 짧게 웃는 소리가 섞여 있었다. 즐거운 분위기는 전염성이 강한 모양이었다.

"하지만 무엇보다 놀라운 건, 도시를 떠난 주민이 거의 없다는 사실이라네." 오비디오스가 말을 이었다. "못 견디고 이곳을 등진 자는 극히 드물었지. 불 금지령 아래 살아야 했던 가장 암울한 시기에도 마찬가지였네. 불 금지령에 대해서는 이미 들었겠지, 안 그런가?"

"들었네." 나는 고개를 끄덕였다.

"피해는 끔찍했지만, 여전히 이 도시의 토대가 다이아몬드 광산과 맞먹을 만큼 굉장하다는 사실을 누구나 알았기 때문일 걸세. 지하묘지와 값비싼 책들을 무진장 보유한 미로가 바로 그것이지. 모순이네! 많은 이가 죽음보다 더 두려워하는 저 아래 사악한 제국, 복수심에 불타는 그림자 제왕이라는 파멸이 솟구친 그 어둠이 우리를 여기 붙잡아두

는 *끈끈*이가 됐으니 말일세. 얼마 전 폭발한 화산에 주민들이 다시 모여드는 격이라고나 할까. 그랬다네. 도망치는 이는 없었고 오히려 반대였네. 부흐하임의 마지막 화재는 주민의 탈출이 아니라 이 도시가 일찍이 경험하지 못한 수많은 이주민의 유입이라는 결과를 가져온 거지. 모험가와 책에 미친 자, 작가와 작가 지망생, 출판사 없는 발행인, 일자리 없는 편집자, 일거리 없는 번역가, 인쇄공과 아교 제조인, 미장

이와 제본가, 기와장이와 서적상. 간단히 말해 온갖 종류의 정신노동자와 수공업자가 반은 폐허지만 이제 막 꽃피기 시작한 도시로 자석에 이끌리듯 몰려온 걸세. 부흐하임처럼 기초부터 완전히 새로 시작할 수 있는 곳은 그 어디에도 없었네. 펜으로든 회반죽 삽으로든 말이지. 이 비범한 도시에서만 총체적인 부활에 관여할 수 있었던 걸세. 그리고 운이 따라준다면 여기만큼 부자가 될 수 있는 곳도 없었고."

오비디오스가 탁지를 내리쳐 재떨이가 요동쳤지만 아무도 신경쓰지 않았다. 난쟁이 둘 중 하나만 잠깐 고개를 들고 어리둥절해서 눈을 깜박이다가 다시 잠들었다.

"새로운 기회를 찾는 이들의 물결은 도무지 끊일 줄 몰랐다네. 용감한 자와 옛날 주민, 모험가와 개척자가 기초를 닦아놓은 다음에는 신중한 자들까지 가세했네. 거리를 두고 웃으며 그 현상을 지켜보던 이들, 육체적 노동력과 노동 의지가 있는 자들뿐 아니라 자본과 사업 감각이 있는 자들도 몰려왔지. 경험 있는 요리사가 식당을 열었고 유명 출판사는 이곳에 지사를 냈네. 이미 출세한 작가들도 다른 도시에서 부흐하임으로 옮겨왔네. 누구나 새로운 시작을 함께하려 했지. 진정한 문학적 삶은 이곳에서만 가능하다고 믿은 걸세. 저녁마다 술집은 아직 무명이지만 한없이 쓰고 싶어하는 의욕 넘치는 젊은 작가로 가득찼네. 새로운 사업 모델과 출판사에 대해 토론하는 자산가와 에이전트와 책 전문가도 많았지. 이들 모두 부흐하임을 새롭게, 더 크고 더 아름답고 더 부유하게 만들고 싶어했네. 순진하면서도 욕심이 많았고 때로는 어리석기도 했지만, 인상적이었고 감동스럽기도 했네. 새로운 도시의 긍정적인 에너지는 피할 길이 없어서 모두가 거리에 나서자마자 거기 휩쓸렸다네. 그리고 편견 없이 곰곰이 생각해보면, 이 모든 일은 그림자 제왕 덕분이지."

나는 귀를 쫑긋 세웠다. "그게 무슨 뜻인가?"

"솔직히 말해보세. 그림자 제왕은 복수의 불로 이 도시를 정화했네. 피스토메펠 스마이크와 그의 앞잡이들이 시작한 파멸의 은밀한 진행을 멈추고 곧 닥칠 멸망에서 지켜낸 걸세. 모두가 그 사실을 알면서도 누구 하나 입을 열지 않았지. 우리는 그에게 빚을 졌네. 그래! 복수심에 불타는 그 괴물이 도시의 절반을 불태웠다고 해도 말일세! 나는 그림자 제왕 때문에 거의 죽을 뻔했지. 빌어먹을! 내가 구덩이에서 하마터면 가재처럼 푹 익어 죽을 뻔한 건 그의 책임이라고!"

오비디오스가 껄껄 웃었다.

"하지만 내가 판단할 때 그는 부흐하임의 위대한 영웅일세! 이 도시의 진짜 통치자, 비밀스러운 왕이지. 우리는 거리마다 그의 동상을 세워야 하네! 어쨌든 내 생각은 그래. 그런데 나 혼자만의 생각은 아닐 걸세."

사랑하는 형제자매여, 바로 그때 정말 이상한 일이 벌어졌다! 오비디오스가 그림자 제왕과 피스토메펠 스마이크를 언급했을 때 그의 주변 연기가 춤을 추기 시작한 것이다. 처음에는 우리 위쪽의 굴뚝 배기관에서 공기가 소용돌이치는 줄 알았지만 뭔가 좀 달랐다.

연기는 점차 구체적인 형체를 갖추었다. 아지랑이와 연기구름이 몸통과 얼굴로 변했다. 내가 눈을 비비자 그 불가사의한 형체는 사라졌다. 안도의 한숨을 내쉬고는 의자에 느긋하게 기대 다시 한번 바라보았다. 그러자 흔들거리는 연기구름이 또다시 나타났다. 게다가 이번에는 낯익은 형체였다!

"왜 그러나?" 오비디오스가 물었다.

"아니, 아닐세." 나는 놀란 가슴을 진정시켰다.
"연기 때문에 눈이 좀 아파서."

과거의 유령들이 오비디오스의 머리를 에워싸
고 춤을 추는 것 같았다. 왼쪽 어깨 너머에서 나
를 보는 저건 부흐링인가? 오른쪽 어깨 너머에
서 손짓하는 건 하흐메드 벤 키비처가 아닌가?

나는 한번 더 눈을 비비고 크게 떴다가 감았다
가 다시 한번 크게 떴다. 유령들은 여전히 그 자
리에 있었다. 아까보다 더 또렷하게! 오비디오
스 뒤에서 나타나 짧은 팔로 팔짱낀 채 나를 보
며 웃는 건 피스토메펠 스마이크였다! 연기 속에
서 나타난 살아 있는 책들이 오비디오스 머리 주
변을 떠다니다가 연기 속으로 다시 사라졌다. 그
의 옆에 있는 건 말하는 해골인가? 만약 그렇다
면, 내가 실성이라도 한 건가? 이 불안한 현상에
대해 내가 뭐라고 말을 꺼내기도 전에 자욱연기
소의 문이 열리고 새로운 손님들이 왁자지껄 떠
들며 들어왔다. 맞바람이 치자 담배 연기가 갈라
지고, 유령들은 연기와 함께 춤을 추며 굴뚝으로
빠져나갔다.

안도의 한숨이 나왔다. 도대체 여기서 어떤 요
상한 약초들을 피우는 걸까? 법적으로 허용된
것들인가?

"계속 이야기해보게!" 나는 오비디오스를 재

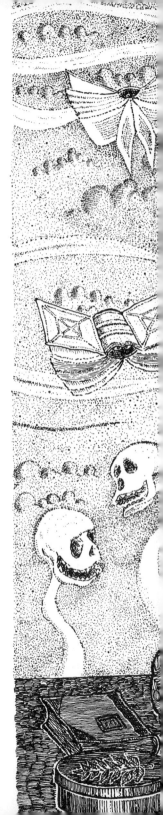

126

촉했다. 걱정스러운 눈빛으로 나를 보던 그가 이야기를 이어갔다.

"그 화재가 중세적이었던 부흐하임을 현대도시로 만들고, 케케묵은 책 연금술 사기를 시대에 맞는 비블리오주의로 바꾸었다네."

"비블리오주의?" 내가 물었다. "공공도서관에서 전염되는 질병처럼 들리는군."

"자네, 정말 이곳이 오랜만인 모양이군! 힐데군스트, 자네는 몇 가지 중요한 걸 놓쳤네. 책 연금술은 낡고 유행에 뒤처졌네. 새로운 것은 비블리오주의일세. 모든 게 비블리오야! 비블리오 어쩌고, 비블리오 저쩌고!"

"유행을 약간 놓쳤을 수도 있겠지." 나도 인정했다. "하지만 난 학습 능력이 있네. 자네가 현재 상황을 알려주고 있잖은가."

"복잡하지는 않지만 복합적이라네. 우리는 책이 좌지우지하는 도시에 살고 있지. 비블리오주의란 책과 연관된 모든 학문 영역과 직업과 사회적 현상, 그리고 그 이상의 뭔가를 하나로 통합하는 개념이라네. 책과 관련된 일상적인 삶이 통째로 들어 있는 커다란 봉투를 상상해보게. 그게 바로 비블리오주의라네. 주변을 둘러보게! 뭐가 보이나?"

나는 오비디오스가 하라는 대로 따랐다. "담배를 너무 많이 피우는 낯선 이들." 부담스러웠다. 질문의 의도를 몰라서 대답하기 어려웠다. 천장에서 날아다니는 살아 있는 책도 몇 권 보였지만 그 이야기는 하고 싶지 않았다.

"그래. 그리고 종족에 따라 다들 다르게 보이지. 안 그런가? 난쟁이 둘, 무멘, 볼퍼팅어, 유인원, 개구리 족, 나티프토프 족, 초록 계곡 종족, 습지 종족, 미드가르트 난쟁이. 린트부름 족도 잊어서는 안 되고. 그렇지? 이렇게 복잡한데 어떻게 전체를 조망할 수 있겠나? 내가 알려주지. 비블리오주의를 통해서라네. 여기 있는 우리를 하나로 묶는 것은 책과의 친근한 관계지. 인쇄된 하나의 문장과도 같네. 문장을 이루는 다양한 철자는 제각기 멋대로 아무데나 있는 듯 보이지. 하지만 그래도 읽을 수 있지 않은가! 의미도 통하고 말일세. 재미있는 내용일 때는 웃음을 터뜨리기도 하지. 부흐하임은 이렇게 움직이네. 이게 바로 비블리오주의일세."

"부흐하임이 하나의 의미를 이루었다고?" 나는 그에게 따져물었다.

"꼬투리 잡지 말게! 비블리오주의는 종교가 아닐뿐더러 단체나 당도 아닐세. 확고한 규칙이 있는 정확한 학문도 아니지. 현대 부흐하임의 정신이라네. 예전의 책 연금술처럼 무시무시한 연금술 유령이 아니라, 이성과 계몽이라는 정신이지. 좀 들어보겠나?"

나는 고개를 끄덕였다. 도대체 이게 지금 무슨 이야기지?

"그럼 아무쪼록 자네가 시간이 좀 많길 바라네. 비블리오주의자는 모두 서로 다르다네." 오비디오스는 그렇게 말하고 나서 뭔가를 찾는 듯 주위를 둘러보았다. "그래서 우리 자신을 더 잘 이해하려면 차이를 아는 게 중요하지. 어디 보자…… 저기 앞에 긴 비옷을 입은 개 종족 보이나?"

"응."

"부흐하임 주민이 아닐세. 잎사귀 숲 대형 고서점 봉투를 가지고 있지. 여기 주민이라면 절대 거기서 책을 안 사. 관광객들만 산다네. 하지만 관광객이 자욱연기소에 오는 일은 드물지. 그러니 그는 비블리오마니아일세."

"아, 그런가?"

오비디오스는 심호흡을 했다. 이곳 자욱연기소에서 심호흡이란 물

담배를 꽉꽉 채워 폐까지 흡입하는 행위와도 같았다. "부흐하임에서 비블리오 마니아는 비블리오주의 중에서도 대단히 환영받는 부류일세. 되도록 많은 책을 사서 집으로 가져가려고 하니까. 다시 말해 평범한 책 수집가일세. 법의 규정을 지키고 책을 훔치지 않는 한, 이곳에서 비블리오 마니아는 대환영이라네. 우리 모두 이들을 사랑하지. 비블리오 마니아 그룹은 무척 크다네."

그 정도는 나도 할 수 있겠다고 생각했다. 책이 가득 든 고서점 봉투를 들고 있는 자가 비블리오 마니아라는 걸 알아맞히는 일은 그다지 어렵지 않았다.

"하지만 그건 아주 간단하지." 오비디오스도 말했다. "사실 부흐하임 거주자라면 거의 누구나 어느 정도는 비블리오 마니아라고 할 수 있다네. 이제 좀 어려워질 걸세. 어디 보자……"

그는 구석구석 살피느라 목을 아주 길게 빼고 연기로 가득한 자욱연기소를 둘러보았다. "으음……" 그가 중얼거렸다. "여기 비블리오 분열증 하나…… 비블리오 부인증 둘…… 비블리오 살인범 하나…… 비블리오 인격장애 하나…… 비블리오 공포증 하나…… 아니, 둘이군! 비블리오 강신술사 셋. 이들은 금방 눈에 띄지. 음…… 그리고 음…… 아, 비블리오 학자 하나. 그리고 절대 빠지지 않는 비블리오 시인 하나, 저기 뒤쪽 탁자에! 어쨌든 첫눈에 보기에는 그래. 물론 지금은 시야가 상당히 좋지 않지만. 비블리오 혁명가는 오늘 없나? 음, 하나도 없군. 하기야 그들은 좀 드물지."

나는 이런 용어가 비블리오주의의 하위범주라는 것만 짐작할 뿐, 오비디오스가 자욱연기소에 있는 자들을 어쩜 그렇게 세세히 구별하는지 도무지 알 수 없었다. 비블리오 부인증은 뭐지? 비블리오 강신술사는? 오비디오스가 지금 나를 교묘히 놀리는 건가?

그래서 나는 살짝 빈정거리는 어조로 조심스럽게 대꾸했다. "흐음, 그렇군."

"비블리오를 구별하는 내 능력을 못 믿는 건가?" 오비디오스가 눈썹을 치켜세우며 물었다. "믿어야 하네. 그 분야라면 내가 상당히 잘 아니까! 나는 무직인데다가 전문 산책가일세. 관찰할 시간과 여유가 많다는 뜻이야. 게다가 올얀더 콘투라의 '헤를레스 올름쇼크' 소설 시리즈를 독파했다네. 수십 번 읽었지! 그 시리즈는 탐정의 눈과 조합 능력을 한없이 길러주네. 잠깐만, 내가 증명해 보이겠네! 거친 모직으로 짠 초록색 외투를 입은 저 난쟁이를 보게. 탁자 두 개 건너편에 있네." 오비디오스는 슬쩍 고갯짓해서 그쪽을 가리켰다.

"책을 네 권 묶어서 옆에 둔, 저자 말인가?"

"그래. 그자 옆에 놓인 천주머니 보이나? 병이 삐죽 나와 있지? 저놈은 비블리오 살인범이네. 확실해."

"비블리오…… 살인범?"

오비디오스는 심각한 표정으로 고개를 끄덕였다. "100퍼센트 확실해! 저 책들은 상당히 값나가는 2쇄본이라네. 아마 작가 사인도 들어 있을 걸세. 초판처럼 비싸지는 않지만 어쨌든 저자가 지불할 수 있는 최고가였겠지. 병에는 종이를 녹이는 화학물질이 들어 있네. 아마 염산일 걸세. 밀랍으로 봉인된 코르크에 해골 도장이 찍힌 걸 보면 알 수 있지. 부흐하임 약국에서 저런 액체를 취급하려면 해골 표시를 해야 한다는 규정이 있다네. 저놈 눈이 병적으로 노란 거 보이나? 손이 떨리는 건? 노란 눈은 독성 증기를 자주 흡입해 간이 상했다는 뜻이지. 손을 떠는 것도 마찬가지인데, 그건 동시에 지금 기쁨에 들떠 있다는 뜻이기도 하네. 좀이 쑤셔 기다리기 힘들거든. 나쁜 놈."

"뭘 기다린단 건가?"

"집으로 가서, 지금 자기 옆에 있는 책을 죽이는 것을!"

"뭐?" 당황한 나는 웃음을 터뜨렸다.

오비디오스는 한숨을 쉬었다. "비블리오 살인범은 책을 파괴해야 한다는 강박에 시달리네. 저놈은 자기 방으로 곧장 돌아가서는 좋은 와인을 한 병 딴 뒤에 책을 욕조에 던져넣고 그 위에 염산을 부을 걸세. 놈에겐 그게 최고의 쾌락이지."

"확실한가?"

"어쩌면 불을 지를지도 몰라. 아니면 분쇄기에 넣거나 손으로 갈기갈기 찢을 수도 있네. 그러고 나서 산을 뿌리겠지. 하지만 한 가지는 확실하네. 나는 저 묶음의 책 네 권 중 한 권과 같은 신세가 되고 싶지 않다는 거지."

나는 충격을 받았다. "그런 존재가 정말 있다고?"

오비디오스는 탁자 위로 몸을 숙이고 목소리를 낮추었다.

"비블리오 살인범의 행동에는 수많은 원인이 있네. 가장 흔한 건 질병인데, 훌륭한 정신과 의사가 고칠 수 있지. 다른 원인은 이데올로기적인 성격을 띠고 있다네. 이 범주에 해당하는 비블리오 살인범은 책 자체를 증오하진 않아. 내용 때문에 선택한 특정 책만 싫어하지. 주로 정치적인 정신병자나 종교 분파에 속한 자들일세. 또 순전히 개인적인 동기로 그런 짓을 하는 자도 있네. 부흐하임에 아주 유명한 비블리오 살인범이 하나 있는데, 그는 단 하나의 특정 제목만 증오해서 그 책만 발행된 부수를 모조리 없애려 한다네. 바로 남이 쓴 자신의 전기지."

오비디오스는 히죽거리며 의자에 등을 기댔다. 나는 초록색 외투를 입은 남자를 아까와는 다른 눈으로 다시 한번 보았다. 그의 옆에 놓인 책들이 불쌍했다.

"쳐다보지 말고 듣기만 하게!" 오비디오스가 속삭였다. "우리 바로 옆쪽으로 의자 세 개 건너서 비블리오 기계가 앉아 있네." 그는 그 방향으로 눈만 살짝 굴렸다.

초록 계곡에서 온 것으로 보이는 남자가 한 명 앉아 있었다. 투명한 피부와 초록색 머리카락으로 알 수 있었다. 앞에 책이 한 무더기 쌓여 있고 그 옆에 무료로 얻은 듯한 출간 목록 소책자 두서너 권이 놓여 있었다. 그는 소책자 중 하나를 급히 넘기는 중이었다.

"비블리오 기계는 습관적으로 활자를 좇는 독서가라네." 오비디오스가 나지막이 말을 이었다. "뭘 읽는지도 몰라. 그게 뭐든 상관 안 하지. 앉으나 서나, 걷거나 누워 있을 때도 읽네. 음식을 먹을 때나 커피를 마실 때, 시장을 보거나 줄을 서 있을 때도 늘 그냥 읽는 거야. 즐거움이나 결실도 없을뿐더러 읽은 내용에 대해 감정적인 반응 역시 전혀 없는 강박적인 독서라네. 개미들의 독서가 그렇지 않을까! 비블리오 기계에게 지금 뭘 재미있게 읽는지 물어보면 몹시 당황한다네. 읽자마자 잊어버리니까. 오얀 골고 판 폰테베크의 『현자의 돌』과 염소가 함유된 세제 목록의 차이를 구분 못한다고 해도 놀랄 게 없지."

나는 흠칫했다. 폰테베크의 이름만 들어도 부흐링들이 애타게 그리웠고, 지금 몸에 지니고 있는 원고가 떠올랐다. 오비디오스가 다시 말을 이었다. "그리고 탁자 두 개 너머에 있는 저 얼간이 둘은 비블리오 부인증 환자라네. 제복 덕분에 쉽게 알아볼 수 있지."

머리를 박박 깎은 오렌지색 작업복 차림의 노랑이 둘이 거기 앉아 있었다. 길에서도 몇 번 마주친 자들인데, 어느 특정 종파에 속하는 모양이라고 짐작했었다.

"나더러 처리하라고 하면 저놈들을 한데 묶어 이 도시에서 추방할 텐데!" 오비디오스의 목소리에 흥분과 고집이 묻어났다. "부흐하임에 저런 기생충은 필요 없네. 바퀴벌레나 다름없어! 비블리오 부인증은 책에 대한 최고 형태의 무지라네. 이 환자들은 책을 절대 읽지 않을 뿐 아니라 책의 존재 자체를 부인하지! 책무더기를 밟고 서서도 그런다 네." 오비디오스는 이글거리는 시선으로 노랑이들 쪽을 노려보았다.

"그들의 병적인 세계상은 다른 곳에서는 쉽게 퍼져도 부흐하임에서 는 아닐 거라고들 하지. 이곳에서는 눈에 보이는 책들의 설득력 있는 현존을 통해 이들의 주장이 불합리하다는 사실이 늘 입증되니까 말일 세. 하지만 친구, 실제 상황은 정반대라네! 차모니아에서 비블리오 부 인증 환자의 인구밀도가 가장 높은 곳이 바로 부흐하임이야. 이 말을 천천히 음미해보게. 잘 생각해보라고! 하나 걸러 길모퉁이마다 비블리 오 부인증 환자가 하나씩 서서는, 주변에 책이 수백만 권인데도 책의 존재를 부정하는 말을 지치지도 않고 목청껏 외친다네. 눈을 번쩍거리 며 뒤죽박죽으로 내뱉는 광적인 연설인데다 성실한 납세자들이 낸 세 금까지 쓰지. 이 얼간이들은 멍청한 설을 세상에 전하기 바빠서 제대 로 된 일을 할 시간이 없는 거야. 정말로 없어! 그래서 저녁이면 무료 급식소에 가서 식사를 해결하고 노숙자 숙소를 꽉꽉 채운다네. 친구, 봐주는 데도 한계가 있는 거야!"

오비디오스는 눈에 띄게 흥분했다. 나는 부흐하임 계급 조직의 맨 아래쪽에 있던 린트부름이 이제 스스로를 성실한 납세자로 인식하고 노숙자의 권리를 위해 싸운다는 사실이 즐겁고도 기뻤다. 나는 그를 진정시키려고 아무 손님이나 골라 가리키면서 물었다. "그럼 저기 저자는? 무슨 음…… 비블리오인가?"

"옹?" 오비디오스가 내 손끝을 따라갔다. 마지못해 흥분을 가라앉히는 눈치였다. "저자? 음…… 비블리오 도벽증 환자네."

나는 그제야 그를 제대로 바라보았다. 가죽 같은 갈색 피부에다 나이 지긋한 아주 작은 난쟁이였다. 그가 뻑뻑 빨아대는 옹이진 나무뿌리 담뱃대에서 초록색 연기가 피어올랐다. 보고만 있어도 잔기침이 났다.

"비블리오 도벽증은 평범한 책 도둑질에서 발전했다네. 최후에는 말하자면 스스로를 처분해버린 거지!" 그는 웃음을 터뜨렸다. "부흐하임 법제사에서, 그러니까 비블리오학에서 무척 흥미로운 부분이라네. 상황을 설명하자면 이래. 책 도둑들이 잡히면 그중 몇몇은 그게 병적인 강박행위였다고 변명했다네. 실력 좋은 변호사만 있으면 그게 통하기도 했지. 사기꾼 대학교에서 학위를 딴 것 같은 판사들에 의해 바로 석방되거나 아주 가벼운 처벌만 받았으니까! 이로써 책 도둑들에게는 맘껏 도둑질할 수 있는 문이 활짝 열린 거지. 피고가 심신미약이라 책임 능력이 약하다고 모든 변호사가 변호할 수 있지 않은가. 선례가 있으니 말일세. 부흐하임 같은 도시에서 이게 무슨 뜻인지는 자네도 상상할 수 있겠지? 그래서 뭔가 대책을 세워야 했네."

"법을 바꾸었나?" 나는 추측해보았다.

"바로 그거지. 누군가 간단한 방법을 생각해냈네. 비블리오 도벽증 환자가 이 도시에 들어오는 걸 금지한 걸세. 그때부터 부흐하임 출입구마다 이런 표지판이 붙었네. '**병적인 책 도둑질(비블리오 도벽증) 증세가 있는 여행객은 부흐하임 출입을 금하니 즉시 돌아갈 것. 이 법을 어기거나 책 도둑질을 할 경우에는 도둑질뿐 아니라 출입 금지령을 어긴 죄까지 물어 엄벌에 처함. 비블리오 도벽증 환자들은 아직 기회가**

**있을 때 즉시 돌아갈 것.'** 이 비슷한 문구였지. 무슨 말인지 알겠나?"

나는 고개를 끄덕였다. 도시로 들어올 때 그런 표지판을 본 적이 있었다.

"물론 비블리오 도벽증 환자를 알아보기는 쉽지 않네. 하지만 이제 누군가가 책 도둑질을 하다가 걸렸을 때 비블리오 도벽증이 있다고 멍청하게 핑계를 댔다간 이중으로 처벌받게 되네. 도둑질을 했고 출입 금지령도 어겼으니까. 그래서 비블리오 도벽증은 부흐하임에서 극적으로 줄었지. 하지만 그렇다고 해서 부흐하임에 비블리오 도벽증 환자가 하나도 없다는 뜻은 아닐세. 이들이 평범한 책 도둑이 됐을 뿐이지."

오비디오스가 미소지었다.

"아니, 잠깐만. 저 노인 생긴 게 순진해빠졌는걸. 책도 없지 않나. 그런데 책을 훔친다는 걸 어떻게 아나?"

"책을 훔치는 현장을 내가 세 번이나 목격했으니까."

"아…… 그렇군." 나는 그렇게 대답해놓고 재차 캐물었다. "그런데…… 그가 평범한 책 도둑이 아니라 강박적으로 훔친다는 건 어떻게 알지?"

오비디오스는 입을 더 크게 벌리고 히죽거렸다. "자네 책을 훔치거든! 자네 책은 암시장에서 거래할 가치도 없을 만큼 부수가 많네. 프로라면 그런 책은 훔치지 않네. 그건 비블리오 도벽증 환자만 하는 행동이야."

내가 졌다! 다작을 하는 상업적 작가라는 내 평판을 점잖게 비꼬는 말에 제대로 한 방 먹었다. 오로지 린트부름만이 나를 이렇게 우아하게 모욕할 수 있다.

문이 열리고 볼퍼팅어 둘이 들어왔다. 그중 하나는 내게 자욱연기소로 가는 길을 알려준 자였다. 둘은 눈에 띌 만큼 눈에 띄지 않게 행동했다. 누구의 관심도 끌지 않으려고 했지만 모두의 이목이 그들에게 집중되었다.

"비블리오 순찰대일세." 오비디오스가 이빨을 지그시 앙다물고는 경멸이 한껏 묻어나는 나지막한 소리로 말했다. 탁자마다 요란하던 수다가 그치지는 않았지만 한결 조용해졌다. 시끄러운 교실에 선생이 들어온 듯한 분위기였다.

"볼퍼팅어가 부흐하임의 새로운 경찰인가?" 나는 작게 물었다.

"아니, 일반적인 법질서는 여전히 경찰 나리들 담당이지. 비블리오 순찰대는 오로지 화재 예방만 담당하네. 말하자면 화재 예방 대원이랄까." 볼퍼팅어 둘이 우리 탁자로 다가왔다. 불도그 얼굴인 볼퍼팅어가 내게 싹싹하게 인사했다.

"내가 보기엔 점잖은 인상인데." 둘이 지나가고 나서 내가 말했다. "좀 위압적이긴 하지만……"

"물론 저들에게 반대할 이유는 없네." 오비디오스가 으르렁댔다. "저자들이 부흐하임의 안전을 담당한 뒤로 소소한 화재는 확실히 줄었으니까. 자욱연기소를 만들고, 곳곳에 소방서를 설치했다네. 그게 잘못된 일은 아닐세. 하지만 뭐랄까, 안전에는 대가가 따르는 법이지. 그들이 나타나면 늘 나는 왠지 모를 양심의 가책을 느낀다네. 그들이 나를 똑바로 바라보면, 내가 사회에 해를 끼치는 방화범이라도 된 기분이지. 저들이 뭔가 지적하려고 검지를 치켜들고 돌아다니는 것 같다는 게 내 생각일세."

"비용은 누가 대나?"

"우리 모두가. 세금으로 월급을 주니까. 이것도 부흐하임의 새로운 부가 가져다준 결과 중 하나지. 시 행정부는 차모니아의 다른 공동체들이 하나같이 부러워하는 문제를 안고 있어. 돈이 너무 많다는 거야. 그래서 우리는 화재 예방 경찰을 따로 두는 사치를 누릴 수 있네."

비블리오 순찰대는 한 바퀴 둘러보고, 들어올 때와 마찬가지로 눈에 띌 만큼 눈에 띄지 않게 자욱연기소를 나갔다. 문이 닫히자 모든 손님이 안도하는 소리가 들리는 듯했다. 잡담과 웃음소리가 다시 커졌다.

"비블리오 관료주의가 어떤 결과를 가져왔는지는 저 뒤에 있는 세나티프토프 족에게서 확인할 수 있다네." 오비디오스가 말했다. "기다란 담배를 피우는 자들 보이나?"

나는 고개를 끄덕였다.

"담배 피우는 휴식시간을 길게 쓸 수 있는 건 비블리오 관료들뿐이라네." 그가 목소리를 한껏 죽였다. "하지만 뭘 어쩌겠나? 비블리오적인 도시에도 행정은 필요하지. 어쨌든 탁상공론만 일삼는 이런 자들과는 다투어서는 안 되네. 예를 들어 도서관에 벌금을 내야 할 때는 규정에 맞게 얼른 지불하게. 이들은 예전 책 사냥꾼보다 더 심한 냉혈한이고 복수심에 불타니까. 비블리오 관료주의 소송에 말려드는 것보다 더 끔찍한 일은 없다네."

오, 내 친구들이여, 나는 서서히 모든 일의 연관성을 이해해나가기 시작했다! 내가 알던 옛 부흐하임은 중세적인 소도시였고 대부분의 일을 운명에 맡겼다. 그래서 책 사냥꾼 같은 전문 살인자들이 서슴없이 거리에서 범죄행위를 저지르는 게 가능했다. 피스토메펠 스마이크 같은 인물이 절대 권력을 차지하다시피 한 것도 바로 그런 이유에서였다. 당시 부흐하임은 완전히 무정부상태였다. 과거를 미화해서 회상하면 흥미진진하고 모험으로 가득하다는 인상을 줄 수는 있을 테지만, 당시 부흐하임은 오래 버티지 못할 상황이었다. 비블리오주의는 부흐하임을 온갖 장단점을 지닌 현대도시로 바꾸었다. 문화와 일상 생활과 사업 등 모든 것이 책에 따라 움직이는 것은 여전했다. 그러나 옛날 책 연금술이나 고급스러운 고서점처럼 비밀스러운 방식이 아니라 개방적이고 공정한 방식이 지배적이었다. 아쉽게도 매력은 좀 사라졌지만, 지금은 책 사냥꾼들에게 손이 잘려 린트부름 요새 시인의 유물이라며 암시장에서 유통될 두려움 없이도 어두운 골목을 산책할 수 있었다. 소중한 내 친구들이여, 내 생각에 이런 상황은 명백한 발전이었다!

옆 탁자에 앉아 설계도를 펼쳐놓고 고개를 숙이고 있는 드루이드 둘이 눈에 띄었다. 그 둘은 설계도 여기저기를 컴퍼스로 쿡쿡 찔러가며 열심히 토론하는 중이었다. 들보 사이의 신축성이나 지하 안전율 또는 회전각도 방식 같은 낯선 단어가 간간이 들려왔다. 그러나 나를 정말로 사로잡은 것은 무늬가 인쇄된 종이 모자였다. 정교하게 접은 그 모자를 쓴 그 둘은 너무나 우스꽝스러워 보였다. 나는 웃음을 참을 수 없었다. 오비디오스가 호기심 가득한 내 시선과 튀어나온 눈을 알아채고 말했다.

"저 둘은 비블리오 건축가일세. 부흐하임에는 비블리오 건축가와 그냥 건축가가 있는데, 둘의 차이는 엄청나. 다른 도시와 마찬가지로 건축가는 집을 짓지. 하지만 비블리오 건축가는 비블리오주의에 속한 직업이라네. 예를 들어, 이들의 건물은 공들인 책 장식이 돋보이지. 석화된 책을 건축재로 사용하기도 한다네. 펼친 책 모양을 흉내내어 지붕을 만들거나 운율에 따라 대칭을 맞추거나 뭐 그런 식이지. 새로운 서점이나 고서점 대부분은 이들이 설계했다네. 출판사 건물과 도서관도 마찬가지고. 부흐하임 법률은 새 건물 중 5분의 1은 비블리오 건축가의 지시에 따라 지어야 한다고 명시했다네. 저 멍청한 모자는 그들 조합의 제복이야. 옛날 건축학 서적으로 만든 것이지. 비블리오 건축가들은 안전율에 대해서라면 훤하지만, 유행에는 깜깜하다네."

"괜찮은 법 같군. 평범한 벽돌로 지은 건물은 워낙 많으니. 나는 책으로 지은 건물이 보자마자 마음에 들더군."

"그렇지. 좋은 법일세. 석화된 책은 멋진 건축재라네. 화재 후 얼마 안 됐을 때 위쪽 지하묘지에서 어마어마한 양이 발견됐지. 어떻게 돌이 됐는지는 여전히 수수께끼라네. 이 지역에서 나는 자재라 가격도 저렴하지. 하지만 책으로 하는 빌어먹을 장난질이 지나칠 때도 있어. 예를 들어, 자네 직업이 서적상이나 제본가라고 해보세! 석화된 책들로 벽을 쌓은 집에 저녁마다 돌아가고 싶겠나? 지붕은 시집을 펼쳐놓은 모양인데? 글쎄, 모르겠네. 비블리오 건축가들이 지은 집을 보는 건 좋네만 거기 살고 싶지는 않네. 뭐랄까, 우리 도시가 정육사라는 직업을 토대로 하지 않은 걸 다행이라고 여겨야 하나. 그랬더라면 우리는 관광부의 의도에 따라 석화된 커틀릿으로 지은 집에 살겠지. 꿈꾸는 소시지들의 도시!"

손님들이 하나둘 자욱연기소를 떠나기 시작했다. 담뱃대를 털고 흡연 도구를 챙긴 이들은 서로 작별인사를 했다. 다양한 냄새가 하나의 연기로 모여 굴뚝을 통해 아주 천천히 밖으로 빠져나갔다.

"내 말 잘 듣게!" 오비디오스가 목소리를 높였다. "게임을 하나 해보자고. 이번엔 내가 맞히기 좀 어려운 걸로 말일세. 내가 아니라 자네가 대상을 고르게. 그러면 내가 쉬운 경우만 택한다고 생각하지 않겠지."

"좋아." 나는 주변을 둘러보았다. 탁자 두 개 너머에 앉은 검은 옷

차림의 젊은이 셋이 호기심을 불러일으켰다. "저기, 검은 옷을 입은 셋. 저들은 무슨 비블리오인가?"

불현듯 오비디오스의 눈빛이 음울해졌다. 그게 무슨 의미인지 나는 바로 알아챌 수 없었다.

"저들? 그거야 쉽지." 그가 한숨을 쉬었다. "비블리오 강신술사라네. 셋 다."

아이젠슈타트 출신의 청소년 난쟁이 셋이었다. 녹물 색깔 머리카락과 밝은 잿빛 피부로 출신지를 쉽게 알아챌 수 있었다. 그러나 여기 있는 세 명은 유난히 창백했다. 머리부터 발끝까지 검은색 일색인 차림새는 방금 장례식에 다녀온 듯한 인상이었다. 그들은 축 늘어진 채 아주 작은 담뱃대를 번갈아가며 빨았다.

"왠지 건강이 안 좋아 보이는군." 내가 말했다. "어디 아픈가?"

"아니, 겉보기만 그렇다네. 표지로 책을 판단하지 말라! 이런 격언 아나? 비블리오 강신술사 또는 간단히 그냥 시체라고 불리는 자들은 놀라울 정도로 건강하다네. 정말일세." 오비디오스는 깊은 한숨을 내쉬었다. "창백한 피부와 눈 밑 다크서클은 대부분 화장품 덕분이야. 더군다나 그들 대다수가 건강에 신경을 쓰지! 채식주의자인 경우도 흔하고."

그중 하나가 나머지 둘에게 페를라 라 가데온의 단편집 한 대목을 읽어주는 모습이 멀리서도 눈에 들어왔다.

"옷차림에 대해서는 의견이 분분할지 몰라도 문학적 취향은 나무랄 데 없군. 라 가데온을 읽고 있어."

"이보게, 그것 역시 첫인상에 좌우되면 안 되네! 강신술사들이 라 가데온을 선호하는 건 맞네만, 문학적인 질 때문이 아니라 그의 이야기가 저승과 병에 관한 내용이기 때문이네. 그의 됨됨이 때문이기도 하고. 사실 페를라 라 가데온을 비블리오 강신술사들의 시조라고 봐도 무방하지. 하지만 강신술사들은 저속한 작품도 많이 읽는다네. 내 말 믿게! 그들이 선호하는 문학은 좀비와 반송장, 송장이 최대한 많이 등장하는 종류라네. 그런 게 아니면 책을 건드리지도 않아. 불치병 환자가 가득한 콩팥 요양소라면 훌륭한 배경이 되겠지. 건강에 해로운 늪지대, 그것도 공동묘지 옆의 요양소라면 말일세. 운동으로 단련된 구릿빛 피부에 알록달록 밝은색 옷을 입은 주인공은 절대 나와선 안 되고. 게다가 피에 굶주린 습지대 숲에 사는 뱀파이어나 다른 차원에서 와선 뇌를 먹어치우는 안개, 또는 이 둘이 한꺼번에 병자들을 공격하는 내용이면 비블리오 강신술사들 사이에서 대박까지는 아니라도 중박 정도는 할 거라고 기대해도 좋네. 물론 표지 그림은 책 연금술사들의 비밀 상징 모양 문신이어야 해. 문신에는 피도 좀 있고 말이야."

"그런데 자네, 그 분야에 훤하구먼."

오비디오스가 세번째로 한숨을 내쉬었다. 이번에는 특히 더 깊었다.

"당연하지. 아이 둘이 모두 강신술사니까. 우리집 지하실에서 수요일마다 검은 미사가 열린다네."

"자네, 결혼했나?" 나는 깜짝 놀라 물었다. 이 늙은 공룡이 나를 계속 놀라게 하네.

"하면 안 되나? 이보게, 친구. 여자 린트부름들도 요새를 떠나 멀리까지 온다네. 내 아내는 켄실리에 폰 얌벤슈티커라네. 나랑 팔촌이지. 화재가 나고 얼마 안 돼 부흐하임으로 왔어. 자네도 알 텐데."

"켄실리에? 물론 알지. 내 대부시인이 강연 여행을 가고 안 계실 때면 켄실리에가 텃밭에 물을 줬는걸."

이럴 수가! 차모니아는 참으로 좁다! 오비디오스가 비블리오 시간屍骸에 대해 이렇게 자세히 아는 이유도 알게 되었다. 움직이는 시체 두 구랑 한집에 사니까! 어딘지 모르게 잘 어울렸다. 시체를 사랑하는 애송이 린트부름 둘을 상상하니 히죽히죽 웃음이 절로 나왔다.

그는 태평스레 손을 휘저었다. "뭐, 별로 나쁘진 않아. 짜증스러운 건 욕조의 가짜 피가 아니네. 양탄자의 검은 밀랍 얼룩도 절대 안 빠지지만 괜찮고. 나쁘지 않아. 문제는 아이들이 내 식습관에 대해 끊임없이 투덜거린다는 걸세! 날 채식주의자로 만들고 담배를 끊게 만들려고 한다네. 어린것들이 잘난 척하기는! 부흐하임에서 가장 좋은 지역에 멋진 집을 소유한 내가 왜 자욱연기소까지 와서 담배를 피우겠나?"

"아이들이 검은 미사를 지낸다고?" 나는 깔보는 어조로 캐물었다.

"진짜 미사는 아닐세. 비블리오 강신술은 종교가 아니라네. 오히려 그 반대지. 다만 책과 병적인 관계를 맺을 뿐이야. 오래돼 바스러지기 직전인 책일수록 더 좋아하지."

"그런 자는 많아. 예를 들면 고서적상도 그렇고."

"고서적상들이야 책의 경제적 가치를 중요하게 여기지. 오래될수록 더 비싸니까. 하지만 강신술사들은 고서의 가치나 책의 성공 여부에는 전혀 신경쓰지 않네. 오히려 완전히 실패한 책을 선호하지. 1쇄밖에 못 찍은 책 말일세. 안 팔려서 서점을 지키고 있는 책, 실패한 데뷔작, 종교단체에 소속된 작은 출판사에서 출간된 책…… 인정받지 못해 그후론 한 줄도 못 쓴 작가의 작품이면 더 좋고, 출간 직후 책이 안 팔려서 자살한 작가의 작품이라면 가장 좋지. 파산한 서점의 텅 빈 책장에서 발견되는 그런 종류의 책들 말일세. '가래톳 페스트의 일기장'이나 '청부 경험과 자극의 다양성' '구역질 시' 같은 제목이면 좋아한다네. 저자

외에는 아무도 읽지 않으려는 책, 아무도 좋아하지 않는 책, 이런 게 강신술 의식에 가장 이상적인 책이지."

"그러니까 정말로 검은 미사를 지낸다는 말이군!" 나는 작게 속삭였다. 비블리오 강신술사들에게 관심이 가기 시작했다.

"아까도 말했지만 진짜 미사는 아니네. 우울한 장례식이라고 하는 편이 더 낫겠지. 비블리오 강신술사들은 책들 중 시체를 좋아한다네! 썩어가는 책들을 사와서는 집안에서 되도록 어두운 장소에 모셔놓지. 죽은 자를 며칠 옆에 두고 장례를 올리는 행위와 같다네. 그러고는 직접 제작한 작은 관에 넣어 향을 피우고 소름끼치는 음을 내는 백파이프를 연주해. 낡은 책에 방부처리를 하고 미라로 만들 때도 있다네. 조사弔詞도 읊고 말일세."

"그러고는 이웃을 습격해서 그들의 피를 마시나?" 나는 계속 파고들었다.

"아니." 오비디오스가 미소지으며 손을 내저었다. "비블리오 강신술사들은 아무에게도 나쁜 짓을 못한다네. 심지어 자기 자신에게도. 늘 죽음과 살인, 자기 파괴를 떠들며 센 척하지만 말일세. 그들은 단지 문학적 애도 의식에 관심이 있는 것뿐이네. 죽음을 갈망하는 표현 중에서 아마 가장 시적인 형태일 걸세. 가장 무해하기도 하고! 어쨌든 내 아이들이 악령 계곡에서 무너지는 산 타기에 열을 올리는 것보다는 이편이 훨씬 더 낫다고 생각하네. 정말일세! 아이들 이야기는 이쯤 해두지. 게임을 잊고 있었어!"

나는 다시 주변을 둘러보았다. 자욱연기소는 아까보다 한산했다. 게임에 흥미로울 만한 사례가 모두 사라지기 전에 좀 서둘러야 했다.

그곳에는 뭔가 다른 자연법칙의 지배를 받는 듯 담배 연기가 심하게 흔들리는 구석자리가 한군데 있었다. 정신이 멍해서 내 눈에 그렇게 보이는 줄로만 생각했다. 그리고 지금까지는 어떤 형태의 실루엣일 뿐이었다. 막연히 누군가를 연상시키긴 했는데, 누구지? 드디어 연기가 걷히기 시작했다. 처음에는 아주 조금, 그러다 점점 더 많이…… 나는 깜짝 놀랐다! 저건 혹시……?

그랬다. 책 연금술의 마술 주문 서정시 자수가 놓인 옷…… 허수아비나 쓸 것 같은, 챙에 동물 뼈와 곤충 주물이 대롱거리는 모자…… 아이들의 악몽에 나올 법한 흉측한 얼굴…… 그런데도 거울에 비친 제 모습을 견뎌낼뿐더러 질리지도 않고 보는, 자기애에 빠진 히죽거림. 여자 슈렉스였다! 아이고, 세상에! 그때 하흐메드 벤 키비처와 힘을 합쳐서, 내가 지하묘지를 탈출하는 데 결정적인 도움을 준 슈렉스 고서점 주인 이나제아 아나자지인가?

나는 눈을 비비고 다시 한번 봤다. 그랬다, 슈렉스였다. 하지만 이나제아는 아니었다.

특별히 이나제아와 닮은 구석도 없었다. 내가 잠깐 착각한 이유는 세 가지였다.

첫째, 슈렉스 족은 독특하지만 거의 제복처럼 비슷한 옷을 입는다. 그래서 누가 누군지 혼동하기 쉽다.

둘째, 나는 슈렉스 족과 오랫동안 만나지 못했고, 이나제아와는 더 오랫동안 만나지 못했다. 지금 이나제아는 어떤 모습일까?

셋째, 모든 슈렉스에게는 공통된 아우라가 있어서, 개별적인 모습으로 나타나는 수많은 것을 하나의 전체 유기체로 만들어주는 듯하다. 슈렉스 하나를 보면 다른 슈렉스들도 함께 보게 되는 것이다.

어쨌든 그녀는 슈렉스가 맞지만 내 인생에서 가장 중요한 그 슈렉스

는 아니었다. 그런데 왜 이렇게 마음이 놓이지? 이나제아가 아니니 실
망해야 하는데! 이나제아에 대해서는 좋은 추억이 많다. 오늘날 내가
성한 몸으로 다시 부흐하임을 돌아다닐 수 있는 것도 어느 정도는 그
녀 덕분이다. 하지만 사랑하는 친구들이여, 슈렉스 족과는 좀 그런 게
있다. 아무리 친한 사이여도 얼마간은 늘 불편하다. 전갈과 결혼했다
고 상상해보라! 이 문제를 한 문장으로 꽤 잘 표현한 오래된 차모니아
속담이 있다. 잠자리에 슈렉스가 왜 필요한가?

"슈렉스 연금술을 쓰는 비블리오 무당일세." 오비디오스가 소곤거
리는 바람에 나는 정신을 차렸다. "그렇게 빤히 보지 말게! 괜히 그랬
다간 자네에게 달라붙을 테니."

"으응?" 나는 멍하니 대꾸하고 다시 오비디오스에게로 시선을 돌렸
다. 자욱연기소에 머무는 동안 뜻밖에 과거 여행 한번 제대로 하는군.

"비블리오 점술은 책으로 예언하고 신탁을 한다네." 오비디오스가
설명했다. "다른 점술에서는 커피 찌꺼기나 카드, 죽은 고양이 내장을
보고 미래를 점치지. 부흐하임에서는 책을 통해 예언한다네. 비블리오
점술은 이따금 학문으로 간주되기도 하지만 실은 사기에 불과하지. 점
성술과 천문학이 아무 상관도 없는 거나 마찬가지라네. 순 사기인데
안타깝게도 널리 퍼져 있지. 사마귀멧돼지에 붙은 사마귀처럼. 비블리
오 무당들은 방금 산 책에서 구매자의 미래를 읽힐 수 있다고 주장한
다네."

"천재적인 사업 아이디어구먼! 그런 종류의 고객은 부흐하임 곳곳에
넘치니까. 둘 중 한 명은 방금 산 책을 겨드랑이에 끼고 있지 않은가."

"바로 그걸세. 또 약간 연습만 하면 어느 책에서나 예언 비슷한 문장
을 찾아내 읽어줄 수 있네. 슈렉스 연금술 예언가, 할루하츠 출신 운율

무당, 후첸 산맥 출신 서정시 신탁가, 물 계곡 출신 음절 예언가……
부흐하임 시장에는 세 가지 다른 맛의 철자 국수에서 운명을 읽는 무
멘 아낙네들도 있다네. 모든 사기꾼이 학위를 가진 비블리오 무당을
사칭해 멍청한 관광객의 주머니에서 돈을 짜내지. 하지만 어쩌겠나.
관용에도 폐단이 있는 법이니. 도시 주위에 울타리를 칠 수도 없고."

나는 다시 한번 연기에 휩싸인 슈렉스에게 슬며시 눈길을 던졌다.
이나제아는 지금 어디 있을까? 아직도 부흐하임에 있나? 오비디오스
가 신음했다.

"그래도 슈렉스들은 예언 적중률이 가장 높고 점잖고 믿을 만하다는
평판을 누린다네. 하지만 내가 내일 일에 무슨 관심이 있겠나? 현재와
과거를 극복하는 데만도 바빠서 미래에 무슨 일이 벌어질지는 알고 싶
지 않아."

나는 고개를 끄덕였다. "나도 슈렉스 예언을 직접 경험했네. 놀랄 만
큼 정확하더군. 하지만 또 듣고 싶은 마음은 없어."

그러고는 또다시 슈렉스 쪽을 보았다. 그러나 그녀가 있던 곳에는
흔들리는 담배 연기뿐이었다. 슈렉스는 사라지고 없었다.

"음, 이제 슬슬 끝내야겠군. 비블리오들이 다 가버리겠어."

"아니, 잠깐만! 이제 막 재미있어지는 참인데?" 나는 투덜댔다.

"사실 이렇게 영원히 계속할 수도 있네." 오비디오스가 미소지었다.
"비블리오 종류는 부흐하임에 아주 많으니까. 비블리오주의자, 비블리
오 증후군 환자, 비블리오 혁명가, 비블리오 살인범, 비블리오 추상주
의자, 비블리오 특권층, 비블리오 대부, 비블리오 경련증, 비블리오 부
인증, 비블리오 도벽증, 비블리오 운율가, 비블리오 경매사, 비블리오
무당, 비블리오 금식가, 비블리오 환상가, 비블리오 미식가, 비블리오

선율가, 비블리오 벌레, 비블리오 혼인자, 비블리오……"

"됐네." 나는 소리를 질렀다. "내가 지나쳤어! 자네 시간을 너무 많이 빼앗았네! 린트부름 둘이 타향에서 이렇게 오래 이야기한 경우는 아마 처음일 걸세."

"자네 말이 맞을 것 같군! 그런데 중요한 건, 비블리오주의가 자네에게 어떤 의미인지 알아내는 거라네. 자네는 무슨 비블리오인가? 부흐하임에 머무는 동안 알아내게나."

나는 일어나 작별인사를 하기 전에 옷매무새를 가다듬었다. 한 가지 질문에 대한 대답이 몹시 궁금했다.

"오비디오스…… 자네는 무슨 비블리오인가?"

그는 당혹감과 놀라움이 뒤섞인 눈빛으로 나를 한참 바라보았다.

"나도 모르겠네!" 그가 웃으면서 말했다. "그 생각은 한 번도 안 해봐서."

나는 일어서려다가 마지막으로 다시 한번 자욱연기소를 둘러보았다. 무심히 연기를 내뿜고 있는 자도 더러 있었지만 대부분은 가버렸다. 자욱연기소 제일 뒤쪽 구석에 눈길이 멎었다. 거기 누군가 앉아 있었다. 그때까지는 못 봤던 자였다. 어쩌면 방금 나간 손님에게 가려 내내 보이지 않았을지 모른다. 아니면 아마도 갑옷처럼 보이는 옷 때문에 살아 있는 존재라기보다는 죽은 물체 같아서 내 눈에 띄지 않았던 것일 수도 있다. 그는 버려진 인형처럼 미동도 없이 탁자 앞에 쭈그리고 앉아 있었다. 오래된, 더없이 익숙한 공포가 밀려왔다. 무엇보다도 그가 쓴 투구 때문이었다. 가면으로 쓰인 투구는 작은 돌로 담을 쌓은 미니어처 방어탑처럼 보였다. 무시무시한 놈의 몸 전체가 마치 성채 같았다.

그런 그가 이제 움직이기 시작했다. 기계적인 손놀림으로 천천히 자기 앞 탁자에 놓인 원고를 둘둘 말아 외투에 넣었다. 그러고는 힘겹게 일어나 뻣뻣한 걸음걸이로 걸어나갔다.

"저 남자 책 사냥꾼처럼 보여." 나는 떨리는 목소리로 말했다. "하지만 그럴 리가 없는데. 부흐하임에서 책 사냥을 하는 건 화재 후 금지됐으니까. 저 비슷한 형체를 시내에서도 봤다네. 저게 뭔가? 관광객들을 놀리려는 멍청한 장난질인가?" 이번에는 내가 흥분할 차례였다. 책 사냥꾼 농담은 용납할 수 없었다.

"도서항해사라네." 오비디오스가 대답했다. 그에게는 달갑지 않은 화제인 눈치였다. "그리고 저 앞에." 그가 서둘러 말을 이었다. "저건……"

"잠깐!" 내가 가로막았다. "도대체 도서항해사가 뭔데?"

오비디오스는 심각한 표정으로 나를 바라보았다. "우리 대화가 이렇게 불편한 주제로 끝나다니 정말 안타깝네. 하지만 조만간 자네도 어떻게든 알아냈을 테지. 자네가 가장 불안해하는 걱정거리는 내가 덜어줄 수 있네."

"그게 무슨 소린가? 무슨 걱정거리? 아까 그자가 정말 책 사냥꾼이었다는 말을 하고 싶은 건가?"

"그렇기도 하고 아니기도 해. 일단 나쁜 소식부터 먼저 알려주지. 십여 년 전 부흐하임에서 책 사냥이 다시 허용됐다네."

"뭐?" 나는 억양 없는 목소리로 물었다. 정말 나쁜 소식이었다.

"널리 알려진 사실은 아닐세. 이제 책 사냥이라고 부르지도 않지. 문학적 어업의 변종이라도 되는 양 도서항해라고 하는 거야. 책 사냥꾼은 이제 도서항해사라네."

"아니, 왜? 그때 책 사냥이 끝나서 모두가 안심하지 않았나! 아무도 그놈들을 그리워하지 않는다고."

"오래전 일부터 설명해야겠군. 비블리오 순찰대나 비블리오 관료와 약간 비슷한 경우라네. 특별히 좋아하지는 않지만, 그들이 있으면 이따금 안심되는 거지. 치과의사랑 비슷해."

"도대체 누가 책 사냥꾼을 좋아해?" 나는 씩씩거리며 물었다. 예상보다 훨씬 더 화가 났다.

"이제는 도서항해사니까. 둘을 구분하는 법을 터득해야 해. 자네가 수긍 못하리라는 건 나도 아네. 그냥 이렇게 생각하게나. 도서항해사는 필요악이라고."

"예전에 책 사냥꾼에 대해서도 똑같은 말들을 했지."

"맞아— 그래서 뭐? 사실이 그렇지 않나? 이 도시는 책 사냥꾼들로부터 이득을 얻었네. 자기도 공범인 것 같으니 부정하려고들 하지만. 자네도 언젠가는 과거의 공포를 떨쳐버려야 하네. 책 사냥꾼들은 죽었네. 이백 년 전에 사라졌다고. 자네 악몽 속에서만 살아 있지. 도서항해사는…… 완전히 얘기가 달라."

"책 사냥꾼이든 도서항해사든 무슨 차이가 있나?" 나는 단념하지 않았다. "옛날 그 범죄자들과 조금도 다름없이 전투적이고 위험해 보이는데."

오비디오스가 한숨을 내쉬었다. "이제는 위험하지 않네. 어쨌든 우리에게는 그래. 도서항해사는 완전히 새로운 세대일세. 엄격한 사회도덕적 통념과 콜로포니우스 레겐샤인의 방식을 철저히 따르며 일한다네. 지하묘지에서 맞서 싸워야 하는 위험한 생명체를 빼고는 이제 아무도 죽이거나 다치게 하지 않아. 복장이 여전히 위협적인 까닭은, 미

151

로에서 살아남으려면 필요해서고. 상대를 위협하고 자신을 보호하려고 말일세. 요즘은 지하묘지 훨씬 더 깊은 곳으로 들어간다네. 예전에는 아무도 발을 들여놓지 않던 지역까지 들어가지. 그곳으로 가려면 용기만으로는 부족해. 책 사냥꾼의 심장이 필요하지."

"책 사냥꾼은 심장이 없어." 나는 싸늘하게 대꾸했다. 오비디오스 이 친구, 자기가 지금 무슨 말을 하는지 모르는군.

"내 말은, 도서항해사의 심장이 필요하다고. 나도 늘 이 용어들이 헷갈린다네."

"처음부터 설명해주게. 여기 주민들은 언제부터 책 사냥꾼인지 도서항해사인지 하는 그자들 없이는 부흐하임이 버틸 수 없을 거라 생각하게 됐나?"

"하루아침에 일어난 일이 아니라네…… 힐데군스트, 물론 자네는 경험 못했지. 부흐하임 도시 풍경에 책 사냥꾼이 없는 모습을 한번 상상해보게! 자네 입장에서야 일단 기쁘겠지만 어딘지 모르게 좀 심심하잖은가, 안 그래? 뭔가 빠진 느낌이야. 난 직접 경험했다네. 처음에는 산책하면서도 도대체 뭐가 빠졌는지 알아채지 못했네. 그러던 어느 날 드디어 깨달았지. 책 사냥꾼들이 사라진 부흐하임을 걷는 건 맹수가 없는 동물원에 가는 것과도 같았네. 폭우에 천둥과 번개가 치듯이 부흐하임에는 책 사냥꾼도 있어야 했네. 이들은 우리 도시의 드라마이자 스릴이었고, 수프에 들어가는 소금이자 커피에 넣는 설탕이었다네! 최소한 그들의 복장이 최고라는 점만이라도 인정하게!"

나는 물론 오비디오스의 의도를 이해했다. 사실 그가 옳았다. 하지만 아무리 그래도 이 전문 살인자들에 대해 좋게 말할 수는 없었다. 오비디오스는 지하묘지에서 그들을 겪어보지 않았다. 하지만 나는 겪었다.

"시 행정 당국이 해결책을 강구했다네. 플로린트 출신 어릿광대들과 그랄준트 출신 팬터마임 예술가들을 고용했지. 상상이 되나? 책 사냥꾼 대신 화장한 어릿광대와 취주악이라니! 박물관 없는 플로린트, 수은 하천 없는 아이젠슈타트나 마찬가지 아닌가! 호텔 예약이 확 줄었네. 고서점 매출도 정체상태였고. 가장 나쁜 건 황금 목록에 있는 책들이 더는 발견되지 않았다는 사실일세. 그건 전통적으로 책 사냥꾼들이 발견했으니까. 황금 목록의 책이 새로 나오지 않으니 부유한 손님들의 발길도 끊겼네. 예전에는 비블리오 혁명가나 다른 도시의 대형 고서적상, 책 수집가 중 귀족이나 공장주 들이 목록에 있는 책의 경매에 참여하려고 여기로 와서는 틈틈이 서점이나 구역을 통째로 사들이기도 했지. 그런데 이제는 정말로 큰돈이 들어오지 않게 된 걸세. 꿈꾸는 책들 틈새에서 돈을 끌어들여 사업을 빛내주던 자석이 갑자기 사라졌다네. 부끄러운 얘기지만 처음으로 책 사냥꾼이 우리에게 어떤 존재였는지 깨닫게 됐다네. 부흐하임이 여느 도시와 똑같아질 위험에 처했지. 그런데 기적이 일어났다네! 어느 날 홀연히 그들이 다시 나타난 걸세."

"누가?" 금방 이해가 되지 않아 나는 물었다.

"누구긴, 기분 나쁜 책 사냥꾼들이지! 이때부터 스스로를 도서항해사라고 부르기는 했지만 말일세. 꿈을 꾸는 것 같았다네. 기괴한 갑옷으로 중무장하고 가면을 쓴 자들이 땅에서 솟아난 것처럼 순식간에 시내를 활보하기 시작한 걸세! 어둡고 깊은 세상에서 나온, 두려움을 불러일으키는 이 존재들은 하나같이 제각각 다른 모습을 하고 있었네. 처음에 주민들은 관청에서 속임수를 쓰는 줄 알았다네. 관광객들을 다시 불러들일 목적으로 분장한 배우를 고용했다고 생각했지. 실제로 그

153

런 계획이 있었으니까. 그런데 황금 목록의 책들도 갑자기 나타나기 시작했다네. 게다가 양도 많았지! 도서항해사들이 고급 고서점에 들어가, 닳고 닳은 연감을 탁자에 탁 내려놓는 모습을 상상해보게. 이미 오래전에 사라진 줄로만 알았던, 유년기 폰테베크의 일기장을 내려놓는 모습도! 그런 일이 벌어졌다네! 정말 기적 같았고, 도서항해사들은 마치 구원자처럼 환영받았다네."

오비디오스는 몸을 앞으로 숙였다.

"새로운 직업 명칭은 소소한 눈속임이었지만, 당국의 비블리오 관료들은 물론 기꺼이 받아들였지. 책 사냥꾼들은 부흐하임에서 추방되었어도, 기괴한 갑옷을 입고 돌아다니거나 희귀한 책을 찾으러 지하묘지로 들어가는 일이 금지된 건 아니었네. 그리고 몇 달 안에 매출이 다시 늘었어."

그는 흡연 도구를 챙겨 떠날 채비를 했다.

"이게 도서항해사에 관한 이야기의 전부일세. 자네가 원한다면 새로운 책 사냥꾼 이야기라고 해도 될 테고. 좋은 이야기가 아니라는 건 나도 인정하네. 하지만 자네는 그들의 존재를 받아들여야 해. 그들은 부흐하임에서 무척 인기가 좋거든. 이제 가봐야겠군. 가족이 기다려서 말일세. 이해하지? 대화 즐거웠네. 다음에 만나면 더 깊은 이야기를 나눌 수 있겠지. 우리집에 한번 놀러오게!"

그는 주소가 적힌 명함을 내밀고 몸을 일으켜 품위 있게 걸어나갔다.

'유배중인 왕 같군.' 나는 그의 뒷모습을 보며 생각했다. 그를 다시 만나 잘 지내는 걸 봤으니 잘된 일이었다.

나도 일어섰다. 그러고 보니 내가 자욱연기소에 남은 마지막 손님이었다. 독으로 가득한 연기와 나 말고는 아무도 없었다. 문득 아주 중요한 걸 잊었다는 생각이 들어 문간에 멈춰 섰다. 잠시 생각해보니 떠올랐다. 애초에 여기 온 이유를 잊고 있었다. 마지막 담배를 피울 기회를 놓치고 만 것이다.

# 부흐하임산産 책 와인

선술집을 한두 군데 다녀본 자라면 알 것이다. 몇 시간씩 술집에 머물면서 배짱 좋게 술을 들이켰는데도, 마신 양에 비해 꽤 말짱하다는 기분 말이다. 그러다 시원한 바깥으로 나가면…… 으악! 알코올이 혈액 속 산소와 만나면서 느닷없이 효과를 나타낸다. 그러면 그동안 마신 만큼 순식간에 취기가 오른다.

자욱연기소를 나설 때의 나도 그 비슷한 상태였다. 술을 마신 건 아니지만 뇌를 흐물흐물하게 만드는, 그중 일부는 이국적으로 느껴지는 물질을 자의 반 타의 반 엄청나게 기도로 들이마셨다. 잠시 몸을 가눌 수가 없었다. 서둘러 거리로 나선 나는 살짝 휘청거리고 있었다. 파도가 거친 바다에서 배를 탄 것처럼 땅이 좌우로 흔들렸고, 머리 위에서는 별들이 굉장한 속도로 소용돌이쳤다. 별들? 그랬다. 이야기를 나누는 사이 정말 밤이 되었다.

비틀거리며 몇 발짝 걷다가 어느 집 담벼락을 힘껏 짚고 섰다. 금방이라도 기절할 것 같았지만 혈액순환이 안정되면서 평형감각을 되찾았다. 놀랄 만큼 행복한 기분, 환희라고 할 만한 느낌이 찾아들었다. 자욱연기소에서 나는 두 번 다시 없을 황홀경을 경험한 것이다. 중독성 약물을 예측할 수 없이 실험적으로 뒤섞는 이런 일을 다른 어디서 겪을 수 있단 말인가? 게다가 적어도 내 경우에는 의도하지 않은 일이었다. 어쩌면 이게 바로 자욱연기소의 확실한 인기 비결일지 모른다. 담배를 피우러 가는 게 아니라, 다른 이들이 무엇을 제공할지 전혀 모르는 상태에서 그 즐거움을 누리러 가는 것이다. 내가 어떤 기분인지 표현할 수 없다는 게 아마도 내 상태를 가장 정확하게 나타내는 말일 터였다. 적당한 단어를 결코 알지 못했다.

얼마간 몸을 가눌 수 있게 되자 주변을 둘러보았다. 밤거리는 그랄준트 악령 회화의 대가 에드 판 무르히의 그림처럼 비현실적인 색깔로 빛났다. 집들이 가볍게 이리저리 흔들렸고, 허공에서는 여러 목소리가 소곤거렸다. 그런데도 나는 불안하지 않았고 오히려 흥겨웠다. 허공의 목소리를 붙잡으려고 팔을 뻗어보니 내 한쪽 손의 갈퀴가 열 개였다. 그래도 나는 놀라지 않고 바보같이 킥킥거렸다. 발아래 포석이 부드럽고 따뜻한 느낌이었다. 거의 뜨거울 정도였는데, 그것조차 즐거웠다. 걷는 게 이토록 즐거웠던 적은 없었다! 끝없이 펼쳐진 깃털이불 위를 거대한 황새처럼 기괴하게 긴 다리로 성큼성큼 걷는 느낌이었다. 맞은편에서 오는 이들이 투명해 보였다. 그들은 유머러스한 내 말을 전혀 이해할 수 없다는 듯 그저 꽥꽥거리는 소리로만 응답했다. 인도를 걷는 내 발소리와 마차가 삐걱대는 소리, 문을 두드리는 소리 같은 온갖 소음이 몇 배로 증폭되는, 메아리가 울리는 공간에 있는 것 같았다. 어쩌면 자욱연기소에서 문을 잘못 여는 바람에 다른 차원으로 들어온 건지도 모른다. 모든 것이 더 강렬하고 더 흥미롭고 더 재미있는 곳으로!

아이고, 목이 무진장 마르네! 목구멍이 바짝 말라 혀가 입천장에 붙었다. 얼른 뭐라도 마셔야겠다! 뭐라도! 그래서 도무지 제어가 안 되는 웃음 발작에 시달리면서 선술집을 찾아 밤거리를 헤매고 다녔다. 내가 지금 열이 있나? 맞아, 그래도 미치도록 멋진 열이야! 이게 병의 증세라면 다시는 건강해지지 않을 테다! 나는 이제부터 정기적으로 부흐하임의 자욱연기소를 찾기로 굳게 결심했다.

그 거리는 허섭스레기 기념품을 파는 상점 천지였다. 부흐하임 명소가 든 스노글로브 같은 싸구려 물건, 황금 목록에 올라 있는 작품의 조잡한 모조품, 꿈꾸는 책들의 도시에서 보내는 인사 문구가 적힌 알록달록한 엽서, 유명한 작가의 모습을 흉내내어 조각한 꼭두각시인형들. 이런 잡동사니를 구경하고 있자니 엄청나게 즐거웠다. 지금은 정말 모든 것이 어마어마하게 흥미로웠다. 나는 목이 마른데도 거의 한 집 걸러 하나씩 진열창을 들여다보면서 때때로 껄껄 발작적인 웃음을 터뜨렸다. 그러던 중 어느 진열창 앞을 지나다 어두워서 잘 보이지는 않지만 언뜻 낯익은 듯한 물건들에 완전히 마음을 빼앗기고 말았다. 더 가까이서 들여다보니 진열창은 부흐링들로 가득했다!

나는 그 자리에 뿌리박힌 듯 멈춰 섰다. 상점 출입구 위에 걸린 간판에는 문학 조각품 전문점이라고 쓰여 있었다. 조각하거나 끌질하거나 본을 뜬 책 지지대, 문진, 시인의 흉상, 정확한 크기로 축소된 인쇄기 모형이 보였다. 그러나 진열창에는 부흐링의 축소모형뿐이었는데, 만듦새가 경이로울 만큼 뛰

어났다. 나는 깜짝 놀랐다. 이 예술가는 원본을 진짜와 똑같이 흉내내 모형을 만드는 데 성공했다. 분명 부흐링을 아주 잘 아는 예술가였다. 나 말고는 지하의 이 종족을 진짜 만난 이들이 무척 적다는 사실을 고려하면 정말 놀라운 일이었다. 아니면 그사이 사정이 달라졌나? 특히 조각을 보니 감탄이 절로 나왔다. 정확한 크기로 축소된 인쇄기를 완벽히 갖추고 작업중인 부흐링 둘과 여기저기 흩어진 원고를 표현한 것이었다.

그랬다, 부흐링들이 사는 지하미로는 바로 이런 모습이었다. 내가 직접 목격했다. 진열창 안의 작은 안내판이 눈에 들어왔다. 손글씨로 이렇게 쓰여 있었다.

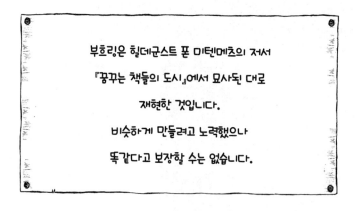

부흐링은 힐데군스트 폰 미텐메츠의 저서
『꿈꾸는 책들의 도시』에서 묘사된 대로
재현한 것입니다.
비슷하게 만들려고 노력했으나
똑같다고 보장할 수는 없습니다.

감동의 눈물이 솟구쳤다. 부흐링을 직접 보지 못한 예술가가 오로지 내 묘사에 따라서 이렇게 자연스럽게 사실적으로 재현했다면, 내 묘사가 그다지 나쁘지 않았다는 뜻이다. 하기야 그때만 해도 오름이 내 뇌의 융기들을 돌아 휘몰아쳤다. 그것도 무척 자주! 여행을 떠나온 이유가 다시 떠올랐다. 나는 지하묘지에서 온 편지를 받았다. 부흐링의 지하고향인 가죽 동굴의 누군가로부터! 그곳은 내 발 바로 아래서 몇 킬로미터밖에 떨어져 있지 않았지만, 꿈꾸는 책들의 미로라 불리는 어둠의 세계에 가로막혀 있어서 가닿을 수가 없었다.

이 깨달음 때문에 불현듯 감상에 젖어들었는데, 예민한 몸상태도 그런 기분에 한몫한 것 같았다. 눈물을 흘리며 비틀비틀 걸으면서 저 아래 있는 외눈박이 친구들, 너무나 오랫동안 만나지 못한 그 친구들을 생각했다. 흐느끼며 걷는데 꽉 눌린 듯 울리는 고대 악기 소리가 들려왔다. 부흐하임 거리 음악에서 널리 알려진 악기였다. 그 소리에 흐느낌을 멈추고 고개를 들었다. 건물 입구에 군데군데 여러 명씩 서서 웃고 떠들며 이야기를 나누는 무리들이 눈에 띄었다. 이 주변에 선술집이 모여 있다는 표시였다. 옳거니! 감상적인 기분은 순식간에 사라졌다. 본능적으로 길을 제대로 찾았으니 이제는 적당한 술집만 정하면 되었다. 많은 인원이 모인 어느 무리 앞에서 솜씨가 서툰 거리의 악사가 낡은 관악기로 반주를 하며 가느다란 두성으로 노래를 읊조리고 있었다.

"이방인이여, 부흐하임에 오면
책을 한 권 가지고 돌아가라!
그렇지, 책을 한 권 가져가라!
이방인이여, 부흐하임에 있다면
책 와인을 마셔라!
그렇지, 책 와인을 마셔라!
이방인이여, 책 와인을 마신다면
당신은 책이 될 테니까.
그렇지, 책이 될 테니까."

161

물론 은유적인 가사였지만, 뭔가 마실 것이 있다는 매력적인 소리
로 들렸다. 드디어! 나는 술 마시는 손님들로 미어터지는 선술집 안을
비집고 들어갔다. 수많은 언어가 뒤섞인 걸 들어보니 관광객들이었다.
핀스터베르크 난쟁이들의 어둠 언어, 이끼 트롤의 개구리 같은 꽥꽥거
림, 카밀레 족의 수은 같은 음절 울림, 악령 계곡 주민들의 유령 같은
요들이 들렸다. 운좋게도 바로 빈자리가 하나 났다. 나는 얼른 그 의자
에 앉아 손짓으로 웨이터를 불렀다. 우수에 찬 눈빛의 털북숭이 숲 난

# 한 권의 책이

## 여행자여, 부흐하임에 오면
## 책 와인을 마셔라!

부흐하임의 오랜 전통에 정통한 전문가가 되십시오!
수백 년 전 책 연금술사들이 복잡한 비법으로 압착한
전설적인 책 와인을 드십시오.
연금술과 포도 재배학, 인쇄술의 탁월한 조합!

## 부흐하임에서 가장 큰 모험은
## 여러분의 머릿속에서 이루어집니다!

책 와인용 포도즙은
낡아서 못 쓰는 인쇄용 프레스로 짰습니다!
와인은 고서점 책장으로 만든 술통에 넣어 지하 도서관에 보관해놓고요!
익는 동안 술통 앞에서 차모니아의 뛰어난 문학작품을
정기적으로 낭독했습니다. 진짜 작가가 직접!
마지막으로, 병에 넣기 전 와인의 독특한 색깔과 조도를 위해
책 사상균을 첨가했습니다.

쟁이였는데, 주문을 받는 번거로운 절차를 생략하고 바로 와인이 가득든 항아리와 잔을 내 앞에 쿵 소리나게 내려놓았다.

"손님, 책 와인입니다!" 그는 나를 보지도 않고 소리치고는 금세 사라졌다. 그래도 전혀 상관없었다. 나는 이렇게 단순한 손님맞이가 거만한 소믈리에의 응대보다 마음에 들었다. 와인을 잔에 따르려다가, 탁자 여기저기 흩어진 종이쪽지들을 봤다. 처음에는 잔받침인 줄 알았는데 뭐라고 글씨가 인쇄되어 있었다. 그중 하나를 집어들고 읽었다.

# 되십시오!!!

그런 다음, 메타 와인학이라 불리는 연금술 절차를 거쳤습니다.
메타 와인학은 부흐하임의 화재 이후 사라진 줄로만 알았던
예술이자 학문이지요.
바로 이 메타 와인학이 책 와인을 희귀품으로 만들고, 또한 절대 잊지 못할
즐거움을 여러분에게 선사합니다!

**불가사의의 일부가 되십시오!**

화재 후 지하궁륭에서 발견된 책 와인은 양이 많지 않습니다!
제조 비밀은 오늘날까지도 알려지지 않은 상태입니다!

**재고가 있을 때까지만 판매됩니다.**
**메타 와인학적인 변화를 보장합니다!**
**아닐 경우 환불!!**
**성인만 가능!!!**

세 항아리를 드시면 무료로 술잔에 이름을 새겨드립니다.
부흐하임 여행의 완벽한 기념품!

**맛있습니다!**

웃음이 터져나왔다. 아이고, 관광객을 꾀는 덫에 걸렸네! 술집 한구석에서 싸구려 술잔에 손님의 이름을 새기고 있는 곱사등이 유리 연마공이 그제야 눈에 들어왔다. 벽에는 유치한 유화들이 걸려 있었는데, 오얀 골고 판 폰테베크부터 될러리히 히른피들러에 이르기까지 차모니아 고전 작가로 추앙받는 자들이 잘난 척하며 손님들을 내려다보았다. 여기 와인은 분명 세 배는 비싸지만 맛은 부흐하임에서 제일 형편없겠지. 보나마나 뻔해. 책 와인이라니, 이렇게 멍청한 말이 어디 있담! 하지만 와인이 이미 내 앞에 있었고 나는 지독히도 목이 말랐다. 그래서 잔에 따랐다.

가장 먼저 눈에 띈 것은 특이한 색깔이었다. 오름에 맹세컨대, 와인은 초록빛이었다. 나는 잔을 촛불에 비춰보았다. 선갈퀴 탄산수처럼 진한 초록색인데다 약간 반짝거렸다. 아니면 자욱연기소에서 맛본 황홀경의 여파인가? 온몸이 마시기를 거부했다. 하지만 뭐 어떠랴. 뭐라도 마셔야 하니 일단 마시자! 얼른 마셔버리자. 딱 한 잔만 마시고 계산하고서, 연금술 어쩌고 하는 첨가물 없이 깔끔한 이 지역 와인이 제공되는 조용하고 평범한 식당을 찾는 거다. 나는 초록색 액체를 단숨에 들이켰다.

오, 사랑하는 친구들이여, 와인은 구역질나는 맛이었다. 정말이지 구토제로 쓰면 딱일 거란 생각이 들었다. 바로 선술집 바닥에 토하고 싶은 욕구를 온 힘을 다해 억눌렀다. 낡아빠진 책을 싸구려 와인에 담가 며칠 푹 삶았다가 지하실에서 식히면 이런 맛이 날까. 아니면 낡은 행주를 짠 설거지물이거나. 어쨌든 와인 잔에 담을 액체는 아니었다!

정신을 가다듬은 나는 돈을 탁자에 집어던지고 밖으로 뛰어나가 한숨 돌리고픈 마음과 맞서 싸웠다. 속을 달래려고 그냥 그대로 앉아 있었다. 구역질을 하고 싶은 느낌은 처음에는 어렴풋한 불안감에, 그다음에는 뱃속 가득 퍼지는 온기에 녹아들었다. 상태가 나아졌다! 방금 전까지만 해도 목이 너무 말라서 일단 뭔가 좀 마셔야 했다. 하지만 사실 갈증이야 시내 우물에서 이런 와인보다 더 맛있는 물을 공짜로 마시고 해결할 수도 있었다. 이제 나가자! 웨이터를 불러 돈을 내려고 주위를 두리번거리다가, 손님 몇몇이 빈 술잔을 손에 들고 눈을 감은 채 황홀경에 젖은 표정으로 마비된 것처럼 꼼짝 않고 앉아 있는 모습을 보았다. 미개한 촌구석에서 온 건가? 어쩌면 난생처음 와인 맛을 봤는지도 모르지. 아니면 너무 많이 마셨거나.

그러다 문득 눈앞이 캄캄해졌다.


처음에 아주 잠깐은 기절한 건가 싶어 덜컥 겁이 났다. 하기야 자욱한 연기소에서 뭔지도 모르는 독성물질을 무심코 들이마셨으니 놀랄 일도 아니었다! 그러다 정말 기절한 거라면 걱정할 일은 아니라는 데 생각이 미쳤다.

그다음에는 갑자기 시력을 잃은 게 아닐까 하는 생각이 들었다. 그런 일이 실제로 일어난다는 글을 읽은 적이 있었다. 하지만 그와 거의 동시에 당혹스럽게도 시력이 돌아왔다. 푸석한 흙을 뚫고 빛이 있는 곳을 향해 기어가는 벌레가 된 느낌이었다. 내 위로는 흰 구름이 지나가는 파란 하늘이 화사하게 펼쳐져 있었다. 지금 내가 기절한 것도, 시력을 잃은 것도 아니라면 최소한 제정신은 아니라는 뜻이었다. 그렇지 않은가? 방금 전까지만 해도 손님들이 가득한 시끄러운 선술집에 있었는데 별안간 외톨이가 되어…… 그런데 여기가 어디지? 어린 나무들에 에워싸인 걸 보니 숲인 듯했다. 그것뿐이 아니었다. 분명 나 자신도

165

한 그루의 나무였다! 그게 아니면 숲 한가운데 땅에서 솟아나 작은 초록색 잎사귀를 뻗을 만한 게 뭐가 있단 말인가? 이게 막 발병한 정신질환 증세가 아니고 무엇이랴?

그러니까 나는 나무였다. 그래, 그러라지 뭐. 아주 어린 나무, 이제 막 숲속의 흙을 뚫고 나온 햇가지였다. 하지만 아주 빠르게 자라고 또 자랐다. 높이, 더 높이 올라갔다. 내 위에서 낮과 밤이 거친 소용돌이처럼 교대로 넘나들었다. 해가 우르릉거리며 뜨고 지고 뜨고 지기를 반복했다. 해와 교대로 나타나는 달이 숨막히는 속도로 차고 기울었다. 순식간에 몇 달이 흘렀다. 작은 가지들이 자라고, 뿌리가 내리고, 잎사귀들도 자랐다. 나는 사방으로 자라나 눈 깜짝할 사이 가지와 잎사귀로 빽빽하게 에워싸였고, 가지에 새들이 깃들이고 다람쥐가 기어다니는 위풍당당한 포플러가 되었다. 주위는 검은 흙이었다가, 알록달록한 잎사귀였다가, 새하얀 눈이었다. 사계절이 메트로놈 박자처럼 빠르고 일정하게 찾아왔다 지나갔다. 나는 이미 튼튼하고 평화로운 포플러로 존재하는 걸 받아들이고 있었다. 그때 돌연 쓰러졌다.

쿵!

나는 베어졌다.

운반되어 물에 던져졌고, 다른 수많은 나무와 함께 강을 따라 떠내려갔다. 처음에는 느리게, 그러다 점점 더 빨리. 주위에서 소용돌이가 치고 거품이 일었다. 그러다가 불현듯, 강물을 따라 흘러가는 나무에서 생각으로 변했다! 생각의 고리, 단어들로 이루어진 긴 줄이라고 하는 편이 더 정확했다. 간단히 말해 완전한 하나의 문장이었다. 나는 소설 한 권이 만들어지고 있는 작가의 머릿속에서 다른 많은 문장과 함께 생각의 강을 헤엄치고 있었다. 소설의 주인공은 마치 물에 빠진 사람처럼 이 강을 떠다니며 당장 인쇄해도 좋을 만한 문장을 외쳤다. "오, 헥토르! 당신을 향한 내 사랑은 따뜻한 빙하를 향한 갈망처럼 가망 없는 것이에요!" 그렇다, 사랑하는 친구여, 나는 제정신이 아니었다.

아닌가? 바로 다음 순간 또다시 거품이 나를 에워쌌다. 나는 다시 강을 떠내려가는 나무였다. 속도가 점차 느려졌다. 다른 나무들과 함께 높은 굴뚝이 있고 톱질 소리가 어지러이 울리는 커다란 건물 안으로 밀려들어갔다. 종이공장이었다! 포플러로서의 존재는 끝났다. 순식간에 체계적으로 점점 더 작게 쪼개졌으니까. 처음에는 두툼한 널빤지로, 그다음에는 가느다란 나무토막으로, 다시 작은 주사위 크기로 잘렸고, 톱밥으로 흩뿌려지다 마침내 작디작은 섬유가 되었다. 그런 다음 물에 씻겨 죽처럼 휘저어졌고, 고운체에 걸러져 건조되었다. 나는 종이가 된 것이다!

하지만 친구들이여, 종이로 머문 시간은 그리 길지 않았다! 건조가 끝나 차곡차곡 쌓이자마자 다시 어두워졌고, 돌연 나는 걱정이 되었다! 그렇다, 파산 직전인 출판사를 어떻게 구할지 필사적으로 고민하느라 끙끙대는 발행인의 머릿속 심각한 걱정거리. 그는 쉴새없이 출판사 사무실을 오가며 가구에게 소리를 질러대고 책무더기를 걷어찼고, 변덕스러워 예측이 되지 않는 독자들의 취향을 욕했다. 걱정거리였던 나는 돌연 그 상황을 해결할 아이디어가 되었다! 제목만 제대로 정하면 베스트셀러가 될 수 있는, 아니 반드시 돼야 할 소설을 하나 쓰라고 인기 작가를 꼬드기는 찬란한 묘안이었다! 발행인은 곧장 편지를 쓰려고 펜과 종이를…… 그랬다, 나는 다시 종이였다! 프레스에 걸려 접지주걱으로 반듯하게 펴지고 물에 적셔졌다. 검은색 인쇄 잉크가 묻은 활자가 잔인하게 나를 향해 내려오더니 내 몸에 문신을 새겼다. 나는 인쇄된다는 게 뭔지 몸소 체험했다! 그런 다음 다시 환해졌다. 나는 무시무시한 고문도구에 낀 범죄자처럼 다른 종이들과 함께 나사바이스에 끼어 있었다. 우리는 가느다란 바늘에 뚫리고 실에 묶인 다음 넉넉하게 풀이 발려 아름다운 가죽 표지에 싸였다. 나는 이제 책이었다!

하지만 그 생각에 익숙해지자마자 다시 걱정으로 변했다! 이번에는 발행인이 아니라 소설을 쓴 작가의 머릿속이었다. 나는 수많은 걱정 중 하나에 불과했다. 소설이 잘 팔릴지, 친구와 평론가 들은 어떻게 생각하고 뭐라고 쓸지, 제목 선택(따뜻한 빙하를 향한 갈망)은 옳았을지, 표지를 노란색 대신 초록색으로 하는 게 낫지 않았을지, 반복적인 괄호 사용이 오히려 역효과를 내지 않을지, 이런 대작을 쓰고 나서 언젠가 그에 필적하는 작품을 또 쓸 수 있을지 하는 걱정들. 작가는 술에 취해 울기 시작했다. 시야가 흐려지고, 나는 다시 책이 되었다. 짜잔! 서점에 놓인 나를 어느 손이 집어들더니 계산대에서 돈을 내고 집으로 가져가 펼쳤다. 그러자 나는 다시 생각의 강 속에 있었다. 나무랄 데 없이 완벽한 교정을 거친 문장들 중 하나가 되어 책에서 독자의 머릿속으로 흘러들어갔다. 나는 읽히는 중이었다!

팡! 다시 환해졌다. 나는 빈 잔을 손에 든 채 선술집에 앉아 있었고 순식간에 손님들과 소음이 돌아왔다. 나는 기절한 것도, 눈이 먼 것도, 미친 것도 아니었다. 그저 책 와인에 취했을 뿐이었다.

이런 오름 같은 일이 있나! 굉장한 황홀경이었다! 책의 일생을 단계별로 모두 겪었다고 상상했을 뿐 아니라 그 책을 손수 쓰고 인쇄하고 발행했다! 게다가 읽힌다는 독특한 느낌까지 경험했다! 이제 한 권의 책으로 존재한다는 것이 어떤 것인지 알게 되었다. 믿을 수 없는 일이었다.

그동안 시간이 얼마나 흘렀을까? 한 시간 아니면 세 시간, 혹은 일년? 모르겠다! 하지만 주변이 하나도 변하지 않은 걸 보면 황홀경은 기껏해야 일 분쯤 이어진 모양이었다. 아까와 같은 손님들이 같은 자리에 앉아 있었고, 술집에서 공연중이던 음악가는 여전히 같은 곡을 연주하고 있었다.

나는 곧장 두번째 잔을 따라 급히 들이켰다. 아까와 정확히 똑같은 현상이 일어났다. 빛이 사라지고, 나는 급격하고 황홀한 변형을 거쳐 나무와 종이, 작가와 발행인, 책과 독자가 되었다. 빛이 다시 보이고 모든 게 끝났다. 항아리가 빌 때까지 나는 이 과정을 세 번 더 반복했다. 하지만 끝에서 두번째에 이르자 싫증이 나고 회전목마를 너무 오래 탄 것처럼 속이 메스꺼웠다. 그래서 그만 마시기로 마음먹고 웨이터를 불러 돈을 낸 다음 비틀거리며 밖으로 나왔다.

오, 사랑하는 내 친구들이여, 책 와인은 다른 존재로 변신시켜준다는 점뿐만 아니라 알코올 도수도 굉장한 것 같았다. 아니면 혹시 자욱연기소 중독인가? 물론 두 가지 다였다. 하루종일 먹은 게 거의 없다는 사실도 원인 중 하나였다. 뭐든 영양가 있는 음식을 꼭 먹어야 했다!

몇 걸음 안 가 식당이 나왔는데, 들어서자마자 낯이 익다는 느낌이 들었다. 그랬다, 그곳은 예전에 처음으로 (그리고 지금까지는 마지막으로) 꿀벌빵*을 먹은, 이름 없는 자그마한 간이식당이자 카페였다! 음험한 에이전트 클라우디오 하르펜슈톡을 만난 곳이기도 했다. 교활한 방법으로 피스토메펠 스마이크와 나를 연결시켜 내가 부흐하임 미로로 끌려가는 데 상당한 역할을 했던 자였다.

---

\* 『꿈꾸는 책들의 도시』 1권 111쪽 이하를 참조할 것.

나도 모르게 한 발짝 물러섰지만 결국 식당으로 들어섰다. 음식 냄새는 유혹적이었고 배가 너무 고팠으니까! 비록 그때 여기서 불행이 시작되었지만 실은 평범한 식당에 지나지 않았다. 이곳에서는 시간이 멈춘 것 같았다. 회반죽을 바르지 않은 벽돌 벽도, 현대식 고서점의 싸구려 책들이 꽂힌 책장도 이백 년 전과 똑같은 모습이었다. 손님은 소박한 나무탁자에서 식사를 하며 그 책들을 읽을 수 있었다. 낡은 판매대와 그날의 메뉴가 색색의 분필로 쓰인 커다란 석판도 예전 그대로였다. 삼류소설 커피와 될러리히 히른피들러 비스킷, 칼트블루트 왕자 파스타와 카이노마츠 국수 등 그때처럼 간단하면서도 부흐하임 고유의 음식과 음료를 판매하고 있었다. 아, 맞다, 당연히 꿀벌빵도. 얼마나 감동적인가! 분필로 쓴 메뉴조차 이백 년 전의 그 글씨가 확실했다.

다이어트를 하겠다는 굳은 결심은 이성과 함께 자욱연기소에 던져두고 온 모양인지, 완전히 둑이 무너져버렸다. 나는 국수 3인분과 칼트블루트 왕자 파스타 2인분, 녹인 미드가르트 치즈를 얹은 백리향 빵 하나와 각각 다른 시인의 이름이 붙은 생크림케이크 네 조각을 해치웠다. 이번에는 꿀벌빵을 포기했다. 아, 이해심 많은 내 친구들이여, 여러분도 그 이유를 알 테지! 가면서 먹으려고 될러리히 히른피들러 비스킷을 커다란 봉지로 하나 사서 거리로 나섰다. 실컷 먹어 배가 부른 내게 저녁은 이제 막 시작되었다. 또다시 목이 말랐으니까.

# 키비처와 재회하다

다음날 아침 눈을 뜬 나는 한참 동안 여기가 어딘지 알 수 없었다. 사실 내가 누구인지도 알지 못했다.

잠시 후 둘 다 떠올랐다. 나는 힐데군스트 폰 미텐메츠고 이곳은 부흐하임의 내 호텔방이군. 첫번째는 맞고 나머지 하나는 완전히 틀렸다. 여기는 내 호텔방이 아니었다.

세 가지 사실로 알 수 있었다. 첫째는 벽지, 둘째는 침대 옆에 놓인 여행가방 네 개(내 평생 여행가방은 가진 적이 없다), 셋째는 창가 커튼 뒤에 서서 공포에 덜덜 떨며 나를 노려보는 개구리 족 때문이었다.

"나가요!" 그가 갈라진 목소리로 말했다. "제발 좀 나가줘요!"

무진장 창피한 이야기를 짧게 요약하자면 이렇다. 전날 밤 나는 호텔방뿐 아니라 호텔 자체를 잘못 찾았다. 술에 취해 제일 먼저 눈에 띄는 숙박업소로 비틀비틀 들어가서는 아무 방이나 얼른 가서 옷장으로 문을 막은 다음 침대에 몸을 던지고 기절하듯 잠든 것이다.

방에 있던 개구리 족은 내 행동에 너무 놀라고 겁먹는 바람에 옷장을 치우지도, 다른 이에게 도움을 청할 엄두를 내지도 못하고 내가 깨기만을 기다렸다. 야만적인 내 행동에 대한 해명이나 사과를 듣고 싶어하지도 않았고 그저 나가달라고만 했다. 그래서 나는 그 부탁을 들어주었다. 평생 이렇게 무안한 경우는 정말 드물었다. 내 호텔은 세 블록 떨어진 곳에 있었다.

양심의 가책을 느끼며 힘겹게 전날 밤의 퍼즐을 맞추는 내내, 멍청하기 짝이 없는 책 제목 하나가 머릿속을 떠나지 않았다. 따뜻한 빙하를 향한 갈망. 그나마 또렷이 떠오르는 기억은 배가 터지도록 먹고 나서 곧장, 망상을 일으키는 책 와인과는 다른 뭔가를 마시자는 나 자신과의 약속을 지키려고 근처 와인 집으로 쳐들어간 것이었다. 부흐하임 지역의 포도음료를, 그것도 상당히 많은 양을 마셨다. 그때부터 기억력에 미세한 틈이 벌어지기 시작해 나중에는 점점 더 커다란 구멍들이 생겼다. 볼퍼팅어처럼 생긴 사기꾼과 목청 높여 논쟁을 벌인 일은 기억나지만 주제가 무엇이었는지는 잊어버렸다. 그러다 드잡이가 벌어져 다른 술집으로 자리를 옮겨야 했다. 나는 지저분한 골목 지하에서 싸구려 술집을 발견했다. 하나같이 유명한 작가들만 드나든다는데 나는 한 번도 들어본 적 없는 이름이었다. 마지막 기억은 그곳 와인이 맛은 그다지 없었지만 놀랍도록 값이 쌌고 녹슨 자그마한 양동이에 담겨 나왔다는 것이다. 그후로는 기억이 끊겼다.

나는 심한 자책감과 그보다 더 심한 두통을 안고 원래 묵던 호텔로 돌아왔다. 몸을 씻고 숙박비를 계산한 다음 소박한 짐을 꾸려 길을 나섰다. 낮 동안 시내 중심에서 더 나은 숙소를 찾을 요량이었다. 시내 쪽으로 천천히 걸으며 이성을 되찾고 머리를 맑게 하려고 애썼다. 삼백 살 가까이 나이를 먹으면 이렇게 과음했다간 회복이 더디다는 걸 언젠가는 깨달을 수밖에 없다. 산책하는 동안, 종류가 뭐든 중독성이 있는 것과는 끝이라고 굳게 맹세했다! 이제 도달하고 싶은 도취상태는 오름이 유일했다.

부흐하임 주민들은 예전부터 늘 자신감이 넘쳐 독창적인 광고를 하길 좋아했다. 자신의 공예품, 책과 출판사, 예술 프로젝트, 낭송회 및 작가와의 대화, 온갖 종류의 문화행사, 글쓰기 슬럼프를 극복하는 치료, 맛있는 케이크와 뜨거운 커피 등 별의별 광고가 다 있었다. 색칠한 나무판, 포스터, 담벼락에 쓴 문구, 가로등에 붙인 쪽지, 도로에 비스듬히 걸린 깃발, 책을 낭송하는 목청 큰 호객꾼, 인쇄된 종이 깃발 옷을 입고 치근거리는 문지기, 다리가 달려 스스로 돌아다니는 광고책자 등은 도시 어디서나 볼 수 있었다. 그러나 훤한 낮에 어슬렁어슬렁 걷다 보니 내가 없는 동안 모든 것을 돈벌이로 만드는 뻔뻔한 행위가 거침없이 발달해왔다는 걸 전날보다 훨씬 더 확연히 느낄 수 있었다.

숙취로 머리가 무거운 탓에 그 사실이 마음에 드는지 아닌지 판단이 서지 않았다. 재미있는지, 귀찮은지, 재치 있는지, 불쾌한지, 독창적인지, 졸렬한지 알 수 없었다. 이 모든 것이 도시를 흥미로운 장소로 만든다는 사실은 의심의 여지가 없었다. 부흐하임에서는 늘 움직이는 그림책 안을 돌아다니는 느낌이었다. 하지만 예전에 안내판 하나가 걸렸던 곳에 지금은 세 개가 걸려 있었고, 예전에 포스터 하나가 붙었던 자리에 지금은 열 개가 붙어 있었다. 어느 거리에서든 눈길을 들면 싸거나 비싼 책, 뜨거운 차와 따뜻한 과자, 도시에서 제일 좋다는 안경 또는 근육질의 토탄흙 소인간이 해주는 시원한 목덜미 마사지 등 뭔가를 보장하는 광고들이 하늘을 가득 메우고 있었다.

그중 많은 것, 예를 들면 대마종이를 사용하는 대안적 도서 제작이나 비블리오 영지주의적인 건강 예보 초대, 슈렉스 연금술 원고나 난쟁이 인쇄술 같은 광고는 쉽게 읽을 수 있었다. 그러나 전혀 읽을 수 없는 것도 있었다. 철자를 근거로 광고판에 적힌 것이 어떤 언어인지 알아볼 수만 있어도 다행이었고, 무슨 내용인지는 알 수 없었다. 오비디오스와 볼퍼팅어는 책 연금술을 극복한 뒤 부흐하임이 관용적이고 개

173

방적인 도시가 되었다고 강조했었다. 그게 어느 정도인지 나는 이제야 알게 되었다. 새들의 쐐기문자, 악령들의 합자, 둘스가르트의 상형문자, 미드가르트 매듭철자와 고대 트롤 룬문자 등은 어떤 분야를 선전하는지 그저 짐작만 할 수 있었다. 가끔은 함께 그려진 그림이나 문장紋章 또는 상징이 해독에 도움을 주기도 했다. 하지만 눈구멍에서 뱀이 기어나오는 금빛 해골은 무슨 의미일까? 거미가 쭈그리고 있는 진주 조개는? 붕대를 칭칭 감은 닭이 간판에 그려진 상점에서는 뭘 살 수 있지? 아니, 알고 싶지 않았다! 그래서 길 한복판에 서서 저 상점들에서는 뭘 팔까 상상만 해보는 쪽을 택했다.

내가 아까부터 머물고 있는 이곳은 대부분 화재의 피해를 입지 않은데다 전에도 돌아다닌 적이 있어 어느 정도 낯이 익었다. 고색창연한 목골가옥이 빼곡히 들어찬 작은 길과 좁은 골목이 풍기는 분위기, 편안하고도 향수를 불러일으키는 그 소란스러움이 나를 에워쌌다. 이 지역에는 예나 지금이나 가장 매력적인 고서점들이 있었다. 황금 목록에 오른 보물을 셀 수 없이 보유하고 있다며 잘난 척하는 고급 상점들이 아니었다! 아니, 이곳은 여전히 이곳 주민들에게 친숙한 예전 부흐하임의 정신이 가득했다. 어쨌든 이제 드디어 진정한 책 바보를 이곳으로 불러들일 만한 종류의 책들이 눈에 띄었다. 진열창을 슬쩍 들여다봤을 뿐인데도 엘무라 보드니크가 쓴 『메달의 세번째 면』의 희귀 초판본, 토모크 체불론의 『잇몸 샐러드』, 후고바르트 크라멜라의 『목각 안의 통증』, 페트로소 데 가두스티 백작의 『엄마를 위한 관은 없다』를 발견했다. 오름이 관통했음에도 차모니아 문학에서 부당하게 홀대받는 귀중한 이 작품들은 다른 곳에서는 구하려 해도 소용없었지만 이곳에서는 그 가치에 걸맞은 대우를 받으며 한자리를 차지하고 있었다. 진

174

열창 제일 앞줄에 자리했고 보존상태도 좋은데다 가격도 괜찮았다. 다음 진열품은 놀랍게도 오르페투 하른샤우어와 클라스 라이시뎅크, 아베게우스 루프트바르트 전집이었다. 등장인물이 수없이 많고 두꺼워서 몇 번이고 읽을 수 있는 비벤더 다 트롤블루트의 소설들도 있었다. 그 옆은 아카페오 라 비른리스의 노골적인 풍자소설이었는데, 이미 오래전 절판된 목판본으로 육백 년 전에 쓰였음에도 초현대적인 작품이었다. 불멸의 오베트 우제가르트가 삽화를 그린 엘레구스 판 메어딕트의 거대한 책도 보였다! 찾는 사람이 많은, 나르티난 슈나이드하서의 빽빽하게 인쇄된 얇은 페이퍼백 창작동화 전집에는 작가 서명이 들어 있었다! 아브라다우흐 젤러리가 페를라 라 가데온에 대해 쓴 탁월한 에세이는 파란 대나무누에 비단으로 묶은 정사각형 판이었다. 올안더 콘투라의 전설적인 '헤를레스 올름쇼크' 소설 전집은 독서용 돋보기가 딸려 있었다. 볼코디르 바나빔의 검열 전 편지 모음도, 위대한 루베르트 야젬이 쓴 가장 유머러스한 책도, 에글루 비크티트의 초판본도, 에그밀 폰 뷜크네겔의 청소년기 비망록 전문도 있었다! 우피트 리릭드랑이 쓴 뛰어난 원시림 우화에는 수채화가 함께 실려 있었다. 에리 엘펜골트가 저술한, 지식으로 가득해 도서관의 다른 모든 책을 무용지물로 만드는 매력적인 문화사도 있었다. 언제나 순수한 질투심을 불러일으키는 슈트레솔로 폰 트로이바인의 긴장감 넘치는 소설들도, 차모니아 문학사에서 진정으로 훌륭한 최초의 소설인 에도 라 에펜디의 『크로노소 우어바인』도 보였다! 이 모든 게 하나의 진열창 안에 있는데다 가격도 적당해서 감동의 눈물이 나올 지경이었다. 이게 바로 부흐하임의 가장 좋은 면이었다!

물론 이런 것들도 좋았지만, 내가 이 지역에 이렇듯 오래 머무는 이유는 따로 있었다. 고서 구입은 할 일의 목록에서 저 아래쪽에 있었다. 사랑하는 친구들이여, 진짜 이유는 바로 근처에 콜로포니우스 레겐샤인 골목이 있기 때문이었다. 그곳에 나흐티갈러 학문을 전문으로 취급하는 하흐메드 벤 키비처 박사의 자그마한 고서점이 있었다.

그렇다, 키비처. 부흐하임에서 유일하게 뇌가 세 개인 고서적상! 내가 매맞은 개처럼 한 시간 전부터 여기 숨어 끙끙대는 이유는 생각을 읽을 줄 아는 늙은 아이데트 족, 나흐티갈러 전문가인 키비처 때문이었다. 나는 그를 깜짝 방문하고 싶었다. 하지만 사랑하는 친구들이여, 말처럼 간단하지는 않았다! 전혀! 진짜 특공작전을 방불케 하는 지극히 까다로운 시도였다. 이미 오래전에 갚았어야 할 빚이자 벗어야 할 짐이었다. 오비디오스와 터놓고 나눈 대화가 하나의 계기가 되었다. 그러니까 나는 백 년쯤 전 키비처와 다툰 뒤로 사이가 틀어져버린 것이다. 백 년! 이해가 가는가?

슬그머니 가버릴까 하는 생각도 잠깐 들었다. 어쩌면 그 골목을 못 찾을 수도 있잖아! 빌어먹을 새 도시 부흐하임, 예전 모습은 하나도 없는걸! 맞아, 이게 해결책이야!

말도 안 되는 소리. 모퉁이만 돌면 바로 그 골목이었다. 내가 도대체 누구를 속이려는 거지? 나 자신을? 안 된다. 이제 해내야 한다. 그러지 않고는 부흐하임에서 단 일 분도 편히 지낼 수 없을 테니까. 술냄새를 지우려고 페퍼민트 환약 세 알을 목구멍에 던져넣고서 옷매무새를 매만진 다음 굳은 결심을 하고 레겐샤인 골목 쪽으로 걸음을 옮겼다. 지금이 아니면 못하리! 돌격!

키비처의 고서점 조금 앞에서 또다시 걸음을 멈췄다. 그에게 뭐라고 하지? 어떤 말투로 어떻게 시작해야 하나? 나는 망설이며 골목을 왔

177

다갔다하면서 소심하게 곁눈질로 서점을 계속 훔쳐보았다. 서점은 기억 속 모습 그대로였다. 그 길을 통틀어 가장 어둡고 눈에 띄지 않는 집. 안쪽에서 촛불이 위태롭게 일렁이고 있었다. 출입구는 지옥문처럼 보였고, 그 뒤에 뇌가 세 개인 괴물이 나를 잡아먹으려고 숨어 있을 것 같았다. 오름에 맹세컨대, 너무도 떨렸다! 나는 환약을 하나 더 빨아먹었다.

키비처의 고서점도 다행히 화재를 피한 쪽이었다. 겉보기에는 그후로 달라진 게 전혀 없었다. 하흐메드는 여전히 전설적인 아이데트 압둘 나흐티갈러 교수의 기이한 서적을 전문으로 취급하는 모양이었다. 진열창에는 다른 것 없이 교수의 불가해한 작품인 『길들인 어둠』만 호화판형으로 한 권 있었다. 서점 외관을 보면 키비처는 완전히 예전 그대로인 듯했다. 그렇다면 나는 뭘 두려워하는 걸까?

수년간 우리 사이는 얼마나 호의적이고 친근하고 유익했던가! 내가 이 도시를 떠난 뒤 우리는 기나긴 편지를 정기적으로 주고받았다. 문학과 예술, 과학과 철학에 대해 열정적으로 토론했지만, 내 부탁에 따라 부흐하임이라는 주제는 절대 건드리지 않았다. 네 개의 뇌가 함께 써내려간, 내용이 풍부한 이 편지들에 대해서라면 나는 몇 권이든 책을 쓸 수 있다. 여행이 길어지면서 차모니아 구석구석에서 키비처에게 편지를 보냈다. 그렇게 주고받은 편지들은 최고의 경지에 이른 것이었고, 우리 사이에는 불꽃과 영감이 오갔다. 그에 비하면 오얀 골고 판 폰테베크와 하이들러 폰 클리르피시의 서신 왕래는 애들 장난이었다. 이런 비교를 오만하다고 여길 이도 있을지 모르지만.

하지만 그러다…… 흠, 그래. 성공이 따라왔다. 나의 성공이. 명예도 함께 왔다. 아이고, 그래서 얼마 지나지 않아 나는 옛친구와의 우정을 돌보기보다는 팬레터에 답장을 보내고 상을 받으러 다니느라 바빴다. 서신 왕래는 점점 뜸해지고 내 작품 생산량은 점점 늘어났다. 뜸해진 편지에서 키비처는 처음에는 조심스럽게, 나중에는 점점 더 노골적으로 자꾸만 내 작품을 비판했다. 너무 다작인데다 날림이라는 것이었다. 나는 처음에 귀찮은 모기를 쫓듯 농담조로 답장을 보냈다. 그러나 하흐메드가 비난을 계속하며 이른바 우정에서 우러나온 충고임을 분명히 하자 나도 속마음을 감추지 않고 날카롭게 반응했다. 그러다가 그가 나더러 오름을 잃었다고 우겼을 때 나는 오만하게 나갔다. 뭐라고 해야 할까. 주장과 반박이 오가고 모욕을 주고 모욕을 당하는 어조가 되어갔다. 그러다 마침내 서신 왕래는 끊겼다. 내가 그에게 썼던 마지막 문장이 지금도 기억난다. "산더미처럼 쌓인 내 작품 위에 올라서서 쫀쫀한 자네 문체를 내려다보며 그저 비웃을 수밖에 없군. 뇌 세 개짜리 삼류 같으니!"

마지막 말은 예리하지 못하고 비열하기만 한 측면공격이었다. 그는 뇌가 세 개인 아이데트일 뿐, 그의 동족 대다수처럼 다섯 개나 여섯 개가 아니라는 게 포인트였다. 그가 존경해 마지않는 유명인사 나흐티갈러 교수처럼 뇌가 일곱 개인 것과는 애당초 비교가 안 되는 건 물론이고.

그 공격이 먹힌 모양인지, 그뒤로 하흐메드는 편지를 보내지 않았다. 단 한 줄도. 엽서도 쓰지 않았다. 그래서 나는 어떻게 했던가? 아무것도 하지 않았다. 유치했던 반칙을 사과할 조금의 용기를 그 오랜 시간 동안 내지 못했다. 자그마치 백 년 동안! 이제 나는 그의 고서점 입구 앞쪽에 선 채 심란해서 외투 끝자락만 주무르고 있었다.

'사아아아랑하는 하흐메드!' 속으로 연습해보았다. '내가 보낸 마지막

편지 못 받았나? 차모니아 우편은 점점 더 믿을 수 없다니까.'

아니, 거짓말은 하지 말자. 아이데트들은 생각을 읽을 수 있으니까!

차라리 냉정하게 굴까? 사실 죄책감도 없잖아. 안 그래? 편지를 쓰지 않은 거야 피차 마찬가지라고. 내 자존심을 상하게 했으니 상황이 이렇게 된 데는 최소한 나만큼 그도 책임이 있는 거야. 고집쟁이 같으니라고. 그러니 차갑게 말하자.

'박사님, 안녕하쇼……? 그래, 어떻게 지내셨나?'

말도 안 돼. 바보 같잖아. 내 스타일도 아니고. 아무 일도 없었다는 듯 호탕하게 나갈까?

'아이고, 키비처. 이 친구야! 오랜만이네, 안 그런가? 하하하!'

아니, 이건 너무 뻔뻔하다. 결국 우린 진정한 친구다. 친구였다. 하지만 그래도. 아니다, 차라리 제대로 인신공격을 하자. 비난을 가득 담아 총공세를 취하자.

'하흐메드. 아, 하흐메드! 내 오랜 친구, 어째서 나를 잊었나?' 그러고는 책망의 눈길로 말없이 한참 쏘아보다 눈물을 글썽이며 팔을 벌리는 거다.

맞아, 바로 이거야! 멜로드라마 같은 장면으로 하자! 좋아! 나는 눈꼬리를 비벼 눈물을 흘릴 준비를 했다.

"그만하고 들어오게." 내 머릿속에서 아주 조용하고 가느다란 목소리가 울렸다.

"뭐?" 나는 당황해서 물었다.

"힐데군스트, 삼십 분 전부터 자네를 지켜보고 있었다네. 이봐, 친구. 엉덩이에 살이 아주 많이 붙었구먼! 자, 들어오게! 외투는 그만 괴롭히고!"

빌어먹을…… 키비처가 안쪽 어둠 속에서 유리창을 통해 나를 보고 있었다! 아이데트들은 닫힌 문 너머에서도 생각을 읽을 수 있다. 이런, 멍청이! 나는 땅속으로 꺼지고 싶었다.

"자네다운 생각이군. 그래도 자, 어서…… 시간이 많지 않다네. 들어와!"

나는 외투 자락을 놓고 다시 한번 심호흡을 했다. 그런 다음 문손잡이를 내리고 어둠침침한 서점으로 들어갔다.

이백 년 전과 꼭 마찬가지로 문을 열 때 은은한 종소리가 울렸다. 그건 확실했다. 그런데 거의 들리지는 않았지만 불협화음이 살짝 섞이지 않았나? 나를 에워싼 것은 예전과 똑같이 책 곰팡내지만 그때보다 약간 더 오래된 건 아닌가? 촛불도 예전처럼 어스름하지만 그때보다 좀더 어둑해졌고. 어둠이 눈에 익으려면 시간이 좀더 걸리는 게 아닐까? 바깥은 해가 비치는데 키비처가 어떻게 했길래 상점 안이 이토록 지독히 어두운 거지? 커튼이나 블라인드도 없는데. 뭐, 아이데트 족은 무엇보다 어둠을 좋아한다. 어둠이 뇌 운동을 하기에 좋기 때문이라니까 분명 무슨 방법이 있긴 할 거다. 어쩌면 키비처는 빛을 거르는 특정한 책먼지를 재배하는지도 모르지. 내가 들어서자 공기중에 가득하던 먼지 입자들이 소용돌이쳤다. 잠시 나는 장님이나 다름없었지만, 그로 인해 이 고서점을 처음 방문했을 때의 기억이 더욱 생생하게 떠올랐다.

"하흐메드?" 나는 눈을 껌벅이며 물었다. "여기 있나?"

불쾌한 침묵이 깨졌다. 첫마디가 저절로 입술에서 새어나왔다. 거짓말도 아니었고 냉정하거나 지나치게 단호하지도 않았다. 그저 즉흥적으로 나온 말이었다. 이제 마음이 놓였다.

"당연히 여기 있지." 조용한 대답이 들려왔다. "우린 자네를 기다렸다네."

나는 좀더 잘 보려고 눈을 비볐다. 나를 기다렸다고? 우리가 누구지? 군주가 자신을 이를 때 그러듯 복수로 자신을 지칭하는 건가? 아니면 이곳에 정말로 누가 더 있나? 그런데 이 아이데트는 도대체 어디 있는 거지?

처음 만났을 때와 똑같이 촛불 하나가 켜졌다. 오랜 기억을 일깨우려고 누군가 이 모든 걸 연출하는 중이라는 생각이 들 정도였다.

촛불이 마술로 불러낸 듯, 키비처가 불과 몇 발짝 앞 춤추는 책먼지 속에서 불쑥 나타났다.

"힐데군스트, 잘 있었나?" 그가 말했다. 입술이 움직이는 걸 보니 이번에는 진짜 목소리였다. 머릿속으로 들려오던 소리보다 더 가늘고 약했다. 몸이 불편한 모양이었다. 우리는 한참 마주보고 있었다.

키비처는 놀랄 만큼 늙은 모습이었다. 세월이
흐르면서 바싹 말라 구겨지고 찢어지고 가죽껍
데기는 줄고 색이 바랜 책표지와 점점 닮아가는
것 같았다. 세월이 무두질한 그의 얼굴은 책장 앞
에 있으니 흠집이 나고 곰팡이 얼룩이 진 책등과
하나가 될 것만 같았다. 크고 반짝이는 눈만 아니
면 정말 그랬다. 그 눈빛도 예전처럼 형형하지 않
아 걱정스러웠다. 꺼져가는 석탄불처럼 흐릿하
고 희미했다. 깊은 인상을 주는 사색적인 머리의
거대했던 눈은 눈꺼풀이 처지면서 반으로 줄었
는데, 힘겹게 뜨고 있는 것 같았다.

"하흐메드, 잘 있었나? 내가 오는 걸 알았다고?"

"그렇기도 하고 아니기도 하네. 삼십 분 전만
해도 진짜로 믿지는 않았으니까. 하지만 그녀는
몇 주 전부터 알고 있었지." 말하는 동안 걱정스
러울 만큼 그의 머리가 흔들렸다. 떨리는 가느다
란 목이 뇌 세 개의 무게를 여전히 지탱하고 있
다는 사실이 놀라웠다. 한쪽 귀에 꽂힌 아주 작은
보청기가 그제야 눈에 띄었다.

"그녀라니?" 내가 물었다.

"이나제아." 키비처가 대답했다. "이나제아 아
나자지."

그는 옆에 있는 책장 벽감에 촛불을 비추었다. 슈렉스 이나제아 아나자지가 거기 의자에 앉아서 나를 빤히 쳐다보고 있었다. 어둠 속의 모습이 마치 유령처럼 보여 경악한 나는 터져나오는 비명을 가까스로 참았다.

"안녕, 미텐메츠!" 그녀가 강판을 가는 듯한 불쾌한 목소리로 깩깩거렸다.

"아…… 아…… 안녕, 이나제아!" 나는 더듬거렸다. "깜짝 놀랐네! 당신 멋있다!" 새빨간 거짓말이 내 입에서 술술 흘러나왔다.

"고마워." 슈렉스가 대꾸했다. "당신은 뚱뚱해졌네."

친구들과 함께 있으니 즐거웠다. 예의를 차리느라 시간낭비를 할 필요가 없었다. 그동안 거의 잊고 지냈던 호사였다.

"이나제아는 자네가 언제 올지 정확한 날짜와 시간을 알고 있었네. 몇 주 전부터 말일세. 나는 슈렉스 주문을 믿지 않아. 그러니 틀림없이 무슨 속임수가 있는 거야. 혹시 둘이 나 몰래 짠 거 아닌가?"

웃기는 소리였고 진지하게 하는 얘기도 아닐 터였다. 아이데트의 유머! 나는 키비처와 마찬가지로 이나제아 역시 오랫동안 만나지 못했고 그사이 연락한 적도 없었다. 늙은 키비처와는 달리 이나제아는 거의 변한 게 없었다. 그때나 지금이나 늙고 추했다. 내 생각에 슈렉스 족은 이미 늙은 상태로 태어나는 것 같았다. 어쨌거나 추한 건 확실했다.

"힐데군스트, 자네가 할 질문에 미리 대답하지." 키비처가 말했다. "그래. 자네가 바로 봤네. 나는 아프다네. 그것도 아주 많이. 급격 노화증이라는 희귀 질병일세. 아이데트 병이라고도 하지."

"전염……되나?" 나는 나도 모르게 한 걸음 뒤로 물러섰다가 반응이 히스테릭하고 부적절했다고 즉시 후회했다.

"여전히 건강염려증이군, 응?" 키비처가 히죽 웃으며 말했다. "아니, 전염되지 않아. 걱정 말게! 빌어먹을 유전자 때문에 아이데트 족만 걸리는 병이라네. 우리 중에서조차 걸리는 자가 얼마 안 되지. 나는 억세게 운이 좋아 당첨된 거라네! 증상은 딱 하나뿐이지만, 이게 굉장해. 발병하는 순간부터 급격히 노화하니까. 급격하다는 말 그대로 굉장한 속도라네. 당황스러울 만큼 빨라! 여러 개의 뇌 에너지가 동시에 사용되는 것과 관계있어. 우린 생각이 너무 많다네! 장기적으로 몸이 이런 현상을 배겨내지 못하는 아이데트도 상당수지. 유머러스하게 표현하자면 세포들이 조기 은퇴하는 걸세. 나는 지난 십 년간 백 살이나 먹었다네."

"그거…… 유감이네." 나는 더듬거리며 말했다. 아이고야, 유감이라니! 우린 아주 오랜만에 만났고 그가 끔찍한 병을 털어놓았는데, 나는 고작 사려 부족과 진부함만 드러내다니. 키비처가 내 말을 들을 수나 있을까? 어쨌든 보청기를 끼고 있으니. "그러니까…… 나는 병에 대한 얘길 들으면 어떻게 해야 할지 모르겠어." 나는 약간 더 크게 말했다. "미안하게도 더 좋은 말이 생각나지 않는군."

"본인이 정말로 늙었다는 사실을 어떻게 알게 되는 줄 아나?" 키비처가 떨리는 목소리로 물었다. "건망증 때문이 아니야. 절대 아니지. 사람들이 내게는 더 크게, 더 천천히 말을 해서 알게 되네. 바보나 어린아이에게 하듯이 말일세. 빌어먹을, 나 귀 안 어둡다고!"

"어두운 거 맞잖나!" 내가 반박했다. "보청기를 꼈는데!"

"그래서 아주 잘 들려. 보청기를 끼고 있으니 귀가 어둡지 않지. 그게 바로 보청기를 끼는 이유라고!"

나는 입을 다물었다. 우리는 궤변을 늘어놓는 언쟁에 막 돌입한 참이었다. 근본적으로 의견이 다른, 아주 오래된 친구들끼리만 할 수 있는 일이었다.

"내 운명이 이렇다고 눈물을 쏟을 필요는 없네." 키비처가 무뚝뚝하게 말을 이었다. "이미 오래전부터 감수하고 있으니까. 일찍 죽는다는 게 장점이 많진 않지만 그래도 있긴 있어. 예를 들면 죽음은 두려움을 사라지게 하지. 불안해할 시간이 없으니까."

무슨 대단한 농담이라도 된다는 양 슈렉스는 웃음을 터뜨렸다. 나는 그 틈을 타 화제를 바꾸었다.

"이나제아, 내가 온다는 거 정말 알고 있었어?"

내 질문에 슈렉스는 콜록거리며 책먼지를 쫓느라 손을 휘저었다. "주문이 아니야. 그건 키비처가 잘 알아. 소질이지. 많은 슈렉스가 어리석게도 관광객들 주머니를 노리고 이 소질을 이용해 쇼를 해. 그래서 우리 평판도 나빠졌고. 그건 옳지 않은 일이야. 시간은 상대적이고, 우리 슈렉스는 시간을 다르게 인식할 뿐이야. 이따금 사차원을 볼 수도 있어. 마술이 아니라 오히려 결함에 가깝지. 그래, 난 당신이 온다는 걸 알았어. 하지만 슈렉스 연금술을 쓴 건 아니야. 우리가 꾸민 일이지."

이번에는 키비처가 웃었다. 힘겹게 호흡을 하려고 애쓰는 소리처럼 들렸다.

나는 당혹스러웠다. "제대로 들은 건가? 내가 부흐하임으로 오도록 둘이서 일을 꾸몄다고?"

"자네 외투에 편지가 들어 있지. 안 그런가?" 키비처가 종이 몇 장을 정리하며 은근한 목소리로 물었다. "자네 작품에 대한 내 개인적인 판단을 상당히 설득력 있게 증명하는 글이지. 우리가 절교하게 된 이유 말일세. 자네가 예술가로서 위기에 처했고 오름을 잃었다는 내 주장은 사실이야. 안 그런가?"

"솔직히 털어놔봐!" 슈렉스가 의기양양하게 외쳤다. "이것참 흥미진진한걸!" 둘은 나를 뚫어져라 노려보았다.

나는 적당한 대답을 찾느라 힘들었다. 융통성 없이 키비처와 다시 언쟁을 시작할 수도 있었다. 그동안 나는 내 작품을 장황하게 옹호하며 날카로운 플뢰레 검을 휘둘러 많은 논쟁 상대를 궁지로 몰아넣었다. 늙고 병든 키비처쯤은 힘들이지 않고 완승할 수도 있다. 이어서 슈렉스에게는 남의 체중 문제엔 신경 끄고 거울이나 보라고 충고할 수도 있다. 고개를 꼿꼿이 들고 여길 저벅저벅 걸어나가서 빌어먹을 편지를 찢어버리고 부흐하임에서 며칠 기분좋게 보낼 수도 있다. 고서를 한 자루 가득 사서 린트부름 요새로 돌아가 예전처럼 평온하게 살아갈 수도 있다.

이럴 수도 저럴 수도.

그럴 수도 있다.

대신 나는 이렇게 대답했다. "그래, 오름을 잃었네. 그래서 부흐하임으로 돌아왔지." 그러고 나니 눈물이 왈칵 솟았다.

다른 이들과 함께였다면, 이쯤에서 서로에게 다가가 얼싸안고 위로하는 장면이 펼쳐졌을 것이다. 하지만 솔직해지자. 우리는 린트부름과 아이데트와 슈렉스였다. 병적인 이기심과 감정적 불구에 관한 한 옛날부터 선두를 다퉈온 세 존재가 아닌가. 그래서 내가 한없이 흐느끼는 동안, 키비처는 그냥 서 있었고 슈렉스도 그냥 앉아 있었다. 둘은 발로 바닥을 슬쩍 긁기도 하고 불편한 듯 무슨 소리를 내기도 했다. 드디어 내가 울음을 그치자 이나제아가 말했다. "이제 다 울었어?"

"응." 나는 콧물을 훌쩍이며 대답했다. "관심 가져줘서 고맙군." 요란하게 코를 풀고 나니 기분이 좀 나아졌다.

"내 말 들어보게." 키비처가 입을 열었다. "시간이 없다는 말은 이미 했지? 말 그대로라네. 그러니 본론으로 들어가세! 우리가 자네에게 그 편지를 보낸 게 맞네."

"둘이 편지를 썼다고?" 나는 나도 모르게 편지가 든 주머니를 움켜쥐었다. 키비처가 패러디를 하는 재능이 있는 줄은 전혀 몰랐다. 아니면 혹시 슈렉스가……?

"아니, 편지를 쓴 사람은 우리가 아니야." 키비처가 천식환자처럼 헐떡거리며 말했다. "그냥…… 전달만 했네. 이나제아, 이제 당신이 이야기하는 게 좋겠어……"

슈렉스가 요란한 소리를 내며 의자에서 일어났다. 나는 그녀가 얼마나 키가 크고 말랐는지 까맣게 잊고 있었다. 나보다 머리 하나는 더 컸다.

"좋아." 그녀가 이야기를 시작했다. "이 이야기는 내가 해야지. 폭풍이 몰아치는 어느 날 저녁에……"

"슈트레솔로 폰 트로이바인이 쓴 해적소설 같다네!" 키비처가 끼어들었다. "사략선장 비슷한 것도 등장하지."

"해적이?" 나는 귀를 쫑긋 세웠다. "부흐하임에?" 사실 흥미를 끌려고 극적인 디테일을 동원할 필요는 없었다. 이미 흥미로웠으니까!

"진짜 해적은 아냐!" 이나제아가 히죽 웃었다. "하지만 거의 그렇다고 봐야지. 그런데 내 말을 들으면 웃을 거야. 그때 나는 당신의 최신작을 읽고 있었어! 도중에 잠들 뻔했지. 기관지 차와 냉습포에 관한 무지무지 지루한 장을 읽는 중이었거든……"

"본론으로 들어가!" 키비처가 채근했다. "별 의미 없는 자세한 이야기는……" 그는 한동안 말을 잇지 못했고, 나로서는 그 침묵의 의미를

190

알 수 없었다. "나중에 해주면 되잖아."

"그럼 자꾸 끼어들지 마! 그러니까, 비가 몰아치는 어느 날 저녁이었어." 슈렉스는 처음부터 다시 시작했다. "그날은 우리 고서점에 손님이 하나도 없었어. 이미 말했듯이 난 당신 최신작을 읽느라 지루해 죽을 것 같았지. 그러다보니 기분이 몹시 나빠져서 일찌감치 문을 닫고 뭘 좀 먹으러 가려고 했어. 밖으로 나와 가게문을 막 잠그려는데, 더듬더듬 딱딱거리는 소리가 들리더군. 이 비슷한 소리였어……"

슈렉스는 긴 손톱으로 나무책장을 세 번 두드렸다. 딱, 딱, 딱……

"돌아보니 빗속에 무시무시한 형체가 서 있더라. 내가 쉽게 놀라지 않는다는 건 둘 다 알지? 나는 슈렉스 족이야. 보통은 다른 이들이 나를 무서워한다고. 그런데 그 남자는 공포를 불러일으키더군. 정말이야! 게다가 상투적이지만 천둥과 번개가 배경으로 깔렸단 말이지."

"슈트레솔로 폰 트로이바인!" 아이데트가 깩깩거렸다. "트로이바인 책 중 최고의 장면이지!"

"맞아." 슈렉스도 동의했다. "진짜 해적이라고 해도 믿을 것 같았어. 검은 가죽 누더기 갑옷과 투구 비슷한 걸 걸치고 있었는데, 둘 다 바느질이 엉성했지. 부흐하임의 검은 남자처럼 보일 정도였어. 종이가 아닌 가죽 옷을 입었지만 말이야! 들고 있는 멋진 삼지창도 해적에 어울리는 물건이었지. 허리띠에 긴 군도가 대롱거리긴 했지만 남자는 위험하지 않은 허약한 인상이었어. 지팡이를 짚고 있었거든. 그리고 줄을 매단 작은 나무관을 끌고 있었는데, 어린아이의 관처럼 보이더군. 보자마자 책 사냥꾼이라는 걸 알아챘지."

"도서항해사지!" 나는 무의식중에 정정해주었다. "책 사냥꾼은 이제 없어."

"내가 옛날 명칭을 계속 쓰더라도 좀 봐줘. 그 용어가…… 정책적으로 올바르지 않더라도 말이야." 이나제아도 인정했다. "그냥 익숙하지가 않아서. 하지만 당신 말이 맞아! 그 남자는 도서항해사였어. 훌륭한 몸가짐을 보면 알 수 있었지. 그런데 겉모습 중 정말 이상한 건 그가 양쪽 눈에 안대를 하고 있다는 점이었어. 좌우에 하나씩 두 개를!"

"맹인이었다고?" 내가 물었다.

"응. 그래서 걸음걸이가 위태로웠던 거야. 지팡이로 더듬거리며 빗속에서 길을 찾고 있었지. '실례합니다!' 그가 소리쳤어. '당신이 문 닫는 소리를 들었습니다. 그래서 이곳에 사시는 분일 거라고, 어쩌면 이 지역을 잘 아실지도 모른다고 생각했어요.'

'맞아요.' 나는 조심스레 물었어. '도와드릴까요?'

검은 남자가 걸음을 멈추고 지팡이에 기대섰지. '부인, 제가 길을 잃은 것 같습니다! 고서점에 책을 팔려고 길을 나섰다가 비를 만났어요. 이곳은 날씨가 좋을 때만 와봤습니다. 그런데 지금은 소리가 딴판으로 들리네요. 안타깝게도 전 청각에 의지해 방향을 찾을 수밖에 없거든요.' 남자가 자기 안대를 가리켰어. '제일 가까운 고서점이 어딘지 좀 알려주시겠습니까?'"

슈렉스는 한숨을 내쉬었다. "겉모습이야 어떻든 그 맹인이 안됐더라. 앞을 못 보는 사람에게는 비가 오면 세상이 완전히 달라진다고 상상하니 마음이 너무 안 좋았어! 그래서 가게에 들어와 차 한잔 마시면서 비가 그칠 때까지 기다리라고 했지."

"그래, 그래……" 키비처가 또 끼어들어 깩깩거렸다. "쓸데없는 소리는 건너뛰고 어서 본론으로 들어가!"

이나제아가 설명하는 동안 아이데트는 분주히 움직였는데, 그 모습을 보고 있자니 약간 불안했다. 그는 책장들 사이를 이리저리 절뚝거리고 다니며 책을 정리하고 서랍에서 종이를 꺼내고 책상에 이런저런 원고를 올려놓고는 끙끙거리며 감정을 했다.

슈렉스가 이야기를 이어갔다. "부흐하임에는 지하묘지에서 심하게 다친 부상자나 불구가 된 모험가들이 늘 있었어. 예전부터 책 사냥꾼들 말고도 미로에서 행운을 찾으려는 자가 많았으니까. 불행을 찾아다니는 염세적인 자도 있었고! 요즘은 그 어느 때보다 많아…… 장애를 입어 일을 못하면 대부분 노숙자가 되거나 구걸하는 수밖에 없어. 나는 맹인 도서항해사를 처음 보긴 했지만 원칙적으로는 모두 같아. 그들 역시 지하묘지의 희생자인 거야. 다른 이들처럼 퇴역한 노병이지. 우리 고서적상들은 이들의 대담함 덕분에 먹고살 때가 많아. 이들이 아니라면 우리 사업이 차모니아의 여느 서점들보다 더 흥미로울 이유가 없으니까. 나는 평범한 책보다 지하묘지에서 나온 고서로 수십 배는 더 벌어."

"도굴꾼!" 키비처가 서류에 밀랍 봉인을 하면서 깩깩댔다. "모두 도굴꾼이야! 그들에게는 일말의 동정심도 느끼지 않아! 도시의 절반이 죽은 자들로 돈벌이를 해! 죽은 자들의 책과 죽은 책들이라는, 건강하지 못한 토양 위에서 이 도시가 성장하고 있는 거라고. 우린 공동묘지 위에서 사는 거야!"

"검은 남자에게 몸을 말리고 덮히라고 담요와 뜨거운 차를 가져다줬어. 남자는 매력적인 대화 상대였지." 슈렉스가 말을 이었다. "그때껏 나는 도서항해사와 얘기를 나눠본 적이 없었어. 그는 말을 질질 끌면서 느릿느릿 했는데, 장애 때문에 그런 것 같았어. 하지만 점잖고 교양 있는 인상이더라. 이름이 벨페고르라고 했어. 벨페고르 보가라스. 아

193

니, 스스로를 그렇게 불렀다고 하는 편이 낫겠다. 도서항해사들은 가명을 쓰니까."

"가명? 예명이라고 하지 왜?" 키비처가 흥분했다. "죽음의 예술가들이잖아. 책 사냥꾼이든 도서항해사든 나한테는 다 똑같아! 지금은 모두에게 호감을 사려고 애쓰지만."

그는 아주 오래된 책들이 있는 책장을 느릿느릿 정리하며 구시렁거렸다. 그의 행동은 어딘지 모르게 쫓기는 듯, 거의 공포에 질린 듯했다. 처음 보는 모습이었다. 어째서 어두운 가게를 하필 지금 정리하려는 건지 이해가 되지 않았다.

"그 도서항해사가 얘기하길, 꿈꾸는 책들의 미로에서 시력을 잃었대." 이나제아가 이야기를 이었다. "짐작한 대로였지. 지금은 부흐하임 주둥이 입구에서 발견되는 고서 쓰레기를 팔아 근근이 살아간다고 했어. 장애 때문에 지하묘지의 거기까지밖에 못 들어간다는 거야! 그러곤 솔직히 고백하는데 대부분은 삼류 고서에 상태도 좋지 않대. 나더러 관심 있으면 한번 보라더군. 꼭 안 사도 된다면서. 그때는 이미 그에게 속았다는 걸 깨달았지."

이나제아의 순진함에 나는 미소가 절로 나왔다. "행상인들의 아주 오래된 수법이지. 문지방 너머 안으로 들이면 벌써 물건을 산 것이나 다름없어."

"바로 그거야. 누가 맹인의 물건을 보고 나서 면전에다 대고 쓸 만한 게 없다고 말하겠어? 어쨌든 나도 운명에 따랐지. 그날은 분명 운이 따르지 않았지만, 최소한 착한 일을 하면서 한 주를 마감하자고 마음먹었어. 그래서 아기 관에 있는 책들을 봤지."

"아, 여기!" 키비처가 새된 소리를 질렀다. 그러고서 촛불에 비춰보

던 커다란 양피지를 책상에 올려놓고 판판하게 펴더니 문진으로 고정
했다. "수직미로 제도법이군! 거의 잊힌 수공예지. 지하의 길이와 너비
눈금. 이렇게 있어! 산출하기 정말 어려운 건데! 사실 하나의 학문이고
예술에 가깝지……"

무슨 헛소리를 하는 건지 도통 알 수 없었다. 그는 계속해서 혼잣말
을 중얼거리며 책장 뒤로 사라졌다.

"거기서 편지를 발견했어." 아이데트가 사라진 쪽을 쫓기듯 쳐다보
던 슈렉스의 말이 빨라졌다. "그러고는……"

"자아아암깐!" 저멀리 뒤쪽 어둠 속에서 키비처의 목소리가 날아들
어 그녀의 말을 가로막았다. "뭐 빼먹은 거 없어?"

"빌어먹을……" 이나제아는 거의 들리지 않을 만큼 작게 내뱉고는
발로 바닥을 굴렀다. "당신이 자꾸 내 말을 가로막으니까 그렇잖아! 요
점만 얘기할 생각이었어."

"어서 말해!" 키비처는 보이지 않고 그의 목소리만 들렸다.

"정말 해야 해?" 기가 꺾인 슈렉스가 되물었다.

"이나제아, 힐데군스트는 이야기 전체를 알아야 해. 중요한 디테일
들 말이야! 중요하지 않은 건 빼고."

"그래, 알았어." 이나제아가 한숨을 쉬고는 대꾸했다. 몸을 일으키
자 머리통 하나는 더 커진 것 같았다. 그녀는 크게 헛기침을 하고 말을
이었다.

"음…… 그 도서항해사는 정말 노련한 행상이었어! 파는 책을 직접
볼 수 없으니 자기는 가치를 매길 수 없다면서 스스로를 농담거리로
삼았지. 자기가 무슨 책을 파는지 전혀 모른다는 거야. 그러면서 마음
에 드는 게 있으면 얼마를 낼지 나더러 정하라더군."

"교활하네." 나는 알겠다며 고개를 끄덕였다. "누가 맹인을 속이겠어? 그러니까 당신은 책 한 권을 샀을뿐더러 누가 시키지도 않는데 돈을 너무 많이 냈단 말이지?"

"아마 그럴 수도 있었겠지. 하지만 상황은 다르게 흘러갔어……"

"그렇지!" 뒤에서 키비처가 소리쳤다. "그래야 옳아! 언제나 진실을 말하라고."

이나제아는 졌다는 듯 한숨을 내쉬었다. "그래서 나는 쓸 만한 걸 발견하리라는 기대도 하지 않고 그 유령 같은 책상자를 뒤졌어. 예상대로 불탄 종이 쓰레기뿐이더라. 그러던 어느 순간, 내 손에 난데없이 『슈렉스 망치』가 들려 있었어."

"그……『슈렉스 망치』?" 나는 당황해서 물었다. "설마 그건…… 아니지?"

"맞아. 바로 그 책이었어. 황금 목록에 올라 있는 것 중 많이들 찾던 그 보물. 복사본이나 모조품이 아니라 진본. 보존상태도 최고였지."

"아이고, 세상에……" 나도 모르게 그런 말이 새어나왔다. 슈렉스는 지금 지하묘지의 책들 중 최고인 책에 대해 이야기하는 중이었다.

"내가 고서적상이 된 이유는 여러 가지야. 『슈렉스 망치』도 분명 그 중 하나지. 정말 있음직하지 않은 경우지만, 일을 하다보면 『슈렉스 망치』를 한 번쯤은 볼 기회가 있을 거란 기대로 부흐하임 대학교에서 슈렉스 연금술 비블리오학을 전공한 거야."

"괜찮은 분야지." 키비처가 가느다란 목소리로 말했다. 그는 앞으로 나와 두툼한 고서에 쌓인 먼지를 훅 불더니 서랍에 넣었다. "비블리오영지주의 어쩌고 하는 허튼소리를 빼면 말이야." 그러고는 다시 책장들 사이로 사라졌다.

이나제아는 그의 말을 못 들은 척 이야기를 이어갔다. "슈렉스들 사이에 그 책만큼 미움받는 책은 없어. 우리에게는 차모니아 문학사에서 가장 소름끼치는 존재야. 바로 그런 이유로 우리를 홀리는 거고! 악의로 가득한 그 책은 수많은 우리 종족을 죽음으로 몰고 갔어. 하지만 그 작품에도 불구하고 우리 슈렉스는 살아남았지. 그 경험이 우리를 오늘날의 비밀 공동체로 만들었어. 지금은 그저 낡고 흉측한 책에 불과해. 중세적인 우둔함과 미신이 가득하고 문학적으로는 조금도 가치가 없지. 슈렉스를 고문하고 죽이는 야만적인 방법이 잔뜩 쓰여 있으니까. 사실 읽을 수도 없어! 그러니 기회만 생기면 그 책을 없앤 건 아주 옳은 행동이었지. 그래서 마지막 원본 한 권만 남은 거야. 아주 오랫동안 자취를 감추었던 책이지. 바로 그게 내 손에 들어온 거고."

"그래서 어떻게 했어?" 내가 물었다.

슈렉스는 웃음을 터뜨렸다. "우리가 함께 그림자 제왕이 있던 지하 묘지에서 겪은 일을 제외하면 그때가 내 인생에서 가장 떨리고 흥분되는 순간이었어! 『슈렉스 망치』가 내 손에 들어오다니! 황금 목록에서 가장 귀중한 책 중 한 권이 말이야. 그 책을 발견한 합법적인 소유주가 내 앞에 앉아 있었지. 책의 가치를 전혀 모르는 맹인 도서항해사, 방금 책의 가격을 나더러 정하라고 말한 남자가."

"너무 질질 끌지 마!" 키비처가 뒤에서 소리쳤다. "당신이 어떻게 했는지 얼른 말해. 마음의 짐을 내려놔!"

"사실……" 슈렉스가 어깨를 으쓱하며 말했다. "내가 선택할 수 있는 건 두 가지뿐이었어. 첫째, 그 맹인에게 진실을 말하는 것, 책의 가치에 대해 설명해주는 거였지. 그랬더라면 아마 나한테 고맙다고 얌전히 인사하고 가게를 나서서, 값을 가장 후하게 쳐주는 비블리오 혁명가에게 팔았을 테지. 그랬더라면 『슈렉스 망치』는 개인 소장가의 손에 들어갔을 테고, 슈렉스 연금술 분야에서는 영원히 사라졌을 거야."

"그래." 나도 동의했다. "아마 그랬겠지."

"두번째는 그를 속이는 것, 그 책에 관심이 별로 없는 척하는 거였어. 실제로 그 책이 얼마나 희귀한지 말해주지 않고 돈을 조금만 내는 거지. 그래도 남자는 만족해서 가게를 나섰을 거야. 꽤 괜찮은 거래였다고 믿고서 말이야."

"그러면 당신은 맹인을 속인 게 되잖아."

"맞아." 이나제아는 고개를 끄덕였다. "그런데 세번째 선택할 수 있는 게 생각났어. 나는 그 책이 슈렉스 연금술에 관한 아주 귀중한 자료라고 설명했지. 그건 거짓말이 아니었어! 그리고 내가 그 책에 관심이 무척 많다고 했어. 실제에 비하면 훨씬 줄여서 말한 셈이지만 그것 역시 사실이지! 나는 그에게 적당한 가격을 지불하겠다고 제안했어. 이건 사실 뻔뻔한 거짓말이었어. 나도 인정해. 플로린트 최고의 연금술사만이 그 책에 합당한 가격을 지불할 수 있을 테니까. 어쨌든 나는 지하실 비밀금고로 가서 저금해두었던 돈을 모조리 가져다가 그 도서항해사에게 줬어. 적은 금액은 아니었지!"

슈렉스는 마음이 가벼워진 모양이었다. 다 털어놓았으니까.

"당신, 그러니까 맹인에게 사기를 쳤네." 나는 싸늘하게 결론지었다.

슈렉스는 뻔뻔하게 나를 바라보았다. "그렇게 말할 수는 없어. 돈을 냈는걸. 내 형편에서는 아주 큰돈이었어. 가진 것 전부였으니까."

"딴 데서는 더 받았을 거야. 아주 훨씬 더 많이."

"그렇게 생각해?" 이나제아가 물었다. "『슈렉스 망치』를 슈렉스에게 권하다니, 도대체 무슨 생각이었던 걸까? 나는 불같이 화를 내면서 그 책을 난로에 던져넣을 수도 있었다고. 거기가 그 책에 어울리는 곳이야. 슈렉스라면 당연히 그래야지."

"그 남자는 그 책이 『슈렉스 망치』인 줄 몰랐던 거야. 맹인이잖아! 당신이 슈렉스인 줄도 몰랐을 테고."

"말꼬리 잡지 마!" 이나제아가 소리쳤다. "물론 나는 아무 말도 하지 않고 그 남자가 책을 들고 나가게 그냥 둘 수도 있었어. 그랬다면 어땠을 거 같아? 바로 다음 고서적상이 제대로 사기를 쳤겠지. 그러니 그가 날 만난 건 행운이라고 할 수 있어."

어둠 속에서 키비처가 거대한 유리병을 들고 비틀거리며 나타나는 바람에 우리 입씨름은 중단되었다. 그는 유리병을 탁자에 쿵 소리나게 내려놓고 구멍이 숭숭 난 뚜껑을 열었다. 그러고는 병을 흔들며 속삭였다. "날아가라! 날아가라!"

안에서 잿빛 구름이 뭉게뭉게 피어나 병 입구로 올라오더니 수백 개의 작은 점이 되어 사방으로 흩어졌다.

"날아가라!" 키비처가 소곤거렸다. "날아가! 너희는 이제 자유다! 자유!"

작은 점들이 다양한 색깔로 빛나기 시작했다. 아이데트만이 아는 이유로 유리병에서 기르는 도깨비불이었다. 도깨비불은 왱왱거리고 붕붕거리며 흩어져 생기 넘치는 알록달록한 빛으로 가게 안을 채웠다. 비현실적인 꿈처럼 보이는 광경이었다. 춤추는 마법의 불빛에 잠긴 바싹 마른 책들! 이나제아 아나자지의 정신 나간 이야기! 키비처의 비이성적인 행동! 내가 정말 여기 있는 건가, 아니면 린트부름 요새의 내 침대에서 이 기묘한 장면을 꿈꾸는 건가?

"얼른 마저 설명해!" 키비처가 재촉했다. "싸움은……" 웬일인지 그는 또다시 말을 멈추었다. "나중에 할 수 있을 테니까."

"알겠네, 그러니까 그 책에서 편지를 발견한 거군." 나는 얼른 매듭을 짓고 싶었다. 왠지 모르게 이 상황이나 이야기가 마음에 들지 않았다. 어서 빨리 밖으로 나가고 싶었다. 부흐하임의 환한 거리로.

"금방 발견한 건 아니야. 그전에 당신이 관심을 가질 만한 다른 일이 있었어."

"그래." 키비처가 헉헉대며 종이를 뒤적였다. "자네도 정말 관심이 생길 거야."

"그사이 비가 그쳤어." 이나제아가 말을 이었다.

"벨페고르 보가라스는 평생 최고의 거래를 했다고 믿으며 가게를 나설 채비를 했어. 나는 그를 문까지 배웅했지. 정중히 내보내기 직전에, 그만 호기심에 지고 말았지. 그래서 깊이 생각하지도 않고 물을 수밖에 없었어. 지하묘지에서 어쩌다 시력을 잃게 됐느냐고.

'아.' 도서항해사는 가볍게 대답했지. '그림자 제왕 때문에요.'"

사랑하는 친구들이여, 나는 정말로 불편했다! 이 고서점에서 깜짝 놀랄 일을 이미 많이 경험했지만, 이나제아의 이야기에는 예상치 못한 반전이 있었다.

"그림자 제왕은 죽었어!" 나도 모르게 소리쳤다.

"나도 도서항해사에게 그렇게 말했지. 그는 문간에 서서 내 쪽으로 몸을 돌리더니 이렇게 대답했어. 열린 문 뒤에서는 마지막 번개가 번쩍했지. '부인, 죄송합니다만 지하묘지에 오래 머문 사람은 그림자 제왕의 죽음을 믿지 않습니다! 도서항해사라면 누구나 그림자 제왕에 대한 자기만의 이야기를 가지고 있지요. 모두가 그래요. 어떤 이는 그가 바스락거리는 소리를, 어떤 이는 그가 속삭이는 소리를 들었다고 해요.

200

웃음소리를 들었다는 자도 있어요. 두 눈으로 직접 봤다는 자도 있습니다. 어두운 터널에서 그가 귀에 대고 속삭이는 걸 느꼈다는 사람도 많습니다. 그림자 제왕 때문에 미로에서 길을 잃었다가 다시 빠져나오는 데 몇 주가 걸렸다고 주장하는 자도 있습니다. 도서항해사들에게 그림자 제왕은 신화가 아니라 일상이에요. 숲에 사는 위험한 야생동물과 같지요. 우리는 몇 년씩 큰숲을 돌아다녀도 이파리늑대와 마주치지 않을 수 있습니다. 하지만 언제나 이파리늑대를 생각하지요! 언제나요! 저 나무 뒤에 숨어 있나? 아닌가? 운이 좋다면 평생 마주치지 않을 수도 있지만, 재수없으면 언젠가는 마주치게 됩니다. 나도 그랬어요! 가엾은 내 눈이 뽑히기 전에 마지막으로 본 건 그림자 제왕이었습니다! 부인, 내 말을 믿든지 말든지 마음대로 하세요.' 맹인은 모자를 들고 점잖게 고개 숙여 인사하고는 지팡이로 더듬으며 밤거리로 나섰어." 이나제아는 마음이 가벼워진 듯 신음하며 다시 의자에 앉았다.

"말도 안 돼! 지하묘지의 동화일 뿐이야! 그의 시력을 빼앗아간 게 누군지 어떻게 알겠어? 저 아래 지하에는 우리가 뭐라고 불러야 할지도 모르는 존재가 많다고. 내가 겪어봐서 아는데, 그중 어떤 종류는 종이처럼 바스락거리거나 어둠 속에서 이상한 소리를 내기도 해."

"나는 그냥 맹인이 한 얘기를 전하는 것뿐이야." 슈렉스가 어깨를 으쓱하며 말했다. "우린 당신이 관심을 보일 거라고 생각했거든."

"그 편지는 어떻게 된 거야?" 나는 초조하게 물었다. 으스스한 이야기는 이제 충분히 들었다. 환한 빛이 있는 곳으로 나가고 싶었다.

"도서항해사가 나가자마자 호기심에 차서 새로 얻은 보물 『슈렉스 망치』를 넘겨봤지. 거기서 편지가 툭 튀어나왔어……" 이나제아가 말했다.

"지금 자네 외투에 들어 있는 편지 말일세." 키비처가 끼어들었다. "가죽 동굴에서 온 편지. 수신인은 자네고."

"나는 그 편지를 곧장 이리로 가져와 키비처에게 보여줬어. 키비처는 편지를 철저하게 분석했지."

"사상균 섬유로 제작된 종이더군." 키비처가 선생처럼 말했다. "탄산 포화도가 낮은 걸로 봐서 의심의 여지 없이 지하묘지 깊은 곳에서 생산된 제품이었네. 오래된 것도 아니었지. 아주 깊은 곳 동굴에 사는 이의 피로 만든 잉크로 쓴 편지였네. 편지는 미로에서 보낸 걸세. 그건 확실해."

"그럼 쓴 사람은 누군가?" 내가 물었다. "그것도 알아냈나?"

"으음……" 아이데트는 웅얼거렸다. "글쎄. 관청에서 내게 감정서를 부탁한다면…… 그리고 법정에서 선서를 해야 한다면…… 단어를 철저히 분석하고 필적도 지나치리만큼 정확히 감정한 뒤에. 이 편지를 쓴 자는 단 한 명뿐이라고 대답할 걸세."

"그게 누군가?" 나는 조급증이 일었다.

"자네." 키비처가 짧게 대꾸했다.

"말도 안 돼!" 나는 소리를 질렀다. "내가 어떻게 그 편지를 쓸 수 있었겠나?"

"나도 알아……" 키비처가 투덜댔다. "그게 수수께끼지. 난 수수께끼를 좋아한다네. 하지만 풀 수 없는 수수께끼는 질색이야. 이게 바로 그런 수수께끼 중 하나일세."

"그게 다인가? 더 할 말은 없고?"

"오름이 떠난 시기의 자네 문체를 교묘히 흉내낸 자라고 말하는 게 고작이겠지. 자네가 쓴 건 아니니까." 키비처는 킥킥거리며 말을 이었

202

다. "너무 웃는 바람에 보청기가 빠질 지경이었네."

"발신인 주소가 가죽 동굴이었지. 부흐링이 쓴 건 아닐까?"

"부흐링은 글을 쓰지 않네. 그건 자네가 더 잘 알 텐데. 그들은 평생 읽기만 하는 강박적인 독자일세. 철저히 문학 소비자일 뿐 생산자는 아니야. 그 편지 같은 복잡한 패러디는 뛰어난 글쓰기 능력과 오랜 경험이 있는 자만이 할 수 있네. 이런 관점에서 볼 때 떠오르는 또하나의 이름은……"

"호문콜로스?" 내가 물었다. "그림자 제왕 말인가?"

"흠, 미로 깊은 곳에 살면서 이런 글을 쓸 만한 자는 그자밖에 생각이 안 나네. 지하묘지에 사는 존재 중 자네를 직접 아는 자도. 자네에게 편지를 써야겠다고 생각할 수 있는 자도 그림자 제왕뿐이지. 편지를 쓴 이유는 모르지만 말일세! 물론 그가 아직 살아 있다는 게 전제조건이긴 하네. 그것 역시 정황증거만 있을 뿐 직접적인 증거는 없네. 그런데도 그 생각을 지울 수가 없군."

"나는 그림자 제왕이 불타는 모습을 봤어!" 나는 소리쳤다. "활활 타올랐다고! 도대체 몇 번을 더 말해야 하나? 그런 불속에서 살아남을 수 있는 자는 없네. 그림자 제왕이라고 해도 마찬가지야."

"나는 그저 모든 사실을 신중히 고려할 뿐이라네. 그 편지를 그림자 제왕이 썼다고 주장하는 건 아닐세."

"우린 오래 고민했어. 당신한테 그 편지를 보내야 하나 말아야 하나." 슈렉스가 끼어들었다. "그러다 고민할 필요가 없다는 데 동의했지. 보내는 게 너무 당연했거든. 키비처는 다른 말은 하나도 쓰지 말고 보내자고 고집을 부렸어. 그때만 해도 당신에게 화가 나 있었으니까."

키비처가 고개를 끄덕였다. "자네가 부흐하임으로 정말 올 줄은 몰랐네. 그 편지를 읽을 거란 기대도 하지 않았고. 돌이킬 수 없이 오만한 멍청이가 됐을 거라고 믿었지. 내 착각이었어. 자네는 오만한 멍청이가 되긴 했지만 어쩌면 아직은 돌이킬 수 있을지 몰라. 미안하네, 내가 잘못 생각했어."

친구란 이런 거다! 면전에 대고 뚱뚱하다고, 오만해졌다고, 멍청이라고 말한다. 질병과 지하묘지에 대한 소름끼치는 이야기로 겁을 주고, 수수께끼 같은 편지를 보내 차모니아 여기저기를 헤매게 만든다! 그런 다음 사과하고는, 모든 게 예전대로 돌아가길 기대한다.

"그래, 알았어." 나는 한숨을 쉬며 말했다. "다 잊어버리자고."

"좋아!" 키비처가 양손을 비비며 소리쳤다. "이제 드디어 유언장을 개봉하게 됐군!" 지금껏 힘없이 떨리던 키비처의 목소리에서 어떤 열정이 묻어났다.

"뭐?"

"유언장 개봉!" 슈렉스가 고통스러운 표정으로 말했다. 그러고는 나를 보며 눈을 흘겼다.

"유언이라니?" 나는 물었다. "누가 죽었나?"

"아직은 아닐세!" 키비처가 대꾸했다. "아직은 아니야."

이 노쇠한 서점은 정신 나간 노인으로 가득한 정신병원 같았다! 원래 나는 여기서 곧 사라질 수 있을 줄 알았다. 그런데 이제 유언장 개봉에 함께하게 되다니…… 죽은 사람도 없는데! 부흐하임을 통틀어 가장 기괴한 이 두 고서적상은 나이가 들면서 더 괴팍해진 건가? 그럴지도 모른다! 이들이 취급하는 미친 책들의 먼지 때문일까? 먼지가 기도를 통해 분명 뇌로 들어갈 테니까. 거기 생각이 미치자 나는 숨을 좀더 얕게 내쉬고 들이마셨다. 아니면 이런 기벽은 이들이 다루는 슈렉스 연금술과 나흐티갈러 학문이라는 특정 분야와 관련있는 걸까? 압둘 나흐티갈러 교수의 작품이나 극단적인 슈렉스 연금술을 평생 취급하는데 어떻게 제정신일 수 있겠는가? 그리고 어째서 내가 아직도 이곳의 유일한 손님이지? 이 유별난 서점에 나 말고 다른 손님이 온 적이 있긴 할까? 나는 이 미심쩍은 무덤을 얼른 벗어나 신선한 공기를 들이마시고 싶었다.

키비처는 책으로 만든 연단에 올라섰다. 연단에는 촛불이 두 개 켜져 있었다. 도깨비불이 열광적으로 왱왱거리며 키비처의 흔들거리는 머리 주위를 돌았다. 알록달록한 그 빛 때문에 모든 것이 비현실적으로 보였다. 지금 음악소리가 들리는 건가? 그랬다, 정말이었다! 키비처의 뇌 중 하나가 흥얼거리는 장엄한 멜로디가 텔레파시를 통해 내 머릿속으로 옮겨왔다. 이 곡은…… 골트바인? 그래, 맞아. 에부베트 판 골트바인의 마지막 미완성 교향곡! 그가 정신착란을 일으키기 직전에 쓴 곡이었다. 그래, 내 생각이 옳았다. 이 도시에서 여기보다 더 정신 나간 장소는 없었다.

"유언!" 키비처가 마치 연극을 하듯 소리쳤다. "나, 하흐메드 벤 키비처는……"

"잠깐만!" 나도 모르게 고함이 터져나왔다. "여기서 공개하는 게 자네 유언장이라고?"

"그럼 누구 거라고 생각했나?" 키비처가 퉁명스레 되물었다. "유언장을 쓸 만한 늙은이가 여기 나 말고 또 있어?"

"아직 죽지도 않았잖아!" 내가 항의했다.

"얼른 죽기를 바라는 건가? 응? 이봐. 좀 기다리게. 최선을 다해볼 테니."

나는 입을 다물었다. 블랙코미디를 즐기기는 하지만 이 상황은 조금도 우스꽝스럽지 않았다. 이 늙은 아이데트는 이미 이성의 많은 부분을 잃은 것 같았다. 그렇겠지. 세포들이 은퇴한다면 뇌세포도 예외는 아니니까. 어쩌면 가라앉는 이성의 배를 가장 먼저 떠나는 게 뇌세포인지 모른다. 죽기 전의 유언장 개봉이라니, 도대체 내가 지금 무슨 일에 말려든 건가!

"나는 가게와 지하실에 있는 모든 고서를 슈렉스 이나제아 아나자지에게 물려준다!" 키비처가 엄숙하게 외쳤다. "압둘 나흐티갈러 박사의 전작 초판본과 참고문헌, 이 주제 또는 인접한 주제를 다루는 책들도 모두 포함된다."

이나제아를 슬쩍 보니 눈에서 눈물 한 방울이 또르르 떨어졌다. 그녀는 이 기괴한 일을 이미 알고 있었는지 저항 없이 받아들였다. 그녀에게서는 도움을 기대할 수 없었다. 몇 분 전만 해도 이 모든 게 경중노화 현상이라고 생각했는데, 이제는 겁이 날 지경이었다.

"부흐하임 고서적상들의 은행에 5.5퍼센트 이자로 예금한 재산도 이나제아에게 상속한다. 『슈렉스 망치』를 구매하느라 지불한 돈을 상쇄하고, 아울러 고서 분야에 새로 투자하는 데도 부족하지 않을 것이다."

슈렉스는 큰 소리로 흐느꼈다. 나는 이 상황에서 벗어날 수만 있다면 공중으로 분해라도 되고 싶었다.

"나흐티갈러 학문 분야에서 내가 연구하고 빛과 물과 불로부터 안전한 가게 지하실에 보관해둔 결과물은 부흐하임 대학교에 기증한다. 147개의 주제를 다룬 다양한 박사학위 논문과 연구일지, 키비처가 주석을 단 나흐티갈러 학문 대수학 도표, 내용물이 든 4000개의 시험관, 평생 모은 나흐티갈러 성물들, 진품 증명서가 있는 호박석 속 나흐티갈러의 속눈썹 두 가닥이 이에 속한다. 나흐티갈러 학문을 위한 과학 장비 일체도 대학교에 기증한다. 사용법은 내 일기장에 적혀 있다."

날아다니던 형광 딱정벌레 중 몇 마리가 빙글빙글 돌아 키비처의 연단에 떨어지더니 촛불 옆에서 죽었다. 딱정벌레가 부러웠다. 나는 어쩔 수 없이 유언장 개봉 의식을 함께해야 하는데, 이 행복한 곤충들은 그럴 필요가 없으니까.

"힐데군스트 폰 미텐메츠에게는 내가 지난 이백 년간 썼으나 부치지 않은 편지들을 상속한다." 키비처의 말에 나는 화들짝 놀랐다. 세계 뺨을 한 대 얻어맞았더라도 이렇게 놀라지는 않았을 것이다.

뭐? 편지? 나에게 썼다고? 제대로 들은 건가? 도대체 무슨 편지?

키비처가 연단 바로 옆 높은 무더기에 덮여 있던 검은 천을 뾰족한 손가락으로 걷었다. 몹시 바랜 편지들이 작은 꾸러미로 묶여 수없이 쌓여 있었다. 몇백 통은 될 것 같았다.

"나는 어리석었던 우리 싸움이 언젠가는 끝나길 기대하며 이 편지들을 썼다. 살아 있는 동안 그런 일은 없을 수도 있다는 사실이 명백해졌지만, 그사이 버릇이 되어 쓰기를 그만둘 수 없었다. 바로 어제까지도. 힐데군스트 자신은 읽고 싶어하지 않을 수도 있지만, 그가 이 편지들의 법적인 주인이다. 모두 그에게 쓴 편지니까."

이번에는 내 눈에서 눈물이 솟았다. 그는 지난 이백 년간 며칠에 한 번씩 나에게 편지를 썼지만 부칠 용기를 내지 못했다. 고집 센 강아지 같은 내가 답장을 보내지 않는 바람에.

"또한 위대한 콜로포니우스 레겐샤인이 손수 그린 수직미로의 지도 역시 힐데군스트에게 상속한다. 그러나 단호히 바라건대, 힐데군스트가 이 지도를 실제로 사용하는 일은 절대 없었으면 한다." 키비처가 마른기침을 했다. 그때를 노려 나는 소매로 얼른 눈물을 닦았다.

"나는 또한 이나제아 아나자지에게 장례식을 준비하고 유품을 관리할 권리를 모두 위임한다. 그녀가 이 일을 하면서, 유감스럽게도 부흐하임에서 슈렉스 족에게 여전히 행해지는 관청의 전횡에 맞닥뜨리지 않길 바란다. 시신은 화장하고, 장례식에는 이나제아 말고는 아무도 참석하지 않길 바란다. 나는 부흐하임 고서적상들의 공동묘지에 매장되길 원한다. 서명인: 하흐메드 벤 키비처."

키비처가 서류를 둘둘 말았다. "자, 이제 끝났네." 골트바인이 작곡한 불멸의 멜로디도 내 머릿속에서 잦아들었다.

"이게 도대체 무슨 짓이야!" 마침내 나는 폭발했다. "자네는 아프긴 해도 죽지는 않았네! 왜 벌써 재산을 나눠주는 건가? 제정신이야? 하흐메드, 정말 걱정되네!"

키비처는 그저 미소만 짓고는 편평한 탁자 모양으로 쌓은 책무더기 쪽으로 비틀비틀 다가갔다. 자세히 보니 그것들은 인쇄된 책이 아니라 메모나 회계 정리를 할 때 쓰는 가죽 노트였다.

"압둘 나흐티갈러 교수가 직접 그림을 그린 노트들이라네." 그가 자랑스레 말했다. "죽음을 맞이할 자리로 이보다 더 품위 있는 곳은 상상할 수 없지."

나는 키비처가 이 밥맛없는 죽음 유머를 그만두길 진심으로 바랐다. 듣고 있자니 정말로 기분이 언짢아졌다. 그러나 이 늙은이는 섬뜩하고 서늘한 상상을 계속하며 책무더기 탁자에 기어올라가 그 위에 길게 누웠다.

"아, 편하지는 않군. 하지만 상관없어. 힐데군스트, 자네 책에서 내가 무진장 좋아하는 장면이 뭔지 아나?"

"아니. 자네 마음에 드는 장면도 다 있나?"

키비처가 나지막이 웃었다. "자네, 여전히 기분이 나쁜 모양이군. 안 그런가? 자네가 옳아! 친한 친구의 비판보다 기분 나쁜 건 없지. 내가 그때 좀더 세련되게 표현했어야 하는데. 상당히 무심했어."

"됐네. 그 얘긴 이제 매장해버리세. 아— 내 말은, 묻어버리자고. 아니, 잊자고 하는 편이 낫겠군." 나는 생각이라는 걸 제대로 할 수 없었다. 여전히 지독한 숙취와 싸워야 하는데다 죽음의 은유가 내 언어 사용에도 영향을 미치고 있었다.

"탁자에서 뭐하는 건가?" 나는 겁이 나서 물었다. "피곤해서 그래?"

키비처는 내 질문에는 대답하지 않고 엉뚱한 말을 했다. "내가 제일 좋아하는 장면은 『꿈꾸는 책들의 도시』에 있다네. 콜로포니우스 레겐샤인이 죽는 장면이지."

"아, 그래? 왜 하필 그건가? 더 훌륭한 장면도 많은데."

"그런 건 중요치 않아. 책에서도 자기 자신과 관계있는 장면을 고르는 법이지. 나는 늘 레겐샤인이 죽는 방식이 모범적이라고 생각했네."

나는 죽는 방식에 모범이 있다고 생각한 적은 없다. 그러나 지금은 키비처의 말에 반박하고 싶지 않았다. "레겐샤인은 자기 의지로 죽었지. 그게…… 인상적이었네."

"나도 바로 그렇게 떠나려고 하네! 내 힘으로! 자유로운 내 결정으로! 육체에 대한 정신의 승리, 이게 가장 위대하지!"

또다시 눈물이 솟구쳤다. 그제야 나는 깨달았다. 지금 무슨 일이 벌어지고 있는지, 우리가 왜 여기 있는지.

"자네, 죽으려는 거군." 내가 나지막이 말했다. "지금 여기서."

"그래." 키비처는 행복한 미소를 지었다. "내 마지막 의지일세. 나는 지금 죽네. 자네도 죽지. 조금 나중일 뿐. 우리 모두는 내내 죽어가고 있는 걸세. 죽음은 출생과 동시에 시작되지. 그러니 너무 요란 떨지 말자고."

키비처는 몸을 쭉 뻗었다. 마지막 도깨비불이 천천히 내려와 그의 옆에 앉았다. 도깨비불이 꺼졌다.

"레겐샤인이 어떻게 했는지 알아냈다네. 몇 년 동안 집중적으로 생각한 끝에 드디어 깨달았지. 호흡 기술이야. 아니, 더 정확히 말하자면 호흡을 하지 않는 기술이라네. 죽을 생각이 아니라면 피해야 할 기술이지!"

나는 어쩔 줄 몰라 이나제아를 바라보았지만, 그녀는 동상처럼 굳은 채 말없이 서 있었다.

"내 말 잘 듣게." 키비처가 말을 이었다. "자네가 나 때문에 부흐하임에 온 게 아니라는 건 우리 둘 다 알고 있네. 인생의 위기를 넘겨보려고 온 것도 아니지. 그러니 우리 자신을 속이지 말기로 하세! 그건 그저 부수적인 문제니까. 문제를 직시해야 하네. 자네는 글자 몇 개 때문에 여기로 왔네. 정확히 말하면 열 개의 글자 때문이지. 그 편지에 쓰인 짤막한 문장 하나 때문에."

키비처는 커다란 눈으로 나를 바라보았다. 노란 눈빛이 꺼져가는 촛불처럼 일렁였다.

"그림자 제왕이 돌아왔다라는 문장."

뭐라고 대꾸하려는 나를 아이데트는 힘없는 손짓으로 가로막았다.

"아직은 두려움이 너무 커서 인정할 수 없다는 거 알고 있네. 하지만 자네는 미로로 돌아가려고 해! 그래서 이곳에 온 걸세."

"그렇지 않아!" 나는 그저 속삭이듯 반박했다. "세상 그 무엇도 나를 그곳으로 데려갈 수 없어."

"그 말을 들으니 안심이야! 자네의 두려움이 호기심을 이겨내길 바라네. 자네는 지하묘지에서 이미 한 번 살아 돌아왔네. 평범한 이들보다 더 많은 행운이 함께한 거지. 또다시 자네를 삼킬 기회를 미로에 주지 말게! 이번에는 미로가 제대로 일을 낼 테니까. 자네의 두려움에 귀를 기울여! 두려움은 이성에서, 용기는 어리석음에서 나온다네. 누가 그 말을 했더라……?"

"모르겠어……" 나는 자신 없이 대답했다. 지금은 아무 생각도 할 수 없었다.

"내가!" 키비처는 숨을 그르렁거리며 힘겹게 대답했다. "내가 했네! 자네가 가는 길에 내 삶의 경험을 더는 나눠줄 수 없어서 안타까워. 하지만 이 깨달음은 내 묘비에 새기고 싶군. 그러니 자네도 똑똑히 기억해두게!"

키비처가 이미 예전에도 해주었던 종류의 조언이었다. 근본적으로, 감정보다 이성을 따라야 한다는 것. 아이데트 족은 감수성보다는 날카로운 사고 능력으로 유명했다.

"조금도 걱정할 필요 없네." 나는 여전히 속삭이듯 말했다. "올바른 이유로, 그리고 좋지 못한 경험상 지하묘지를 피하려는 자가 있다면, 그건 바로 나일세. 부흐하임 주둥이들만 들여다봐도 속이 메슥거린다네! 다시는 미로에 발을 들여놓지 않을 걸세. 절대로!"

"좋은 생각이야! 자네의 공포가 내 희망일세! 두려움이 자네가 가까이해야 할 친구야! 그러니 늘 그 생각을 품고 있게! 자네가 저 아래서 만났던 온갖 두려운 대상을 떠올리게! 최대한 자주 생각해야 하네."

"나는 매일 밤 그 꿈을 꾸네. 일부러 생각할 필요도 없어."

"좋아." 키비처가 신음하며 대답했다. "아주 좋아…… 그래도 생각하게…… 이나제아, 지도를 가져다줘."

슈렉스는 조금 전 키비처가 지도를 펼쳐놓은 책상으로 가서 가져와 내게 건넸다.

"이 지도를 잘 보게. 수직 지하묘지 지도일세. 콜로포니우스 레겐샤인이 아주 오랫동안 미로를 직접 겪어보고 손수 그린 거지. 동굴 지도 제작 분야의 대작이야. 재산 가치가 굉장하지만, 금전적인 이유로 자네에게 상속하는 건 아닐세. 실용적인 가치는 어마어마하게 더 높지. 언제나 지니고 다니게. 언제나! 약속해주겠나?"

앞으로 미로 지도를 몸에 지니고 다닐 생각을 하니 썩 유쾌하진 않았지만 나는 고개를 끄덕였다. 눈물이 여전히 시야를 가려 거의 아무것도 보이지 않았다. 흰색과 회색의 지그재그 선들이 흐릿하게 눈에 들어왔다. 그게 다였다. 지도를 봐도 뭐가 뭔지 전혀 알 수 없었다.

"흰색 선은 제대로 된 길일세. 저 아래 제대로 된 길이 있다고 할 수 있을지는 모르겠지만…… 어쨌든 다른 길처럼 위험하지는 않아. 사실 자네도 알다시피 지하묘지에 위험하지 않은 길은 없네. 하지만 흰색으로 표시된 터널과 계단과 동굴은 레겐샤인이 경험한 바로는 불편한 존재가 가장 적게 숨어 있는 곳일세. 연한 회색으로 표시된 곳은 위험하니 피해야 해. 짙은 회색 길은 죽음의 길이야. 무슨 일이 있어도 발을 들여선 안 되네. 어떤 방식으로든 죽는 건 확실하니까. 아니면 더 나쁠 수도 있어. 지하묘지에는 죽음보다 더 나쁜 것도 있네. 지도에 있는 십자 표시 보이나?"

그랬다. 지도상에 커다란 십자가 보였다. 지금 이

순간 그런 건 조금도 관심 없었지만 일단 고개를 끄덕였다.

"그 표시는 레겐샤인이 아니라…… 다른 이가 했네……"

"다른 이? 누구?"

키비처는 힘겹게 숨을 내쉬었다. "그건 중요하지 않아. 자네, 십자가 무슨 표시라고 생각하나?"

"몰라." 나는 혼란스러웠다. "지하묘지에서 뭔가 중요한 자리인가?"

"보물이 있는 자리야!" 키비처가 소리쳤다. "자네, 해적소설은 안 읽나? 십자는 늘 보물이 있다는 표시일세."

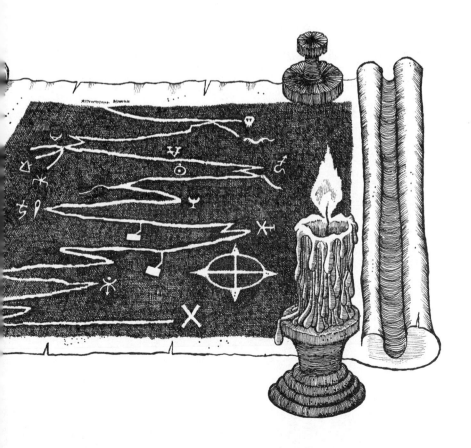

"보물지도라고?"

"아닐세. 아니…… 비유적인 의미로는 보물지도가 맞지." 키비처는 힘겹게 고개를 들었다. "이제부터 내 말 잘 듣게. 그때가 되면 자네가 뭘 해야 하는지 알려줄 테니."

"그때가 언제인데?"

"그때가 되면…… 알게 될 거야."

아이데트는 점점 더 수수께끼 같은 말만 했다. 목소리는 낮아지고 호흡은 점점 더 거칠어졌다.

"그때가 되면 지도에서 십자 표시의 색깔을 긁어내게…… 그런 거니까…… 그리고 그 자리에 손가락을 대게. 그게 다일세. 내 말 알아들었나?"

"그래." 나는 자신 없이 대답했다. 절대 사용할 일 없는 지도의 십자 표시 따위에는 관심 없었다. 지금은 다른 걱정거리뿐이었다. 친구가 죽어가고 있고, 그 친구는 소중한 시간을 하찮은 지하세계 따위에 낭비하는 중이었다.

"지도를 집어넣게!" 키비처가 명령했다. "늘 지니고 다녀야 해!"

나는 지도를 접어 외투 주머니에 넣었다. 적어도 이 얘기는 끝이었다. 키비처가 내 갈퀴를 잡았다.

"나는 이제 곧…… 이제 곧……" 그는 숨을 헐떡거렸다.

이나제아가 우리 쪽으로 다가왔다. 나는 그녀의 눈빛에 담긴 절망을 보고 충격을 받았다.

"이제 시간이 됐어……" 그녀가 나지막이 속삭였다.

키비처는 다시 한번 고개를 들었다. "힐데군스트. 그래도 자네가 와주어서 한없이 기쁘네. 내 인생에서 가장 중요한 셋이 모인 가운데 떠나가게 돼서 행복하군."

셋? 이나제아와 나 둘뿐인데. 그러다 키비처가 헛소리를 하는 게 아니라 압둘 나흐티갈러 교수를 삼인칭으로 이야기하고 있다는 걸 깨달았다. 그의 작품들이 고서점 사방에서 우리를 에워싸고 있었다. 키비처에게 그 책들은 살아 있는 생명체보다 더 큰 인격을 지닌 존재였다.

"일이 너무 빨리 진행되어 어리둥절하지? 내게 묻고 싶은 게 갑자기 너무 많이 생기고. 안 그런가?"

놀랍게도 그의 말이 맞았지만, 지금은 그에게 부담을 주고 싶지 않았다.

그래서 대답했다. "아니. 묻고 싶은 거 없으니 마음쓰지 말게……"

키비처는 힘겹게 히죽 웃었다. "아이데트를 속이지 말게. 생각을 읽을 수 있으니까. 벌써 잊었나? 한 가지는 대답해주지. 자네 생각 중 그게 다른 모든 질문을 뒤덮고 있으니."

그는 세 번 깊이 숨을 들이마시고 내쉬었다.

"내가 그림자 제왕이 돌아왔다고 믿는지 알고 싶지?"

고개를 끄덕이는 수밖에. 달리 뭘 하겠는가?

"아니라네." 키비처가 속삭였다. "그가 돌아왔다고 믿지 않아. 어떻게 그럴 수 있겠나……?" 그는 다시 한번 숨을 깊게 들이마시고 나서 속삭였다. "……한 번도 떠난 적이 없는데."

그러고 나서 그는 영원히 눈을 감았다.

# 슈렉스의 애도

얼마나 오랫동안 죽은 아이데트를 바라보고 있었던 걸까. 우리는 늘 생각한다. 사랑하는 이가 죽으면 그 모습을 지켜보기 힘들 거라고. 그러나 이제 이 육신을 다시는 볼 수 없다는 돌이킬 수 없는 사실과 마주하면, 이별은 상상보다 훨씬 힘들다. 죽은 키비처를 볼 때 내가 그랬다.

슬픔으로 멍하니 있다 정신을 차렸을 때야 비로소 슈렉스가 곁에 없다는 걸 깨달았다. 어디선가 덜걱거리는 소리가 들렸다. 그녀는 고서점 뒤쪽의 책장에 서서 손을 재빨리 놀리며 책을 정리하는 중이었다. 내게서 등을 돌린 채였다.

"여길 몽땅 새로 정리해야 해!" 그녀가 멍하니 중얼거렸다. "서점이 아니라 완전히 쓰레기장이야. 키비처는 색깔별로 책을 정리했나? 아니면 무게대로? 도대체 체계라곤 없군! 한시바삐 청소해야 돼!"

나는 그녀의 냉정함에 경악했다. 키비처는 방금 숨을 거두었고 몸이 채 식지도 않았다. 그런데 청소를 시작하다니.

이나제아가 몸을 돌렸다. 눈물이 그렁그렁했고, 눈빛은 지금껏 내가 보았던 것 중 가장 절망적이었다.

"키비처가 내게 어쩜 이럴 수가 있지?" 그녀가 떨리는 목소리로 말했다. "부흐하임에서 내 유일한 친구였어. 우린 지난 세월 동안 뭐든 함께했지. 기쁨이든 슬픔이든 뭐든지 함께 나눴어. 모든 걸! 그런데 어떻게 날 이렇게 혼자 내버려둘 수가 있어?"

그제야 나는 깨달았다. 그녀의 슬픔에 비하면 내 슬픔은 얼마나 하잘것없는지. 이나제아는 절망에 빠지지 않으려고 분주히 몸을 움직인 것이다. 그녀의 인생에 느닷없이 균열이 생겼다.

"내가 다 정리해야 돼. 뭐든지 새로 해야 한다고. 몽땅!" 이나제아가 혼란스러운 표정으로 말했다. "책과 유품, 자료들, 세금, 장례식. 재고 정리도 해야겠어! 꼭 해야 돼! 모두 메모해두자. 정리하고 목록을 만들어야겠다. 가격표도 새로 붙이고! 책에 새 가격표를 써야지. 옛날 가격은 지워버리고. 다 정리할 거야."

그녀가 비틀거리며 다른 책장으로 다가갔다. "뇌가 세 개야! 그러니 여기가 이렇게 무질서한 것도 놀랄 일은 아니지. 정신병자 같으니! 아침이면 키비처는 달걀에 설탕을 뿌렸어. 커피에는 소금을 넣고 비누로 이를 닦았지. 미지수가 백 개나 있는 나흐티갈러 미친 방정식을 자기 뇌로 풀 수만 있다면 다른 건 아무렇게나 돌아가도 상관 안 했어. 미친 사람이랑 함께 사는 거랑은 달랐지. 그게 아니라 미친 세쌍둥이랑 사는 것 같았어! 키비처 혼자 시장에 가면 우유와 빵이 아니라 새 모이 한 자루와 팬티 마흔 장을 사왔어! 새도 안 키우고, 팬티도 절대 안 입으면서!" 이나제아는 책을 한 무더기 바닥으로 내던지고는 미친듯이 웃었다.

"내가 모든 걸 신경써야 했지. 모든 걸! 안 그랬다면 키비처는 일하다가 굶어죽었거나 난로에 불 피우는 걸 잊어버려서 겨울에 얼어죽었을 거야. 이제 나는 뭘 하지? 아무것도 신경쓸 게 없는데? 하흐메드 없이 어떻게 살지?" 그녀는 혼잣말을 중얼거리며 괜스레 이 책장에서 저 책장으로 책을 옮겨 꽂았다. "재고 정리를 해야겠어. 맞아! 그래야겠어! 재고 정리."

"도와줄게." 나는 힘없이 말했다. "장례식이랑……"

이나제아가 움찔했다. 혼잣말을 멈추고 갑자기 돌이 된 듯 뻣뻣하게 굳었다. 마침내 아주 천천히 몸을 돌리더니, 굉장한 두려움을 일으키는 기묘한 눈빛으로 한참이나 나를 노려보았다. 그러다 얼음처럼 차갑고 유리처럼 맑은 목소리로 말했다. "아니, 고맙지만 됐어, 힐데군스트. 키비처가 원하지 않을 거야. 내가 다 할게. 그게 키비처의 마지막 소원이었어. 우린 그 이야기를 자세히 했지."

"나는 뭘 하면 좋을까?" 내가 물었다. 이 상황을 어떻게 헤쳐나가야 할지 도무지 알 수 없었다. 내가 완전히 쓸모없는 존재처럼 느껴졌다.

"오해하지 마. 함께 슬퍼해주는 당신 마음은 참으로 소중하고 또 고맙게 생각해. 하지만 지금은 거의 도움이 못 돼. 도움이 필요하지도 않고. 우리 슈렉스 족은 애도할 때 남의 도움을 받지 않아. 정말이야. 당신이 여길 나가고 키비처와 단둘이 남으면 내가 뭘 할지, 당신은 전혀 알고 싶지 않을 거야. 슈렉스의 애도지. 알아들었어?"

나는 고개를 끄덕였지만 당연히 한마디도 알아듣지 못했다.

"키비처는 알고 있었어." 그녀가 슬픈 미소를 지으며 말을 이었다. "그래서 내게 장례식과 유품을 혼자 정리하라고 부탁한 거야. 내가 다 정리할 거야. 당신이 상속받은 편지도 우체국에 가서 부칠게."

"좋을 대로 해." 솔직히 말해 나는 결단력 있게 이 상황을 헤쳐나가는 이나제아 덕분에 마음이 좀 가벼워졌다. 그녀는 순식간에 다시 정신을 차렸다. 슈렉스의 애도라! 어쨌든 좋았다. 나 역시 지금은 혼자 있고 싶었다.

"내일 이 시간에 다시 만나." 이나제아가 제안했다. "그때쯤이면 나도 제일 힘든 일은 다 마쳤겠지. 그러니 키비처의 소원을 들어줘야겠어. 자기가 죽고 난 다음날, 당신이랑 극장에 가달라고 부탁했거든."

"극장?" 나는 어이가 없었다.

이나제아가 고개를 끄덕였다. "아주 특별한 극장이야. 키비처가 정말 좋아하던 극장이지…… 그는 당신이 그 극장을 반드시 봐야 한다고 생각했어. 그런데 키비처는 음…… 내일 함께 갈 수 없으니……"

"알아들었어." 나는 얼른 대답했다. "그렇다면 당연히 가야지. 어디서 만날까?"

"혁명 광장 알아? 책 연금술사 나로비크 비고주가 화형당한 곳."

"그래, 어딘지 알아."

"좋아, 거기서 만나자." 이나제아는 주변을 둘러보며 양손을 비볐다. "그럼 이제 시작해볼까……" 슈렉스는 다시 책을 정리하며, 마치 내가 거기 없다는 듯 행동했다.

나는 조용히 가게를 빠져나왔다.

# 시들어버린 월계관

　나는 뜬눈으로 밤을 지새우다시피 하고 다음날 오전 더없이 암담한 기분으로 부흐하임의 골목길을 헤매고 다녔다. 관광명소를 보고 싶은 마음은 전혀 생기지 않았다. 그 전날 일과 이나제아에게 인사도 하지 말고 그냥 사라져버릴까 하는 생각이 끊임없이 머릿속을 맴돌았다. 이 여행은 재앙과도 같은 잘못된 결정이었고, 지금껏 언짢은 사건들만 일어났다. 자욱연기소에서의 만취상태에서 시작해 정신착란을 거쳐 사랑하는 친구의 죽음까지…… 이 모든 일이 불과 이틀 동안 일어났다. 이런 불행이 이어지거나 더 심해지면 어떻게 해야 하나? 이렇게 가라앉은 기분을 떨쳐버릴 수 없는데, 고통스러운 저녁시간을 뭐하러 슈렉스와 함께 보내겠는가? 슈렉스의 애도가 실제로 어떤 의미이고 시간은 또 얼마나 오래 걸릴지 상상할 엄두조차 나지 않았다. 게다가 뇌가 세 개인 아이데트도 풀지 못하는 편지의 수수께끼로 뭐하러 괴로움에 시달리랴? 부흐하임에서 머무는 게 아무 의미도 없어졌다.

　나는 두건을 푹 눌러쓴 채 진한 커피를 마시며 기운을 차릴 요량으로 손님들이 북적거리는 작은 카페로 들어갔다. 간판을 보니 이곳에서는 낡은 책종이를 눌러 만든 컵에 뜨거운 음료를 담아주는데 밖으로 가져나와 다 마시고 나서는 컵을 버릴 수 있었다. 부흐하임에 새로 생긴 유행으로, 나도 한번 해보고 싶었다.

　길게 줄을 서 있다가 드디어 내가 주문할 차례가 되자, 요정처럼 매력적인 점원이 물었다. "난쟁이? 멍청이? 아니면 사기꾼?"

"어……" 나는 어리둥절했다. "셋 다 아닙니다. 나는……" 그러다가 말을 멈췄다. 내가 린트부름이라는 걸 정말로 말해야 하나? 그게 이 여자랑 무슨 상관인데?

"음료 크기를 말하는 거예요." 점원은 짜증이 살짝 묻어나는 목소리로 말했다. "난쟁이는 작은 컵, 멍청이는 중간 컵, 사기꾼은 큰 컵."

"아, 그럼…… 멍청이로요!" 나는 여전히 당황한 채 대답했다.

"코 추가? 아니면 설? 우? 아니면 몽?"

"네?"

"코코아를 넣을지, 설탕이나 우유를 넣을지, 아니면 셋 다 몽땅 넣을지?" 요정이 눈을 치켜떴다.

"아, 그런 말이군! 음…… 블랙으로 줘요! 다이어트중이라서."

"블랙으로요? 그럼 몽 할인을 못 받으시는데요. 지금 몽 주간 행사 중이거든요. 몽 커피는 50퍼센트 할인이에요." 그녀가 판매대 위 광고판을 가리켰다. 몽 주간 행사! 몽 커피를 50퍼센트 가격으로! 모두 몽에 동참하세요!라고 쓰여 있었다.

"아, 상관없어요." 나는 짜증스레 대꾸했다. "블랙커피를 마실 겁니다. 되도록 백 년이 지나가기 전에 마시고 싶군요!"

"알겠어요. 될러리히 히른피들러 비스킷을 같이 드시겠어요?"

"아니요!" 나는 찬장의 식기들이 덜그럭거릴 만큼 크게 고함을 질렀다. "그냥 커피만 마시겠다고요!"

순간 카페 안이 쥐죽은듯 조용해졌다. 모두가 나를 빤히 쳐다보았고, 어린애 하나는 울음을 터뜨렸다.

드디어 커피가 준비되자 나는 얼른 들고 서둘러 카페를 나왔다. 조심해야 한다! 나는 차모니아에서 가장 유명한 작가니까. 누가 알아본다면 이 짧은 여행은 완전히 악몽이 되고 말 것이다. 나중에 마셔보니 커피에 설탕이 들어 있었다. 아마 내 행동에 대한 보복인 모양이었다.

기분전환을 하려고 그 옆의 서점으로 들어갔다. 고서점이 아니라 현대소설을 취급하는 곳인 듯했다. 경험상 잘 정돈된 내 책들이 높이 쌓여서 명성에 걸맞게 진열된 모습을 보면 기분이 나아졌다. 게다가 부흐하임 서점은 내 작품을 어떤 방식으로 광고하는지 궁금하기도 했다. 먼저 진열창을 살피고 그다음에 탁자와 책장까지 훑었지만 내 책은 한 권도 없었다. 이럴 수가! 서점 주인이 돈을 벌 생각이 없나? 아니면 여기도 다 팔린 건가? 아비글레이 파라돔과 이파모에아 야크트두르스트, 별 볼일 없는 루날프와 할로 판 하일렌샤인, 아르티쿨라리우스 질벤피힐러와 메라 폰 치넨의 최신작은 모두 보였지만 내 책은 스테디셀러 코너에도 없었다. 후미도 레 크바켄슈밤과 요히 스칼라 또는 고리암 제프 같은 젊은 시인들의 초상화는 벽에 걸려 있었지만 내 얼굴은 없었다. 나는 서점을 나와 밖에서 다시 한번 바라보았다. 출입구 위 간판에 차모니아 현대문학이라고 쓰여 있었다. 그리고 들어갈 때는 보지 못했던 뻔뻔한 문구가 그 아래 자그마한 글씨로 적혀 있었다. 린트부름 요새의 문학은 하나도 없음을 보장합니다!

야유가 더 필요했단 말인가! 길을 따라 터덜터덜 내려가면서 들쩍지근한 커피를 마지못해 마시는 기분은 이루 말할 수 없이 암울했다. 그러니까 그동안 상황이 이렇게 변했구나! 나는 이제 더는 현대작가가 아니라 케케묵은 고전작가가 된 거다! 최신 작품 판매에서 이미 걸러졌다. 내 작품들은 고서점으로 옮겨가는 중이었다. 그곳에서 꿈꾸는 책들과 같은 신세가 될 판이었다. 나는 어제의 뉴스였고, 떨이였고, 폐지

222

였다. 게다가 그 사실을 알아채지도 못했다. 지난 몇 년간 오로지 내 작품과 그에 상응하는 참고문헌만 판매하는 서점에서 사인회를 한 결과였다. 린트부름 요새에, 도시에서 멀리 떨어져 아무도 찾지 않는 상아탑에 고립되어 편안하게 생활한 대가였다. 우리는 현대시장과의 접점을 잃었고, 빛바랜 성공을 자랑하는 나 자신은 오만한 고전주의의 상징이 되었다. 늙은 토사물 찌꺼기…… 젊은 서적상들은 이런 작품을 취급하지 않는 게 세련됐다고 생각했다! 나는 현대적인 언어 표현에 발목이 잡혀 시대에 맞는 커피 주문도 못했다. 버리지 못하지만 더는 읽지도 않는 낡은 쓰레기가 놓인 거실 책장 위, 그곳이 바로 내 책들이 있을 자리였다. 의자를 밟고 올라서야만 손이 닿는 곳. 그것도 몇 년에 한번씩 먼지를 털 때뿐.

이런 생각, 그리고 이보다 더 우울한 생각이 머릿속을 스치고 지나갔다. 그러다가 어느 진열창에서 나를 본떠 만든 것이 분명한 꼭두각시인형이 눈에 불쑥 들어왔다. 그러나 인형에 붙은 쪽지에는 내 이름이 '미탠매츠'라고 잘못 쓰여 있었고 '특별 할인'이라는 말도 있었다!

거기까지가 인내심의 한계였다. 보통 때라면 그저 웃어넘길 사소한 일이었지만 지금처럼 기분이 나쁠 때는 원초적인 맹수의 유전자를 깨우는 대사건이었다. 울분을 터뜨릴 기회가 드디어 왔도다! 나는 화가 나서 씩씩대며 주인을 추궁할 생각으로 작은 인형가게에 들어섰다. 형편없는 인형으로 타인의 이름을 악용해 돈벌이를 하다니 도대체 무슨 생각이냐고 따질 작정이었다. 성스러운 분노가 온몸을 휘감았다. 이런 상황에서 나는 연약한 작가에게는 보통 기대할 수 없는 비범한 괴력을 발휘한다. 몸싸움을 통해 내 뜻을 밀어붙이는 이런 기회가 찾아오는 경우는 지극히 드물다.

가게에 아무도 없어서 나는 곧장 진열창 쪽으로 갔다. 내 이름이 붙은 인형을 잡아채고는 숨넘어가게 외쳤다. "점원!"

아무도 나오지 않아서 일단 가게 안을 둘러보았다. 벽과 천장, 대들보와 빨랫줄, 의자와 선반 등 온 사방에 인형이 걸려 있거나 앉아 있었다. 모두 유명 작가들의 모습을 흉내냈다고는 하지만 대부분 붙어 있는 이름표를 보고서야 누군지 알 수 있었다. 출입구 틈새로 불어오는 바람에 인형들이 유령처럼 이리저리 흔들리며 달그락거렸다. 중세에 일어난 대량학살처럼 보였다. 지은 죄라고는 약간의 인기를 누렸다는 것밖에 없는 작가들…… 헤르마티우스 미노 2세와 몽켈 판 클로프 슈타인, 슈티그마 호크와 발고르트 부르스트베르머, 만드라고라 크사낙스와 노토리 노트슈트룸프, 히스트릭스 라마와 볼코 루켄로스, 데구라 데 보켄이 걸려 있었다. 에두알트 폰 크노체 백작과 델바티오 빈터크라우트도 있었다. 젊거나 이제 더는 젊지 않은 현대작가들로, 이들의 작품은 서점의 판매 목록에서 거의 언제나 상위를 다투었다. 나는 이미 사망한 위대한 작가들의 작품과 내 작품의 교정쇄를 읽기 바빠서 이런 현대작품들은 읽지 않았지만 그들의 이름과 초상 정도는 알고 있었다. 그들도 나도 여기 삼류 인형 제작자의 가게에서 이렇게 형편없는 꼴로 교수형을 당할 이유는 전혀 없었다. 복수하자! 이 기생충이 더러운 장사를 더는 못하도록 누군가 막아야 한다.

"점원, 빌어먹을!" 나는 더 크게 고함을 지르며 주먹으로 탁자를 내리쳤다.

드디어 비쩍 마른 대머리 노랑이가 더러운 가운 차림으로 뒷문에서 나타나 적의에 찬 눈길로 나를 노려보았다. 곧이어 팔짱을 끼고 말했다. "뭘 찾으십니까?"

"뭘 찾느냐고?" 나는 날카롭게 맞받아쳤다. "일단 설명부터 좀 듣죠! 이 미텐메츠 인형 누가 만들었어요?" 나는 못 쓰게 된 인형의 줄을 잡아 쳐들었다.

"내가요!" 마른 놈이 의기양양한 목소리로 대답했다. "원래 있던 자리에 다시 걸어놓으십시오! 인형을 만지면 안 됩니다."

내가 그 말에 순순히 따르는 대신 인형을 판매대에 집어던지자 그는 움찔했다. 나는 한 발짝 다가섰다.

"아, 그래?" 나는 씩씩거렸다. "만지면 안 돼? 그렇다면 작가의 유명세를 악용하는 건 된다는 소리요? 여기서 파는 인형들을 보니 그런가 보군!" 나는 팔을 올려 휘두르다가 실수로 선반에 있던 인형들을 갈퀴로 모두 쓸어내리고는 소리를 질렀다. "어이쿠!"

깜짝 놀란 노랑이가 움찔했다. "누구십니까?" 그렇게 물었지만 이미 어느 정도는 답을 알고 있는 것 같았다. "왜 이러는 겁니까?"

"내가 누구냐고?" 나는 나지막이 대꾸했다. "오늘 아주 운이 나쁜 자요. 좋은 친구의 죽음을 방금 목격한 자, 당신 가게 진열창을 보고 기분이 더 나빠진 자. 독수리와 하이에나, 사체를 파먹는 동물은 사막에서 살아야 부흐하임에 가게를 열어선 안 된다고 생각하는 자란 말이오."

"이 인형들은 모두 유명 작가입니다!" 인형 제작자가 초조한 목소리로 변명했다. "공인이라고요. 인형 제작이 법적으로 허용되어 있어요."

"그건 나도 알고 있어요. 하지만 허용되지 않는 게 뭔 줄 알아요? 이렇게 재능이 없는 거요!" 나는 미텐메츠 인형을 탁자에서 집어들었다. "왜 허용되지 않는 줄은 알아요? 내가 허락을 안 하니까!" 나는 그의 얼굴에다 인형을 집어던졌다. 몸싸움이 일어나도 상관없었다. 야성적인 공룡 유전자가 지금 미쳐 날뛰는 중이었다.

본능적으로 인형을 집어든 그는 완전히 공포에 질린 표정으로 나를 바라보았다. 거의 불쌍해 보일 지경이었다.

　"이건 미텐메츠 인형입니다!" 그가 징징거렸다. "최대한 실물과 똑같이 제작했단 말입니다."

　"실물과 똑같이?" 나는 웃음이 터졌다. "이게 실물과 똑같다고 말하다니, 아마추어 같으니라고. 조잡한 캐리커처보다 더 형편없구먼."

　"그걸 어떻게 압니까?" 노랑이가 대담하게 물었다. "미텐메츠 인형이 어떤 모습이어야 하는지 어떻게 판단하시느냐고요. 혹시 인형 제작자입니까?"

　"아니!" 나는 벼락치듯 고함을 질렀다. "인형 제작자가 아니에요. 내가 미텐메츠란 말입니다!" 그 말과 함께 두건을 휙 벗었다.

　노랑이는 한 걸음 뒤로 물러났다. 안색이 하얗게 질리더니 손에서 인형을 떨어뜨렸다. 고백하건대, 나는 이 순간을 한껏 즐겼다. 내 유명세를 드디어 이렇게 직접 누리는 건 완전히 새로운 경험이었다. 권력의 느낌이 이럴까! 남을 악용하는 이 존재에게 주먹을 날리는 것보다, 엉덩이를 걷어차는 것보다 훨씬 즐거웠다. 얼굴을 보인 것만으로도 트라우마에 시달리게 했으니까! 그는 이 순간을 평생 못 잊을 거야! 절대로! 아마 죽는 순간에도 이 생각을 할지 모르지. 나는 기분이 참으로 좋았다.

　"미텐메츠……" 노랑이가 나지막하게 중얼거렸다.

　"그래요." 나는 고개를 빳빳이 들고 대꾸했다. "그게 내 이름이에요."

　"미텐메츠……" 그가 다시 한번 중얼거리며 출입문 쪽으로 다가갔다. "미텐메츠……"

　충격으로 이성을 살짝 잃은 건가? 어쩌면 이제부터 방음이 잘되는 부흐하임 정신병원의 작은 병실에서 내 이름을 중얼거리는 일밖에는 아무것도 못할지 모르겠네. 그렇게 생각하자 저절로 웃음이 나왔다.

인형 제작자는 가게문을 열고 밖을 향해 고함을 질렀다. "미텐메츠! 힐데군스트 폰 미텐메츠가 우리 가게에 있다!"

나는 몸이 얼어붙었다. 황홀경은 순식간에 사라졌다. 일이 이렇게 되리라고는 예상치 못했다. 놈은 거리로 달려나가 목청껏 소리쳤다. "유명 작가 미텐메츠가 우리 가게에 있다! 미텐메츠가 나를 공격했다!"

진열창으로 내다보니 구경꾼들이 사방에서 달려오고 있었다. 빌어먹을! 어서 도망치자! 나는 두건을 푹 눌러쓰고 거리로 나섰다.

"미텐메츠!" 노랑이가 손가락으로 날 가리키며 지치지도 않고 외쳤다. "저기 있다! 힐데군스트 폰 미텐메츠! 저 남자가 나를 쳤다!"

나는 당장 그 자리를 피해 서둘러 거리를 달려내려갔다. 그러나 그는 쉬지 않고 내 등에 대고 고함을 질렀다.

"저기 저자가 미텐메츠다! 두건을 쓴 자! 힐데군스트 폰 미텐메츠 시인! 그가 내 가게를 부줬다!"

어깨 너머로 흘끗 보니 소리지르는 인형 제작자 주위로 살아 있는 신문들이 떼 지어 모여들고 있었다. 그들은 그의 말을 잠깐 듣더니 누군가 명령이라도 내린 듯 한꺼번에 내 쪽으로 달려왔다.

좋지 못한 징조였다! 나는 걸음을 재촉했다. 다음 길모퉁이에서 다시 한번 뒤를 돌아보았다. 아이고, 세상에. 난쟁이들은 발이 무진장 빨랐다! 순식간에 나를 따라잡았다.

**"힐데군스트 폰 미텐메츠가 부흐하임에서 목격되다!"** 그중 하나가 외쳤다. **"미텐메츠가 다시 이곳에 오다!"** 다른 신문이 외쳤다. **"이백 년이 지난 후에!"**

228

나는 두건을 더 깊이 눌러쓰고 벽에 딱 붙어서 갔다. 그런데 그 작은 놈들은 나를 그냥 지나쳐서 내처 달렸다.

**"미텐메츠가 무방비상태인 인형 제작자에게 폭력을 가하다!"** 한 놈이 소리쳤다. **"유명 작가가 우리 동네 가게를 때려 부수다!"**

일단 길을 건너 다음 골목으로 들어간 나는 다시 한번 방향을 틀었다. 그러나 살아 있는 신문들은 이 좁은 골목에서조차 맞은편에서 나를 향해 달려왔다.

**"미텐메츠가 아무 이유 없이 인형 가게를 짓밟다! 폭행당한 가게 주인은 영원히 트라우마에 시달릴까?"**

헛소문이 이렇게 놀라울 정도로 빨리 퍼지다니 믿을 수 없었다! 신문 난쟁이 하나와 마주친 나는 걷어차버리려 했지만 헛발질에 그쳤다.

**"미텐메츠가 정신이 돌다!"** 안전하게 떨어져 있던 다른 살아 있는 신문이 외쳤다. **"발트로쳄 수훈자가 인형 제작자를 폭행하고 살아 있는 신문을 길에서 위협하다!"**

나는 다급히 다른 골목으로 들어갔다. 그곳에는 살아 있는 신문들이 없었지만, 멀리서 외침이 들렸다. **"미텐메츠가 부흐하임에서 난동을 피우다! 이 유명 작가는 남모르는 정신병을 앓고 있는 걸까?"**

# 마그모스

나는 되도록 인적 드문 골목들을 지나 가명으로 숙박중인 호텔로 살그머니 돌아왔다. 거기 숨어서 돌아다니는 소문(문자 그대로 돌아다닌다!)이 곧 잠잠해지기를 기다리기로 했다. 암울한 생각에 잠겨 침대에 몸을 던졌다가 정신적 피로로 잠이 들었다. 늦은 오후에 깼을 때는 피로가 가시고 기운이 솟는 듯했다. 짐을 꾸려 린트부름 요새로 돌아가야겠다는 생각도 잠시 들었다. 하지만 고서 한 권 못 사고 여길 떠난다고? 말도 안 되는 소리! 게다가 슬픔에 잠긴 슈렉스를 혼자 내버려두는 것도 좀스러운 짓 같았다. 그래서 이런 계획을 세웠다. 오늘 저녁과 내일은 부흐하임에서 보낸다. 오늘은 우정의 의무를 다하고, 내일은 철저히 익명을 지키며 느긋하게 고서점을 둘러본다. 그런 다음 부흐하임을 영영 떠날 생각이었다. 꿈꾸는 책들의 도시와는 이제 안녕이다!

쓰레기로 만든 종이컵 대신 진짜 커피잔이 있는 호텔 옆 카페에서 차와 과자로 힘을 보충한 다음 슈렉스와의 약속을 지키기 위해 출발했다. 살아 있는 신문들이 떼 지어 골목을 돌아다니고 있었지만 이제 아무도 내 소식을 전하지 않았다. 부흐하임에서는 뉴스의 유효기간이 상당히 짧은 모양이었다. 성급하고 불쾌하고 선정적인 저널리즘 장사! 내일이면 아무도 내 사건을 기억 못하겠지.

이나제아 아나자지는 약속대로 혁명 광장에서 기다리고 있었다. 평소와는 달리, 게다가 지금은 애도 기간이고 방금 장례식을 치렀다는 사실을 감안하면 터무니없이 화사한 옷차림이었다. 무도회나 결혼식에 가는 것처럼 보였다. 지금 상황이 그다지 슬프지 않았더라면 그녀가 이런 차림으로 키비처의 무덤에 서 있었다는 상상에 하마터면 웃음이 터질 뻔했다. 하지만 슈렉스의 취향에 대해서는 절대 의문을 품어선 안 된다. 다른 차원의 자연법칙을 비판하는 거나 다름없으니까.

"이제부터 당신을 조심해야 하나?" 슈렉스가 히죽대며 물었다. "살아 있는 신문들이 당신이 다시 돌아왔다고, 무방비상태인 부흐하임 주민을 두들겨팼다고 나발을 불고 다니더라."

나는 어깨를 으쓱했다. "불운한 일이 연거푸 일어나서 그래." 침울한 대답이었다. "이 도시는 내게 한 번도 행운을 준 적이 없어. 하지만 이번에는 정말로 시작부터 운이 나빴던 것 같아. 그런데 요즘 인형이 최신 유행인가? 사방에서 보이던데."

"인형중심주의!" 슈렉스가 은밀하게 말했다. "최신 유행은 아니야. 나중에 설명해줄게. 그런데 아직 날이 밝으니 극장에 가기 전에 길을 좀 돌아가는 건 어때? 지금껏 당신이 부흐하임에서 전혀 못 본 장소를 보여줄게, 응? 거의 아무도 관심을 안 가지는 관광명소야."

"그 말 자체가 모순이잖아." 나는 웃음을 터뜨렸지만 곧 정중하게 덧붙였다. "하지만 당신이 볼만하다고 생각하면 틀림없이 뭔가 있겠지."

"멀지 않아. 인형극이 시작되려면 아직 시간도 많이 남았고."

우리는 일단 몇 개의 길을 지났다. 예전에 와봐서 어느 정도 눈에 익은 곳이었다. 이나제아는 키비처를 화장할 때의 우울한 상황과 유산업무를 처리할 때 겪은 관료주의적 불편에 대해 이야기했다. 부흐하임 당국은 이런 경건한 문제에서도 슈렉스 족에게는 늘 트집을 잡는 모양이었다. 내게 상속된 유산인 커다란 편지 소포는 린트부름 요새의 내

주소로 이미 부쳤다고 했다. 그사이 우리는 내가 전혀 모르는 장소에 이르렀다. 종이와 막 인쇄된 책의 보관 창고만 있을 뿐 황폐한 곳이나 다름없어서 그다지 관심이 가지 않았다. 나는 인형가게에서 있었던 일을 슈렉스에게 이야기했다. 이렇게 해서 또다시 우리가 알고 있는 것이 같아졌다.

이렇게 어슬렁거리며 돌아다녔다고 해서 기분이 좋아졌다고는 할수 없다. 우리가 마주친 집들을 쇠락했다고 표현하면 우아하게 돌려 말한 것이다. 유리창이 깨지고 출입구 문짝은 떨어져나가고 우편함에서 쐐기풀이 자라는데다 벽에는 담쟁이넝쿨이 마구 뻗어 있고 여기저기 꺼진데다 두툼한 이끼가 낀 지붕은 썩어가고 있었다. 사방이 고요했고, 이따금 까마귀들만 유령이 나올 것 같은 적막을 가르고 까옥거렸다. 건물들은 아무 이유 없이 퇴락한 것 같았다. 1평방미터라도 주거공간으로 알뜰하게 활용하고 빈 곳은 어디든 부동산업자들이 철저히 살피는 부흐하임 같은 도시에서는 무척 기이한 현상이었다. 이상하게 고약한 냄새도 풍겼다.

"한때는 좋은 집이었을 텐데." 쥐죽은듯한 골목 중 한곳에 멈춰 섰을 때 내가 입을 열었다. "왜 이렇게 썩게 내버려둔담?"

"여긴 이제 아무도 살지 않아. 부흐하임 내에서도 이 지역은 마그모스의 소유지."

"마그모스? 그게 누군데? 부동산 투기꾼이야?"

이나제아가 웃음을 터뜨렸다. "아니, 마그모스는 강이야."

나를 놀리는 건가? 부흐하임에는 강이 없는데.

"무슨 냄새 나지? 마그모스 냄새야. 이 냄새만으로도 주민들을 몰아내기에 충분했어."

232

아이고, 고마워라. 아까부터 냄새가 나던 참이었다. 익숙함이라곤 전혀 없는 낯선 냄새였다. 더없이 괴상하고 생존에 불리한 장소, 화산 분화구나 박쥐 동굴에 들어선 것 같았다. 탁 트인 하늘 아래를 산책하고 있는데도 불편한 장소에 갇힌 기분이었다.

슈렉스는 고개를 들고 귀를 쫑긋 세웠다. "이 소리 들려?" 이나제아가 나지막이 물었다.

"응…… 꿀꺽거리고 쩝쩝거리는 소리. 자세히 들으면 멀리서 쇄쇄 소리도 나고. 이 소리 말이야?"

"이리 와." 슈렉스가 명령했다.

이런 무뚝뚝한 명령에 따르는 게 도대체 몇번째지? 나는 안내자와 함께 다니는 여행자가 아니라 산책에 따라나선 애완견이 된 기분이었다. 그래도 고분고분 이나제아를 따라 잡초와 엉겅퀴가 포석 사이사이 자라난 골목을 지났다. 관광객들이 즐겨 지나다닐 만한 오솔길은 절대 아니었다.

"불탄 도시는 다시 일으켜세울 수 있어." 이나제아가 잡초를 헤치고 길을 내며 말했다. "폐허를 치우고 재를 갈아엎으면 되지. 하지만 그냥 덮어버릴 수 없는 잔해도 있어. 아물지 않는 상처도 있는 법이지. 그럴 때는 그냥 자연에 맡기는 편이 나아."

나는 서서히 슈렉스의 수수께끼 같은 헛소리를 즐기기 시작했다. 십자말풀이나 수수께끼와 함께 산책하는 기분이었다. 한 문제를 풀면 언제나 새로운 문제가 나타났고, 그래서 계속 의미 있고 활기찬 대화가 이어졌다.

'마그모스…… 네 글자짜리 강……' 나는 조용히 생각에 잠겼다. 어디선가 들은 적이 있는 이름이었다. 아니면 읽었던가? 기억이 나지 않왔다.

"당신, 혹시 전문 여행안내자가 될 생각은 없어?" 내가 히죽거리면
서 물었다. "이나제아 아나자지의 정체불명 비밀 관광, 이런 식의 이름으
로 말이야. 질문은 반문으로 대답함, 그리고 마지막은 쐐기풀로 채찍질,
이렇게."

따가운 풀이 엉덩이까지 웃자라 있었다. 유령의 집들을 뒤로한 우리
는 아무도 땅을 일구지 않아 덤불과 잡초가 무성하게 우거진 넓은 들
판을 지나갔다. 우리 말고는 아무도 돌아다니지 않았다. 그편이 옳았
다! 이나제아는 나에게 뭘 보여주려는 걸까? 혹시 비밀의 약초밭?

"멈춰!" 슈렉스가 불쑥 소리치며 갑자기 멈춰 서더니 팔로 내 가슴
을 막았다. 그러지 않았더라면 계속 씩씩하게 걸어갔을 텐데, 한 걸음
만 더 나갔다간 심연에 빠질 뻔했다. 우리 앞에 거대한 분화구가 입을
벌리고 있었다.

"으악!" 나는 비명을 지르며 한 걸음 물러섰다. "이게 도대체 뭐야?"

이나제아가 미소지으며 대답했다. "이게 바로 마그모스야."

그것은 길이 100미터, 폭은 50미터 정도라 둥근 분화구라기보다는
틈이나 균열이라고 하는 게 옳았다. 그러나 지질학적으로 정확한 용어
를 모르는 나로선 그냥 화산작용이라 표현할 수밖에 없는 특성을 지니
고 있었으므로 분화구라고 부르는 게 적당할 것 같다. 지질학자들이
나를 경멸해도 어쩔 수 없다. 안타깝게도 지금은 메리디우스 피로클라
스티안이 쓴 『지질학 용어사전』이 수중에 없으니까. 급경사로 20미터
쯤 내려가는 벽은 식은 용암처럼 새까맸다. 그 아래, 한눈에 훤히 들어
오는 계곡에 강이 흐르고 있었다.

"이런 오름 같은 일이!" 나도 모르게 말이 튀어나왔다. "이거야말로

깜짝 놀랄 일이네. 부흐하임에 강이 있다니! 예전에는 없었는데."

"정확히 말하면." 슈렉스가 대꾸했다. "지금도 없어. 사실 이건 강이
아니니까."

"아니면 뭔데?"

"뭔가 다른 것. 정확한 정의를 내리려고 부흐하임 과학자들이 아직
격렬하게 논쟁중이야. 그러니까 확실히 정해질 때까지는 그냥 강이라
고 불러야지."

나는 조심스레 아래를 내려다보았다. 사실 강과 닮은 점은 많지 않
았고, 오히려 동물과 비슷했다. 느긋하게 골짜기를 기어가는 거대한
뱀 또는 괴물 같은 곤충, 어마어마하게 큰 지네 또는 벌레 같았다. 아
래는 새까맣다고 할 만큼 어두웠고, 시럽처럼 진하고 끈적끈적해 보였
다. 수면에서 자갈이 함께 흘러가고 있었다. 나는 한 걸음 뒤로 물러났
다. 놀라 움찔하거나 한 발짝 잘못 내딛거나 잠깐 방심했다간— 마그
모스가 나를 땅속으로 끌고 들어갈 테니까. 정말이지 두 번 다시 부흐
하임 지하묘지 가까이로 가고 싶지는 않았다.

"마그모스는 매일 다르게 보여." 이나제아가 가느다란 손가락으로
손수건을 들며 말했다. "오늘은 잉크처럼 새까맣군. 표면으로 나오기
전에 석탄층이나 석유갱을 지나왔을 테지. 내일은 은회색 파피루스 죽
처럼 보일지 몰라. 지하묘지에서 고대 도서관 몇 개를 삼키고 녹였다
면 말이야. 모레는 쉬쉬 소리와 연기를 내며 이글거리는 붉은 용암찌
꺼기일 수도 있고. 마그모스를 따분한 강이라고 비난할 수는 없어. 보
기 흉하고 사악하고 위험하지만 절대 따분하지는 않아."

"용암도 흐른다고?"

"당연하지. 마그모스는 지하에서 끌어들일 수 있는 건 뭐든지 끌어

들여 함께 흘러. 토양과 석탄, 물론 책도 있어. 미로에서 나오는 책들이 늘 있지. 이따금 반은 액체상태이고 반은 식은 마그마가 흐를 때도 있어. 강 이름의 절반은 거기서 나온 거야."

슈렉스는 과장된 몸짓을 해가며 거대한 구덩이를 가리켰다. "예전에는 이곳에 부흐하임에서 가장 큰 공장이 있었어. 옵홀처 제지공장이었지. 부흐하임 종이보다 더 오래 타는 종이는 없다! 이런 말 알아? 옵홀처 제지공장이 불타는 모습을 목격한 누군가가 만들어낸 거겠지. 불에 쉽게 타는 재료가 여기 무진장 쌓여 있었어. 거대한 지하실에 종이가 한가득이었지. 쌓인 목재와 숲의 절반쯤이나 되는 나무들, 거기다 가연성 화학물질에 풀과 알코올도 있었지. 진짜 굉장한 화재였어! 몇 달이나 타올랐지. 절대 꺼지지 않을 것 같았어. 결국은 꺼졌는데, 불이 미로 깊숙이까지 집어삼키고 마그모스의 지류를 드러낸 거야."

마그모스…… 그제야 생각났다! 오래전 책에서 읽은 적이 있었다. 마그모스는 콜로포니우스 레겐샤인이 자신의 책 『부흐하임의 지하묘지들』에서 언급한 지하세계의 전설적인 강이었다. 책 사냥꾼들이 떠벌리는 미로의 비밀스러운 강. 레겐샤인이 그저 지나가듯 언급한 탓에 그 이름을 거의 잊고 있었다.

"예전에는 마그모스가 전설이라고, 책 사냥꾼들의 동화에 불과하다고 믿는 사람도 많았어. 강의 지류가 부흐하임 지표 바로 아래서 흐를 거라곤 아무도 생각 못했지." 슈렉스는 진저리난다는 표정으로 지저분한 강을 내려다보았다.

"도시에 이런 게 있었으면 했던 이는 아무도 없었어! 강은 어떤 때는 유황, 어떤 때는 기름, 또 어떤 때는 장뇌나 죽은 동물의 냄새를 풍겨. 무엇이 흐르는지에 따라 그때그때 다르지. 그 냄새 때문에 주민들은 두통이나 우울증, 불안장애에 시달리거나 그 증세들을 한꺼번에 앓았어. 화재가 난 도시의 잔해와 돌로 강을 다시 덮으려고 한 적도 있어. 처음에는 정말 성공한 것처럼 보였지. 하지만 어느 날 마그모스가 다시 나타났어. 제 모습이 드러날 때까지 자기 위에 쌓인 돌을 한 층씩 차례로 운반해 지하묘지로 끌고 내려간 거야. 주민들이 다시 한번 시도했지만 결과는 똑같았고 그래서 포기했지. 마그모스는 우리를 비웃고 있어! 이건 절대 아물지 않는 상처, 고름이 계속 흐르는 상처야."

나는 심연 가장자리를 따라 걷는 슈렉스를 조심스레 뒤따랐다.

"여긴 점점 더 망해갔어. 처음에는 떠날 능력이 되는 주민들이 떠났지. 그다음에는 사실상 그럴 능력이 없는 주민들도 떠났고. 그후로는 노숙자들을 위한 무료 임대 지역이 됐지. 하지만 그들도 오래 견디진 못했어. 마그모스 근처 집보다는 차라리 맨바닥에서 노숙하는 게 나았으니까! 그러고 나서는 범죄자들이 모여들었어. 정말로 위험한 지역이 된 거지. 하지만 오염된 강은 가장 극악무도한 범죄자들도 몰아냈어. 그들조차 못 견딘 거야. 이제 여긴 아무도 살지 않아. 독성 지대나 마찬가지야."

"독성 지대?"

"한꺼번에 다 알려고 들지 마!" 슈렉스가 웃었다. "싫어도 곧 알게 될 테니까. 이 도시에서 봐선 안 되는 새로운 명소야. 여기보다 훨씬 더 끔찍해."

이제는 정말로 구역질이 났다. 갑작스러운 편두통처럼 머리가 아프고 무릎이 후들거렸다. 무서운 기억을 일깨우는 이 악취에서 멀리 벗어나고 싶은 마음뿐이었다. 다행히 슈렉스는 분화구에서 발길을 돌려 다시 들판으로, 건물이 있는 시내 쪽으로 향했다.

"그때부터 여긴 아무도 살지 않아." 그녀가 어깨 너머로 내게 외쳤다. "원치 않으면 누구도 마그모스를 보거나 그 냄새를 맡지 않을 수 있게 된 뒤로 전설이 생겨나기 시작했지. 미화된 이야기, 허황된 이야기 말이야. 마그모스가 살아 있는 존재, 생각을 하는 존재라는 얘기, 가까이 오는 자의 생각에 영향을 미치고, 경솔한 자를 유혹해 빠뜨린다는 얘기 등등. 당신도 알지? 어린아이가 가까이 가지 못하도록 만들어낸 이야기들. 어차피 누구 하나 다가가지 않는데도 그랬어. 심지어 아이들도 안 그러는데."

"우리는 왔잖아." 나는 푹 잠긴 목소리로 말했다. 공기가 나빠서 목이 바짝 말랐다.

"당신에게 검열을 거치지 않은 새로운 도시 풍경을 보여주고 싶었을 뿐이야. 평범한 관광객용이 보고 싶어? 기념품 가게들이 있는 골목으로 안내할까?"

"알았어, 알았다고. 귀한 기회를 줘서 고마워. 속이 좀 메스거려서 그래."

슈렉스는 손을 휘휘 내저었다. "금방 괜찮아질 거야. 다행히 마그모스의 영향력은 금세 지나가지."

우리는 이심전심이 되어 행진하듯 빠른 걸음으로 마그모스 주변의 쥐죽은듯 적막한 거리와 목을 죄는 냄새와 까옥거리는 까마귀를 뒤로 했다. 얼마 안 가 거리를 산책하는 행인들과 창문으로 흘러나오는 불빛이 보이고 목소리도 들려왔다. 나는 안도의 한숨을 내쉬었다. 마음이 놓였다. 어두운 지하세계의 강에서 멀어질수록 미로에서도 멀어지는 거니까. 사랑하는 친구들이여, 이런 거리감은 여러분의 지친 이야기꾼에게 정신적으로나 육체적으로 진정한 안도감을 가져다주었다.

맹세컨대, 이제 그 누구도 나를 지하묘지 가까이 데려가지 못하리라.

　우리는 화재로 철저히 파괴된 구역에 들어섰다. 전에도 온 적이 있었지만 아무것도 알아볼 수 없었다. 예전에는 편집자 골목이 있었는데. 과로에 시달리는 편집자들의 한숨소리가 늘 가득하던 곳. 바로 그 뒤는 잊힌 시인들의 공동묘지였다. 이 둘은 흔적도 없이 사라지고 새로운 구역이 생겨났다. 집들은 장식 없이 아주 단순한 형태였고 도로가 뻗은 방향도 완전히 달랐다.

　"여긴 거의 극장 관계자들만 살아." 슈렉스가 설명했다. "가족과 함께. 도시 속의 도시 같은 곳이야. 공식적인 이름은 아니지만, 부흐하임 주민들은 이 구역을 슬렝보르트라고 불러."

　"슬렝보르트?"

　"인형중심주의자들에게 구전되는 전문어가 있어. 다양한 언어와 방언이 뒤섞인 말인데, 아직 연구는 전혀 안 됐지. 이 언어를 슬렝이라고 하거든. 이들은 다른 이에게는 아무 상관 없지만 자신에게 큰 의미가 있는 단어를 사용해."

　"예를 들면?"

　이나제아는 오래 생각하지 않았다. "공연 직전에 무대의상 바느질이 터지는 걸 직빵이라고 하지. 공연중 꼭두각시인형의 줄이 엉키는 걸 경단 덩어리라고 하고. 무대에서 인형이 뻣뻣하고 이상하게 움직이면 잡초, 공연중 일어나서 화장실에 가는 관객은 오줌쏙, 공연이 끝나고 박수가 너무 적으면 빌어묵이라고 해."

　나는 목이 쉬도록 웃어젖혔다.

　"이 언어에서 아주 중요한 용어 중 하나는 슬렝보야. 인형이 살아 있는 상태를 말해. 무대로 나가 관객을 즐겁게 해줄 때지. 그러니까 움직

239

이는 경우. 사용되지 않고 줄에 매달려 벽에 걸려 있을 때는 안 슬렘보야. 죽었다는 소리지."

"그렇구나."

"언제부터인가 이 구역은 슬렘보르트라고 불리게 됐어. 의역하자면 인형이 깨어나는 곳 또는 인형이 태어나는 곳이라고 할 수 있지."

"와, 재미있네."

나는 좀더 관심을 갖고 주변을 둘러보았다. 마그모스의 영향력은 완전히 사라지고 없었다. 소름끼치는 강 옆의 으스스한 골목보다 활기찬 이곳이 훨씬 더 마음에 들었다.

"여긴 인형을 부리는 조종자뿐 아니라 무대장치가, 의상 제작자, 배경그림 화가, 눈알 제작자, 감독과 음악가, 극작가와 좌석 안내원, 조명 담당과 인형 제작자, 가발 제작자와 프롬프터, 환경미화원과 행패 부리는 관객을 쫓아내는 문지기도 살아. 각계각층이 모였지. 난쟁이와 반¼난쟁이, 개 종족, 트롤 난쟁이, 미드가르트와 물 계곡 출신, 도깨비 등 누구나 볼 수 있어. 상당히 정신 사나운 구역이야! 재능 있는 어린 아이가 몇백 명 있다고 상상해봐. 몸은 자라지만 뇌는 자라지 않는 아이들 말이야. 그게 바로 슬렘보르트의 주민들이야. 여기는 해를 끼치지 않는 정신병자로 가득한 대형 정신병원이지. 나는 여기서 살고 싶지 않아! 건강하려면 푹 자야 하니까!"

소박한 다세대주택의 열린 창문으로 분주히 일하는 기척이 시끄럽게 들려왔다. 재봉틀이 달달 돌아가는 소리, 톱날이 끽끽거리는 소리, 소프라노 가수가 노래 연습을 하는 소리, 누군가 첼로를, 또 누군가는 팀파니를 연습하는 소리…… 반난쟁이 둘이 웃으면서 손바닥만한 의상이 주렁주렁 걸린 행거를 어느 건물 입구로 옮기고 있었다. 해골 가면을 쓴 배우가 지하실 창문으로 몸을 내밀고 에자일라 빔퍼슐라크의 독백 대본을 읽었다. 아이들은 법석을 떨며 뒷마당을 돌아다녔고, 건물들 사이의 줄에 꼭두각시인형들이 빨래처럼 걸려 있었다. 초현실적인 꿈속 풍경이 그려진 무대배경이 어느 집 담에 기대어 있고, 그 앞에서 개 두 마리가 망가진 인형을 서로 차지하겠다고 싸웠다. 어디서 누군가는 주변을 전혀 아랑곳하지 않고 번개의 음향효과를 시험하는 중이었다. 이곳에서는 부흐하임의 다른 지역과는 전혀 다른 종류의 생동감이 넘쳤다. 책 냄새와 커피 향 대신 페인트와 송진, 나무 보호제 냄새가 진동했다.

"새로운 부흐하임에 처음 지어진 집들이야." 슈렉스가 말했다. "그래서 장식도 없고 소박하지. 다른 곳이 아직 불타고 있을 때, 여전히 연기를 뿜는 폐허 위에 세워진 거야. 이곳 주민들은 즉흥적으로 금방 일에 착수하는 데 익숙하고 서로서로 잘 도와. 언제나 분주한 곳이지! 극장은 24시간 돌아가. 문을 닫는 법이 없어, 절대로! 낮에 여섯 번, 밤에 여섯 번 공연하는데도 매번 매진이고."

나는 점점 더 호기심이 커졌다.

그 정도로 잘된다면 내가 전혀 모르는 문화적인 매력이 넘치는 이곳은 정말로 비범한 뭔가를 제공한다는 소리였다. 이렇게 도시 안에 자기들만의 구역도 가지고 있지 않은가!

우리는 건물 유리창이 대부분 자그마한 거리를 천천히 걸어갔다. 유리창 안쪽에는 시계가 많았다. 회중시계와 손목시계, 벽시계, 유리기둥 아래 있는 시계, 분해된 시계의 기계장치, 톱니바퀴와 금속 태엽, 아주 작은 나사…… 진열창마다 작은 부품들이 어지럽게 늘어져 있었다. 똑딱거리는 희미한 소리가 수천 번씩 들리는 것 같았다.

"시계 제조자들이 모여 사는 거리인가?" 내가 물었다.

"전직 시계 제조자들이 모여 사는 거리지." 이나제아는 집게손가락을 들고 정정해주었다. "이봐, 친구. 거기엔 중요한 차이점이 있어! 극장은 시계 제조자를 늘 새로 고용해서 인형에 들어갈 정밀기계를 만들고 정비하게 해. 그들보다 나은 자가 어디 있겠어?"

"어쨌든 아주 정밀한 정밀기계공이겠네." 나는 말장난을 쳤다.

"최고로 정밀한, 최고 중의 최고로 정밀한 정밀기계공이지!" 슈렉스가 맞장구를 쳤다.

우리는 모퉁이를 돌아, 두건 달린 가죽 수도복을 입은 여덟 난쟁이가 합창 연습을 하는 곳을 지나가게 되었다. 내가 모르는 언어로 된, 우울한 분위기를 풍기는 기묘한 곡이었다. 여덟 난쟁이가 빠짐없이 감자처럼 꾸민 작은 손인형을 높이 쳐들고 있었다.

예상치 못한 순간 느닷없이 눈앞에 극장이 나타났다. 안개에 싸인 유령처럼 다른 건물들 위로 치솟아 있었다. 꽤 거대한 유령이었다. 서커스 텐트처럼 보이는 잿빛 실루엣만 보였을 뿐이었는데 지금껏 내가 부흐하임에서 본 건물 중 가장 컸다.

"우아!" 나도 모르게 감탄사가 튀어나왔다. "저게 혹시……?" 너무 놀라 질문을 끝맺는 것도 잊어버렸다.

"그래." 슈렉스가 말했다. "인형 키르쿠스 막시무스야."

"아이고, 정말 어마어마하네." 나는 나도 모르게 걸음을 멈췄다.

"너무 커서 이름도 여러 개야." 슈렉스가 킥킥거리며 말했다. "인형 키르쿠스 막시무스가 공식 명칭이지만, 누가 계속 그렇게 말하겠어? 바보 같은 이름이야! 너무 긴데다 발음하기도 힘들잖아. 부흐하임 주민들은 그냥 텐트라고 불러. 텐트가 아닌데도 말이지. 슬렘보르트 주민들은 인형의 집이라고 해. 로맨티스트들은 꿈꾸는 인형들의 극장이라고 부르고."

나는 무슨 소리냐는 표정으로 슈렉스를 바라보았다.

"흠, 사실 부흐하임 고서와 이곳 극장의 인형은 어느 정도 비슷한 점이 있긴 해. 사용되지 않을 때는 둘 다 일종의 마법에 걸린 것처럼 잠들어 있지. 살아 있는 손길이 닿아야 깨어날 수 있어. 하나는 독자의 손이고, 다른 하나는 인형을 부리는 조종자의 손이지. 두 경우 모두 보는 이가 인식해야 다시 살아나는 거야."

"슬렘보가 되어야 한다는 말이지?" 나는 히죽거렸다. "극장 간부진의 교활한 광고 캠페인처럼 들리네. 관광객을 끌어모으려는 멋진 동화, 부흐하임다운 유치함. 어쨌든 귀엽군."

"불손한 말이지만 일단 용서해줄게." 슈렉스가 아량을 베풀듯 말했다. "당신은 인형중심주의가 뭔지 아직 모르니까. 하지만 이제 곧 달라질 거야."

"오늘 공연되는 그 빌어먹을 작품 제목이 뭔지 왜 알려주지 않아?" 나는 안개에 싸인 서커스 텐트 쪽으로 곧장 걸어가며 투덜거렸다.

"깜짝 놀라게 해주려고 그래."

"나는 깜짝쇼 싫어해."

"이봐, 친구. 긴장감 넘치는 저녁이 될 거야!" 슈렉스가 내 팔짱을 끼며 말했다. "엄청나게 긴장감 넘치는 저녁!" 그녀에게서 시큼한 우유 냄새가 났다.

# 꿈꾸는 인형들의 극장

우리는 포석이 깔린 너른 광장에 들어섰다. 인형 키르쿠스 막시무스가 눈앞에 있었다. 가까이서 봐도 여전히 거대한 서커스 텐트 같았다. 뾰족한 지붕이 세 개였는데, 가운데 것은 크고 양쪽 두 개는 그보다 작았다. 더 가까이 가서 보니 얇은 천으로 만든 텐트와는 거리가 멀었다. 단단한 돌로 지은 건물이었다.

"극장의 외관도 프로그램 중 하나야." 이나제아가 열띤 목소리로 설명했다. "관객들 짐작에 들어맞는 건 하나도 없지. 천인 줄 알았던 건 돌이야. 서커스는 예술, 예술은 서커스고. 확실한 건 하나도 없어."

잔뜩 들뜬 슈렉스를 보고 있자니 내가 서커스를 전혀 좋아하지 않는다는 사실이 떠올랐다. 그곳에서는 늘 똥오줌 못 가리는 덩치 큰 동물 냄새가 진하게 났다. 아이들 대부분이 무서워하는 기분 나쁜 어릿광대도 있었다. 서커스 사람들은 바보스럽고 위험천만한 짓을 했고, 동물에게는 훈련을 통해 부자연스러운 행동을 강요했다. 그리고 관객들은 이런 것을 보며 환호했다. 내 심장고동은 점점 더 가라앉았다. 오늘 저녁 책들의 도시를 산책했다면 얼마나 좋았을까. 내가 애타게 찾던 센세이셔널한 일이 기다리고 있을 텐데! 희귀한 책들이 가득 쌓여 있는데다 안이 좁고 구불구불해서 스릴 넘치는 고서점들, 작가 낭독회와 흥미로운 여러 종족들, 야단법석을 떠는 문학 활동들. 그런 걸 다 포기하고 대신 나는 지금 서커스를 보러 가고 있다. 게다가 인형 서커스라니.

한숨이 나왔다.

"이 건축물에 쓰인 돌은 플로린트에서 가져온 거야." 슈렉스는 자신이 이 빌어먹을 극장을 직접 설계라도 한 양 으스댔다. 그와 반대로 나는 건축가의 이성이 좀 의심스러웠다. 단단한 석재로 이동 서커스 천막을 흉내내는 게 무슨 의미가 있단 말인가? 벽은 붉은 대리석과 노란 사암이 번갈아 들어가 멀리서 보면 줄무늬 텐트 같았다. 그러나 바로 앞에서 보니 대리석 무늬와 사암의 섬세한 틈새, 덩어리 사이사이의 이음매, 이 모든 것을 이어주는 모르타르가 눈에 들어왔다. 이 건물은 이동에는 전혀 적합하지 않았다. 산이나 마찬가지였다. 그 자리에 오래오래 서 있어야 할 건축물이었다.

"이제 땅바닥을 봐!" 슈렉스가 명령했다. "입구 위 포스터에 뭐라고 쓰여 있는지 읽으면 안 되니까. 그걸 보면 깜짝쇼가 아니지."

나는 마지못해 시선을 내리깔았다. 한 단은 대리석, 한 단은 사암으로 번갈아 이어지는 황갈색 계단을 올라 입구로 간 우리는 사방에서 밀려드는 수많은 관객에게 에워싸였다.

"두건을 좀더 푹 눌러쓰지그래?" 슈렉스는 그렇게 말하더니 손수 두건을 매만져주었다. "남이 알아보는 거 싫잖아. 안 그래?" 그러고는 나를 이끌고 검표원 옆을 지나 로비로 향했다.

널찍한 로비는 몰려온 관객들의 수다로 시끄러웠다. 문화행사라기보다는 주민 축제처럼 느긋한 분위기였다. 다들 많이 웃고 크게 떠들었다. 커피와 스팀 맥주도 팔았고, 아이들은 바삭바삭한 과자와 달콤한 군것질거리를 샀다. 높은 천장에는 의상 없이 맨몸인 나무 관절인형 수백 개가 매달려 있었는데, 화가나 조각가가 해부학 관찰에 쓰는 인형처럼 모두 똑같이 추상적으로 보였다. 그것이 극장 로비에서 유일

하게 장식적인 요소였다. 로비 분위기는 웅장한 데 비해 조명은 은은
했다. 사방의 커다란 촛대에서 촛불이 일렁거리고 있었다. 슈렉스는
관객들 틈으로 나를 힘껏 떠밀었다.

"이쪽으로!" 그녀가 명령조로 말했다.

기다란 나무의자를 지났는데 거기 앉은 특이한 인형들이 관심을 끌
었다. 많이 사용해서 낡은 게 분명했지만, 눈에 띄게 품질이 좋고 값
비싸 보였다. 아이들을 위한 평범한 장난감이라기에는 너무도 정교하
고 세밀하게 만들어진 인형이었다. 귀한 나무를 깎거나 값비싼 도자기
를 굽고 공들여 그림을 그렸으며, 복잡하게 움직이는 눈과 입술 장치
를 갖추고 있었다. 게다가 멋진 천으로 지은 옷도 입었다. 그러나 사용
해서 닳은 흔적은 확연했다. 상당 부분이 마모되거나 부러졌고, 의상
은 해지고 구멍이 났다. 그밖에도 상한 흔적은 많았다. 그것은 하나뿐

인 진품이고 인형극에 여러 번 사용된 인형들이었다. 우리는 나무벤치 앞에 멈춰 섰다.

"이게 오늘 등장할 인형들인가?" 내가 물었다.

슈렉스는 좀 경멸하듯이 웃었다. "아니, 못 쓰는 인형이야. 요즘은 공연하지 않는 작품의 주인공들이지. 여기 이건 〈전설적인 빔밤 교수〉의 빔밤 교수, 저건 〈푸룬켈 왕과 익사한 목요일〉의 푸룬켈 왕이야. 저기 저쪽은 〈달팽이는 이빨이 많다〉에 등장하는 카우이와 옥토미르고. 진짜 고전들이지. 인상적인 소장품이야. 안 그래? 재산 가치도 있을 테고."

그녀가 제목과 주인공을 나열할 때 나는 몸이 슬쩍 꼬였다. 인형극이 원래 아주 오래된, 그러니까 고대 또는 거의 태곳적 예술 형태고 무엇보다 어린이 관객을 대상으로 한다는 사실이 떠올랐던 것이다. 잠시나마 자녀들을 한자리에 가만 앉혀두려고 어쩔 수 없이 가끔 찾는 곳

이 인형극장 아닌가. 나는 자식도 없는데! 남은 저녁시간이 얼마나 짜증스러울지 걱정이었다. 서커스와 인형극의 조합, 인형 서커스라니. 이보다 더 나쁠 수는 없다. 하지만 아무 내색도 하지 않았다.

"그토록 중요한 인형들을 여기 이렇게 그냥 둔다고?" 나는 깜짝 놀랐다. "도둑맞기 십상일 텐데."

"그런 일도 가끔 있어." 슈렉스가 대답했다. "어떤 관객은 망토 아래 숨겨 훔쳐가기도 하지. 하지만 공연이 끝나면 다시 가져다둬."

"훔친 인형을 돌려놓는다고?" 나는 걸어가며 물었다. "왜?"

"공연이 끝나면 인형에 대한 생각이 완전히 달라지니까." 슈렉스는 이렇게 대답하고 은밀한 미소를 지어 보였다. 벽지를 바른 어느 벽 앞에 멈춰 선 그녀는 외투에서 열쇠를 꺼냈다. "이리 들어가!" 슈렉스가 명령하며 벽지 바른 문을 열고 미끄러지듯 들어갔다. 나는 놀라기도 하고 호기심도 느끼며 그녀를 뒤따라 들어갔다. 문 뒤에는 살짝 휘어진 철제계단이 위로 이어져 있었다. 슈렉스가 힘차게 계단을 올랐다. "우리 개인 관람석이야." 계단 끝에서 자그마한 발코니로 나가며 슈렉스가 자랑스레 말했다. 의기양양함이 가득한 목소리였다.

나는 발코니 난간으로 다가가 극장 홀을 둘러보았다. 첫인상은 상상보다 크다는 것이었다. 훨씬 더 컸다.

"누구나 그런 생각을 해." 나는 아무 말도 하지 않았는데 슈렉스가 말했다. "어떻게 이런 식의 효과를 내는지는 몰라! 차모니아에 이보다 큰 극장이 많지만, 여기 반만큼이라도 커 보이는 곳은 없어. 착시에 관한 한 여기가 진짜 최고지. 당신도 곧 보게 될 거야."

우리는 검은 벨벳을 씌운 안락의자에 앉았다. 그 사이에 놓인 작은 탁자에 오페라글라스 두 개가 있었다. 분명 둘 중 하나는 키비처의 것이었다고 생각하니 마음이 좀 불편해졌다. 그런 생각을 떨쳐버리려고 난간에 몸을 기댄 채 이리저리 살펴보았다. 아래쪽 객석도 금세 관객들로 채워졌다.

평범한 극장은 아니었다. 전혀 과장이 아니다. 예를 들면 커다란 커튼이 하나만 있는 게 아니라 다양한 크기의 반원형 커튼 일곱 개가 옆으로 나란히 이어졌다. 하나는 붉은 벨벳이고 다른 하나는 칠흑처럼 검었으며, 또 하나는 금빛 비단이었다. 나머지 네 개에는 각각 동화 속 등장인물이나 음표 또는 추상적인 무늬가 수놓여 있었다. 미적 감각이 그다지 높아 보이지는 않았다. 홀의 벽을 빙 둘러 설치된 키 큰 거울은 좌석수를 두 배로 보이게 해서 홀의 크기를 속이는 시각적인 효과를 냈다. 사방에 놓인 모래와 물 양동이는 화재 위험에 대비한 필수품이었다.

정말 인상적인 것은 홀을 중심으로 빙 둘러싼 개인 관람석 열두 개의 형태였다. 상상 속 존재의 머리통을 본떠 정교하게 만들어져서, 거대한 용이나 바다뱀 또는 맹금류가 극장 벽을 뚫고 머리를 내민 것처럼 보였다. 관람석 형태는 제각각이었지만 안쪽은 모두 검은 벨벳을 덧댔고 발코니는 많은 장식품과 금박으로 꾸며놓았다. 다른 개인 관람석도 금세 관객들로 채워졌다.

홀 천장은 극장 지붕치고 유난히 높았다. 서커스 텐트처럼 뾰족하게 올라가는 모양새라서 사실 어스름한 그늘 속에 천장이 어디인지 짐작만 할 뿐이었다. 초를 여럿 꽂을 수 있는 장식 없는 촛대들이 긴 줄에 매달려 있었는데, 몇 개의 촛불만 켜져 있어서 조명은 흐릿했다.

"실내장식은 공중그네 위에서 대충 한 모양이군." 내가 히죽거리며 말했다.

"흠……" 이나제아는 그런 나를 삐딱하게 보았다. "인형중심주의 기원에 여전히 큰 의미를 두고 있어서 그래. 이 특징들 대부분은 거리 공연에서 왔거든. 자신의 근본을 속이지 않고 탄탄한 대형극단 소속이 아니었다는 사실을 자랑스러워하지. 발트로젬 훈장을 받은 성공한 작가 양반은 그게 거슬리나?"

"아니, 아니야!" 나는 웃으며 부인했다. "나도 그런 거 좋아해. 그런데 오늘 공연 제목이 뭐지? '푸룬켈 왕과 익사한 목요일'인가? 얘기 좀 해줘! 어차피 이제 도망칠 수도 없잖아."

"곧 알게 돼. 아주 마음에 들 거야."

슈렉스는 통밀 비스킷 봉지를 꺼내 내게 권하지도 않고 바사삭바사삭 먹기 시작했다. 나는 난간에 몸을 기대고 관객을 구경하며 남은 시간을 보냈다.

차모니아를 대표한다고 할 만한 다양한 종족이 모였다. 난쟁이와 무멘, 나티프토프와 볼티고르크, 드루이드와 할루하츠, 이곳 주민과 관광객, 어른과 아이…… 홀은 임시좌석까지 모두 매진이었다. 여기저기 앉은 도서항해사들을 보니 가슴이 답답하게 조여왔다. 예전의 야만적인 책 사냥꾼들이라면 문화행사에 절대 참여하지 않았을 테고 참여했다 해도 말썽을 부렸을 것이다. 그러나 이곳에 온 도서항해사들은 관객들의 반감을 전혀 일으키지 않는 모양이었다. 오히려 그중 몇 명은 옆 좌석 관객과 활기차게 대화를 나누었고, 아이 하나는 무시무시한 곤충 가면을 쓴 도서항해사에게 환한 웃음을 지어 보였다. 관객 대부분은 화려하게 차려입고 교양 있게 목소리를 낮춰 소곤거렸다.

이 모든 관객이 오늘 저녁 문화행사의 클라이맥스를 알고 있는데 나만 공연 제목조차 모른다고 생각하니 약간 창피했다. 그랬다. 타의로 이곳에 끌려왔고 입장료도 내지 않은 관객은 아마 홀 전체에서 나 혼자인 것 같았다. 그 생각을 하자 지금 내가 누구의 안락의자에 앉아 있는지 불현듯 떠올랐다. 유령을 깔고 앉은 듯한 불편한 느낌이 들어 자리에서 일어났다.

"벌써 가려고?" 부스러기를 잔뜩 흘리며 비스킷을 와작와작 먹고 있던 슈렉스가 물었다. "이봐, 그러면 중요한 걸 놓쳐. 이 공연은 당신 이야기니까!"

나는 다시 안락의자에 주저앉았다. "내 이야기?" 화들짝 놀라서 물었다.

"어머낫!" 슈렉스는 내 쪽으로 비스킷 부스러기를 뿜었다. "나도 모르게 말해버렸네! 더는 말 안 해줄 거야!"

나에 관한 희곡? 이 늙은 허수아비가 날 놀리나? 아니면 그냥 못 가게 하려고 거짓말을 한 걸까? 잠깐! 혹시 이제 여기서 나를 바보로 만드는 풍자극이 공연될 예정인가? 그리고 이나제아는 내가 재미있어할 거라고 믿는 건가? 각오를 단단히 해야 했다. 슈렉스들은 기괴하고 가끔은 남을 배려하지 않는 유머를 즐긴다.

나는 불안했지만 긴장감을 숨기고 다시 홀에, 정확히 말하면 무대에 집중했다. 보통 다른 극장이라면 무대 천장에 대도구를 매달 줄이 덮개에 가려 있는데 여기는 커튼 위로 훤히 드러났지만, 흐릿한 조명 덕분에 비밀스러운 어스름에 잠겨 있었다. 계단이나 움직이는 무대가 어디 있는지 겨우 짐작만 할 뿐이었다. 이따금 줄이나 철사, 모래주머니와 도르래, 구조물 위에서 바삐 움직이는 검은 형체들이 얼핏 보였다. 기술적인 면이 큰 비중을 차지하는 공연이라 눈에 띄지 않게 움직여야 하는 인원이 많은 듯했다.

드디어 시작을 알리는 징이 울려퍼지고 잡담과 소음이 잦아들었다. 징 소리가 한번 더 크게 울리자 슈렉스는 남은 과자 봉지를 싸서 집어넣고 망토에서 부스러기를 떨어냈다. "이제 시이-작!" 그녀의 눈이 생일선물 포장을 뜯는 아이처럼 반짝였다.

경쾌한 멜로디가 울리더니 금빛 음표가 수놓인 작은 커튼이 서서히 올라갔다. 그 뒤에 있던 오케스트라가, 아니, 정확히 말하면 이런 인형극 극장에서 오케스트라라고 할 만한 것이 눈에 들어왔다. 연주자는 없고 악기뿐이었다. 바이올린과 클라리넷, 오보에와 플루트 등은 모두 스스로 연주할 수 있었다. 기계 팔다리가 달린 콘트라베이스가 자기 현을 뜯었고 팀파니도 자기 자신을 쳤다. 바이올린도 자기 현을 뜯고 튜바도 자신을 불었다. 이 악기들은 팔다리만 달린 게 아니라 기계 눈도 있어서 연주중에 과장되게 굴렸는데, 그래서 살아 있다는 착각을 더 생생하게 불러일으켰다.

"두델슈타트에서 온 도레미파솔라시 음악 인형들이야." 슈렉스가 전문가 같은 표정으로 속삭이고는 다 알아듣게 설명했다는 듯 의자에 느긋하게 몸을 기댔다.

이 놀라운 오케스트라의 악기는 모두 서른 개였는데, 모두 어찌나 그럴듯한지 이 미친 악기들이 정말로 스스로 연주하는 건지 아니면 홀 어딘가에 진짜 오케스트라가 숨어 있는지 헷갈릴 정도였다. 그들 위에서는 기계 눈이 달린 작고 귀여운 꼭두각시 음표가 춤을 추었고 줄에 매달린 긴 악보도 오케스트라 사이를 헤치고 다니며 생기발랄하게 움직였는데, 어린 관객들이 특히 좋아했다. 이 기묘한 음악극에 제대로 집중하기도 전에 나는 놀라운 다음 장면에 시선을 빼앗겼다.

수백 개의 촛불이 켜진 엄청나게 큰 구리 촛대가 내려왔다. 촛대 양

쪽에는 빨간색과 초록색, 노란색과 파란색의 작은 유리 거울들로 뒤덮인 커다란 구가 있었다. 촛대가 회전하자 홀 전체가 돌연 알록달록한 도깨비불에 휩싸인 것 같았다. 당연히 진짜 구경거리는 이 촛대도, 충분한 간격을 두고 내려온 두 개의 공중그네도 아니었다. 바로 그네에 앉은 원숭이 세 마리였다.

　사랑하는 친구들이여, 물론 나는 진짜 원숭이가 아니라고 확신했다.
그럴 리가 없었다! 진짜라기에는 표정이 너무 기괴해서 캐리커처 같았
고, 야생동물이 이런 터무니없이 우스꽝스러운 제복에 몸을 구겨넣을
리도 없었다. 그러니 틀림없이 인형이었다!

　그러나 그네가 관객들 머리 위쪽에 멈춰 섰을 때 오페라글라스로 이

들 형체의 얼굴을 더 자세히 살펴보고는 생각했다. '아니, 말도 안 돼! 기계 형체가 저렇게 생생한 표정을 짓다니!'

원숭이들은 얼굴을 찌푸리거나 눈을 크게 떴고 입술을 삐죽이거나 혀를 내밀었다. 살아 있는 존재만이 할 수 있는 행동이었다. 게다가 이제는 쉴새없이 움직이기 시작했다. 그네를 기어오르거나 턱걸이를 하거나 머리를 아래로 하고 거꾸로 매달려 있기도 했다. 이런 식으로 움직일 수 있는 인형은 없다. 불가능하다!

그러다가 퍼뜩 생각이 떠올랐다.

"아, 그렇구나!" 나는 마음이 가벼워져 슈렉스에게 속삭였다. "분장한 배우군! 유인원 훈련을 받은 난쟁이 연기자인 거야…… 그렇지?"

"아니." 슈렉스가 쉿소리를 냈다. "그렇지 않아."

"난쟁이가 아니라고? 그럼 도깨비야?"

"아니."

나는 바보처럼 그녀를 빤히 바라보았다.

"아니라고? 그럼 뭐야?"

"인형이지."

나는 그 형체들을 다시 한번 자세히 살펴보고 나서 웃음을 터뜨렸다. "말도 안 되는 소리 하지 마! 꼭두각시인형이 아니야. 줄이 안 보이잖아. 줄이 없는데 어떻게 조종해? 허공에서! 인형은 조종자가 있어야 한다고."

슈렉스는 대답이 없었다. 나는 히죽거리며 그녀를 바라보았다.

"당신도 모르는구나!" 내가 의기양양하게 말했다. "하하! 수백 번도 더 봤으면서 어떻게 작동하는지 모르다니."

이나제아는 고집스레 침묵했고, 나는 다시 원숭이들에게로 눈길을

돌렸다. 이들은 전문 공중곡예사처럼 그네를 타며 관객의 머리 위를 오갔고, 오케스트라 연주도 점점 더 극적으로 고조되었다. 원숭이 한 마리가 그네를 크게 구른 끝에 막대를 놓더니 관객들이 비명을 지르는 가운데 공기를 가르며 깔끔하게 공중제비를 넘고는 다른 막대에 거꾸로 매달려 있던 원숭이의 양손을 잡았다. 딴따라 딴!

우레와 같은 박수갈채.

"이럴 수가!" 나도 고함을 지르며 박수를 보냈다. 슈렉스가 눈치를 보듯 나를 곁눈질했다.

"저건 난쟁이야!" 나는 딱 잘라 말했다. "분장한 난쟁이 곡예사라고. 확실해. 훈련이 아주 잘돼 있군. 운동 능력이 굉장해. 게다가 가면까지 쓰고 말이야. 정말 인상적인걸."

이나제아는 경멸하듯 쿡 웃었다.

잡는 역할을 하는 원숭이가 파트너를 다시 허공에 놓아주었다. 풀려난 원숭이는 피겨스케이트 선수처럼 공중에서 여러 번 회전한 다음 자기 그네로 날아가 한 손으로 느긋하게 잡았다. 그네가 가볍게 왔다갔다 하는 짧은 휴지기가 있었다. 잠시 후 공중곡예사 둘이 다시 한번 힘차게 그네를 굴렀다가 동시에 막대를 놓고 함께 공중제비를 두 번 넘은 뒤 잡는 역할 원숭이에게로 날아가 그의 양손에 한 마리씩 매달렸다.

박수갈채, 발을 구르는 소리. 공중곡예 중에서도 수준이 높았다. 나는 진심으로 감동받았다.

한꺼번에 세 마리가 매달린 채 그네를 뒤로 한 번 앞으로 한 번 굴렀다. 잡는 역할 원숭이가 다른 두 마리의 손을 놓자, 둘은 팔을 활짝 벌리고 공중을 날아 각자의 그네로 돌아가서 안전하게 매달린 다음 재미있다는 듯 깍깍 소리를 냈다.

또다시 박수갈채. 이번에는 소리가 더 높았다.

확실했다. 인형들은 도저히 할 수 없는 행위였다. 위쪽에 꼭두각시인형 조종자들이 숨어 있을 대도구도 없었다. 설령 있다고 해도 이 정도 고난도의 방향 전환과 움직임은 인형으로는 그럴듯하게 해낼 수 없었다.

팀파니가 다시 한번 요란하게 울렸다. 이번에는 가느다란 바이올린 소리까지 가세해 다음 순서를 알렸다. 원숭이 한 마리가 막대를 잡고 그네를 구르기 시작했고, 다른 한 마리는 그네에 그대로 웅크리고 있었다. 그네를 구르던 원숭이가 막대를 놓고 관객들의 머리 위를 세련되게 여러 번 회전하며 날아가, 잡는 역할 원숭이의 손을 숙달된 동작으로 붙잡았다. 둘이 그 상태로 몇 번 그네를 구르는 동안 다른 원숭이도 자기 그네를 구르다 다리로 거꾸로 매달려 잡을 자세를 준비했다.

팀파니 소리가 점점 더 커졌다. 그네 두 개가 서로 마주보며 왔다갔다하던 중 중간 원숭이가—이번에는 발로—잡는 역할 원숭이의 손을 잡았다. 공중에서 셋이 얼어붙은 듯 멈췄다. 원숭이 세 마리는 관객들의 머리 위에서 고리처럼 엮여 있었다. 팀파니 소리가 멎고 완벽한 침묵이 찾아들었다. 관객들은 모두 위쪽을 응시했다.

그때 갑자기 중간 원숭이가 비명을 지르기 시작했다. 동물이 기분좋을 때 내는 소리가 아니라 고통스러운 비명이었다. 즐거움이 아닌 죽음의 고통! 양쪽에서 붙들고 잡아당기니 몹시 고통스러운 모양이었다. 관객들은 불안해했고 나도 난간을 움켜쥐었다. 실제 상황인가? 아니면 이것도 공연의 일부일까? 아니, 이건 진짜다. 사고가 난 거야! 이들이 정말로 분장한 곡예사인지 문득 의심스러워졌다. 하지만 진짜 동물을 이렇게 말도 안 되는 엽기적인 행동을 하도록 훈련시킬 수 있을까? 어쨌든 그 비명은 틀림없이 짐승이 낸 것이었다. 내가 받았던 감동은 순식간에 사라졌다.

하지만 양쪽 원숭이는 놓을 생각을 하지 않았다. 찢어질 듯한 비명에도 불구하고 두 마리 모두 고집스럽게 동족을 잡아당겼다. 이들의 어리석은 잔인함이 분노를 불러일으켰다. 둘 중 하나가 그냥 손을 놓으면 될 게 아닌가! 원숭이는 뇌가 작아서 그런 생각도 못하나? 아니면 내가 생각하는 것보다 머리가 좋은 건가? 양쪽에서 동시에 손을 놓게 될까봐 불안한가? 중간 원숭이가 관객들 머리 위에 거꾸로 떨어질까 걱정스러워서?

그사이 원숭이의 비명은 머리카락이 쭈뼛 서는 울음으로 변했고, 일부 관객은 좌석에서 일어나 있었다. 나도 일어났다. 사랑하는 친구들이여, 평생 잊지 못할 그 장면이 바로 다음 순간 펼쳐지지 않았더라면 나도 그 빌어먹을 괴물들을 향해 분명 고함을 질렀을 것이다.

중간 원숭이의 몸이 우리 모두의 눈앞에서 찢어졌다. 그랬다, 동족들에 의해 몸 한가운데가 찢겨 둘로 나뉜 것이다! 끔찍한 소리와 함께 몸이 찢어지자 관객들 머리 위로 크고 붉은 핏방울이 비처럼 쏟아졌다. 경악스러운 그 순간, 피는 비현실적으로 천천히 떨어지는 듯했다. 나는 난간에서 몸을 떼고 뒤로 물러나 숨을 헐떡이면서도 소름끼치는 그 장면에서 눈을 떼지 못했다. 원숭이 두 마리는 각각 동족의 몸통을 반쪽씩 잡고 양쪽으로 날아갔다. 그것만으로도 충분히 소름끼쳤다. 하지만 사랑하는 친구들이여, 그 순간 내가 더 충격받은 이유는 냉혈한처럼 동요 없이 앉아 있는 슈렉스 때문이었다! 기쁨에 찬 미소까지 짓는 걸 보니 완전히 즐기고 있는 눈치였다! 지금 제정신인 건가?

원숭이 두 마리는 끔찍한 짐을 들고 각자 양쪽 끝까지 갔다가 소름끼치는 일이 일어난 곳으로 다시 와서 만났다. 그러자 두 동강이 났던 몸통이 다시 하나가 되었다! 마치 조립식 장난감의 부품이 딱 들어맞을 때처럼 커다란 기계음이 딸깍 나더니 갈라졌던 원숭이가 다시 온전한 한 마리로 변한 것이다! 투덜거리듯 깍깍대는 특유의 소리까지 냈다. 관객들 사이에서 당황한 소곤거림이 흘렀다.

세 곡예사는 몇 초 동안 그렇게 서커스장 허공에 떠 있었다. 원숭이들과 그네로 이루어진 기이한 화환이었다. 또다시 팀파니 소리가 배경에 깔렸다. 잡는 역할의 원숭이가 손을 놓자 다른 두 원숭이는 뒤로, 다시 앞으로 왔다갔다했다. 그러다가 놀라운 방식으로 다시 붙은 원숭이 곡예사가 완벽한 공중제비를 세 번 넘더니 잡는 역할 원숭이의 손을 향해 날아갔다.

홀은 쥐죽은듯 고요했다.

나는 무릎이 후들거려 비틀비틀 난간으로 다가갔다. 방금 설명할 수 없는 기적을 목격했다고 확신했다. 핏방울인 줄 알았던 것이 아주 천천히 회전하며 관람석 난간에 내려와 앉았다. 그것은 붉은 장미꽃 이파리였다.

슈렉스가 나를 보며 히죽거렸다. "뭐, 난쟁이?"

팡파르가 세 번 울리고 박수갈채가 쏟아졌다. 감동한 관객들이 고함을 질렀다.

사랑하는 친구들이여, 나는 완전히 압도당했다!

"마술이네!" 한결 마음이 놓인 내가 소리쳤다. "본 것 중에 최고야! 더할 나위 없이 훌륭한 공중곡예군!" 나는 박수갈채를 보내며 잇새로 휘파람도 불었다. 놀란 거위떼처럼 정신없는 관객들의 꽥꽥거림에 간간이 웃음소리도 섞였다.

인형 오케스트라가 처음처럼 다시 경쾌한 음악을 연주했다. 홀쩍이는 어린아이와 분노한 어머니 관객을 진정시키려는 의도 같았다. 그네에 앉은 원숭이 세 마리는 뜨거운 박수를 받으며 위로 올라갔다. 그중 한 마리가 자기 머리를 떼어 건네자 동료는 멍하니 그것을 들여다보았다. 머리가 미처 원래 주인에게 돌아가기도 전에 세 마리 모두 천장의 어둠 속으로 모습을 감추었다.

"믿을 수가 없군." 나는 다시 자리에 앉아 신음하듯 말했다. "인형이 맞구나! 의심할 여지가 없어! 하지만 꼭두각시인형은 아니야! 줄이 없잖아. 보이지 않게 공중을 날아다니며 인형을 조종하는 자도 없었어. 빌어먹을! 인형들 스스로 움직였다고! 이게 어떻게 가능하지?"

"인형중심주의니까!" 슈렉스가 의기양양하게 대꾸했다.

"아니, 잠깐만!" 나는 항의했다. "그게 답이라는 거야? 인형중심주의, 그 한 단어가? 도대체 인형이 어떻게……"

그때 다시 징이 울렸다. 슈렉스가 "쉿!" 소리를 내는 바람에 나는 어쩔 수 없이 입을 다물었다. 그러고는 다시 홀에서 일어나는 일에 정신을 집중했다.

# 여러 명의 분신

음악이 다시 시작되었다. 제일 큰 커튼이 천천히 올라가고 음악을 연주하는 인형들 앞으로는 커튼이 내려왔다. 가장 중요한 장면에 관객의 관심을 집중시키기 위해서인 듯했다. 나는 기대에 가득차서 몸을 앞으로 내밀었다. 관객들의 웅성임이 잦아들자 지저귀는 새소리가 생생히 들려왔다.

그림처럼 아름답게 풍화된 옛날 집들과 그 위로 안개에 싸여 떠오르는 해가 멋지게 그려진 무대배경이 보였다. 흐릿하던 조명이 밝게 바뀌고, 그라비트 그리트의 모음곡을 연상시키는 음악이 출발을 알리며 모두를 일깨웠다. 그러니까 아침 장면이었다. 책무더기가 앞에 쌓인 몇몇 집들은 틀림없이 서점 아니면 고서점이었다. 어, 잠깐!— 내가 아는 거리네! 펼친 책처럼 생긴 지붕에 책 모양 벽돌 등 어딘지 모르게 오래된 인쇄물과 관련있는 건축적 특징이 금방 눈에 띄었다. 이건…… 그랬다, 하흐메드 벤 키비처의 고서점이 있는 거리였다! 독자들이 가장 즐겨 찾는 몇몇 고서점이 위치한 콜로포니우스 레겐샤인 골목은 운좋게 부흐하임의 화재 피해를 입지 않고 살아남아서 이 도시의 고전적인 매력을 드러내는 곳이었다. 흠, 그러니까 작품 배경은 부흐하임이구먼. 그래, 그렇군. 거리 풍경이 잘 드러나 있었다. 좀더 확실히 말하자면, 아주 세세한 점까지 완벽하게 있는 그대로를 모방했다. 창틀 하나, 지붕 널조각 하나, 문손잡이 하나까지 정확하게. 인형극 무대치고는 놀랍도록 세밀하지 않은가!

난데없이 어느 집 이층 창문이 열리더니, 슈렉스와 흡사해 보이는 인형 하나가 머리를 헝클어뜨린 채 밖을 내다보았다. 몇몇 관객은 웃음을 터뜨렸다. 그 인형이 쉰 목소리로 노래를 부르기 시작했다.

"부흐하임, 꿈꾸는 책들의 도시!
부흐하임, 굶주린 시인들의 도시!
부흐하임, 알록달록한 빛의 도시!"

다른 창문 하나가 또 열리더니 반난쟁이 인형이 몸을 내밀고
목소리를 드높였다.

"부흐하임, 오직 네 안에서만
오름이 다양한 형태로 타오르네.
부흐하임, 오직 네 안에서만
순-수-문-학이 통하네!"

셋째와 넷째, 다섯째 창문이 열리고 또다른 인형들이 나타나 목청껏 노래했다.

"부흐하임, 책들이 아직
나무였을 때를 꿈꾸는 도시,
부흐하임, 시인들의 꿈이 끓어넘치는 도시,
모든 운율이 딱딱 들어맞는 곳!"

나는 안락의자에서 몸을 비비 꼬았다. 무슨 텍스트가 이렇게 끔찍하담? 게다가 어째서 노래를 부르는 거지? 그러니까 노래 소가극이군! 하필! 경멸을 담아 요들 소설 또는 바보 오페라라고도 불리는 노래 소가극은 대중소설을 음악 무대에 올리기 위해 마구잡이로 만든 저속한 장르였다. 사랑하는 친구들이여, 나는 이 예술 형태를 선호하지 않는다! 전혀, 절대 좋아하지 않는다! 노래 소가극 대부분은 대규모 작곡회사에서 생산해 미터 단위로 판매했는데, 원래의 문학작품을 잔인하게 가공해 운율이 형편없는 한 줌의 노래로 가차없이 줄여버렸다. 그러고는 쉽게 감동하며 재미를 좇는 이들, 또는 나처럼 노래 소가극이라는 덫에 잘못 걸린 관광객들에게 억지로 주입했다! 빌어먹을! 이날 저녁 난관이 숨어 있을 거라 예상은 했었다! 이제 두 시간 동안 꼼짝없이 어느 불쌍한 작가의 작품을 심하게 왜곡해서 질러대는 인형들의 노랫소리를 듣고 있어야 한다. 아, 대단하네! 책 연금술과 연관된 슈렉스의 문화적 취향을 믿으면 이런 일이 벌어진다. 두꺼비 똥을 보고 미래를 예견한다는 이, 보름달이 뜰 때 자기 오줌을 마시는 이의 취향을 믿으면! 슈렉스는 그런 짓을 하는 족속들이다! 그리고 나는 그런 밀교를 좋아하는 심술쟁이에게 이끌려 저녁을 망치고 있다. 흥미로운 문화행사가 차고 넘치는 도시에서! 나는 무의식적으로 엄지손톱을 자꾸 물어뜯었다(더는 상황을 바꿀 수 없어 화가 나면 버릇처럼 하는 행동이다). 빌어먹을! 1막은 꼼짝없이 봐야겠지만, 휴식시간에는 빠져나갈 수 있을지 모른다. 컨디션이 좋지 않다는 등의 핑계를 대고서. 거짓말이야 내 직업이 아닌가.

다양한 형태의 인형이 점점 더 많이 무대로 모여들었다. 손인형이 유리창이나 문 밖으로 몸을 내밀고 노래하는가 하면 책무더기나 손수레 뒤에서 나타났다. 꼭두각시인형은 삐기며 길을 걸었고, 실제 크기의 인형—다시 말해 인형 조종자가 분장한 경우—은 집 주변을 산책했다. 그림 같은 장면을 연출하는 기괴한 형체들이 순식간에 무대를 가득 메웠다. 실제 부흐하임 골목의 광경과 대단히 흡사했다. 팔리지 않는 원고를 겨드랑이에 낀 남루한 시인, 난폭하게 밀치는 돼지 종족 에이전트, 두툼한 고서를 이 상점 저 상점 끌고 다니는 등이 굽은 책 장수, 감탄하며 다니다 가로등에 부딪히는 관광객이 보였다. 책 수레를 끄는 행상인, 돌아다니는 광고책자, 민첩하게 움직이는 살아 있는 신문, 완전무장을 한 도서항해사도 이따금 눈에 띄었다. 지붕에서 춤추는 굴뚝청소부와 배수구에서 노래하는 들쥐도 있었다. 정말 사랑스러운 연출이라는 건 인정해야 했다. 다양한 등장인물과 정확성, 연출상의 유머는 내 마음을 거의 녹일 뻔했다. 텍스트만 이렇게 끔찍하지 않았더라면.

"부흐하임, 책들이 아직."

인형들이 후렴구를 함께 불렀다.

"나무였을 때를 꿈꾸는 도시

267

부흐하임, 시인들의 꿈이 끓어넘치는 도시,

모든 운율이 딱딱 들어맞는 곳!"

아니, 잠깐! 이제야 생각났다! 이 텍스트는 내가 쓴 거잖아! 조잡하게 줄이고 편집했지만 미텐메츠의 텍스트였다.

"책들이 아직

나무였을 때를 꿈꾸는 곳……"

그래, 이건 내 거야. 내 작품에서…… 너무 놀라는 바람에 그런 생각도 중단되었다. 무대에서 터무니없는 일이 벌어졌기 때문이다. 지금 막 무대 끝에서 나온 것은 다른 누구도 아닌 나였다!

사랑하는 친구들이여, 자기 분신과의 만남을 주제로 한 차모니아 문학도 몇 작품 있긴 하지만 대부분은 발작적인 광기에 대한 은유다. 그렇기 때문에 이어지는 내 말이 은유로 해석되지 않길 바랄 뿐이다. 지금 무대 끝에서 나온 형체는 내가 이따금 자긍심을 느끼며 거울에서 보는 그 형체와 똑같은 모습이었다! 정확히 똑같은 내 초상! 거울이 아닌 다른 곳에서 자기 모습을 보게 되면 자신이 제정신인지 의심이 들 법하다. 안 그런가? 끔찍한 시간이 흐르는 동안, 공중곡예를 하던 원숭이가 동족 두 마리에게 당했던 것처럼 내 뇌가 둘로 나뉘려는 건 아닐까 하는 생각이 들었다. 나는 자리를 박차고 일어나 도망가거나 의자에 푹 주저앉고 싶었고, 이 악몽에서 깨어나 고함을 지르고 싶었고, 허공으로 사라지고 싶었고, 웃는 동시에 울고 싶었다. 광기란 것이 꼭 이런 느낌 아닐까! 나는 난간 위로 몸을 더 숙이고 무대에 등장한 형상을 속수무책으로 응시할 뿐이었다. 슈렉스가 옆구리를 찌르는 바람에 그제야 멍한 상태에서 깨어났다.

"깜짝쇼 성공이지?" 그녀가 의기양양하게 깩깩거렸다. "아까 하마터면 실수로 털어놓을 뻔했어! 혀를 깨물어야 했지! 미텐메츠 인형, 어때? 굉장하지? 인정해! 당신 자신의 모습에 유령이라도 본 것처럼 놀랐잖아!" 이나제아가 잔인한 웃음을 터뜨렸다.

나는 식은땀이 흘렀다. 인형이라, 그렇지! 내 텍스트잖아. 당연해. 내 작품 중 뭔가를 공연할 모양이군. 나는 이성을 잃은 게 아니다! 뇌가 두 동강 난 것도 아니고, 푹신푹신한 벽으로 막힌 독방에서 여생을 보내야 하는 것도 아니다. 기쁜 소식이었다. 나는 안락의자에 털썩 주저앉아 숨을 헐떡였다.

"『꿈꾸는 책들의 도시』야!" 이나제아가 가느다란 손가락을 흔들며 속삭였다. "당신이 쓴 부흐하임 책! 그걸 오늘 공연해!"

무대에서 울리는 음악은 현대 차모니아 대도시의 분주함을 인위적으로 재현한 스벵 오어가이거의 생기발랄한 〈아틀란티스 심포니〉를 연상시켰다. 어쨌든 오케스트라는 생동하는 도시의 소음과 움직임을 음악이라는 도구로 표현하려는 그의 독특한 아이디어를 흉내냈다. 리드미컬하게 뜯는 바이올린과 딱딱거리는 캐스터네츠, 몰아치는 관악기 소리는 인형들이 밀치락달치락하는 분위기를 한층 돋웠다. 미텐메츠는 분주한 부흐하임 거리를 이들에게 떠밀리며 돌아다녔다. (일단 내가 무대 위에 있다는 사실에 익숙해져야 했다!) 무대배경인 집들이 바닥에서 올라오거나 공중에서 내려왔고, 미텐메츠 인형은 뭔가에 취한 듯 비틀비틀 그 난리통을 헤치고 다니며 무슨 일인지 알아내려고 애썼지만 허사였다. 슈렉스는 나를 보며 히죽거렸고, 나는 긴장을 풀고 의자에 등을 기댄 채 무대에 집중하려고 했다.

책 사냥꾼들이 나타났다! 트럼펫과 팀파니 소리가 울려퍼지는 가운데 실제 크기와 똑같은 꼭두각시인형들이 굵은 철사에 매달려 내려온 것이다. 전투갑옷과 무시무시한 투구와 죽음의 무기에 이르기까지 의상도 실제와 똑같았다. 당시 그들이 정말 저런 모습이었다고 생각하니 소름끼쳤다. 꼭두각시인형의 기계적인 움직임도 그 무자비한 전투기계와 잘 어울렸다.

"이제 곧 후각 솔로가 등장해." 슈렉스가 지나가는 말처럼 알려주었다. "그전에 코를 푸는 게 좋을걸!" 그러고는 손수건을 꺼내 코를 풀었다. 많은 관객이 그녀와 똑같은 행동을 했다. 홀 전체가 삽시간에 코를 풀거나 훌쩍거리는 소리로 가득찼다.

"왜 그래야 해?" 내가 물었다. "콧물 안 나는데."

"아무 냄새도 안 나?" 이나제아가 되물었다.

아니, 냄새가 났다! 그제야 나는 공연이 시작된 뒤로 갖가지 냄새가 진동했음을 깨달았다. 갓 구운 빵 냄새도 그중 하나였다. 막 내린 커피와 바삭하게 구운 햄 냄새도 풍겼다. 극장 안 카페에서 나는 냄새인 줄 알았던 나는 의도한 것이 아닐 테지만 무대의 아침 풍경과 잘 맞는다고 생각했다. 슈렉스가 말한 냄새가 이건가? 미처 물어보기도 전에 박수갈채가 터져나왔다. 큰 무대에서 여전히 공연이 진행되는 중에 작은 커튼 하나가 올라갔다. 그러자 놀랍게도 단층집 한 채만한 세트가 나타났다.

무대장치인가, 아니면 기계인가? 극장 난방장치일 수도 있었다. 사랑하는 친구들이여, 나는 전혀 알 수 없었다! 이게 만약 기계라면 제작자는 유머러스한 자일 것이다. 이렇게 웃기는 기계는 한 번도 본 적이 없으니까. 재질 대부분이 유리와 금속이었다. 병과 관, 시험관과 플라스크, 용수철과 피스톤, 실린더와 증류기, 열전도기와 깔때기, 관과 호스로 복잡하게 연결된 수많은 용기가 보였다. 그중 일부는 색색의 액체로, 또다른 일부는 다양한 응집상태를 보이는 증기와 연기로 가득차 있었다. 안개처럼 연한 은빛이기도 하고, 잉크처럼 진한 검은빛이기도 하고, 분홍색으로 나풀거리기도 하고, 노란색으로 반짝거리기도 했다. 액체와 가스와 안개가 펌프질되어 배관 시스템을 통해 변화무쌍하게 흐르고 있어 그 자체로 이미 굉장한 볼거리였다. 그러나 이 작은 무대의 진짜 구경거리는 미친듯이 돌아가는 배관 설비가 아니었다. 오, 아니었다! 볼거리는 바로 그 앞에 있었다. 복잡한 조작장치 앞에 서서 기계를 다루는 이는 네벨하임 주민이었다.

사랑하는 친구들이여, 여러분은 방금 제대로 들었다. 네벨하임 주민! 여러분도 기억할 것이다. 안 그런가?* 부흐하임의 연극무대에 진짜 네벨하임 주민이 선다는 건 진짜 책 사냥꾼이 거리를 활보하는 것이나 마찬가지로 불가능했다. 둘 다 불법이었으니까. 네벨하임 주민들은 피스토메펠 스마이크가 계략을 꾸밀 때 너무도 수치스러운 역할을 하는 바람에** 화재 직후 부흐하임에서 추방되었다. 그러니 무대에 있는 저 유령 같은 놈은 진짜일 리 없었다.

"저거…… 인형이야?" 나는 자신 없이 이나제아에게 물었다.

"아니." 그녀가 쉿소리를 냈다. "진짜야."

"진짜 네벨하임 주민? 여기? 부흐하임 출입 금지인 줄 알았는데."

"당신, 정말로 오랜만에 여기 온 거군." 슈렉스가 소곤거렸다. "이봐, 몇 가지 변화가 있었어! 부흐하임은 관대한 도시야. 몇몇이 도를 넘었다고 해서 나머지 종족 전체를 몰아낼 순 없어."

---

* 『꿈꾸는 책들의 도시』 1권 176쪽을 참조할 것.
** 『꿈꾸는 책들의 도시』 1권 179쪽 '트럼나팔 콘서트'를 참조할 것.

"몇몇이 도를 넘어?" 나는 울화가 치밀었다. "네벨하임 주민들은 피스토메펠을 도와서 이 도시 주민 절반을 세뇌시켰어! 당신도 직접 겪었어! 몸소 체험했잖아! 그들은……"

"흥분하지 마!" 슈렉스가 나를 달랬다. "저기 무대에 있는 남자는 그때 그 네벨하임 주민이 아니니까. 당시에는 태어나지도 않았어! 그러니까 긴장 풀어! 잊을 줄도 알아야지."

관객 몇몇이 우리 쪽으로 고개를 돌렸고, 그중 누군가가 짜증스러운 목소리로 "쉿!" 소리를 냈다. 문화공연이 진행되는 중에 수다쟁이보다 더 짜증나는 건 스스로 수다쟁이가 되는 일이다. 그래서 나는 입을 다물었다.

하지만 무대 위의 네벨하임 주민 때문에 불안했다. 그는 금이나 은으로 도금되어 서로 복잡하게 얽힌 관들 한가운데 가로등처럼 꼿꼿이 버티고 서 있었다. 관들은 수많은 개폐장치와 밸브와 꼭지, 기압계와 온도계를 갖추고 있었다. 차모니아 북서부 해안 주민 모두가 그렇듯 그자 역시 납작한 모자를 쓴 검은색 양복 차림이었고, 그래서 우유처럼 하얀 피부가 더욱 도드라져 보였다. 그의 뒤쪽으로는 수없이 많은 기다란 놋쇠 관이 부채꼴로 배열되어 있었다. 관은 모두 여러 각도로 위로 뻗어 있고, 그 끝에 달린 마개들이 소리 없이 반복적으로 여닫히고 있었다. 이 네벨하임 출신 오르간 연주자 바로 앞에 계단식으로 배열된 콘솔에는 도자기 손잡이가 달린 음전音栓이 최소한 이백 개는 있었다. 그는 이 음전들을 쉴새없이 다루며 이따금 바닥의 나무페달을 밟기도 했다. 네벨하임 주민이라니! 나는 여전히 믿기지 않았다.

"당신, 운좋은 거야!" 슈렉스가 속삭이며 내 아래팔을 움켜쥐었다. "오르간 앞에 있는 저자는 그냥 네벨하임 출신 아무개 씨가 아니라고!

옥토비르 판 크라켄바인이지! 부흐하임을 통틀어 최고의 향기 오르간 연주자야!"

"오르간?" 나도 속삭였다. "저게 악기라고? 그…… 그런데 향기 오르간이 뭐야?"

슈렉스는 그녀의 가게로 잘못 들어와 어수룩하게 길을 묻는 촌뜨기 관광객을 보듯 나를 바라보다가 소곤소곤 대답했다.

"냄새를 풍기는 무대장치로 발명된 후각 아로마 오르간이야. 부흐하임만, 게다가 여기 이 극장에만 있어! 음악 외에 냄새라는 요소를 연출에 더해주지. 보고, 듣고, 맡기! 향기 오르간이 등장하면 지금 무대에서 무슨 일이 벌어지는지 맹인도 알 수 있어. 저 악기 연주는 그 자체로 예술의 한 형태야. 부흐하임에는 향기 오르간 연주자가 총 일곱 있는데, 그중에서도 옥토비르는 누구도 못 따라오는 최고의 대가야. 그가 저 악기를 직접 고안하고 제작했지. 후각적 실내장식의 위대한 대가라고! 자, 이제 솔로 파트 시작이다!"

큰 무대에서 노래 없이 음악만 흐르는 거리 장면이 계속 상연되는 동안 콘솔 앞의 네벨하임 오르간 연주자는 음전을 넣었다 뺐다 하고 페달을 밟기도 했다. 그는 화장터의 화로를 다루듯 시종일관 진지한 표정으로 엄숙하고 품격 있게 연주했다. 오르간 안의 액체와 증기는 활기차게 반응했다. 끓거나 진해지거나 연해지기도 하고, 반짝이거나 타기도 하고, 쉬쉬거리거나 보글거리는 소리를 내기도 했다. 오르간 파이프 마개가 빠르게 여닫혀 눈으로 좇아갈 수 없을 정도였다.

그동안 큰 무대에서는 미텐메츠 인형이 여전히 책들의 도시를 헤매고 있었다. 인형이 비틀거리며 지나가는 동안 도시를 표현한 무대장치가 계속해서 새롭게 바뀌었다. 집과 탑과 담이 바닥에서 올라오거나 공중에서 내려왔다가 다시 사라지는 속도가 점점 빨라졌다. 팀파니 소리도 빨라지고 오보에와 클라리넷 연주도 점점 더 다급해졌다.

나는 고개를 들고 냄새를 맡았다. 처음 책들의 도시에 와서 거리를 돌아다닐 때 나던 바로 그 냄새였다. 부흐하임 주민들이 책을 읽으며 즐겨 먹는 갓 볶은 모카 원두 냄새, 김이 나는 케이크 위에 얹은 레몬 커드치즈 냄새, 토스트 탄내와 바닐라 차 냄새, 막 인쇄한 잉크 냄새. 코보다 기억력이 좋은 기관은 없다! 은은한 멜리사나 타르 냄새, 딸기나 금방 벤 풀 향기는 수십 년 전 과거로 나를 데려다놓기에 충분했다. 그러나 그것만이 아니었다. 냄새는 훨씬 더 많았다! 누군가 내게 무대에서 제혁업소나 아교 도매상점이나 가구가게를 봤느냐고 묻는다면 망설이지 않고 그렇다고 대답했을 것이다. 또 무대에 비누가게와 와플가게와 이발소도 있다고 믿을 뻔했다. 하지만 그런 세트는 전혀 없었다! 향기 오르간이 무두질한 가죽과 책을 붙이는 아교와 막 대패질한

274

톱밥과 비누와 구운 와플과 면도용 화장수 아로마로 나를 속였을 뿐이다. 그 냄새만 맡고도 내 뇌는 진열창과 광고판이 있는 거리를 떠올린 것이다. 무대에 그런 게 없는데도. 후각적 실내장식! 코를 위한 건축가! 그제야 나는 슈렉스가 한 말이 무슨 뜻인지 깨달았다.

네벨하임 주민은 속내를 알 수 없는 눈길로 관객들을 한참 바라보다가 다시 미로 같은 장치로 돌아서서 차분히 이런저런 음전을 뺐다. 냄새의 물결이 관객들과 내 위로 넘실거리며 다가올 때, 이번에는 또 어떤 신기한 냄새가 날까 궁금했다. 결과는 놀라웠다! 굴뚝 연기와 오드투알레트 향, 계란프라이와 겨드랑이 땀 냄새, 끓어넘친 우유와 기계 기름 냄새, 고양이 오줌과 말똥 냄새, 카밀레 차 향, 기름 탄내, 꽃집의 코를 마비시키는 듯한 장미 향이었다. 지하 선술집의 김빠진 맥주 냄새, 녹나무 액과 약국의 에테르 희석제 냄새도 풍겼다. 슈렉스 연금술 허브 가게에서 판매하는 마녀모자 차와 사리풀 수프 냄새, 정육점의 돼지 피 냄새, 막 인쇄한 신문 냄새, 따뜻한 빵 냄새도. 우리는 아침에 깨어나는 도시에서 맡을 수 있는 온갖 냄새를 맡았다. 그러나 차모니아의 어느 도시에서도 맡을 수 없는 독특한 냄새 역시 있었다. 바로 부흐하임 주둥이에서 올라오는 꿈꾸는 책들의 냄새였다. 슈렉스가 팔꿈치로 나를 찌르며 히죽거렸다. 나는 할말을 잃었다.

소리는 또 어떻고! 오, 친구들이여, 극장의 탁월한 음향 담당이 만들어내는 의성어들이 작품 전체에 기여하는 바를 절대 잊어선 안 된다. 내가 방금 효과음이나 음향효과라고 말하지 않고 의식적으로 의성어라는 단어를 쓴 것은 인형 키르쿠스 막시무스에서 상연하는 이 작품의 예술적 수준을 알리기 위함이다. 망치질 소리와 종소리, 닭 우는 소리와 개 짖는 소리, 마차 바퀴가 자갈 위를 굴러가는 삐걱거림 또는 포석

위를 지나가는 덜컹거림, 새소리와 아이들의 고함, 뒤섞인 목소리들—
이 모든 것은 각각의 멜로디와 리듬이 있었고, 정확성과 조화 면에서
오케스트라의 음악 연주에 결코 뒤지지 않았다. 나는 기름칠이 잘되고
모든 면에서 완벽하게 작동하는 거대한 극장기계 안에 들어와 있었다.
가장 작은 소도구부터 마지막 피리 음까지 모두 정확히 제자리를 지키
고 있는 기계였다.

"사실 당신이 지금 보고 있는 건 말이야." 슈렉스가 목소리를 최대
한 낮춰서 설명했다. "도구의 일부에 불과해. 말하자면 빙산의 일각인
거야. 실은 오르간과 연결된 배관 시스템이 극장 전체에 설치되어 있
어. 바닥과 벽, 여기 이 개인 관람석에도 가느다란 분사관이 숨어 있고,
그게 눈에 보이지 않는 방향제를 내뿜는 거야. 키비처는 모든 방향제
를 순식간에 중화시켜 없애는 가스도 함께 나올 거라고 생각했지. 그
러지 않고는 오르간이 뿜어내는 모든 냄새가 한데 뒤섞여 견디기 힘든
악취가 돼버릴 테니까."

"그럴듯한 설명이군!" 나도 속삭였다. "키비처는 현명하……" 말문
이 막혀버렸다. "내 말은…… 키비처는 현명했다고."

"이런 소문까지 있어." 슈렉스가 소곤거렸다. "저 아래 무대에 있는
악기는 진짜 오르간이 아니라는 거야! 그냥 인형, 그러니까 엄청난 가
짜 기계라는 거지. 진짜 오르간은 다른 곳에 있고, 외관도 전혀 요란스
럽지 않대. 그리고 저 아래 오르간 연주자도 네벨하임 주민이 아니라
정교하게 만들어진 인형이래."

"내가 그랬잖아!" 나는 의기양양하게 말했다.

"하지만 소문은 사실이 아니야!" 이나제아가 손을 휘저으며 부인했
다. "말도 안 되는 헛소리라고."

"당신이 그걸 어떻게 알아?"

"슈렉스라면 알지."

슈렉스들이 남의 말을 가로막을 때 늘 대는 이유! 합리적인 이유를 댈 수 없을 때면 자기 종족은 비밀스러운 감각이 있다고 우긴다! 느낌과 예감이 그렇다나! 남들은 몰라도 자기 종족은 안다고! 이러면 논쟁은 의미가 없다. 그들에게 늘 지게 되어 있다. 어쨌든 나는 오르간 연주자가 어쩌면 네벨하임 주민이 아닐지도 모른다고 생각하니 마음이 약간 놓였다.

그사이 무대에서는 사건이 빠르게 진행되고 있었다. 내가 처음 부흐하임에 머물렀던 내용은 희곡 작법상 짤막하게 축약되어 내 책의 한 장章이 통째로 간단한 대화 장면으로 날아가버렸다. 잊힌 시인들의 공동묘지에서 오비디오스와 마주치는 장면이나 실제로는 하룻밤 꼬박 걸려 콜로포니우스 레겐샤인의 책을 읽는 장면은 단 몇 초로 줄어들었다. 또 미텐메츠 인형은 지하묘지를 묘사한 레겐샤인의 책을 길거리 행상 옆에 서서 읽었지만, 실제로는 돈을 내고 구입해 카페에 들어가서 읽었다. 무대 뒤쪽에서 집채만큼 커다란 배경그림이 내려왔다. 키비처가 내게 상속한 보물지도를 연상시키는 그림이었다. 지하묘지를 수직으로 표현했다는 점은 비슷했지만, 레겐샤인의 정확한 지도와는 달리 지금 이 무대배경은 중세풍이었다. 용이나 거대한 거미나 트롤 같은 무시무시한 괴물이 책 보물 위에 웅크리고 앉아서 책 사냥꾼들을 잡아먹는 동굴과 터널의 횡단면, 또는 그 비슷한 잔혹동화의 소재가 원근법을 무시한 채 금박을 많이 써서 표현되어 있었다. 초기 책 일러스트의 단순한 그 방식이 무척 아름다웠다! 단조로운 음악이 시작되고 어느 목소리(콜로포니우스 레겐샤인의 목소리를 흉내내는 것 같았다)가 모험 가득한 지하 풍경을 발라드풍으로 노래하고는 운율에 맞춰 아주 짧게 요점을 다시 정리했다.

"그다음에 책 연금술사들이 왔네.
그들의 책은 보이지 않지.
상자에 숨겼으니.
공기도 빛도 없는
깊은 곳에 책을 가져다두었네.
지금도 책들이 꿈을 꾸는 곳,
어디서 꿈꾸는지 이제 아무도 모른다네.
그곳을 영원히 찾고 있지."

후렴은 늘 똑같았다.

"아름다운 미로의 기쁨,
이상향에 있는 책들.
가죽과 먼지와 오래된 잉크가
이곳으로 내려와 죽는다네!"

이것은 물론 에부베트 판 골트바인이 작곡한 불멸의 마지막 교향곡을 빗댄 것이었고, 발라드를 위한 멜로디도 여기서 차용했다. 뻔뻔하긴 해도 훌륭한 표절이었다! 이왕 훔치려면 최고의 작품을 훔쳐야 한다는 게 내 좌우명이다.

큰 무대 위의 내 인형이 드디어 키비처의 고서점에 도착했다. 음악이 잦아들고 커튼이 닫히는 것과 거의 동시에 작은 무대의 커튼이 올라갔다. 그리고 그곳에 또다시 내가, 아니 내 인형 분신이 나타났다! 이제 혼자였고, 조명이 부족한 탓에 어둠에 에워싸여 있었다. 그러나 곧 바닥에서 책무더기가 솟구치고 커다란 2절판 책으로 가득한 책장들이 무대 뒤쪽에서 앞으로 나왔다. 조명은 약간 밝아졌다. 노란 구름 속에서 미세한 아지랑이가 일더니, 압둘 나흐티갈러 교수의 책들만이 불러일으킬 수 있는 아이데트의 독특한 책먼지 냄새가 풍겨왔다.

"믿을 수가 없어!" 나는 숨을 헐떡였다. "키비처의 고서점에서 나는 냄새잖아!"

슈렉스는 말없이 내 팔에 손을 얹었다. 유령이 불을 붙인 듯 촛불 하나가 켜졌다. 어둠 속에서 우스꽝스러운 형체가 커다란 눈을 빛내며 나타났다. 진짜처럼 생생한 하흐메드 벤 키비처였다! 그의 영혼이 우리 관람석에 나타났다고 해도 이토록 놀라지는 않았을 것 같다. 하마터면 날카로운 비명을 지를 뻔했다. 그리고 지금 내가 앉은 좌석이 누구 것인지 다시 한번 확실히 깨달았다! 눈물이 솟구쳤다. 벌떡 일어나려 했지만 슈렉스가 달래듯 내 팔을 꼭 붙잡고 있었다.

키비처 인형은 정말 유령 같았다. 그가 죽고 없다는 사실을 아는 지금, 그 느낌은 특히 더했다. 검게 분장한 인형 조종자들이 키비처 인형을 조종했는데, 흐릿한 조명 때문에 거의 눈에 띄지 않을뿐더러 인형이 움직이기 시작하자마자 관객들로부터 그 존재가 잊혔다. 어떻게 키비처의 눈이 안쪽에서부터 빛나는지, 그의 떨리는 목소리를 어떻게 이 정도로 완벽히 흉내낼 수 있는지 수수께끼였다. 게다가 극장 안 어디에 있더라도 마치 귀에 대고 직접 속삭여주는 것처럼 소리가 또렷했다! 무대에서 맡은 역할을 다하기 위해 키비처가 저승에서 돌아온 것

279

만 같았다. 나무책장을 갉아먹는 벌레 소리와 키비처의 뇌가 웅웅거리는 소리가 들렸다. 종이의 곰팡내와 아주 오래된 가죽 냄새도 풍겼다. 관객들은 쥐죽은듯 조용했다.

그러나 극적인 장면 대신 아이데트와 나 사이의 재치 있고 유머러스한 대화가 이어졌는데, 그것은 현실에서도 내 책에도 없던 내용이었다. 하지만 키비처와 나의 적대관계를 정확히 표현했을 뿐만 아니라 관객들에게서 웃음도 이끌어냈으니 크게 상관없었다. 그 장면은 키비처가 자기 서점에서 나를 내쫓는 것으로 끝났다. 나조차 히죽히죽 웃음이 나올 지경이었다.

"키비처가 제일 좋아했던 장면이야." 슈렉스가 옆에서 소곤거리자 나는 또다시 눈물이 솟았다. 그러나 미처 감동을 마음껏 표현하기도 전에 조명과 장면이 빠르게 바뀌었다. 커튼이 여러 개 올라가고 내려왔고, 미텐메츠 인형은 음악에 맞춰 밤거리를 헤맸다. 이괴리 유글레그티가 작곡한 불협화음을 연상시키는 피아노 음이 뭔가를 칼로 찌르듯이 뚱땅거렸다. 발라드풍으로 극이 연출되는 가운데 내 인형은 책사냥꾼을 비롯해 부흐하임의 수상쩍은 무리들과 마주쳤다가 도시의 후미진 구석에 다다랐고, 그 내용은 키코리기 데 고리오의 악몽 같은 그림에서 차용한 듯한 웅대한 무대연출을 통해 묘사되었다. 드디어 내 인형은 위험한 밤그림자를 뒤로하고 환하게 불 밝힌 음식점에 도착했다. 가슴을 죄는 음악이 울려퍼졌다.

그 장면 위로 커튼이 내려오고 바로 옆의 다른 커튼이 올라갔다. 수많은 단역 인형이 등장하는 분주한 음식점이었다. 내 책에도 나오는, 교활한 문학 에이전트 클라우디오 하르펜슈톡과 만나 대화를 나누는 장면이었다. 그 대화 때문에 이후 피스토메펠 스마이크의 덫에 걸려들게 되었었다. 시간 순서는 그때와 완전히 달랐지만 지금 그런 건 전혀 중요하지 않았다. 어쨌든 나는 이 막힘없는 연출에 아무런 저항감도 느끼지 못했다.

실물 크기의 하르펜슈톡 인형은 식당 탁자에 앉아 있는 터라 상체만 보였다. 향기 오르간이 구운 소시지와 햄, 마늘빵 토스트와 완두콩 수프, 뜨거운 코코아와 녹인 버터에 든 셀비어 등 식욕을 돋우는 냄새를 내뿜었다. 접시와 잔이 달그락거리는 소리, 활기찬 수다와 느긋한 웃음소리 때문에 손님으로 가득한 음식점이라고 완벽하게 착각할 수 있었다. 탁자에 앉아 코맹맹이 소리로 조잡하기 짝이 없는 시를 읽는 난쟁이 꼭두각시인형도 있었는데, 예전 그때의 상황과 흡사했다.

음식 냄새와 더불어 숲과 야생동물, 송진과 전나무 잎, 멧돼지 털 냄새도 허공을 떠돌았다. 마지막 요소는 상당히 섬세한 연출이었다. 하르펜슈톡은 돼지 종족이라 정말 그 비슷한 냄새를 풍겼으니까. 인상적인 하르펜슈톡 인형은 거의 두려움을 불러일으킬 정도였지만 자유분방한 매력도 엿보였다. 그의 외모와 성격을 이토록 잘 표현하다니 놀라웠다. 하르펜슈톡 인형은 여유만만한 바리톤 음색으로 자기가 맡은 부분을 노래했다. 내가 듣기엔 그렇게 사악하고 교활한 놈에게는 어울리지 않는 약간 우스꽝스러운 목소리 같았지만, 오시지키오 로나니의 소가극 〈아이젠슈타트의 제과업자〉를 연상시키는 음악은 탁월했다. 그래서 너 그렇게 넘어가기로 했다. 가극 대본은 예술가를 중개하는 에이전트라는 하르펜슈톡의 수상쩍은 직업을 유머러스한 방식으로 표현했다.

"나는 기름, 당신은 운율
나는 기어의 속도조종바퀴

당신은 단어, 나는 그냥 가래침
나는 책을 전혀 사랑하지 않으니까!

나는 크림을, 당신은 생크림을
당신은 명예를, 나는 연금을
나는 돈을, 당신은 이름을 원하지!
당신은 성공을, 나는 지분을!"

하르펜슈톡은 당당하게 목청 높여 에이전트와 작가의 관계에 대한 자신의 견해를 한 치의 어긋남 없이 전하고 있었다. 이 작품에서 최고의 장면은 아니었지만 관객들은 즐거워했고 사건 진행도 빨랐다. 하르펜슈톡은 마지막에 미텐메츠에게 학자인 피스토메펠 스마이크를 찾아가라며 주소를 알려주었다. 커튼이 내려왔다. 창피한 꿀벌빵 사건은 싹 빠졌는데, 나로서는 아주 잘된 일이었지만 사실 이해할 수 없었다. 분명 관객에게 웃음을 주었을 텐데.

또다시 다른 무대에서 부흐하임의 좁은 골목을 돌아다니는 내 모습이 보였다. 언제쯤이면 내가 무대에 있다는 사실에 익숙해질까? 내가 새롭게 등장할 때마다 소름이 오싹 끼쳤다. 내 인형은 고색창연한 어느 집을 절묘하게 기울여 그린 무대배경 앞에 문득 멈춰 섰다. 문 위에 달린 간판은 오페라글라스 없이도 보였다.

┌─────────────────────────────────┐
│ **이나제아 아나자지** │
│ 슈렉스 문학과 저주 주문 전문 │
└─────────────────────────────────┘

"내가 제일 좋아하는 장면이야!" 이나제아가 내 귀에 대고 재잘거렸다. 그녀는 내 팔에 손을 올려놓은 채 넋을 놓고 무대를 바라보았다. 감출 수 없는 자긍심이 눈에서 반짝였다.

커튼이 올라가자 우리는 슈렉스의 고서점에 있었다! 현실에서는 내 옆에 앉아 있는 이나제아 아나자지가 인형이 되어 슈렉스 연금술 책들 한가운데 서 있었다. 황홀했다! 이나제아의 고서점은 진짜 그녀의 고서점을 통째로 무대에 옮겨놓았다고 해도 좋을 만큼 사소한 부분까지 완벽하게 똑같았다. 향기 오르간이 오래된 책먼지, 야생마늘 차와 사향향수, 슈렉스 연금술 허브 수프 향이 뒤섞여 코를 마비시킬 듯한 냄새를 퍼뜨리자 향수 묻은 손수건으로 황급히 콧방울을 눌러야 할 것만 같은 욕구가 일었다. 슈렉스의 고서점에서는 정말 이런 냄새가 났다!

"내 목소리를 흉내내는 저 배우, 우리 서점에서 일주일을 지냈어!" 이나제아가 자랑스레 속삭였다. "내 억양을 연구하려고."

오, 친구들이여, 나는 그런 수고를 한 그 배우가 부럽진 않았지만 어쨌든 그 노력에는 그만한 가치가 있었다! 그녀는 이나제아의 목소리를 최대한 똑같이 흉내내는 게 아니라 슈렉스 연금술의 표준음을 내는 것이 목표였던 모양이다. 머리카락이 쭈뼛 서는 그 음역은 모든 슈렉스에게 공통되는 것으로, 수백 년간 흡연을 하거나 급성 전두동염을 앓거나 기관절개 후 상처가 제대로 아물지 않았을 때 나는 소리처럼 들렸다. 목표는 성공이었다.

이 장면은 현명하게도 노래를 포기하고 기나조크 이르비츠의 발레 〈지옥의 춤〉에서 몇 가지 모티프만 차용했다. 내가 음악을 제대로 알아들었다면 그렇다. 무의식적으로 연타하는 팀파니와 정신없는 실로폰 소리가 이나제아 역의 인형과 특히 잘 어울렸다. 판매대 뒤에 서서 비쩍 마른 상체만 보이는 이나제아 인형은 숨은 인형 조종자의 능숙한 솜씨에 따라 움직이고 있었다. 표정은 아주 조금 과장돼 보였다. 하기야 슈렉스 족을 어떻게 캐리커처로 표현하겠는가? 오히려 약간의 과장 덕분에 실제 이나제아보다 더 예뻐 보였다고 할 수 있을 것이다. 이 종족의 경우는 언제나 실물보다 캐리커처가 나을 테니까. 이나제아 인형은 대대로 이어져온 책 연금술의 미신을 주제로 짧지만 알찬 독백을 이어갔다. 앞으로 일어날 사건들에 극적인 그림자를 드리울 뿐 아니라 슈렉스 족의 예언 능력도 알리는 내용이었다. 이 장면 역시 실제로 일어나지 않은 일이고 내 책에도 없지만, 음악 공연을 잠시 중단하고 피스토메펠 스마이크의 등장을 전략적으로 준비하는 효과가 있었다. 곁눈질로 이나제아를 보니 자기 대사를 모두 외웠는지 한 마디 한 마디 따라 하고 있었다.

홀 전체가 다시 어두워졌다. 오케스트라 소리가 들렸지만 음을 조율하는 듯 현악기와 관악기 소리가 어지러이 뒤섞인 채였다. 눈에 거의 띄지 않는 어떤 형체가 어둠 속에서 환영처럼 춤을 추었다. 처음에는 훌쩍 지나가는 허깨비나 눈을 감으면 가끔 보이는 추상적인 패턴인 줄 알았다. 그러다 그 형체가 기호라는 사실을 점차 깨달았다. 철자와 룬문자와 상형문자 들이 꼭두각시인형처럼 줄에 매달려 허공에서 나풀거리며 빛을 발하고 있었다. 그러다 관객들의 머리 바로 위를 날면서 우아하게 회전하거나 힘차게 급강하했는데, 어린 관객들이 특히 흥분해서 깔깔 웃어댔다. 그러나 이렇게 춤추던 모호한 기호들은 등장할 때처럼 홀연히 퇴장했다. 킥킥대고 바스락거리며 어둠 속으로 사라진 것이다. 삑삑거리거나 깽깽거리던 불협화음이 멈추고 다시금 조명이 아주 서서히 밝아졌다. 큰 무대에 피스토메펠 스마이크의 악명 높은 문자 실험실의 세트와 소도구들이 마치 신기루처럼 나타났다. 그렇다, 그곳은 단순한 방이 아니라 고유한 지형이 있는 완전한 하나의 제국이었다. 나는 뼛속까지 떨렸다.

문자 실험실은 스마이크의 집과 검은 남자 골목, 그 주변의 책 연금술 지역과 함께 모조리 불탔지만 내 책에 자세히 묘사되어 있었다. 그런데 무대미술가는 내 책을 따른 정도가 아니라 어떤 면에서는 능가한 것 같았다. 모방을 통해 만든 문자 실험실은 실제보다 훨씬 더 장식적이었다. 고문서학을 다루는 스마이크의 육각형 작업 공간은 그림처럼 아름다웠지만 무질서했는데, 이곳에서는 모든 물건이 제자리에서 촛불 빛을 받아 완벽하게 빛났다. 이 무대세트를 본 자는 당장 그곳으로 이사해 학자로서 그곳에 있는 책 연금술 도구들로 고문서를 분석하거나 손글씨를 측정하면서 여생을 보내고 싶을 것이다. 이 직업에 대해 훤히 아는 내가 장담컨대, 이 소품들은 모조품이 아니라 세심하게 수집한 책 연금술 도구였다. 스마이크가 정말 사용했을 법하게 보였다. 철자 현미경과 독서용 돋보기, 철자 계수기와 알파벳 분광기, 잉크 온도계와 운율 계수기, 시학 도표 작성장치와 은을 입힌 모음 일흔 개, 골동품이 된 소설 타자기가 있었고, 아주 오래된 2절판 책이 가득찬 책장과 산더미 같은 원고, 다양한 색깔의 잉크병과 펜도 나란히 줄지어 있었다. 그 사이에 라이덴 소인간*이 든 병들도 보였는데, 진짜인지 인형인지 알 수 없었지만 어쨌든 움직였다.

이 실험실에 나 자신이 있는 걸 보니 그게 인형에 불과하다고 해도 몹시 초조했다. 게다가 피스토메펠 스마이크가 등장할 때 오케스트라

---

* 『꿈꾸는 책들의 도시』 1권 157쪽을 참조할 것.

는 오르코어 테치벨이 작곡한 〈슈렉스 산에서 보내는 밤〉의 불안한 선율을 관악기로 흉내냈다. 음악에 관한 내 기억이 틀리지 않는다면 그가 작곡한 게 맞다. 내 책에서 가장 나쁜 악당이 드디어 몸소 무대에 모습을 드러냈다. 사랑하는 친구들이여, 몸소라는 말은 절대 과장이 아니다! 악마 같은 그 학자 인형이 너무나 진짜 같고 사실적이라 보자마자 식은땀이 솟았다.

"피스토메펠!" 내가 너무 크게 소리지르는 바람에 옆에 있던 슈렉스는 흠칫 놀랐고 몇몇 관객도 내 쪽으로 고개를 돌렸다. 스마이크는 상춧잎 위에서 배가 터지도록 먹은 달팽이처럼 무대 위로 굴러왔다. 그

러면서 자기 가사를 웅얼웅얼, 홍얼홍얼, 꾸르륵꾸르륵, 갸릉갸릉 노래했는데, 실제로 말할 때와 똑같이 아양 떨고 아첨하는 투였다. 이 거대한 형체가 말을 시작하자마자 배경음악이 서서히 커졌다. 우베라 미라켈의 유명하고도 경쾌한 〈요정 발레〉를 연상시키는 그 음악은 놀랍도록 피스토메펠과 잘 어울렸다. 뱀 마술사가 사용하는 최면술 멜로디와 약간 비슷했기 때문이다. 스마이크가 목을 조르는 거대하고 위험한 뱀이 아니면 뭐란 말인가! 게다가 그는 최면술사이기도 했다!

향기 오르간 앞의 연주자는 음전을 조작해 연쇄적으로 냄새를 만들어냈다. 경험 많은 학자들이나 나처럼 스마이크의 실험실에 직접 가본

이들이라야 아는 냄새였다. 누르넨 숲의 제지용 나무통을 만드는 섬유소 죽의 독특한 냄새를 누가 알겠는가? 중세 후기 책종이를 표백하는 데 쓰던 오래된 화학물질의 냄새는? 칼슘 황산염 용해제 냄새는 또 어떻고? 파피루스가 어떤 냄새인지 누가 알겠는가? 미묘한 향의 차이가 나는 수많은 향수 편지지 냄새, 책 연금술 팅크제 냄새, 또는 요즘은 기인들이 잉크를 말리는 데만 사용하는 산다락 가루의 끈끈한 수지 냄새도 났다. 책 아교의 안개 같은 가스와 아직 무두질하지 않은 표지 가죽의 동물성 냄새, 지난 세기의 녹아내린 봉랍이 풍기는 해묵은 냄새도 빠뜨려선 안 된다.

하지만 이 낯선 냄새들은 결정적으로 무대에 위협적인 분위기, 낯설고 비밀스러운 아우라를 더해주었다. 큰 무대에서 눈을 돌리면 작은 무대에서 비범한 기구의 음전을 미친듯이 당기는 네벨하임 오르간 연주자의 모습이 보였다. 점점 커지는 오케스트라 음악의 박자에 맞춰 그가 바람에 흔들리는 어린 나무처럼 이리저리 몸을 구부리는 동안 관객들 사이로 향기 음표가 퍼져나갔다. 오르간이 무슨 역할을 하는지 알게 된 지금, 반짝이는 액체가 가득한 그 오르간은 음악적 포부를 지녔으나 완전히 미쳐버린 책 연금술사의 허황된 꿈처럼 보였다. 사실 저런 악기가 어울리는 장소는 정신병원 휴게실이다.

나는 오페라글라스로 초조하게 무대를 살폈다. 그렇게 자세히 보니 스마이크 인형에 대한 공포는 아까보다 더 커졌고 인형 제작자를 향한 존경심도 더 커졌다! 어떤 재질로 만들었는지 모르지만 모든 게 틀림없는 진짜처럼 보였으니까! 구더기 살처럼 단단하면서도 동시에 폭신폭신한 것 같은 피부는 살짝 투명해서 그 안의 가느다란 파란색 핏줄까지 비쳤다. 열네 개의 작은 팔은 너무나 자연스럽게 움직여 원래부터 있던 것이라고 해도 믿을 정도였다. 누가 저 흐늘흐늘한 껍질 안에 숨어 연기를 하는 모양인데, 도대체 어떤 생명체가 그럴 수 있을까. 그리고 도대체 몇 명이 들어가야 하나. 인형 조종자 한 명이 저렇게 움직이는 것은 불가능하다! 위에서 내려온 철사도, 아래서 이 거대한 물체를 떠받치는 막대기도 보이지 않았다. 자연현상에 역행하는 최신 무대장치이자 인형중심주의가 만들어낸 대작이었다. 어떻게 작동하는지 도무지 알 수 없었다. 나는 불안한 심정으로 오페라글라스를 옆에 내려놓았다. 무대 위에 대담하게 등장한 놀라운 인형의 모습은 멀찍이서 감탄하며 보는 편이 나을 것 같았다.

다행히 스마이크의 등장에는 노래가 없어서 장면이 왜곡되지 않았다. 노래와 함께였다면 장면은 엉망이 되고 교활한 그 학자의 특성도 과소평가되었을 것이다. 덕분에 피스토메펠의 내부에 잠재된 조용한 호러가 그의 움직임 그대로 구불구불 펼쳐졌다. 관객들은 그 모습에 진저리를 치면서도 매혹당해 의자에서 이리저리 몸을 비틀었다. 박수를 쳐야 할지 도망쳐야 할지 모르는 듯했다. 나도 아주 비슷한 느낌이었다. 거미줄을 짜는 거미의 모습을 보는 것 같았다. 우리는 거미가 죽음의 도구를 준비한다는 걸 알면서도 그 예술성과 정교함에 감탄을 금치 못한다. 악당은 늘 가장 흥미진진한 주연이고, 스마이크도 다르지 않았다. 내 인형은 카리스마를 뿜어내는 악한에게 밀려 완전히 빛을 잃고 말았다. 지극히 예술적인 그의 인형이 힘들이지 않고 내 인형을 궁지로 몰아넣는 바람에 살아 있지도 않은 나무와 고무, 철사와 풀로 이루어진 인공물에게 진짜 질투가 느껴졌다. 이 작품에서 나는 지금껏 진행된 줄거리의 문학적 정점이 되는 스마이크의 장엄한 독백에 몇 마디 말이나 보태는 인물로 쪼그라들고 말았다. 그 자신은 절대 입

289

밖으로 소리내어 말하는 법이 없었지만 살해와 계략과 권력 다툼을 통해 자신이 통제할 수 없는 모든 것을 없애겠다는 정신 나간 욕망, 자신이 아닌 예술에 순종하는 모든 것을 향한 들끓는 분노가 최면술 같은 설교의 한 문장, 한 문장에서 뿜어져나왔다. 이는 빔퍼슐라크가 쓴 제왕 드라마 수준의 연극이었다! 대사와 인형극, 냄새 연출이 하나의 종합예술작품으로 융합되었는데, 지금껏 이런 무대는 본 적도 들은 적도 없었다. 하물며 냄새를 맡아본 적도 없다는 건 말해서 뭐하랴.

발레곡에 맞춰 움직이는 두 인형의 동작은 느릿느릿하고 딱딱하고 고풍스러운 춤을 연상시켰다. 그 와중에 나는 무대 한가운데 있는 바닥 덮개 쪽으로 점점 더 밀려갔다. 그제야 몇몇 관객은 깨달았다. 스마이크가 손님을 지하실로, 지하묘지로 끌고 가려 한다는 것을.

그리고 이 장면에 이르러 처음으로 나는 당시 상황이 이렇지 않았다는 걸 깨닫고 약간 불쾌해졌다. 내 책에서 많은 부분이 빠졌다. 나는 피스토메펠의 집을 두 번 방문했는데 딱 한 번 만난 걸로 줄었고, 그사이 내가 참석한 트럼나팔 연주회는 완전히 삭제되었다. 과감하다 못해 가혹한 축약이었다. 하지만 나중에 생각하니 충분히 수긍이 갔다. 연출에서 그 장면들을 포함시켰더라면 줄거리가 끊길 뿐 아니라 미로에서 드디어 사건이 벌어지길 기다리느라 안달하는 관객들에게는 아마도 견딜 수 없이 길게 느껴졌을 것이다. 하지만 나 역시 이 축약에 대해 오래 생각할 겨를이 없었다. 내 인생에서 가장 큰 여파를 몰고 온 사건이 무대에서 펼쳐졌기 때문이다. 두 인형은 말없이 바닥 덮개 아래로 사라졌다. 음악이 멈췄다. 너무 심상해서 놀라울 지경이었지만 현실에서도 이보다 더 극적일 수는 없었다. 커튼이 내려오고 홀은 다시 완벽한 어둠과 적막에 휩싸였다. 하지만 사랑하는 친구들이여, 아주 잠깐이었을 뿐이다! 지금껏 내가 극장에서 한 번도 들어본 적이 없는 요란한 박수갈채가 터져나왔다. 그러니 이제야 이 작품이 제대로 시작된다고 내가 말한다면 지금까지의 장면들을 지나치게 과소평가하는 것일 터이다.

# 꿈속의 꿈

감동의 폭풍이 가라앉은 후 극장은 다시 조용하고 어두워졌다. 오로지 관객들의 소곤거림과 무대 쪽에서 분주히 움직이는 기척만 들릴 뿐이었다. 커튼은 모두 내려왔고 음악도 나오지 않았다. 하지만 그때 이미 제일 큰 무대 앞쪽 가장자리에 뭔가 등장해 있었는데, 무척 흥미로워 보여서 나는 오페라글라스를 집어들었다. 양철 받침대에 있는 유리그릇 안에 흔들리며 빛을 내는 물체가 들어 있었다. 이른바 해파리 램프였다. 다름아닌 미로 탐색 때 자주 이용되는 살아 있는 램프였다. 그릇 안에 든 발광해파리는 살아 있는 동안 비록 환하지는 않지만 끊임없이 빛을 발했고, 먹이만 잘 주면 몇 년은 살았다.

이 발광해파리가 뿜어내는 으스스한 빛이 비치는 가운데 얼마 지나지 않아 무대 바닥에서 소도구가 나타났다. 처음에는 마구잡이로 쌓아놓은 책무더기인 줄 알았는데 그 무더기가 말을 하기 시작했다! 책무더기는 무대에 걸맞게 깊은 울림을 주는 목소리로 차모니아 표준어를 구사했다.

"책 위에 책이 탑처럼 쌓여 있고
처량하고 고독하게
죽은 창문들에 에워싸여
오로지 유령들만 사는 곳

가죽과 종이로 된

짐승들의 공격을 받으며

광기와 소리가 사는 곳

일명 그림자 성……"

책무더기는 인형이었다! 문자 그대로 책 인형이 내 책 2부 서두에 나오는 시를 읊었다. 자세히 보니 내가 쓴 책들로 만든 인형이었다. 초창기에 쓴 시 한 권, 에세이 두 권, 오름 이론에 관한 논문집, 동화집과 소설 몇 권이었다. 내 작품들이 인형으로 만들어지다니! 황홀했다. 잿빛 먼지가 일더니 말하는 인형은 사방으로 고개 숙여 인사하면서 은은한 박수갈채가 울려퍼지는 가운데 무대 바닥으로 사라졌다.

음악이 다시 시작되고 소음도 들려왔다. 처음에는 커튼레일이 움직이는 소리만 들릴 뿐, 커튼이 열려도 어두워서 보이는 게 거의 없었다. 그러다 극장 안에 어떤 소리가 울려퍼졌다. 그 소리를 말로 어떻게 표현해야 좋을지. 그래도 시도는 해보겠다. 그것은 끔찍한 고통을 당하는 존재가 내는 듯한 가늘고 구슬픈 소리였다. 유령이 있다면 아마 이런 식으로 자기 존재를 알리지 않을까. 나는 안락의자에 딱 붙어 앉아 있는데도 발밑에 깊이 1킬로미터나 되는 심연이 열리고 그 안에 이 존재가 잡혀 있는 듯한 무시무시한 느낌이 들었다. 온몸이 얼음처럼 차가워졌다. 슈렉스도 망토를 더 단단히 여몄다. 무너진 성벽으로 잘못 들어와 나갈 길을 찾는 바람처럼 쏴쏴 하는 낮은 소리가 들렸다. 이에 못지않게 음악도 무시무시하고 불안하게 울렸다. 이따금 피아노 건반을 두드리거나 하프를 뜯는 소리가 웅덩이에 물방울이 떨어지듯 산발적으로 들려왔다. 무대 한가운데 있던 형체가 아주 천천히 어둠을 벗고 모습을 드러냈다. 천무더기 또는 낡은 담요더미처럼 보이는 그 형체는 불현듯 움직였다. 머리가 쑥 튀어나왔다. 비늘이 벗겨진 도마뱀 같았다. 그렇다, 그것은 나였다! 나는 다시 한번 나 자신 때문에 놀란 것이다! 그것은 지하묘지에서 깨어나 망토 아래서 힘겹게 기어나오는 미텐메츠 인형이었다.

사랑하는 친구들이여, 내 책에서 또 몇 부분이 줄었다! 피스토메펠 스마이크의 거대한 지하 도서관 장면은 완전히 삭제되었다. 독이 묻은 책 때문에 내가 마비되었다가 스마이크와 클라우디오 하르펜슈톡이 보는 앞에서 깨어나는 장면도 마찬가지였다.

슈렉스가 내 쪽으로 몸을 기울이고 속삭였다. "스마이크의 지하 도서관에서 발견된 보물은 부흐하임을 재건하고 새로운 부를 만들어내는 데 상당히 큰 역할을 했어. 도시 주민들은 당신 책 중 그 부분은 기억하고 싶어하지 않아. 극작가도 그런 이유로 뺐을 거야."

나는 손을 내저었다. 축약이 너무 심했지만 지금은 아무래도 상관없었다. 공연이 어떻게 진행되는지 궁금했을 뿐 다른 것은 전부 부수적인 문제였다. 미텐메츠가 망토에서 먼지를 털어내는 동안 그 주변이 약간 밝아졌다. 진흙 벽과 들보, 벌레 먹은 책장에 꽂힌 곰팡이 핀 두툼한 책들이 보였다. 거미줄, 바닥에 떨어진 고문서도. 개똥벌레들이 허공에 글씨를 쓰듯 빛의 소용돌이무늬를 그렸다. 거기다 듣기 괴로운 소음도 들렸다. 뭔가를 두드리는 낮은 소리, 지하에서 꾸르륵거리는 소리, 계속 이어지는 쇄쇄 소리. 음악은 이제 음악이라는 말에 더는 걸맞지 않은 소리로 변했다. 오케스트라 오르간 소리는 음악이라기보다는 소음이었고, 불행을 예고하는 바소 콘티누오†였다. 어두운 무대 구석과 책장 뒤, 책들 사이 여기저기서 어떤 움직임이 보였다. 뭔가를 찾는 더듬이 같기도 하고 반짝이는 곤충의 갑각 같기도 하고 색색으로 빛나는 거대한 겹눈 같기도 했는데, 나타날 때처럼 아주 빠르게 사라졌다.

불현듯 호흡이 가빠졌다. 의사가 건강염려증 때문이라고 했던 천식

---

† 바로크 시대 유럽에서 유행한 통주저음. 특수한 연주 습관을 수반하는 저음 파트.

발작 때와 마찬가지였다. 공연이 점점 흥미로워지는 바람에 거의 잊고 있었다. 내 책의 많은 부분, 그러니까 이제 남은 공연이 부흐하임 미로에서 펼쳐진다는 사실을. 오, 친구들이여, 이제부터 아주 불편해질 수도 있었다! 하지만 나는 공포에 맞서기로 마음먹었다.

벌레와 석탄 냄새, 사상균과 들쥐의 젖은 털 냄새, 콜로포니우스 레겐샤인의 주장에 따르면 지하묘지 위쪽 구역에만 산다는 파피루스 바퀴벌레의 냄새가 풍겨왔다. 견과 냄새와 비슷했다. 석유 냄새와 발광해파리의 비린내, 검은 바닷말의 감초 냄새도 났다. 그때 이후로 더는 경험하지 못한, 수많은 방식으로 다양하게 썩어가는 책 냄새도 당연히 풍겼다. 꿈꾸는 책들의 독특한 향기도 다시 맡을 수 있었다. 그러나 부흐하임 거리에서가 아니라 오로지 이 도시 아래 펼쳐진 어둠 속 거대한 고서점에서만 풍기는 지하의 냄새였다. 나는 네벨하임 향기 오르간 연주자를 건너다보았다. 이미 섬세한 향기 연주에 너무도 익숙해져 그 사이 그를 깜박 잊고 있었던 것이다. 그는 손가락을 길게 편 채 표정 변화 없이 음전을 조작중이었다.

"믿을 수가 없어." 나는 경탄했다. "지하묘지 위쪽 구역에서 바로 이런 냄새가 나."

"완전히 맞는 말은 아니야." 슈렉스가 속삭이며 대꾸했다. "그때 지하묘지 그곳에서 이런 냄새가 났지. 지금은 탄내가 나고."

이제 현악기의 반주에 맞춰 낮은 피아노 음이 끝없이 반복되는 구슬픈 음악이 시작되었다. 브라츠 투시네르프가 작곡한 감동적인 안단테 콘 모토 아닌가? 어쨌든 음악은 이 대목의 드라마와 더할 나위 없이 잘 어울렸다. 친구들이여, 그때부터 내 첫번째 부흐하임 여행에서 서글픈 부분, 다시 말해 지금까지 내 삶에서 최악이었던 이야기가 시작되었으니까! 속아서 끌려와 속수무책으로 버려졌고 산 채 부흐하임 지하묘지에 묻혔다. 장송곡도 어울릴 뻔했다. 무대는 단순했지만 사실적이었다. 흙색과 비슷한 짙은 갈색에 잿빛 화강암이 이따금 섞여 있었다. 저아래 터널 벽도 그런 모습이었다. 달라진 것이라곤 곰팡이 핀 책장에서 그림처럼 썩어가는 고서들뿐이었다. 내 인형이 주책없는 독백 노래를 부르기 시작했다. 거기서 지금까지의 완벽한 연출이 좀 무너졌다.

"이런! 미로에 갇히고 말았네!
어디가 앞이고 어디가 뒤인가?
나는 이제 어느 지하통로로
가야 하나?
독이 묻은 그 빌어먹을 책이
나를 이런 곤경에 빠뜨렸네!
피스토메펠은 왜 나를
유황 가득한 이 지옥에 몰아넣었나?"

……그런 식으로 독백은 궁색하게 이어졌다. 내 마음의 형제자매여, 더 절망스럽고 더 큰 곤경과 만났더라도 나는 운율조차 안 맞는 이런 헛소리는 절대 지껄이지 않았을 것이다! 노래를 부르지 않는 거야 말할 것도 없고! 게다가 이번 경우에는 음악도 노래 소가극을 위한 어느 기성복업자의 옷걸이에서 뺐는지, 고전에서 인용한 지금까지와는 질적인 면에서 확연히 달랐다. 내가 회의적인 눈길을 던지자 슈렉스는 어쩔 수 없지 않느냐는 듯 어깨를 으쓱해 보였다. 분명 슈렉스가 생각하기에도 최악의 연출인 것이다. 하지만 이 장면은 금방 지나갔

다. 아무리 머리가 나쁜 관객이라도 이 조잡한 방식을 통해 주인공에게 무슨 일이 일어났는지 알게 되었을 것이다. 그러니 그냥 잊어버리는 수밖에!

다음 장면에 완전히 매혹당해 창피한 노래는 금방 잊어버렸다. 나를 구원해주는 커튼이 내려오고 다른 커튼이 올라갔다. 그 뒤에는 근사한 지하묘지 모형이 있었다. 정확히 말하면 지하묘지의 일부였다. 모형은 개미집의 횡단면처럼 보였다. 개미들이 통로를 기어다니는 게 아니라 아주 작은 미텐메츠가 헤매고 다닌다는 점이 달랐다. 미텐메츠는 크기가 손바닥만했다! 그 작은 인형이 구불구불한 터널을 지나 점점 더 아래로 내려가다가 모형 밑바닥의 동굴에 이르렀는데, 관객들은 그 여정을 통해 복잡하게 얽힌 미로의 분위기를 제대로 느낄 수 있었다. 예술적으로 세련되고 연출 면에서도 잘 짜인 묘안이었다. 커튼들이 다시 내려왔다가 올라갔다. 새로운 무대가 나타나고 조명도 바뀌었다. 이제 다시 실물 크기의 미텐메츠 인형이 진귀한 석회동굴에 있었다. 동굴 세트는 무대 전체를 차지했다.

"이제 좀 바보 같은 장면이 나와." 슈렉스가 히죽 웃으며 알려주고는 비스킷을 재빨리 입에 넣었다. "그래도 나는 마음에 들어."

소름끼칠 만큼 아름다운 석회동굴은 석순과 종유석으로 가득했다. 무대미술가는 지하의 빛을 발광바닷말로 표현하고자 했다. 그래서 일부는 만들고 일부는 그린 종유석과 석순이 보호티간 벤그의 광기 어린 후기 유화처럼 색색으로 반짝이고 있었다. 무대 한가운데 자리잡은, 조각품들로 장식된 거대한 짙은 색 책장에는 백 권쯤 돼 보이는 커다란 2절판 책이 꽉 차 있었다. 이 책들은 미텐메츠가 동굴에 발을 들여놓자마자 다시 살아났다. 책등이 덜거덕거리며 흔들리기 시작했지만 그 자리를 벗어나지는 않았다. 나는 오페라글라스로 이 기이한 책들을 더 자세히 살펴보았다. 표지 가죽의 불룩한 부분이 입과 눈처럼 벌어지더니 눈알을 굴리며 다양한 표정으로 서로 활기차게 수다를 떨었다. 그러니까 책장 전체가 여러 개의 작은 인형으로 이루어진 거대한 하나의 인형이었다!

"내 소설에 저런 부분이 어디 있어?" 나는 이나제아에게 속삭였다. "살아 있는 책들은 나중에 등장해. 그림자 성에서. 게다가 말도 못하고!"

"저건 당신이 지하묘지를 헤매고 다니는 장면을 상징적으로 요약한 거야." 이나제아는 입안 가득 비스킷을 우물거리며 설명했다. "미로에서 고서를 기준으로 방향을 잡으려고 애쓸 때 말이야. 저 책장은 당신에게 길을 안내해주는 차모니아 문학 전체를 나타낸다고. 고대 비극에

서 모든 걸 아는 합창단의 역할과 비슷해! 매혹적이지, 안 그래? 책의
형태를 띤 신탁이라니. 처음에는 좀 아니꼽지만 금방 익숙해져!"

　두툼한 책이 요란하게 헛기침을 하더니 둥둥 울리는 저음으로 말했다.


"해가 비치는 지상의 세계에서
손님이 우리에게 내려왔다네!
운명에 따라 우리 앞에 나타나
우리 제국을 샅샅이 뒤지네!
나침반도, 동행자도 없이!
더듬이도, 촉수도 없이
그는 어둠을 헤쳐나가야 하리!
이 여행은 실패할 위험에 처했다네!"

그 위쪽 칸의 작은 책이 훨씬 높은 목소리로 말을 이었다.

"물도 없이! 소시지도 없이!
그는 미로와 맞서야 하네.
배고픔과 갈증에 시달리는
이런 운명은……!"

그러나 그 시가 채 끝나기도 전에 낡은 책 두 권이 서둘러 이중창에
나섰다.

"아, 슬프고 슬프도다! 불쌍한 바보!
가지 않은 좁은 길은
어둡고 막막하다네!
죽음의 발톱이 그의 머리를 낚아챘네!
죽음은 벌써 이빨도 드러내고 있다네.
씨는 뿌려졌는데
이제 어느 광기에서
싹이 틀 텐가!
책들이 그와 함께하지만
고통과 번뇌만 안기는 이 동행자를
그는 이제 곧 저주하게 되리!"

한 칸 전체가 한목소리로 외쳤다.

"오른쪽으로 가라! 왼쪽으로 가라!
아니, 똑바로 가라!
깊은 틈새를 뛰어넘으면
가장 빨리 나가게 되리!
배고픔과 갈증으로 고통스럽게 죽는 대신
곧바로 차디차게 식어버릴 테니
그러면 하르피어*가 당신 피를 마시지 않고
구더기들만이 당신의 상속자가 되리."

---

* 하르피어, 남성형: 부흐하임 지하묘지에 사는 기분 나쁜 주민. 『꿈꾸는 책들의 도시』 2권 136쪽 이하를 참조할 것.

말하는 책들은 이런 식으로 수다스럽게 낭송을 이어갔다. 차모니아 시문학의 위대한 작가들의 필치와 어휘가 여기저기서 이따금 들리는 것 같았다. 예를 들면 잘난 척하는 오얀 골고 판 폰테베크의 격언과 잠언. 될러리히 히른피들러의 시구. 아이더리히 피시네르츠의 정신 나간 잡담과 아쿠트 외드라이머의 훈계하는 음색. 때때로 의도치 않게 우스꽝스러운 알리 아리아 에크미르너의 서툰 노래도. 이들 모두 교과서적인 조언과 충고를 아낌없이 풀어놓으며 이제 곧 내가 머물게 될 지하 묘지를 음울한 색깔로 그려나갔다. 관객이 흥미를 잃지 않도록 반짝이는 도깨비불이 그때그때 색깔을 바꿔가며 팔랑팔랑 날아다니면서 낭송하는 이 책 저 책을 비추었다. 어떻게 그럴 수 있는지는 수수께끼였다. 뒤이어 수다스러운 고전문학들이 내 작품에 관해 조언을 하기에, 아니 거의 지시를 내리기에 이르렀다. 그러다가 점점 더 흥분해서는 요란하게 고함을 지르며 명령했다.

"장편소설을 쓰게! 길고 두툼하게!
등장인물이 많은 책을!
산문만이 시대를 초월한다네!
소설이 보편적이라네!"

"안 돼! 압축적인 시를 쓰게!
의미는 단어 속에 얼어붙어 있을 때만
영원히 저장되나니!"

"중편소설을 쓰게!
너무 두툼하지 않고 너무 길지 않게
그게 최고라네!
시간도 오래 걸리지 않아!"

"말도 안 되는 소리! 긴 제왕 드라마만 쓰게!
젊은 여자들에게 인기가 좋아!"

"천재가 되고 싶은가?
그럼 기지가 가득 담긴 에세이를 써!"

"아니! 경구를 지어야 하네!
심오한 의미로 가득한 문장들을.
그러면 위대한 위치에 올라서
쓰는 단어들마다 이득을 얻을 테니!"

"말도 안 돼! 풍자문학을 쓰게! 유머 가득한!
반짝이는 기지와 농담이 뒤섞인!"

"뜨거운 선언문을 쓰게!
대담한 강령으로 가득한!
쓰디쓴 한탄이 넘치는!
하지만 가명을 사용하게!
그래야 익명으로 남고
나중에 당신이 쓴 게 아니라고
발뺌할 수 있을 테니."

"육각운으로만 시를 쓰게!
발행인들이 좋아하니까!"

"영웅이 한가득 등장하는 서사시를 쓰게.
용감하게 말을 하고
용감하게 용을 죽이고
용감하게 피리를 불고
용감하게 신부를 구하고
그러고 나서 용감하게 죽는 영웅들이!"

"아니! 죽음과 실패에 대해 쓰게!
오랫동안 고름이 흐르는 상처에 대해!
고뇌는 불경기를 모르는
문학의 소금이라네!"

잘난 책들이 무대의 미텐메츠에게 정신없이 명령을 내릴 때—그동안 미텐메츠는 과장된 몸짓으로 이리저리 돌아다니며 "아이고, 데이고!" 한숨을 내쉬었다—커튼이 하나 더 올라가고 석회동굴의 전경이 더욱더 넓게 펼쳐졌다. 그림처럼 아름답게 썩어가는 대형 책들로 가득 찬 책장과 석순이 더 많이 보였다. 그 한가운데 금속으로만 만들어진 듯한, 사람 키만한 책이 한 권 있었다! 똑바로 선 그 책은 은빛 표지에 금과 놋쇠 장식이 달려 있고 인공조명을 받아 보물창고의 출입문처럼 번쩍번쩍 빛났다. 평범한 책이라면 제목이 쓰여 있을 표지에는 망치로 때려 만든 구리 커튼이 달린 금빛 테두리가 있었다. 인형극에 등장하는 요지경처럼 보였다.

"굴덴바르트, 덫의 책*!"

나는 숨을 헐떡이며 말했다. 내가 책에서 묘사한 그대로였지만, 여기 무대의 책은 크기가 관 정도는 돼 보였다!

---

*『꿈꾸는 책들의 도시』 1권 251쪽 이하를 참조할 것.

"늙은 바보들이 하는 말은 듣지 마!"

금속 책이 기계적인 목소리로 불쑥 명령했다.

"고전들만 가득차 악취가 풍기는 말을!
내게 와. 미래인 내게!
모든 책 예술의 절정인 내게!
종이와 가죽 대신
내 안에는 황금 톱니바퀴들이 째깍거리지!
내게 시간이란 존재하지 않아.
나는 영원해!"

책이 말하는 동안 책에 붙은 장식들이 시계부품들처럼 똑딱똑딱 째깍째깍 회전하며 서로 감겨들었다.

"붕괴? 나는 그런 거 몰라.
내 심장은 다이아몬드!
벌레는 나를 피해 도망가고
책벌레도 나를 두려워하지!
미로에서 벗어나고 싶다고?
내가 출구로 데려다줄게!
내 안으로 들어와!
내가 자유의 문이 되어줄게!"

**"철제 책에게 가지 마!"**

고서들이 이구동성으로 외쳤다.

**"번뇌와 고통을 줄 테니
영혼이 없는 그 책은
당신 목숨만 원할 뿐이야!
심장이 없는 그 책은
당신에게 죽음과 아픔만 줄 거야!"**

그러나 철제 책은 쇳소리를 내서 그 경고를 덮어버렸다.

**"낡은 책들의 말은 듣지 마.
그들은 저승만 기다리고 있을 뿐.
내게 와. 내가 당신의 목적지야!
내 인형극만 봐도 알잖아!
인형들이 어떻게 춤추는지,
창으로 어떻게 싸우는지 봐!
들어봐, 당신을 천상에서 살게 할 음악이
내게서 흘러나오니까……"**

매혹적인 종 멜로디가 은빛 찬란하게 울렸다. 에부베트 판 골트바인이 작곡한 불멸의 멜로디가 다시 한번 연상되었는데, 이번에는 아름다운 소녀의 이름이 붙은 유명한 가단조 피아노곡이었다. 음악과 함께

구리 커튼이 열렸다. 그 뒤로 책 사냥꾼들이 보였다. 은을 벼려 만든 그림자극의 납작한 인형들이었다. 그들은 움직이고 춤을 추고 창으로 서로를 찔렀다. 그와 동시에 어마어마하게 거대한 책의 뚜껑이 서서히 열리고, 마치 일 년에 한 번 열리는 큰 시장에서 최면술사의 최면에 꼼짝없이 걸려든 희생자처럼 미텐메츠 인형은 그 안으로 들어갔다.

잠깐, 잠깐만! 나와 같은 편인 친구들이여, 여러분도 다 알다시피 당시 상황은 이렇지 않았다! 나는 그때 거대한 책 속으로 들어가지 않았고, 그 책이 내게 말을 걸거나 나를 삼키지도 않았다. 당시 내가 미로에서 발견한 굴덴바르트의 덫의 책은 귀금속으로 만들어진데다 비밀스러운 장치가 많았지만 크기는 평범했다. 복잡한 기계장치가 작동하면서 책들이 도미노처럼 무너지는 바람에 나는 운하임의 쓰레기장으로 곧장 쓸려나갔었다. 그러나 지금 무대에서 보여주듯 사건 전체를 선량한 차모니아 문학과 교활한 책 사냥꾼들이 놓은 덫의 싸움으로 처리하는 편이 연출 면에서는 훨씬 흥미로웠다. 그래서 나는 기꺼이 받아들였다.

인형 위로 뚜껑이 닫히자마자 책이 바닥으로 가라앉으면서 무대도 어두워졌다. 시끄럽게 덜컹대고 바스락거리는 소리가 들려왔다. 음향담당이 크고 작은 소리를 내는 음향효과 도구를 있는 대로 다 사용하는 것 같았다. 그런데 내 의자가 왜 이러지? 별안간 관람석에 앉아 있기가 힘들어졌다. 의자가 미친듯이 흔들려서 온 힘을 다해 붙잡고 있어야 했다.

"지진이야?" 나는 놀라서 소리쳤다.

"입장료에 모두 포함된 거야!" 나처럼 마구 흔들리는 슈렉스가 히죽거렸다. "처음에는 깜짝 놀라지! 극장 전체가 커다란 기계야! 이봐, 기다려봐. 이건 겨우 시작이라고."

그제야 나는 이해했다. 미로의 어두운 소화계로 미끄러졌던 당시 내가 겪은 것을 관객들도 몸소 체험하게 해주려고 의자마다 달린 기계장치가 흔들리는 것이었다. 비용이 얼마나 많이 들었을까! 비명을 지르는 관객도 있었다. 그러나 어린 관객들이 공포에 질리기 전에 모든 것은 번개처럼 지나갔다. 광란의 음악과 소음, 덜컹거림과 흔들림이 그친 것이다. 다시 환해지고 제일 큰 커튼이 요란한 소리와 함께 올라가자 바다가 나타났다. 썩어가는 책들로만 이루어진 거친 바다였다.

"운하임의 쓰레기 더미." 내가 속삭였다. 그렇다, 사랑하는 형제자매여. 내가 기억하는 그대로였다. 너무 낡아서 못 쓰게 된 종이, 책먼지 물결과 너덜너덜한 가죽거품 파도로 얼어붙은 바다였다. 다시 아주 작은 인형이 된 내가 그 한가운데 있고, 위로는 텅 빈 암흑이 드리워 있었다. 관객들이 이 엄청난 광경을 얼마간 소화하기도 전에 다시 굉장한 소음이 들렸다. 책 바다에서 서서히 올라오는 듯한 그 소리는 점점 더 커졌다. 쓰레기 더미 한가운데서 뭔가 엄청난 것이 솟구쳐올랐다. 운하임 지하세계의 지배자인 거대한 책벌레였다! 책먼지와 종잇조각이 폭발하면서 고래처럼 육중한 몸이 순식간에 극장 천장까지 뻗어올라갔다. 그러나 이것 역시 인형에 불과했다! 눈에 보이지 않는 도르래와 내부 기계장치로 지탱되는 것 같았지만 작동방식을 정확히 알 수는 없었고 사실 지금 이 순간은 알고 싶지도 않았다. 무시무시한 책벌레 위쪽에서 둥그렇고 살이 많은 주둥이가 벌어지자 그 안은 군도처럼 길고 날카로운 누런 이빨로 가득했다. 친구들이여, 통통한 구더기를 수천 배로 확대하고 독니가 있는 수백 마리 뱀과 두꺼비 천 마리의 돌기를 합치면 지금 관객들의 눈앞에 솟구쳐 떠 있는 이 어마어마한 몸뚱이와

310

대략 비슷할 것이다. 그렇게 시간이 영원히 멈춘 것 같았다. 책벌레는 몸을 던져 홀 안의 모든 것을 으스러뜨리고서 집어삼킬 적당한 순간만 노리는 듯했다. 페스트가 번진 것처럼 고약한 썩은 내가 온 극장에 진동했다.

이 지옥에서 자그마한 내 인형은 먼지 속으로 사라져 보이지 않았지만, 대신 큰 무대 옆에서 다른 커튼이 하나 더 열려 같은 장면 중 한 부분을 확대해 보여주었다. 단순하면서도 효과만점인 연출이었다! 아까보다 훨씬 더 큰 미텐메츠가 가깝게 보였다. 인형은 지하묘지의 온갖 보기 흉한 곤충들이 기어나오는 종이무더기를 헤집고 지나가느라 필사적으로 버둥대고 있었다. 안락의자에 앉아 있던 나는 몸을 숙이고 망토를 더 단단히 여몄다.

사랑하는 친구들이여, 우리 솔직하게 말해보자. 정신적으로 어느 정도 건강하면 누구나 곤충을 무서워한다. 안 그런가? 둔하기 짝이 없는 나무꾼이나 개미핥기 또는 거미 연구자 정도는 돼야 다리가 네 개 이상인 생명체 앞에서 혐오감을 느끼지 않는다. 운하임 쓰레기장에서 깨어난 이 거머리가 더듬이를 뻗고 다리로 다다닥 소리를 내고 주둥이를 획획 움직이며 책무더기에서 기어나와 검게 번뜩이는 갑옷과 딱딱거리는 집게와 현란한 겹눈을 드러내자 극장 안에서는 대소동이 벌어졌다. 이 형체는 인형에 불과한데도. 아이들은 울고 어머니들은 놀란 아이를 달랬고 남자어른들도 비명을 지르며 의자에서 일어났다. 뼈대가 굵은 유인원이 훌쩍거리며 홀을 떠나는 모습도 보였다! 무대 위 내 인형은 딱정벌레와 거미, 지네와 집게벌레 군단에 맞서 용감히 싸웠다. 나는 땀구멍마다 땀이 솟았다! 당시와 똑같은 상황이었다. 그때 이후로 악몽을 꿀 때면 늘 나타나는 거대한 흰색 털거미도 보였다.

311

"이 부분에서 늘 눈을 돌리거든." 슈렉스가 긴 손가락으로 눈을 가리고 말했다. "다 지나가면 알려줘."

나는 경악스러운 이 장면에 완전히 매료되었다. 두려운 한편으로 무대에서 벌어지는 사건과 내 기억에 무방비상태로 사로잡혀 눈과 코와 귀로 즐겼다. 고통스럽지만 정화되는 경험이었다. 음악은 이제 다른 작곡가의 작품을 전혀 인용하지 않는 독창적인 수준에 이르렀다. 작곡에 관한 모든 인습을 무시하는 천재 음악가의 꿈꾸는 뇌가 고안해낸, 악몽에 깔리는 배경음악 같았다. 나는 음표 하나하나가 끔찍한 존재를 표현하면서도 이 잔혹함에 매력을 더해 어느 정도 견딜 만하게 해주는 화음과 불협화음을 동시에 들었다. 온몸에 전율 또 전율이 흘렀지만 놀랍게도 쾌감이 느껴졌다. 단첼로트 대부시인이 잠자리에 들기 전 이야기를 읽어주던 어린 시절과 비슷했다. 그가 웅웅 울리는 낮은 목소리로 동화에 나오는 괴물과 머리카락이 쭈뼛 서는 영웅 이야기를 읽어줄 때면 나는 이불을 꼭꼭 뒤집어쓰고 있는데도 오한이 나는 것처럼 몸이 떨렸다. 현실에서 꿈나라로 옮겨가면서는 들은 이야기가 꿈속에서도 이어지도록 계속 짜냈다. 이런 상태가 내 유년 시절의 정수이자 예술 감각을 발달시킨 떡잎이었다! 페를라 라 가데온의 시구가 떠올랐다.

"우리가 어느 공간에서 보는 것은
꿈속의 꿈에 불과하다."

지금 느끼는 기분이 바로 그랬다. 나 자신의 머릿속을 유령처럼 떠돌고, 꿈속에서 꿈을 꾸고, 가장 끔찍한 악몽의 증인이 된 기분. 그때 이후로 운하임의 책 바다에 대한 소름끼치는 기억 때문에 그나마도 부족한 잠을 설친 날이 얼마나 많았던가? 온 극장이 엄청난 크기의 내 해골로 변해 관객 모두가 유리문 안쪽을 보듯 그 안을 들여다보는 느낌이었다. 나는 이야기가 해피엔딩임을 알면서도 구역질나는 쓰레기와 맞서 싸우는 작은 인형과 함께 열을 올렸다. 그러나 한창 꿈을 꾸고 있는 사람이 그렇듯 이것이 꿈이라는 걸 잊어버렸다! 그렇다, 너무 집중한 나머지 무대에 있는 저 인형이 나라는 것도 잊었다!

마침내 미텐메츠 인형이 무대 가장자리의 단단한 바닥을 딛고 서자 고통에 시달리던 관객들은 다 함께 안도의 한숨과 신음을 내뱉었다. 거대한 책벌레는 다시 한번 몸을 일으켰다가 귀가 먹먹하도록 고함을 지르더니 매머드나무가 넘어가는 듯한 소리와 함께 쓰러졌다. 쿵! 책먼지가 구름처럼 일고 곤충들은 바스락 탁탁 소리를 내며 어둠 속으로 사라졌다.

내려오는 커튼과 침묵하는 음악이 구원 같았다. 이번에는 아무도 박수를 치지 않았다. 나는 바퀴벌레가 덮치기라도 한 것처럼 괜히 망토를 툭툭 털었다.

"이제 끝났어." 나는 정말 가벼워진 마음으로 말했다.

"인형극치고는 괜찮지? 안 그래?" 슈렉스가 히죽거렸다. 그녀도 손을 휘저어 있지도 않은 곤충을 옷에서 털어냈다.

"그래……" 나는 완전히 멍해져서 말했다. "나쁘지 않네."

그후 한동안은 꼼짝하지 않고 앉아 이어지는 공연에 최소한의 관심만 보였다. 사실 별로 극적이지도 않은, 미텐메츠가 노래로 자신의 운명을 한탄하는 장면이었다. 내 책에서 비중을 많이 차지하는 장면 두 개가 삭제된 이유는 아마도 앞 장면이 강렬했기 때문인 듯했다. 텅 빈 관객석 앞에서 공연하지 않으려면 관객에게 한꺼번에 너무 큰 공포를 안겨서는 안 된다. 어쨌든 내가 책 사냥꾼인 사형집행인 호그노와 다리가 여러 개인 스핑크스*를 만난 이야기는 상연되지 않았다. 사실 빠져도 별 상관 없었다. 미텐메츠는 어둠 속에서 마술처럼 반짝이는 종잇조각들의 비밀스러운 흔적을 따라 점점 더 미로 깊숙이 들어갔다. 그러다가 드디어—사랑하는 친구들이여, 다른 표현은 찾을 수가 없다—부흐링 냄새가 나는 곳에 이르렀다!

의심의 여지가 없었다. 부흐링의 체취는 아주 독특해서 절대 헷갈릴 리 없다. 부흐링이라면 나는 눈을 감고 수백 종의 생명체 중에서도 찾아낼 수 있다. 가을비가 내린 뒤의 그물버섯 향기가 약간 난다. 기름을 막 먹인 가죽 냄새도 조금. 로즈마리 향도 아주 조금. 당연히 오래된 종이 냄새도 나고 아몬드 향도 많이 난다. 그렇다, 식욕을 돋우는 아몬드 향, 마지팬 같은 달콤한 과자류에 첨가하는 아몬드 향이 많이 난다. 아몬드는 햇빛이 있어야 자라므로 당연히 지하묘지에서는 볼 수 없다. 대신 지하묘지 거의 전역에 있는 버섯의 냄새가 아몬드 향과 놀랄 만큼 비슷하다. 인광을 발해서 약한 조명으로 자주 쓰이는 이 버섯은 알고 보면 대단히 위험하다. 먹어보면 안타깝게도 소화할 수 없다는 것을 알게 된다. 그 정도가 아니다. 일단 위에 들어간 버섯은 새로운 숙주가 들쥐든 책 사냥꾼이든 스핑크스든 상관없이 안쪽에서부터 남김없이 먹어치워나간다. 그래서 지하묘지 주민들이 가장 두려워하는 대상이기도 하다. 지상세계 주민의 식욕을 돋우는 아몬드 향이 미로에 사는 생명체 대부분에게는 밤그늘에서 자라는 이 버섯의 위험성을 경고한다. 따라서 지하세계 주민들은 종족보존 욕구에 따라 이 냄새를 멀

---

* 『꿈꾸는 책들의 도시』 1권 288쪽 이하를 참조할 것.

찍이 피해다닌다. 부흐링이 어떻게 이 냄새를 풍기는지는 아직까지 연구된 바가 없다. 원래부터 풍기는 체취일까, 아니면 화학적으로 만들어낸 향수를 쓰는 걸까? 어쨌든 이들의 냄새 위장술이 적에게 잡아먹히는 것을 막아주는 효과적인 예방책인 것만은 확실하다. 부흐링을 먹는 게 정말로 위험한지 여부도 과학적으로는 아직 밝혀지지 않았다.

인형 키르쿠스 막시무스는 바로 이 부흐링 냄새를 풍겼다. 의심의 여지가 없었다! 잠시 후에는 지하묘지의 이 전설적인 외눈박이 주민들이 무대를 가득 메웠다. 아니, 무대들을 메웠다는 표현이 더 정확하다. 새로운 무대배경인 가죽 동굴과 그 주변을 더 잘 보여주기 위해 커튼이란 커튼은 모두 열렸기 때문이다. 지하세계 부흐링의 고향이 등장했다! 드디어! 정말이지 목을 빼고 기다리던 장면이었다. 무대는 기대를 저버리지 않았다. 크고 작은 동굴, 석회동굴 또는 반짝이는 수정 동굴 등 다양한 종류의 동굴이 보였다. 몇몇은 촛불이 환하게 불을 밝혔고, 또 몇몇은 인광을 발하는 식물이 총천연색 조명 역할을 했다. 어느 동굴은 용암 웅덩이의 붉은빛 덕분에 환했다. 눈길이 닿는 곳마다 책이 보였다. 책들은 높게 층층이 쌓여 있거나 크고 작은 무더기로, 아니면 비스듬히 기운 벌레 먹은 책장에, 통이나 상자에, 손수레나 바구니에 들어 있었다. 원고가 바닥을 뒤덮었고, 무대 천장에는 가죽 책표지로 도배된 종유석들이 매달려 있었다. 지하세계 종족 가운데 가장 기이한 부흐링 족이 사방에 우글거렸다. 생각해낼 수 있는 온갖 형태와 색깔과 크기의 부흐링들이었다.

사랑하는 친구들이여, 내가 감상에 빠지기 전에 이 대목 내용부터 좀 요약해야겠다. 꼭 해야 한다! 몇 개나 되는 무대에서 부흐링과의 만남이 지극히 사랑스럽고 상세하게 묘사되었지만 연출 면에서는 내 책

315

의 해당 부분과 마찬가지로 뚜렷이 전개되는 사건이 없었다. 이어진
장면들은 파도가 이는 대양의 조용한 섬이나 폭풍이 몰아치는 사막의
오아시스처럼 관객의 괴로운 마음을 달래는 위로가 돼주었다. 매력적
이면서도 우스꽝스러운 발레와 노래 공연이 느긋하게 이어졌고, 함께
흐르는 아름다운 음악은 절로 다리를 흔들며 춤추게 만들었다. 아이들
과 아이 같은 어른 관객들은 웃고 환성을 지르며 전에 없이 들떠 박수갈
채를 보냈다. 그들도 나처럼 소름끼치는 먼젓번 장면을 금세 잊어버렸
던 것이다. 그 공연은 공포를 잊게 해주는 최고의 오락거리였다.

부흐링들 중 일부는 위에서 줄로 조종하는 꼭두각시인형이었지만,
바위나 책장 같은 무대세트 뒤에서 인형 조종자들이 움직이는 막대인

형과 손인형도 있었다. 인형극의 원형에 가장 가까운, 쉽게 간파할 수
있는 형태였지만 더없이 매혹적이었다. 조종용 줄과 막대를 보고도 그
걸 금세 잊어버리다니, 정말이지 예술이었다! 이토록 섬세한 꼭두각
시인형극도, 이토록 생생하고 우스꽝스러운 손인형도 나는 본 적이 없
었다. 인형 조종자는 극장은 물론 동업자 협회에서도 최고의 고급인력
인 게 분명했다. 인형 자체는 단순하게 제작되었지만 정밀기계 분야에
서 일궈낸 자그마한 '대작'이었다. 진짜 척추가 있는 것처럼 목의 움직
임이 너무도 자연스러웠다. 눈알도 영락없이 진짜처럼 굴렀고 눈꺼풀
도 자연스러운 박자로 여닫았다. 얼마 안 가 나는 그들이 인형이라는
사실을 까맣게 잊었다. 여기에는 뛰어난 목소리 흉내도 한몫했다. 친

구들이여, 내가 자신 있게 아는 게 있다면 부흐링이 말하는 방식이다. 나는 그들의 목소리를 실제로 들은 몇 안 되는 전문가다. 목이 살짝 멘 듯한 그들의 말소리는 약간 촉촉하게 들렸지만 발음은 또렷했다. 아마도 감기 걸린 변성기 개구리가 개굴개굴 말고 다른 소리를 낼 수 있다면, 바로 그렇지 않을까. 어쨌든 듣자마자 가죽 동굴에서 지내던 그 시절로 돌아간 느낌이 들 만큼 내게는 친숙한 소리였다. 누가 이 인형극을 연출했든 지하묘지와 그 주민들에 대해 나만큼이나 잘 아는 이가 분명했다.

"동물원 미어캣 같아." 슈렉스가 나지막이 말했다.

"뭐?" 내가 물었다.

"동물원 미어캣 말이야." 슈렉스가 다시 한번 말했다. "계속 먹이를 주고 싶고 한 마리쯤 집에 데려가고 싶잖아."

공원에서 비둘기를 독살하는 게 아니라 동물원에 가서 미어캣에게 먹이를 주는 슈렉스를 상상하니 잠시 당황스러웠다. 그러다가 다시 무대로 눈길을 돌렸다. 익살맞게 생긴 난쟁이들이 쉴새없이 바쁘게 돌아다니며 책을 옮기거나 책장에 정리하면서 시나 산문을 읊었다. 이들은 제일 큰 무대를 꽉 채우는 거대 세트인 커다란 책 기계장치를 기어올라다녔다. 책들로 꽉 찬 책장을 상하좌우로 밀면서 책을 꺼내거나 다시 꽂았다. 작은 동굴에서 점잔을 빼며 인쇄기를 조작하고, 책 요양소에서 낡고 찢어진 책들을 죽을병에 걸린 환자처럼 돌보기도 했다. 거대한 수정을 닦아 윤을 내고, 다이아몬드 광산에서 곡괭이질을 하기도 했다. 관객들이 어디를 봐야 할지 알 수 없을 정도였다! 부흐링들은 일을 하면서 노래를 부르고 춤도 췄다! 그랬다, 부흐링 장면은 취해버릴 듯한 무도회에서 활기찬 왈츠가 이어지는 것처럼 연출되었다. 내 기억

이 틀리지 않다면 음악은 엘레미 도이펠발트가 작곡한 곡이었다. 쿵짝
짝, 쿵짝짝…… 계속 원을 그리며 돌고 빙그르르 몸을 돌렸다. 독서와
인생을 향한 경의가 취한 듯 돌아갔다. 오름 의식* 왈츠와 수정 왈츠,
다이아몬드 왈츠가 이어졌다. 쿵짝짝, 쿵짝짝…… 나도 모르게 왈츠
박자에 맞춰 움직이는 다리를 멈출 도리가 없었다. 커튼들이 올라가고
내려가는 속도가 점점 빨라지고 음악의 급한 박자에 맞춰 무대배경도
바뀌었다. 색깔 있는 등이 켜졌다가 다시 꺼지고 발광해파리와 인광을
발하는 버섯이 어둠 속에서 춤추는 장면은 눈과 귀가 호사를 누리는
축제였다. 다이아몬드로만 이루어진 부흐링 둘이 파드되를 추자, 수백
개로 쪼개진 촛불과 횃불의 빛이 극장 벽에 마술처럼 비쳤다. 유치하
면서도 마법 같은 이런 장면은 일찍이 인형극에서 본 적이 없다. 이 모
든 것은 왈츠 중에서도 가장 훌륭한 왈츠, 아름답고 푸른 강에 헌정한
요나스 누스라트의 대작에서 절정을 이루었다. 내 옆에 앉은 슈렉스는
박자에 맞춰 몸을 흔들었고, 우리 아래쪽의 관객들도 똑같이 반응했
다. 사랑하는 친구들이여, 나조차 향수에 젖은 황홀경에 휩싸여 녹아
내렸다! 살아 있는 부흐링을 다시 만난 느낌이었다.

취할 듯한 이 연출이 혹시 콜로포니우스 레겐샤인의 죽음 장면으로
중단되는 건 아닐까 생각하는데, 별안간 무기가 쨍그랑거리는 소리가
들려왔다. 역청 냄새, 고함소리! 부흐링들 사이에서 대혼란이 일어났다.

왈츠 박자가 뚝 그치고 팀파니 소리가 요란하게 울렸다. 음악은 히
스테릭하고 날카롭게 바뀌었다. 플라르 프로크가 작곡하고 중세 분위

---

* 오름 의식, 중성형: 부흐링들이 이방인을 받아들일지 말지 결정할 때 행하는 희귀한
의식.『꿈꾸는 책들의 도시』 2권 11쪽 이하를 참조할 것.

기의 합창단이 노래하는 무서운 오페라 서곡의 호전적인 리듬인가? 그래, 맞다! 무대 가장자리에서 불길이 치솟았다! 이것은 지옥의 냄새인가? 연기와 유황 냄새, 게다가 피 냄새까지. 잠시 후 사방에서 책 사냥꾼들이 달려왔다. 수십 명이나! 실물 크기의 꼭두각시인형들이 천장에서 내려오거나 무대세트 위에서 도끼를 휘두르며 앞으로 나왔다. 인형이 아닌 분장한 배우들이 활활 타는 횃불을 들고 관객 사이를 뛰어다니기도 했다! 아래층 앞쪽에서 비명을 지르는 관객은 어린아이들뿐만이 아니었다.

공포에 휩싸인 나는 책 사냥꾼이 실제로 다시 나타나 극장을 점령한 줄 알았다! 뼈와 곤충과 녹슨 금속으로 만든 갑옷, 무시무시한 투구와 무기는 내가 기억하는 그대로였다. 해골 가면을 쓴 책 사냥꾼 하나는 우리 관람석까지 뛰어들어 내게 석궁을 겨눴다가 아무 짓도 하지 않고 껄껄 웃으며 사라졌다. 나는 하마터면 기절할 뻔했다! 슈렉스가 안심시키듯 한 손을 내 팔에 얹었다.

"모두 연출이야."

"아, 그래?" 나는 숨을 헐떡이며 말했다. "내가 심근경색에 걸리면? 그것도 연출인가?"

불현듯 다시 어두워졌다. 등불과 횃불이 모두 꺼지고 음악도 그쳤다. 부흐링의 산발적인 비명과 책 사냥꾼의 싸늘한 웃음소리도 서서히 멈췄다. 마침내 완벽한 적막이 찾아들었다. 향기 오르간이 풍기던 끔찍한 악취도 사라졌다.

# 그림자 제왕

처음에는 정말 급성 심근경색인 줄 알았다. 머리 저 위쪽의 짙은 어둠 속에서 반짝이는 불빛이 보였다. 죽으면 보인다는 전설 속 불빛인가? 저렇게 알록달록할 거라곤 상상 못했는데. 하지만 잠시 후 그 기이한 불빛이 아래로 내려왔다. 그것은 길고 가는 막대기와 휘어진 버팀목으로 이루어진 흐릿하게 반짝이는 구조물로, 홀 전체를 가로질렀다.

"저게 뭐지?" 나는 두려움에 떨며 물었다. 불안에 시달려 신경이 혹사당하고 있었다.

"모르겠어?" 이나제아가 킥킥거리며 대답했다. "당신이 직접 자세하게 묘사했잖아. 책 궤도야!"

책 뭐? 아, 맞다— 그제야 나는 알아챘다. 녹슨 난쟁이들의 책 궤도! 저 위에 있는 것은 그것의 모형이었다. 그렇지! 아득한 옛날 지하묘지에서 수많은 책을 나르던 책 궤도를 극단적으로 축소해놓은 것이었다. 다른 누구도 아닌 나 자신이 저 궤도에 올라 이동한 적이 있었다. 책 사냥꾼을 피해 가죽 동굴에서 도망친 후였다. 어쨌거나 좋은 추억은 아니었다! 그 궤도를 미친듯이 달려 죽음 직전까지 갔으니까.

끽끽거리는 날카로운 소리가 들려서 보니 작은 썰매가 궤도 위를 움직이고 있었다! 아주 작은 인형인 나도 거기 타고 있었다. 믿을 수 없었다! 그 거침없는 질주를 보여줄 생각을 하다니! 썰매는 점점 더 속도를 내다가 새된 소리를 내는 바퀴로 불꽃을 튀기며 궤도를 오르내려

관객들 바로 위를 지나갔다. 금속 바퀴에서 떨어지는 불꽃이 크게 원을 그리며 관객들 머리 위로 쏟아졌다. 책에서는 묘사할 수 없었던 부분을 이런 식으로 무대에 올린 특별한 연출에는 나도 매력을 느꼈지만, 더 어린 관객들이 받은 감동은 그와 비교가 안 될 만큼 엄청난 모양이었다. 자리에서 벌떡 일어난 아이들이 위를 가리키며 고개를 꺾어 쳐다보고 박수치는 바람에 홀에서는 한바탕 난리가 났다. 다시 음악이 크게 울려퍼졌다! 오시지키오 로나니가 작곡한 빠른 박자의 유명한 서곡이었다. 이 곡을 들을 때면 언제나 질주해서 지나가는 말이 떠오른다. 긴박한 도주와 잘 어울리는 곡이었다! 나는 부흐링들이 콜로포니우스 레겐샤인의 죽음에 증인이 되는 장면이 완전히 빠졌다는 것도 까맣게 잊어버렸다. 빼먹거나 말거나 무슨 상관! 계속 나가자고!

이제 날갯짓 소리도 들렸다. 원시시대의 거대한 새들이 날개를 퍼덕이며 궤도로 달려들었다. 당시 나를 공격한 흡혈괴조였다. 엄청나게 큰 가죽 날개가 달린 이 정교한 꼭두각시인형들은 천장에서 철사로 조종되었는데, 실제와 마찬가지로 두려움을 불러일으키는 외모였다. 이들은 어둠 속에서 끽끽거리며 불꽃을 튀기는 썰매를 무자비하게 뒤쫓아와 뾰족한 주둥이로 쪼아댔다. 음악이 돌연 바뀌자 긴박감에 위험도 더해졌다. 레가르트 반리히가 작곡한 악명 높은 〈흡혈괴조의 비행〉이었다!

흡혈괴조 한 마리가 날다가 발톱으로 썰매를 단단히 움켜쥐고 주둥이로 미텐메츠 인형을 거세게 공격하기 시작했다. 관람석에 앉아 있던 내가 너무 놀라 양팔로 그 무시무시한 새를 때리려 하자 슈렉스가 깔깔 웃어댔다. 더 자세히 볼 수 있는 기회가 생겼다! 작은 무대의 커튼 하나가 요란한 소리를 내며 열리더니 전체 장면의 일부를 더 가깝게 보여주었다. 기본적으로, 아까 운하임 쓰레기장을 보여줄 때와 같은 연출이었다. 미텐메츠가 바람에 망토를 펄럭이며 무서운 속도를 내는 썰매를 꽉 붙들고 있고, 이제 어마어마하게 큰 인형으로 표현된 흡혈괴조가 그 뒤에서 주인공을 주둥이로 쪼고 발톱으로 때렸다! 썰매가 쏜살같이 달리며 내는 바람 소리가 들리고 거대한 새의 주둥이가 악취도 풍겼다. 네벨하임 오르간 연주자는 무아지경에 빠져 음전을 조작했다. 곁눈질로 보니 몇몇 부모가 훌쩍이는 아이를 데리고 홀을 빠져나가고 있었다. 이런 혼란이 최고조에 달했을 때 갑자기 쾅 소리가 났다! 따닥! 순식간에 불빛이 꺼지고 음악도 그쳤다. 다급하게 바스락거리는 소리와 날갯짓 소리만 들렸다. 궤도에서 추락한 내가 필사적으로 흡혈괴조를 붙들고 같이 날아간 장면은 관객들이 상상하는 수밖에 없었다.

그러고는 다시 정적.

어둠.

유황 냄새.

어둠.

뭔가 들끓는 소리.

어둠.

쉿쉿거리는 소리.

흐릿한 붉은빛이 드디어 무대 아래쪽에 나타나더니 서서히 밝아졌다. 기이한 형태의 잿빛 벽돌과 불투명한 창문이 있는 거대한 벽, 위로 한없이 이어질 듯한 엄청난 건물 전면이 어둠 속에서 모습을 드러냈다. 그런데…… 실망스러웠다! 적어도 나는 그랬다.

사랑하는 친구들이여, 이렇게 표현하는 게 좋겠다. 진정 위대한 것은 최고의 연극도 흉내낼 수 없다. 눈앞에 나타난 것은 그림자 성의 무대세트였다. 전설적인 장소이자 지하묘지의 심장, 흡혈괴조가 나를 내려놓은 곳. 그림자 제왕의 지하세계 망명처요, 내 운명이 급격한 변화를 겪은 장소였다. 혹독하게 비난하긴 쉽지 않지만 그림자 성의 외관 건축은 무대미술가에게는 분명 너무 벅찬 일이었다. 당연하지 않은가! 이런 평을 할 수 있는 자가 있다면 오로지 나뿐이다. 그 성을 내 눈으로 직접 봤으니까. 자연법칙을 모두 무시하는 듯한 병적인 기하학과 엄청난 규모, 지하묘지의 뱃속에서 돌로 굳은 광기…… 이 모든 것을 좁은 무대에 만족스럽게 재현할 수는 없다. 불가능하다! 이런 관점에서 보자면 키르쿠스 막시무스의 예술가들은 도저히 수행해낼 수 없는 임무를 인공조명과 음향, 음악과 냄새의 도움으로 다시 한번 놀랍게 해결한 것이었다. (나를 제외한) 관객 모두가 놀라 숨이 막힌 듯했다. 연출자들은 현명하게도 그림자 성의 전면, 다시 말해 화석이 된 책으로 벽을 쌓아올린 출입문을 보여주었다. 미텐메츠는 다리를 지나 성으로 들어갔다. 아래서 들끓는 용암은 실제로는 보이지 않고 벽에 붉은빛이 반사되어 비칠 뿐이었다. 화산작용으로 부글거리는 소리가 들리고 냄새도 났다! 냄새 오르간이 지옥 장면에도 충분히 어울렸을 법한 지독한 유황 냄새를 퍼뜨렸던 것이다.

다시 새로운 커튼이 열리고 장면이 바뀌었다. 미텐메츠가—이번에는 꼭두각시인형의 모습으로—성안을 헤매고 있었다. 움직이는 벽, 끊임없이 오르락내리락하는 바닥과 천장 같은 실내장식은 무대건축과 무대기술 분야의 대작이었다. 외관 세트는 이미 잊어버린 채 나는 다시 그림자 성 안에 있었다! 나 말고 다른 이가 성안의 모습을 어떻게 알았을까? 화석이 되어 이끼에 뒤덮인 수백만 권의 책이 어떤 냄새를 풍기는지는 또 어떻게 알았을까? 그럼에도 실제와 똑같았다. 똑같은 모습이었고 똑같은 냄새가 났다! 거대한 맷돌이 돌아가는 소리와 함께 벽들이 안쪽으로 좁혀들어오고, 아무것도 없는 곳에서 계단이 솟아오르고, 날아다니는 양탄자처럼 천장이 내려오는 가운데, 성을 헤매고 다니는 미텐메츠는 미로 구조상 점점 더 깊은 곳으로 빠져들게 되었다. 또다시 나는 내가 무대에 있다는 사실을 까맣게 잊었다! 그 정도로 연출에 넋을 잃었고, 쥐죽은듯 조용한 관객들도 마찬가지였다.

작품에 새로운 전환점이 찾아왔다. 부흐하임의 쾌활한 음악과 멍청한 노래를 부르는 책, 운하임 쓰레기장의 공포스러운 장면과 부흐링들의 살랑거리는 발레, 녹슨 난쟁이들의 책 궤도에서 벌어진 숨막히는 추격전 뒤에 완전히 다른 장엄한 음이 울렸다. 친구들이여, 이제 진지해진 것이다! 본격적으로 분위기가 무르익기 전, 성에 들어설 때부터 이미 발터 무자그가 작곡한 7번 교향곡 중 그림자 같은 스케르초가 흐르고 있었다. 아무것도 없는데 벽에 실루엣이 보인다고 믿게 만드는 음악이었다. 온갖 소음이 수백 개의 메아리로 흩어지면서 길 잃은 박쥐들처럼 극장 전체에 떠돌았다. 표면 아래서 이어지던 진동이 이제 막 깨어나 곧 폭발할 화산처럼 모두를 내리눌렀다. 유령 같은 가느다란 목소리들이 여기저기서 정신병의 전조처럼 소곤거렸다. 화석이 된 마법의 성에서 내가 머문 장면은 무대배경들이 아무렇게나 뒤섞인 콜라주처럼 연출되었다. 천재적이긴 하지만 장면 순서가 제멋대로인 것 같았다. 시간 순서, 아니 시간 자체는 이제 연출이나 논리와 아무 상관이 없는 듯했다. 당시 내 기분이 바로 그랬다! 그림자 성에서 시공간은 다른 법칙을 따르는 차원이었거나 아무 의미도 없었다. 중력은 지구 중심에 가까워질수록 사라진다고 한다. 시간도 그럴지 모른다.

어쨌든 이 작품의 연출에서 시간 순서는 부수적인 요소일 뿐이었다.

실제로는 훨씬 뒤에 만난 흐느끼는 그림자들이 무대에서는 내가 성에 들어선 직후부터 따라다녔다. 잿빛 베일을 쓴 배우들이 연기한 이 그림자들은 첫눈에 보기에는 아주 단순했지만 놀랍게도 유유히 벽을 기어올라가거나 천장에 거꾸로 매달린 채 움직이고 벽을 뚫고 들어갔다가 다시나오기도 했다. 도대체 어떤 속임수를 써서 그런 마술을 부리는지는 알수 없었지만 나는 온몸의 비늘이 곤두섰다! 나중에 내가 무척 극적인상황에서 만나게 된 살아 있는 책들도 처음부터 나타나 민첩하게 여기저기 돌아다녔다. 그리고 가죽과 종이로 된 짐승들— 무대에서 뛰어다니거나 날아다니고 잿빛 통로를 팔락거리며 날거나 긴 거미 다리 또는 다리보다 더 긴 그림자로 벽을 딱딱 치는 무서우리만큼 다양한 종류의 형체를 짐승보다 더 정확한 말로 표현할 수는 없다. 살아 있는 책들은 대단히 사실적으로 보여 관객들 사이에서 적잖은 소동이 일 정도였다. 들쥐나 바퀴벌레 군단을 극장으로 들여보내도 될 뻔했다! 쉴새없이 바스락대고 작게 소곤거리고 낑낑대는 그들의 소리도 무척이나 불편했다.

거의 추상적인 인상과 분위기를 풍기는 공연이었다. 연기는 별 의미가 없었다. 우울과 슬픔, 고통과 절망, 두려움이 그림자 성의 주제였으며 이들은 악몽의 논리 또는 비논리에 따라 느슨하게 연결돼 있었다. 움직이는 무대세트 때문에 중압감이 드는 장면에는 스미고르 스모데슈투크와 슈타브코토 스미리디히의 혼란스러운 음악이 깔렸다. 숨막히게 아름다운 무대배경들이 이어졌지만 음울한 인상과 분위기가 길어지자 관객들, 특히 어린 관객들은 점점 더 동요했다. 나도 약간 초조해졌다. 그림자 제왕은 어디 있지? 빌어먹을, 이 희곡의 비밀스러운 주연은 도대체 어디 있는 거야? 유령의 성 주인은 어디 있느냐고!

그러다 다시금 벽들이 서로 멀어지면서 드디어 그림자 성의 왕좌가 모습을 드러냈다. 멋진 무대세트 중에서도 가장 멋진 세트였다! 단순하지만 기하학적인 덩어리들로 이루어진 대담한 구조에다 지각 변동으로 생겨난 무도회장만한 크기의 동굴이었다. 그렇다, 지하묘지의 비밀스러운 심장부는 이렇게 상상하면 될 것이다. 쓰러진 나무처럼 거대한 흰색 수정 들보들이 서로 엉킨 채 잿빛 화강암 덩어리 위에 솟아 있고 그 뒤에서는 엄청나게 큰 난롯불이 춤을 추었다. 그뿐이었지만 너무 단순해서 오히려 압도적인 고독의 기념비였다. 기나조크 이르비츠의 악명 높은 〈불새 발레〉의 날카로운 음이 울렸다. 불길에 휩싸인 정신병원에서 들리는 음악 같았다. 그림자 제왕, 그가 마침내 나타났다!

아니, 사실은 나타나지 않았다. 보이는 것이라곤 벽에서 너울대는 실루엣뿐이었다. 그 움직임이 너무 빠른데다 제멋대로라 진짜 무용수가 춤을 추는 건지 인형이 움직이는 건지 알 수 없었다. 나는 하나라도 놓칠세라 난간을 움켜쥐고 몸을 기울였다. 언젠가는 진짜 그림자 제왕이 몸을 드러낼 테니까. 그러나 다시 한번 실망했다. 인상적이고 거대한 꼭두각시인형, 고서의 파피루스 조각으로 바느질한 화려한 옷을 입고 독창적인 가면을 쓴 발레의 대가는 없었다. 아니, 그 비슷한 것도 보이지 않았다. 손에 잡힐 듯한 주연은 없었다. 그저 그림자와 허깨비와 실루엣뿐이었고 이어지는 장면들도 모두 그랬다. 미텐메츠와 함께 있는 장면에서 호문콜로스는 기껏해야 그림자만 보였다. 둘이 커다란 식탁에서 식사하는 장면에서 이 음울한 통치자는 무대의 어둠 속에 있어 보이지 않고 명령조의 목소리만 들릴 뿐이었다. 목소리가 무척 인상적이었다는 건 나도 인정한다. 둘이 함께 통로를 걸을 때면 성의 주인은 벽에 떠도는 거대한 그림자로만 모습을 드러냈다. 호문콜로스는 우울한 독백을 할 때도 어둠 속에서 눈만 반짝일 뿐 커다란 왕좌 깊숙이 기대앉아 거의 보이지 않았다. 지극히 예술적이고 기지 넘치는 연출이라는 건 인정해야 했지만 원래 주인공을 제대로 보지 못해 약간 실망스럽기도 했다.

"이거 왜 이래?" 그러다가 결국 나는 참지 못하고 화를 내다시피 물었다. "그림자 제왕 역할을 하는 인형은 어디 있는 거야?"

"아직도 모르겠어?" 이나제아가 되물었다. "이 작품을 통틀어 최고의 인형인데."

"몰라. 정말 이해가 안 돼."

"그에 대한 존경심에서 인형으로 표현하지 않은 거라고. 당신 스스로 만들어내야 해. 상상 속에서." 이나제아가 쉿소리를 내며 뾰족한 손가락으로 이마를 톡톡 쳤다.

나는 무대로 다시 시선을 돌려 마지못해 미텐메츠를 바라보았다. 인형은 허공에 대고 이야기하는 것으로밖에 보이지 않았다. "하지만…… 내가 미친 것 같잖아!" 나는 나지막하게 이의를 제기했다. "그림자 제왕이 정말 내 머릿속에만 존재하는 것 같다고."

"이건 보이지 않는 연극이야." 이나제아가 소곤거리며 거의 광기가 어린 눈으로 나를 바라보았다.

"보이지 않는 연극?" 나는 무슨 말인지 알 수 없었다.

"인형중심주의의 최신 유행이지! 보이지 않는 연극은 무대에서 뭘 공연하는지 중요하지 않아." 이나제아가 속삭였다. "당신 머릿속에서 일어나는 일이 훨씬 더 중요하지!" 그녀는 손가락을 입술에 대고 무대를 가리켰다.

그 말에 나는 순순히 무대로 다시 고개를 돌렸다. 그러고는 어쩔 수 없이 미텐메츠가 보이지 않는 그림자 제왕과 함께 있는 장면을 바라보았다. 하지만 속으로는 이 멍청한 관객 실험에 참가하길 고집스레 거부했다. 원칙적으로 용납이 되지 않았다! 지금까지는 정말 좋았는데! 이제 사이비 예술 같은 얼간이 짓으로 중요한 결말을 망치다니. 보이지 않는 연극이라니, 웃기고 있네! 나는 다시 안락의자에서 초조하게 몸을 비틀기 시작했다.

사랑하는 친구들이여, 그런데 내 의지와는 전혀 다른 상황이 벌어졌다. 무대 위 상상의 그림자 제왕을 떠올리지 않으려고 거세게 저항하면 할수록 머릿속에서는 그의 형체가 점점 더 또렷해져갔다. 수면장애와 비슷했다. 피곤하다고 나 자신을 설득할수록 점점 더 말똥말똥해지고, 잠을 잘 수 없다는 불안이 클수록 금방 잠든다. 억누르면 억누를수록 상상력은 점점 더 커졌다. 처음에 그림자 제왕은 몽롱한 빛 속에서 흐릿한 허깨비처럼 삐죽삐죽한 실루엣으로만 보였다. 그러다가 내 저항이 마비되자 점점 더 구체적으로 변했다. 너덜너덜한 종이옷과 번쩍이는 눈이 박힌 당당한 머리, 슬픈 왕관의 꼭대기가 보였다. 오페라글라스 없이도 그의 파피루스 피부에 쓰인 미세하고 모호한 룬문자가 보였다. 어느 순간 그가 머릿속에 나타나서는 사라지지 않았다.

이렇게 된 데는 대화가 한몫했다! 듣는 이가 하모니에 대해 별로 의식하지 않고 기꺼이 그냥 따라가는 훌륭한 음악과도 같았다. 위대한 무대 텍스트에는 내용 자체보다 관객을 더욱 잡아끄는 리듬과 멜로디가 있다. 에자일라 빔퍼슐라크의 희곡을 생각해보라. 그런 텍스트의 진정한 가치는 그저 읽기만 해선 알아챌 수 없다. 들어야 한다. 그런 희곡의 필치는 문학보다 음악에 더 많은 빚을 지고 있는 경우가 흔하다. 실제로 그림자 제왕과 나눈 대화는 그저 기묘했다. 절대 저렇게 우아하고 춤추는 듯한 형태가 아니었다. 내 책에서도 마찬가지였다. 이 각본을 쓴 작가는 말해진 단어를 듣는 엄청난 귀가 있는 게 분명했다. 종이와 검은 인쇄 잉크에서 풀려난 단어가 순수한 음으로서 어떻게 작동하는지 아는 자였다. 전기가 찌릿 통하는 느낌이었다! 나도 저렇게 쓸수 있으면 좋을 텐데! 이미 암암리에 고백하지 않았는가, 내 글쓰기 방식은 한계에 부딪혔다고. 그러나 여기 이것은 새롭다! 어쩌면 내가 배울 수도 있는 신기술일 테다. 인형중심주의라! 내가 어느 정도 능력을 발휘할 수 있는 종합예술이 아닐까. 정말 흥분되네!

나는 이 기교의 급진성을 그제야 깨달았다. 보이지 않는 연극이라, 그렇지! 그림자 제왕을 인형 같은 평범한 도구로 표현하려고 했다면 인형이 아무리 훌륭하다 한들 무대를 망쳤을 것이다. 이미 말했다시피 진정 위대한 것은 연극으로 보여줄 수 없다. 강인함은 꾸며낼 수 없고 참된 아름다움은 흉내낼 수 없으며 자연적인 야성은 모방할 수 없다. 이 점에서 그림자 제왕을 기술적인 도구로 묘사하려는 모든 시도는 애초부터 실패할 수밖에 없는 운명이다. 배우가 늑대 무대의상을 입고 야성적인 이파리늑대를 연기하는 것 같았을 것이다. 얼마나 우스꽝스러울까! 관객의 상상력에 맡기는 것이 유일한 해결책이자 자신의 능력을 완벽하게 믿는 자만이 할 수 있는 천재적인 연출기법이었다. 의심하는 자를 조롱하는 천재의 행위! 홀에 있는 관객 모두를 탁월한 인형중심주의자로 만드는 눈에 보이지 않는 이 인형 덕분에 나는 인형 키르쿠스 막시무스를 뒤에서 조종하는 자가 모든 분야에서 진정 훌륭한 예술가임을 확신했다. 맹목적으로 자신의 직관을 따르는데도 대부분은 성공하는 다재다능한 인물이 분명했다. 불현듯 누군가 나를 지켜보고 있다는 느낌이 들어 주위를 둘러보았다. 누군가 무대세트 안에 숨어 우리 모두를 내려다보는 듯했다. 인형 조종자가 자기 인형을 보듯

이! 나는 이런 말도 안 되는 편집증적인 망상에 슈렉스가 옆에서 노려볼 정도로 크게 웃었다. 그러고는 다시 정신을 가다듬고 무대에 집중했다.

그림자 성에서의 모든 장면을 통틀어 그림자 제왕이 자기 이야기를 하는 장면이 가장 마음에 들었다. 아주 단순하면서도 대단히 효과적인 방식이 사용되었다. 바로 그림자극이었다. 왕좌가 있는 홀 벽의 커다란 면에 빨간색과 노란색과 파란색으로 번갈아가며 조명이 비치고, 그곳에 종이를 오려 만든 실루엣과 소도구들이 펼쳐졌다. 생명체나 건물 또는 풍경, 불꽃과 강, 날아다니는 새와 흘러가는 구름, 바람에 흔들리는 풀의 바다와 급류가 흐르는 강, 상상력의 산물과 그림처럼 아름다운 꿈속 인물들, 유령의 세계가 그 내용이었다. 그림자 제왕의 삶과 사상은 그렇게 표현되었다. 그의 유년기와 시인으로 성장한 시기, 피스토메펠 스마이크와 클라우디오 하르펜슈톡에 의해 종이 형체로 변해 지하묘지로 추방된 끔찍한 이야기도 당연히 포함되어 있었다.

그림자 성의 이 모든 웅장한 세부 장면을 보면서 이번에도 내 책의 해당 부분이 심하게 축약되었음을 깨달았다. 예를 들면 살아 있는 책들과 싸운 일, 오름 도서관에서 머문 일이 빠졌다. 이유는 알 수 없었다. 거인과 함께 있었던 그림자 성 지하 장면이 빠진 이유도 알 수 없었다. 어쩌면 새로운 장소와 무대 변경, 급박한 전개를 삽입해서 애수 띤 분위기를 망칠까봐 뺐을지 모른다. 아니면 일부 독자들이 그러듯 이 희곡의 작가도 거인과의 에피소드는 내가 멋대로 지어냈다고, 상상력의 고공비행이자 연속되는 사건들 때문에 지친 내 뇌가 만들어낸 허깨비라고 생각했을 수도 있다. 이해하고도 남는다. 나 스스로도 내가 그 사건을 정말 겪었는지 아니면 꿈을 꾼 건지 의문이 들 때가 많으니까.

그림자 성과의 작별이 바로 이어졌다. 제왕이 소박하게 나만 데리고 지하세계의 망명처를 떠나는 장면은 수많은 인형과 수백 개의 촛불을 밝힌 조명 연출, 그후로 들을 때마다 눈물이 나는 기프나티오 자크렘의 유명한 간주곡 덕분에 대단히 장엄하고도 극적으로 재현되었다.

그림자 제왕이 가죽 동굴을 재탈환하는 장면은 원래 책 사냥꾼들에 대한 잔인한 대량학살이자 피비린내 나는 무자비한 복수극이지만 현명하게도 다시 그림자극으로 표현되었다. 그래서 예술적인 면에서도 좋았고 어린 관객들이 보기에도 적당했다. 날뛰는 그림자 제왕의 공격으로 하나둘씩 바닥에 쓰러지는 책 사냥꾼의 모습이 눈에 들어왔다. 그랬다, 피가 튀고 잘린 머리가 굴러가는 장면도 보였다. 그러나 입체적인 인형이었더라면 식욕을 떨어뜨렸을 구체적인 모습은 없었다. 그래서 소름끼치는 사건들도 그저 악몽 정도로만 보였다.

사랑하는 친구들이여, 여러분도 알다시피 이 잔인한 사건은 원래 내가 지하세계에서 머문 기간의 종말을 의미한다! 이야기는 내가 그림자 제왕과 함께 위로 올라오면서 끝난다. 그때 나는 부흐링 무리가 나머지 책 사냥꾼들에게 최면을 걸어 자기들끼리 서로 죽이게 만드는 것을 목격했다. 또 그림자 제왕이 클라우디오 하르펜슈톡을 종이로 베어 처단하고 결국 스스로에게 불을 붙여 활활 타오르면서 피스토메펠 스마이크를 부흐하임 미로로 내쫓는 광경의 증인이 되었다. 이 모든 일은 여러분도 잘 알고 있다. 그러니 이 무대에서 잊지 못할 대목이긴 해도 무시무시하고 슬픈 그 장면을 내가 자세히 설명할 필요는 더 없으리라. 바로 그런 이유로 나는 말하지 않으련다.

그러니 마지막 무대배경을 묘사하면서 인형 키르쿠스 막시무스에 대한 설명을 마치기로 하자. 그것은 꿈꾸는 책들의 도시 모형이었다. 가장 큰 무대를 꽉 채울 만큼 광범위하면서도 디테일했다. 불꽃이 보이기 전 희미한 탄내로 이제 곧 무슨 일이 벌어질지 미리 알려주었다. 잠시 후 여기저기 지붕 위로 작은 불길이 타올랐다. 연기 냄새가 심해지면서 점점 더 맵게 눈을 찌르며 공포를 불러와 많은 관객이 걱정 섞인 표정으로 비상구 쪽을 돌아보았다. 화재 경종이 울렸다. 처음에는 가느다랗고 작았지만 나중에는 사방에서 울리는 것처럼 강력한 소리였다. 거기에 페를라 라 가데온의 시를 읊는 묵직한 저음이 더해졌다.

"화재 경종이 새된 소리로 울리듯이
끈질기게 울리듯이!
어느 슈렉스의 전설이 이 소란을 알리나!
밤의 당황한 귓속으로
그 전설은 어떤 전율을 퍼뜨렸는가!
이제 더는 말할 수 없다. 그래,
그저 홀로 비명을 지를 뿐, 비명을 지를 뿐!"

무대 위 도시의 불길은 점점 더 거세지며 위협적으로 변했고 가느다란 연기 기둥이 천장으로 솟았다. 멀리서 비명과 불꽃이 타닥거리는 소리, 유리가 터지고 집이 우지끈 무너지는 소리가 들렸다. 벌어진 상처에서 피가 흐르듯 거리와 골목으로 불길이 번졌다. 화재 경종은 점점 더 세차게 귀를 때렸다. 관객들 사이에 소란이 일었고 몇몇은 훌쩍거리기 시작했다. 축소판 대참사는 그 정도로 설득력 있게 묘사되었다. 나는 우리 관람석 난간을 부여잡고 눈물을 꾹 참았다. 몇몇 관객은 이미 자리에서 일어났다. 홀 문들이 열렸고, 관객들은 당황하진 않았지만 그래도 극장 직원의 세심한 안내를 받으며 최대한 빠르게 밖으로 빠져나갔다. 이나제아도 이미 문간에 있었지만 나는 관람석을 떠날 수 없었다. 불타는 도시 전경은 내 마음을 무너뜨린 동시에 나를 사로잡았다. 내가 도시에서 달아나던 그때 마지막으로 돌아서서 봤던 광경과 놀랄 만큼 흡사했다. 무대에서 어떤 목소리가 울려퍼졌다. 그 사건을 서술한 책의 내용인 것으로 보아 아마도 내 목소리인 모양이었다.

"꿈꾸는 책들이 깨어났다. 검은 연기 기둥이 몇 킬로미터나 솟구쳐올랐다. 무게를 잃어버린 종이와 타버린 생각들. 이루 말할 수 없이 많은 불씨가 그 안에서 흩날렸다. 불씨 하나하나가 모두 들끓는 단어였다. 이들은 별과 함께 춤추려고 높이, 점점 더 높이 올라갔다. 잠에서 깨어나는 수많은 책이 타닥거리는 소리에 나는 그림자 제왕의 바스락거리는 웃음이 떠올라 고통스러웠다. 부흐하임에서 일어난 최악의 화재 속에서 그도 불꽃을 튀기며 공중으로 올라갔다."

지금 이 순간도 바로 그런 느낌이었다. 그때처럼 흥분했고 그때처럼 몹시 슬펐다! 그러나 동시에 허무맹랑하게도 생생하게 살아 있다는 기분이었고 앞으로 다가올 모든 것을 갈망했으며 연금술 배터리에 연결된 것처럼 에너지가 충만했다. 내가 본 것은 한 편의 인형극에 불과했지만 내 인생처럼 느껴졌다!

슈렉스에게 눈물을 보이는 게 창피해서 한동안 그대로 난간 앞에 서 있었다. 이윽고 눈물이 그친 뒤에야 불타는 도시 광경에서 눈길을 거두고 북새통을 이루며 밖으로 나가는 관객들 사이로 뛰어들었다.

"기대했던 것보다 좀 낫네." 마침내 이나제아도 나도 극장을 빠져나왔다. 흥분에 차 떠들어대며 우리 앞을 지나는 관객들을 바라보면서 나는 그녀에게 말했다. 막 생각해낸 최대의 과소평가였다. "이런 극을 완성해낸 자들이라면 만나볼 가치가 있겠군."

"아, 그래?" 슈렉스는 엉큼하게 물으며 그 종족 특유의 미소를 지었다. "내가 이런 모든 예술적 요소를 총책임한 자를 소개해줄까? 인형 키르쿠스 막시무스의 감독 말이야."

"당신이 그래줄 수 있다고?" 나는 깜짝 놀라 되물었다.

"흐음……" 슈렉스는 자랑스러움을 감추지 못하고 느긋하게 말했다. "아마 할 수 있을 거야. 나는 이 아름다운 극장의 후견인이니까. 아래를 봐!"

이나제아는 우리가 서 있는 바닥을 가리켰다. 그제야 나는 극장 앞쪽에 빨간색과 흰색 벽돌이 번갈아가며 수천 개나 깔려 있고 하나하나 안에 이름들이 새겨져 있다는 것을 알게 되었다. 나는 그녀가 가리킨 벽돌을 더 가까이서 들여다보았다.

이름 두 개가 적혀 있었다.

이나제아 아나자지 그리고 하흐메드 벤 키비처.

335

# 인형중심주의 초급반

　다음날부터 나는 새로운 부흐하임을 걸으며 안내자이자 연극비평가, 인형중심주의 전문가임을 자처하는 해박한 슈렉스 이나제아 아나자지에게서 무료로 강연을 듣게 되었다. 작가들이 주로 애용하는 작은 펜션에 조용한 방을 하나 구했는데, 편안하게 잠도 자고 이따금 작업도 할 수 있었다. 나는 슈렉스의 고서점 영업시간을 제외하고, 그러니까 대부분의 저녁시간에 그녀와 함께 여기저기 돌아다니며 새로운 명소와 극장, 필요한 경우에는 식당과 카페를 섭렵해나갔다. 틀림없이 우리는 무척 기이한 한 쌍이라는 인상을 주었으리라. 두건을 푹 눌러쓴 린트부름과 비쩍 마르고 키 큰 슈렉스가 팔짱을 끼고서 거의 언제나 대화에 심취해 있었으니. 나는 대부분 핵심어만 말했고, 슈렉스는 전문분야에 대한 정보를 끝도 없이 쏟아냈다.

　"부흐하임이 불타버린 뒤……" 강연 시리즈가 시작된 첫날, 슈렉스는 그렇게 운을 뗐다. "부흐하임의 많은 주민에게는 아무것도 남지 않았어. 날아다니는 불꽃에 집과 가게, 재산이 모두 녹아버렸지. 무無에서 다시 시작하는 방법은 많은데 그중에서도 인형극은 정말 크게 사랑받았어. 두 가지 이유에서 그랬지."

　슈렉스는 나머지 설명을 단숨에 하려는 듯 심호흡을 했다.

　"인형을 포함해 인형극은 불타버린 도시의 폐허에서 손쉽게 만들 수 있다는 게 첫번째 이유였어. 불타서 숯이 된 널빤지 몇 개를 못질하면 무대가, 천 몇 조각만 바느질하면 앙상블이 완성되잖아. 양말 한 짝으로 머리 두 개만 만들면 주연배우도 생기고, 잎사귀가 달린 부러진 가지를 배경에 두면 마법의 숲도 완성이야. 두번째 이유는, 대참사 이후 기분전환을 할 거리가 절실히 필요했다는 점이지. 아이들뿐 아니라 도시 재건을 위해 일하는 어른들도 최소한 저녁에는 화톳불을 피우고 둘러앉아 상상의 날개를 펴고 불행한 현실에서 도망치고 싶어했어. 많은 주민이 여전히 집이 없었다는 점을 생각해봐. 기분전환을 해주는 이들은 이야기를 낭독해주는 이와 즉흥시인, 담시가수였는데 이젠 이렇게 오래된 이야기 전달 형태보다 한 단계 높은 소규모 인형극도 생겨난 거지. 주민들은 줄거리를 들을 뿐 아니라 볼 수도 있게 됐어. 화톳불에 감자를 삶으면서 목숨을 부지하고 있음을 기뻐했고, 아이들은 인형극을 보며 좋아라 소리를 질렀지. 당시 부흐하임에는 힘겹게 일한 하루를 그렇게 끝내는 주민이 많았어. 아직도 그때를 흐뭇하게 추억하는 이가 많지!"

우리는 작은 광장 한가운데 거대한 참나무가 불탄 잔해 옆에서 걸음을 멈췄다. 나는 촉촉한 물기를 머금고서 수천 개의 가지를 뻗었던 이 오래된 나무가 부흐하임의 생동감 넘치는 명소였던 이백 년 전을 또렷이 기억하고 있었다. 이제는 무시무시한 검은 해골로 변해 포스터를 붙이는 장소로만 쓰일 뿐이었다. 지금 붙은 잎사귀는 다양한 문화행사와 서비스를 광고하는 종이들이었다.

"여기 좀 봐." 슈렉스가 명령했다. "광고 절반은 인형중심주의와 관련있어."

우리는 죽은 나무를 천천히 돌면서 포스터와 쪽지를 보며 이런저런 광고를 읽었다.

## 앵무새가 침묵하면

테물렌티아 누드니크의 조류학 드라마
음악과 함께하는 막대인형극

**장소: 야외 맥줏집 노천무대의 목마른 압지**

## 모든 후식에
## 셀러리 포함!

바그하드바군드라 탄두리의 채식주의 담시

음식을 먹을 줄 아는 복화술 인형을
사용하는 예술가의 강연

악령 키타라 연주에 맞춰
노래하는 다양한 야채

## 유리 망치

꼭두각시인형을
서사적으로 연출한
갈가리 푸르펠

사백 개의 인형이 등장하는
12막짜리 인형극

**장소: '부흐하임 주둥이' 지하극장**

막간 11번!

## 바람과 베개

오디오 디 오다시의 희극 — 손상 버전

**장소: 부흐하임 동부 도자기 인형 박물관**

사용중 손상된 역사적인 인형들만 등장합니다!

어린이들을 위한
감자 인형극
피노키오 데 카스퍼 연출
어린이들은 소리질러도 됩니다!
무료 입장, 뷔페 이용료 별도!
**장소:** 패밀리 레스토랑 '공원 옆 마늘'

# 악어!
# 악어!

"작은 글씨도 읽어야지." 슈렉스가 말했다.

나는 더 작은 쪽지들을 해독하려고 외알 안경을 꺼냈다.

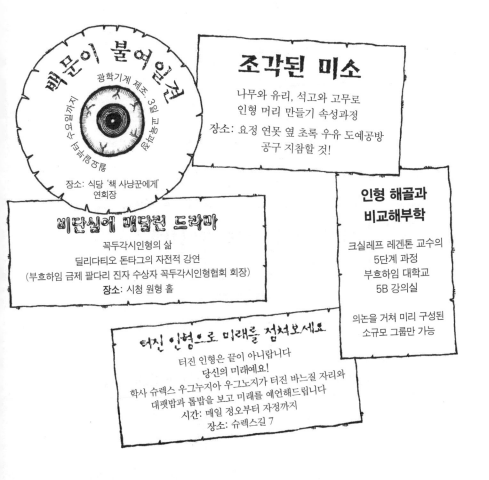

배문이 붙여일견
광학기계 제조. 3일 오후 가능
자렘링크 쉬루브 교수님과

**장소:** 식당 '책 사냥꾼에게'
연회장

# 조각된 미소
나무와 유리, 석고와 고무로
인형 머리 만들기 속성과정
**장소:** 요정 연못 옆 초록 우유 도예공방
공구 지참할 것!

## 비단실에 매달린 드라마
꼭두각시인형의 삶
딜리다티오 돈타그의 자전적 강연
(부흐하임 금제 팔다리 진자 수상자 꼭두각시인형협회 회장)
**장소:** 시청 원형 홀

### 인형 해골과
### 비교해부학
크실레프 레겐톤 교수의
5단계 과정
부흐하임 대학교
5B 강의실

의논을 거쳐 미리 구성된
소규모 그룹만 가능

## 터진 인형으로 미래를 점쳐보세요
터진 인형은 끝이 아니랍니다
당신의 미래예요!
학사 슈렉스 우그누지아 우그노지가 터진 바느질 자리와
대팻밥과 톱밥을 보고 미래를 예언해드립니다
**시간:** 매일 정오부터 자정까지
**장소:** 슈렉스길 7

특별히 관심을 끄는 광고도 있었다.

> # "내 치마 아래
> # 손을 넣는다면
> # 당신은 분명
> # 인형 조종자"
>
> 인형 관점에서 거행하는
> 카바레 행사
> 출연: 제페토 데 아를레치노

다른 쪽지에는 수수께끼 같은 두 문장이 손글씨로 쓰여 있었다.

> ## 자기 자신을 찾는 중인가요?
>
> 어쩌면 보이지 않는 극장에서
> 발견할지도······

너덜너덜한 다른 종이에는 좀더 확실한 내용이 있었다.

이런 식으로 계속 이어졌다…… 위에 겹쳐 붙이거나 못으로 박은 수백 장의 종이가 죽은 나무의 새 껍질이 되었다. 언젠가는 종이가 나무를 완전히 감쌀 것이다. 두 가지가 특히 눈에 띄었다. 인형극치고는 제목이 상당히 특이했다. 몇 개만 예로 들자면 '세로 주름의 죽은 예술'이나 '사악한 바나나' '철제눈썹' '의자들이 울 때면'이었다. 동화나 전설이 소재가 아니었고, 아동용이라고 명확히 밝힌 작품도 얼마 없었다. 아른그림 베르제르커, 유하나 피그노치, 페트로 폴로그네제, 팔라프라트 데 비고토 백작, 유리 유르크, 그바트킨 데 라투체, 라팔레온 로노켈, 오드리안 판 에켄슈렉, 히폴리투스 크노츠 같은 현대작가들의 최근 소설과 희곡, 시였다. 다시 말해 책의 형태로 글을 써 어른들에게서 수요를 찾던 현대작가들의 작품이었다. 현대문학이 점점 더 많이 인형극으로 변화한다고 생각하니 왜 이렇게 불안해지지? 광고에서 눈에 띈 또 한 가지는 거의 모든 공연이 장작시간*에 행해진다는 점이었다.

---

* **장작시간, 여성형:** 부흐하임의 오랜 관습으로, 늦은 저녁 벽난로에 장작을 넣고 책을 낭독하는 시간이다. 일시적으로 책방에서 책을 광고하는 데 이용되기도 했다. 『꿈꾸는 책들의 도시』 1권 172쪽 이하를 참조할 것.

"아니, 이런!" 나는 고함을 질렀다. "예전의 멋진 장작시간은 어떻게 된 거야? 책을 옛날 방식으로 낭독하긴 하나? 아니면 모든 책이 자동으로 인형극으로 변하는 건가?"

"아이고, 장작시간이라니!" 슈렉스가 손사래를 치고는 안됐다는 듯 나를 바라보았다. "장작시간은 건초 마차 관광객을 위한 거야!" 건초 마차 관광객이란 시골 주민들이 평소에는 건초 수확에 쓰던 큰 마차를 타고 부흐하임을 찾는 관광 양태를 빗댄 말이었다. "물론 훌륭한 낭독자도 아직 남아 있어. 하지만 청중이 너무 많고, 또 너무 시끄럽게 수다를 떠는 바람에 한 마디도 알아들을 수 없지. 독자 대부분은 확실한 걸 택해. 누구나 아는 책, 유행하는 잡동사니만 읽는 거야. 예를 들면 당신이 쓴 책이 그렇지." 슈렉스는 비난이 가득 담긴 눈빛으로 나를 노려보았다.

"그러면." 내가 화제를 돌리려고 얼른 물었다. "요즘 고상한 관객을 위한 저녁행사는 대부분 인형극 극장에서 하는 거야?"

슈렉스는 고개를 끄덕였다. "그럼, 그리고 그렇게 된 건 어느 정도 당신 탓이야."

"내 탓?"

"흐음…… 당신이 부흐하임을 파괴한 불을 지른 건 아니야. 하지만 말하자면 그림자 제왕이라는 횃불을 지하묘지에서 가지고 나왔다고 할 수는 있어. 인형중심주의는 옛날 도시의 잿더미에서 일어났고. 그런 점에서 보면……"

"그런 점에서 보면 뭐든지 내 탓이야!" 나는 웃음을 터뜨렸다. "말도 안 되는 소리 마! 나한테 무슨 죄를 뒤집어씌우든 당신들 자유지만, 장작시간이 사라지고 이제 부흐하임 모퉁이마다 인형극 극장이 생긴 건

342

정말이지 내 책임이 아니라고."

슈렉스가 미소지었다. "하지만 이 예술은 파괴된 부흐하임에서 오늘날의 규모로 성장했어. 불행에서 움튼 아름다운 꽃이지. 이봐, 당신 덕분이라고 자랑스럽게 말해도 돼."

솔직히 말해 그런 발상은 상당히 마음에 들었다. 새로운 예술 형태의 점화 불꽃, 인형중심주의의 시조인 힐데군스트 폰 미텐메츠. 아닐 이유가 없지. 아무리 겸손하게 말한다 해도 나는 차모니아 문화에 꽤 많은 기여를 했다. 하지만 지금껏 새로운 예술 분야를 개척한 적은 없다. 어쩌면 이나제아의 대담한 주장에 아주 조금이나마 진실이 담겨 있을 수도 있다…… 머릿속에서 멋들어진 생각이 싹텄다.

"인형중심주의에 대한 모든 걸 알고 싶어. 모든 걸! 그때 이후로 너무 많은 걸 놓쳤어."

"모든 걸?" 이나제아는 한숨을 쉬었다. "푸우! 그게 무슨 뜻인지 알긴 해? 그동안 얼마나 많이 쌓였는지, 다 아는 데 시간이 얼마나 오래 걸릴지도 모르지?"

"상관없어. 나 시간 많아."

이나제아는 나를 한참 바라보다가 대답했다. "시간이 많은지 적은지는 절대 모르는 거야." 그러고는 다시 내 팔짱을 꼈다. "하지만 뭐, 좋아! 내가 다 가르쳐줄게! 당신이 원한 거야! 그리고 후회하게 될 테지." 이나제아는 슈렉스 족 특유의 방식으로 웃었다.

# 마에스트로 코로디아크

친구들이여, 나는 이나제아의 예언과도 같은 말이 얼마나 옳았는지 그후 몇 주에 걸쳐 깨달았다! 인형중심주의에 대해 원래 알고 싶었던 것 이상을 알게 되었다. 하지만 뭔가 배울 때는 이게 유일하게 이성적인 방법 아닌가? 소화할 수 있는 양 이상을 마구 쑤셔넣는 것 말이다. 바짝 마른 스펀지처럼 정보를 빨아들이기. 먼길을 떠나려고 준비하는 사막의 낙타처럼 학습 자료를 채워넣기. 그렇게 해야만 무엇이 정말로 필요한지, 무엇이 생각의 지방분과 아이디어의 라드가 되어 뇌 속에 단단히 자리잡을지 알아낼 수 있다. 평생 사용할 무한한 저장고는 그렇게 만들어진다. 진지한 공부는 광란의 축제요, 정보가 공급되는 방종한 향연이다. 그 역시도 무절제한 포식의 결과처럼 대부분 나중에 잊어버린다. 남는 게 중요하지만 그게 무엇이 될지는 미리 알 수 없다. 그러니 일단 마구 집어넣자! 나는 교과서에 따라 체계적으로 진행되는 공부를 좋게 생각한 적이 한 번도 없다. 도서관 하나를 일단 통째로 집어넣어야 알파벳순으로 정리할 수 있다.

그렇다, 나는 배우고 싶었다! 슈렉스는 린트부름 나이로 장년이 되고서 인형중심주의를 향한 학구열에 넘치는 학생이 된 나를 끌고 이 골목 저 골목, 이 구역 저 구역 인정사정없이 돌아다녔다. 그녀는 인형극 극장과 지하극장, 인형중심주의 도서를 취급하는 서점과 특이한 소규모 박물관은 물론, 이 새로운 예술과 조금이라도 연관 있는 수공업

장과 가게라면 하나도 빠짐없이 보여주었다. 우리는 인형 신체의 거의 모든 부분을 특화한 수공업장이 늘어선 슬렝보르트 뒷마당을 샅샅이 훑고 다녔다. 가발 미용사, 눈알 기계공, 움직이는 나무입술 조각가, 땋은 수염과 머리카락 제작자의 공방, 기계 손과 움직이는 도자기 얼굴 작업실, 나무사지 목공소 등이었다. 세련된 인형 채색을 전문으로 하는 아틀리에에서는 수지 냄새가 진동했고, 무대그림과 포스터를 특화 분야로 삼은 예술가들도 있었다. 뭉게구름이라는 아름다운 이름의 구름 화실에서는 어떤 색깔의 극장 하늘이든 마음껏 주문할 수 있었다. 정밀한 철제관절이 완성되는 대장간, 아주 작은 옷을 만드는 바느질 가게, 미니어처 그릇과 일상용품을 만드는 공방, 작은 모형 가구를 전문으로 만드는 난쟁이 목공소 여러 곳, 꼭두각시인형 줄만 만드는 제조공장도 보였다. 슬렝보르트의 어느 골목에는 인형에 문신을 해주는 이도 있었는데, 잉크를 적신 바늘로 목재를 장식하는 솜씨가 최고 수준이었다.

우리는 키르쿠스 막시무스에서 이미 본 두델슈타트 음악 인형, 그러니까 움직이는 콘트라베이스와 춤추는 바이올린, 날아다니는 트럼펫과 눈썹을 깜박이는 클라리넷, 작고 가느다란 철제팔과 손가락으로 자기 자신을 연주하는 팀파니와 실로폰 인형을 취급하는 가게를 찾아갔다. 개구리 족인 가게 주인은 수다를 떨고 싶어서 가릉거리는 목소리로 자신이 작곡한 오페라에 대해 의기양양하게 설명했다. 오페라 내용은 역사적으로 증명된 음악가들의 전쟁인 그랄준트 개구리 족의 폴카 대 플로린트 무도병이었다. 그가 노래를 시작하기 전에 우리는 얼른 가게를 빠져나왔다.

그리고는 고서점에 들어가 필사본 원고 중 아직 상연되지 않은 인형극 극본을 찾았다. 부흐하임의 식당 종업원이나 서점 조수 둘 중 하나는 이쪽 일을 통해 벌이가 더 나아지길 바라기 때문에 극본은 수천 개나 있었다. 지하실과 다락방에는 사용하지 않거나 잊힌 인형이 많았는데, 내가 꿈에도 생각지 못한 종류들이었다. 벼룩 서커스에 사용하는 초소형 미니어처 꼭두각시인형은 돋보기가 있어야 제대로 보였다. 찢어지고 낡은 수많은 소형 단역 인형들도, 아주 가벼운 발사나무로 만든 거대하고 알록달록한 책 형태의 용龍도 있었다. 길 하나만큼이나 기다란 이 용은 여러 건물이 연결된 지하실 반원형 천장에서 먼지를 뒤집어쓴 채 일 년에 한 번 열리는 인형 카니발 때 들려나가서 골목을 누비기를 기다리고 있었다.

　나비 꼭두각시인형들이 가득찬 전문점 앞에 섰을 때는 놀라움을 금치 못했다. 처음에는 이 아름다운 차모니아 나비 수천 마리가 손으로 그린 종이인형인 줄 알았다. 나비들은 줄에 매달리거나 가느다란 막대에 꽂혀 책장과 벽을 장식하고 있었는데, 색깔이 현란해서 눈이 아플 지경이었다. 이나제아처럼 슈렉스이자 야생마늘 향수 냄새를 풍기는 가게 주인이 모두 진짜 나비라고, 하나씩 미라로 만들어 박제한 표본이라고 설명했을 때는 전율이 느껴졌다. 이 나비들은 모두 평화롭게 자연사했으며 슈렉스가 경건하게 방부처리를 했다는 말을 들어도 마음이 가라앉지 않았다. 그에 비하면 그 직후 방문한 유령이 돌아다니는 한밤중이라는 이름의 유령인형 가게는 덜 무시무시했다. 이 가게는 상품으로 손님들을 소름끼치게 하는 게 목적인데도! 상호가 이미 말해주듯 악령과 유령, 그와 비슷한 저승의 상상 속 종족 무대 주인공을 전문으로 취급하는 가게였다. 물에서 건져낸, 눈이 튀어나온 초록빛 시체가 천장에서 대롱거렸고, 어둡든 밝든 상관없이 빛을 내뿜는 해골 유령에는 거미줄이 나부꼈다. 또한 머리 없는 몸통과 몸통 없는 머리, 유리와 수정으로 만들어진 투명한 안개 같은 형체들, 춤추는 도깨비불과 인형극 무대에서 어린아이들의 비명을 불러일으키는 온갖 소름끼치는 그림자 종족이 거기 있었다. 이 가게 단골이 분명해 보이는 이나제아는 자정이 되면 울기 시작한다는 쪼그라든 해골 하나를 샀다. 하지만 나는 정말로 우는지 묻지 않았다. 알고 싶지도 않았다!

어느 뒷마당 반지하층에 다양한 방식으로 책과 연관된 인형을 전문으로 만드는 공방이 있었다. 이는 부흐하임 인형중심주의에서 특별한 의미가 있는 공연방식이었다. 인형 키르쿠스 막시무스에서 이미 보고 감탄한 수많은 주인공 또는 그 비슷한 인형을 여기서 다시 만날 수 있었다. 말하는 책무더기 인형, 눈과 다리, 독가시와 집게가 달린 위험한 책들이 이곳에서는 얌전하게 줄에 매달려 있었다. 인형 서커스 굴덴바르트의 덫의 책 장면에서 수다스럽던 두꺼운 고전들도 이곳에서는 그저 말없이 선반에 놓여 있었다.

1미터쯤 되는 초록색 수염을 기른 비쩍 마른 드루이드가 박학다식한 판매원이었는데, 그는 이들 중 많은 수가 손인형이나 꼭두각시인형이 되어 무대에 오른다고 설명했다. 그러나 아주 복잡한 기계공학 기술로 만든 작품도 있다고, 그런 인형들은 한번 태엽을 감으면 기계 목소리로 말을 하고 노래도 한다고 했다. 그 장면에서 수다를 떨던 고전들은 그렇게 작동했던 것이다! 사실은 태엽이 감춰져 있었다.

인내심 많은 판매원은 차모니아 중세 후기 건물 모형처럼 보이는 기계 책들 중 한 권의 태엽을 감았다. 그 즉시 단조로운 쇳소리가 고대 차모니아 표준어로 시를 읊었다.

"나는 물 흐르는 소리에 귀를 기울였다
흘러가는 물고기를 보았다
나는 이 세상에서 검은 것을 보았다
숲을, 갈대와 풀을."

"현존하는 시들 가운데 가장 오래된 작품 중 하나랍니다." 판매원이 이마를 찡그리며 말했다. "에바데벨트 폰 보르트가일러의 작품이지요. 솔직히 말해 누구나 좋아할 만한 시는 아닙니다. 아직도 이런 걸 들으려는 이가 있을까 모르겠어요." 그는 상념에 잠겨 초록색 수염을 쓰다듬었다. "안 팔리는 상품입니다. 원하시면 특별 할인가로 드리지요. 고대 차모니아 전문가에게 선물하면 좋아할 겁니다."

슈렉스는 나른한 표정으로 손을 내젓고는 선반에 놓인 다른 기계 책을 가리켰다. 넘치는 조형 의지와 최고의 기교로 무늬를 새겨넣고 금박으로 장식한 가죽 표지를 씌운 책이었다.

"이건 뭐예요?" 그녀가 물었다.

판매원이 말없이 태엽을 감자 약간 교만하게 들리는 소리가 흘러나왔다.

**"아, 이 책이 여러분에게**
**알려줄 수 있기를,**
**여러분이 얼마나 쉽게**
**지구의 섬세한 구조를**
**욕심과 질투와 오만과 사치를 통해**
**스스로 지옥으로 만드는 존재들인지.**
**천국이 될 수도 있을 텐데."**

"정말 매력적이네요!" 슈렉스가 외쳤다. "내 기억이 맞다면…… 알비리히 슈토벤호커 박사 작품이에요! 그렇죠? 유감스럽게도 거의 잊힌 차모니아 후기 바로코코의 대표 작가지요."

349

나는 슈렉스 족에게는 어울리지 않게 서정시에 관한 지식을 보이는 이나제아에게 약간 당황해서 그녀를 흘낏 곁눈질했다.

"그렇습니다." 인형 제조자가 대답했다. "슈토벤호커의 서정시 전집이 들어 있지요. 태엽을 어떻게 감느냐가 중요합니다. 동봉된 사용설명서대로만 하면 매번 다른 시를 읊어줍니다. 이 인형의 기계역학은 몹시…… 까다롭지요. 시계보다 훨씬 복잡하답니다."

"내가 당신이라면 특허를 내겠습니다." 내가 말했다. "기계역학 분야의 예술작품이잖아요."

"우리는 그럴 권한이 없어요." 그는 고개를 저었다. "솔직히 말해 이 인형들이 어떻게 작동하는지 우리도 전혀 모릅니다. 인형 키르쿠스 막시무스로부터 제조 설계도를 받으면 정확히 그대로 만들 뿐이지요. 나사하나하나, 태엽 하나하나 그대로요. 그러다보면 설계도 없이도 그런 인형 또는 그와 비슷한 인형을 직접 만들 수 있다고 생각하게 됩니다. 하지만 착각이지요! 같은 원리에 따라 인형을 직접 만들어보려고 시도할 때마다 실패했어요. 제대로 작동하지 않았습니다. 말도 안 되는 소리를 내뱉거나 지저분한 표현으로 손님을 모욕했답니다! 아니면 새된 소리를 지르거나 연기를 뿜으며 분해되기도 했고요. 마에스트로 코로디아크는 천재입니다! 천재성은 베낄 수 없어요." 그의 목소리가 경외심으로 떨렸다.

"마에스트로…… 코로디아크?" 들은 적이 있던가? 기억이 나지 않았다.

"인형 키르쿠스 막시무스의 감독입니다." 드루이드가 말했다. "그가 없었더라면 이 구역 주민들은 일자리를 못 찾았을 거예요. 말하는 책 인형을 사시겠습니까? 미리 주문해야 합니다. 대기시간은 현재 반년이

고요."

"아니, 됐어요. 무례하다고 여기진 마세요. 나는 책을 직접 읽는답니다. 옛날 방식이 더 좋아요. 조용하니까."

정중하게 웃는 인형 제조자를 뒤로하고 우리는 가게를 나왔다.

밖으로 나왔을 때 내가 물었다. "인형 서커스 책임자와 만나게 해주겠다고 약속하지 않았어? 그의 이름이 마에스트로 코로디아크야?"

"맞아. 며칠 전부터 약속을 잡아보려고 노력중이야. 하지만 코로디아크는 바쁜 인물이지. 알현하기가 쉽지 않네!"

인형극 감독을 알현하다니! 웃지 않을 수 없었다. 인형중심주의자들이 이 도시에서 누리는 지위는 정말 놀라울 정도였다. 마치 군주라도 되는 양 정성껏 받들어 모시는군! 나는 그렇게 생각하다가 멈칫했다. 사랑하는 친구들이여, 지금 부드럽게 나를 찌르는 건 못된 질투의 가시인가?

# 인형중심주의 중급반

우리는 답사여행중 대부분의 끼니를 슬렝보르트의 작고 저렴한 식당에서 해결했다. 인형 키르쿠스 막시무스의 거의 모든 창작자와 수공업자, 인형중심주의자가 이 지역에 살았다. 우리는 그들의 예술 논쟁과 기술 분야의 전문적인 장광설을 비밀경찰처럼 엿듣기도 하고, 인형 조종자 한둘과 유익한 대화를 나누기도 했다. 하지만 사랑하는 친구들이여, 슈렉스를 끌고 다니며 사회적인 관계를 맺기란 쉽지 않다! 나야 그녀의 허브향수 냄새에 이미 오래전에 익숙해졌지만, 대부분은 우리와 테이블 하나를 사이에 두고 떨어져 앉는 쪽을 택했다.

식당에서도 마에스트로 코로디아크의 이름이 자꾸 들려왔다. 비밀에 싸인 이 인물에 대한 내 호기심은 점점 더 커졌고 존경심도 깊어갔다. 마에스트로 코로디아크. 이 이름을 몇 번이나 수첩에 적어야 했다. 인형중심주의를 연구하는 동안 늘 가지고 다니며 사실과 전문용어와 대화 나부랭이를 빼곡히 적어넣은 수첩이었다.

"하지만 마에스트로 코로디아크가 말하길……" "마에스트로 코로디아크라면 그런 졸렬한 방식은 절대 허용하지 않았을 걸세……" "코로디아크가 요즘 다시 꼭두각시인형에 많이 치중한다던데……" "코로디아크가 폰테베크의 작품을 모두 무대에 올린다는 소문이 돌더군……" "마에스트로 코로디아크라면 그렇게 유치한 눈알을 만든 자네 뺨을 후려칠 걸세……" "코로디아크가 감독이라면 7막극은 절대 안 되지……"

여기서도 코로디아크, 저기서도 코로디아크, 다니는 내내 사방에서 코로디아크 타령이었다. 모두가 경외하며 우러러보는 현명한 늙은 왕이 다스리는 낯선 땅에 들어선 느낌이었다. 이나제아와 함께 복잡하게 얽힌 부흐하임 인형중심주의의 세계로 깊이 들어가면 갈수록 나는 점점 더 긴장이 풀렸다. 지하 몇 킬로미터씩 내려가는 미로, 어둡고 위험한 그 제국이 내 발 바로 몇 미터 아래서 시작된다는 사실을 잊어버리다시피 했다. 한동안 내 감옥이었고 하마터면 내 무덤이 될 뻔한 제국이었다. 그런데도 공포를 거의 느끼지 못했다! 나는 지극히 평범한 여행지 또는 휴가나 요양을 위해 찾아온 아름다운 장소인 양 새로운 지상 부흐하임을 즐길 수 있었다. 이제야 이 도시에 제대로 도착한 것이다. 인형중심주의도 일종의 미로였지만, 환한 지상의 알록달록한 정원의 미로였다. 이곳에는 기분전환 거리와 즐거움, 유머와 문화가 가득했다. 이 세계에서 가장 큰 위험은 초연에 늦는 것이었다.

우리는 물론 정기적으로 극장을 찾았고 하루에 세 번 갈 때도 있었다! 굳이 덧붙일 필요 없이 모두 인형극 극장이었다. 처음에는 인형 키르쿠스 막시무스에 다시 가지 않고 다른 소규모 극장부터 찾아갔다. 부흐하임에는 식당이나 고서점에 뒤지지 않을 만큼 극장이 많았다. 거의 세 거리마다 하나씩 인형극 극장이 있었는데, 외관은 극장처럼 보이지 않는 경우도 있었다. 야외 맥줏집 뒷마당에 숨어 있거나 선술집 지하 또는 서점 다락이나 목재소 헛간이 극장일 때도 많았다. 처음에 간 곳은 소젖을 짤 때 앉는 삐걱거리는 의자 다섯 개가 전부였고, 이나제아 말로는 부흐하임에서 가장 아름답고 볼만한 극장 중 하나라고 했다.

작품 길이도 질을 알려주는 척도가 되지는 못했다. 부흐하임 인형극은 위로든 아래로든 공연 시간제한이 없으니 하루에 세 번 극장에 가는 일도 가능했다. 하루종일 또는 일주일 동안 계속되는 공연도 있었다. 하지만 바쁜 관광객들을 위한 십 분짜리도 있었는데, 공연이 짧아도 속았다는 기분이 들지는 않았다. 중요한 건 언제나 작품의 질이었다. 형제자매이여, 길이가 아주 짧아도 작품의 질은 엄청나게 높을 수 있다! 나는 앞서 언급한 소젖 짤 때 앉는 의자 다섯 개가 전부인 극장을 흐뭇한 마음으로 추억한다. 겨우 칠 분짜리 공연이었지만 정말 대단했다! 무대에 등장한 것은 속이 비고 겉에 색을 칠한 달걀 한 알뿐이었지만 나는 공연 내내 쉴새없이 웃어댔고, 끝나고도 몇 시간을 계속 웃는 바람에 며칠 동안 횡격막이 아팠다.

영원히 계속될 것처럼 보이는 작품들도 있었다. 그런 인형극을 즐기고 나면 아무것도 하지 않을 때 쓰는 근육들이 욱신거렸다. 쓸 만한 인형극을 보려고 필요도 없는 작품을 몇 편이나 봤는지는 세어보지 않았다. 새로운 작품이 우리가 원하는 질을 갖추었는지 여부는 공연을 보기 전까지는 알 수 없었다. 예언능력이 있다는 이나제아도 마찬가지였다. 물론 나보다는 훨씬 많은 것을 알았다. 감독과 작가, 인형 조종자와 소품 담당의 이름과 특성 및 장단점을 파악하고 있었다. 그래서 선택할 때 좀 편하기는 했지만 속임수나 실망에서 완전히 구해주지는 못했다. 다른 모든 예술과 똑같았다. 단첼로트 대부시인은 "대작 하나당 잡동사니는 백 개"라고 위엄 있게 말하곤 했다. 감독의 어처구니없는 아이디어와 조종을 제대로 못하는 인형 조종자, 형편없는 작가와 어울리지 않는 음악, 잘못 그린 무대배경 등 인형극을 망칠 요소는 무척 다양했고 미리 짐작할 수도 없었다. 내용이 미심쩍어 우려가 가지 않게 말려줄 포스터조차 없는 경우도 흔했다. 우리는 길에서 누군가 슬쩍 쥐여준 쪽지를 따라갔다. 아니면 공범자처럼 정보를 주는 식당 종업원의 속삭임에 이끌려 차모니아 전체를 통틀어 가장 은밀하고 충격적인 인형극을 볼 수 있다는 지하극장을 찾았다. 우리는 두려움이 없었다! 그래서 뭐든지 시험해보았다!

이미 말했듯, 연구할 때는 늘 작은 수첩을 가지고 다니며 언급할 만한 가치가 있어 보이거나 나중에 책에 쓸 만한 것 또는 사건은 계속 짤막하게 적었다. 앞으로 인형중심주의를 공부할 학생들에게 몇 가지 추천도 하고 쓰디쓴 경험 한두 가지는 하지 않아도 되게 해줄 겸 내가 인형중심주의 메모라고 부르는 것 중 몇 가지를 골라 여기서 발표하고자 한다. 그 선택이나 차례는 우연이며 절대 시간순이 아니다.

중간휴식 없이 세 시간을 넘기는 공연은 부당한 요구를 하는 것이므로, 투덜거리지 않고 참거나 끝까지 앉아 있을 필요가 없다. 오히려 그런 공연장은 크게 항의하며 나오는 게 시민의 용기 가운데 한 형태라고 생각한다. 연극은 소설과 달리, 옆에 내려놓고 소화를 위해 산책할 수 없다는 사실을 작가들이 배려하지 않았기 때문이다. 부담을 감당하는 육체의 능력에는 한계가 있는 법이다! 그리고 열 명 이상이 함께 있는 공간은 적어도 한 시간 뒤에는 환기를 시켜야 한다.

*\*\**

부담을 감당하는 정신적 또는 신경적 능력에도 한계가 있다! 인형극 작품은 고차원적 수학문제나 후천 산맥의 민속음악 경연대회를 다루어서는 안 된다. 노래하는 거대한 거미는 말할 나위도 없다! 개인적으로는 세 가지 제목을 블랙리스트에 올렸다.
'미분방정식 나라의 어릿광대'
'아코디언 전쟁'
'독거미의 결혼식'

*\*\**

솔직히 말해, 철학적으로 어려운 인형중심주의는 앞으로 멀리 피해다녀야겠다! 철학적 사고체계와 논리관계를 인형극 무대에서 연극적 요소를 통해 표현하는 것은 아주 문제가 많은 접근방식인

이 인형중심주의 메모들은 내가 번역하면서 엄청 골머리를 앓은 장이다. 후기를 참조하라. 나는 이 미텐메츠식 여담을 어쩔 수 없이 대폭 줄였다. 이렇게 줄인 형태 역시 소설 전체의 줄거리에서 반드시 필요한 부분은 아니다. 그러니 서둘러야 할 독자들은 걱정 말고 그냥 건너뛰면 된다.

것 같다. 서로 어울리지 않는 분야도 있는 법이다. 내 생각에는 인식론과 꼭두각시인형이 그렇다! 마누 칸티멜의 차모니아 정언명령 인형은 정말이지 멍청하게 생겼다! 관객이 진정으로 교감할 주인공도 없다. 내가 증명할 수 있다. 관객 중에도 특히 어린이들이 좋아하지 않아서 야유를 불러일으킨다.

***

부흐하임의 공중 인형중심주의에서 뭔가 보려면 눈을 크게 뜨고 시선을 위로 해야 한다! 바람이 좀 불거나 폭풍이 치는 날씨(하지만 비가 오면 안 된다!)가 전제조건이다. 공중 인형 조종자들은 좁은 거리보다 조종하기 용이한 너른 장소나 성문 앞에서 상연하는 걸 선호한다. 이 작품은 민첩한 난쟁이들이 주로 공연하는데, 이들은 인형을 연처럼 공중에 띄운다.

공중에서 진행되는 이들의 공연에는 가벼운 종이나 얇은 비단 또는 거즈를 이용해 독창적인 구조로 만들고 풍부한 상상력으로 색을 칠한 주인공들이 각자의 대사가 적힌 깃발을 달고 교대로 등장한다. 움직임의 연출도 작품 자체 못지않게 볼만한 강도 높은 모험이다. 꼭두각시인형과는 반대로 아래서 위로 조종되는 거대한 실크해트를 쓴 자그마한 검은 남자, 날아다니는 알록달록한 물고기, 빙글빙글 도는 상상의 새와 펄럭이는 비단 조각으로 만든 동화 속 용이 관객들의 감탄을 자아낸다. 거기다 제멋대로 춤추는 공중 유령,

358

피리와 흐느끼는 플루트를 불어 누구도 들어보지 못한 끔찍한
음향효과를 내는 폭풍 악령도 감상할 수 있다. 그 소리는 바람이 세게
불수록 점점 더 커진다. 민첩한 난쟁이들은 풍경 전체를 공중으로
끌어올린다! 파란색과 초록색 비단 깃발로 표현된 강물에서
물고기들이 날아오르고, 노란색과 갈색 붕대로 만든 사막 모래언덕을
대상隊商이 지나간다. 부풀린 흰색 비단 방석은 구름 산맥이 된다.
구겨진 종이로 만든 바다는 진짜 대양처럼 쏴쏴 파도 소리를 낸다!
나는 계속해서 새로운 작품을 연출하느라 흥분해서 이리저리 달리는
난쟁이들을 보며 한나절을 보냈다. 대부분은 전설이나 동화를
바탕으로 한 작품이었다.

공중 인형중심주의의 또하나의 장점은 무료 관람이라는 점이다.
이 예술가들은 시에서 보수를 받으며 팁은 무뚝뚝하게 거절한다.
하기야 이들은 하늘이라는, 세상에서 가장 큰 무대를 임차료 없이
공짜로 쓰니까.

\*\*\*

내 개인적인 블랙리스트에 오른 또다른 인형중심주의는 의학적 배경의
작품들이다. 건강염려증 환자의 입장에서, 의사 가운을 입은 인형이
비명을 지르는 환자 인형의 고막을 떼어내며 찬탈피고르 사투리로
이비인후과 수술 용어를 줄줄 늘어놓는 건 정말이지 견디기 힘들다.
제목을 절대 밝히고 싶지 않은 이 작품의 작가는 아마 찬탈피고르

지방의 이비인후과 의사이거나 고문 형리일 텐데, 자신의 주업에만
집중했어야 한다.

***

아쿠트 외드라이머 거리에 있는 존재하지 않는 소인들의 초소형 극장은
독특한 매력이 있다! 중무장한 눈으로만 볼 수 있는 은밀한 극장이다.
몇 시간이나 줄을 선 끝에 (입장료를 조금 내고) 거대한 돋보기 열 개
중 하나로 오 분짜리 극밖에 볼 수 없지만, 충분히 그럴 가치가 있다!
보이는 장면은 미래 느낌을 주는 도시인데, 중간 크기의 호박 정도
되는 규모에 걸맞게 이름도 마이크로피아다. 이 도시는 낯선 초소형
행성에서 들여왔다고 한다. 유리병에 담긴 미니 수도에는 (그들이
주장하는바) 아주 작은 외계인들이 사는데 (역시 그들이 주장하는바),
그들은 눈에 보이지 않지만 일상적인 일을 하며 살아간다고 한다.
이미 말했듯 그들이 주장하길 그렇다는 거다! 다시 말해 외계인들은
보이지 않는다. 그러나 유토피아 분위기를 내는 아주 작은 탈것이
거리를 부지런히 돌아다니고, 높고 뾰족하고 기이한 형태의 건물 주위를
금속 담배처럼 보이는 것이 날아다닌다. 둥근 미니어처 문과 창문이
유령의 손이 닿은 것처럼 여닫히고, 기괴하게 꼬인 굴뚝과 관에서 연기와
알록달록한 증기가 솟구친다. 교통 소음도 들리고, 외국어로 수다를
떠는 가느다란 목소리도 들린다. 온갖 종류의 잡음과 아주 특이한
음악도 들려온다. 정말 매혹적이다!

이 모든 것은 물론 관광객을 불러들이기 위한 눈속임에 불과하고, 축소된 도시가 든 유리병은 인형중심주의가 이룩해낸 또하나의 성과일 뿐이다. 이번에는 벼룩 서커스와 작디작은 극장을 위한 무대예술 분야인 것이다. 그래도 꼭 봐야 한다! 인형중심주의 극장은 크기로 판단해선 <u>절대</u> 안 된다.

***

여기서 얼마 떨어지지 않은, 이른바 '별들의 극장'이라는 곳에는 파렴치한 사기라는 낙인을 찍어야 한다. 숙주인 마이크로 극장에 기생충 거머리처럼 붙어서 밤이면 부당하게 입장료를 챙기고 관객들에게 형편없는 망원경으로 별들이 반짝이는 하늘을 보라고 한다. 범죄자나 다름없는 극장 경영자는 우주 전체가 무대라고, 그 안에 있는 천체들이 우주 인형이라고 즉석에서 사기를 친다. 내가 실제로 걸려든, 보기 드물게 뻔뻔한 속임수다. 그 빌어먹을 망원경에 렌즈가 장착되어 있긴 했는지 의심스럽다. 하늘에 구름이 잔뜩 끼어 있어 뭐라 말하기 어려웠다.

***

나는 창크 프라크파의 작품을 무척 좋아하고 그의 업적에 감탄한다. 그중 최고는 오늘날 뭔가 당황스러운 일에 대해 말할 때 쓰는 '프라크파적이다'라는 표현이다. 소득세 신고나 그 용지에 기재를 잘못했을 때 벌어지는 일이 그 표현을 쓸 수 있는 예이다. 그러나

프라크파 최고의 작품을 각색한 인형극을 봤는데, 우울한 성격의
거대한 바퀴벌레를 주인공으로 알아보기란 몹시 힘들었다. 주인공의
아버지가 키틴질 껍데기가 틜 때까지 그에게 사과를 마구 던지는
장면이 특히 그랬다. 소름끼쳤다! 인형극 무대에서 누가 그런 걸 보려
한단 말인가? 아마 바퀴벌레들도 보고 싶어하지 않으리라.

* 그건 그렇고, 언젠가 나도 이와 비슷한 명예를 누리게 된다면
'미텐메츠적'이라는 단어를 써주길 바란다. 미리 감사드리며, 이상은
글쓴이의 말이었음!

***

수중 인형중심주의는 그 자체만으로 하나의 장르가 된다! 양파생선
골목에 위치한 아쿠아 항해 원형극장에서 (이나제아와 함께) 공연을
관람한 직후 지금 술집에 앉아 메모하는 중이다. 믿을 수가 없다!
천장을 씌운 원형극장 한가운데 둥근 물탱크가 있는데, 가장 좋은
자리인 제일 윗줄 관람석에서는 전경이 모두 내려다보인다.
슈렉스에 따르면 차모니아에서 가장 큰 물탱크라고 한다. 이 정도
크기의 수족관이라면 고래도 들어갈 것이다! 내가 직접 본 플로린트
오페라하우스 무대의 물탱크도 여기에 비하면 절반 크기밖에 되지
않았다. 그곳 물탱크는 전문 수중발레 선수들이 사용하지만 여긴
인형이 들어 있다. 인형들이 물속에 있다니! 이 얼마나 매력적인
미친 짓인가! 나무와 금속, 그러니까 쉽게 붇거나 녹스는 재료로 만든

지극히 민감한 기계를 물처럼 파괴적인 원소에 넣다니 도대체
어쩌자는 거지? 그러나 내가 <u>아쿠아 항해 원형극장</u>에서 본 인형들은
물이 자신과 아주 잘 어울린다는 듯 행동했다! 이들을 표현할
특수한 기술용어가 필요하다. 잠수 인형? 수영 꼭두각시?

(차모니아 사전 편집부에

반드시 편지를 쓸 것!)

공연이 시작되자 물탱크 안에서 반짝이는 작은 기포 몇 개가 보였다.
알고 보니 연노란 알이었는데, 그 자체는 거의 움직임이 없고 그저
이리저리 부드럽게 떠다니기만 했다. 그러다가 불안한 경련을
일으키더니 사방으로 늘어나고 커지다가 펑 하는 큰 소리와 함께
터졌다. 이제 알의 숫자는 두 배로 늘어났다! 이들은 다시 펑 하면서
나뉘고 또 나뉘어 나중에는 물탱크 전체가 반짝이는 알로 가득찼다.
알들은 점점 더 불안정해지는 물속에서 제멋대로 돌아다니며
여기저기서 한데 뭉쳐 무리를 짓고 집단을 만들었다. 물이 붉어지더니
보글보글 끓다가 다시 잠잠해졌다. 무리지은 알이 있던 자리에
이제는 바닷말과 해면, 연체동물과 원시해파리 같은 단순한 생명체가
떠 있었다.

아하, 대양에서의 생명 탄생을 트릭 인형으로 보여주는 교육적
인형중심주의구나. 무척 멋지고 내용도 풍부하네. 이런 종류의

연극에는 생물선생님이 반 아이들을 모두 끌고 올 수 있겠어. 나는 이렇게 생각했지만 사실은 상상력이 넘치는 작품이었다. 물 색깔이 초록색과 노란색, 파란색과 분홍색, 보라색으로 계속 변했다. 그러다 맑아질 때면 새로운 고등동물이 등장했다. 해파리와 연체동물은 턱이 없는 물고기와 앵무조개, 삼엽충과 바다전갈이 되었다. 이들은 다시 점점 더 복잡한 동물로 변해 나중에는 발광물고기가 되어 현란한 가로등처럼 물을 헤집고 다녔다. 자세히 살펴보면 흔들리는 바닷말이나 산호 무대세트 뒤에 변장을 하고서 숨어 복잡한 인형을 움직이는 조종자들이 보였다. 양손으로 철사와 줄로 움직이는 동안 공기가 없는 물속에서 숨을 참아야 했다. 인형들은 변화에 변화를 거듭하며 점점 더 기이해졌다. 흠, 다시 말해 과학적으로 맞지 않았다. 본 적도 들은 적도 없는 바다동물들이 등장했다. 고양이 얼굴을 한 해파리와 갑각이 있는 상어, 흡반으로 뒤덮인 촉수가 달린 가재와 가위손이 달린 문어, 외뿔이 난 거대한 해마 등이었다. 물의 빛깔과 색이 바뀔 때마다 동물은 더 다양해지고 더 기이해지다가 나중에는 귀여운 인형 얼굴에 몸은 물고기인 물의 요정들이 탱크 수면으로 떠올라 물을 푸 내뿜으며 숨을 헐떡였다. 뚱뚱한 남자 인어들도 꾸르륵꾸르륵 웃으며 헤엄을 치고 몸을 뒤집었다. 비쩍 마르고 투명에 가까운 클라바우터 정령이 안개 속에서 나타나 킥킥댔다. 나는 그제야 깨달았다. 지금 여기서 다루는 것이 차모니아 물의 신화의 발생사라는 것을. 바다뱀과 늪의 무멘, 연못 악령과 바다의 신, 유령해파리와 남자 요정 닉스, 개구리 왕자와 여자 요정 멜루지네,

진흙 마녀와 안개 사이렌, 산호 녀석과 클라바우터 정령, 바다 악귀,
개펄 남자와 아가미 여자, 물결 난쟁이와 강물 아이, 바다 난쟁이와
물거품 트롤이 차례로 나타났다. 이들은 이 작품의 제목이자 주연인
문디네라는 어린 물결 요정이 물속 세계를 대대적으로 여행할 때
함께 등장하는 인물이었다. 슈렉스 말이, 문디네는 바다 물결로
조각된 인형이라 했다.

우리는 유리로 정교하게 만든 투명 해파리의 발레를 관람했다.
해파리 내부에는 색깔 있는 액체가 고동치고 있었다. 반짝이는 고무로
만든 거대한 문어도 봤는데, 인형 조종자 여덟 명이 다리를 하나씩
잡고 조종했다. 진짜 산호로 만든, 치즈 덩어리만한 게는 수중 화산
주위를 위풍당당하게 돌아다니며 고롱고롱 노래를 불렀다. 머리가
세 개인 바다뱀은 저 혼자 대화를 나누고 있었다. 날아다니는
물고기떼가 물탱크에서 뛰어올라 관객들 머리 위로 극장을 한 바퀴
돌자 다들 좋아서 제정신이 아니었다. 이런 종류의 인형극은 세련된
기술 면에서 인형 키르쿠스 막시무스의 예술에 결코 뒤지지 않았다.
이제 그만 써야겠다. 도무지 믿어지지 않는 장면들 때문에 너무
흥분한 상태다! 이제 뭘 좀 마시고 이야기를 나눠야겠다. 나중에
더 써야지.

*** 

정치적이거나 사회적인 관심사는 관청에 청원해야 한다.

인형극 극장에서 이런 주제를 다루는 데는 논의가 필요하다. 나도 물론
부호하임의 말똥청소업 분야에서 돼지 종족이 받는 형편없는 보수는
정치적으로 까다로운 사안이며 공적으로 비난받아야 마땅하다고
생각한다. 그러나 극장에서 똥을 치우는 돼지 종족 인형들이 서로서로
임금협약을 읽어주는 행위는 사회적 불공평을 해소하는 데 오히려
해가 될 수도 있다! 특히 악취를 풍기는 진짜 말똥이 소도구로
사용되면 더더욱! 나는 돼지 종족을 최대한 착취하는 악랄한 계약서로
그들을 억압하고 견딜 수 없는 노동시간으로 그들의 일을 힘들게
만들고픈 강렬한 욕구를 느끼며 극장을 나섰다. 이게 이 연극의
목적일 리는 없지 않은가!

***

표정 극장의 이른바 머리 꼭두각시인형이 지을 수 있는 표정은 더없이
미묘해서 하나도 놓치지 않으려면 공연 내내 오페라글라스로
주의깊게 지켜봐야 한다. 표정 극장의 머리 꼭두각시인형은 입술과
눈썹, 뺨, 눈동자와 눈꺼풀, 속눈썹, 주름 하나하나와 사마귀, 움직이는
머리카락 한 올 한 올 등 각기 따로 움직이는 수많은 부품으로
이루어져 있고 제각각 다른 줄로 조종한다. 몇 안 되는 꼭두각시인형
조종자들만 할 수 있는 굉장한 예술이다.

조종자는 보통 두 명만 무대에 나오는데, 대부분 탁자에 앉거나
가슴 아래는 세트에 가려서 상체와 머리만 보인다. 인형의 표정은

366

쉴새없이 변하지만 거의 눈에 띄지 않을뿐더러 한곳만 집중적으로
움직이므로, 공연의 클라이맥스를 놓치지 않으려면 대단히 주의를
기울여야 한다. 클라이맥스는 짧막한 단 한 번의 디테일한 표정으로
이루어질 때가 많아서 특히 더 주의해야 한다. 그러나 이나제아 말로는
여기서도 가장 중요한 것은 텍스트 내용이며, 이 도시 최고의
작가들만이 쓸 수 있다고 한다. 대부분은 최고의 밀도와 정서를
보여주는 긴 독백이나 세련된 대화인데, 인형의 탁월한 움직임 못지않게
텍스트에도 똑같은 관심을 기울여야 한다. 표정 극장을 나설 때면
나는 공연 내내 거의 꼼짝하지 않았는데도 긴장감으로 땀범벅이
되곤 했다. 한번은 몸이 뻣뻣이 굳어서 슈렉스의 부축을 받아야 할
정도였다.

내가 직접 관람한 내용을 예로 들어보겠다. 백 살이나 된 뿌리
정령처럼 주름이 많은 인형이 다른 인형에게 우발적으로 살인을
저질렀다고 털어놓았다. 그 인형은 살해 동기, 그리고 운명처럼
걷잡을 수 없이 진행된 그 불행한 상황을 거의 삼십 분 동안 설명했다.
슬픔과 두려움, 분노와 기쁨, 실망과 황홀경, 포기 등 마음의 움직임
하나하나가 얼굴 표정에 드러나 보였다. 마지막으로 살해 순간을
이야기할 때는 눈물 한 방울이 또르르 굴러떨어졌다. 그 순간 모든
관객이 흐느껴 울었다. 나도 그중 한 명이었고!

*** 

367

지갑을 열지 않고 즐길 수 있는 경우는 공중 인형중심주의 공연만이 아니다. 예전에 잊힌 시인들의 공동묘지가 있던 자리에서 거의 매일 밤 열리는 이른바 야시장에서도 인형중심주의를 위한 일종의 공식 오디션 공연을 볼 수 있다. 비가 오지 않는 날에는 그곳 노점에서 간단히 요기를 할 수 있을 뿐 아니라 재능 있는 젊은 꼭두각시인형 조종자와 인형 제작자, 음악가와 시인, 가수 등이 관객 앞에서 감행하는 첫 공연을 무료로(물론 약간의 기부금은 늘 환영이다) 감상할 수 있다. 이들은 자그마한 나무무대에 올라서거나 그냥 길에 서서 직접 만든 인형으로 공연하는데, 대화나 독백을 낭독하고 관객들과 토론도 벌인다.
또 에이전트나 스카우터, 극장 관계자가 참신한 인력 또는 아이디어를 찾아 야시장을 돌아다니기도 한다. 그곳에서는 새로운 형태의 실험이 많이 이루어지므로 운이 따르면 흥미롭고 획기적인 것을 경험할 수 있지만 미숙한 난센스를 수없이 마주치기도 한다. 그러나 야시장을 돌아다니는 게 진짜 극장에 가는 것보다 더 재미있을 때도 많다.
또 늦은 시간의 공연이므로 풍자적이고 성인층을 겨냥한 경우가 흔하다. 마음이 열린 자라면 인형중심주의 분야의 진정한 개혁을 직접 경험하고 열띤 토론에도 참여할 수 있고, 그게 아니더라도 그런 광경을 즐길 수 있다. 나는 수많은 불면의 밤을 그곳에서 보내며 동이 틀 때까지 수첩에 끊임없이 뭔가 적어넣었다.

여기 시 한 편이 있다. 젊은 시인이자 인형 조종자인 알콜리스 폰 프린이라는 자가 낭송한 시다. 그는 질 나쁜 브랜디 냄새를 약간

풍겼지만 이런 독한 술 문제만 잘 조절하면 위대한 미래가 보장된
자였다. 덥수룩한 머리까지 자신을 꼭 닮은 인형에게 「비평가의 혀」라
는 시를 낭송하게 했는데, 내가 느끼는 바와 정확히 일치했다.


"녹지 않은 석회에, 걸쭉한 쇳물에,
소금에, 질산염에, 작열하는 인광물질에,
암말의 오줌에,
독사의 독과 노파의 침에,
개똥과 목욕탕 물에,
늑대의 젖과 황소 쓸개즙과 간이변소 오물에,
비평가의 혀는 이런 액체에
푹 삶아야 한다.


이제 너는 물고기를 잡지 않는 수고양이의 뇌에,
미친개의 이빨에서 떨어지는 침과 원숭이 오줌을 섞은 물에,
고슴도치에서 뽑은 가시에,
벌레들이 돌아다니고 죽은 쥐가 떠 있고
밤이면 초록색 곰팡이 거품이
불빛처럼 반짝거리는 빗물 통에,
말의 콧물과 뜨거운 아교에,
비평가의 혀는 이런 액체에
푹 삶아야 한다."

***

난쟁이들은 부흐하임 인형중심주의에서 놀라우리만큼 큰 역할을
한다. 이런 김빠진 말장난에는 입을 삐죽거리지 않을 수 없지만 사실
틀린 말은 아니다. 이 도시 인형 조종자와 제작자 중 최소한 3분의 2는
키가 작은데, 뾰족한 모자를 쓰거나 굽 높은 신발을 신어서 감춘다.
사실이다! 난쟁이들은 신체조건 덕분에 좁은 무대세트에 숨거나
위아래가 붙은 작은 옷을 입기에 무척 유리하다. 아주 작은 손과
손가락은 인형 제조라는 수공업 분야에서 탁월한 장점이다. 또한
이들의 높고 가는 목소리는 인형의 특성과 대단히 잘 어울린다.
인형도 난쟁이일 때가 많으니까. 하하!

작가들 중에도 난쟁이가 많다. 아마도 평균 이상인 지능과 창의력
때문인 듯한데, 이들의 지능과 창의력은 무척 독특하다. 어쨌든 기본
강령은 난쟁이를 보고 웃기는 쉽지만 난쟁이와 함께 웃기는 어렵다는
것이다. 부흐하임에는 난쟁이만을 위한 극장이 있는데, 난쟁이가
아니면 가지 말라고 권하고 싶다(몇 번의 경험에서 우러나온
조언이다). 정상적인 성장과정을 거치고 있는 자라면 난쟁이 극장의
좁은 출입구로 품위 있게 들어가 아주 작은 의자에 앉는 데만도
문제가 생긴다. 더군다나 작품 텍스트나 내용도 영 잘못 찾아온
불청객이라는 느낌을 심화시킨다. 슈렉스와 마찬가지로 난쟁이들도
유머와 예술적 이상이 매우 독특하다. 예를 들면 '크다'라는 말은

뭐든지 우습다고 여긴다. 거인이나 고층 건물, 높은 탑이나 헛간만
언급해도 난쟁이 극장에서는 웃음이 터져나와 그치지 않는다.

이와 반대로 아주 작은 물건은 거의 광적으로 진지하게 받아들인다.
우리가 이따금 익살맞다고 여기는 높은 실크해트나 뾰족한 모자나
굽 높은 구두 등을 난쟁이들은 숭배하듯 받든다. 난쟁이 극장에서
이런 걸 보고 자칫 누군가 웃기라도 했다간 출입 금지를 당할 수 있다.
내가 직접 겪은 일이다. 키 큰 우리가 상상 속에서 별을 향해 손을
뻗으며 다른 행성을 꿈꿀 때, 난쟁이들의 작품은 모든 것이 자기보다
훨씬 작은 미크로코스모스로 향하는 여정을 다룰 때가 많다. 나중에
듣자 하니 존재하지 않는 소인들의 미니어처 도시인 마이크로피아는
난쟁이들이 운영하고 있었다. 듣기 전에 그럴 거라 짐작했어야
하는데!

*** 

상당히 대중적이고 부분적으로는 볼만하지만, 자세히 살펴본 결과
부흐하임의 피 극장은 가지 말라고 말릴 수밖에 없겠다. 말했다시피
부분적으로는 볼만하다! 어쨌든 돌이켜보면 단점이 훨씬 많았고, 나는
시체가 잔뜩 나오는 이런 잘못된 분야가 없더라도 인형중심주의는
전혀 부족함이 없을 거라고 생각한다. 일단 이나제아는 이 일과 아무
상관이 없다는 말로 그녀의 책임을 덜어줘야겠다. 나 혼자 힘으로
답사를 다니는 일이 점점 많아졌고 그래서 이 미심쩍은 극장에

371

가게 된 것도 누가 시킨 것이 아닌 내 의지였으니까. 그랬다, 슈렉스는
이 극장이 바보들만 가는 곳이라며 절대 가지 말라고 했다. 하지만
나는 정말 그런지 알고 싶었다! 그렇게 해서 그만 저급한 본능에
호소하는 번드르한 포스터("용감한 영웅이 수없이 등장하는
무자비한 대량학살! 역사 속의 갑옷과 투구! 진짜 폭발!
매회 공연마다 가짜 피 100리터! 땅콩 무료!")와 길게 줄선
관객들의 유혹에 넘어가고 말았다. 물론 무엇을 보게 될지는 전혀
몰랐다. 흐음, 번쩍이는 금제와 은제 갑옷과 투구, 장렬한 죽음을
노래하며 죽어가는 기사를 좋아한다면 분명 만족할 것이다.
피 극장에서는 누르넨 숲의 전투나 플로린트 왕조의 오십 년 사막 전쟁처럼
호전적인 충돌을 바탕으로 한 역사적인 주제를 다룬다.
물론 이런 공연을 위해서는 특수 제작된 인형과 빈틈없는 불꽃 효과,
깊은 인상을 주는 무대세트 등 기술 분야에서 인위적인 품이 상당히
많이 든다. 머리통이 굴러다니고 사지가 잘린다. 몸속 온갖 장기가
쏟아져나온다. 등장인물들이 무대에서 비명을 지르며 불타죽거나
창에 찔리거나 폭발로 온몸이 산산조각난다. 이 모든 일이 최대한
현실적이고 충격적인 방식으로 일어나야 한다. 뿐만 아니라
피 극장이므로 당연히 피가, 그것도 강처럼 흘러야 한다.
이를 위해 특수한 가짜 피가 사용되고, 관객들에게도 많은 양이 튄다.
그런데 공연이 끝나면 신기하게도 옷에 튄 피는 저절로 사라진다.
이미 예상했겠지만 줄거리는 별로 중요하지 않다. 대부분 극 초반에
권력자나 독재자가 다른 권력자나 독재자에게 최대한 퉁명스러운

말로 전쟁을 선포하자마자 행진곡과 함께 끔찍한 일이 벌어진다.
피가 튀고 무기가 쩔렁거리고 죽음의 비명과 대포 소리가 울려퍼진다.
주고받는 대화는 필요 없이 텍스트는 죽어가는 병사의 독백 형태로만,
대부분 노래로 나타난다. 죽어가면서 왜 노래를 부르는 걸까.
보고 있는 나조차 그 이유를 알고 싶지 않고 그저 흥분되거나
불쾌해질 뿐이었다. 흠, 전투 장면을 놀랍도록 잘 살렸으므로
이 공연을 처음 본다면 모든 게 흥미롭긴 할 것이다. 대포알에
인형 머리가 날아가는 모습을 여기 말고 또 어디서 볼 수 있겠는가?
그 인형이 목에서 분수처럼 피를 뿜으며 몇 분이나 무대를 돌아다니는
모습은? 하지만 나는 이미 두번째 공연 1막이 끝나고부터는 무대에서
벌어지는 일보다 관객을 더 많이 구경했다. 이들의 열광이 섬뜩하게
느껴지며 회의가 커져갔다. 이들은 누르넨 숲의 전투를 새로
모의하거나 몇몇 마을에 불을 지르고 타인의 머리를 되도록 많이
베려는 욕망을 충족시키고자 이곳에 오는 것 같았다. 그러다 결국
안타깝게도 이 욕망은 이루어질 수 없다는 걸 깨닫고 근처 '피밭'
아니면 '영웅 주점' 같은 이름의 술집에서 술을 마시며 잊으려 했다.
무대의 굉음과 고함, 행진곡의 피리 소리와 북소리 때문에 나는
금세 머리가 아팠다.


나는 극장 출구에서 용병을 모집하는 군인선전대와 사기꾼들의
모습을 불안한 마음으로 지켜보았다. 피 극장 공연을 즐긴 뒤 재갈을
물리는 계약서에 기꺼이 서명하고 총알받이가 되려는 얼간이 몇 명도!

극장 주변의 어둑한 골목에서 두들겨맞고서 다음날 깨어나보면
해전을 치르러 떠나는 전함의 노잡이가 돼 있을까봐 두렵다!
앞으로 이 극장 주변에는 얼씬도 하지 말아야겠다.

***

피 극장 주변에 있는 완전히 다른 종류의 작은 극장들은 이보다
훨씬 흥미롭다. 이 반전 인형중심주의 극장들은 반대로
폭력 없는 인형극이라는 이상을 추구한다. 이들의 공연이 앞서 언급한
전투 장면이 보여주는 기술 수준을 따라간다고 장담할 수는 없다.
오히려 반대다. 하지만 입장료가 없고 흐르는 음악도 더 차분한데다
관객들도 훨씬 호감이 간다. 제대로 된 연출이 있다고 말할 수는 없다.
무대에는 입을 크게 움직이는 단순한 인형 두세 개뿐이다.
아기 토끼와 거북, 노루나 평화의 비둘기처럼 순진한 이 인형들은
폭력 없는 세상에 대해 긴 이야기를 늘어놓거나 기타 반주에 맞춰
반전 노래를 부른다. 관객들은 그곳에 무대 공연을 보러 가는 게
아니라 대화를 나누거나 체스를 두러, 또는 연단에서 벌어지는
토론에 참여하러 간다. 그곳에서 파는 차와 비스킷은 특별히 언급할
가치가 있다. 둘 다 맛이 진하고 찐득거리는데, 시간이 지나서야
효과가 나타나는 것이 특징이다. 나처럼 호텔방에서 밤새도록
웃음 발작 때문에 굴러다니지 않으려면 차도 한 잔, 비스킷도 하나만
먹어야 한다. 멍청한 유머 때문에 그렇게 웃어놓고 다음날 아침에는
생각도 나지 않았다.

***

미식 인형중심주의는 처음에는 무척 입맛 당기게 들리지만, 자세히 보면 내가 지금까지 만난 것 가운데 가장 밥맛없는 새로운 예술이다. 커다란 텐트에서 인형극 공연을 하는데, 공연중 여러 코스의 음식이 나온다. 다시 한번 강조하지만 중간휴식 시간이 아니라 공연중이다. 형편없는 피 극장만큼이나 밥맛없는 일이다. 배를 채우는 동안에는 뇌가 빈다. 나는 첫 코스의 음식을 먹자마자 졸렸고, 그릇과 수저의 달그락 잘그락 소리와 관객들이 쩝쩝대거나 트림하는(이게 더 끔찍했다!) 소리, 쉴새없이 나타났다가 사라지는 웨이터와 소믈리에 때문에 집중할 수가 없었다. 인형극은 틀에 박힌데다 재미도 없다. 관객들이 예술보다 곁들여 나온 브로콜리에 더 관심이 많다는 걸 인형 조종자들은 알고 있었던 것이다. 내 생각에 예술행사에서 음식을 먹는 것은 그 반대의 경우와 마찬가지로 무례하고 실례되는 행동이다.

***

대화에 끼려면 슈렉스 인형중심주의 작품도 한두 편은 봐야 한다. 그 이상은 필요하지 않을뿐더러 정신 건강에 해로울 수도 있다! 그러니 조심할 것!

물론 부흐하임의 슈렉스들도 인형극에 흥미를 느끼고 자기 취향에 맞는 지류를 발전시켰다. 나는 이나제아의 철저한 감독을 받는 처지였으므로, 유감스럽지만 그 기이한 산물을 가끔 봐야 했다.
똑똑한 이 고서적상은 일반적인 응용 인형중심주의 분야에서는
취향이 꽤 괜찮지만, 이 경우에는 슈렉스에게 전형적인 영업상의
맹목성을 보였다. 그녀는 나에게 고통스러울 만큼 긴 시간을 작고
좁은 지하극장에서 한숨 쉬고 신음하며 견디기를 강요했다.
슈렉스들이 선호하는 그 지하극장은 나무뿌리가 파고들고 지네와
지렁이가 득실거리는 땅굴이었다. 슈렉스 족도 유머를 즐기지만
그 유머라는 게 지나치게 독특해서 제대로 이해하는 건 사실 슈렉스들
자신뿐이다. 이들은 내가 '타원형 세계관'이라 표현하고 싶은 뭔가를
소유하고 있다. 이것은 처음에는 관찰자에게서 멀어졌다가
부메랑처럼 큰 곡선을 그리며 제자리로 돌아온다. 이는 슈렉스 족의
예언능력과 관계있으며 이념적인 결과를 낳는데, 그 이야기는 나중에
더 자세히 하겠다.

슈렉스 인형중심주의에서 가장 유명한 작품은 〈요가 행자 수염과
무릎 우유〉다. 희곡작법 분야에서 재능을 드러낸 슈렉스 보일라
스메케트가 쓴 이 작품은 그 집단 최고의 명성을 누리고 있다.
슈렉스 둘이 잎사귀가 다 떨어진 나무 아래 앉아 아무것도 하지 않고
또다른 슈렉스를 기다리지만 그는 오지 않는다. 존재와 그 무의미에
대한 회한을 다루는 작품이라고 할 수 있지만, 불필요한 부분을
줄이고 좀더 재미있게 표현할 수는 없었을까? 그리고 솔직히
물어보자. 오늘날의 관점에서 이 세계관은 지나치게 긴 수염처럼

케케묵은 것 아닌가? 세계관에 수염이 날 수 있다면 말이지만. 그런 깨달음을 얻으려고 화가 날 만큼 딱딱한 나무뿌리 의자에 저녁 내내 앉아 있어야 했나? 작품이 초연될 당시에는(백여 년 전이라고 이나제아가 자랑스럽게 알려주었다) 특정한 철학적 폭발력을 발휘했을 수도 있지만 세월이 흐르면서 그만한 영향력은 사라졌다고 봐도 되지 않을까? 하지만 〈요가 행자 수염과 무릎 우유〉의 관객들은 생각이 전혀 다른 모양이었다. 그들은 굉장히 즐거워하며 세 문장마다 한 번씩 웃으면서 박수를 쳤고, 그중 몇몇은 대사를 외워서 같이 읊조리기도 했다. 관객(열둘) 모두가 슈렉스였다는 말도 덧붙여야겠다.

***

오해하지 말기를. 내가 부흐하임에서 이처럼 연구하는 동안 인형중심주의는 최고 번영기를 누렸다! 이런 연구에는 인내심과 열정이 필요하다는 말을 하려고 좋지 못한 예를 든 것뿐이다. 평범하거나 지루한 작품도 견뎌내야 한다. 하기야 그렇지 않은 예술 형태가 어디 있으랴?

내 마음의 현명한 형제자매여, 여러분도 분명 예상했겠지만 인형중심주의에 관한 책을 쓸 계획이 내 안에서 무럭무럭 자라났다. 한 번도 본 적 없는 책을. 이 주제에 관한 전문서적은 넘쳐났지만 모두 하나의 부분씩만 다루었다. 전체를 조망하는 책은 없었다. 나는 지금껏 한 번도 쓴 적 없는 책으로 이 빈틈을 메우고 싶었다. 나뿐 아니라 그 누구도 쓴 적이 없는 책으로. 붉은색 새 비늘 옷 덕분에(원래 비늘은 이제 거의 다 떨어졌다) 외모가 새로워졌듯 예술적으로도 새로워지고 싶었다. 내가 예전에 시인이 된 이곳 부흐하임에서 다시 한번 시인이 되고 싶었다.

# 3막극에서 만난 도서항해사

인형중심주의 연구가 한창 진행중일 때, 우연히 어느 도서항해사와 이야기를 나누게 되었다. 거리와 골목, 고서점과 시장, 문화행사장을 매일 돌아다니다보면 책 사냥꾼과 무서우리만큼 비슷한 이 끔찍한 동시대인이 늘 눈에 띄었다. 그런데 그중 한 명과 대화를 나누게 될 줄이야! 그 기이한 대화를 미화하고 싶지 않고 어딘가 섬뜩하고 당황스러운 구석이 있었다는 점도 부정하고 싶지 않다. 하지만 싫지는 않았다는 걸 인정해야겠다. 나중에 생각하니 뭐랄까, 내 경험이 풍성해지는 기회였다. 어쨌든 그는 도서항해사에 대한 내 시각을 완전히 바꿔놓았다.

연구의 일환으로 중세 분위기가 물씬 풍기는 드라마를 보게 되었다. 번쩍이는 갑옷과 투구로 무장한 인형 열두어 개가 영웅담과 애국심이 담긴 무시무시한 시구를 노래하고 서로를 죽이는 장관이 펼쳐지는 인형극이었다. 누구나 예상하겠지만 피 연극이었다. 인형 피가 그칠 줄 모르는 분수처럼 사방으로 튀었고 전투 소음 때문에 귀가 먹먹할 지경인데다 전혀 어울리지 않는 음악이 연주되었다. 이 모든 것을 견딜 수 있던 건 오로지 인형중심주의 연구라는 목적 때문이었다. 유일한 위안은 옆자리가 비어서 팔꿈치를 움직일 공간이 넓다는 점이었다.

1막이 한창 진행중일 때였다. 무대에서 금발 고수머리의 기사 인형이 여러 군데 상처에서 가짜 피를 흘리며 영웅적인 죽음의 아름다움을 노래하고 있는데, 옆 좌석 주인이 뒤늦게 나타나 자리에 앉았다. 그가

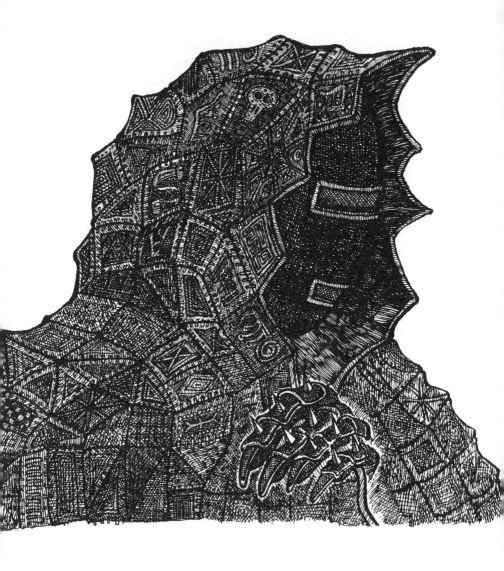

도서항해사라는 걸 알아본 나는 기절할 뻔했다!

자리에서 벌떡 일어나서 비명을 지르며 객석을 지나 밖으로 도망가고 싶었다.

사실 그의 갑옷과 투구는 책 사냥꾼에 비하면 덜 무시무시하고 덜 위협적이었다. 바닥까지 끌리는 두건 달린 진갈색 망토는 우툴두툴한 가죽제품이었다. 두건 아래 있는 것은 흉측한 악령의 얼굴도, 정형화된 곤충 머리도 아니었다. 우아하고 날렵한 분위기를 풍기는, 격자가 붙은 투구였다. 펜싱 마스크가 연상되었다. 리벳이 달린 장갑과 박차가 붙은 장화에서만 전투 분위기가 났다. 무기는 보이지 않았는데, 망토 아래 숨기고 있는 듯했다.

뭔가가 나를 도망치지 못하도록 가로막았다. 나는 두려움과 매혹, 예의범절이 뒤섞여 마비된 것처럼 그대로 앉아 있었다. 도서항해사 역시 예절범절이 훌륭했다. 예술행사에서 이렇게 몸가짐이 흠잡을 데 없는 관객 옆에 앉은 기억이 별로 없다. 그는 공연 내내 나는 물론 반대편 옆자리 관객과도 대화를 나누지 않았다. 무릎을 떨거나 손가락으로 톡톡 두드리는 짜증스러운 습관도 없었다. 코를 파지도, 발로 바닥을 긁지도, 땅콩을 꺼내 소리내서 먹지도 않았다. 한마디로 이상적인 관객이었다. 그는 앉은 모습 그대로 가만히 있었다. 말 그대로 '가만히'였다. 도서항해사는 1막 내내 1밀리미터도 옴짝달싹하지 않고 얼어붙은 듯 앉아 있었다. 그가 앉은 쪽에서 나는 유일한 소리는 이따금 윙윙거리는 소음이었는데, 어스름 속에 보이지 않는 모기가 몇 마리 있는 듯했다.

그의 행동은 나무랄 데가 없어서 오히려 기괴할 지경이었다. 혹시 움직이는지 보려고 내가 몇 번이나 곁눈질했지만 꼼짝하지 않았다. 전혀! 1막이 끝나고 나서야 약간 뻣뻣하게 팔과 손을 움직이며 기계적으로 박수를 쳤다. 딱 여섯 번 치고 팔을 내리더니 내 쪽으로 천천히 고개를 돌리고 말했다.

"이 작품은 늘 피투성이라 보고 있으면 양심의 가책이 든답니다. 하지만 굉장해요! 부흐하임에서 여기만큼 역사적으로 정확하게 갑옷을 고증하는 곳은 없습니다."

나지막한 그의 목소리는 거의 수줍어하는 것처럼 들렸다. 억양이랄 것도 없이 단조로웠지만 호감이 갔다. 나는 할말을 잊었다. 이 책 사냥꾼은 매너가 완벽할 뿐 아니라 어느 정도 지적이기까지 한 듯했다.

"하지만 이해가 안 가요." 그가 말을 이었다. "전투 장면의 배경음악으로 하필 헬야프 벨카논이 작곡한 불멸의 라장조 곡을 고르다니. 이런 음악적인 실책이 살육 그 자체보다 더 야만적 아닙니까?"

"그건…… 당신…… 말이…… 맞습니다……" 나는 더듬거리며 대답했다.

"그렇지요? 장례식에서 행진곡을 연주하는 것처럼 상스러워요! 흠…… 인형극에 정말 잘 어울리는 배경음악을 들으려면 인형 키르쿠스 막시무스로 가야지요. 안 그렇습니까? 미텐메츠 작품 공연은 본 적 있어요? 정말 꿈같답니다! 인형중심주의의 기적적인 작품이지요! 음악 연출도 아주 탁월합니다."

도망치려면 지금이 절호의 기회였다. 휴식시간 아닌가. 자리에서 일어나 화장실에 간다는 핑계를 대고 극장을 몰래 빠져나가면 되는 것이다. 지금이 아니면 늦다!

"예, 본 적 있습니다." 나는 도망가는 대신 그대로 자리에 앉은 채 대답했다.

"그러면 내가 지금 무슨 말을 하는지 아시겠군요!" 가면 쓴 남자가 말했다. "그림자 제왕이 그림자 성을 나오는 장면에서 울려퍼진 기프나티오 자크렘의 간주곡을 처음 들었을 때 나는 눈물을 쏟았답니다! 눈물을! 그후로 들을 때마다 울어요! 그 작품을 본 게 벌써 다섯 번이에요. 정말 환상적이랍니다! 미텐메츠 책은 읽어보셨나요?"

"어…… 아니요." 나는 거짓말을 했다.

"행운아군요! 그러면 이제 처음으로 읽으실 수 있으니까요! 정말 부럽습니다!"

그 순간 책 사냥꾼이 나를 알아보고 빈정거리며 장난치는 거라는 생각이 들었다. 하지만 그는 계속해서 말했다. "'제일 좋아하는 책'이 있다는 말은 약간 편협하게 들리지요. 하지만 이 경우에는 인정할 수밖에 없습니다. 부흐하임에 관해 이보다 나은 책은 없어요. 이상, 끝! 사실입니다. 나는 그 책을 늘 다시 읽는답니다! 당신도 한 권 사세요! 절대 후회하지 않을 겁니다."

사랑하는 친구들이여, 그것으로 충분했다! 나는 순식간에 무장해제되어 뜨거운 철판에 올린 버터처럼 흐물흐물 녹았다. 이제 그가 옷장에 해골을 쌓아놓았다거나 지하묘지에서 곱사등이의 피를 마신다고해도 호감이 갈 것 같았다. 가면 쓴 이 남자가 좋았다, 얼싸안고 싶을 만큼! 내 책을 읽었다고 하지 않는가. 그것도 여러 번! 그 책이 좋았단다! 지성과 완벽함을 나타내는 데 이보다 더 큰 증거가 있을까? 아마 없을 것이다! 그는 무슨 일이든 할 수 있는 특허장을 내게서 받은 것이다! 그가 취미로 연쇄살인을 저지르거나 사형집행을 한다 해도 그를 좋아하는 내 마음은 달라지지 않을 터였다.

"책…… 사냥꾼이신가요?" 나도 무슨 이야기든 해보겠다고 바보 같은 질문을 해버렸다. 그의 심기를 건드렸겠지. 책 사냥꾼이라니! 이렇게 멍청할 수가!

"우리는 도서항해사라는 직명을 선호합니다!" 그가 생각에 잠긴 표정으로 대답했다. "약간 점잔빼는 것처럼 들리겠지요. 인정합니다! 하지만 한번 직접 말씀해보시죠. 우리는 지하에서 실제로 책의 대양을 헤치고 다니지 않습니까? 야만적이었던 예전 책 사냥꾼들처럼 도덕이나 법을 무시하지 않아요. 절대 그렇지 않습니다! 평화로운 선원이자 어부지요. 스포츠처럼 경쟁하는 겁니다. 확고한 법률적 규칙이 있어요! 가끔 서로의 그물을 자를 때가 있긴 합니다. 그래요…… 하지만 목을 베지는 않습니다! 이게 발전 아닌가요?" 그가 나지막이 웃었다.

"죄송합니다." 내가 적당한 변명을 하려고 하는데, 그가 마치 부탁이라는 듯 가죽장갑 낀 손을 들어올리며 가로막았다.

"부흐하임이 바닷가에 있는 도시라고 상상해보세요! 매일 출항하는 배들로 가득한, 번창하는 항구가 있는 도시라고 말입니다. 우리는 그물로 물고기와 갑각류 대신 책과 원고를 잡지요. 시장과 식당에 해산물을 공급하는 게 아니라 서점과 도서관에 고문서를 파는 거고요. 도서항해는 우리가 하는 일을 잘 나타내는 훌륭한 용어라고 생각합니다."

나는 공손하게 고개를 끄덕였다.

"흠, 물론 간결하고 낭만적인 은유이긴 하지요." 그가 자기도 인정한다는 듯 어깨를 으쓱하며 말을 이었다. "하지만 그 용어도 저 아래 지하에서 제정신을 유지하는 데 필요한 것들 중 하나입니다. 곰곰이 오래 생각하는 일 없이 계속 꿀 수 있는 소박한 꿈이지요. 지하묘지에 있을 때면 바다 꿈을 자주 꿉니다. 내가 절대 닿을 수 없는 먼바다 수평선과 구름, 파란 하늘이 나오는 꿈을 말입니다. 그게 나를 지탱해주지요. 항해라는 낭만이 어느 정도는 필요하답니다." 그가 또다시 가면 뒤에서 나지막이 웃었다. "우리가 지하묘지에서 하는 일은 낭만과는 전혀 관계없지만요. 우리 일은 학문입니다, 대단히 위험한 학문. 도서항해사는 세상에서 가장 위험한 직업이에요. 그걸 아셔야 합니다."

"음…… 콜로포니우스 레겐샤인의 방식을 따르시나요?" 나도 뭔가 아는 게 있다는 티를 내려고 물었다.

도서항해사는 가면을 내 쪽으로 돌리고 한동안 말없이 나를 바라보았다. 숨막히는 순간이었다.

"그렇기도 하고…… 아니기도 합니다." 그가 천천히 입을 뗐다. "도서항해는 콜로포니우스 레겐샤인과 그가 남긴 글이 없으면 존재할 수 없다는 점에서는 그렇습니다. 악보도 읽을 줄 모르는 자가 푸가를 작곡할 순 없는 법이지요. 해부학을 이해해야 신체를 그릴 수 있습니다. 안전율을 알아야 집을 지을 수 있고요. 레겐샤인의 책에는 오늘날 도서항해사들에게 중요한 떡잎이 들어 있습니다. 이제 우리는 고문서 몇 장과 계산자, 70인역 음절과 수직 나침반의 도움으로 값비싼 책이 어디 있는지 찾아낼 수 있습니다. 레겐샤인이 기초를 닦아놓은 방법 덕분에 가능한 일이지요. 그는 우리에게 알파벳을 주었고 그 알파벳으로 오늘날 우리는 도서항해를 해독하는 겁니다."

나는 잠시 당황했다. 하지만 그가 적절하게 구사하는 말이나 지적인 태도 때문이 아니라 불현듯 느낀, 설명할 수 없는 몹시 기이한 기분 때문이었다. 지금 가면 뒤에서 말하고 있는 이 남자는 내가 아는 자다. 그런 느낌을 떨칠 수 없었다.

"아닌 이유는 이렇습니다. 레겐샤인의 방식은 지금 보면 당연히 아주 낡았기 때문이지요." 그가 웃음을 터뜨리고는 말을 이었다. "그의 책에는 오류가 많아요. 『부흐하임의 지하묘지들』은 잘못된 결론과 머리카락이 쭈뼛 서는 이론으로 가득합니다. 피데무스 그룬트 박사*의 악몽 분석 문서들과 거의 비슷하지요. 레겐샤인이나 그룬트 박사는 중요한 학문 분야의 창시자입니다. 둘 다 천재고요. 그건 사실입니다! 하지만 오늘날 그들의 저서를 읽으면 웃음을 멈출 수 없어요. 이건 모든 선구자의 운명이지요! 그들은 새로운 것과 직면하는 경우가 너무 많아서 학문적 연구방식이 진지하지 못합니다. 새로운 영역을 정복하면 좌우를 살피지 않고 맹목적으로 직진하니까요! 하지만 그렇다고 그들의 업적이 적어지는 건 아닙니다! 오해하지 마세요! 레겐샤인이 죽고 나서도 역사의 바퀴는 계속 굴러왔습니다. 그러니 오늘날 도서항해사에게 콜로포니우스 레겐샤인의 방식을 따르느냐고 묻는다면, 작가에게 글을 읽을 줄 아느냐고 질문하는 것이나 마찬가지랍니다."

나는 진정하려고 애썼다. 내가 가면 쓴 이 남자를 알다니 말도 안 되는 생각이었다. 어쩌면 내가 아는 이와 목소리가 비슷한지도 몰랐다. 말투나 단어 선택이 비슷하든가. 아니면 단순히 뇌의 반응일 수도 있다. 얼굴을 숨긴 자와 이야기를 나눌 때면 뇌는 뭔가 낯익은 점을 찾으려 한다.

"죄송합니다만, 허락해주시면 아주 오랜만에 부흐하임을 찾는 이로서 바보 같은 질문을 하나 더 하겠습니다. 도서항해사는 어떻게 생겨나게 됐습니까? 하루아침에 그냥 땅에서 솟아난 건 아닐 테지요. 혹시 직업상의 비밀이라서 말할 수 없습니까?"

---

* 피데무스 그룬트 박사. 차모니아의 유명한 정신과 의사이자 악몽 연구의 창시자. 주요 저서: 『악몽을 꾸며 느끼는 불쾌감』, 머리 출판사, 그랄준트.

"아니, 전혀 아닙니다. 하지만 그 이야기를 하려면 오래전으로 거슬러 올라가야 합니다."

그는 바람을 쐬고 싶은지 처음으로 망토를 젖혔다. 그 아래 정말로 무기가 있었다. 금세공 손잡이가 달린 우아한 군도였다. 환한 데서 보니 망토는 낡은 가죽 책표지를 이어 꿰맨 것이었다. 가죽 동굴 벽지처럼! 어쩌면 내 책에서 아이디어를 얻은 건지도 모른다.

"옛날 책 사냥꾼들은 두 가지 단순한 힘에 따라 움직였습니다." 그가 말을 이었다. "이기심과 탐욕이었지요. 복잡할 것도 없었어요. 책 사냥꾼에게는 자기 자신, 그리고 적대적인 세계뿐이었습니다. 자기 자신과 약탈물 사이에 낀 것은 뭐든지 적대적이었지요. 책 사냥꾼 롱콩 코마가 쓴 유명한 『셋째 지하묘지』를 아십니까? 거기에 이렇게 쓰여 있지요. 살아 있는 것은 죽일 수 있다. 죽은 것은 먹을 수 있다."

"유감이지만 나도 그 책 압니다." 나는 고개를 끄덕였다.

가면 쓴 남자가 한숨을 쉬었다.

"하지만 도서항해사들은 먹기 위해 죽이지 않습니다. 롱콩 코마 같은 식인종도 아니고요. 우리가 죽일 때가 있다면 죽임을 당하지 않기 위해서입니다. 하지만 죽이는 대상 대부분은 커다란 해충입니다. 독니가 있는 들쥐거나요."

"도서항해사들 사이에 통용되는 도덕률이 있다는 말을 들었습니다."

"예, 맞습니다. 믿거나 말거나, 도서항해사가 준수하는 사회계약이 있지요. 우리는 원래 모두 외톨이 자영업자들입니다. 직업병이에요. 하지만 우린 전체를 봅니다. 사회 공동체 말이지요. 요금과 세금을 납부하고 규칙을 지킵니다. 옛날 책 사냥꾼들과는 달리 값비싼 책을 지하묘지에서 몰래 가지고 나오지 않아요. 물론 가지고 나오기야 하지요. 그게 우리 직업이니까요. 하지만 공식적으로 합니다. 범법행위를 저지르지 않아요. 법을 어기는 사업 태도는 길게 볼 때 고서점 시장 전체를 파괴합니다. 돈을 빨리 벌려고 희귀한 책을 암시장에 팔아치우는 건 바보나 하는 짓이지요. 옛날 책 사냥꾼들은 뇌가 없는 약탈자였어요. 어디든 풀을 낱낱이 뜯어먹어 싹 쓸어가고는 불탄 땅만 남겨뒀지요. 그들이 사라진 건 축복입니다. 안 그랬더라면 모든 게 파괴됐을 테니까요. 도서항해사들은 지하묘지 시스템을 파괴하는 게 아니라 보존하려 합니다. 암소는 잡아먹기보다 젖을 짜는 게 더 현명하지요. 특별히 지능이 높지 않아도 아는 사실입니다. 어리석은 자들도 다 알아요."

"도서항해사들은 언제 생겨났습니까?" 나는 좀더 과감하게 물었다. "구체적인 계기가 있었나요? 날짜는요?"

가면을 쓴 남자는 고개를 저었다. "정확하게는 말씀드릴 수 없습니다. 원래는 모험가와 책에 미친 자들, 수집가와 고서적상의 모임이었어요. 괴짜들의 모임이라고 할 수도 있지요. 그러다 단체를 만들고 부흐하임에서 정기적인 모임을 가지기 시작했습니다. 흠, 강연과 전문적인 이야기, 의장 선출, 회계 경감 등을 의논했지요. 처음에는 어중이떠중이 같았습니다." 그가 다시 나지막하게 웃었다. 그 웃음소리에 문득 똑딱거리는 시계 소리가 섞이는 듯했다. 가죽 망토가 바스락거리는 소리인가? 그가 다시 말을 잇자 그 소리도 멎었다.

"그러다 처음으로 지하묘지를 함께 탐방하기로 했지요. 고서를 뒤져서 참고하고, 손에 횃불과 몽둥이도 들었습니다. 처음에는 그냥 재미로 했습니다. 갑옷과 투구도 갖추지 않았어요. 그렇게 몇 번 답사하고 나서 언젠가 저녁, 식당에 모여 있다가 몇 가지 멋진 생각을 하게 됐습니다. 책 사냥꾼이 다시 나타나면 어떻게 될까, 사회는 어떻게 반응할까, 이 도시에 막 꽃피기 시작한 비블리오주의에는 어떤 영향을 줄까, 오늘날 책 사냥꾼은 어떤 모습일까, 예전과 어떤 점에서 다르게 행동할까 등등이었습니다."

도서항해사는 망토를 더 뒤로 젖혔다. 안감에 주머니를 많이 덧대었는데, 하나하나에 작은 책이 들어 있었다. 그는 말하자면 방패 역할도 하는 숨은 도서관을 끌고 다니는 셈이었다. 똑똑한 방법이군!

"현대의 책 사냥꾼은 옛날 책 사냥꾼과 비슷해 보이면 안 된다는 데 모두가 동의했습니다. 옛날 책 사냥꾼들은 살인자요, 범죄자였으니까요. 흉내낼 본보기가 아니었지요. 하지만 원래는 괜찮았는데 시간이 지나면서 안타깝게도 잘못된 점이 있다면 그건 다시 한번 곰곰이 생각해야 하지 않겠습니까? 예전보다 낫게 만들려면 말입니다. 그건 비난받을 일이 아니지요. 책 사냥꾼 자체는 놀랄 만큼 낭만적인 인물입니다! 저기 무대에 있는 기사들과 약간 비슷해요. 안 그렇습니까? 유감스럽게도 머리는 둔하지만 멋있어 보입니다. 갑옷과 투구가 묘한 매혹을 불러일으키죠. 아닌가요?"

무대에서는 다음 막을 준비하느라 아직도 가짜 피를 치우는 중이었다. 그제야 나는 깨달았다. 이 극장에서 제공하는 볼거리를 다 합해도 우리가 나누는 대화보다는 흥미롭지 못할 거라는 사실을.

"그래서 새로운 책 사냥꾼은 무시무시한 갑옷과 투구를 반드시 걸치기로 했습니다. 스스로를 보호하는 한편 적을 놀래주려고 말이지요. 하지만 이 변장 옷은 완전히 새로 만들어야 했습니다! 그래서 우리는 옛날 책 사냥꾼들이 어떻게 묘사되는지 연구했어요. 항해와 유사한 점을 여기서 또하나 발견했답니다. 책 사냥꾼은 각각 다른 제복을 입는데, 사실 이 말 자체가 모순이지요. 제복이 어떻게 각각 다를 수 있습니까? 책 사냥꾼들은 모두 다른 모습인데도 남들은 보자마자 책 사냥꾼임을 알아챕니다! 바로 그 점에서 해적과 비슷하지요! 해적은 모두 다른 모습입니다. 각자 독특하게 옷을 입고 서로 다른 무기를 지니지요. 하지만 그가 해적이라는 사실은 누구나 압니다."

"하지만 해적이 평화로운 선원이자 어부라고 할 수는 없는데요." 나는 가면 쓴 남자가 내놓았던 비유를 용감하게 반박했다.

"그래요! 안타깝지만 그렇습니다. 하지만 해적이 처음부터 부도덕한 짓을 한 건 아닙니다. 오히려 그 반대죠! 처음에는 대부분 평판 좋은 선원들이었습니다. 불의와 형편없는 임금, 견딜 수 없는 위생상태와 잔인한 억압 때문에 폭동이라는 최후의 방법을 취하게 된 거지요. 일단 그렇게 되자 어쩔 수 없이 짊어진 아웃사이더 역할을 벗어던질 수 없었고요. '한번 해적은 영원한 해적'이 된 겁니다. 사형집행인에게 목이 매달릴 때까지 말이지요. 해적을 책 사냥꾼과 직접 비교할 수는 없습니다. 도서항해사와는 더더욱 비교할 수 없고요! 하지만 이 직업들은 몇 가지 점에서 비슷합니다. 겉모습만이 아니에요. 예를 들면 모험심도 그중 하나지요. 보이지 않는 심연에 닿기 위해 온몸을 던지는 용기, 전설의 보물을 찾으려는 욕망도 비슷합니다. 한번 말씀해보세요. 아름답고 낭만적인 구상을 재건하지 않을 이유가 없지 않습니까? 새로 발견하고 세련되게 꾸며 완벽하게 만든다면 말입니다. 부정적인 요소는 다 없애고요. 그게 무슨 잘못입니까?"

나는 힘없이 어깨만 으쓱했다.

"우리는 우상과 안내책자, 이 두 가지가 필요했습니다. 콜로포니우스 레겐샤인은 우상이, 그의 글은 안내책자가 됐지요. 『부흐하임의 지하묘지들』은 도서항해사의 지침서이자 훌륭한 사용설명서입니다. 거기 적힌 방법들이 오늘날 보기에 낡긴 했지만 구상과 레겐샤인의 윤리는 영원한 본보기가 됩니다. 비할 데 없어요! 구구단을 더 낫게 고칠 수는 없지만 거기서 고차원적인 수학을 만들어낼 수는 있지요. 콜로포니우스 레겐샤인은 최초이자 최고의 책 사냥꾼이었습니다."

휴식시간이 끝났다는 신호가 울리자, 도서항해사는 아까와 똑같은 자세를 취했다. 그리고 다음 막이 이어질 동안 한 마디도 하지 않았다. 사랑하는 친구들이여, 단첼로트 대부시인의 유골단지에 대고 맹세하건대, 근육 하나 움직이지 않았다! 이따금 눈에 보이지 않는 벌레가 나지막이 윙윙거리는 소리만 들려왔다.

2막이 끝나고 다음 휴식시간이 시작되자마자 그는 내 쪽으로 몸을 돌려선 아까 멈췄던 바로 그 지점에서 이야기를 다시 시작했다. 그사이 무대에서 천 명의 기사가 죽고 가짜 피가 양동이로 퍼부었는데, 마치 아무 일도 없었던 것 같았다.

"요즘 도서항해사들은 콜로포니우스 레겐샤인이 이상적이라고 상상했던 모습과 거의 비슷합니다." 가면 쓴 남자가 나지막하게 말을 이었다. "늦긴 했지만 너무 늦은 건 아니지요."

대화가 끊어지지 않도록 나도 입을 열었다. "그럼 이제 지하묘지가 더는 예전처럼 모험으로 넘치지 않는다는 뜻인가요?"

도서항해사는 한동안 나를 응시했다. 그러다 연민이 묻어나는 목소리로 물었다. "저 아래 한 번도 안 내려가보셨군요. 그렇지요?"

잘 알면서 바보 같은 질문을 던지면 이런 일이 생긴다! '가봤지! 어이, 친구. 아마 당신보다 훨씬 더 깊이 내려갔고 더 오래 머물렀을 거라고! 가면 대가리, 내가 그림자 성에서 그림자 제왕을 직접 만날 때 당신은 기저귀를 차고 있었을걸!' 그렇게 맞받아치지 않으려고 참느라 혼났다. 대신 나는 작은 소리로 대답했다.

"예, 한 번도 못 가봤습니다."

"이제 더는……모험으로…… 넘치지 않는다……?" 도서항해사는 냉소적인 투로 느릿느릿 내 말을 반복했다. "지하묘지가요? 흠, 당신이 모험을 어떻게 정의하는지에 달려 있다고 대답해야겠군요. 산소 부족으로 잠들었다가 다시는 깨어나지 못할 수도 있는 세상을 돌아다니는 게 모험이라고 생각하십니까? 더듬이가 1미터나 되는 벌레가 득실거리는 거대한 동굴은요? 네? 사람을 순식간에 종이처럼 태워버리는 용암 물결이 모험의 대상입니까? 불꽃 하나만 튀어도 터널 전체를 폭발시키는 가스는 어떻습니까? 순식간에 통로 전체를 막아버리는 물난리나 진흙 사태는요? 전조 증상이 전혀 없는 지각변동은? 끌 수 없는 불은? 이백 년 전부터 흥분한 유령처럼 미로를 헤매고 다니는 끈질긴 화염은? 이런 게 모험이 될 만하다고 생각하십니까?"

나는 지금은 아무 말도 하지 않는 게 좋겠다고, 도서항해사가 다시 진정할 때까지 기다려야겠다고 생각했다.

"부흐하임의 마지막 화재 이후 그 불가해한 세상은 더욱 종잡을 수 없게 됐습니다. 아시겠어요? 지상의 화재가 그만큼 미로 깊숙이 침입한 적은 없었습니다. 그만큼 많은 지주가 무너진 적도, 떠받치고 있던 자재들이 그만큼 심하게 불타거나 전소된 적도 일찍이 없었고요. 저 아래 남은 것들 가운데 어떤 것은 사상누각만큼이나 불안정합니다. 이따금 바스락바스락, 바삭바삭, 삐걱대는 소음이 너무도 큰 두려움을 불러일으켜, 책장에서 책 한 권 꺼낼 엄두가 나지 않을 때도 있어요. 황금 목록에 있는 책이든 아니든 말입니다! 다 무너져버릴 수도 있다는 공포가 느껴져서요."

392

마지막 말은 지금껏 했던 어떤 말보다도 그가 새로운 세대의 책 사냥꾼임을 명확하게 보여주었다. 옛날 책 사냥꾼이었다면 자기가 뭔가 두려워한다는 사실을 절대 인정하지 않았을 테니까. 도서항해사에게 두려움이 없다는 건 똑똑한 게 아니라 멍청하다는 뜻이었다.

　"거대한 옛 도서관이 아코디언처럼 순식간에 쪼그라드는 일이 자꾸 벌어집니다. 어디선가 불쑥 진공이 발생하기 때문이지요. 방금 전까지만 해도 어느 통로에 똑바로 서 있었는데 난데없이 머리 위가 무너져 내리기도 하고요. 경고하는 소리 하나 없이 말이지요. 생매장되는 건 아주 끔찍한 죽음 가운데 하나입니다. 안 그렇습니까? 그렇게 죽을지 모른다는 사실을 저 아래서는 매 순간, 정말 매 순간 염두에 둬야 합니다! 이런 조건인데도 당시 책 사냥꾼들은 왜 서로 그렇게 적대적이었는지 지금의 도서항해사들은 정말 이해할 수 없습니다."

　가면 쓴 이 남자가 지금 스스로를 표현하는 저 이상적인 상像에 생채기를 낼 수 있는 논거가 불현듯 떠올랐다. 비판적인 질문에 그가 어떻게 반응할지 나야 당연히 모르니, 그 주제를 꺼내는 건 사실 상당히 대담한 시도였다. 하지만 장난치고 싶어 몸이 근질거렸다! 그는 문명인으로 보이고 여긴 다른 관객도 많은데 설마 무슨 일이 일어나랴?

　"그런데 말입니다." 나는 천천히 무심하게 덧붙이듯 말했다. "도서항해사들이 지금도 여전히 문학적인 성유물을 취급한다는 게 사실인가요? 그러니까 죽은 작가의 절단된 사지나 미라로 만든 장기 같은 거 말이에요."

　가면 쓴 남자는 다시 한참 나를 바라보았다. 나는 과격한 언어 공격, 결투 신청까지 각오했지만 그는 아주 나지막이 대답할 뿐이었다. "이 봐요, 친구. 불편한 주제를 건드리는군요. 설명 좀 해드리지요. 잘 들어보세요. 황금 목록에 올라 있는 책 가격이 계속 오른다고 불평하는 자가 많습니다. 안 그렇습니까? 하지만 그 가격은 미로가 더 위험해졌다는 사실과 연관이 있어요. 목숨 값은 얼마인가요? 우리가 가지고 올라오는 귀중한 고서에는 몇 명의 목숨이 달려 있을까요? 하나? 둘? 셋? 내가 구한 값비싼 책 몇 권은 해골의 손에서 끄집어낸 겁니다. 지금 우리 직업이 굉장히 위험하다는 말을 하는 중이라는 건 분명히 아시겠지요. 그러니 가끔은 목숨을 걸지 않아도 되는 거래를 할 필요가 있다는 것도 이해하실 겁니다. 우리가 정신이 약간 나가긴 했지만 완전히 미친 건 아니니까요. 결국은 장사꾼이란 소리입니다."

나를 무장해제시킬 만큼 솔직한 말이었다. 하지만 가면 쓴 자의 말을 얼마나 믿을 수 있을까?

"알코올에 담긴 손이나 귀, 심장과 코…… 다시 말해 변태적인 대상은 이미 존재합니다! 나도 어쩔 수 없어요! 우리 도서항해사들이 그런게 아닙니다. 우리는 작가를 암살하지도, 무덤을 도굴하지도, 빛바랜 작가의 시신을 팔기 적당한 크기로 절단하지도 않았어요. 될러리히 히른피들러의 뇌를 석영에 집어넣은 건 우리가 아닙니다! 옛날 책 사냥꾼과 범죄자, 도굴꾼과 시신 도둑이 한 짓이죠. 게다가 성유물 대부분은 이런 불법적인 경로를 거친 물건이 아니라 유산입니다. 작가들이 직접 남긴 거라고요! 요즘은 많은 예술가가 자신의 몸을 유산으로 남겨 방부처리하고 한 덩어리씩 팔라고 합니다. 금지된 일이 아니에요. 뒤늦게 명성을 얻은 많은 작가는 이렇게 해서 생전에 글로 벌었던 돈보다 죽은 몸으로 더 많은 돈을 법니다! 창크 프라크파의 손만 해도 그가 살아생전 벌었던 돈의 만 배를 벌어들였지요. 그러니 법적으로나 도덕적으로 이 이야기는 결코 간단치 않은 주제입니다." 도서항해사는 눈에 보이지 않지만 여전히 우리 주위를 맴도는 모기를 쫓는 시늉을 하고는 다시 말을 이었다.

"어쨌든 그 성유물들은 시장에 유통됩니다. 거래 금지 품목이 아니에요. 골동품 상인들은 그걸 손에 넣으려고 혈안이지요. 서명이 든 발로노 데 차허 초판본은 굉장한 값어치가 있습니다. 하지만 그 글을 쓴 손이 이제 미라가 되어 책과 함께 진열창에 있다고 상상해보세요! 아니면 그 소설을 생각해낸 뇌가 알코올에 담겨 옆에 있다고 말이지요! 어떤 수집가가 거부할 수 있겠습니까? 수요가 공급을 결정하는 겁니다. 큰숲에 사는, 뿔이 셋 달린 동물의 은빛 뿔과 같다고 생각하세요. 뿔에 얽힌 옛 미신 때문에 너도나도 미친듯이 사냥을 해서 그 동물이 멸종된 건 슬픈 일이지요. 하지만 지금도 그 뿔은 존재합니다. 예전보다 더 값비싸지요. 내가 지금 그 뿔을 손에 넣는다고 해도, 나 때문에 그 동물이 죽은 건 아니라서 마음이 놓입니다. 양심의 가책을 느끼지 않아요! 내가 그 뿔을 사지 않는다고 해서 불쌍한 동물이 다시 살아나는 것도 아닙니다. 그러니 왜 거래를 하지 않겠습니까?"

그는 어깨를 으쓱했다.

"그러니까 동물의 뿔과 작가의 손이…… 다르지 않단 말입니까? 예를 들어 오얀 골고 판 폰테베크의 손이라고 해도요."

그는 잠시 생각하다가 대답했다. "솔직히 말할까요? 다르지 않습니다. 둘 다 죽은 조직의 일부일 뿐인걸요. 특별한 게 없어요. 하지만 그 손을 사는 건 변태적인 행위라고 생각합니다. 완전히 다른 이유에서요. 그 돈으로 뭔가 더 의미 있는 물건을 사거나 좋은 일을 할 수 있을 텐데, 실용적인 가치도 없고 사회적으로도 이득이 되지 않는 손 미라를 사니까요. 그건 비난받아 마땅한 일이라고 봅니다. 그래서 그 손을

395

살 거냐고요? 아니요. 하지만 팔기는 할 겁니다. 죽은 뼈들이 무덤에 누워 있는 대신 소유주가 바뀌는 거지요. 이게 누구에게 해가 됩니까?"

"그게 당신 손이라면 어떨까요?"

도서항해사는 나를 가만히 바라보았다.

"흠, 살아 있을 때 자르지 않는 한, 별 상관 없습니다! 하지만 그건 가정에 불과한 질문이에요. 도서항해사들은 사지가 인기 있는 거래 대상이 될 정도로 명성이 높지 않습니다." 지금 가면 뒤의 그는 히죽거리고 있겠지? 내기를 해도 좋다!

3막 시작을 알리는 신호가 울려서 우리는 무대로 시선을 돌렸다. 이제 작품에는 완전히 관심을 잃은 나는 인형 대량학살이 얼른 끝나고 우리 대화가 다시 이어지기만을 초조하게 기다렸다. 드디어 인형극이 끝나자 우리는 예의바르게 박수갈채를 보냈고, 다른 관객들이 출구로 몰려가는 동안 자리에 그대로 앉아 이야기를 계속했다.

"대화 나눠주셔서 고맙습니다!" 도서항해사가 말했다. "혼자서 일방적으로 너무 많이 떠들어댄 점 너그러이 이해해주시기 바랍니다. 이 위에 며칠 올라와 있는 동안은 늘 이렇답니다. 말하고 싶은 욕구가 지나치지요. 우리 도서항해사들은 지하묘지에서 만나면 대화를 최소한으로 줄인다는 규칙을 지킵니다. 각자 맡은 임무가 있으니 쓸데없이 협정, 동맹을 맺거나 모임을 만들지 말자는 뜻이지요. 비상사태가 생기거나 병이 난 경우에만 연락을 취해 서로 돕습니다. 그런 경우가 아니면…… 다시 한번 항해와 비교하고 싶군요. 미로에서 대면하게 된 두 도서항해사는 밤안개 속에서 마주친 배 두 척과 비슷합니다. 부딪치지 않는 게 중요하지요. 그래서 실제로 접촉하는 일 없이 서로 스쳐지나갑니다. 다른 누군가가 있다는 걸 예감하기는 합니다. 어둠 속에서 숨소리, 바스락거리는 소리가 들리기도 하지요. 그러고 나서는 다시 혼자입니다. 그래서 위에서 시간을 보낼 때면 나는 누군가를 만날 생각에 한껏 들뜨지요. 힐데군스트 폰 미텐메츠의 소설보다 이 고독한 도서항해사가 더 수다스러웠다면 부디 용서하십시오."

나는 움찔했다. 그가 알아채지 않았기를!

"별말씀을 다 하시네요!" 나는 얼른 대꾸했다. "도서항해의 정신에 대해 내가 이렇게 많은 것을 배울 특권을 누린 거지요. 예전과는 생각이 달라졌답니다. 정말이에요."

"그렇다면 내 수다가 의미 있는 일이 됐군요." 가면 쓴 남자가 웃음을 터뜨렸다. "도서항해사들이 실제로는 어떤 꿈을 꾸는지 말씀해드릴까요?"

"예, 알려주세요!"

"음, 우리는 언젠가 지하묘지의 모든 지역이 살 만해지는 날이 오기를 바란답니다. 땅속 아주 깊은 곳, 미로의 마지막 지류까지 정말 모든 지역이요. 살 만하다는 건 누구나 어떤 제한도 받지 않고 지극히 평범하게 생활하는 공간이라는 뜻입니다. 언젠가는 아이도 편하게 뛰놀 수 있는 곳이 되길 바라지요. 우리 아래 몇 킬로미터 깊숙한 곳에서 누군가 돌보지 않아도 위험이나 두려움 없이요! 높은 목표예요. 터무니없는 말처럼 들리겠지요. 나도 압니다. 우리가 살아 있는 동안에는 이루어지지 않을 겁니다. 당연하지요. 하지만 높이 뛰어오르려면 가로대를 높여야 합니다! 그런 일이 이루어지면 부흐하임이 얼마나 멋진 곳이 될지 상상해보세요! 땅속 깊이 뿌리를 내린, 아주 오래된 거대한 나무와 같은 공동체지요. 지금처럼 몇 군데 뚫린 주둥이를 통해서만 지하로 내려가는 게 아니고요. 그래요, 그건 시작에 불과합니다. 나는 미로 전체를 말하는 겁니다!"

"정말…… 멋진 꿈이군요." 나는 신중하게 대꾸했다.

"아직은 꿈같은 얘기일 뿐이지만 실현되어야 합니다! 우리가 할 일
은 암흑에 빛을 가져다주는 것밖에 없어요. 들쥐와 해충으로 오염된
지하실에 불타는 횃불을 켜놓은 적이 있습니까? 횃불을 들면 그 불량
한 떼거리는 저절로 사라지지요. 땅속의 삶이란 부자연스러운 게 아닙
니다. 보이지 않아서 우리가 모르는 부분이 많을 뿐이지요. 모든 유기
적 삶의 거대한 부분은 지표면 아래 있습니다. 우리가 이 위에서 하는
모든 일은 지하의 삶이 없다면 불가능합니다. 책을 생각해보세요! 책
은 종이로 만들고, 종이는 목재로 만듭니다. 목재는 나무고, 나무는 흙
에서 자랍니다. 흙은 살아 있는 생명체가 헤집고 다니며 거름을 줄 때
만 비옥합니다. 나무뿐 아니라 식물 대다수가 많은 부분을 땅속에 숨
기고 있습니다. 뿌리는 꽃이 없어도 살 수 있지만 꽃은 뿌리가 없다면
살아남지 못합니다! 우리는 우리에게 주어진 생활공간 중 아주 적은
부분만 사용하고 있습니다. 그건 오로지 암흑에 비이성적인 두려움을
느끼기 때문이지요. 우리의 거주지가 수평뿐 아니라 수직으로도 퍼진
다면, 부흐하임은 차모니아 전체를 통틀어 가장 흥미진진한 도시가 될
수 있습니다!"

그 순간 또다시 기이한 느낌이 들었다! 가면 쓴 이 남자가 왜 이렇게
낯익지? 목소리 때문인가? 아니면 사용하는 단어? 몸짓 또는 열정? 누
구와 비슷한 거지? 그냥 기시감인가? 흥분한 내 뇌가 일으킨 과잉반응
일까? 최근 며칠간 겪은 다양한 사건과 현재 상황이 이런 반응을 일으
켰나? 놀랄 일은 아니었다. 린트부름 요새에서 지낸 일 년보다 지난 며
칠간 더 많은 일을 겪었으니까. 게다가 지금 책 사냥꾼과 수다를 떨고

있지 않은가!

"지하 부흐하임을 상상해보세요!" 도서항해사는 열띤 어조로 말했다. "여기 위에 있는 집 몇 채는 빙산의 일각일 뿐입니다. 지상의 열 배, 스무 배, 백 배나 되는 부분이 땅속에 있어요. 어둡고 무시무시한 장소를 상상하지 마십시오! 그런 곳이 아닙니다! 그림자와 위험이 가득한 어두운 미로가 아니라 조명이 찬란하게 빛나는 궁륭이 있어요! 홀과 통로에는 촛불이 빛나고요. 이어지는 계단들, 천장이 있는 곳, 화려한 거리 어느 곳 할 것 없이 모두 조명이 반짝입니다! 지하세계를 비오는 날의 지상세계보다 더 환하게 만들 수도 있습니다. 직접 양식한 발광바닷말과 인광을 발하는 버섯, 발광해파리로 말입니다. 우리가 아직 모르는 옛 기술과 새로운 기술을 사용할 수도 있지요. 거울로 햇빛을 땅속에 끌어들일 수 있다는 사실을 아십니까? 저 아래서 나무만큼 커다란 수정을 봤는데, 백 개의 초가 꽂힌 촛대처럼 반짝이더군요. 형형색색으로 빛나는 버섯 군락이 동굴 시스템 전체를 비춥니다. 흐르는 용암을 운하로 만들어 빛과 난방 재료로 이용할 수도 있습니다. 녹슨 난쟁이들이 그렇게 했지요."

녹슨 난쟁이들이라니. 아이고, 세상에! 도서항해사는 내가 이미 오래전 떨쳐버렸다고 생각한 기억을 일깨웠다. 갑작스러운 그의 열정에 나도 전염되었다. 하지만 안타깝게도 그가 말한 것과 비슷한 현상들을 직접 목격했다고 털어놓을 수는 없었다. 나는 수정의 숲에 가봤다! 어둠 속에서 반짝이는 책 궤도를 달렸다. 어째서 이런 기억들이 불현듯 더는 두렵지 않아진 거지? 왜 갑자기 그리워질까?

"우리는 전력을 다해 높은 탑을 쌓아올립니다." 도서항해사가 말을 이었다. "그런 탑들은 아주 약한 지진이나 폭풍에도 무너질 수 있지요.

또 바닷가나 큰 강가에 도시를 건설하는데, 이런 도시들은 한사리나 홍수 때 파괴되기도 합니다. 휴화산 경사면에도, 잔인한 햇빛에 말라버리는 사막에도 도시를 짓습니다! 숨쉴 공기가 희박한 산 정상을 아무 의미 없이 정복합니다. 그곳에서 견딜 수 있는 건 잠시뿐입니다. 그런데도 누구 하나 의문을 제기하지 않아요. 하지만 이상적인 곳, 다시 말해 추위와 더위를 막고 오한과 비, 우박과 번개, 바람과 악천후를 피해 안전한 땅속에 도시를 건설하자고 제안하면 우리더러 미쳤다고 합니다. 지하는 가장 훌륭한 피난처입니다. 많은 동물이 이 사실을 알고 그곳을 이용하는데 우리는 무시하지요. 예전에는 달랐습니다! 틀림없이 미로에 살던 예전 주민들은 우리가 잊어버린 지식을 가지고 있었을 겁니다. 저 아래 번성한 문명과 고도로 발달한 문화, 도시생활이 존재했어요. 아직도 존재하고요. 부흐링만 해도 그렇지 않습니까! 그들은 지하묘지 내부에서 안전하고도 문화적인 삶을 누립니다. 믿을 수 없을 만큼 수명이 길다는 말도 있지요. 영원히 산다는 소문까지요! 미텐메츠의 책을 읽어보십시오! 가죽 동굴은 문명화된 존재들에게 이상적인 생활공간입니다."

나는 비죽 새어나오는 웃음을 참을 수 없었다. 이제는 부흐링까지! 하필이면 책 사냥꾼이 지하묘지를 향한 그리움을 일깨우다니. 생각도 못한 일이었는데 상황이 이렇게 되었다. 나는 하마터면 두건을 벗어던지고 정체를 밝힐 뻔했다.

"녹슨 난쟁이들은 이와 관련해서 중요한 주제입니다!" 도서항해사가 계속 말을 쏟아냈다. "아직 연구되지 않은 그들의 기술과 글은 지하묘지의 비밀을 푸는 무한한 원천이 될 수 있습니다. 그들은 오래전에 이미 많은 것을 실험했으니까요. 급경사의 장점, 경사와 회전과 도약을 수학적으로 계산하고 이용해, 우리가 이 위에서는 꿈도 못 꾸는 속도로 지하묘지 안을 돌아다녔어요! 우리가 책 궤도를 수리해 예전처럼 세련된 운송 시스템을 다시 만들 수도 있겠지요. 나는 저 아래서 승강기와 평형바퀴, 어마어마한 기중기 등 기술적으로 아주 복잡한 여러 구조물을 봤습니다. 망가지고 녹슬었지만 보기보단 중요한 물건이었어요. 그와 같은 기술이 집약된 유물의 수수께끼를 푼다면 우리는 기대나 예상보다 훨씬 더 빨리 지하세계를 다시 정복할 수 있을 겁니다! 수수께끼를 푸는 거야 시간문제에 불과하지요. 우리는 진귀한 것이 가득한 보물상자 위에 살면서 열어볼 용기를 못 내는 어린아이와 같습니다. 그곳에 사악한 유령이 살고 있다고 생각하기 때문이지요. 우리는 더 많은 빛을 지하묘지로 들여보내야 합니다. 그게 다예요. 그러면 들쥐나 해충처럼 사악한 유령도 도망갑니다!"

이제 도서항해사는 말릴 수가 없었다. 점점 더 열을 올리고 있었다. 내가 끼어들어 질문할 필요도 없어 보였다. 그에게서 뭔가 바스락거리는 소리가 나는 것 같았다. 충전된 연금술 배터리에서 나는 것과 비슷하게 들렸지만 망토가 바스락대는 소리였을 것이다. "저 아래의 옛 문명은요." 그가 검지를 치켜들고 훈계조로 말했다. "지하가 대형 도서관을 만들기에 이상적인 조건을 갖추고 있다는 걸 정확히 알고 있었습니다. 책을 망가뜨리는 햇빛도 없고 습도도 낮아요! 그 때문에 부흐하임이 지금도 차모니아 문학계와 책 관련 분야의 심장인 겁니다. 이 지하세계에 대한 잊고 있었던 신뢰로부터, 부흐하임을 존재하게 해주는 아주 오래된 보물로부터 우리는 여전히 이득을 보고 있어요. 저 아래 어두운 세계가 제공하는 자원은 아직 건드리지도 않았습니다! 연금술사들도 모르는 금속을 캐낼 수 있는 거예요. 영원히 타는 황금 석탄도,

벽을 따라 올라가며 속삭이는 기름도, 집채만한 검은 다이아몬드도 있습니다. 녹슨 난쟁이들은 저 아래서 차모민을 무더기로 채굴했다지요. 우리는 그곳 동물계가 어떤지도 모릅니다. 전혀 몰라요! 햇빛을 막는데 에너지를 낭비하지 않아도 된다면 생물이 어떤 일을 성취해낼지 예상도 못합니다. 내가 저 아래서 본 생명체들에 대해서는 말하고 싶지 않네요. 그랬다간 미친 줄 알 테니까요."

가면 쓴 남자가 내 팔에 손을 올렸다.

"내 말 믿으십시오. 우리 도서항해사들은 지하묘지의 위험에 대해 누구보다도 잘 알고 있습니다. 직업이니까요! 하지만 우리는 이런 위험을 과장하거나 신성시하려는 게 아니라, 이성적으로 이해하고 설명하려고 애씁니다. 그게 임무 중 하나지요. 진상 규명! 우리는 예전 책 사냥꾼들과는 달리 '책 용'이나 소름끼치는 부흐링 같은 허황된 이야기를 만들어내지 않습니다. 잔혹동화로 꾸민다고 문제가 해결되지 않아요. 대부분이 저 아래 존재하는 실제 위험보다 더 큰 공포를 느끼기 때문에 지하묘지로 내려갈 용기를 내지 못합니다. 우리는 책 사냥꾼들이 남긴 이 파멸적인 잔재에 맞서 싸워야 합니다!"

무대 정리를 하던 누군가가 밀치는 바람에 소도구가 요란한 소리를 내며 쓰러졌다. 도서항해사는 불현듯 무아지경에서 깨어난 듯했다. 내 팔을 놓고 자세를 똑바로 했다.

"아이고! 내가 수다를 떨고 또 떨었네요. 예의범절은 어디다가 내팽개치고!"

극장은 우리 둘만 남고 텅 비었다. 드디어 우리가 일어났을 때는 다음 공연을 위해 무대배경이 설치되는 중이었다.

"고독한 도서항해사를 용서하세요! 그런데 어쩌면 좀 보상해드릴 수도 있을 것 같군요. 인형극뿐 아니라 지하묘지 상황에도 관심을 보이시니 조언 하나 해드리지요. 부흐하임에는 이 두 가지 주제에 관해 가장 잘 배울 수 있는 행사가 하나 있습니다. 아주 독특한 방식으로 말이지요. 여기……" 그가 내민 작은 카드를 나는 고맙게 받았다. 그는 몸을 살짝 숙이고 즐거운 여행이 되기를 빈다며 인사하고 밖으로 나갔다.

그의 뒷모습을 지켜보는 동안 어디선가 만난 적이 있는 자라는 느낌이 들었다. 벌써 세번째였다. 그가 준 카드를 읽으며 그 생각을 떨쳐버리려 했다. 거기에는 아무것도 쓰여 있지 않았다. 뒷면인가 싶어 뒤집어보았지만 역시 마찬가지였다. 그가 내게 준 것은 흰 종잇조각일 뿐이었다. 장난이었나? 아니면 실수였나? 도서항해사들의 유머인가? 나는 혼란스러운 마음으로 외투 주머니에 쪽지를 넣고 극장을 나섰다. 밖은 눈부시게 환했다.

403

# 인형중심주의 최고급반

슈렉스와 함께든 나 혼자서든 극장에 가지 않을 때면 정기적으로 문어 다리를 방문했다. 문어 다리는 부흐하임 인형중심주의 시설 중 가장 중요한 곳이었다. 인형 제작자와 조종자, 감독과 소품 담당 등 이 직업이나 관련 직업에서 늘 필요한 모든 것을 갖추고 있는 만물상이었다. 최초로 만들어진 상점이지만 여전히 최고였다. 물품창고인 동시에 공장, 카페이자 만남의 장소, 다친 인형을 치료하는 응급실, 파업하는 인형 조종자들의 집회 장소이자 작가들의 토론 클럽, 대학교이자 박물관이고 도서관이었다. 이 도시의 수많은 극장과 마찬가지로 이곳도 24시간 열려 있었다. 더러운 잿빛 가운을 입은 미드가르트 난쟁이 열둘이 직원이었는데, 과로로 기분이 언짢은 상태였지만 인형중심주의에 대해 물으면 각자 맡은 분야는 거의 다 안다는 듯 늘 기꺼이 대답해주었다.

그곳에서는 커피와 고무, 기계기름과 아교, 마르지 않은 물감과 수지 냄새가 풍겼고, 망치와 톱질 소리, 잡담과 욕설과 웃음소리가 세 층이나 되는 거대한 공간을 늘 채웠다. 원통에 감겨 있는 다양한 강도의 꼭두각시인형 줄, 온갖 재료로 만든 규격화된 팔다리와 수많은 인형 눈, 미완성 나무머리, 물감과 붓, 기성복 무대의상과 자루에 든 대팻밥, 다양한 크기의 아마포와 인형 조종자들이 입는 새까만 오버올, 당장 쓸 수 있는 복화술 인형, 그림자극에 쓰이는 실루엣, 손에 문지르는 마그네슘 가루, 양동이에 든 석고, 젖은 천으로 싼 점토 덩어리, 벽돌을 쌓아올리고 그 안에 넣어둔 고무반죽, 음향 담당이 천둥소리를 낼 때 쓰는 양철판, 검표원 제복, 다양한 전문서적, 커튼 재료와 포스터 견본 등 무대예술에 필요한 모든 것이 있었다. 심지어 마술사가 아가씨를 토막낼 때 쓰는 관과 거기에 맞는 톱도 있었다.

슈렉스는 문어 다리 서적부에 인형중심주의에 관한 최고의 전문서적들이 다양하게 모여 있다면서 어서 가보라고 당부했다. 이곳에서는 꼭 책을 사지 않아도 몇 시간이든 서서 읽을 수 있었다. 게다가 극장 분야에서 가장 중요한 기초식품인 갓 뽑은 커피도 공짜였다. 나는 책장을 뒤적거리거나 책을 넘기면서, 연구에 도움이 될 특이한 광경을 목격하거나 메모할 필요가 있는 대화를 많이 엿들을 수도 있었다. 인형을 어떤 식으로 다루어야 하는지, 꼭두각시인형이 막대인형보다 나은(또는 그 반대) 이유가 뭔지, 절대 사용하면 안 되는 목재용 왁스는 무엇인지에 대해 인형 조종자들이 시끄럽게 입씨름하는 소리가 들렸다. 계단참에서는 지금 공연중인 작품들의 내용이나 양식, 무대트릭을 놓고 뜨거운 토론이 벌어졌다. 복화술사는 책장 사이에서 새 인형을 시험했고, 가수는 인형 조종자와 함께 소리를 맞추는 연습을 했다. 이곳은 밤에도 늘 볼거리가 있었다. 팔이 긴 인형 조종자 둘이 인형에 기름칠을 해도 되느냐 안 되느냐를 두고 다투다 주먹다짐까지 할 뻔했다. 한 명이 관객들에게 삐걱거리는 소리를 들려줄 순 없다고 하자, 다른 한 명은 기름칠을 하면 손이 미끄럽다고 대꾸했다. 너무 시끄럽게 싸우는 통에 상점 밖으로 쫓겨나 길에서 언쟁을 이어갔다. 밖에서 뺨을 철썩 때리는 소리가 들려왔다. 나는 육체적인 폭력에 반대하지만, 고백하건대 그런 광경을 보자 마음이 들뜨고 내가 이렇게 연구하는 게 옳다는 사실을 인정받는 느낌이었다. 그동안 나는 까맣게 잊고 있었다. 직업을 가진 누군가가 건강을 위협받을 만큼 열정적으로 일할 수도 있다는 사실을. 린트부름 요새에서 느긋하게 글을 끼적거리던 내 생활은 이런 열정과 얼마나 거리가 멀었나!

문어 다리 도서관은 두 개 층에 걸쳐 있는 거대한 공간으로 도서 분류가 아주 훌륭했다. 현대 전문서적뿐 아니라 인형 제조나 연출, 조명 디자인과 무대기술, 배경그림, 분장부터 음향효과를 거쳐 마술에 이르기까지 온갖 주제의 유일무이한 기초가 되는 고서들도 갖추고 있었다. 매혹적인 읽을거리처럼 느껴지지 않느냐고? 아니. 하지만 모험적인 독서이긴 한가? 오, 그렇다, 정말! 그 이유는? 사실 나는 인형의 관절에 기계기름을 사용할지 말지 여부나 도자기로 인형 얼굴을 굽는 방법, 촛불과 거울로 완벽한 무대조명을 연출하는 방법에는 관심이 없었다. 인형 조종자나 무대미술가가 되려는 게 아니었으니까. 하지만 부흐하임 인형중심주의의 지난 이백 년 역사의 이런 소소한 부분을 모두 엮어보면 거의 서사시적 규모의 전설이 만들어졌다. 그것은 매혹적인 요소와 장면, 수많은 등장인물과 일화로 구성된 화려한 모자이크였다. 그뿐 아니라 새로운 부흐하임의 현대사였다! 위대한 소설을 읽는 것과 맞먹거나 그것을 훨씬 넘어서는 독서였다. 물론 내 책도 포함해서!

나는 책을 쓸 소재를 찾아냈다! 그 정도가 아니다. 금맥 또는 유정을 발견한 것이고 보물상자를 연 것이다! 무진장 비축된 자료가 모두의 눈앞에 놓여 있는데, 책을 쓰리라 계획을 세운 나와는 달리 지금껏 누구도 이용하지 않고 내버려두었다. 전문서적을 집필한다는 것은 완전히 새로운 임무였다. 이 분야에서 인정받을 생각은 꿈에서도 하지 않았다, 전혀! 그런 건 원래 먼지 쌓인 문서실에서 고전을 읽으며 상형문자를 해독하고 돋보기로 종이나 파피루스를 들여다보는 대학교수나 차모니아 고전학자가 할 일이었다. 어쨌든 지금까지는 그렇게 생각했다. 그러나 인형중심주의 역사는 범죄소설과 희극, 사전과 드라마, 예술사가 모두 한데 가득 든, 거대한 깜짝선물 봉투였다.

그래서 나는 문어 다리에서 많은 시간을 보냈다. 책장에서 아무 책이나 한 권 빼들고 흥미가 사라질 때까지 읽거나 넘겨보고 다시 다른 책을 꺼냈다. 가끔은 그냥 책장에 꽂힌 순서대로 읽을 때도 있었다. 쓸 만한 걸 찾는 건 순전히 우연이었다. 유명한 인형 제작자의 전기 한가운데서, 또는 미니어처 의상 제조법 서문에서 내 모자이크에 쓰일 다음 조각을 찾을 때도 있었다. 여기서 한 장, 저기서 각주 하나, 여기서 목판화 하나, 또다른 곳에서 참고문헌 하나. 내 수첩이 점점 채워졌다. 어떤 책은 처음부터 끝까지 지루해 죽을 것 같고 쓸 만한 것이라곤 문장 하나뿐인 경우도 있었지만, 그 문장이 내 보물상자에 완전히 새로운 지류를 만들어주기도 했다. 그동안 내 책만 읽느라 잊고 지낸 낯선 책을 읽는 모험은 이제 나를 다시 청소년 때처럼 사로잡았다. 읽고 또 읽으면서 가련한 내 존재를 잊어버리는 것! 나는 그게 얼마나 황홀한 상태인지 까맣게 잊고 있었다. 다행히 문어 다리는 늘 분주해서, 두건을 눌러쓴 린트부름이 도서관에서 책을 한 권씩 훑어봐도 누구 하나 신경 쓰지 않았다. 게다가 그곳에 머물며 몇 작품을 보고 나서 가장 요긴해 보이는 책을 몇 권씩 사서 호텔로 돌아오는 습관을 들였으므로, 직원이 눈여겨보았다고 해도 좋은 단골손님 정도로 생각했을 것이다.

어떤 책을 읽었느냐고?『감자 인형에서 미세공학 꼭두각시인형으로』『부흐하임 연극 이론에서 이차원 인형중심주의 대 삼차원 인형중심주의』『고무 주조 모험』『보일라 스메케트 전후의 슈렉스 연금술적 연출』. 평범한 관객들에게는 이보다 낯선 제목도 없겠지만 문어 다리에서는 인기가 많은 베스트셀러였다. 나는 이 책들을 모조리 집어삼키듯 읽어치웠다.

황폐한 도시의 저녁 모닥불 앞에서 이루어진 즉흥 인형극부터 현재 부흐하임에 있는 인형 키르쿠스 막시무스 및 이와 경쟁관계인 다양한 극장들에 이르기까지, 인형중심주의는 모험으로 가득한 발전을 이루어왔다. 대담한 발명과 이해하기 어려운 엉뚱한 아이디어, 예술적 오류와 창조적 모험, 온갖 종류의 전진과 후퇴로 점철된 발전사였다. 말하자면 차모니아 예술사의 축소판이었다. 모든 것이 도시의 한정된 활동공간과 인형중심주의 지식으로 압축되었고 여기에 극적인 요소, 즉 일목요연한 무대가 더해졌다. 배우와 극장 직원 수백 명, 인형 수천 개와 수많은 관중. 친구들이여, 이건 실생활에서 나온 어마어마한 자료 아닌가! 그러니 이 자료를 내가 이해한 대로 요약해서 여러분에게 설명하려고 시도는 해봐야겠다. 부지런해도 방향감각이 없어서 꽃의 유혹에 따라 우왕좌왕하지만 결국은 꿀을 모아 집으로 옮기는 어린 벌처럼.

나무, 종이, 금속, 유리, 고무, 짚, 철사 같은 재료로 인형을 제작하는 것에 대한 입문서로 꽉 찬 책장은 설렁설렁 급히 훑어본 터라 금방 끝냈다. 인형 제조와 장식, 인형 속을 채우고 단단하게 만드는 데 사용하지 못하는 재료는 거의 없었다. 조개와 진주, 종이, 모조 보석과 도자기, 톱밥과 대팻밥, 밀랍과 풀, 모래와 석탄, 금과 은, 진품 다이아몬드도 사용되었다. 그다음에는 복잡한 눈장치와 움직이는 나무 및 금속 해골에 관한 책, 태엽이 들어가는 인형과 거대한 꼭두각시 제조법에 관한 책을 읽었다. 모두 수공업 지침에 관한 것들이라 솔직히 말해 소화하기 어려웠고 거의 이해하지도 못했지만 어쨌든 열심히 읽었다. 이 분야는 그 자체로 하나의 예술이었으니까. 많은 대가가 각자의 고유한 방식, 그리고 인형중심주의 양식의 발달과 그 내용을 결정짓는 자들에 대한 각자의 영향력을 전부 동원해 서로 경쟁하고 있었다. 이 모든 것이 중요했다. 관심 없다고 생략하거나 생각하기 귀찮다고 무시해선 안 됐지만, 그러고 싶은 유혹이 자꾸만 일었다. 유리를 불어 만드는 인형에 관한 책을 읽으면서는 격렬하게 신음하는 바람에 난쟁이 판매원이 혹시 심장에 문제가 있느냐고 물었던 일도 떠오른다.

그래서 드디어 문어 다리 도서관의 예술과 역사 분야로 향하자 마음이 가벼워졌다. 마침내 여기로 왔다! 여긴 정말 흥미진진한 작품들이 있었다. 나는 이곳에 와서야 제대로 즐기며 읽기 시작했다. 인형들의 겉모습이 예술적으로 아무리 아름답고 내부 기계가 아무리 정밀한들 이들이 연기하는 작품 텍스트가 형편없다면 무슨 소용이 있겠는가? 내용과 아이디어, 대화와 예술적 의도가 무의미하다면? 그 경우 인형들은 그저 움직이는 값비싼 시체에 불과하다. 보기에는 좋지만 진정한 삶이 없다. 인형중심주의의 여러 부분 가운데 작가의 머릿속에서 생겨난 것이 내게는 가장 중요했다. 탁월한 대화와 행위 및 상부구조가 재능 있는 무대장식가와 인형 조종자, 음악 담당, 의상 제작자와 만나야, 다시 말해 인형중심주의자들의 용어대로 인형이 슬렘보가 되어야 명작이 탄생한다. 나는 그 비밀을 풀고 싶었다.

먼저 인형중심주의를 목표 지향적으로 자라는 식물처럼 이해해서는 안 된다는 사실을 깨달았다. 가지가 많은 커다란 나무나 덤불이 아니었다. 정말 아니었다! 그것은 다양한 종이 사는 우림 같았다. 모든 종이 사방으로 뻗어나가고 수정을 통해서 서로 결합해 새로운 종이 나타나는 식이었다. 당연히 생존경쟁도 지속적으로 이루어졌다. 인형중심주의를 법과 규정과 검열로 제한하고 길들이려던 관청의 온갖 노력은 시간이 흐르면서 결국 실패했다. 실험극장을 금지하고 문 닫게 했지만, 이들은 지하 어디선가 다시 나타나 관객들의 열광적인 숭배를 받기에 이르렀다. 예술작품을 지속적으로 성공시키려면 엄격히 금지하기만 하면 된다. 이 방법은 언제나 최고였다. 금지 목록에 오른 작품들은 비밀리에 계속 상연되면서 현대판 고전으로 발전했다. 다시 한번 식물에 비유하자면 인형중심주의는 내 단첼로트 대부시인의 집 뒤쪽 잡초 무성한 정원, 늘 자연의 손길에 맡겨둔 그 정원과도 같았다. "정원엔 일하러 가는 게 아니야." 대부시인은 늘 말씀하셨다. "즐기러 가는 거지. 잡초를 뽑으면 안 된다! 봄의 잡초보다 더 아름다운 건 없단다."

정원사가 죽은 정원처럼 인형중심주의는 모든 장르마다 수많은 변종이 나란히, 또 뒤섞여 발전했다. 그러나 초기에는 평화로운 공존이 아니라 격렬한 경쟁이 난무했다. 갓 생겨난 이 예술 형태는 평탄한 발전과정을 거친 게 아니라 그 반대였다.

인형중심주의 내부에서 부단히 타오른 경쟁을 이해하려면 먼저 다양한 양식과 각각의 주제를 구분할 줄 알아야 한다. 처음에는 공연중 손으로 인형을 잡는 행위를 무조건 거부하는 꼭두각시인형주의 단체와 줄로 인형을 조종하는 행위를 금지하는 손인형주의 단체만 있었다. 세번째로 생긴 막대인형주의 단체는 손으로 인형을 잡았지만 줄 사용을 엄격히 금지했다. 당시의 다양성은 이 정도에 불과했지만 격렬한 논쟁을 불러일으키기에는 충분했다. 꼭두각시인형주의자들은 힘의 낭비 없이 중력만으로도 인형을 조종할 수 있다고, 하지만 손인형을 사용하면 팔을 계속 잡아당기는 중력을 극복해야 한다고 주장했다. 꼭두각시인형으로는 몇 시간 공연해도 피곤하지 않지만 손인형을 조종하면 몇 분 뒤에는 쉬어야 한다는 말이었다. 손인형주의자들은 꼭두각시인형의 움직임이 부자연스러워 바보처럼 보일 때가 있다고, 무대세트에 부딪히거나 자기 줄에 걸릴 때도 있다고 맞받아쳤다. 꼭두각시인형은 걷는 게 아니라 사실상 공중에 떠서 다리만 버둥거린다는 것이었다. 어느 유명한 손인형 조종자는 "꼭두각시인형은 윗옷자락을 잡고 높이 쳐든 여자애처럼 움직인다. 품위가 없다"고 폄하했다. 이에 꼭두각시인형주의자들은 손인형은 움직일 다리조차 없지 않느냐고 대꾸했다.

이것만으로도 갈등의 소지가 충분했는데, 인형중심주의는 그후 몇 년 몇십 년에 걸쳐 여러 갈래로 나뉘었다. 세 가지 기본 양식에 무채색인 흰색, 검은색과 회색, 게다가 이차원의 실루엣 인형만 사용하는 평면 인형중심주의가 더해졌다. 이에 대한 반발로 얼마 안 가서 이른바 표현파 인형중심주의자들이 등장했는데, 이들은 기본적으로 모두 삼차원으로 인형을 제작해 강렬한 색을 칠했고 무대 위에서 서로 고함을 지르거나 울면서 위대한 감정을 낭송했다. 이에 대한 저항으로 사실파 인형중심주의가 나타났다. 사실을 맹신하다시피 하는 이 파는 과하게 사실적인 꼭두각시인형들만 인정하고 명백히 현실적인 텍스트만 낭송했다. 인형들이 형태나 색깔, 크기 면에서 표현하고자 하는 대상과 정확히 일치해야 한다는 뜻이었다. 이 원칙을 따르자 부흐하임 인형극 무대는 확연히 커졌다. 이에 부흐하임 예술 아카데미 학생들은 추상파 인형중심주의로 응수했다. 인형들의 머리가 기괴하게 커지고 캐리커처처럼 변했을 뿐 아니라 거대한 코와 비뚤어진 이, 부어오른 입술과 튀어나온 등처럼 해부학적으로도 우스꽝스러운 모습이라서 관객이 구름처럼 몰려들어 대단히 즐거운 시간을 보냈다. 거기서 몇 걸음 더 나아간 초현실파 인형중심주의자들도 등장했다. 이 파의 인형과 장식은 뭐라 말로 표현하기 힘든데, 일반인 사이에서 정신병자로 불릴 만큼 급진적인

411

이 분야 예술가들이 현실 자체를 거부했기 때문이다. 나무가 하늘에서 자라고 집이 거꾸로 서 있고 가로등이 산책을 다녔고, 텍스트도 현실과는 거리가 멀었다. 초연 때마다 소란과 스캔들이 따랐다. 그후로는 말하자면 댐이 무너져 실질적으로 모든 것이 가능했다.

이른바 입체파 인형중심주의자들은 나체 인형을 기하학적 형태로 나누었다. 각 부위가 관절에 느슨하게 연결된 이 인형은 해부학 법칙이나 원근법을 전혀 따르고 있지 않은 듯이 보였다. 눈이 하나뿐이고 입술이 이마에 붙어 있기도 했다. 입체파 인형중심주의자들의 무대세트 역시 공간의 방향감각과는 거리가 멀어서 오래 보고 있으면 멀미를 할 수도 있었다. 가가이즘 인형중심주의는 명백한 무의미를 표방하고 황당무계한 유머에 주력했는데, 대부분은 학교 화장실 벽에나 어울릴 멍청한 대화로 표현되었다. 소시지나 알맹이 없는 양복, 날아다니는 모자나 이국적인 과일이 인형 역할을 하는 경우가 많았고 완벽하게 무의미한 행위를 했지만, 이들의 공연은 웃음을 자주 불러일으켰다. 이에 비해 형식이 딱딱한 인형의 집 그룹 인형들은 나티프토프 세무서에 놓인 말하는 가구처럼 보였고, 가구 조립 설명서를 읽듯 텍스트를 읽었다. 작품 제목은 '이중장부의 비밀' 또는 '도장 없으면 환불 불가' 등이었다. 깨지기 쉬운 인형중심주의는 깨지기 쉬운 도자기 인형을 선호했는데, 부드러운 파스텔톤으로 칠해진 이 인형들은 대부분 연꽃이 핀 연못이나 협죽도 덤불을 배경으로 사랑의 비애나 우울을 한탄했다. 이에 대한 반발로 등장한 무뢰한 인형중심주의에서는 도끼로 거칠게 만들고 천재적일 만큼 현란한 색을 마음대로 칠한 인형들이 뒷배경의 번쩍이는 번개 앞에서 딱딱한 차모니아어로 험악한 말을 내뱉었다. 벼룩 서커스에 기원을 둔 마이크로 인형중심주의는 성능 좋은 오페라글라스가 있어야만 관람이 가능한 반면, 매크로 인형중심주의 감독들은 대부분 자의식이 넘치고 크기에 집착하는 경우가 많아서 인형을 아주 크게 만들었다. 그 결과 이 인형극은 거대한 인형들을 기중기로 옮겨 야외나 성문 앞에서만 공연할 수 있었다. 공연 때마다 인형 하나에 조종자가 열두어 명씩 매달리는, 정말 대단한 볼거리였다.

'줄에 매달 수 있는 것, 그것이 인형이다.' 이른바 급진파 인형중심주의 선언문의 서슬 푸른 1항은 그다음 몇 해간 급진파 인형중심주의 극장에서 나체 인형들이 세트가 없는 텅 빈 무대를 위풍당당하게 걸어다니고, 관객들이 조명(다시 말해 양초)을 직접 가져와야 하는 결과를 초래했다. 바로코코 인형중심주의가 정확히 언제 등장했는지는 알 수 없지만 어쨌든 급진파 인형중심주의의 순수한 정신에 대한 선전포고임은 분명하다. 이 양식에서는 인형뿐 아니라 의상과 무대세트도 도를 넘어 허무맹랑할 만큼 디테일하게 꾸며졌고, 공연이 며칠 또는 몇 주씩 이어지기도 했다. 인형이 쓰는 몇 미터나 되는 가발은 바로코코의 전형적인 특징이었는데, 이에 대한 열렬한 호응으로 초연 때 관객들도 인조가발을 쓰기에 이르렀다.

미래파 인형중심주의의 기원은 악명 높은 공업도시 아이젠슈타트로, 거기서 온 이주자들이 들여온 숨막히는 문화유산이었다. 이 파의 인형은 구리 사나이들 또는 전쟁놀이용 기계 장난감을 연상시켰고, 인형의 겉모습뿐 아니라 연출 자체도 왠지 모르게 생기라곤 없었다. 이들 작품의 무대배경은 산성비에 부식되어 피폐해진 대포공장 터처럼 보였고, 이 삭막한 현장에서 냉혹한 철제남작들이 생산 증가와 임금 삭감, 대규모 해고를 지시하는 내용이 대부분이었다. 무시무시한 장면이었다. 몇몇 대본을 읽을 때는 소름이 돋았다! 그러니 평범한 관객들이 거리를 둔 것도 놀랄 일은 아니었다. 하지만 아이젠슈타트에서 온 이주민들은 미래파 인형중심주의에서 고향을 떠올릴 수 있었으므로 거의 광적으로 좋아했다. 주연 인형들이 노래를 부르며 수은 강에 몸을 던져 자살하는 마지막 장면에서 특히 더 향수를 느꼈다.

영웅들이 모두 자살하는, 그래서 소재 면에서 미래파와 약간 비슷하지만 유감스럽게도 오늘날까지 살아남은 피 극장에 대해서는 여기서 다시 자세히 설명할 필요가 없을 것이다. 정신 나간 분야도 빼놓지 않고 나열하려고 언급하는 것뿐이다. 미라 꼭두각시인형극도 여기에 속한다. 여기서는 방부처리를 한 둘스가르트 공동묘지의 진짜 시체가 실물 크기의 꼭두각시인형으로 사용되었다. 처음에는 미라가 진짜라는 사실이 눈에 띄지 않았지만, 언젠가 공연에서 썩은 붕대가 풀어지면서 경악한 관객들에게 갈색 뼈가 덜거덕거리며 쏟아지는 바람에 밝혀졌다. 첫 줄에 앉아 있던 슈렉스 아홉이 기절한 이 사건으로 블루트쉰크 족 도굴꾼 다섯이 도시에서 추방당했다. 미라와 비슷한 방식으로 속을 채운 동물을 사용하는 박제 인형중심주의도 여기에 속하는데, 이 경우에는 동물 친구들이 경악했다. 이때는 부흐하임 관청이 조속한 극장 폐쇄를 관철시켰다. 이 결정에 동의하는 관객이 많을 거라고 예상했기 때문이다.

그러나 책 연금술 인형중심주의의 음울한 술책과 규모의 비대함에 비하면 앞서 예로 든 것들은 겉으로 드러나 금방 쇠약해지고 잘려나간 괴상한 뿌리 몇 개에 불과하다. 책 연금술사들은 양심도 없이 자신들의 정치적이고 선동적인 목적을 위해 인형중심주의를 처음부터 체계적으로 이용했다. 어쨌든 권력을 쥐고 있을 때는 그랬다. 이 부분이 인형중심주의 역사에서 가장 어두운 장인데, 라이덴 소인간이 인형으로 사용되었기 때문에 더욱 그렇다.

연금술이 만들어낸 이 인공적 존재는 원래 영양 액체가 든 병 속에서만 살 수 있는데, 책 연금술사들은 공연에 앞서 이들을 용기에서 꺼내 화장을 시키고 의상을 입히고 가면을 씌워서는 무대로 내보내 훈련받은 대로 재주를 넘게 했다. 그래서 공연이 끝난 직후 대부분이 과로로 사망하는 비극적인 결과를 낳았다.

이 음모는 책 연금술사에게 저항하는 부흐하임 혁명기에 이르러서야 드러났다. 책 연금술 극장 아래서 라이덴 소인간이 든 병으로 가득찬 거대한 창고가 발견되었다. 오로지 무대에 세울 목적으로 그곳에서 만들고 배양한 것이었다. 가슴이 찢어지는 광경이었고 악취도 엄청났다. 소인간 대부분은 용기 안에서 이미 비참한 죽음을 맞아 반쯤 썩은 상태였다. 영양 액체가 남아 있는 깨진 병이나 빈병이 몇 개 발견된 걸로 미루어 책 연금술사들의 피조물이 지하묘지로 도주했다는 결론을 내렸지만, 그곳에는 영양분이 없으니 틀림없이 금방 죽었을 터였다.

침묵 인형중심주의, 유리 인형중심주의, 흑주술 인형중심주의, 백주술 인형중심주의, 당김음 북 인형중심주의, 부흐하임 사투리 인형중심주의, 자석 인형중심주의, 찬탈피고르 표현파 무용 인형중심주의, 우울한 인형중심주의, 철학적 인형중심주의, 악령의 소름 인형중심주의, 채식주의 자연 인형중심주의, 반反인형중심주의적 인형중심주의…… 무슨무슨 인형중심주의가 꼬리에 꼬리를 물었다. 여기서 모두 나열하고 하나씩 설명하기란 불가능하다. 부흐하임 인도 모퉁이마다 못을 대충 박아 만든 자그마한 나무극장이 들어서서 새롭고 흥미로운 예술 형태의 한 지류라고 광고하던 시기도 있었다. 자기 얼굴을 캐리커처로 그리고 옷도 축소해 똑같이 입힌 꼭두각시인형과 함께 산책하는 자들도 있었다. 복화술이 괴상한 유행이 되었고, 거지는 자기를 대신해 거지 인형에게 구걸을 시켰으며, 어떤 자들은 살아 있는 애완동물 대신 개와 고양이 꼭두각시인형을 데리고 산책을 나갔다.

원래 인형극은 거의 어린이 관객을 대상으로 했다. 고전동화와 서사시와 전설 등 차모니아 문화의 토대에서 소재를 찾았고, 작가는 어린아이의 여린 영혼에 직접 말을 거는 텍스트와 대화를 썼다. 말하는 동물과 매력적인 요정, 마술을 부릴 줄 아는 난쟁이가 최대한 많이 등장했고, 용은 공연 때마다 적어도 한 마리는 등장했다. 그러다 언젠가부터 작가들은 아이와 함께 공연을 보러 와 감옥살이를 하는 것처럼 앉아 있는 어른들도 즐길 방법이 없을까 점점 더 자주 생각하게 되었고, 그 결과 수준 높은 요소들이 슬쩍 밀반입되듯 섞여들었다. 결과는 만족스러웠다. 점점 더 많은 관객이 극장으로 몰려들었고 공연은 예전보다 훨씬 더 많은 웃음과 박수갈채가 터지는 진정한 가족모임이 되었다. 이렇게 개발된 어른 관객층은 상업적인 면에서 중요했다. 부흐하임 인형중심주의에서 경제적 요소가 점점 더 커졌기 때문이다. 처음으로 어른만을 위한 작품을 공연할 수 있도록 허가를 받은 극장들에서 아이들은 허락을 받고 어른과 동반해 겨우 입장하거나 아예 입장 불가였다. 인형극 내용은 더 진지하고 더 논쟁적이며 더 복잡하고 어휘가 더 풍부해졌으며, 캐릭터도 신빙성을 얻어 입체적이 되었다. 사람들은 문학에서 적절한 소재를 구하기 시작해 결국은 찾아냈다. '라임의 숨결' 또는 '얼어붙은 수염' '바람이 울면'이나 '물결 배'는 재미를 찾는 주민들을 극장으로 끌어들일 만한 제목이 아니었는데도 공연은 매진이었다. 무대는 더욱 커졌다. 그러자 새로운 문제가 나타났다. 극장이 크면 클수록 뒷자리 관객들이 무대 위에서 벌어지는 일을 파악하기 어려워진 것이다. 인형과 무대세트뿐 아니라 목소리와 음향도 더 커지고 음악도 더 멀리까지 울려야 했으며 각종 효과도 더 설득력이 있어야 했다. 아마 부흐하임의 인형극이 아마추어 수준을 벗어난 것은 처음으로 세트 뒤에서 확성기로 대사를 말하던 순간일 것이다. 소리를 키워주는, 목관악기나 금관악기처럼 생긴 그 물건을 그전까지는 돌팔이 의사들만 일 년에 한 번 열리는 시장에서 사용했다. 특별히 중요한 독백은 세트 뒤쪽, 배우 두 명이 무대 좌우에 서서 동시에 말하자는 아이디어도 나왔다. 이중 독백이 탄생한 것이다! 얼마 안 가 네 명까지 동시에 말하기를 시도했고, 목소리가 뒷자리까지 들리자 관객들은 즐거워했다.

기계적인 실루엣, 살아 있는 꼭두각시인형, 증기 인형, 수중 인형중심주의…… 혁신이 꼬리에 꼬리를 물고 이어졌다. 예술 형태가 어지러이 분산되자 방향감각을 잃은 수많은 인형중심주의자가 사이비 종교 단체처럼 그룹을 만들면서 옷이나 머리 모양으로 알아볼 수 있는 많은 분파가 생겨났다. 이런 그룹은 인형의 독특한 움직임과 특징을 흉내냈다. 건들건들 굼뜨게 움직이는 꼭두각시인형주의자는 걸음이 눈에 띄게 느렸고, 성큼성큼 걸음이 큰 막대인형주의자들은 멈칫멈칫 뻣뻣하게 움직였다. 이들은 자신의 그룹에 '목재 개구쟁이'나 '부흐하임 양철 머리통' 또는 '슬렝보르트 그림자' 같은 이름을 붙이고 단체의 상징을 팔에 문신으로 새겼다. 적대적인 두 그룹이 술에 취해 부딪치면 싸움이 붙어 술집 집기들이 부서지는 일도 벌어졌다. 인형중심주의자 단체 가운데 가장 규모가 큰 꼭두각시인형주의자와 손인형주의자 사이에 처음부터 서서히 달아올랐던 각축전은 어느 꼭두각시인형 감독과 손인형 조종자의 말싸움이 거친 드잡이로 번져 꼭두각시인형 감독이 맥주잔으로 머리를 맞고 목숨을 잃는 비극적인 사건에서 처참함의 정점에 이르렀다. 그후 패싸움이 벌어져 또다른 사망자가 생기거나 인형중

417

심주의 내전으로 번지지 않은 이유는 그날 밤 부흐하임에 이른바 핀스 터베르크 폭풍우가 날뛰었기 때문일 것이다. 몇백 년에 한 번 발생하는 자연재해인 이 폭풍우는 이튿날 아침까지 온 도시를 공포에 몰아넣었다. 대포알만한 우박이 떨어지고 세찬 회오리바람이 휘몰아쳐 건물 지붕이 날아갔고, 계속되는 번개에 맞아 종이공장 한곳과 고서점 여러 곳에 불이 났다.

폭풍이 공기를 정화한다는 말도 있고, 또 자연과학에 따르면 모든 다양성은 결국 하나로 통합된다. 인형중심주의도 다르지 않았다. 어쨌든 중요한 이날, 새로운 예술 형태는 잠정적으로 불명예의 정점을 찍었다. 그후로 열광적인 분위기는 현저히 가라앉았고 모든 것이 차분해졌다. 이후 인형중심주의를 개혁할 때 인형 키르쿠스 막시무스와 흥행사 마에스트로 코로디아크가 역사적으로나 정비 면에서 어떤 역할을 했는지는 부흐하임 인형 예술사에서 독립된 한 장을 차지하는데, 거기까지는 아직 읽지 못했다. 나는 얼른 알고 싶어 몸이 달았다.

문어 다리에서 연구하던 중 어느 책에서 무대트릭에 관한 글을 읽다가 '마법의 글씨'라는 제목이 달린 장에 눈길이 멎었다. 공연중 관객의 눈앞에서 비밀 글씨가 드러나게 하는, 무대 마술사들이 즐겨 쓴 속임수였다. 가장 널리 이용되는 방법은 무척 간단하고 오래된 것이다. 레몬즙과 열기만 있으면 된다. 레몬 잉크로 눈에 보이지 않게 글씨를 써서 그 종이를 촛불 가까이 가져간다. 그러면 얍! 아까 써둔 글씨가 나타난다.

그 부분을 읽던 나는 갑자기 흥분에 휩싸여 외투 주머니를 뒤졌다. 도서항해사가 건넨, 아무것도 쓰이지 않은 쪽지가 아직 있던가? 있었다. 서둘러 양초 쪽으로 가서 종이를 촛불 위로 가져갔다.

얼마 지나지 않아 연갈색을 띤 글씨가 나타났다.

보이지 않는 연극을 보려면
눈만이 아니라 이성도 사용해야 합니다.

그게 전부였다. 웃음이 터져나왔다. 레몬즙 잉크…… 학생들이 커
닝페이퍼를 만들 때 즐겨 쓰는 방법 아닌가. 그러나 세련된 방법이었
고 효과도 확실했다! 비밀 글씨가 종이에 나타났을 때, 마치 글을 쓴
자가 직접 귓가에 대고 속삭이는 듯한 느낌이었다. 내 마음의 눈앞에
이미지가 나타났다. 냄새와 소리, 어린 시절의 추억들이 짧게 반짝 빛
났다. 린트부름 요새의 내 교실. 막 지운 칠판 냄새. 무자비한 학교 종
소리와 급우들의 웃음소리. 이 단순한 마술에 완전히 매혹당한 나는
종이를 촛불에서 떼는 걸 잊어버렸고 그 바람에 쪽지에 불이 붙었다.

"보이지 않는 연극은 무대에서 뭘 공연하는지 중요하지 않아. 당신 머
릿속에서 일어나는 일이 훨씬 더 중요하지!" 인형 키르쿠스 막시무스에
서 슈렉스는 그렇게 말했었다.

나는 화들짝 놀라 불붙은 종이를 떨어뜨리고 말았다. 종이는 바닥에
서 회색 재로 변했다. 누군가의 손이 어깨를 짚었다. 나는 가게에서 도
둑질을 하다가 들킨 사람처럼 깜짝 놀라 뒤돌아보았다.

이나제아가 내 뒤에 서서 히죽거리고 있었다.

"여기 있을 줄 알았지. 좋은 소식이 있어! 당신, 내일 점심때 드디어
마에스트로 코로디아크를 알현할 수 있게 됐어. 혹시 그때 다른 계획
있어?"

# 코로디아크의 그물


앞문이 아닌 뒷문으로 인형 키르쿠스 막시무스에 입장하는 건 색다른 경험이다. 같은 건물이라는 것도 깜박 잊을 정도다. 아름답게 채색된 무대세트 뒤에 있으면 못질한 각목 틀과 지저분한 아마포 뒷면만 보이는 것과 마찬가지다. 그곳 쓰레기통은 꽉 차서 넘칠 지경이었고 쓰레기봉투와 부피 큰 나무상자가 산처럼 쌓여 있었다. 거대한 건물로 들어가는 문은 하나가 아니라 최소한 열두 개는 되었다. 그래서 처음에 나는 방향감각을 완전히 잃고 온갖 상자와 주머니, 가방과 손수레, 무대세트 조각들, 이리저리 바삐 돌아다니는 세트 담당들, 연습하는 남자가수, 손을 푸는 인형 조종자들 틈에 서 있었다.

"죄송합니다만……" 양팔 가득 꼭두각시인형을 안고 급히 지나가는 난쟁이에게 말을 걸었다. "음…… 마에스트로 코로디아크를…… 어디로 가면 만날 수 있을까요?"

자그마한 인형 조종자는 걸음도 멈추지 않고 음흉하게 웃었다. "꿈에서나 만나시지!" 그렇게 소리치고는 입구 중 한곳으로 사라졌다.

"알현하기로…… 했는데……" 나는 나지막이 덧붙였다. 당황해서 잠시 우두커니 서 있다가, 그가 사라진 문으로 들어갔다. 극장 반대쪽의 널찍한 로비와는 달리 어둡고 좁은 그곳은 모든 게 한눈에 들어오지 않았다. 커다란 홀 대신 천장이 낮고 좁은 통로, 창고와 흐릿한 석유등, 닫힌 문들과 사방에 무질서하게 흩어진 잡동사니. 그리고 내가 길을 잃고 개미집에 들어온 애벌레라도 되는 양 불친절하게 대하는 자들.

"저리 비켜, 뚱보야!"

"서 있지 말고 가라고!"

"꺼져!"

"바보야, 길 막지 마!"

"멍청한 놈, 거기서 자냐?"

"어이 두건, 비켜라!"

"빌어먹을 관광객들!" 등등 퍽도 기운이 나는 말들을 하기가 무섭게 나를 툭 치거나 옆으로 밀거나 머리 위로 세트 일부를 던졌다. 나는 겨우겨우 안내판 세 개가 걸린 계단을 발견했다. 한곳에는 의상과 무대, 다른 두 곳에는 각각 작업실과 감독이라고 쓰여 있었다. 어쨌든 단서는 찾았다. 코로디아크에게로 가는 길일 수도 있었다. 쫓겨날지 모른다는 불안 때문에 난폭한 이곳 무리에게 또다시 바보 같은 질문을 할 엄두는 나지 않았고, 그래서 그냥 계단을 올라갔다.

그런데 왜 이렇게 긴장되지? 사실 나는 마에스트로 코로디아크가 누군지도 모른다. 난쟁이일까? 거인일까? 늙고 허약한 인형 조종자? 과로한 서커스 감독? 혐오감을 주는 남자? 아니면 여자를 호리는 바람둥이? 분노를 터뜨리는 다혈질? 아무것도 몰랐다! 나는 그저 내 연구를 위해 몇 가지 악의 없는 질문을 하려는 것뿐이다. 면접시험도 심문도 아니고, 불편한 일이 생길 거라고 걱정할 이유도 없었다. 그런데 어째서 피고 신분으로 법정에 출두하는 느낌을 떨쳐버릴 수 없는 걸까? 지난 몇 주간 코로디아크라는 이름을 너무 자주 들어서인 듯했다. 그 이름을 입에 올릴 때마다 경외심으로 떨리던 이들의 목소리가 생각나서 선입견 없이 만나기 어려운지도 몰랐다. 하지만 그게 삐걱거리는 나무

계단을 올라갈 때 무릎이 후들거리는 이유일까? 뭐, 대화가 순조롭게 풀리면 내 책을 성공적으로 공연해준 것에 대한 존경심에서 그에게 정체를 밝히자고 마음먹긴 했다. 하지만 그게 지금 심장이 미친듯이 뛰는 걸 설명할 이유가 되나?

위층으로 올라갔다. 그곳은 공간이 훨씬 더 넓었고, 무슨 이유에서인지 나 말고는 아무도 돌아다니지 않았다. 나는 수천 벌의 인형 의상이 보관된 거대한 홀을 아무런 방해도 받지 않고 감탄하며 둘러보았다. 옷은 도르래로 내릴 수 있는 천장 바로 아래 놋쇠 막대에까지 걸려 있었다. 좀약과 라벤더 냄새가 풍겼다. 아마 지금 공연중이라 직원들이 여기 없는 모양이었다. 그래서 다음 방도 편하게 들여다볼 수 있었는데, 그곳도 색을 칠한 무대배경이 보관된 창고였다. 시골과 도시 풍경 그림이 벽을 따라 세워지거나 쌓여 있었다. 나는 모래언덕과 황폐한 땅, 해질녘 바닷가와 금빛 지붕의 신전, 원시림과 산맥, 잿빛 성벽과 폭풍 치는 음산한 하늘을 천천히 지나 다음 홀에 다다랐다.

작업실이라는 안내판은 이 공간을 가리키는 듯했다. 벽은 물론 삐걱거리는 쪽매널마루, 높은 천장을 받치는 사각형 기둥 여섯 개와 그 아래 대들보까지 모든 것이 밝은색 목재였고, 건초와 당나귀만 없었을 뿐 시골 헛간이 연상되는 곳이었다. 여기도 인형 키르쿠스 막시무스의 다른 곳과 마찬가지로 자연광은 없었지만 선반에 놓인 수많은 기름등 덕분에 전체적으로 눈에 잘 들어왔다. 비밀이 없는 공간이었다. 이 공간에 들어서는 자는 누구나 전체를 한눈에 알아보고 찾으려는 물건을 금방 발견할 수 있었다. 망치와 집게, 천공기와 드라이버, 대패와 조각도, 사포와 끌이 걸려 있었다. 곱자와 줄자, 접지주걱과 태핏, 다양한 형태의 틀, 도르래, 가죽끈과 철사 올가미도 보였다. 일련의 나사바이

422

스가 두꺼운 고리에 걸려 있고, 양날톱과 도끼 여러 개가 천장에 대롱대롱 매달려 있었다. 양동이들이 가지런히 포개져 있고, 꼼꼼하게 감아 벽에 걸어둔 삼밧줄은 어느 차모니아 해군 범선을 뒤져도 찾아볼 수 없을 것 같은 모범적인 모양새였다. 나무장에는 온갖 크기의 볼트와 너트, 리벳과 못이 들어 있었다. 인두, 고리못과 고리, 톱니바퀴가 든 서랍에는 내용물을 잘 볼 수 있도록 작은 유리문이 달렸고 정확한 꼬리표가 붙어 있었다. 양동이에 든 페인트, 고리버들로 감싼 기름병, 항아리에 든 수지, 통에 가득한 말털…… 이 공간은 아마인유와 수지, 라크와 석유, 가죽 기름과 아교 같은 냄새마저 말끔히 정리되어 차곡차곡 쌓여 있다는 인상을 풍겼다. 그로 인해 착실한 수공업자들과 마주칠 때면 늘 엄습하는 양심의 가책이 또다시 느껴졌다. 물론 내가 손재주라곤 없다는 사실과 관계있었다. 사실상 내 손은 벽에 못 하나 박지 못하는, 엄지만 세 개 달린 쓸모없는 갈퀴 집게에 불과했다. 하지만 이 창고에서 느끼는 경외심은 그 때문만은 아니었다. 나는 이곳이 창고나 작업실이 아니라 인형중심주의의 중요한 도구들을 모아둔 소중한 박물관이라는 사실을 어렴풋이 깨달았다. 저기 저것은 평범한 망치가 아니다. 인형 키르쿠스 막시무스의 망치요, 마에스트로 코로디아크가 직접 휘둘렀을지 모르는 망치다! 저 망치로 〈꿈꾸는 책들의 도시〉 무대세트의 못도 박았을 것이다! 저기 저 도르래도 평범한 도르래가 아니다. 아니고말고! 셀 수 없이 반복된 폰테베크의 〈현자의 돌〉 공연에서 블록스베르크 무대배경이 제때 내려온 것은 이 도르래 덕분일 것이다! 그리고 여기 이 가위! 〈푸룬켈 왕과 익사한 목요일〉에 등장하는 푸룬켈 왕의 의상을 재단한 역사적인 가위인지 모른다. 그랬다. 이 방에 있는 모든 도구, 못과 고리 하나하나가 비록 기록되지 않았을지언정

각각의 역사를 간직하고 있었다. 성스러운 홀을 살금살금 지나는 동안 경외심이 점점 더 커지다 마침내 복도에 다다르자 한결 진정되었다.

다른 큰 방과 연결되는 나무아치가 눈에 들어왔다. 머뭇거리며 다가가서 보니 그 위로 휘어진 대들보에는 온통 차모니아 문학작품 속 유명한 장면이 부조로 새겨져 있었다. 인형중심주의를 공부하면서 알게 된 바로는 인형 키르쿠스 막시무스에서도 성공을 거둔 작품들이었다.

에도 라 에펜디의 고전소설, 요일 이름이 붙은 주인공이 나오는 소설 속 식인 장면이 보였다. 그 뒤에 여러 무늬로 장식된 커다란 글씨가 쓰여 있었다. C.

발니 메어헬름의 고래소설 『상아로 만든 다리』에 나오는 문신한 작살꾼 뒤의 장식적인 글씨는 O.

폰테베크의 소설 『현자의 돌』에서 따온 음울한 슈렉스의 안식일 장면 뒤에는 R.

페를라 라 가데온의 탐험소설에 나오는, 난파당한 자들이 뗏목을 타는 장면 뒤에는 다시 O.

헬무브 비슐의 유명한 동화 주인공인 두 개구쟁이 치몸과 트락스 뒤에는 D.

엘비스 로라클의 동화에 나오는, 토끼 굴에 빠진 어린 여자주인공 뒤에는 I.

슈트레솔로 폰 트로이바인의 해적소설에 나오는 외눈박이 요리사 뒤에는 A.

우피트 리럭드랑의 이국적인 위대한 우화에 나오는, 이빨을 드러낸 무시무시한 호랑이 뒤에는 마지막 글자 K.

나는 그 자리에 멈춰 섰다. 부조 글자들을 함께 읽으면 이곳이 마에스트로 **코로디아크**의 은신처임을 금방 알 수 있었다. 아니면 작업실이나 사무실, 또는 회계실? 인형 키르쿠스 막시무스의 전설적인 감독이 자신의 지휘본부를 뭐라고 부르는지는 모르겠다. 아치 아래 문은 없었는데, 있었다고 해도 나는 그 마법 같은 문지방을 넘지 못했을 것이다. 수줍음이 두께 1미터의 철문보다 큰 장애물이었으니까. 그래서 어쩔 줄 몰라 쩔쩔매며 그 자리에 있었다. 노크도 할 수 없었다! 하지만 계속 이러고 있는 게 품위 있는 상황은 아니어서 결국 큰맘 먹고 용기를 내 조심조심 구석을 염탐했다.

조명이 없어도 어두컴컴하지는 않았다. 촛불이나 전등은 전혀 보이지 않았지만, 통로 기름등잔의 흐릿한 빛이 공간을 어느 정도 밝혀주고 있었다. 크고 거친 나무탁자와 나사바이스, 대패질 작업대 여러 개, 작은 장과 도구들이 보였다. 회칠을 하지 않은 벽돌 벽에는 꼭두각시 인형과 막대인형 등 온갖 종류의 인형이 걸려 있었다. 탁자에 누워 있거나 앉아 있는 인형도 많았고, 나사바이스에 끼워진 인형도 있었다. 속을 헤집어놓았거나 머리가 없는 인형, 제작 전 상태인 인형도 많았다. 작업대에는 유난히 커서 거대한 벌레를 연상시키는 인형이 기대 있었다. 이곳은 마에스트로 코로디아크가 활동하는 장소였다. 의심의 여지가 없었다.

아무도 없는 게 확실해서 나는 안도의 한숨을 내쉬었다. 잠시 마음을 가라앉힐 기회였다. 시간 계산을 해보면 알현을 약속한 정시에 도착했으므로 마에스트로가 나타날 때까지 거리낄 것 없이 차분하게 기다리면 되었다. 그런 이유로 나는 한동안 주위를 둘러보며 염탐할 수 있었다.

출입 금지! 또는 그 비슷한 안내판은 어디에도 없었다. 나는 좀더 안

425

으로 들어갔다.

그러다 머리가 장애물에 가로막히는 바람에 다시 멈춰 섰다! 뭐지? 철사, 끈, 아니면 밧줄인가? 그랬다, 입구 아치를 지나서 내 키 높이에 가느다란 실이 팽팽하게 묶여 있었다. 눈을 감았다 뜨고 살펴보니 공간 전체가 무질서한 격자처럼 여러 구획으로 나뉘어 있는 것 같았다. 눈을 좀더 크게 뜨고 자세히 보니 실과 끈이 작업실 전체를 가로세로로 분할하고 있었다. 어디선가 딱, 소리가 났다.

나는 살면서 강렬한 인상을 주는, 말도 안 되는 공간을 이미 몇 번 보았다. 예를 들면 피스토메펠 스마이크의 문자 실험실이나 그의 엄청난 지하 도서관, 부흐링의 가죽 동굴과 그림자 제왕의 알현실. 첫눈에 이 소박한 창고는 그런 곳들과 비교가 안 돼 보였다. 조금 전까지 머물렀던 꼼꼼한 인형중심주의자의 도구창고도 이보다는 더 인상적이었다. 그러나 이곳은 방 전체가 삼차원 거미줄처럼 끈으로 엮여 있었다. 벽과 서랍 손잡이, 대들보를 비롯해 여러 곳에 고정된 실과 끈을 보자, 제정신이 아닌 예술가의 수수께끼 같은 설계라는 생각이 들어 불안했다. 새장이 떠올라 가슴이 더욱 답답했다. 누가, 또는 무엇이 여기 살까? 어떻게 이토록 의미 없이 공간을 꾸밀 수 있나? 한 걸음만 더 내디뎌도 줄에 걸려 넘어질 테고 그러지 않으려면 몸을 숙여야 했다. 그래서 좀 전보다 더 당혹스러운 심정으로 그 자리에 서 있었다. 그냥 가버릴까? 어떻게 해야 좋을지 알려줄 힌트를 찾아 이리저리 주변을 살폈다. 그러다 온몸의 비늘이 곤두섰다!

무생물이라고 생각한 물건이 갑자기 움직이는 것보다 더 소름끼치는 경우가 있을까? 작업대에 기대 있던 커다란 인형에게 바로 그런 일이 벌어졌다. 처음에는 움찔움찔하며 몸을 흔드는가 싶더니 곧 탁자에서 완전히 떨어져 똑바로 섰다. 인형이 아니라 살아 있는 생명체였다! 담요를 걸치고 모자를 쓴 거대한 벌레나 어마어마하게 살찐 뱀처럼 보였다. 그 생명체가 천천히, 아주 천천히 내게로 몸을 돌렸다.

이렇게 비늘이 곤두서다니, 일찍이 경험하지 못했던 일이다. 단 일 초 만에 비늘이 떨어졌다. 지난 몇 주간 빠졌던 헌 비늘보다 더 많은 비늘이! 죽은 줄 알았던 서랍 속 메뚜기가 얼굴로 펄떡 뛰어오른 어린 시절 이후 이렇게 놀라기는 처음이었다. 그때 그 일은 두고두고 나를 괴롭히며 악몽을 꾸게 만들었다. 하지만 나는 이제 어리지 않고, 사실 죽은 줄 알았던 뭔가가 갑자기 살아 움직인다고 해도 놀랄 일은 아니다. 초자연적인 신비를 믿는다면 또 몰라도 나는 믿지 않는다. 그래서 적어도 겉으로 보기에는 평정심을 유지하려 했다. 쉽지 않았다! 그 생명체는 죽은듯이 가만있다가 제물이 줄에 걸려들면 깨어나는 거미처럼 움직이기 시작했다. 내가 지금 줄로 엮인 기이한 그물에 걸렸다는 사실을 생각하면 꽤 알맞은 비유다. 느리고 당당한 그의 움직임에는 자기 몸의 우월함을 정확히 아는 자의 오만한 느긋함이 엿보였다. 혹시 수많은 실에 매달린 인형일까? 내가 발을 들인 이 비밀스러운 공간이 극장 무대세트는 아닐까? 마에스트로 코로디아크 아니면 다른 누가 장난치는 건가? 사랑하는 친구들이여, 이 수수께끼에 대한 해답은 내가 할 수 있는 가장 대담한 상상을 넘어섰다. 세 가지 최상급을 포함하고 있었기 때문이다. 첫째, 가장 놀라운 것은 지금 내 쪽으로 몸을 돌린 이 인물을 내가 안다는 점이었다. 나는 그가 누군지, 이름이 뭔지 알았다. 이미 여러 번 만난 적이 있었다.

둘째, 가장 당혹스러운 것은 이 인물이 이백 년도 더 전에 죽었을 뿐 아니라, 내가 그의 해골을 눈으로 보고 손으로 만져보기까지 했다는 점이었다.

셋째, 가장 충격적인 것은 그가 스마이크 집안 출신이라는 사실이었다. 피스토메펠 스마이크의 숙부이자 예술가이며 가련하게도 암살 공모에 희생된 하고프 살달디안. 그랬다, 나는 비쩍 말라 해골이 드러난 그의 시체를 미로에서 두 번이나 봤다. 생전의 모습은 피스토메펠 소유인 커다란 유화 초상화를 통해 알고 있었다. 초상화 속 하고프 살달디안과 지금 내 쪽으로 몸을 돌린 이 생명체의 차이는 딱 하나였다. 이 생명체는 눈이 아니라 뻥 뚫린 시커먼 눈구멍으로 나를 보고 있다는 것. 사랑하는 내 마음의 형제자매여, 내가 평생 나 자신의 이성을 포함해서 모든 것을 의심한 적이 있다면 바로 지금 이 순간이었다.

# 집안 패거리

좀 전에도 생각했지만 이 무시무시한 형상이 혹시 인형은 아닐까? 코로디아크의 작업실이 극장 무대세트인 것은 아닐까? 내가 있는 이곳은 인형 키르쿠스 막시무스의 무대기술 영역이니까 말이다! 의미와 목적을 알 수 없는 끈들이 사방에 팽팽하게 묶여 있었다. 어쩌면 너무 피곤해서 실제로는 호텔 침대에 누워 이불을 둘둘 감고 이제 곧 깨어나게 될 악몽을 꾸며 늦잠을 자고 있는 건지 모른다. 지난 며칠 동안 일어난 힘겨운 사건들과 불면의 밤을 생각해보면 그럴 가능성도 있었다. 아니면 자욱연기소의 부작용이 뒤늦게 나타났는지 모른다. 그럴 수도 있지 않을까? 자연에서 얻은 마약이 전조 증상 없이 며칠이나 몇 주 뒤 주기적으로 환각을 다시 일으킨다는 말을 들은 적이 있다. 내가 극단적으로 집중한 인형중심주의 연구도 분명 건강에 이로운 건 아니었다. 그러니까 나는 그냥 아픈 건가? 아니면 마약에 취한 걸까? 고열로 인한 환각인가?

"아…… 죄송해요! 잠깐 졸았나봅니다." 죽은 눈을 가진 형체가 불쑥 말했다. 정중하면서도 노래하듯 높은 목소리였다. "요즘 이렇게 자주 졸린답니다. 새로운 작품의 초연이 코앞이라 밤낮으로 일을 하거든요." 인형인지 아닌지 모를 그 형체는 이른바 상어구더기라는, 스마이크 집안이 속한 희귀한 종이었다. 무엇보다 사방으로 뻗은 열네 개의 작은 팔을 보면 알 수 있었다. 그 형체는 벌레 같은 몸통을 잠시 움츠렸다가 다시 펴며 요란하게 하품을 했다.

"실수로 내 그물에 걸린 걸 보면 여기 직원은 아닌 모양이군요." 그 형체가 말을 이었다. "코로디아크 스마이크라고 합니다. 이 극장 감독이지요. 우리가 약속을 했던가요?"

이 형체가 마에스트로 코로디아크라고? 나는 여전히 충격에서 헤어나오지 못했다. 묻지도 않았는데 방금 자기가 스마이크 집안임을 털어놓은 건가? 하고프 살달디안이면서 왜 저런 이름을 대지? 하지만 그가 하고프 살달디안이라는 건 자연과학이나 차모니아 물리학과 생물학에 적용되는 규칙으로 볼 때 완전히 불가능했다. 그렇다, 이건 고열로 인한 환각이 아니었다. 마약에 취한 것도 아니었다. 그냥 미친 것이었다.

"아." 나는 그렇게만 대꾸했다. 그러다가 몇 초 동안—몇 년처럼 느껴졌다—필사적으로 머리를 쥐어짠 끝에, 슈렉스와 함께 생각해두었던 익명을 떠올렸다.

"에…… 내 이름은…… 미톨트입니다! 미톨트 폰 질벤슈미르글러. 슈렉스 이나제아 아나자지가 친절하게도 이 만남을…… 알현을 주선했습니다. 나는 말하자면 인형중심주의를 배우는 학생이랍니다. 흠, 인형중심주의에 대한 책을 한 권 쓸 계획이에요." 앞뒤가 맞는 두세 문장을 실수 없이 연이어 말하고 나니 일찍이 느껴본 적 없는 안도감이 들었다.

"알현? 나와 만나는 게 알현이라고요?" 그가 놀리는 표정으로 묻고는 거의 소리내지 않고 웃었다. "부끄럽네요. 최근 나에 대한 숭배가 점점 더 심해지고 있어요! 그냥 만남이라고 합시다." 손 몇 개로 허공을 더듬어 팽팽하게 묶인 끈을 찾아 꽉 움켜쥔 그는 잠시 그대로 씩씩 숨을 몰아쉬며 힘을 모았다. 그러고는 손을 번갈아 바꿔가며 끈을

432

잡고 애벌레 같은 몸을 질질 끌어 내 쪽으로 움직이기 시작했다. 풍성하게 수놓은 그의 망토와 인형중심주의자들 사이에서 자주 봤던 동업자 조합의 모자가 그제야 눈에 들어왔다.

비밀이 모두 풀렸다! 그물은 눈이 없는 그가 유일하게 의지하는 방향체계였다. 교활한 대형 거미가 쳐놓은 죽음의 덫도, 정신병자가 만든 미친 작품도 아니었다. 맹인을 위해 고안해낸 이정표였다! 나는 끈의 두께가 왜 서로 다른지, 왜 여기저기 매듭이 많은지 알아챘다. 그래야 끈들이 쉽게 구분되어 그가 잡자마자 거기가 어딘지 정확히 알 수 있기 때문이었다. 그물 때문에 느꼈던 섬뜩함이 금세 가셨다. 목발이나 휠체어, 보청기가 무섭지 않은 것이나 마찬가지였다. 그물은 장애인을 위한 보조기구일 뿐이었다. 이렇게 멍청하다니! 과대망상증이라도 걸린 듯 이유 없이 의심했던 것에 대해 문득 죄책감이 들었다.

"기이하게 엮인 그물 때문에 놀라셨겠지요." 그가 계속 기어오면서 말했다. "빨랫줄이 아니랍니다. 매듭문자도 아니고요. 작업실에서 방향을 쉽게 잡을 수 있는 수단이지요. 나는 여러 일을 동시에 합니다. 이쪽에서 인형을 만들고, 저쪽에서 인형을 수선해요. 그러는 사이 나사바이스에서 눈 기계장치를 만들거나 책상에서 회계를 보기도 합니다. 편지를 쓰거나 메모도 하고요. 그러다 다시 나사를 조이고 사포질을 하거나 모형을 만들지요. 늘 뭔가를 하는 내가 집중할 수 있는 시간은 산만한 어린아이 수준입니다. 바쁜 와중에 다양하게 일을 벌여놓은 자리와 도구 또는 서랍을 잘 찾으려고 원시적인 이정표를 만들었지요." 손이 그물의 어느 매듭에 닿자 그는 아주 익숙하게 다른 끈으로 옮겨갔다. 눈에 띄지 않을 만큼 자연스럽게 손을 바꿔가며 내 쪽으로 오고 있었다.

"이게 있어서 생활이 얼마나 편리한지 상상도 못할 겁니다." 그가 말을 이었다. "이런 끈으로 온 세상을 뒤덮고 싶을 정도예요! 하지만 그럴 수야 없지요. 그래서 대부분 이 작업실에서 시간을 보냅니다." 그는 여러 개의 손을 허공에 대고 흔들었다. "불만은 없어요! 어차피 거의 모든 불행은 자신이 속한 곳에 머물 수 없다는 사실에서 비롯되니까요. 나는 여기 속해 있습니다. 이곳은 인형 키르쿠스 막시무스의 머리입니다. 나는 그 속에 있는 두뇌고요."

이것이 정말 고열로 인한 환각이면 그것치고는 지나치게 상세하고 설득력 있었다. 코로디아크의 얼굴과 거기 뚫린 검은 눈구멍이 점점 더 또렷하게 보였다. 이게 인형일 리 없었다! 그의 목소리는 약간 높긴 했지만 울림이 무척 편안했다. 두려움과 황홀경이 동시에 몰려왔다. 뱀에게 몰린 쥐가 이런 심정이리라. 움직이려 하면 다리가 말을 들을까? 알 수 없었다. 나는 그 자리에 붙박인 듯 서 있었다.

"물론 어떤 면에서 이 방은 감옥이기도 합니다." 코로디아크가 말을 이었다. "하지만 이런 감옥이 없었다면 인형 키르쿠스 막시무스를 오늘날과 같은 모습으로 만들 수 없었을 겁니다. 끈으로 엮은 이 새장은 내가 중요한 일에 집중하도록 도와주지요. 맹인이 이런 말을 하면 이상하게 들리겠지만, 나는 이곳에서 상황을 가장 잘 봅니다."

마에스트로는 상대가 묻지 않아도 술술 말을 잘하는 모양이었다. 하지만 여기 이대로 바보처럼 서서 그에게 감탄하고만 있지 않으려면 미리 말해둔 인터뷰를 시작해야 했다. 나는 여전히 최면에 걸린 기분이었다.

"그러니까…… 이 인형들을 모두 직접 만드시나요?"

그는 작업대에서 작은 악어 인형을 들어 먼지를 털고서 손에 씌웠

434

다. "아닙니다. 그건 불가능해요. 하지만 자랑을 좀 하자면, 대부분은 내가 고안한 겁니다. 중요한 원형은 지금도 직접 제작해요. 이 정도 자화자찬은 괜찮겠지요!" 코로디아크는 웃음을 터뜨리고는 악어의 이빨을 딱딱 소리내 몇 번 부딪쳤다. "내 재능을 숨기고 싶지는 않으니까요. 하지만 재능 있는 수많은 조력자가 없다면 속수무책일 겁니다. 내가 없다면 그들도 마찬가지일 테고요. 나는 점화 불꽃을 당깁니다! 땔감을 가져오거나 불이 꺼지지 않도록 지피는 일은 눈이 건강하고 나보다 팔 힘이 센 자들이 하지요. 인형 키르쿠스 막시무스는 벌집과 같습니다. 여왕벌이 없으면 돌아가지 않지만, 부지런한 일벌이 없으면 여왕벌도 속수무책이지요. 굶어죽을 수밖에 없어요. 인형 키르쿠스 막시무스는 공동으로 업적을 이루어냅니다. 이곳을 인형 키르쿠스 코로디아크라고 부를 수도 있었어요. 하지만 내게 중요한 건 전체였습니다."

그는 악어의 나무 주둥이에 아마유를 살짝 떨어뜨리고 자신이 능숙한 인형 조종자임을 알려주는 재미있는 동작을 몇 가지 해 보인 다음, 인형을 옆으로 치우고 다시 힘겹게 움직이기 시작했다. 황금 새장 활대에서 달리 할 일이 없어 쉬지 않고 이쪽 끝에서 저쪽 끝을 오가며 수다를 떠는 화려한 깃털의 앵무새를 연상시켰다. 그를 두려워해야 할까, 동정해야 할까? 알 수 없었다. 그는 끈의 매듭을 만져보더니 작업대와 서랍장을 따라 계속해서 내 쪽으로 움직였다. 나는 프로라는 인상을 주려고 수첩을 꺼내들었다가 그가 전혀 보지 못한다는 사실을 금세 떠올렸다.

"처음부터 시작하는 게 좋겠군요." 나는 언론인처럼 점잖게 말했다. "인형중심주의와는 어떻게 연을 맺게 되셨습니까? 부흐하임에는 어떻게 오셨고요?"

코로디아크는 작업대를 지나면서 그 위의 도구들을 정리하고 대팻밥을 바닥으로 쓸어내리고 종이무더기 위에 납 문진을 올려놓았다. 마치 독립적인 생명체처럼 일거리를 찾아 쉴새없이 움직이는 손들이 매혹적이었다. 그럴 때면 텅 빈 눈구멍을 보지 않아도 된다는 것 역시 아주 좋았다.

"흠, 당신이 부흐하임 역사를 얼마나 아는지 모르겠군요. 그 역사가 스마이크 집안과 어떻게 엮여 있는지도요."

"후자는, 음…… 거의 모릅니다." 나는 뻔뻔스럽게 거짓말을 했다.

코로디아크는 계속 기어오는 동시에 네 개의 손으로 민첩하게 고무찰흙을 주물러 자신과 약간 닮은 작은 머리 하나를 대충 빚었다. "그래도 사악한 내 조카 피스토메펠 스마이크 이야기는 들으셨겠지요. 우리 집안의 돌연변이입니다. 부흐하임에서는 어린아이도 그의 이름과 이야기를 알지요." 그는 다 빚은 작은 머리를 조심스럽게 내려놓았다.

"물론 압니다." 내가 대답했다. 방금 피스토메펠이 조카라고 했나? 그렇다면 자신이 하고프 살달디안이라는 걸 확인시켜준 셈 아닌가! 하지만 그건 불가능했다. 빌어먹을! 그의 외모만 보자면 미신을 믿는 자들이 일반적으로 상상하는 좀비와 상당히 비슷하지만, 나는 다시 살아난 시체의 존재를 믿지 않는다. 말도 안 되는 소리였다. 아무렇지 않은 듯 차분한 인상을 주려고 애썼지만 점점 더 혼란스러워졌다. 그에게 소리를 지르고 싶었다. '나는 힐데군스트 폰 미텐메츠다. 지하묘지에서 당신 시체를 봤어! 마에스트로, 그건 어떻게 설명할 거야?' 하지만 그렇게 소리치는 대신 의미 없는 고리만 수첩에 그렸다. 뭐라도 해야 하니까.

"피스토메펠을 아시는군요." 그가 민첩하게 다른 끈을 옮겨 잡고 방향을 약간 바로잡으며 중얼거렸다. "하고프 살달디안이라는 이름은 아마 모르실 겁니다."

아무 대답도 하지 않는 게 상책인 것 같았다. 그도 내가 대꾸하길 기다리지 않았다.

"으음, 스마이크 집안 역사 중 좀 복잡한 부분이지요. 요즘은 아무도 신경쓰지 않지만요. 어제보다 더 오래된 날에 관심을 보이는 사람은 거의 없어요. 사는 게 다 그렇지요. 아주 짧게 요약해 말씀드리지요. 하고프는 내 형제입니다. 피스토메펠이 천박한 동기에서 교활하고 잔인하게 살해했어요. 탐욕에 이끌려 유산을 횡령하려던 겁니다. 내가 하고 싶은 이야기는 그게 다입니다. 더 알고 싶으면 도시 연대기를 읽어보세요! 스마이크 집안에 영원한 수치를 안긴 꺼림칙한 이야기라 여기선 더 길게 말하고 싶지 않군요. 인형중심주의는 물론, 나하고도 상관없는 이야기입니다. 하고프 살달디안 스마이크는 정확히 말하면 내 쌍둥이 형제였습니다. 오래된 상투적 비유를 써보자면, 우리 둘은 달걀 모양이 다 똑같은 것처럼 꼭 닮았지요. 재능도 비슷했습니다. 둘 모두 손재주가 좋았어요." 그는 허공으로 손을 들어올려 흔들었다.

쌍둥이! 아이고, 그랬군! 단순한 생물학적 결함, 아무 해도 없이 유전적으로 특이한 경우였구나! 그런데 나는 또 내가 미쳤다고 생각했다! 건강염려증이 점점 심각해지고 있어…… 실력 있는 정신과 의사에게 가봐야 할지 모르겠다. 아이고! 오랜 세월이 흘러 또다시 살아 있는 스마이크 집안 출신과 마주하게 된 상황이 숨막혀 아직 한시름 놓을 수는 없었지만 그래도 긴장이 좀 풀렸다. 하고프와 코로디아크가 일란성쌍둥이라니! 그 사실이 많은 걸 설명해주었다.

"그때 나는 잠깐 플로린트에 살고 있었습니다. 집안 변호사에게서

437

하고프와 피스토메펠이 실종됐거나 사망했다는 말을 전해들었지만 신경도 쓰지 않았지요. 우리 집안은 진작 뿔뿔이 흩어졌습니다. 스마이크 집안은 다 그렇답니다. 감수성이 없고, 같은 집안이라고 해도 무척 느슨한 관계예요. 생일 케이크는 스마이크 집안에서 어울리지 않는다고 표현하는 게 적당하겠군요. 우리는 유산 문제가 있을 때만 모입니다. 하지만 그때는 그런 문제가 아니었지요. 부흐하임에 있던 스마이크의 유산은 불탔고, 어딘가에 좀 남아 있었더라도 차모니아 관청이 그에 대한 권리를 주장했을 테니까요. 피스토메펠 사건은 법적 책임을 져야 할 문제였습니다. 그래서 나는 그전과 마찬가지로 부흐하임을 멀리했지요. 불편한 그 사건이 차차 잊힐 만큼 오랜 세월이 흘렀습니다. 그러다가 결국 부흐하임으로 오게 됐는데, 우리 집안 패거리와는 아무 관련도 없습니다. 교양 있는 거의 모든 차모니아 주민처럼, 나도 살면서 최소 한 번은 이 매력적인 도시에 와보고 싶었던 겁니다. 눈을 잃기 전 나는 열정적인 독서가였어요. 아주 지독한 책벌레였지요! 그전까지는 집안 배경 때문에 부흐하임에 오기 힘들었답니다. 스마이크 집안이 이 도시에 나타나면 곧장 린치를 당할 줄 알았거든요. 하지만 시간이 약이지요. 안 그렇습니까?"

코로디아크가 가까이 올수록 나는 점점 더 초조해졌다. 눈이 없는 인물과는 어떻게 눈을 맞추지? 손을 보고 있는 편이 좋겠다! 그는 아주 작은 인형 옷과 바늘과 실을 집어들더니 순식간에 단추를 달고 반듯하게 정리해 옷걸이에 걸었다. 그동안에도 이야기를 중단하는 법이 없었다.

"부흐하임에 처음 왔을 때는 내 성性을 말하지 않았습니다. 꼭 필요한 경우에는 가명을 댔고요. 그때는 인형중심주의의 전성기가 어느 정도 지난 시기였습니다. 최저점도 이미 찍었고요. 술집에서 싸움이 벌어져 어느 인형 조종자가 동료를 살해한 불행한 사건 직후였으니까요. 그 사건 아십니까? 뭐, 어쨌든 인형중심주의를 사랑하기에는 최악의 시기라고들 생각할 때였지요. 하지만 주식시장을 연구한다면 아시겠지만, 위기일 때가 뭔가를 시작하기에 최적기인 경우도 허다하지요. 최소한 일자리가 모자라지는 않았습니다! 극장에 관객이 꽉 차지는 않았지만 불황이라고 문을 닫을 수는 없었지요. 팔이 열네 개인 자가 이 분야에서 일자리를 구하기는 지극히 쉽답니다. 나는 슬렝보르트의 작은 집으로 이사한 뒤 여기저기서 이야기를 얻어듣고 다녔습니다. 거의 하루도 빠짐없이 무대에서 일했고, 하는 일도 다양했지요. 인형 제작부터 의상 재단, 꼭두각시인형 조종에 이르기까지 뭐든지 잘했습니다. 보시다시피 손재주가 좋으니까요."

이제 방의 절반을 지나온 코로디아크는 다시 멈춰 서서 손가락으로 나사바이스에 낀 거친 인형을 손가락으로 슬쩍 더듬어보더니 사포를 들고 윤을 냈다.

"이런 식으로 일하자 일 년 후에는 인형중심주의에 대한 폭넓은 경험뿐 아니라 근육질 팔뚝까지 얻었지요. 자립할 돈도 조금 모았고요." 그는 사포를 내려놓고 다시 기기 시작하며 말을 이어갔다. "그때 내가 다른 사람들보다 역사적인 상황을 더 잘 이해했다고 생각하지는 마십시오! 재치가 번뜩였다거나 인형중심주의에 대한 획기적인 전망이 있었다고도 믿지 마시고요. 말도 안 되는 소리니까!" 그가 껄껄 웃었다. "흥, 오늘날 인형중심주의 연구자들은 그렇게 해석하더군요. 하지만 그렇게 간단하지도, 유감스럽지만 내가 그렇게 천재적이지도 않았습니다. 고되게 일했을 뿐입니다. 생각은 많이 하지 않고, 본능적으로 해야 할 일을 했어요. 그러면 최고의 작품이 나올 때가 많습니다. 정말이에요! 나는 막 망한 작은 인형극 극장을 상징적인 가격에, 다시 말해 거저이다시피 사들였습니다. 그 극장에서 이윤을 내려고 죽어라 애썼고요. 그러면서 아주 단순한 원칙을 따랐지요. 최고의 실력자들만 고용한다는 것이요. 가장 뛰어난 인형 조종자와 창의적인 감독, 탁월한 작가와 상상력 풍부한 무대장치가 등 최고의 인물만 찾았어요. 당시에는 어렵지 않았습니다. 부흐하임에 재능 있는 인형중심주의자가 많았는데 인형극 예술 자체는 침체상태였으니까요. 말했다시피 거창하게 계획했다거나 심사숙고한 게 아닙니다. 하지만 나는 그때까지 없던 무언가를 인형중심주의에 부여했지요. 내적인 화합이 바로 그것입니다. 모자이크, 퍼즐을 맞춘 거지요. 인형 사지를 연결한 거고요. 그게 다였습니다. 나는 막대인형 조종자든 꼭두각시인형 조종자든 상관하지 않았어요. 거친 인형중심주의 파인지, 깨지기 쉬운 인형중심주의 파인지도 신경쓰지 않았고요. 유일한 기준은 언제나 능력이었습니다. 여러 구조의 인형들과 다양한 인형중심주의 파들이 한 무대에 있다고 해도 정말이지 상관없었어요. 한 인형에는 줄이 달려 있고 다른 인형에는 없었어요. 그게 뭐 어떻습니까? 연출에 도움이 된다는 게 중요하지요. 그게 어떤 폭동을 불러일으켰는지 지금은 아무도 모릅니다! 나는 인형 조종자들 사이에서 벌어진 싸움질과 파업을 가라앉혀야 했어요. 초연 때 멀쩡한 의자들이 남아 있도록 홀 방어 인력을 조직한 적도 많습니다. 내가 잘한 일이 있다면, 이런 여러 사건에 기가 꺾이지 않고 내 뜻을 끝까지 밀고 나갔다는 겁니다. 계획 없이 그저 살아남기만 하자던 생존투쟁은 그동안 본격적인 전략이 되었으니까요. 누구나 임무를 수행하면서 성장하는 법입니다. 우리 상어구더기는 몸은 부드럽지만 의지는 굳세지요! 대양 바닥에서부터 차모니아 문화계까지 진출하지 않았습니까! 우리 진화의 역사가 우리의 목표달성 능력을 말해주고 있습니다! 나는 다양성을 원했어요. 원한다면 절충주의라고 불러도 됩니다. 그런데 막대인형과 꼭두각시인형이 같이 공연하든, 사실파 인형중심주의 인형과 입체파 인형중심주의 인형이 한 무대에서 춤을 추든 상관하지 않기는 관객들도 마찬가지더군요. 재미있으면 그만이었습니다! 바로 그게 내가 늘 하던 요구, 늘 던지던 질문이었지요. '그래, 환상적인 눈 기계장치를 갖춘 아름다운 인형이군. 그런데 재미있어?'

'좋아, 사회적 관심사를 다루는 훌륭한 작품이네. 그런데 재미있나?'

'완벽하게 다듬은 대사야. 그런데 재미도 있나?'"

코로디아크는 책상에 놓인 스케치 몇 장을 정리했다. 작은 손으로 가느다란 연필 자국을 더듬는 그의 모습을 보고 나는 그에게 손끝으로 글을 읽는 능력이 있다는 사실을 알아챘다.

"관객들의 흥미를 일깨울 수 있는 것이라면 나는 뭐든지 허락했습니다. 긴장감과 유머, 판타지, 기술 또는 수공예 분야에서의 정밀함, 날카로운 풍자, 즉흥 연기력과 감정적인 깊이…… 하나를 잘한다고 다른 걸 못할 이유는 없지요. 모두 훌륭하다면 가장 좋고요! 현명한 관객이 가장 중요한데, 이들은 범주에 갇히길 원하지 않습니다. 한계와 속박을 싫어해요. 관객은 무대에서 자신의 기대가 이루어지길 바라지도, 황홀경을 원하지도 않습니다. 그건 생각하기 싫어하고 창의력이 빈곤한 인형중심주의자들의 희망일 뿐이지요! 훌륭한 관객은 도전을 원한다, 이게 내 좌우명입니다! 나는 그들이 원하는 걸 보여줄 수 있었어요. 코로디아크는 부흐하임에서 하나의 상표가 됐습니다. 코로디아크가 연출한 작품을 볼 수 있는데 뭐하러 전해내려온 작품을 보러 가겠습니까? 같은 돈으로 최고의 작품을 볼 수 있는데 뭐하러 평범한 작품을 보겠습니까? 관객들은 변변찮은 작품 세 편을 보느니 같은 코로디아크 공연을 세 번 보는 것을 좋아했습니다."

마에스트로는 내가 질문을 하려 할 때마다 홍수처럼 말을 쏟아냈다. 어쩌면 여행안내자처럼 일상적으로 반복하는 바람에 저절로 외운 말인지 모른다. 그렇다고 해도 내 관심이 줄어드는 건 아니었다.

"나는 점점 더 많은 극장을 사들일 수 있게 됐는데, 모든 극장을 똑같은 품질 기준으로 운영했습니다. 그즈음에는 내가 스마이크 집안이라는 게 더는 비밀이 아니었지요. 아주 많은 관청 서류에 본명으로 서명을 해야 했으니까요. 놀랍게도 거기에 관심을 가지는 이는 아무도 없었습니다. 하기야 나는 하그프 살달디안의 쌍둥이 형제이지 피스토메펠이 아니니까요. 스마이크 집안에서 좋은 쪽에 속하지요. 우리 집안이 모두 사악한 건 아니랍니다. 아시겠어요?"

이제 코로디아크는 목소리를 높이지 않아도 될 만큼 가까이 와 있었다. 그의 피부에 잡힌 주름 하나하나가 보였다. 몇 살이나 먹었을까? 눈은 어쩌다 저렇게 됐을까? 부흐하임에 오기 전 눈이 멀쩡할 때는 어떤 걸 봤을까? 그런 것이 궁금했지만 물어볼 엄두가 나지 않았다.

"그러던 차에 부흐하임 시장에게서 직접 제안을 받았습니다. 인형 키르쿠스 막시무스를 지어보자고요. 저금리 대출과 세금 감면, 건축 부과금 면제 등의 조건으로 말이지요. 내가 조금도 망설이지 않았다는 거야 상상되시겠지요?"

"물론입니다! 건물은 직접 설계하셨나요?"

"그렇습니다." 코로디아크는 미소지으며 대답했다. "단단한 석조건물을 텐트 형태로 짓는다는 건 사실 정신 나간 아이디어였어요. 자신의 의심에 맞서가며 이런 결정을 밀고 나가려면 뱃심이 필요하죠. 오늘날은 저도 그렇게 못하지만요. 어쨌든 모두가 그것을 감당해냈지요. 나도 포함해서요!" 그가 웃었다. "인형 키르쿠스 막시무스는 부흐하임의 새로운 상징이 됐습니다."

그의 손이 갑자기 잠잠해졌다. 그물을 놓고 가슴 앞에서 얌전히 모으고 있었다. 내 앞에 버티고 선 코로디아크와의 거리는 불과 몸 하나가 들어설 수 있는 정도였다.

"인형 키르쿠스 막시무스를 위해서라면 나는 열 일 제쳐뒀습니다. 나 개인의 정신 건강도요." 그가 아주 낮은 목소리로 말했다. "살면서 일어나는 일 중 내가 가장 멋지다고 생각하는 게 뭔지 아십니까? 갖고 있던 아이디어가 스스로 생각했던 것보다 더 커지는 거예요. 내 경우에는 이 극장이었습니다. 모든 면에서 내가 꿈도 못 꾼 차원에 이르렀어요." 그는 잠깐 말을 멈추고 헛기침을 했다.

"이 건물이 아직 골조뿐일 때 눈에 이상이 나타나기 시작했습니다. 의사들도 처음 보는 경우라고 했지요. 그들 중 몇 명은 지금까지도 그 병이 미로에서 온 거라고 주장합니다. 현미경으로도 보이지 않는 아주 작은 기생충이 원인이라는 거지요. 지하묘지 제일 아래쪽에 사는 기생충인데, 눈을 먹고 산다고 합니다! 나는 제일 아래쪽은 고사하고 지하묘지에 들어간 적도 없는데 말입니다. 뭐 그러거나 말거나 이제 상관없습니다. 어차피 불치병이니까요. 내 눈은 사라졌고, 고칠 약이 없었어요. 제일 이상한 점은 통증이 전혀 없었다는 겁니다. 초기에는 오랫동안 시력이 떨어지는 정도였는데, 그러다가……" 코로디아크는 말을 멈추고 작업대에 기대 힘겹게 숨을 몰아쉬었다.

순간 나는 꺼림칙한 기분이 들었다. 그 흉측한 기생충이 코로디아크

의 눈과 함께 사라졌기를, 전염병이 아니기를 바랄 뿐이었다. 이 이야기는 더 자세히 하지 않았으면 하고 간절히 바랐다.

"기적을 일으키는 치료사나 돌팔이 의사를 찾아가봐야 결국에는 시력을 잃게 된다는 걸 인정하고 나서, 나는 예전보다 훨씬 더 일에 매달렸지요. 인형과 기계장치, 무대트릭의 밑그림을 어찌나 열정적으로 그렸던지, 아직도 다 제작하거나 시험해보지 못했습니다. 그러려면 앞으로도 시간이 오래 걸릴 겁니다."

코로디아크는 여기저기 흩어진 종이무더기를 가리켰다. 설계도면

몇 개는 벽을 따라 쭉 늘어서 있었다. 종이는 구조 설계와 숫자판과 작은 스케치로 가득했다.

"인형 키르쿠스 막시무스가 드디어 첫 작품을 공연하게 됐을 때, 나는 완전히 시력을 잃은 상태였습니다. 완벽한 암흑 속에서 초연을 경험했지요. 그런데도 무대에서 무슨 일이 벌어지는지 모두 봤습니다. 내 말 믿어도 됩니다. 바로 여기서요." 그는 작은 손가락으로 자기 머리를 톡톡 두드렸다.

"개관 전 온 힘을 쏟아 향기 오르간을 제작하고, 차모니아 고전음악의 모든 곡을 연주할 수 있는 오케스트라 기계를 개발했습니다. 게다가 내가 작곡한 것도 몇 곡 있었지요. 최고의 음향 담당과 재능이 뛰어난 작가, 성량이 풍부한 연사와 가수도 고용했고요. 예술적 기교로 유명한 네벨하임 오르간 연주자들을 채용해, 그들이 향기 오르간에서 완벽한 예술성을 끌어낼 수 있도록 내가 직접 교육했습니다. 나는 관객이 시력이 있든 없든 상관없는 극장을 만들려고 했어요. 착상이 마구 떠오르는 황홀경에서 필사적으로 노력하다가 인형 키르쿠스 막시무스의 요구를 훨씬 넘어서는 물건들을 개발한 겁니다. 그리고 인형중심주의적인 실험과 연구를 통해 결국은 보이지 않는 극장이라는 아이디어에 이르게 됐습니다." 코로디아크가 히죽 웃었다. "사실 그것 때문에 오신 거지요, 안 그렇습니까? 그걸 염탐하러 온 기자가 아니냐고요. 내 말 맞지요?" 그가 웃음을 터뜨렸다. 진심으로 하는 질문인지 알 수가 없었다.

"보이지 않는 극장이 당신 아이디어라고요?" 나는 어리둥절해서 물었다. "몰랐습니다. 정말이에요. 그리고 기자 아닙니다. 나는…… 시간강사예요." 하마터면 본명이 튀어나올 뻔했는데 간신히 제때 억눌렀다. 아래층에서 소음이 들려왔다.

"시간강사라, 흠흠…… 그래요?" 코로디아크가 느릿느릿 말했다. "어쨌든 믿어드리지요! 보이지 않는 극장의 비밀은 기자들의 방식으로는 캐낼 수 없습니다. 다른 종류의 무기가 필요하지요. 인형중심주의의 새로운 이 공연 방식은 원래 인형 키르쿠스 막시무스 일을 하던 중 우연히 나온 겁니다. 말하자면 부산물이지요. 그냥 취미였는데 나중에는 열정으로, 그리고 강박으로 변했습니다. 이제 나는 보이지 않는 극장이 언젠가는 인형 키르쿠스 막시무스보다 커질 거라고 확신합니다. 인형중심주의의 미래이자 완성이지요. 가장 순수한 형태의 극장 예술이고요. 물질에서 벗어난 예술, 물질을 극복한 예술 말입니다."

글로 읽으면 열띤 어조가 느껴지지만 그에게 직접 들을 때는 아니었다. 오히려 그의 말은 지극히 당연하게 들렸다. 이런 차분한 자의식은 격정적인 연설보다 더 깊은 인상을 주었다.

"보이지 않는 극장은 아직 초기 단계이지만, 언젠가는 그 극장이 허수아비이자 거추장스러운 짐인 여기 이 키르쿠스 막시무스 전체를 불필요하게 만들 겁니다. 정말이에요! 처음에는 나만 봤고, 오랫동안 키르쿠스 막시무스 안에서 그런 상태로 있었지요. 그러다가 미텐메츠의 작품을 연출하면서 처음으로 시험해보았습니다. 인형 하나를 완전히 관객들의 상상에 맡긴 거지요. 그림자 제왕 말입니다. 결과는 엄청난 성공이었어요! 하지만 진정한 의미의 보이지 않는 연극은 아주 다른 곳에서 상연됩니다. 극소수의 관객들 앞에서요. 하지만 한 가지는 보장할 수 있습니다. 그곳은 훨씬 더 실험적입니다. 거의 혁명적이지요! 우리는 다른 이들은 꿈도 꾸지 못한 인형중심주의 영역으로 들어섰습니다."

이 대담한 주장에 나는 전기충격을 받은 느낌이었다. "정말입니까? 어디선가 볼 수 있다고요?"

내가 소리치자 코로디아크는 웃음을 터뜨렸다. "흠, 본다는 건 잘못된 표현입니다. 뭐랄까…… 경험할 수 있지요! 그렇습니다."

경험할 기회를 나도 달라고 간청하고 싶은 마음을 억누르느라 안간힘을 썼다. 내가 누구라고 그런 요구를 할 수 있단 말인가? 정체를 드러낼까 다시 한번 생각했지만 왠지 모르게 꺼려졌다. 아직 꺼내고 싶지 않은 패였다.

"보이지 않는 극장 공연에 가보고 싶으세요?" 코로디아크가 물었다.

"농담하십니까? 당연히 가고 싶지요."

"문제없습니다." 그가 가볍게 말했다. "초대하지요! 언제가 좋습니까? 내일 어때요? 내일이 아니면 삼 주 뒤에나 갈 수 있습니다. 어쩌다 한 번, 비정기적으로 공연하니까요."

나는 어안이 벙벙했다. "아…… 좋지요! 내일 괜찮습니다. 예, 내일 좋아요!"

"잘됐군요. 초대장을 드리겠습니다." 그가 서랍장으로 갔다. 아래층은 한층 더 소란스러워졌다. 크게 웃고 떠드는 소리가 들렸다. 노랫소리도 섞여 있었다. 코로디아크가 서랍에서 초대장—단순한 하얀 카드였다—을 꺼내 열네 개의 손으로 옮겨가며 들고 내 쪽으로 꿈틀꿈틀 다가오는 장면은 그 자체가 하나의 공연이었다. 그는 마술사처럼 우아하게 초대장을 건넸다.

"보이지 않는 극장 입장권입니다. 남에게 양도할 수 없으니 직접 가야 한다는 걸 명심하세요! 안 그러면 초대는 무효입니다."

나는 카드 양면을 모두 들여다보았다. 앞뒷면 다 텅 비어 있었다.

"그래요, 그게 우리가 소박하게 광고하는 방식, 일종의 유머입니다. 거기 눈에 보이지 않는 잉크로 뭔가 쓰여 있어요. 보이지 않는 극장 단원 누구에게든 보여주면 바로 알아차릴 겁니다. 그리고 또하나, 호기심이 아무리 유혹해도 거기 쓰인 내용을 보려 하지 마십시오! 공연이 시작될 때까지 기다리세요! 이 맹인에게 약속해주시겠습니까? 아주 중요한 점입니다. 그래야 보이지 않는 극장에서 얻는 즐거움이 훨씬 더 클 테니까요."

"그럼요, 당연히 지킬 겁니다! 사례는 어떻게 해야 할까요?"

"그러실 필요 전혀 없습니다. 보이지 않는 극장은 이윤을 추구하지 않아요. 입장료가 없습니다. 내일 아침 아홉시 정각에 문어 다리 입구에서 기다리세요. 그 가게 아십니까?"

"예, 압니다."

"그리 가세요! 보이지 않는 극장 마차가 당신을 모시러 갈 겁니다." 코로디아크가 고개를 들고 물었다. "저 소리 들립니까?"

"아래층 소음 말씀인가요?"

"예, 휴식은 이제 끝이군요. 오전 공연을 마쳤으니 곧 꽃다발이니 뭐니 들고 팬들이 몰려올 겁니다! 극장에서는 그래야 한다고 생각하니까요. 하지만 성공하면 의무도 따르는 법이지요. 나는 쇠약해서, 다행히 관객을 위한 이 의무를 자주 이행하지는 않습니다. 대부분은 쉴 수 있어요. 가장 원시적인 사회조차 맹인은 자연스럽게 배려한답니다. 알고 계셨나요?"

자신의 시간을 너무 빼앗았다는 뜻을 예의를 갖춰 넌지시 비추는 말인지 알 수가 없었다. 일단 그렇게 해석했지만 그를 나쁘게 생각하지는 않았다. 내 체력도 바닥났다. 긴 대화는 아니었어도 일단 소화를 시켜야 했다.

뒤에서 직원들이 몰려드는 모양이었다. 웃음소리와 발소리가 들려왔다. 나는 또 그들의 통행을 방해할 테고, 불만 가득한 난쟁이나 열광적인 팬들에게 이리저리 떠밀릴 것이다. 그래서 내쫓기기 전에 먼저 작별인사를 했다. 정체를 밝혀야 할지 다시 고민하느라 잠시 망설였다. 대화는 단연 편안했다. 이제 내 쪽에서 코로디아크를 놀라게 한다면 무척 즐거울 것 같았다. 하지만 용기가 나지 않았다. 나중에 또 만날 기회가 있겠지. 다리가 후들거리고 힘이 없었다.

"유익한 대화를 나눌 수 있어 감사했습니다." 나는 그렇게만 말했다.

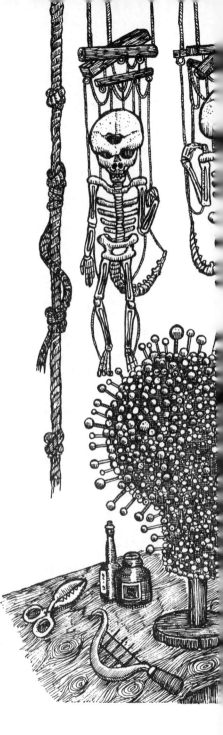

"마차 시간에 꼭 맞추세요!" 코로디아크가 다짐을 놓았다. "잊지 마세요. 지각하는 승객을 배려하지는 않는답니다. 다음번에 다시 초대하는 일도 없을 테고요." 그러고는 몸을 돌려, 끈으로 엮인 자신의 제국으로 돌아갈 채비를 했다.

"사실 우리 종족은 눈이 먼다는 것과 아주 잘 어울려요." 그가 몸을 움직이면서 말했다. "우리는 촉각이 무척 발달했습니다. 아마 손가락이 많아서일 테지요." 그는 걸음을 멈추고 다시 한번 내 쪽으로 고개를 돌렸다. "하지만 이따금…… 특히 완벽하게 고요할 때는…… 눈을 되찾으면 좋겠다는 생각이 듭니다! 그럴 때면 인형들이 무섭거든요. 소리가 들립니다. 이해하시겠어요? 여기서 삐걱, 저기서 바스락. 가끔은 인형들이 속삭이고 킥킥대는 소리가 들리는 것 같답니다. 아무래도 인형에 생명력을 불어넣는 데 성공했다고 나 자신도 믿을 만큼 오랜 시간과 노력을 투자했나봅니다." 그가 나지막이 웃었다.

나는 그제야 제대로 이해했다. 이 작업실 전체가 코로디아크였다. 줄로 만든 그물은 시신경이었고, 도구와 나사바이스는 길게 늘인 팔이었다. 설계도와 스케치는 연장된 뇌, 인형과 기계장치는 실현된 꿈과 아이디 어였다. 동시에 악몽이기도 한 것 같았다. 키르쿠스 막시무스는 이렇게 스스로 선택한 망명생활을 통해서만 존속하고, 눈먼 코로디아크 스마 이크 군주는 이 고독한 감옥에서만 존재할 수 있었다. 이 공간에서 떼 어낸다면 그는 그물 없는 거미처럼 말라죽을 것이다. 보이지 않는 극장 을 창조하는 데 그가 어떤 업적을 세웠는지 아직은 알 수 없었지만, 또 방금 키르쿠스 막시무스에 대한 놀라운 사실을 몇 가지 알게 되었고 마 에스트로와 그의 업적은 여전히 경탄스러웠지만 이제 더는 그가 부럽 지 않았다. 그가 천재성 때문에 치러야 했던 대가는 너무 컸다. 세상의 어떤 박수갈채도 보상할 수 없었다. 손을 바꿔가며 끈을 잡고 작업실 저쪽으로 건너가, 순식간에 내가 처음 봤던 미동 없는 상태로 돌아가 는 그의 모습은 애처롭기 그지없었다.

# 보이지 않는 극장

나는 코로디아크와 만났던 이야기를 하려고 그날 바로 이나제아를 찾아갔다. 하지만 그녀의 고서점은 닫혀 있었고, 노크를 해봐도 소용없었다. 저녁에 두 번이나 더 가봤지만 마찬가지였다. 평소와는 달리 문에 내게 남기는 쪽지 하나 없었다. 그래서 혼자 저녁식사를 한 뒤 침대에 누워 불면의 밤을 보냈다. 너무 많은 생각이 떠올라 머리가 복잡했다. 마에스트로 코로디아크를 만난 후에, 그리고 보이지 않는 극장 공연 전에 무슨 수로 편안하게 잠을 이룰 수 있으랴? 정말 불가능했다!

다음날 아침, 마차가 데리러 온다는 문어 다리 앞에 약속시간보다 한 시간 전에 도착했다. 이 소풍이 얼마나 걸릴지는 고사하고 목적지조차 몰랐으므로, 긴 여행을 갈 때처럼 어깨에 걸치는 보따리에 비스킷 한 봉지와 시원한 물 한 병을 챙겼다. 여전히 끌고 다니는 『피비린내 나는 책』도 기회를 봐서 버리려고 넣었다. 그러다 불현듯 코로디아크에게 넘겨주면 되겠다는 생각이 떠올랐다. 그 책은 피스토메펠 스마이크의 유산 중 일부니까 코로디아크에게 어느 정도 합법적인 권리가 있는 게 아닐까? 그 문제는 나중에 좀더 생각해보기로 했다.

남는 시간에는 24시간 문을 여는 문어 다리 서적부에서 커피를 한 잔 마셨다. 뭔가 읽기에는 너무 초조한 상태였다. 드디어 또각거리는 말발굽 소리와 말이 힝힝거리는 소리가 들려와 아침 안개가 낀 바깥으로 나갔다.

문어 다리 앞 축축하게 젖은 둥근 천연 포석에 거대한 야전 취사차처럼 부글부글 끓고 김을 내며 선 물체가 정말로 마차일까. 마차라고 해도 어쨌든 나는 이제껏 본 적 없는 종류였다. 독특한 그 형체는 부흐하임에서 이따금 볼 수 있는 아이젠슈타트 건축양식을 얼핏 연상시켰다. 국방부의 설계로 지어진 듯해서 보고 있으면 불편한 양식이었다. 문어 다리 앞에 선 운송수단도 전투적인 분위기였다. 사실상 바퀴가 달린 작은 요새였다. 승객칸은 창문 대신 총안을, 평범한 문 대신 올리고 내리는 성문을 갖춘 방어탑 같았다. 바퀴를 포함해 모든 것이 검은 쇠붙이로 보였다. 몇 시간 동안 포석을 맞아도 생채기 하나 나지 않을 듯했다.
　마부는 책 사냥꾼이었다. 사랑하는 친구들이여, 미안하다. 도서항해사였다는 뜻이다. 언젠가는 이 용어를 제대로 쓸 것이다. 약속한다! 철제 갑옷을 입고 투구를 쓴 도서항해사는 나사로 마차에 고정된 부품처럼 보였다. 말들도 콧구멍부터 꼬리에 이르기까지 쇠고리 갑옷으로 무장했다. 이 기괴한 운송수단 지붕에는 연금술을 연상시키는 기구가 쉿 소리와 고롱거리는 소리를 내며 김을 뿜고 있었는데, 그 용도는 전혀 상상할 수 없었다. 이것이 보이지 않는 극장의 마차임을 말해주는 장식물은 문 위의 눈ㅂ 장식과 연극 가면 두 개가 전부였다. 운송수단이 이런 모습이라면 과연 이것이 데려다줄 장소는 어떨까 생각하니 불안하기 짝이 없었다. 나는 공포와 압박감을 느끼며 마차에 좀더 다가섰다.
　덜컹거리는 고리에 걸린 문이 날카롭게 삐걱대는 소리를 내며 내려오자, 마차는 전투력을 갖춘 성곽과 더욱 비슷해 보였다. 지붕 위 연금술 기구가 내는 쉿쉿 소리 때문에 마차가 금방이라도 쾅 폭발할 것만 같아 초조했다. 게다가 승객칸에서 염소 소리 같은 웃음소리도 들려왔다. 이보다 더 불안한 운송수단은 가장 끔찍한 악몽에서조차 본 적이 없었다. 마부석에 앉은 도서항해사는 뿔 달린 철제머리를 내 쪽으로 돌리더니 채찍을 든 손으로 무뚝뚝한 몸짓을 해 보였는데, 아마 마차에 오르라는 뜻인 것 같았다. 도망가려면 아직 늦지 않았다고 어렴풋이 생각하면서도 나는 마차에 올랐다. 코로디아크는 보이지 않는 극장에 초대받는 일은 딱 한 번뿐이라고 했다. 그 말이 얼마나 다양하게 해석될 수 있는지 그제야 알 것 같았다.

안에는 승객 세 명이 이미 앉아 있었다. 어둠침침한 내부를 자세히 살펴보기도 전에 덜컹거리며 문이 닫혔다. 마부가 채찍을 휘두르는 소리와 증기 기구가 요란하게 울부짖는 소리가 들렸다. 그러다가 마차가 갑자기 심하게 흔들리는 바람에 나는 짐짝처럼 이리저리 떠밀렸다.

"아이고, 이런." 나는 망토를 매만지며 농담처럼 말했다. "전쟁터에 나가는 것 같군요."

"아주 틀린 말은 아닙니다." 옆에서 가느다란 목소리가 들려왔다. "우리가 지나가야 할 곳은 전쟁터라고 할 수 있으니까요."

석유등이 켜지자, 마차에 누가 앉아 있는지 드디어 분간이 갔다. 셋 모두 내가 아는 이들이었다. 지난 며칠간 최소한 한 번은 마주쳤다. 그들은 다음과 같다.

키르쿠스 막시무스에서 연주하던 네벨하임 출신 오르간 연주자. 검은 모자에 검은 양복을 입은 그는 바로 내 옆에 앉아 램프를 들고 있었다.

이나제아와 함께 방문한 정밀기계 책 인형 가게에 있던 초록색 수염 드루이드. 그는 내 건너편에 앉아 있었다.

부흐하임에 도착하자마자 부딪힌, 못생기고 혐오스러운 난쟁이. 대각선 건너편에 앉은 그는 적개심에 가득찬 눈빛으로 나를 노려보고 있었다.

나는 얼른 두건을 더 깊이 눌러쓰고서 옆에 앉은 네벨하임 주민에게 불안한 마음으로 물었다. "전쟁터라니요? 보이지 않는 극장으로 가는 마차인 줄 알았는데요."

"그것도 맞는 말입니다." 그가 상당히 거만한 말투로 대답했다. "내가 이 공연 초대자이자 안내자입니다. 초대장 보여주시겠어요?"

나는 주머니를 뒤져서 코로디아크의 카드를 꺼내 그에게 건넸다. 네벨하임 주민은 벌레처럼 생긴 하얀 손가락으로 텅 빈 그 종이를 앞뒤로 돌려보더니 놀란 표정으로 말했다. "아무것도 안 쓰여 있는데요."

"네?" 나는 흥분해서 말했다. "마에스트로 코로디아크 말로는, 당신이……"

네벨하임 주민은 손을 들어올렸다. "농담이에요!" 그가 미소지었다. "보이지 않는 극장에 오신 걸 환영합니다." 그가 나에게 종이를 돌려주자 다른 승객들도 웃음을 터뜨렸다.

"이게 보이지 않는 극장이라고요?" 나는 아무 의미 없는 카드를 도로 집어넣으며 어리둥절해서 물었다. "이 마차가요?"

"이것도 일부지요." 그가 은밀하게 속삭였다. "보이지 않는 극장의 문이 열렸다고 생각하시면 됩니다. 이제부터 일어나는 모든 일은 공연입니다."

"나 이놈 알아요!" 난쟁이가 마차 소리에 묻히지 않으려고 고함을 질렀다. 움직이는 마차는 부대 전체가 전진하는 듯한 소리를 냈다. "왠지 모르게 낯이 익어!"

두건을 더 깊이 눌러쓴 나는 그의 말을 못 들은 척하고 네벨하임 주민에게 말을 걸었다. "전쟁터라니, 무슨 뜻이지요? 좀더 자세히 설명해주세요."

"이제 곧 검은 남자 구역을 지날 겁니다. 부흐하임 주민들은 독성 지대라고 부르지요. 불탄 이 도시의 중심, 무인지대. 모르셨습니까?"

독성 지대? 무인지대라고? 슈렉스에게서 들은 적이 있었다. 하지만 마그모스 주변보다 더 황폐한 곳이라는 게 전부였고 나도 부흐하임의 이 지역에 대해 특별히 알려 듣지 않았다.

"설명해주세요!" 나는 검은 옷을 입은 남자에게 청했다. "부흐하임 출신이 아니라서요."

"나 이 뚱보 알아요! 금방 기억날 거예요!" 흉측한 난쟁이가 옆에서 깍깍거렸다.

"검은 남자 구역은 예전에 검은 남자 골목이었던 지역 전체에 걸쳐 있습니다." 네벨하임 주민은 최고 수준의 여행안내자 같은 말투로 입을 뗐다. "역사적인 부흐하임에 나선형으로 놓인 거리로, 주민 대부분은 책 연금술사였습니다. 도시에서 가장 오래된 지역인데, 예전에는 최고급 고서점들이 있었지요. 전설적인 피스토메펠 스마이크도 그곳에……"

"압니다, 알아요." 나는 급히 그의 말을 가로막았다. "그건 여행안내서마다 적혀 있어요. 얼른 본론으로 들어가시지요!" 나는 네벨하임 주민에 대한 거부감을 숨기지 않았다. 본능적인 혐오감을 숨겨봐야 소중한 수명만 줄어들 뿐이다.

"검은 남자 골목은 부흐하임의 그 어느 곳보다 심하게 불탔습니다." 그는 아랑곳없이 말을 이었다. "아주 오래된 집들의 지하실에 쌓여 있던 화학약품과 연금술 재고품과 관련있었지요. 방대한 장서와 낡은 종이는 말할 것도 없고요. 다른 곳은 불길이 잡혔지만 검은 남자 구역의 화재는 일 년이나 계속됐습니다. 이 도시 어느 곳보다 지하 깊숙이까지 화염이 파고들었지요. 대참사는 여기서 시작되어 여기서 끝났습니다. 부흐하임에서 재건되거나 수리되지 않은 곳은 여기가 유일해요."

지붕에서 울부짖는 소리가 마차 안까지 들려와서 내 뼛속을 파고들었다.

"구역 경계를 넘어섰다는 신호입니다. 저 소리로 동물들을 쫓기도 하고요." 네벨하임 주민이 설명했다.

"동……물? 무슨 동물 말입니까?"

초록색 수염 드루이드가 쿡 웃었다.

"독성 지대 동물이지요." 네벨하임 주민이 대답했다. "정확한 학명은 묻지 마십시오. 부흐하임 대학교 생물학자들도 대답 못할 테니까요. 이 지역 동식물계는 대부분 아직 알려지지 않았습니다. 그럴 만한 이유가 있어요."

"야생동물이 있다고요? 도시 한복판에?"

"이제 사실상 시내라고 할 수 없답니다. 검은 남자 구역은 무인지대예요. 현행 법률상 이곳은 황무지입니다. 법적인 규제가 없는 공간이지요. 말하자면 부흐하임 지도 한복판의 하얀 점입니다. 도시 안에 있는 기묘한 구역이에요! 돌연변이 곤충과 밥맛 떨어지는 동물 말고는 아무도 살지 않습니다."

나는 여행안내자를 의심스러운 눈초리로 바라보았다. "놀리는 거지요? 그런 얘기는 들어본 적이 없어요."

"여행안내서를 잘 안다고 하지 않았습니까? 신간 좀 읽으셔야겠네요." 네벨하임 주민이 쏘아붙였다. "독성 지대를 관광명소로 광고하진 않지만 비밀로 숨기지도 않습니다. 하지만 보통은 그곳을 피해 멀리 돌아다니고 화제로 삼지도 않아요. 유쾌한 이야깃거리는 아니니까요."

마차 아래쪽에 뭔가 부딪히는 듯한 둔탁한 소리가 들렸다. 한 번도 들어본 적 없는 날카로운 끽끽 소리와 새된 비명이 이어졌다. 또 부딪히는 소리, 그리고 다시 한번. 마침내 지붕 파이프가 울부짖은 뒤에야 정적이 찾아들었다.

"동물!" 초록빛 수염 드루이드는 그렇게 말하고는, 모두가 만족할 만한 설명을 했다는 듯 입을 다물었다.

"어떤 동물입니까?" 나는 날카로운 목소리로 물었다. "마차 안으로 들어올 수도 있어요?" 그러곤 나도 모르게 발을 들었다.

"아니요." 네벨하임 주민이 차분하게 대답했다. "마차를 철갑으로 두른 이유가 뭐겠습니까? 갑옷을 입은 도서항해사들만 밖에서 견딜 수 있습니다. 독성 증기를 막아주는 연금술 필터가 투구에 있거든요. 우리 마차 지붕에 달린 필터와 비슷하게 작동합니다."

"바깥 공기도 오염됐다는 뜻입니까?" 나는 그렇게 묻고 한순간 숨을 참았다. 오늘 잠자리에서 나온 것이 후회스러웠다. 도대체 무슨 정신 나간 일에 끼어든 건가?

"예전만큼 상황이 나쁘지는 않습니다. 하지만 지금도 이 지역에 오래 머무는 건 피해야 하지요. 방독면이 있든 없든 말입니다. 혹시 알레르기나 천식을 앓으시나요? 그러면 목숨을 잃을 수도 있습니다. 면역력이 얼마나 튼튼하냐에 달려 있지요. 기침이 몇 년씩 계속될 때도 있고, 뇌염에 걸려 두 번 다시 숙면을 취할 수 없게 되기도 합니다. 만성습진, 간 누공이 생기거나 일시적인 시각장애에 시달릴 수도 있고, 눈썹이 빠지기도 합니다. 저마다 독성 지대에 다르게 반응하지요. 어떤 이는……"

"아, 됐습니다!" 나는 방어하듯 갈퀴를 들어올렸다. "충분히 이해했어요."

"문을 닫고 마차 안에 있으면 됩니다. 그러면 아무 일도 생기지 않아요." 네벨하임 주민이 미소지으며 말했다.

으악! 또 뭔가 마차에 부딪혔다. 이번에는 더 강력했다. 또 한번, 그리고 다시 한번!

"동물." 드루이드가 고개를 끄덕이며 말했다.

"나 저 남자 알아! 곧 생각날 거야……" 난쟁이가 다시 한번 말하고는 나를 계속 뚫어져라 노려보았다.

나는 자제력을 발휘하느라 갖은 애를 썼지만, 마차 안의 적대적인 분위기 때문에 느긋해지기가 힘들었다. 문을 박차고 고함치며 뛰쳐나가고 싶었다. 지붕에서 날카로운 휘파람이 다시 한번 울린 뒤 부딪히는 소리가 멎었다. 마차가 흔들리는 소음만 들려왔다. 한동안 우리는 숨막히는 침묵 속에 앉아 있었다.

아니, 잠깐! 예상치 못한 생각이 불쑥 떠올랐다. 나는 두건을 내리쓰고 다른 승객들의 표정을 몰래 살폈다. 이들이 지금 은밀하게 히죽거리고 있지는 않나? 상황에 비해 너무 평온한 것 같은데? 진짜 승객이 맞긴 하나?

"보이지 않는 극장의 문이 열렸다고 생각하시면 됩니다. 이제부터 일어나는 모든 일은 공연입니다." 네벨하임 주민이 아까 이렇게 말했지?

맞아! 그러니까 이게 다 공연 아닐까? 그것도 가장 단순한 기교를 사용한 공연. 내가 탄 뒤 마차가 그 자리에서 움직이긴 한 걸까? 문어 다리에서 건장한 몇 놈이 나와 마차를 흔들고 막대기로 내려치는 걸로 충분하지 않을까? 지금까지 내가 느낀 공포는 오로지 밖에서 들리는 소음 때문이었다. 울부짖음과 새된 비명, 흔들리는 마차, 그것뿐이었다. 다른 승객 셋은 그냥 단역배우인가? 보이지 않는 연극은 당신 머릿속에서

460

일어나는 일이 훨씬 더 중요하지! 얼마 전 슈렉스가 그렇게 말하지 않았던가?

대담무쌍한 아이디어가 떠올랐다.

"바깥이 어떤 모습일지 무척 궁금하네요." 나는 최대한 태연한 척 말하고는 내 옆의 창문 잠금장치에 갈퀴를 올렸다.

"건드리지 마십시오!" 네벨하임 주민이 날카롭게 명령했다. "위험해서 금지된 행위입니다."

"아, 물론 그렇겠지요. 금지된 이유도 알고 있습니다." 순식간에 잠금장치를 푼 나는 창문을 옆으로 밀고 좁은 틈새로 밖을 내다보았다.

"안 돼요!" 네벨하임 주민이 고함을 질렀지만 이미 늦었다.

한때 활기찬 도시 구역이었던 이곳은 황량한 폐허였다. 마차는 포석이 깔린 도로 가장자리를 따라 덜컹거리며 가는 중이었다. 검은 폐허는 불타버린 숲을 연상시킬 만큼 남은 것이 거의 없었다. 나무 골조들과 벽돌무더기뿐이었다. 해가 막 떠올라 모든 것이 적황색 빛에 감싸여 있어서 부흐하임의 대화재가 지금도 진행중이라는 착각을 불러일으켰다. 게다가 수많은 세월이 흐른 지금도 여전히 진한 목탄 냄새가 풍겼다. 한 번도 본 적 없는 식물들이 옛 건물의 잔해를 뒤덮고 있었다. 자주색 이끼가 사방에 깔렸고, 핏빛 넝쿨식물이 가느다란 나무 골조를 타고 올라갔다. 투명해 보이는 잡초가 폐허 사이의 공간에 가득했다. 이곳은 의심할 여지 없이 검은 남자 골목이었다. 내가 오래전에 돌아다니던 닳은 포석을 금방 알아볼 수 있었다. 그 광경에 몸이 뜨거워졌다가 식었다를 반복했다. 마차는 문어 다리 앞에 서 있는 게 아니었다. 전혀! 우리는 독성 지대 깊숙이 들어와 있었다. 거대한 장수풍뎅이와 삼엽충의 잡종처럼 보이는 검고 반짝이는 뭔가가 폐허의 잔해에서 기어

나왔다. 그 괴물은 짧게 도움닫기를 하더니 온 힘을 다해 마차에 몸을 부딪혔다. 쿵! 불타버린 폐허에서 나타난 다른 풍뎅이들도 공격하고 싶어 근질거리는 까마귀떼처럼 까옥거렸다. 도서항해사는 채찍을 휘둘렀고, 지붕 피리가 다시 한번 날카로운 휘파람 소리를 냈다. 코를 찌르는 듯한 독한 냄새가 틈새로 새어들어오자 나는 본능적으로 뒤로 물러났다.

"이 멍청아, 빌어먹을 창문 닫아! 우리를 다 죽일 셈이야?" 난쟁이가 고함을 질렀다. 하지만 바깥 광경에 너무 놀란 나는 손가락 하나 까딱할 힘도 없었다. 네벨하임 주민이 나를 밀치고 창문을 닫았다.

"제정신입니까?" 그가 호통쳤다. "엄중히 경고했잖아요! 나는 승객들의 안전을 책임지고 있으니 존중해주세요!"

나는 정말 멍청이처럼 굴었다. 죄책감을 느끼며 좌석 깊숙이 눌러앉았다.

"죄송합니다. 모르고서……" 나는 기어들어가는 소리로 말했다.

"그래, 몰랐겠지!" 난쟁이가 깍깍거렸다. "그나저나 이 뚱보 어디서 분명히 봤는데!"

"이제 내 말 믿으시겠지요?" 네벨하임 주민이 기분이 상했다는 표정으로 말했다. "돌과 그 아래 토양과 지하수를 포함해 이 지역 전체가 책 연금술의 독성물질들로 젖어 있습니다. 대화재 때 연금술 액체 통이 터져서 넘친 거예요. 어디서 나왔는지 모를 화학물질들이 몇백 리터씩 섞이고 화염에 끓어올라 증기로 변했어요. 통제를 벗어난 전대미문의 연금술 실험이 벌어진 겁니다! 우리 아래 토양이 뭘 삼켜서 저장했는지, 지금도 저장하고 있는지 아무도 모릅니다. 이 지역에 대해서는 모두 입을 다무니까 놀랄 일도 아니지요. 지금 이곳에는 부흐하임

464

이든 다른 어느 곳이든 화재 전에는 전혀 없던 생명체들이 존재합니다. 그들은 이 독성 지대에만, 다시 말해 연금술 비료가 뿌려진 토양에만 살지요. 정말 다행입니다! 이 지역을 벗어나려고 시도했다간 금방 시들시들 죽습니다. 털이 난 개구리, 다리가 달린 몸통 길이 1미터짜리 지렁이, 꼬리에 독이 묻은 들쥐…… 이곳에 와서 새로운 동식물을 연구하려는 생물학자는 한 명도 없습니다. 범주를 정하고 목록을 만들다가 죽고 싶은 자는 없으니까요."

나는 네벨하임 주민이 창문을 제대로 잠갔는지 확인하느라 그쪽을 흘낏 살폈다.

"물론 처음에는 동물을 연구하려는 시도가 있었습니다." 그가 설명을 계속했다. "연구해서 박멸하려고요. 이곳 전체를 갈아엎어 편평하게 만들려고 했지요. 그런데 그런 시도를 한 자들은 얼마 안 가 그때까지 알려지지 않은 질병과 고통에 시달리게 됐습니다. 얼룩덜룩한 두드러기, 환각과 불치의 정신질환…… 더러는 죽기도 했습니다. 대참사 직후 굶주림에 시달린 부흐하임 주민들은 독성 지대의 식물도 채집했습니다. 좋은 생각이 아니었어요! 자세히 설명하지는 않겠습니다. 독성 지대뿐 아니라 부흐하임 전역에서 버섯 채집이 엄격히 금지됐다는 말씀만 드리지요. 식당에서 버섯 요리를 한번 주문해보십시오! 불가능합니다."

"우리는 지금 어디로 가고 있나요?" 나는 화제를 돌리려고 질문을 던졌다.

"피스토메펠 주둥이가 목적지입니다. 그곳이 종착역이지요." 네벨하임 주민은 더없이 자연스럽게 대답했다.

"피스토메펠…… 주둥이요?" 나는 목소리가 뒤집힐 지경이었다. "그 범죄자의 이름을 딴 부흐하임 주둥이가 있단 말입니까?"

"물론 없습니다. 공식적으로는 없어요. 그 주둥이에는 이름을 붙이지 않았습니다. 이름이 없는 유일한 주둥이였지요. 하지만 그게 바로 관청의 실수였습니다. 아무 이름이나 붙였어야 했어요. 아마도 당시 관청은 그곳이 부흐하임 화재가 처음 일어난 곳이고 미로로 통하는 입구라서 특별히 다루어야 한다고 생각한 모양입니다. 게다가 예전에 피스토메펠 스마이크의 집이 있던 곳이기도 해서……"

"잠깐만요!" 나는 흥분해서 그의 말을 가로막았다. "지금 피스토메펠의 예전 집이 있던 장소로 가고 있다고요? 거기에 지금은 부흐하임 주둥이가 하나 있단 말입니까? 지하묘지로 들어가는 입구? 그런 뜻인가요?"

"그렇습니다. 사실 누구나 아는 일반상식인데, 당신에게는 일일이 설명해줘야 하는군요! 그 주둥이는 공식적인 이름이 없어 민간에서 그렇게 불립니다. 무인지대 주둥이라고 부르셔도 됩니다. 그것 역시 통용되는 이름이니까요."

이럴 수가! 예전에 나를 지하묘지에 빠뜨렸던 곳으로 가는 마차에 내 의지로 올라타다니! 그곳은 내가 절대 가고 싶지 않은 장소였다.

"돌려요!" 나는 즉시 요구했다. "당장 마차 돌려요! 내리겠습니다."

"불가능합니다." 네벨하임 주민이 싸늘하게 대꾸했다.

"이 뚱보야, 미쳤어?" 난쟁이가 고함을 질렀다. "당신 혼자 여기 타고 있는 게 아니라고."

초록색 수염 드루이드는 안됐다는 듯 나를 보기만 했다.

"마부!" 나는 고함을 지르며 지팡이로 천장을 두드렸다. "멈춰요! 돌아가야 합니다!"

마차가 즉시 멈춰 섰다.

"좋아!" 나는 마음이 가벼워졌다. "죄송합니다만, 도저히 으음……
무인지대 주둥이로는 못 가겠어요. 안 됩니다. 절대 안 돼요. 흠, 지극히
개인적인 이유에서입니다. 여러분 행사를 망쳐서 죄송하지만, 아무도
목적지가 어딘지 알려주지 않았어요. 혹시 비용이 발생했다면 당연히
배상하겠습니다. 마부에게 방향을 돌리라고 하세요!"

나는 뻔뻔한 난쟁이가 버릇없는 말대꾸를 한 번만 더 하면 당장 목
을 비틀어버리겠다고 결심했다.

"안 됩니다. 이미 도착했어요." 네벨하임 주민이 말했다.

"도착?" 나는 그게 무슨 말인지 도무지 알 수 없었다. "어디예요?"

"피스토메펠 주둥이, 우리 목적지에."

시끄럽게 삐걱대고 덜컹거리는 소리를 내며 문이 열렸다.

"걱정 마세요." 네벨하임 주민이 달래듯 말했다. "이곳에서는 방독
면을 쓰지 않고도 다닐 수 있습니다. 주둥이 바로 옆은 불길이 너무 심
해서 화학물질이 흔적도 없이 타버렸지요. 아직도 냄새는 진하지만 건
강에 해로운 증기는 전혀 없습니다. 과학적으로 측정했어요. 손님 여
러분, 모두 내려주십시오!"

"비켜, 이 뚱보야!" 난쟁이가 나를 밀치고 지나갔다. 드루이드와 안
내자도 내렸다.

나는 할말을 잃었다. 마비된 듯 한동안 마차에 그대로 앉아 있다가
마침내 내렸다. 달리 어쩔 도리가 없지 않은가?

열린 문으로 내렸을 때, 눈앞에 펼쳐진 광경에 완전히 압도되어 잠
깐 동안은 항의도 못했다. 마차는 검게 탄 땅에 서 있었다. 숯으로 변한
거대한 새의 뼈대 같은 폐허만 이따금 보였다. 우리가 있는 곳은 지름

100미터쯤 되는 구덩이, 즉 피스토메펠 주둥이의 가장자리였다.

"부흐하임 미로와 연결되는 가장 큰 입구입니다!" 네벨하임 주민은 마치 자기가 직접 구덩이를 파기라도 한 듯 의기양양하게 설명했다. "하지만 이용 빈도는 가장 낮지요."

"대단해!" 난쟁이가 소리질렀다. "한 번쯤은 정말 보고 싶었는데."

나는 무릎이 말을 듣지 않아 쓰러질 것만 같았다. 하지만 절망 가운데서도 정신을 차리고, 여전히 마부석에 앉아 있는 도서항해사에게로 몸을 돌렸다.

"마부!" 나는 그를 올려다보며 최대한 명령조로 소리쳤다. "다시 시내로 데려다줘요! 유감이지만 나는 이 행사에 참여할 수 없습니다. 돈은 달라는 대로 주겠어요."

도서항해사는 말이 없었다. 고개도 돌리지 않았다. 더 정확히 말하면 미동조차 없었다.

드루이드가 끙끙거리며 도서항해사가 앉은 마부석으로 기어올라갔다. 거기서 분주히 도서항해사에게 뭔가를 했지만, 뭘 하는지는 자세히 보이지 않았다. 삐걱대고 덜컹이고 달칵거리고 딱딱대는 쇳소리가 몇 번 났다. 도서항해사가 돌연 머리를 움직이고 채찍을 옆에 내려놓더니 드루이드와 함께 마부석에서 내려왔다. 그는 나를 본척만척하고 검게 그을린 들보에 말을 묶기 시작했다.

"방금 뭘 하신 겁니까? 도서항해사에게 뭘 한 거예요?" 나는 미심쩍은 생각에 드루이드에게 질문을 던졌다.

그러자 싹싹한 대답이 돌아왔다. "아, 저 녀석 갑옷에 문제가 있었어요. 경첩을 조금 헐겁게 하고 관절에 윤활유를 뿌렸습니다."

"뚱보야, 그걸 왜 물어?" 난쟁이가 끼어들었다. "바보 같은 질문을 너무 많이 하는군. 당신을 어디서 봤는지 이제 생각났다."

"아, 그래?" 내가 대답했다. 내 발에 밟힌 적이 있다는 걸 그가 기억해냈다고 해도 상관없었다. 다른 이들 앞에서 난쟁이 고문자로 밝혀진들 뭐가 달라지겠는가. 이들과 평생 친구로 지낼 일도 없을 텐데. 그건 확실했다.

"당신 〈꿈꾸는 책들의 도시〉 공연 봤지?" 난쟁이가 물었다. "키르쿠스 막시무스에서 말이야. 개인 관람석에 미치광이 슈렉스와 함께 있었잖아. 안 그래? 내가 봤다고! 어이 뚱보, 당신 개인 관람석이 있지? 그래서 자기가 꽤 대단한 줄 아나봐. 우리는 바닥에서 목을 빼고 올려다봐야 하니까."

"미안하게 됐네." 나는 그냥 인정했다.

지금 이런 상황에서 난쟁이와 싸움까지 하고 싶지는 않았다. 이제 그도 조용해질지 모른다.

"그럴 줄 알았어!" 난쟁이가 의기양양하게 외쳤다. "이 뚱보, 내가 안다고 했잖아."

"자, 이제 도착했습니다! 보이지 않는 극장으로 내려가십시다!" 네벨하임 주민이 기분좋은 목소리로 소리쳤다.

"내려가다니요? 그게 무슨 뜻입니까?" 내가 얼른 물었다.

"어디긴요. 지하묘지로 내려가는 거지요." 네벨하임 주민은 대수롭지 않다는 듯 대꾸했다.

"뭐라고요? 지하묘지로…… 내려가요? 여기서?" 내가 잘못 들은 거겠지?

"주둥이 아래로 내려가는 계단이 저 앞에 있습니다." 여행안내자가 말했다. "임시방편 계단이긴 해요. 여긴 호기심이 많은 극소수의 여행자만 오니까요. 하지만 완벽하게 안전합니다. 도서항해사들이 지은 계단이에요. 몇 단밖에 안 됩니다. 우린 깊숙이 들어갈 것도 아니고요."

아니, 내가 잘못 들은 게 아니었다. 이들은 지금 진짜 들어가려는 것이었다.

"말도 안 돼!" 내가 외쳤다. 목소리가 약간 히스테릭해졌다.

한숨을 내쉰 네벨하임 주민은 내게 다가오더니 목소리를 낮추고 말했다.

"내 말 잘 들어보세요. 우린 불안증에 시달리는 참가자들과도 좋은 경험을 했습니다. 보이지 않는 극장 공연은 특이한 장소에서 열립니다. 예외는 없어요. 하지만 내가 보장하는데, 완벽하게 안전합니다! 큰돈을 들여 경험 많은 도서항해사들도 고용했지만 사실 이들은 필요하지도 않아요. 우리가 가는 곳에 위험이라고는 전혀 없으니까요. 마에스트로 코로디아크가 자기 이름을 걸고 보장합니다."

"그러거나 말거나⋯⋯" 나는 고집을 부렸다. "미로에 발을 들여놓지 않을 겁니다! 절대로요! 말도 안 되는 소리예요! 당신이 나를 시내로 데려다주지 않겠다면 공연이 끝날 때까지 마차에서 기다리겠습니다."

"안 됩니다! 책임 못 져요. 여기 위에서 당신 혼자 있다간 동물들이 공격해도 보호받을 수 없습니다."

"동물들이요? 그게 뭐 어쨌다고요?"

"독성 지대에 있는 동물들이 냄새를 맡고 금방 몰려올 겁니다. 말들이 갑옷을 입은 이유가 도대체 뭐라고 생각하십니까?"

"무슨 일입니까?" 난쟁이가 못 참고 고함을 질렀다. "뚱보가 말썽이에요? 도대체 언제 들어갈 거요?"

네벨하임 주민이 더욱 바짝 다가와 속삭였다. "그게 말입니다, 난 당신의 공포에 대해 자세히 알고 있어요. 당신이 짐작하는 것보다 더 많이 압니다. 슈렉스 아나자지가 당신이 지하묘지를 고통스러울 만큼 두려워한다고 우리에게 말해줬지요."

나는 깜짝 놀라 물었다. "이나제아를 알아요? 그녀와 이야기를 나눴습니까?"

네벨하임 주민이 미소지었다. "누구 덕분에 여기 초대받았다고 생각하십니까? 보이지 않는 극장 공연을 경험하는 건 명예로운 일입니다. 유명한 인형중심주의자들도 애타게 기다린다고요! 저기 저 드루이드는 오래전부터 키르쿠스 막시무스를 위해 일하고 있습니다. 아주 오랫동안 대기자 명단에 있다가 드디어 기회를 얻었어요. 부흐하임에 단 며칠 있었을 뿐인 당신에게는 벌써 기회가 왔고요! 정말 흔치 않은 기회를 그냥 흘려보내려 한다는 걸 모르는 모양이군요. 나는 한 재산 떼어주고 그 기회를 얻으려는 자를 많이 압니다. 하지만 보이지 않는 극장 공연은 돈을 내고 볼 수 있는 게 아니랍니다."

"그러거나 말거나 지하묘지에는 안 갑니다." 나는 고집을 꺾지 않았다.

"하나 더 말씀드리지요." 네벨하임 주민이 속삭였다. "일석이조를 노리는 겁니다! 당신은 보이지 않는 극장 공연의 증인이 될 뿐 아니라 가장 끔찍하게 여기던 공포도 극복할 수 있어요! 나는 당신이 꾸는 악몽을 압니다. 그 악몽에서 영원히 벗어나세요! 가장 안전하고 편안한 방법으로 지하묘지에 들어가는 겁니다. 전문적인 안내와 경험 많은 도서항해사의 보호를 받으면서요. 그리고 나면 새로 태어난 기분이 들겁니다. 슈렉스가 당신을 위해 이 일을 꾸몄을 때는 뭔가 생각이 있었을 거라고 확신합니다. 그러니 흥을 깨지 마세요!"

"어떻게 할 거야? 우리 다 기다리잖아!" 난쟁이가 소리를 질렀다.

사랑하는 친구들이여, 이것은 분명 급성 비진공 상태였다. 내가 여행 시작 무렵 모험을 망설일 때 이 용어를 사용한 걸 혹시 기억하시는지? 많이 사용해 늙고 모험을 싫어하며 안전과 안락함에 집착하는 뇌의 반쪽은 가지 말라고 다급하게 우겼다. 하지만 여행과 연구 덕분에 활기를 얻은 예술적인 다른 반쪽 뇌는 네벨하임 주민의 제안을 따르라고 조언했다. 비이성적인 불안 때문에 인형중심주의의 획기적인 혁신을 경험할 기회를 놓친다면 그 주제에 대한 책을 어떻게 쓸 수 있겠는가? 예술적으로 어떻게 이야기를 꾸며낼 수 있겠는가? 내게 이 기회를 주려고 갖은 수단과 방법을 다 동원했을 이나제아에게는 또 뭐라고 설명하고?

"흠, 알았습니다." 나는 결심이 섰다. "같이 가지요."

"이제 갑니다!" 네벨하임 주민이 마음을 푹 놓은 목소리로 다른 이들에게 외쳤다. 우리는 구덩이 가장자리로 다가갔다.

# 꿈꾸는 책들의 미로

　이상하게 들릴 테지만, 피스토메펠 주둥이를 보니 오얀 골고 판 폰테베크의 생가가 떠올랐다. 여행중 차모니아 고전문학의 이 역사적 순례지를 방문할 계획이었는데, 그곳이 얼마 전 화재로 타버렸다는 걸 알게 되었다. 그리하여 내가 본 것은 시커멓게 그을린 벽들과 청동판만 남은 빈 집터였다. 그래서 나는 허공에 집을 그리고, 어린 골고가 그곳 계단을 오르락내리락 뛰어다니거나 처음으로 시를 썼을 때 어떤 모습이었을지 상상하면서 흥미진진한 시간을 보냈다. 내게 그것은 무상無常의 가르침이었다. 가장 훌륭한 고전작가의 생가조차 불타 없어진다면, 작가로서의 영원한 명성을 어떻게 바랄 수 있으랴?

　입을 크게 벌린 구멍, 부흐하임에서 가장 큰 주둥이이자 정신 나간 우리 소규모 그룹을 지하묘지와 보이지 않는 극장으로 데려다줄 그 심연을 노려보며 나는 다시 상상력을 동원했다. 지금은 거대한 구멍뿐인 그곳에서 예전에 피스토메펠 스마이크와 함께 미로로 내려가고, 수많은 나날과 모험을 겪은 후 그림자 제왕과 함께 다시 나왔던 내 모습을 떠올리려 했다. 스마이크의 실험실에서 맺은 우리 우정, 그림자 제왕이 제 몸에 불을 붙였을 때 끝난 그 우정의 슬픈 종말을 생각하려 했다. 하지만 그럴 수 없었고, 대신 나는 어린아이처럼 엉엉 울었다. 굵은 눈물이 늙은 얼굴로 쏟아졌다. 신경이 날카로워진 탓이라고 스스로를 다독였지만 그건 빛바랜 모습만 남기고 우리 모두에게서 달아나는 시간에 대한 슬픔 때문이었다.

눈물을 그치고 정신을 바짝 차려야 할 이유가 차고 넘치는데도 그랬다! 주둥이 가장자리를 따라 아래로 이어진 흔들리는 나무계단을 그저 '임시방편'이라고만 표현한다면 계단 상태를 파렴치하게 속이는 것이었다. '안전하다'라고 느낄 사람은 기껏해야 직접 만든 도서항해사들뿐일 테고. 그들은 늘 고양이만한 풍뎅이나 독이 있는 흰 들쥐와 싸우고, 중세 갑옷을 작업복이라고 표현하니까! 어쨌든 앞장서서 내려가는 도서항해사는 우리처럼 목재 발판 한 단 한 단을 힘겹게 내디딜 필요가 없었다. 하지만 나는 걸음을 옮길 때마다 굳은 의지가 필요했다! 환한 오전이라 모든 게 아주 잘 보인다는 점도 고소공포증을 더는 데 방해가 되었다. 차라리 밤이었다면 낮과는 달리 아래쪽 심연이 또렷이 보이지 않아서 더 나았을 것이다. 원뿔형 수직갱도는 아래쪽으로 갈수록 뾰족해졌고 깊이는 최소한 100미터쯤 되었다. 전체적으로 새까만 둥근 벽 탓에 모든 것을 집어삼키는 소용돌이 같은 인상은 더욱 강렬해졌다. 벽에서 뻗어나간 작은 갱도들도 이따금 눈에 띄었는데, 그곳 입구에서 자라는 잿빛 관목으로 판단하건대 오염된 무인지대에 위치한 이 부흐하임 주둥이가 그동안 손을 거의 타지 않았음을 알 수 있었다. 그곳에는 나무로 만든 대나 널빤지도, 철제난간이나 튼튼한 계단도 없었다. 갱도용 램프와 소풍 바구니와 안전줄을 들고 내려가며 킥킥거리는 관광객들도 물론 없었다. 도서항해사들이 급히 만든 계단뿐이었는데, 관광객이 상상하던 것과는 맞지 않았다. 이 거친 나무 구조물에서 가장 두려운 점은 부족한 안정성이 아니라, 해골의 갈비뼈 같은 발판 사이로 아래가 내려다보인다는 사실이었다. 새들이 비웃듯 날카로운 소리를 내지르며 우리를 스쳐 날았다! 몇 단이 더 남았는지 몇 번이나 물어보려 했지만, 그때마다 부흐하임 주둥이의 돌풍이 굴뚝에서 장난치는 바람 악령처럼 몰려와서는 내 입술에서 질문을 빼앗아 허공 높이 던져버렸다. 돌풍이 계속 흔들어대는 통에 우리가 선 계단은 폭풍을 만난 낡은 서까래처럼 덜컥이고 삐걱거렸다.

그래서 실망스러울 만큼 작은 구멍을 지나 드디어 지하묘지에 이르렀을 때는 정말 기뻤다. 지하묘지에 온 걸 기뻐하다니 스스로도 믿을 수 없었다. 어쩌면 다시 단단한 땅을 딛고 섰다는 사실만으로 마음이 놓였는지 모르지만, 이번만큼은 어쨌든 어느 정도 내 의지로 꿈꾸는 책들의 미로에 발을 들인 것이다! 앞서가던 혐오스러운 난쟁이가 나를 돌아보며 "뚱보야, 아직 무서워서 오줌 지리고 있냐?"라고 히죽히죽 빈정거릴 때도 여전히 감격스러웠다.

선뜻 인정하기 쉽지 않았지만 네벨하임 주민의 말은 옳았다. 용기를 낸 내가 가상했고 그 배짱에 거의 황홀한 느낌마저 들었다. 나는 오랜 공포와 당당히 직면했다. 빌어먹을 지하묘지에 돌아왔지만 죽지 않았다! 심근경색증에 걸리지도, 이성을 잃지도 않았다. 정말로 공포를 극복했는가 하는 것은 또다른 문제다. 어쨌든 나는 용기를 냈다!

사실 우리가 정복한 곳은 굴뚝처럼 속이 비고 시커먼, 불탄 갱도에 불과했다. 벌레 먹은 책장과 썩어가는 책으로 가득한 아주 오래된 도서관이나 지난번 지하세계 여행을 상기시킬 만한 다른 것은 없었다. 이곳에는 아무것도 없었다. 용광로 안쪽을 구경하면 이런 모습 아닐까.

우리는 말없이 손짓만 하는 도서항해사를 따라 길이 갈라지는 다음 갱도로 갔다. 이곳에 들어서자 햇빛이 사라졌고, 그래서 처음에 느꼈던 감격도 약간 덜했다. 네벨하임 출신 여행안내자가 기름등을 켜고 우리를 진정시키는 말을 몇 마디 했는데, 주로 내게 하는 말 같았다.

"우리가 있는 이 터널은 지하묘지에서 가장 안전한 곳일 겁니다. 불과 몇 미터 떨어진 곳에 출구가 있고, 이곳으로 몰아친 극심한 화재 때문에 완벽하게 소독됐습니다. 동식물은 전혀 없습니다. 현미경으로 살펴봐도 마찬가지예요. 소독을 마친 가느다란 주삿바늘 속을 산책하는 것과 비슷합니다. 벽은 돌처럼 단단한 몇 미터 두께의 석탄이라 붕괴 위험도 전혀 없지요. 부흐하임 주둥이 중 관광객이 가장 많이 붐비는 주둥이의 입구도 이 정도로 안전하지는 못합니다. 따라오세요. 이제 곧 도착합니다!"

그는 그렇게 안내한 뒤 우리를 이끌고 먼젓번 갱도와 별다른 차이가 없는 좁고 낮은 통로를 몇 개 더 지났다. 그러고는 어느 검은 갱도 한복판에서 걸음을 멈췄다.

"햇빛이 전혀 들어오지 않는 곳을 찾아 여기로 왔습니다. 보이지 않는 극장에서 가장 중요한 전제조건이지요. 여러분 모두 지하묘지에서 인공 불빛이 전혀 없으면 어떤지 한번 느껴보시기 바랍니다."

그게 무슨 말인지 내가 미처 알아듣기도 전에 그는 기름등을 껐다. 사방이 어두워졌다.

사랑하는 친구들이여, 아주 어두웠다!

지난번 지하묘지에서 겪은 이후 다시는 경험하지 못한 암흑이었다. 자려고 침대에 누워 촛불을 꺼도 어디선가 반사된 빛이 들어오기 마련이다. 안 그런가? 가로등이나 달빛이 커튼 사이로 비치고, 문 아래쪽 틈새로 가느다란 빛줄기가 새어들어온다. 뭔가 보이는 게 있다.

그러나 이곳은 완벽한 암흑뿐이었다.

"헤헤!" 난쟁이가 멍청하게 웃었다. 그러나 이 짧은 웃음소리에도 불안이 묻어났다. 누구나 어둠을 두려워하기 마련이다. 죽음을 연상시키니까.

"존경하는 관객 여러분!" 어둠 속에서 네벨하임 주민의 목소리가 울렸다. 아까보다 엄숙한 말투였다. "보이지 않는 극장에 오신 것을 마에스트로 코로디아크의 이름으로 환영합니다! 즐거운 시간 보내시길 빕니다."

나는 지나친 뻔뻔스러움에 할말을 잃었지만 마에스트로 코로디아크의 유머 감각을 인정할 수밖에 없었다. 공연 시작부터 관객을 완벽한 암흑과 대면하게 하다니 실로 대담한 출발이었다. 이러면 관객은 자기 자신과 마주하게 된다! 세련된 도입부였다. 앞으로는 좋아질 일밖에 없을 테니까. 관객은 이제 아주 작은 불빛만 비쳐도 안도하고 환영할 것이다.

그러나 그런 일은 일어나지 않았다. 빛도 비치지 않았고 성냥이나 촛불이 켜지지도 않았다. 그저 어둠뿐이었다. 뻔뻔한 난쟁이조차 입을 다물었다. 헛기침 또는 기침을 하거나 발로 바닥을 긁는 자는 아무도 없었다. 도서항해사의 갑옷이 덜컥거리는 소리도 들리지 않았다. 우리는 한참이나 그렇게 침묵하고 있었다. 얼마 지나지 않아 침묵이 너무 길게 느껴졌다.

밝은 곳에서보다 어둠 속에서 인내심을 더 빨리 잃는다는 사실에 놀라면서도 살짝 들뜨기까지 했다. 그래도 이쯤 하면 됐잖아! 이 아이디어가 그 정도로 좋지는 않아! 하지만 내가 제일 먼저 입을 여느니 차라리 혀를 깨물 작정이었다. 나는 한참 전부터 내기가 시작되었다는 걸 똑똑히 알고 있었다. 난쟁이와 수염 드루이드와 나 중 누가 가장 먼저 불안에 못 이겨 불빛을 구걸하는지, 또는 다른 식으로 공포를 드러내는지 보자는 내기였다. 다른 둘이 왜 이토록 오래 침묵하는지 설명할 이유는 그뿐이었고, 바로 그런 이유로 나도 입을 다물고 있었다. 이목을 끄는 소리 하나 내지 않으려고 조심했다. 보통 극장이었다면 벌써 목청 높여 이런 바보 같은 경쟁에 대해 항의했을 것이다. 하지만 이곳에는 더 많은 것이 걸려 있었다. 나는 불손한 난쟁이에게 우리 셋 중 누가 지하묘지의 베테랑인지 보여줄 작정이었다! 유치하고 고집스러운 짓이었지만 어쨌든 견뎌내야 했다! 나는 꿈꾸는 책들의 미로에서 이미 완전히 다른 일을 겪어냈다. 그에 비하면 보이지 않는 극장의 어둠은 별것 아니었다! 지하세계의 이런 상황이 얼마나 녹초가 되도록 정신을 괴롭히는지 이미 알고 있었다. 경험해보지 못한 자는 잠시도 견디지 못한다. 나는 우리 셋 중 난쟁이가 가장 먼저 공황상태에 빠질 거라고 굳게 확신했다. 말수가 적은 드루이드는 그보다 좀더 느긋할 것 같았다.

　사랑하는 친구들이여, 하지만 이런 고집으로도 공포가 사라지지 않았다는 걸 고백해야겠다. 오히려 그 반대였다. 완벽하게 어두운 지하묘지에서 어쩔 줄 모르고 서 있는 건 느긋한 상황과는 거리가 멀었다. 특히 이곳에 어떤 위험이 도사리고 있는지 이미 몸소 경험했다면 더욱더. 소독되었든 아니든 이 터널은 위험하고 공격적이고 독성이 있는 생명체, 또는 그게 아니더라도 다른 방식으로 위협적인 온갖 생명체가 들끓는 시스템의 일부였다. 베테랑이라는 게 처음 생각만큼 큰 패가 아닐지도 몰랐다. 무엇보다 이 적막은 몸으로 직접 느껴졌다. 귀로 슬금슬금 기어드는 축축한 안개 같았다. 지하묘지의 유령 같은 고요를 이미 겪은 적이 있지만 그것과도 좀 달랐다. 그때는 도시 바로 아래였기 때문에 둔탁하고 어렴풋해도 약간의 소리가 들렸다. 그러나 지금 우리 머리 위는 주민들이 사는 시내가 아니라 죽은 무인지대였다.

안개가 귓속으로 점점 더 세차게 밀려와 날뛰었다. 그러나 그건 안개가 아니라 점점 더 심하게 불안에 떠는 내 심장에서 펌프질하는 피였다. 정신을 너무 집중했더니 어둠 속에서 어떤 소리가 들리는 것 같았다. 들릴 리 없는 소리였다. 내가 기억하기로 이 터널에는 책도 종이도 없었는데, 책을 급히 넘길 때의 바스락거리는 종이 소리가 들린 것이다. 나지막한 휘파람 소리, 발로 바닥을 긁는 소리도 났다. 그러다가 아주 커다란 피조물의 무거운 한숨 소리와 둔탁한 발소리가 들려왔다! 그 소리는 점점 더 다가와 나를 감쌌다. 뭔가 내 어깨 위로 몸을 숙여 귀에 대고 입김을 불어넣는 것 같았다!

이 모든 것은 물론 예민해진 신경이 불러일으킨 상상에 불과했다. 그걸 알면서도 심장이 맹렬하게 뛰고 땀이 비 오듯 쏟아지기 시작했다. 슈렉스가 뭐라고 했더라? 보이지 않는 연극은 무대에서 뭘 공연하는지 중요하지 않아. 당신 머릿속에서 일어나는 일이 훨씬 더 중요하지! 나는 그녀가 한 말의 뜻을 이제야 제대로 이해했다.

그림자 제왕이 돌아왔다. 나를 이번 여행으로 이끈, 예나 지금이나 여전히 비밀스러운 이 문장이 불쑥 떠오르며 병적인 내 상상력에 힘입어 독자적인 생명을 얻었다. 그림자 제왕의 바스락거리는 웃음소리가 들리는 것 같았다! 무시무시하면서도 동시에 황홀한 순간이었다. 키르쿠스 막시무스에서 경험한 것과 비슷한 일이 바로 이곳에서, 훨씬 더 강력하고 완벽하게 순수한 방식으로 벌어졌다. 그림자 제왕이 점점 형태를 잡아간 것이다. 더 필요한 것은 전혀 없었다. 무대세트도, 트릭도, 인형도, 음악이나 향기 오르간도 필요치 않았다! 오랫동안 경험하지 못했던 나 자신의 창의력만이 폭발적으로 퍼져나갔다. 그림자 제왕의 존재를 눈으로 볼 수는 없었지만 소리를 들을 수 있었다. 느낄 수도 있었

479

다! 이게 바로 보이지 않는 극장이었다. 코로디아크의 죽은 눈으로 지하
묘지를 보는 것. 나는 공포와 열광을 동시에 느꼈다. 멍청한 내기는 이
미 오래전에 잊어버렸다. 어떻게든 나를 드러내려고, 박수를 치며 감
정을 표현하려고 했지만 손 하나 까딱할 수 없었다. 뇌는 황홀경에 사
로잡혔지만 몸은 굳어버렸다. 예전에 한 번도 보지 못한 것들이 마음
의 눈앞에서 반짝거렸다. 내가 전혀 함께하지 않은 사건들이었다. 한
번도 가지 않은 지하세계의 장소, 한 번도 본 적 없는 인물과 피조물이
보였다! 이 모든 것이 문자의 회오리바람과 문장의 샘물을 어지러이
넘나들며 생각을 흠뻑 적셨다. 깜박이는 빛으로 가득한 끝없는 통로와
터널이 보였다. 나는 줄에 매달려 아래로 늘어뜨려진 꼭두각시인형처
럼 바닥없는 갱도로 가라앉았다. 무중력상태와 비슷했다. 어두운 잿빛
화강암으로 지어진 높다란 홀에 굉음을 내며 쏟아지는 들끓는 용암이
보였다. 썩은 책들이 가득 넘치는 검은 강이 꾸르륵꾸르륵 소리를 내
며 심연으로 소용돌이쳐 들어갔다. 나도 뗏목을 타고 강을 떠내려가고
있었다! 소름끼치는 갑옷과 가면으로 무장한 도서항해사들이 자꾸 나
타났다! 그중 멧돼지 머리 모양의 청동 투구를 쓴 도서항해사는 몇 번
이나 등장했다. 펜싱 마스크를 쓴 도서항해사와 집채만한 책들이 늘어
선 가로수길, 부흐링도 보였다! 키르쿠스 막시무스에서 본 것보다 더 많
은 부흐링이 온갖 색깔과 형태를 띠고 떼 지어 나타났다. 살아 있는 책
을 말처럼 타고 있는 라이덴 소인간도 여럿 보였다. 가느다란 다리 네
개와 죽은 새의 해골 같은 역겨운 머리가 달린, 우유처럼 흰 생물도 등
장했다. 이 장면들이 왜 보이는 걸까?

　환상은 아무 대답도 없이 수수께끼만 던지며 뇌를 한없이 채웠다.
낯익으면서도 낯선 어떤 힘이, 유년기처럼 이미 오래전에 잃어버린 줄

알았던 그 힘이 감각적인 이미지들을 어찌나 머릿속에 쏟아붓는지 이성을 잃을까봐 두려울 지경이었다. 그게 아니더라도 최소한 균형은 정말 잃을 것 같았다. 언제 또 이런 걸 느꼈더라? 그때 혼란의 정점을 찍을 일이 벌어졌다. 그림자 제왕의 목소리까지 들린 것이다! 그가 살아서 내 옆에 선 채 귀에 대고 속삭이는 것처럼 너무도 또렷하고 너무도 가깝고 너무도 사실적이었다. "그래, 오름을 느낄 수 있지!" 그가 낮고 바스락거리는 목소리로 말했다. "그게 소설 한 권을 쓸 아이디어가 몇 초 만에 너에게 내리꽂히는 순간이다. 그건 네 뇌를 머리에서 뜯어내고 거꾸로 뒤집어 다시 심어놓을 수도 있다. 느낄 수 있느냐, 오름을?"

나는 이 말을 알고 있었다. 오래전 그가 했던 말이다. 어리석은 공포에 휩싸인 나는 그게 오랜 시간이 지난 뒤 다시 나를 관통하는 오름이라는 사실을 미처 깨닫지 못했다. 후드득 소리를 내며 나를 향해 쏟아지는 것은 책 한 권의 소재와 인물과 사건현장이었다! 내 머릿속에서 형체를 잡아가는 것은 소설이었다!

그러다 돌연 끝나버렸다. 공포와 색채와 장면들, 오름에 취한 상태는 순식간에 끝나고 다시 암흑만 남았다. 나는 그제야 깨달았다. 내가 육체적으로 몹시 혹사당한 것처럼 땀범벅이 되어 숨을 헐떡이고 있음을.

심장박동이 어느 정도 안정되기까지는 시간이 좀 걸렸다. 이 모든 게 정말 일어난 일이었나? 다른 관객들은 왜 이렇게 조용하지? 그들도 나와 똑같은 경험을 했을까? 아니면 약간 비슷한 것을 봤나? 혹시 전혀 못 봤을까? 수다스럽고 악독한 난쟁이가 오래 주둥이를 다물고 있다는 게 이상했다. 아무리 귀기울여도 다른 이들의 숨소리조차 들리지 않았다.

"이봐요." 나는 조심스럽게 입을 뗐다.

아무 대답이 없었다.

"이봐요." 다시 한번 소곤거렸다.

이거 정말 너무하네! 필요한 물건은 뭐든 있었다. 여행 내내 잡동사니를 끌고 다닌 이유가 뭔데? 나는 망토를 뒤져 양초와 성냥갑을 찾아냈다. 단단히 결심하고 성냥을 켜서 양초에 불을 붙이고는 높이 쳐들었다.

나 혼자뿐이라는 사실이 놀랍지도 않았다. 네벨하임 주민과 난쟁이, 도서항해사와 수염쟁이 드루이드는 모두 사라지고 없었다. 웃음거리가 되지 않으려면 이 상황에서 어떻게 행동해야 할지가 더 큰 고민이었다. 이건 시험이라고, 다른 이들이 지켜보고 있는 거라고 확신했다. 그제야 마에스트로 코로디아크의 초대장이 생각났다.

공연이 시작될 때까지 기다리세요! 이 맹인에게 약속해주시겠습니까? 코로디아크는 내가 그래주기를 바랐다. 아주 중요한 점입니다. 그래야 보이지 않는 극장에서 얻는 즐거움이 훨씬 더 클 테니까요. 이런 말도 덧붙였다.

나는 약속을 지켰다. 하지만 그게 암호였다면, 이제는 암호를 풀 시간이었다. 다시 망토를 뒤졌다. 사랑하는 내 마음의 형제자매들이여, 드디어 쪽지를 발견했을 때는 걷잡을 수 없이 마음이 흔들렸다. 떨리는 갈퀴로 그 작은 카드를 집어서는 춤추는 촛불 불꽃으로 가져가, 빛바랜 노란색 비밀 글씨가 나타날 때까지 기다렸다. 초대장에는 딱 한 문장만 쓰여 있었다.


여기서부터 이야기는 시작된다.

## 옮긴이의 말

내 번역은 여기서 끝난다. 주의하시라! 내 번역만 끝나는 것이다. 꿈 꾸는 책들의 미로에서 펼쳐지는 미텐메츠의 이야기는 물론 계속된다.

정말 유감이지만 분량이 방대하고 내용이 복잡해서 소설을 두 권으로 나눌 수밖에 없었다. 허무맹랑하리만치 긴 미텐메츠의 산문 텍스트들이 거의 늘 그렇듯, 이번에도 엄청난 축약을 감행해야 했던 것이 분권의 가장 큰 이유다. 이번 전편에서는 400쪽가량의 '인형중심주의 메모'가 특히 여기에 해당된다. 줄이지 않고는 즐거운 독서가 불가능했다.

내가 지금 서둘러 번역하고 있는 후편은 상황이 더욱 좋지 않다. 여기에는 미텐메츠가 '부흐링의 비밀스러운 삶'이라고 이름 붙인 700쪽짜리 사이비 학문 텍스트 꾸러미가 포함되어 있기 때문이다. 도저히 읽을 수가 없다! 책의 질을 떨어뜨리지 않으면서 이 엄청난 미텐메츠식 여담을 읽을 만한 분량으로 줄이는 데는 예상보다 훨씬 많은 노고

와 시간이 든다. 아울러 오만하게 들릴지 몰라도 이 자리를 빌려 번역가와 삽화가라는 내 이중의 역할도 언급하고 싶다. 이런 작업에 드는 품은 일반적으로 과소평가된다.

한 권으로 출간하려면 마감에 맞추지 못한다는 사실을 깨달았을 때 나는 출판사에 급히 알릴 수밖에 없었다. 뜻밖에도 발행인은 과격하게, 거의 무례하게 반응했고 법적 대응 운운하며 나를 위협했다. 나는 이 대규모 계획을 잘못 계산했다고 시인했을 뿐 아니라 대안도 제시해야 했다.

그래서 전화위복으로 책을 두 권으로 만들자는 아이디어를 냈다. 일석이조인 해결책이었다. 첫째, 나는 후편을 세심하게 번역하는 데 필요한 시간(삽화를 그릴 시간도!)을 번다. 둘째, 독자들은 미텐메츠의 펜대에서 나온 새로운 차모니아 소설을 최대한 빨리 즐길 수 있다.

나도 안다. 내 번역이 독자들이 계속 읽고 싶은 바로 그 지점에서 끊겼다는 걸. 하지만 책이 끝나서 기쁜 것보다는 이쪽이 낫지 않은가? 몹시 궁금한 의문들을 두고 독자들이 당분간 혼자 끙끙대야 한다는 사실은 나도 인정한다. 미텐메츠는 자기 힘으로 미로에서 다시 나올 수 있을까? 그러기에는 너무 깊이 들어갔나? 보이지 않는 극장이란 도대체 뭘까? 우리 주인공은 악의 없는 장난에 걸려든 제물에 불과할까? 아니면 이야기 배후에 뭔가 다른 권력과 의도가 숨어 있을까? 코로디아크는 미텐메츠에게 왜 그 쪽지를 주었을까? 맹인 인형중심주의자는 뭔가 계략을 꾸미는 걸까? 슈렉스는 어디 있지? 이 사건에서 그녀의 역할은 뭘까? 그리고 중요한 것 한 가지 더. 오름이 관통할 때 미텐메츠가 환

영으로 본 도서항해사와 부흐링, 낯선 사건 현장과 인물과 피조물에는 어떤 의미가 있을까? 앞으로 미로에서 맞닥뜨리게 될 것을 미리 본 건가? 아니면 그저 문학적인 도취상태였을 뿐일까?

이 모든 질문에 대한 대답을 원래 예상보다 오래 기다리게 해드리는 점, 죄송하다! 내 잘못이지 힐데군스트 폰 미텐메츠의 잘못이 아니다! 조금만 기다려주십사 무릎 꿇고 빈다! 내가 할 수 있는 유일한 일은 친애하는 독자 여러분이 인내한 보람이 있으리라 보장하는 것뿐이다. 미텐메츠가 약속한 대로, 진짜 이야기는 여기서부터 시작되기 때문이다. 지금까지 한 이야기는 서곡에 불과하다.


발터 뫼어스

# A

# B

# C

Cronosso Urbein(크로노소 우어바인) = Robinson Crusoe(로빈슨 크루소) 176

D

Dölerich Hirnfidler(될러리히 히른피들러) = Friedrich Hölderlin(프리드리히 횔덜린)
29, 164, 170, 221, 303

E

Edd van Murch(에드 판 무르히) = Edvard Munch(에드바르 뭉크) 157
Edo La Efendi(에도 라 에펜디) = Daniel Defoe(대니얼 디포) 176, 424
Eglu Wicktid(에글루 비크티트) = Ludwig Tieck(루트비히 티크) 176
Egmil von Wühlknegel(에그밀 폰 뷜크네겔) = Wilhelm von Kügelgen(빌헬름 폰 퀴겔
겐) 176
Eiderich Fischnertz(아이더리히 피시네르츠) = Friedrich Nietzsche(프리드리히 니체)
29, 90, 303
Elegus van Meerdict(엘레구스 판 메어딕트) = Miguel de Cervantes(미겔 데 세르반테스)
176
Elemi Deufelwalt(엘레미 도이펠발트) = Émile Waldteufel(에밀 발퇴펠) 319
Elwis Lorracl(엘비스 로라클) = Lewis Carroll(루이스 캐럴) 424
Eri Elfengold(에리 엘펜골트) = Egon Friedell(에곤 프리델) 176
Eseila Wimpershlaak(에자일라 빔퍼슐라크) = William Shakespeare(윌리엄 셰익스피
어) 241, 290, 329
Evadeweld von Worthgeiler(에바데벨트 폰 보르트가일러) = Walther von der Vogel-
weide(발터 폰 데어 포겔바이데) 349
Evubeth van Goldwein(에부베트 판 골트바인) = Ludwig van Beethoven(루트비히 판
베토벤) 20, 205, 208, 278, 308

F

Fidemus Grund(피데무스 그룬트) = Sigmund Freud(지그문트 프로이트) 386
Flar Froc(플라르 프로크) = Carl Orff(카를 오르프) 319

옮긴이 **전은경**

한양대 사학과를 졸업하고 독일 튀빙겐대학교에서 고대 역사와 고전문헌학을 공부했다. 출판 편집자를 거쳐 현재 독일어 전문 번역가로 활동중이다. 옮긴 책으로 『꿈꾸는 책들의 도시』 그래픽노블, 『리스본행 야간열차』 『엔젤과 크레테』 『이탈리아 구두』 『나는 시간이 아주 많은 어른이 되고 싶었다』 등이 있다.

문학동네 세계문학
꿈꾸는 책들의 미로

1판 1쇄 2015년 9월 15일 | 1판 8쇄 2022년 8월 29일

지은이 발터 뫼어스 | 옮긴이 전은경
책임편집 황문정 | 편집 박아름 | 독자모니터 전혜진
디자인 최윤미 최미영 | 저작권 박지영 형소진 이영은 김하림
마케팅 정민호 이숙재 박치우 한민아 이민경 안남영 김수현 정경주
브랜딩 함유지 함근아 김희숙 박민재 박진희 정승민
제작 강신은 김동욱 임현식 | 제작처 한영문화사(인쇄) 경일제책사(제본)

펴낸곳 (주)문학동네 | 펴낸이 김소영
출판등록 1993년 10월 22일 제2003-000045호
주소 10881 경기도 파주시 회동길 210
전자우편 editor@munhak.com | 대표전화 031) 955-8888 | 팩스 031) 955-8855
문의전화 031) 955-3578(마케팅) 031) 955-2684(편집)
문학동네카페 http://cafe.naver.com/mhdn
인스타그램 @munhakdongne | 트위터 @munhakdongne
북클럽문학동네 http://bookclubmunhak.com

ISBN 978-89-546-3758-9 03850

**www.munhak.com**